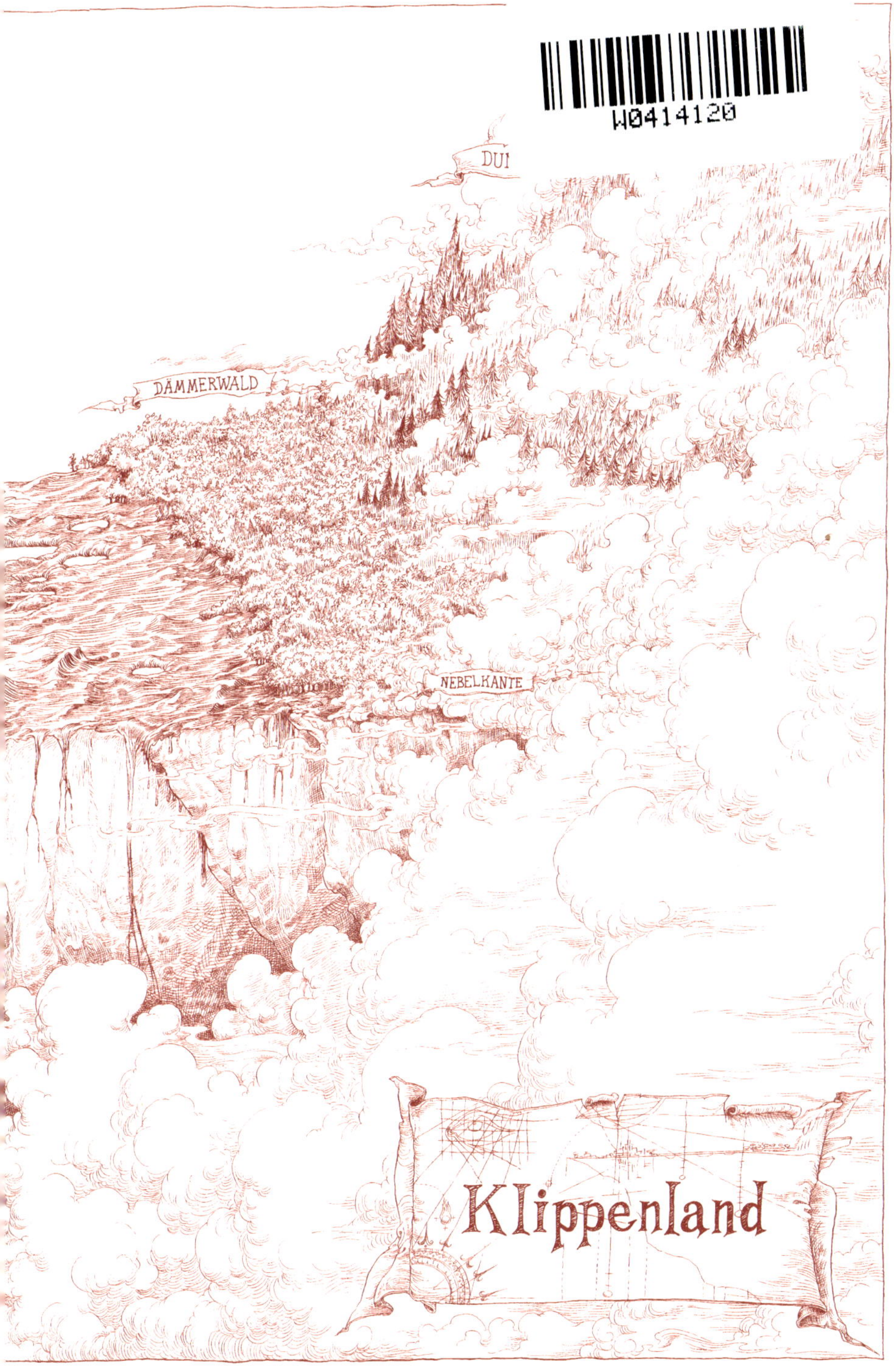
DÄMMERWALD
NEBELKANTE
Klippenland

Die Klippenland-Chroniken

PAUL STEWART
ist ein renommierter Kinder- und Jugendbuchautor, der in Deutschland vor allem durch die erfolgreichen KLIPPENLAND-CHRONIKEN bekannt geworden ist. Neben den ABERWITZIGEN ABENTEUERN begeistert er seit Neuestem mit BARNABY GRIMES seine Fangemeinde.

CHRIS RIDDELL
hat neben den KLIPPENLAND-CHRONIKEN zahlreiche Bilderbücher und Klassiker der Kinderliteratur illustriert. Mit OTTOLINE UND DIE GELBE KATZE und OTTOLINE UND DAS SCHULGESPENST zieht er seine zahlreichen Fans nun auch als Kinderbuchautor in den Bann.

Bei Sauerländer erschienen, jeweils auch als Hörbücher auf CD:

DIE HELDEN VON MUDDELERDE
ISBN 978-3-7941-6035-8

DIE KLIPPENLAND-CHRONIKEN

Band 1: TWIG IM DUNKELWALD
ISBN 978-3-7941-4744-1
Band 2: TWIG BEI DEN HIMMELSPIRATEN
ISBN 978-3-7941-4745-8
Band 3: TWIG IM AUGE DES STURMS
ISBN 978-3-7941-4746-5
Band 4: TWIG – FLUCH ÜBER SANKTAPHRAX
ISBN 978-3-7941-6003-7
Band 5: ROOK UND TWIG, DER LETZTE HIMMELSPIRAT
ISBN 978-3-7941-6022-8
Band 6: ROOK UND DER SCHWARZE MAHLSTROM
ISBN 978-3-7941-6039-6
Band 7: ROOK IN DEN FREIEN TÄLERN
ISBN 978-3-7941-6064-8
Band 8: QUINT UND DIE EISRITTER
ISBN 978-3-7941-6079-2
Band 9: QUINT UND DER KAMPF DER HIMMELSGALEONEN
ISBN 978-3-7941-6092-1
Band 9½: DIE VERSCHWUNDENEN SCHRIFTROLLEN
ISBN 978-3-7941-8080-6

DIE KLIPPENLAND-CHRONIKEN

Twig
Die Trilogie

PAUL STEWART

Mit vielen Bildern
von CHRIS RIDDELL

Aus dem Englischen von Wolfram Ströle

Sauerländer

Für Joseph, William, Anna, Katy und Jack

Dieser Sammelband umfasst die Einzelbände

DIE KLIPPENLAND-CHRONIKEN Band 1. Twig im Dunkelwald
Titel: *The Edge Chronicles. Beyond the Deepwoods*

DIE KLIPPENLAND-CHRONIKEN Band 2. Twig bei den Himmelspiraten
Titel: *The Edge Chronicles. Stormchaser*

DIE KLIPPENLAND-CHRONIKEN Band 3. Twig im Auge des Sturms
Titel: *The Edge Chronicles. Midnight over Sanctaphrax*

Bibliografische Information der Deutschen Nationalbibliothek
Die Deutsche Nationalbibliothek verzeichnet diese Publikation
in der Deutschen Nationalbibliografie; detaillierte bibliografische Daten
sind im Internet über http://dnb.d-nb.de abrufbar.

Einbandillustration: Chris Riddell
Printed in Germany
ISBN 978-3-7941-6162-1
www.sauerlaender.de

Inhalt

Vorwort

Weit, weit weg, in einer fernen Welt, ragt wie die Galionsfigur eines gewaltigen steinernen Schiffes das so genannte Klippenland ins Leere. Ein reißender Strom ergießt sich unablässig über den felsigen Überhang.

Der Strom ist an dieser Stelle breit angeschwollen. Donnernd stürzt er in die wabernden Nebel des Abgrunds. Man kann ihn sich – wie alle großen, laut und wichtig daherkommenden Dinge – gar nicht anders vorstellen. Dabei könnte sein Ursprung bescheidener nicht sein.

Der Klippenfluss entspringt tief im Landesinneren, hoch droben im undurchdringlichen, unheimlichen Dunkelwald. Aus einem kleinen, blubbernden Teich rinnt ein Bächlein kaum breiter als ein Stück Schnur in ein sandiges Kiesbett. Der majestätische Dunkelwald lässt das Rinnsal noch tausendmal unbedeutender wirken.

Der tiefe Dunkelwald ist ein unwirtlicher, gefährlicher Ort für die, die hier zu Hause sind, und das sind viele. Waldtrolle, Schlächter, Honigkobolde, Höhlenfurien und andere merkwürdige Geschöpfe und Kreaturen, sie alle fristen in der sonnengesprenkelten und mondbeschienenen Welt unter dem hohen Blätterdach ein kärgliches Leben. Das Leben ist hart und auf Schritt und Tritt lauern Gefahren – schreckliche Ungeheuer, Fleisch fressende Bäume, kleine und große wilde Tiere, die in Horden durch den Wald streifen ... Doch hat das Leben auch seine einträglichen Seiten. Die saftigen Früchte und leichten Hölzer, die dort wachsen, genießen hohe Wertschätzung. Himmelspiraten und die Kaufleute der Liga treiben damit um die Wette Handel und tragen hoch über dem endlosen Meer grüner Wipfel ihre Rivalitäten aus.

Dort, wo die Wolken am tiefsten über dem Boden hängen, liegt die so genannte Nebelkante, eine trostlose, von wirbelnden Nebeln, Geistern und Alpträumen erfüllte Ödnis. Wer sich hierher verirrt, erleidet unweigerlich eins von zwei Schicksalen: Die Glücklichen stolpern gleich über den Rand der Klippe und stürzen zu Tode, die weniger Glücklichen gelangen in den Dämmerwald.

Durchtränkt von ewigem, goldenem Dämmerlicht, ist der Dämmerwald ein bezaubernder, zugleich aber auch tückischer Ort. Die Luft dort steigt einem zu Kopf. Wer sie zu lange einatmet, vergisst, warum er in den Dämmerwald gekommen ist, wie jene Ritter, ausgeschickt in längst vergessener Mission, die sich dorthin verirrt haben und am liebsten sterben würden – wenn sie nur könnten.

Gelegentlich wird die lastende Stille durch heftige, von der Klippe heraufziehende Unwetter gestört. Vom Dämmerwald angezogen wie Eisenspäne von einem Magneten oder Nachtfalter von einer Flamme, wirbeln sie über den glühenden Himmel – zuweilen gleich mehrere Tage hintereinander. Manchmal sind es ganz besondere Stürme. Aus den Blitzen, die sie nach unten schleudern, entsteht Sturmphrax, ein Stoff, der so kostbar ist, dass auch er trotz der schrecklichen Gefahren des Dämmerwalds wie ein Magnet oder eine Flamme alle diejenigen anzieht, die ihn besitzen wollen.

Die unteren Ausläufer des Dämmerwalds gehen in die Modersümpfe über, einen stinkenden, verseuchten Landstrich, voll gepumpt mit den Abfällen der Fabriken und Gießereien von Unterstadt. Der Müll wird hier schon so lange gelagert, dass das Land so gut wie tot ist. Trotzdem gibt es noch Leben wie überall im Klippenland, Trödler und Lumpensammler mit entzündeten Augen und einer Haut so fahl wie ihre Umgebung. Einige verdingen sich als Fremdenführer. Sie führen ihre Schützlinge durch die giftigen Dämpfe und den trügerischen Morast dieser Wüstenei, rauben sie bis auf den letzten Heller aus und überlassen sie dann ihrem Schicksal.

Wer es trotzdem durch die Sümpfe schafft, gelangt in ein Labyrinth aus schmutzigen Gassen und windschiefen Hütten auf beiden Seiten des ölig schillernden Klippenflusses. Der Gerettete befindet sich in Unterstadt.

Die Bevölkerung in den engen Gassen setzt sich aus den kuriosen Gestalten und Kreaturen des Klippenlandes zusammen. Unterstadt ist schmutzig, überbevölkert und eine Brutstätte der Gewalt, zugleich aber auch der Mittelpunkt des Handels und des Schwarzmarkts. Es wimmelt vor Geschäftigkeit. Jeder, der hier lebt, geht einem auf einen bestimmten Stadtteil beschränkten Gewerbe nach und ist Mitglied der entsprechenden Liga. Dies führt zu Intrigen und Verschwörungen, bitterer Rivalität und ständigen Reibereien der Stadtteile, Ligen und Händler untereinander. Die Mitglieder der Liga der freien Kaufleute hält nur eins zusammen: der gemeinsame Hass auf die gefürchteten Himmelspiraten, die mit ihren Schiffen den Himmel über dem Klippenland beherrschen und glücklose Kaufleute, die ihren Weg kreuzen, ausrauben.

In der Mitte von Unterstadt ist ein großer, eiserner Ring in den Boden eingelassen. Er hält eine lange und schwere Kette, die zum Himmel aufsteigt und abwechselnd straff gespannt ist und locker durchhängt. Am Ende der Kette schwebt ein riesiger Felsen.

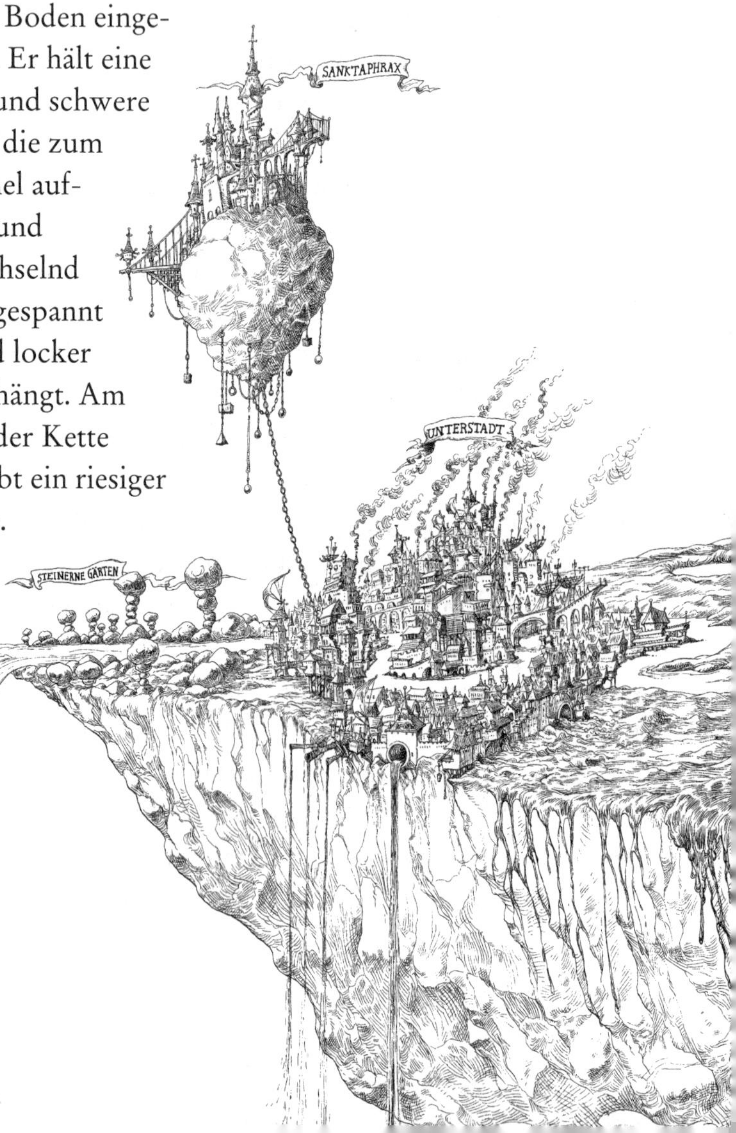

Dieser Felsen ist wie die anderen schwebenden Felsen des Klippenlandes in den Steinernen Gärten gewachsen – er drückte von unten durch den Boden, wuchs, wurde von darunter nachwachsenden Felsen noch weiter hinausgedrückt und vergrößerte sich noch mehr. Als er so groß und leicht war, dass er vom Boden abhob, wurde er an der Kette befestigt. Auf ihm wurde eine prächtige Stadt errichtet: Sanktaphrax.
Sanktaphrax mit seinen hohen, durch Stege und Brücken verbundenen Türmen ist ein Hort der Gelehrsamkeit. Dort leben Wissenschaftler und Alchemisten mit ihren Gehilfen und es gibt Bibliotheken, Laboratorien, Vortragssäle, Speisesäle und Gemeinschaftsräume. Die mysteriösen Dinge, die man dort lernt, sind ein streng gehütetes Geheimnis und Sanktaphrax ist bei aller scheinbaren Entrücktheit und Weltfremdheit ein siedender Kessel von Eifersüchteleien, Intrigen und bitterem Zank.

Der Dunkelwald, die Nebelkante, der Dämmerwald, die Modersümpfe, die Steinernen Gärten, Unterstadt und Sanktaphrax, der Klippenfluss – das sind bislang nur Namen auf einer Karte.
Doch zu jedem Namen gehören tausend Geschichten, auf uralten Pergamentrollen aufgezeichnet und von Generation zu Generation mündlich überliefert, Geschichten, die heute noch erzählt werden.
Was folgt, sind nur drei davon.

Die Klippenland-Chroniken

Twig im Dunkelwald

Paul Stewart

Mit vielen Bildern
von Chris Riddell

Aus dem Englischen von Wolfram Ströle

Sauerländer

KAPITEL 1

Die Schnappholds

Twig saß zwischen den Knien seiner Mutter auf dem Boden und fuhr mit den Zehen durch das dicke Tilderfell. In der Hütte war es kalt und zugig. Twig beugte sich vor und machte die Ofentür auf.

»Ich erzähle dir jetzt, wie du zu deinem Namen gekommen bist«, sagte seine Mutter.

»Aber ich kenne die Geschichte doch schon, Mütterlein«, protestierte Twig.

Spelda seufzte. Twig spürte ihren warmen Atem im Nacken und roch das in Essig eingelegte Wabbelkraut, das sie zu Mittag gegessen hatte. Er zog die Nase kraus. Er verabscheute Wabbelkraut, zumal wenn es in Essig eingelegt war, wie er überhaupt viele der Dinge verabscheute, die Waldtrolle mit Vorliebe verspeisten. Wabbelkraut war glibberig und roch nach faulen Eiern.

»Diesmal kommt noch etwas dazu«, hörte er seine Mutter sagen. »Diesmal erzähle ich die Geschichte zu Ende.«

Twig runzelte die Stirn. »Ich kenne das Ende doch schon.«

Spelda zauste die dicken schwarzen Haare ihres Sohnes. Er

ist so schnell gewachsen, dachte sie und wischte sich eine Träne von der knubbeligen Stupsnase. »Eine Geschichte kann viele Enden haben«, sagte sie traurig. Das purpurrote Licht der Flammen spielte über Twigs hohe Wangenknochen und sein spitzes Kinn. »Du warst vom Augenblick deiner Geburt an anders«, begann sie wie immer.

Twig nickte. Es war schlimm gewesen, sehr schlimm, als Kind *anders* zu sein. Trotzdem stellte er sich gern vor, wie überrascht seine Eltern bei seiner Geburt gewesen sein mussten: ein Baby mit dunklen Haaren, grünen Augen, glatter Haut und Beinen, die schon damals zu lang für einen Waldtroll waren.

Twig starrte ins Feuer. Das Luftholz brannte hervorragend.

Polternd fielen die Scheite im Ofen durcheinander, tiefrote Flammen schlugen aus dem Holz.
Die Waldtrolle verwendeten ganz verschiedene Holzarten, von denen jede besondere Eigenschaften hatte. Duftholz zum Beispiel roch beim Verbrennen angenehm und wer den Duft einsog, verfiel in einen von Träumen erfüllten Schlummer. Das Holz des silbern-türkisfarbenen Wiegenliedbaums wiederum sang, wenn Flammen an seiner Rinde leckten, seltsam traurige Lieder, nicht nach jedermanns Geschmack. Und dann gab es die Bluteiche samt dem auf ihr lebenden Parasiten, dem Schlingwürger, einer dornigen Kletterpflanze.
Bluteichen zu fällen war ein gefährliches Unterfangen. Allzuleicht fielen Trolle, die in Waldkunde nicht aufgepasst hatten, dem Hunger des Baums auf Fleisch zum Opfer. Die Bluteiche und der Schlingwürger gehörten zu den gefährlichsten Pflanzen des Dunkelwalds.
Außerdem konnte man mit dem Holz der Bluteiche zwar hervorragend heizen und es roch und sang nicht, doch nur wenige ertrugen, wie es beim Verbrennen stöhnte und schrie. Nein, unter den Waldtrollen war Luftholz weitaus am beliebtesten. Es brannte gut und der rote Schein des Feuers wirkte beruhigend.
Spelda fuhr in ihrer Geschichte fort. Twig gähnte. Ihre Stimme war hoch und zugleich kehlig wie eine Art Gurgeln tief im Hals.
»Mit vier Monaten konntest du schon laufen«, sagte sie und Twig hörte ihr an, wie stolz sie darauf war. Die meisten Trollkinder krabbelten die ersten anderthalb Jahre auf allen vieren.

»*Aber* ...«, flüsterte er leise. Die Geschichte schlug ihn gegen seinen Willen in ihren Bann und er war in Gedanken schon beim nächsten Satz. Gleich kam das »aber«. Jedes Mal, wenn es so weit war, durchlief ihn ein Schauer und er hielt den Atem an.

»Aber«, sagte Spelda, »obwohl du den anderen körperlich so weit voraus warst, sprechen wolltest du nicht. Drei Jahre warst du alt und hattest noch kein einziges Wort gesagt!« Sie setzte sich anders hin. »Und ich brauche dir nicht zu sagen, wie schlimm das ist!«

Wieder seufzte sie und wieder zog Twig die Nase kraus. Ihm fiel ein, was Taghair einmal zu ihm gesagt hatte: »Deine Nase weiß, wohin du gehörst.« Twig hatte das so verstanden, dass er den unverwechselbaren Geruch von zu Hause immer erkennen würde. Hatte er sich vielleicht geirrt? Hatte der weise alte Eichenelf in seiner typischen indirekten Art gemeint, dass seine Nase nicht mochte, was sie roch, weil dies gar nicht sein Zuhause war?

Twig schluckte schuldbewusst. Er hatte sich das schon so oft gewünscht abends im Bett, wenn er wieder einmal den ganzen Tag lang verspottet, gehänselt und schikaniert worden war.

Durch das Fenster sah er, wie die Sonne an dem gesprenkelten Himmel tiefer sank. Die gezackten Silhouetten der Kiefern des Dunkelwalds glitzerten wie gefrorene Blitze. Twig wusste, dass es schneien würde, noch bevor sein Vater am Abend zurückkehrte.

Er dachte an Tuntum draußen im Dunkelwald, weit weg vom Ankerbaum. Vielleicht schlug er in diesem Augenblick die Axt in den Stamm einer Bluteiche. Twig erschauerte. Die Geschichten vom Bäumefällen, die er von seinem Vater kannte, hatten ihn vor lauter Angst schon so manche stürmische Nacht wach liegen lassen. Tuntum Schnapphold war von Beruf eigentlich Schnitzer, doch verdiente er das meiste Geld mit Schwarzarbeit, indem er die Schiffe der Himmelspiraten reparierte. Dazu brauchte er leichtes Holz – und das Holz mit dem größten Auftrieb war das der Bluteiche.

Twig war sich der Gefühle seines Vaters nicht sicher. Immer wenn er mit einer blutigen Nase, einem blauen Auge oder Kleidern voller Dreck, den andere auf ihn geworfen hatten, nach Hause kam, wünschte er sich, sein Vater würde ihn in die Arme nehmen und trösten, bis es nicht

mehr wehtat. Stattdessen erteilte Tuntum ihm Ratschläge und Befehle.
»Schlag ihnen doch auch die Nase blutig«, sagte er einmal. »Hau ihnen eins aufs Auge. Und wirf nicht mit Schmutz, sondern mit Mist! Zeig ihnen, aus was für einem Holz du geschnitzt bist.«
Seine Mutter erklärte ihm dann später, wenn sie Hylebeerensalbe auf seine blauen Flecken strich, dass Tuntum ihn damit nur auf die harte Welt draußen vorbereiten wollte. Doch Twig hatte seine Zweifel. Tuntums Augen hatten ihn nicht besorgt angesehen, sondern verächtlich.
Abwesend wickelte er eine lange, schwarze Haarsträhne um den Finger und Spelda fuhr mit ihrer Geschichte fort. »Namen«, sagte sie, »wo wären wir Waldtrolle ohne sie? Sie bändigen die wilden Tiere des Dunkelwalds und geben uns unsere Identität. Koste nie von einer namenlosen Suppe, sagt das Sprichwort. Ach Twig, was für Sorgen ich mir gemacht habe, als du mit drei Jahren immer noch keinen Namen hattest.«
Twig fröstelte. Er wusste, ein Waldtroll, der ohne Namen starb, war für alle Ewigkeit zu einem Leben in der Luft verdammt. Das Problem war nur, dass das Ritual der Namensgebung erst stattfinden konnte, wenn das Kind das erste Wort gesagt hatte.
»Habe ich wirklich nichts gesagt, Mütterlein?«, fragte er.
Spelda sah weg. »Kein Wort kam über deine Lippen. Ich glaubte schon, du seist wie dein Urgroßvater Weezil. Er hat auch nie etwas gesagt.« Sie seufzte. »An deinem dritten Geburtstag beschloss ich deshalb, das Ritual trotzdem durchzuführen. Ich ...«

»Hat Urgroßvater Weezil ausgesehen wie ich?«, unterbrach Twig sie.
»Nein«, sagte Spelda. »Es gab nie einen Schnapphold – oder überhaupt einen Waldtroll –, der aussah wie du.«
Twig zog an der Haarsträhne. »Bin ich hässlich?«, fragte er.

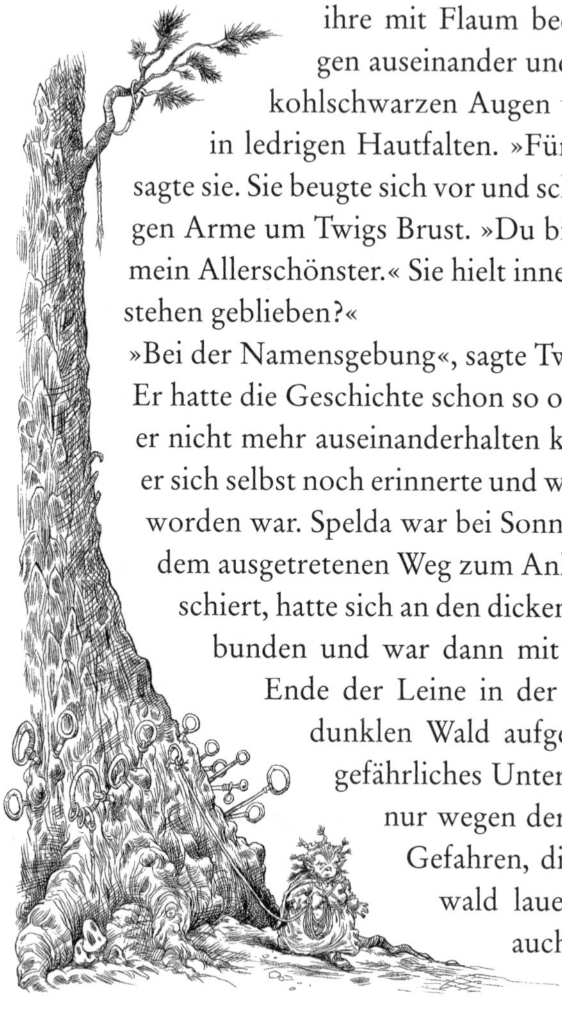

Spelda kicherte. Dabei gingen ihre mit Flaum bedeckten Wangen auseinander und ihre kleinen, kohlschwarzen Augen verschwanden in ledrigen Hautfalten. »Für mich nicht«, sagte sie. Sie beugte sich vor und schlang ihre langen Arme um Twigs Brust. »Du bist und bleibst mein Allerschönster.« Sie hielt inne. »Wo war ich stehen geblieben?«
»Bei der Namensgebung«, sagte Twig.
Er hatte die Geschichte schon so oft gehört, dass er nicht mehr auseinanderhalten konnte, an was er sich selbst noch erinnerte und was ihm erzählt worden war. Spelda war bei Sonnenaufgang auf dem ausgetretenen Weg zum Ankerbaum marschiert, hatte sich an den dicken Stamm angebunden und war dann mit dem anderen Ende der Leine in der Hand in den dunklen Wald aufgebrochen. Ein gefährliches Unternehmen nicht nur wegen der unsichtbaren Gefahren, die im Dunkelwald lauerten, sondern auch, weil immer die Mög-

lichkeit bestand, dass das Seil sich irgendwo verfing und riss. Es gab für einen Waldtroll nichts Schlimmeres, als sich zu verirren.
Wer vom Weg abkam und sich verirrte, war den Angriffen des Schleimschmeichlers ausgeliefert – des schrecklichsten aller Ungeheuer des Dunkelwalds. Die Waldtrolle lebten in ständiger Angst diesem Monstrum zu begegnen. Spelda hatte ihren älteren Kindern oft mit Geschichten vom schwarzen Mann im Wald Angst gemacht. »Wenn du nicht aufhörst ein so ungezogener Waldtroll zu sein«, pflegte sie zu sagen, »dann holt dich der Schleimschmeichler!«
Immer tiefer war Spelda in den Dunkelwald eingedrungen. Das Geheul und Gekreische unsichtbarer Tiere gellte durch die Bäume. Sie tastete nach den Amuletten und Talismanen, die sie um den Hals trug, und betete für eine rasche und sichere Rückkehr.
Am Ende der Leine angekommen, zog Spelda ein Messer – ein Namensgebungsmesser – aus dem Gürtel. Das Messer war wichtig. Es war speziell für ihren Sohn angefertigt worden, so wie für alle Waldtrollkinder Messer gemacht wurden. Sie waren ein wichtiger Bestandteil des Namensrituals und wenn die Kinder dann erwachsen waren, bekamen sie ihr Namensgebungsmesser ausgehändigt.
Spelda packte das Messer fest, streckte den Arm aus und säbelte, wie das Ritual es vorschrieb, ein Stück Holz aus dem nächsten Baum. Dieser kleine Schnitzel aus dem Dunkelwald sollte den Namen ihres Kindes enthüllen.
Spelda verlor keine Zeit. Sie wusste ganz genau, dass sie mit ihrem Sägen und Hacken andere Waldbewohner auf sich aufmerksam machte, die womöglich eine tödliche Gefahr

darstellten. Sobald sie fertig war, klemmte sie sich das Holzstückchen unter den Arm und marschierte durch den Wald wieder zum Ankerbaum. Sie band sich los und kehrte nach Hause zurück. Dort küsste sie das Stück zweimal und warf es dann ins Feuer.

»Bei deinen Geschwistern kamen die Namen sofort«, sagte sie. »Schnutpill, Handlang, Nasevoll, in aller Deutlichkeit. Bei dir zischte und knackte das Holz, aber sonst kam nichts. Der Dunkelwald weigerte sich, dir einen Namen zu geben.«

»Trotzdem habe ich einen«, sagte Twig.

»So ist es«, sagte Spelda. »Dank Taghair.«

Twig nickte. Er erinnerte sich noch gut daran. Taghair war gerade nach längerer Abwesenheit ins Dorf zurückgekehrt. Twig wusste noch, wie froh die Waldtrolle darüber gewesen waren. Taghair, in allen waldkundlichen Dingen wohl bewandert, war ihr Beistand, Berater und Orakel. Zu ihm gingen sie mit all ihren Sorgen.

»Als wir zu seinem Wiegenliedbaum kamen, hatte sich darunter bereits eine ansehnliche Menge versammelt«, sagte Spelda. »Taghair saß in seinem leeren Raupenvogelkokon und berichtete, wo er gewesen war und was er auf seinen Reisen erlebt hatte. Als er mich sah, riss er die Augen auf und ließ die Ohren kreisen. ›Was ist passiert?‹, fragte er. Ich sagte es ihm. Ich sagte ihm alles. ›Du meine Güte‹, erwiderte er. ›Reiß dich zusammen.‹ Dann zeigte er auf dich. ›Sag mir doch, was ist das um den Hals des Kleinen?‹ ›Sein Kuscheltuch‹, sagte ich. ›Niemand darf es anfassen und er hat es immer an. Sein Vater hat einmal versucht es ihm wegzunehmen, er meinte, der Junge sei zu alt für derlei Kindereien. Aber der Junge rollte sich nur zusammen und weinte so lange, bis wir es ihm zurückgaben.‹«

Twig wusste, was als Nächstes kam. Er hatte es schon viele Male gehört.

»Dann sagte Taghair: ›Gib mir das Tuch.‹ Er sah dich dabei eindringlich mit seinen großen, schwarzen Augen an – Augen, wie alle Eichenelfen sie haben. Mit ihnen sehen sie Dinge auf der Welt, die anderen verborgen sind.«

»Und ich habe ihm mein Kuscheltuch gegeben«, flüsterte Twig. Er mochte immer noch nicht, dass jemand anders es anfasste, und er trug es die ganze Zeit fest verknotet um den Hals.

»Richtig«, fuhr Spelda fort. »Ich kann es bis heute nicht fassen. Und das war ja noch nicht alles, beileibe nicht.«
»Beileibe nicht«, echote Twig.
»Taghair nahm das Tuch, strich liebevoll darüber, als sei es lebendig, und zeichnete mit der Fingerspitze behutsam das Muster darauf nach. ›Ein Wiegenliedbaum‹, sagte er schließlich und ich sah, dass er Recht hatte. Ich hatte immer nur ein schönes Muster gesehen – lauter Schnörkel und Kringel –, aber nein, es war ganz richtig ein Wiegenliedbaum, so eindeutig wie deine Nase eine Nase ist.«
Twig lachte.
»Und das Seltsame war, es machte dir gar nichts aus, dass der alte Taghair das Tuch anfasste. Du hast einfach nur stumm und ernst dagesessen. Dann sah er dich wieder eindringlich an und sagte leise: ›Du bist ein Teil des Dunkelwalds, Stummer. Das Namensgebungsritual hat nicht

funktioniert, aber du bist ein Teil des Dunkelwalds ... Ein Teil des Dunkelwalds‹, wiederholte er, und seine Augen bekamen einen abwesenden Ausdruck. Dann hob er den Kopf und breitete die Arme aus. ›Sein Name ist ...‹«

»... Twig!«, rief Twig, der nicht mehr stillhalten konnte.

»Stimmt«, sagte Spelda lachend. »Das hast du gerufen, einfach so. Twig! Das erste Wort, das du gesagt hast. Und dann sagte Taghair: ›Passt gut auf ihn auf, denn er ist etwas Besonderes.‹«

Nicht etwas *anderes,* sondern etwas *Besonderes!* Das hatte ihn aufrecht gehalten, wenn die anderen Trollkinder ihn erbarmungslos hänselten. Kein einziger Tag war ohne Schikane vergangen. Am schlimmsten war gewesen, wie die anderen nach jenem denkwürdigen Bohnenblasenspiel über ihn hergefallen waren.

Bis dahin hatte Twig das Spiel geliebt. Er war zwar nicht besonders gut darin, aber die aufregende Verfolgungsjagd machte ihm Spaß. Bohnenblase war ein Spiel, bei dem man viel rennen musste.

Man spielte es auf dem großen Platz zwischen Dorf und Wald. Durch das Spielfeld verliefen im Zickzack Pfade, ausgetreten von Generationen junger Waldtrolle. Dazwischen wuchs hoch und dicht das Gras.

Die Spielregeln waren einfach. Es gab zwei Mannschaften und auf jeder Seite konnten so viele teilnehmen, wie mitspielen wollten. Ziel war es, die Bohnenblase zu fangen – eine mit getrockneten Bohnen ausgestopfte Blase eines Hammelhorns –, zwölf Schritte zu rennen und beim Rennen laut mitzuzählen. Wem das gelang, der durfte versuchen den Korb in der Mitte des Spielfelds zu treffen. Ein

Treffer verdoppelte die Punktzahl. Es war allerdings nicht so leicht, wie es klingen mag, denn der Boden war oft rutschig und die Bohnenblase immer glibberig und die gesamte gegnerische Mannschaft versuchte einem den Ball abzunehmen. Twig hatte in den acht Jahren, die er mitspielte, noch kein einziges Mal den Korb getroffen.

An diesem besonderen Morgen hatte niemand Glück. Das ganze Spielfeld stand nach schweren Regenfällen unter Wasser und das Spiel musste immer wieder unterbrochen werden, weil wieder ein Kind auf den schlammigen Wegen ausgerutscht war.

Erst im dritten Spielviertel landete die Bohnenblase in Twigs Nähe, sodass er sie packen und losrennen konnte.

»EINS, ZWEI, DREI ...«, brüllte er. Die Bohnenblase fest unter den Ellbogen des linken Arms geklemmt, rannte er den Weg entlang, der zur Mitte des Spielfelds führte. Je näher man am Korb war, wenn man bis zwölf gezählt hatte, desto leichter war es, ihn zu treffen.

»VIER, FÜNF ...« Von vorn kamen ihm ein halbes Dutzend Mitglieder der gegnerischen Mannschaft entgegen. Er bog nach links ab. Seine Gegner folgten ihm.

»SECHS, SIEBEN ...«

»Wirf zu mir, Twig! Zu mir!«, schrien verschiedene Mitglieder seiner Mannschaft. »Gib ab!«

Aber Twig gab nicht ab. Er wollte selbst werfen. Diesmal sollten seine Mannschaftskameraden *ihm* zujubeln, *ihm* anerkennend auf den Rücken klopfen. Einmal wollte er selbst der Held sein.

»ACHT, NEUN ...«

Er war von allen Seiten umzingelt.

»Spiel zu mir!«, hörte er jemanden brüllen. Es war Hoddergrob auf der anderen Seite des Spielfelds. Twig wusste, wenn er den Ball jetzt an seinen Freund abgab, konnte der vielleicht einen Treffer für die Mannschaft erzielen. Aber das war nicht ratsam. Hinterher wusste man doch nur noch, wer getroffen hatte, nicht, wer den Treffer vorbereitet hatte. Es sollten aber alle wissen, dass *er* getroffen hatte.

Er blieb stehen. Die Hälfte der gegnerischen Mannschaft war nur noch einige Schritte von ihm entfernt. Er konnte nicht mehr weiter vor und nicht mehr zurück. Er sah sich

nach dem Korb um. So nah und noch so weit weg und er wollte doch unbedingt treffen, mehr als alles andere.
Plötzlich war ihm, als hörte er ein feines Stimmchen in seinem Kopf sagen: »Worauf wartest du noch? In den Spielregeln steht nicht, dass man auf dem Weg bleiben muss.«
Twig sah wieder zum Korb und schluckte aufgeregt. Dann tat er, was noch kein Waldtroll je getan hatte: *Er verließ den Weg*. Er rannte auf den Korb zu und das lange Gras peitschte seine nackten Beine.
»ZEHN, ELF ... ZWÖLF!«, schrie er, sprang hoch und warf die Blase von oben durch den Korb. »Bohnenblase!«,

rief er und sah sich glücklich um. »Vierundzwanzig Punkte. Ich habe eine Boh...« Er brach ab. Die Waldtrolle beider Mannschaften starrten ihn böse an. Niemand jubelte, niemand schlug ihm auf den Rücken.

»Du hast den Weg verlassen!«, rief einer.

»Das darf man nicht«, rief ein anderer.

»Aber ... aber ...«, stotterte Twig. »In den Regeln steht nicht, dass ...«

Aber die andern hörten ihm nicht zu. Natürlich wussten sie, dass in den Regeln nicht stand, man müsse auf den Wegen bleiben. Aber warum auch? Kein Waldtroll verließ je den Weg, weder im Spiel noch im alltäglichen Leben. Das wurde als selbstverständlich vorausgesetzt. Eine Regel dazu wäre so sinnvoll gewesen wie etwa die Regel, dass man mit Atmen nicht aufhören durfte!

Dann plötzlich, wie auf ein vorher festgelegtes Zeichen, fielen alle über Twig her. »Du langer Lulatsch, du dämlicher«, schrien sie und droschen auf ihn ein. »Du Missgeburt!«

Brennende Schmerzen schossen durch seinen Arm. Es war, als würde er gebrandmarkt. Er sah hoch. Zwei Hände mit harten, spatelförmigen Fingern hatten seinen Unterarm gepackt und verdrehten ihn bösartig.

»Hoddergrob«, flüsterte Twig.

Die Schnappholds und die Grobknots waren Nachbarn. Twig und Hoddergrob waren innerhalb einer Woche geboren worden und wuchsen zusammen auf. Twig hatte gedacht, sie seien Freunde.

Hoddergrob verzerrte höhnisch das Gesicht und verdrehte den Arm noch stärker. Twig biss sich auf die Lippen und

hielt krampfhaft die Tränen zurück. Nicht wegen der Schmerzen in seinem Arm – die konnte er aushalten –, sondern weil er jetzt auch noch Hoddergrob gegen sich hatte. Übel zugerichtet und blutend, war er nach Hause geschlichen. Was ihn am meisten schmerzte, war die Tatsache, dass er seinen einzigen Freund verloren hatte. Nun war er also auch noch ganz allein.

»Von wegen etwas *Besonderes!*« Twig schnaubte.
»Doch«, sagte Spelda. Und leise fügte sie hinzu: »Das fiel sogar den Himmelspiraten auf, als sie dich sahen. Deshalb hat dein Vater ja ...« Die Stimme versagte ihr. »Deshalb haben wir ... Deshalb musst du von zu Hause fort.«

Twig erstarrte. Von zu Hause fort? Was meinte seine Mutter? Er drehte sich um und sah, wie sie weinte.
»Das verstehe ich nicht«, sagte er. »Du willst, dass ich weggehe?«
»Ich doch nicht, Twig«, schluchzte sie. »Aber du wirst in wenigen Tagen dreizehn. Ein Erwachsener. Was willst du dann tun? Bäume fällen wie dein Vater kannst du nicht. Du hast dafür nicht die richtige Statur. Und wo willst du leben? Unsere Hütte ist schon jetzt zu klein für dich. Und jetzt, wo die Himmelspiraten von dir wissen ...«
Twig wickelte die Haarsträhne noch weiter um den Finger. Vor drei Wochen war er mit seinem Vater tief in den Dunkelwald hineingegangen, bis dorthin, wo die Waldtrolle Bäume fällten und das Holz für die Himmelspiraten zuschnitten.
Im Gegensatz zu seinem Vater, der auch unter den tiefsten Ästen noch aufrecht gehen konnte, hatte Twig sich bücken müssen. Und selbst dann war er noch zu groß gewesen. Immer wieder hatte er sich den Kopf angeschlagen. Seine Kopfhaut war voller feuerroter Schrammen gewesen. Das letzte Stück zu der Lichtung hatte er auf Händen und Knien kriechen müssen.
»Unser neuer Lehrling«, hatte Tuntum zu dem Himmelspiraten gesagt, der für die Lieferung an jenem Morgen zuständig war.
Der Pirat sah von seinem Notizbrett auf und musterte Twig. »Ist er dafür nicht zu groß?«, fragte er und vertiefte sich wieder in die Papiere.
Twig starrte den Himmelspiraten unverwandt an. Er war hoch gewachsen und aufrecht und sah mit seinem Drei-

spitz, dem schön gearbeiteten ledernen Brustharnisch, den Klappflügeln und den gewachsten Koteletten großartig aus. Sein Mantel war zwar an einigen Stellen geflickt, bot mit den Ärmelstulpen, Quasten, Tressen und goldenen Knöpfen aber trotzdem einen prächtigen Anblick. An speziellen Haken hingen zahlreiche Gegenstände, die von aufregenden Abenteuern zeugten. Zu gern hätte Twig gewusst, gegen wen der Himmelspirat mit dem Säbel gekämpft hatte, dessen Griff mit Juwelen besetzt war, und wie die Schramme in die lang geschwungene Klinge gekommen war. Oder was für Wunder er durch sein Fernrohr gesehen, welche

Mauern er mit seinen Enterhaken erstiegen und an welche fernen Orte ihn sein Kompass geführt hatte.

Plötzlich sah der Pirat noch einmal auf. Er bemerkte, dass Twig ihn anstarrte, und hob fragend die Augenbrauen. Twig senkte den Blick. »Ich mache Euch einen Vorschlag«, sagte der Himmelspirat zu Tuntum. »Für einen großen jungen Mann ist auf einem Himmelsschiff immer Platz.«

»Nein«, erwiderte Tuntum scharf. »Vielen Dank für das Angebot«, fügte er höflicher hinzu. »Trotzdem nein.«
Tuntum wusste, dass sein Sohn an Bord eines solchen Schiffes keine zehn Minuten durchhalten würde. Die Himmelspiraten waren ein schamloses Gesindel. Ehe man sich versah, hatten sie einem die Kehle aufgeschlitzt. Die Waldtrolle hatten überhaupt nur mit ihnen zu tun, weil die Piraten für das flugtaugliche Holz aus dem Dunkelwald so gut zahlten.
Der Pirat zuckte die Schultern. »War nur ein Vorschlag«, sagte er und wandte sich ab. »Trotzdem«, murmelte er, »schade.«
Als Twig hinter seinem Vater durch den Wald zurückkroch, dachte er an die Schiffe, die mit geblähten Segeln über ihm vorbeigeglitten und in der Ferne verschwunden waren. »Die Lüfte befahren«, flüsterte er und sein Herz pochte. So schlimm konnte das doch gar nicht sein.
Spelda war da anderer Meinung. »Diese Himmelspira-

ten!«, schimpfte sie nach ihrer Rückkehr. »Tuntum hätte dich von ihnen fernhalten sollen. Jetzt werden sie es immer wieder versuchen, darauf wette ich, so wahr ich Spelda Schnapphold heiße.«

»Aber dem Himmelspiraten, den ich gesehen habe, war es ganz egal, ob ich auf sein Schiff komme oder nicht«, sagte Twig.

»Die tun doch nur so«, sagte Spelda. »Sieh doch, was mit Hobbelbark und Hogwort passiert ist. Aus dem Bett geholt wurden sie und nie mehr gesehen. Ach, Twig, ich könnte es nicht ertragen, wenn dir das zustieße. Das Herz bräche es mir.«

Draußen heulte der Wind durch den dichten Wald. Es wurde dunkel und die Nacht war erfüllt von den Lauten der erwachenden Nachttiere. Fromps husteten und spuckten, Quarms quiekten und der große Banderbär schlug sich an die mächtige, behaarte Brust und rief klagend nach seiner Gefährtin. In der Ferne hörte Twig das vertraute rhythmische Hämmern der Schlächter, die noch angestrengt arbeiteten.

»Was soll ich dann tun?«, fragte er leise.

Spelda schniefte. »Du gehst erst mal für eine Weile zu Cousin Schnatterbark«, sagte sie. »Wir haben ihn bereits verständigt, er erwartet dich. Nur bis sich hier alles wieder beruhigt hat«, fügte sie hinzu. »Dort bist du sicher, wenn der Himmel es will.«

»Und *dann?*«, fragte Twig. »Dann kann ich doch wieder nach Hause kommen.«

»Ja«, sagte Spelda langsam. Twig wusste sofort, dass sie noch nicht fertig war.

»Aber?«, fragte Twig mit Nachdruck.

Spelda drückte den Kopf des Jungen zitternd an die Brust. »Ach Twig, mein lieber Junge«, schluchzte sie. »Ich muss dir noch etwas sagen.«

Twig machte sich von ihr los und sah zu ihrem unglücklichen Gesicht auf. Auch ihm liefen inzwischen Tränen über die Wangen. »Was denn, Mütterlein?«, fragte er aufgeregt.

»Ach, beim Schleimschmeichler!«, schimpfte Spelda. »Warum ist es auch so schwer.« Durch die Tränen sah sie ihn an. »Ich liebe dich seit dem Tag, an dem du zu uns kamst, Twig, aber du bist nicht mein Sohn und Tuntum ist nicht dein Vater.«

Twig starrte sie ungläubig an. »Wer bin ich dann?«, fragte er endlich.

Spelda hob die Schultern. »Wir haben dich gefunden«, sagte sie. »Ein kleines, in ein Tuch gewickeltes Bündel am Fuß unseres Baumes.«

»*Gefunden*«, flüsterte Twig.

Spelda nickte, beugte sich vor und strich über das Tuch, das Twig um den Hals trug. Twig zuckte zusammen.

»Im Kuscheltuch?«, fragte er.

Spelda seufzte. »Genau da«, sagte sie. »Darin warst du eingewickelt. In das Tuch, von dem du dich bis heute nicht trennen willst.«

Twig fuhr mit zittrigen Fingern über den Stoff. Er hörte Spelda schniefen.

»Ach Twig«, sagte sie. »Auch wenn wir nicht deine Eltern sind, Tuntum und ich lieben dich wie unser eigen Fleisch und Blut. Ich soll dir von Tuntum ... auf Wiedersehen sagen. Er ...« Sie stockte, überwältigt von Kummer. »Er lässt dir ausrichten ... was immer geschieht, du musst immer daran denken, dass ... er dich lieb hat.«

Mit diesen Worten überließ sie sich ganz ihrem Schmerz. Sie brach in lautes Jammern aus und ohnmächtiges Schluchzen schüttelte sie.

Twig kniete vor sie hin und schlang die Arme um sie. »Soll ich denn jetzt gleich gehen?«, fragte er.

»Es wäre wohl am besten«, sagte Spelda. Unsicher fügte sie hinzu: »Aber du kommst doch wieder, Twig, ja? Glaub mir, mein lieber Junge, ich wollte dir das Ende der Geschichte gar nicht erzählen, aber ...«

»So weine doch nicht«, sagte Twig. »Die Geschichte ist doch noch lange nicht zu Ende.«

Spelda sah auf. »Du hast Recht«, sagte sie und lächelte tapfer. »Eigentlich fängt sie erst an. Ja, bestimmt, Twig. Sie fängt erst an.«

KAPITEL 2

Der Schwebewurm

Twig ging den Weg zwischen den Bäumen entlang. Laut hallte das Geschrei der Waldbewohner um ihn herum. Er fröstelte, zog das Halstuch fester und schlug den Kragen seiner Lederjacke hoch.

Er hatte nicht schon am selben Abend gehen wollen. Schließlich war es dunkel und kalt. Aber Spelda hatte gedrängt. »Jetzt ist die beste Zeit«, hatte sie immer wieder gesagt und zusammengesucht, was er für die Reise brauchte: eine lederne Flasche, ein Seil, eine kleine Tasche mit Proviant und – am wichtigsten – sein Namensgebungsmesser. Twig war endlich volljährig geworden.

»Du weißt ja, wie das Sprichwort geht«, fügte sie hinzu. Sie hob die Arme und band zwei hölzerne Amulette um seinen Hals. »Brich auf bei Nacht, komm an bei Tag.«

Twig wusste, dass Spelda ihre Munterkeit nur vorspielte.

»Aber sei vorsichtig«, ermahnte sie ihn. »Draußen ist es dunkel und ich kenne dich. Du träumst und trödelst und willst hinter jeden Baum sehen.«

»Ja, Mutter«, sagte Twig.

»Also tu, was ich sage. Es ist wichtig. Denk dran, immer auf dem Weg zu bleiben, damit du nicht dem schrecklichen Schleimschmeichler begegnest. Wir Waldtrolle bleiben *immer* auf dem Weg.«

»Aber ich bin kein Waldtroll«, murmelte Twig. In seinen Augen brannten Tränen.

»Du bist mein kleiner Junge«, sagte Spelda und umarmte ihn fest. »Bleib auf dem Weg. Die Waldtrolle wissen, warum. Und jetzt fort mit dir und grüße mir Cousin Schnatterbark. Bevor du dich versiehst, bist du wieder da und alles ist wie früher. Du wirst schon sehen ...«

Spelda konnte nicht zu Ende sprechen. Dicke Tränen kullerten ihr über die Wangen. Twig drehte sich um und ging auf dem dämmrigen Weg in den dunklen Wald hinein.

Wie *früher*, dachte er. Aber ich will gar nicht, dass alles wieder wie früher ist. Bohnenblase spielen, Bäume fällen, von allen gemieden werden und nirgends dazugehören. Bei Cousin Schnatterbark ist es wahrscheinlich genauso. Zum Dienst auf einem Himmelsschiff berufen zu werden schien auf einmal verlockender denn je. Die Himmelspiraten befuhren den Himmel über dem Dunkelwald. Die Abenteuer, die sie dort erlebten, waren sicher viel aufregender als alles hier drunten im Wald.

Ein verzweifelter Schmerzensschrei gellte durch die Bäume. Einen Augenblick lang herrschte tiefes Schweigen, dann setzte der nächtliche Lärm wieder ein, lauter als zuvor, als ob alle froh darüber wären, dass nicht *sie* einem hungrigen Räuber zum Opfer gefallen waren.

Beim Weitergehen begann Twig, die Tiere zu benennen, die abseits des Weges aus dem tückischen Dunkelwald zu hören waren. Das linderte sein Herzklopfen. In den Bäumen über seinem Kopf hörte er quiekende Quarms und hustende Fromps. Sie konnten einem Waldtroll nichts anhaben, wenigstens nichts Schlimmes. Weiter weg zu seiner Rechten hörte er das heisere Kreischen eines zum Sturzflug ansetzenden Klingenflitzers. Im nächsten Augenblick war die Luft mit dem Geschrei des Opfers erfüllt, eine Packratte vielleicht oder ein Laubfresser.

Immer weiter ging er und der Weg lag dunkel vor ihm. Nach einer Weile öffnete der Wald sich seinem Blick. Twig blieb stehen und betrachtete erstaunt die von silbernem Mondlicht umflossenen Stämme und Äste und die wächsern schimmernden Blätter. Er war zum ersten Mal nach Einbruch der Dunkelheit im Wald und es war wunder-

schön – so schön, wie er es sich nie hätte träumen lassen. Den Blick unverwandt auf die silbrigen Blätter gerichtet, machte er einen Schritt nach vorn, weg von dem dunklen Weg. Der Mond übergoss ihn mit kaltem Licht und seine Haut schimmerte wie Metall. Die weiße Wolke seines Atems glänzte hell wie Schnee.

»Unglaublich«, sagte er und machte noch einen Schritt.

Der glitzernde, gefrorene Boden unter seinen Füßen knackte und knirschte. An einer Trauereiche hingen Eiszapfen, die Wassertropfen an einem Tautropfenbaum waren gefroren und glänzten wie Perlen. Ein schmächtiger junger Baum mit haarähnlichen Wedeln schwankte in dem eisigen Wind.

»Erstaunlich«, sagte Twig und ging weiter. Zuerst links, dann rechts, dann um eine Ecke, über einen Hügel. Alles war so geheimnisvoll, so neu.

An einem mondbeschienenen Gesträuch mit hohen, dornigen Blättern und zitternden Stängeln mit dicken Knospen blieb er stehen. Auf einmal platzten die Knospen auf, eine nach der anderen, bis der ganze Strauch mit dicken, runden Blüten und Blütenblättern wie Eisspäne übersät war. Die Blüten drehten sich dem Mond zu und leuchteten in seinem Licht.

Twig lächelte in sich hinein und wandte sich ab. »Nur noch ein paar Schritte ...«, murmelte er.

Ein Purzelbusch purzelte an ihm vorbei und verschwand im Schatten. Mondglocken und Klingelbeeren bimmelten und klirrten im stärker werdenden Wind.

Dann hörte Twig noch etwas anderes. Er fuhr herum. Ein kleines, mageres Tier mit braunem Fell und einem spiralig

gewundenen Schwanz trippelte, vor Panik quietschend, über den Waldboden. Der Schrei einer Waldeule schnitt durch die Luft.
Ihm schlug das Herz bis zum Hals. Aufgeregt sah er sich um. Im Dunkel lauerten Augen, überall. Gelbe Augen, grüne Augen, rote Augen. Sie alle starrten ihn an. »O nein«, jammerte er. »Was habe ich bloß getan?«
Er wusste, was er getan hatte. »Verlasse nie den Weg«, hatte Spelda gesagt. Doch genau das war geschehen. Von der silbernen Schönheit des Waldes in den Bann geschlagen, hatte er den sicheren Weg verlassen.
»Ich mache wirklich alles falsch!«, stöhnte er. »Ich bin vielleicht ein Idiot!« Er machte ein paar Schritte hierhin und dorthin und versuchte verzweifelt zum Weg zurückzufinden. »Ich ...«
Dann hörte er plötzlich noch etwas, ein Geräusch, das ihn verstummen ließ. Wie erstarrt blieb er stehen. Es war der keuchende Atem einer Pestkröte – eines großen, gefährlichen Reptils, dessen Atem so schrecklich stank, dass es sein Opfer damit auf zwanzig Schritte Entfernung lähmen konnte. Auf zehn Schritte war der Gestank tödlich. Ein einziger stinkender Schwall hatte Hoddergrobs Onkel das Leben gekostet.
Was konnte er tun? Wohin sollte er fliehen? Twig war noch nie allein im Wald gewesen, fernab von allen Wegen. Er machte ein paar Schritte, blieb stehen, rannte in die andere Richtung und blieb wieder stehen. Der keuchende Atem der Kröte schien von überall zu kommen. Hastig stolperte er in den Schatten eines Busches und duckte sich hinter den Stamm eines hohen Baums.

Die Kröte kam näher und ihr rasselnder Atem wurde lauter. Twigs Hände wurden feucht, sein Mund war wie ausgetrocknet. Er konnte nicht mehr schlucken. Die Fromps und Quarms verstummten und eine schreckliche Stille legte sich über alles. Twigs Herz schlug wie eine Trommel. Sicher hörte die Kröte es. Aber vielleicht war sie ja schon wieder weg. Vorsichtig spähte Twig um den Stamm.
IRRTUM! Ihm wurde ganz heiß vor Schreck. Aus dem Dunkel vor ihm starrten zwei gelbe Augenschlitze in seine Richtung. Eine lange Zunge fuhr immer wieder züngelnd aus dem Maul und schmeckte die Luft. Plötzlich blies die Kröte sich auf wie ein Ochsenfrosch. Gleich würde sie eine Wolke ihres giftigen Atems loslassen. Twig schloss die Augen, hielt sich die Nase zu und presste die Lippen aufeinander. Er hörte ein gurgelndes Zischen.

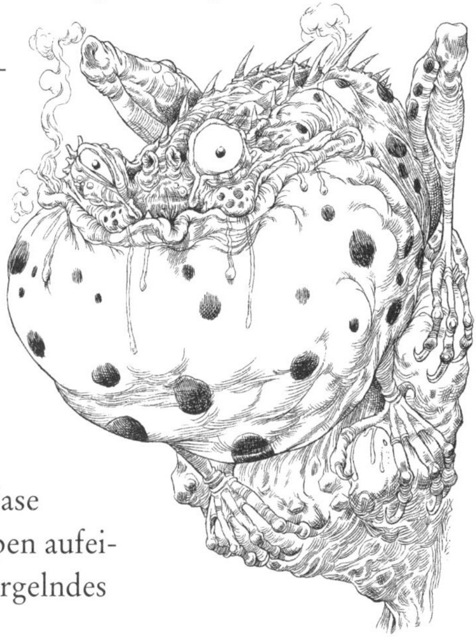

Im nächsten Augenblick fiel hinter ihm etwas mit einem dumpfen Plumps zu Boden. Ängstlich öffnete er ein Auge. Ein Fromp lag auf dem Boden. Sein pelziger Greifschwanz zuckte. Twig rührte sich nicht. Die klebrige Zunge der Kröte schoss heraus und packte den glücklosen Fromp. Dann verschwand die Kröte mit ihm im Unterholz.

»Das war knapp!«, sagte Twig und seufzte erleichtert. Er wischte sich den Schweiß von der Stirn. »Viel zu knapp!«
Der Mond durchdrang alles mit seinem bleichen Schein und die Schatten waren noch tiefer geworden. Betrübt ging Twig weiter. Kummer legte sich auf ihn wie eine feuchte Decke. Die Kröte mochte wieder weg sein, aber sie war die geringste seiner Sorgen. Er war vom Weg abgekommen. Jetzt war er verloren.
Er stolperte oft und manchmal fiel er hin. Seine Haare waren schweißnass, zugleich fror er jämmerlich. Er wusste nicht, wohin er lief, er wusste nicht, wo er war, er hoffte nur, dass er nicht immer im Kreis ging. Er war müde, aber jedes Mal, wenn er sich ausruhen wollte, schreckte ihn ein Knurren, Fauchen oder wildes Brüllen wieder auf und er ging weiter.
Irgendwann konnte er nicht mehr. Er blieb stehen, sank auf die Knie und hob den Kopf zum Himmel.
»Ach, Schleimschmeichler!«, rief er verzweifelt. »Schleimschmeichler!« Laut drang seine Stimme durch die kalte Nacht. »Bitte, bitte, bitte«, rief er. »Lass mich den Weg wieder finden. Hätte ich ihn bloß nicht verlassen! Hilfe! Hilfe! Hilfe ...«
»HILFE!«
Der Schrei schnitt durch die Nacht wie ein Messer. Twig sprang auf und sah sich um.
»HILFE!« Es war kein Echo.
Die Stimme kam von links. Instinktiv rannte er los um nachzusehen. Vielleicht konnte er helfen. Doch dann blieb er wieder stehen. Wenn es eine Falle war? Ihm fielen Tuntums schreckliche Geschichten ein. Waldtrolle waren von

falschen Hilferufen des Schlitzdolchs, eines grässlichen Ungeheuers mit vierzig messerscharfen Klauen, in den Tod gelockt worden. Der Schlitzdolch sah aus wie ein umgefallener Baumstamm – bis man auf ihn drauftrat. Dann schnappten seine Klauen zu und blieben geschlossen, bis die Leiche des Opfers zu verwesen begann. Der Schlitzdolch fraß nämlich nur Aas.

»Himmel noch mal, so hilf mir doch jemand«, rief die Stimme wieder, diesmal allerdings schon schwächer.

Twig musste dem verzweifelten Ruf einfach folgen. Er zog sein Messer – nur für den Fall – und ging in die Richtung der Stimme. Schon nach zwanzig Schritten stolperte er über etwas, das unten aus einem summenden Kammbusch herausragte.

»Au!«, schrie die Stimme.

Twig fuhr herum. Er war über ein Paar Beine gestolpert. Ihr Besitzer setzte sich auf und funkelte ihn böse an.

»Du Hornochse!«, schimpfte er.

»Tut mir leid, ich ...«, begann Twig.

»Und starr mich nicht so an«, unterbrach der andere ihn. »Das ist nicht höflich.«

»Tut mir leid, ich ...«, sagte Twig noch einmal. Es stimmte, er starrte den anderen an. Das Mondlicht schien auf einen Jungen und der Anblick seines krebsroten Gesichts, seiner mit Wachs zu flammendroten Spitzen versteiften Haare und seiner Halsketten aus Tierzähnen hatte Twig erschreckt. »Du bist ein Schlächter, ja?«, fragte er.

Die blutigen Schlächter sahen wild aus und klangen auch so, wenn sie redeten. Es hieß, die vielen Generationen vergossenen Bluts seien ihnen durch die Poren in die Haare gesickert. Dabei waren sie, obwohl sie Tilder jagten und Hammelhörner schlachteten, ein friedliebendes Volk. Trotzdem konnte Twig seinen Ekel nicht verbergen. Von gelegentlichen Durchreisenden abgesehen, waren die Schlächter die nächsten Nachbarn der Waldtrolle. Die Waldtrolle handelten mit ihnen – Holzschnitzereien und geflochtene Körbe gegen Fleisch und Lederwaren. Trotzdem verachteten sie sie wie alle anderen Bewohner des Dunkelwalds. Sie waren, um mit Speldas Worten zu sprechen, der unterste Bodensatz. Niemand wollte mit Leuten verkehren, denen Blut nicht nur an den Händen, sondern am ganzen Körper klebte.

»Also?«, sagte Twig. »Bist du ein Schlächter?«
»Und wenn schon«, entgegnete der Junge trotzig.
»Nichts. Ich …« Wer sich im Dunkelwald verirrt hatte, durfte, was seine Gefährten betraf, nicht wählerisch sein. »Ich heiße Twig.«
Der Junge tippte mit der Hand an seine Stirn und nickte. »Und ich heiße Knorpel«, sagte er. »Bring mich bitte in mein Dorf zurück. Ich kann nicht mehr gehen. Schau.« Er zeigte auf seinen rechten Fuß.
An der Ferse sah Twig sechs oder sieben tiefrote Punkte. Der ganze Fuß war bereits auf das Doppelte seines gewöhnlichen Umfangs angeschwollen. Noch während Twig hinsah, begann auch das Bein anzuschwellen.
»Was ist denn passiert?«, fragte er verdattert.
»Ein … Ein Sch…«
Twig merkte, dass der Junge auf etwas hinter ihm starrte. Er hörte ein Zischen und fuhr herum. Vor ihm schwebte dicht über dem Boden die abscheulichste Kreatur, die er je gesehen hatte.
Sie war lang und dick und hatte eine schleimgrüne Haut, die im milchigen Mondlicht feucht glänzte. Überall entlang des Körpers waren gelbe Warzen, aus denen eine durchsichtige Flüssigkeit tropfte. Das Geschöpf ringelte und wand sich in einem fort und starrte Twig mit seinen riesigen Augen kalt an.

»Was ist denn das?«, fragte er Knorpel flüsternd.
»Ein Schwebewurm«, sagte Knorpel. »Pass auf, dass er dich nicht kriegt.«
»Der erwischt mich nicht«, sagte Twig tapfer und langte nach seinem Messer. Es war weg. »Mein Messer«, rief er. »Mein Namensgebungsmesser. Ich ...« Dann fiel ihm ein, wo es war. Er hatte es in der Hand gehalten, als er über Knorpels Beine gestolpert war. Es musste hier irgendwo auf dem Boden liegen.
Twig starrte weiter geradeaus. Er hatte solche Angst, dass er den Schwebewurm keinen Moment aus den Augen ließ. Der Wurm wand sich hin und her. Das Zischen kam nicht aus seinem Mund, sondern aus in Reihen angeordneten Drüsen an seinem Bauch. Aus ihnen strömte die Luft, die ihn schweben ließ.
Er kam langsam näher und Twig sah wie gebannt auf sein Maul. Der Wurm hatte fleischige Lippen und schlaff herunterhängende Fühler und schluckte ständig Luft. Plötzlich gingen die Lippen auseinander.
Twig hielt den Atem an. Der Mund des Schwebewurms war voller Tentakel, an deren Ende geifernde Saugnäpfe saßen. Der Mund ging noch weiter auf und die Tentakel sprangen heraus und wanden sich wie Maden.

»Das Messer«, sagte Twig leise zu Knorpel. »Such mein Messer.«
Er hörte, wie Knorpel das trockene Laub durchwühlte. »Ich suche ja schon«, sagte er. »Aber ich kann ... Halt!«, rief er. »Ich hab's.«
»Schnell!«, schrie Twig. Zitternd stand der Schwebewurm vor ihm, bereit zum Angriff. Twig streckte den Arm nach hinten aus. »Gib her, schnell!«
»Da!«, sagte Knorpel und Twig spürte den vertrauten Griff aus Knochen in der Hand. Er packte ihn fest und biss die Zähne zusammen.
Der Schwebewurm schwankte in der Luft hin und her, unablässig vibrierend. Twig wartete. Dann plötzlich, ohne Vorwarnung, schoss der Wurm nach vorn. Er stank nach ranzigem Fett. Mit aufgerissenem Mund und starr ausgestreckten Tentakeln flog er auf Twigs Hals zu.

Erschrocken wich Twig nach hinten aus. Der Wurm wechselte plötzlich die Richtung und schoss von der anderen Seite heran. Twig duckte sich.

Der Wurm flog über seinen Kopf hinweg, bremste zischend ab, rollte herum und griff erneut an.

Diesmal kam er von vorn – genau wie Twig gehofft hatte. Die Tentakel des Wurms wollten sich gerade an seinem bloßen Hals festsaugen, da holte Twig aus und stieß zu. Das Messer versank im weichen Unterleib des Wurms und ratschte dann an den Luftdrüsen entlang.

Die Wirkung war verblüffend. Die Kreatur sprang wie ein Luftballon, den man aufgeblasen und dann losgelassen hat, laut knatternd durch die Luft. Dann explodierte sie. Eine Unmenge kleiner, schleimiger Fetzen gelber und grüner Haut regnete zu Boden.

»Hurra!«, brüllte Twig und schlug mit der Faust in die Luft. »Ich habe es geschafft! Der Schwebewurm ist tot.« Beim Sprechen kam weißer Dampf aus seinem Mund. Die Nacht war bitterkalt geworden und es wehte ein eisiger Nordwind. Doch Twig fror nicht, im Gegenteil. Stolz und Aufregung wärmten ihn durch und durch.

»Hllff«, rief eine Stimme hinter ihm. Sie klang komisch – als ob Knorpel mit vollem Mund redete.
»Ich komm ja schon«, sagte Twig und rappelte sich auf.
»Ich ... Knorpel!«
Der Schlächterjunge war kaum noch zu erkennen. Vor dem Kampf mit dem Schwebewurm war nur Knorpels Bein geschwollen gewesen, jetzt war sein ganzer Körper wie aufgeblasen. Er sah aus wie ein riesiger, dunkelroter Ball.

»Bing mich nach Hause«, nuschelte er unglücklich.
»Aber ich weiß ja gar nicht, wo das ist«, sagte Twig.
»Ich zeis dir«, sagte Knorpel. »Hemmich hoch. Ich sach ir, welche Richung.«
Twig bückte sich und hob den Jungen hoch. Er war überraschend leicht.

Twig ging los. »Lix«, sagte Knorpel nach einer Weile und dann: »Noch mal lix. Rex. Gradeaus.« Zuletzt war Knorpel so angeschwollen, dass sogar die einfachsten Worte unmöglich waren. Wenn er die Richtung anzeigen wollte, drückte er stattdessen mit seinen aufgedunsenen Händen auf die entsprechende Schulter von Twig.

Diesmal wusste Twig wenigstens, dass sie nicht im Kreis gingen. Er wurde zu einem neuen Ziel gelotst.

»Blobblob!«, gurgelte Knorpel. »Blobbellobbel!«

»Was?«, fragte Twig erschrocken. Aber noch während er sprach, merkte er, welche Gefahr drohte. Knorpels Körper, der schon beim Aufheben leicht gewesen war, wog inzwischen weniger als nichts. Die unförmige Masse war drauf und dran wegzufliegen.

Er versuchte nach Kräften Knorpel an der Taille festzuhalten – oder dort, wo die Taille gewesen war –, aber es war unmöglich. Es war, als wollte man einen mit Wasser gefüllten Sack festhalten, nur mit dem Unterschied, dass dieser nach *oben* fallen wollte. Wenn er losließ, würde Knorpel himmelwärts verschwinden.

Twig wischte sich den Schweiß von der Stirn. Dann klemmte er den aufgeblasenen Jungen zwischen zwei Ästen fest, nicht ohne sich vorher zu vergewissern, dass der Baum keine Dornen hatte. Schließlich wollte er nicht, dass Knorpel platzte. Er nahm das Seil, das Spelda ihm mitgegeben hatte, von der Schulter und band das eine Ende um Knorpels Bein und das andere sich selbst um die Hüften. Dann ging er weiter.

Schon bald tauchte ein neues Problem auf. Der Zug nach oben wurde mit jedem Schritt stärker. Twig musste aufpassen, dass er nicht selbst vom Boden abhob. Er hielt sich an den Ästen und Büschen, an denen er vorbeikam, wie an einem Anker fest. Doch es hatte keinen Zweck. Der Auftrieb des Schlächterjungen war einfach zu groß.

Mit einem Ruck wurden Twigs Beine vom Boden gerissen. Er musste die Äste loslassen und schwebte gemeinsam mit Knorpel nach oben.

Immer höher stiegen sie in die kalte Nacht und zum weiten Himmel auf. Vergeblich zerrte Twig an dem Knoten der Schnur um seine Hüften. Der Knoten wollte nicht aufgehen. Twig sah zum Boden hinunter, der sich rasch unter ihm entfernte, und dabei kam ihm ein Gedanke – ein ganz schrecklicher Gedanke. Knorpel würde vermisst werden. Wenn Knorpel nicht zurückkehrte, würden seine Angehörigen und Freunde losziehen um ihn zu suchen. Twig dagegen hatte etwas getan, was Waldtrollen streng verboten war. Er hatte den Weg verlassen. Ihn würde niemand suchen.

KAPITEL 3

Die Schlächter

Immer weiter stieg Twig in die kalte Nachtluft auf und das Seil drückte schmerzhaft von unten gegen seine Rippen. Er schnappte nach Luft und dabei stieg ihm auf einmal ein seltsam beißender Rauch in die Nase, eine Mischung aus brennendem Holz, Leder und einem stechenden Geruch, den er nicht einordnen konnte. Knorpel über ihm schnaubte aufgeregt.

»Sind wir schon in der Nähe deines Dorfes?«, fragte Twig.

Knorpel schnaubte wieder, diesmal noch aufgeregter.

Durch die Blätter sah Twig plötzlich Flammen und blutroten Rauch. »Hilfe!«, brüllte Twig. »HELFT UNS!«

Schlagartig wimmelte es am Boden unter ihnen von blutroten Schlächtern, alle mit brennenden Fackeln in den Händen.

»HIER OBEN!«, kreischte Twig.

Die Schlächter hoben die Köpfe und einer von ihnen zeigte in ihre Richtung. Wortlos traten sie in Aktion. Ruhig nahmen sie die Seile ab, die ihnen um die Schultern hingen, und verknoteten die Enden zu Schlingen. Dann holten sie mit derselben Ruhe und Besonnenheit aus, doch sie warfen nicht hoch genug und die Seile fielen wieder zu Boden. Twig stöhnte. Er spreizte die Beine und drehte die Füße wie Haken nach außen. Die Schlächter versuchten es wieder, doch Knorpel zog Twig unaufhaltsam weiter in die Höhe und die Rettungsaktion wurde mit jedem Augenblick schwieriger.

»Los, macht schon«, flüsterte Twig ungeduldig, während die Schlächter immer wieder versuchten eins seiner Beine mit dem Lasso einzufangen. Über sich hörte er das erstickte Schnauben Knorpels, dessen aufgeblasener Körper durch die obersten Äste brach. Im nächsten Augenblick tauchte er selbst mit dem Kopf in das dichte, grüne Laub ein. Die Blätter, die er streifte, rochen intensiv nach Erde. Wie es da oben wohl aussieht, überlegte er unwillkürlich. *Über* dem Dunkelwald, im Reich der Himmelspiraten?
Doch bevor er die Gelegenheit bekam es herauszufinden, spürte er, wie etwas auf seinem auswärts gedrehten Fuß landete und sich um den Knöchel festzog. Einer der Schlächter hatte mit seinem Lasso endlich getroffen. Er spürte einen heftigen Ruck an seinem Bein, dann noch einen und noch einen. Wieder klatschten ihm die Blätter ins Gesicht und der erdige Geruch wurde stärker.
Dann sah er plötzlich tief unter sich den Boden und seinen Fuß mit dem Seil um den Knöchel. An die zwanzig Schlächter hielten das andere Ende fest. Langsam, ruckweise holten sie das Seil ein.
Dann berührten Twigs Füße endlich Grund und sofort wandten sich die Schlächter Knorpel zu. Immer noch sagte keiner ein Wort. Sie schlangen ihm Seile um Arme und Beine und hielten ihn damit unten. Dann zog einer von ihnen sein Messer heraus und schnitt das Seil durch, das immer noch um Twigs Brust geknotet war. Twig war frei. Nach vorn gebeugt, stand er da und atmete tief und dankbar ein.
»Danke«, keuchte er. »Viel länger hätte ich es glaube ich nicht ausgehalten. Ich ...« Er sah auf. Die Schlächter hatten

den Rückmarsch zum Dorf angetreten. Knorpels gewaltigen Körper zogen sie über sich her. Twig hatten sie einfach stehen lassen. Zu allem Übel begann es auch noch zu schneien.

»Vielen Dank auch«, rief er ihnen wütend nach.

»Sie haben Angst um ihn, deshalb«, sagte eine Stimme hinter ihm. Er sah sich um. Hinter ihm stand ein Schlächtermädchen. Das flackernde Licht ihrer Fackel spielte auf ihrem Gesicht. Sie tippte mit der Hand an ihre Stirn und lächelte. Twig lächelte zurück.

»Ich heiße Vene«, sagte sie. »Knorpel ist mein Bruder. Er war drei Nächte lang vermisst.«

»Glaubst du, er überlebt?«, fragte Twig.

»Wenn sie ihm das Gegenmittel einflößen, bevor er explodiert«, sagte sie.

»Explodiert!«, rief Twig. Nicht auszudenken, was passiert wäre, wenn sie weiter aufgestiegen wären.

Vene nickte. »Das Gift verwandelt sich in heiße Luft. Und man kann nur eine begrenzte Menge heißer Luft aufnehmen.« Hinter ihr wurde ein Gong geschlagen. »Komm«, sagte sie. »Du siehst hungrig aus. Gleich gibt es Mitternachtsessen.«

»Mitternachtsessen?«, rief Twig. »Ihr esst mitten in der Nacht?«

»Natürlich«, sagte Vene verwirrt. »Wahrscheinlich esst ihr am helllichten Tag.« Sie lachte.

»Stimmt«, sagte Twig. »Das tun wir.«

Vene schüttelte den Kopf. »Ihr seid seltsame Leute!«

»Mitternachtsessen.« Kichernd folgte Twig ihr durch die Bäume.

Der Wald lichtete sich und vor ihnen tauchte das Dorf auf. Twig blieb stehen. Es sah ganz anders aus als sein Dorf. Die Schlächter lebten in niedrigen Hütten statt in Baumhäusern. Während die Hütten der Waldtrolle des größeren Auftriebs wegen mit Luftholz gedeckt waren, erbauten die Schlächter ihre Hütten aus massivem Bleiholz, das die Hütten fest an den Boden drückte. Türen hatten sie keine, stattdessen dicke Vorhänge aus Hammelhornfell, die den Wind abhielten. Die Nachbarn hatten offenbar freien Zugang.
Vene führte Twig zu dem Feuer, das er schon von oben durch die Äste gesichtet hatte. Es war groß und warm und brannte auf einer runden steinernen Platte genau in der Mitte des Dorfes. Twig sah sich erstaunt um. Außerhalb des Dorfes schneite es stärker denn je, im Dorf selbst jedoch fiel keine einzige Flocke. So groß war die Hitze des gewaltigen Feuers, dass der Schnee schmolz und verdampfte, bevor er den Boden erreichte.
Vier lange Tische, einfache, auf Böcken liegende Bretter, waren gedeckt und standen im Viereck um das Feuer. »Setz dich irgendwo hin«, sagte Vene. Sie ließ sich auf eine Bank fallen.
Twig setzte sich neben sie und starrte in die lodernden Flammen. Obwohl das Feuer lebhaft brannte, lagen die dicken Holzscheite bewegungslos auf den Steinen.
»Woran denkst du?«, hörte er Vene sagen.
Er seufzte. »Dort, wo ich herkomme«, sagte er, »benutzen wir zum Feuermachen ganz leichtes Holz, Luftholz oder Wiegenliedholz. Es brennt gut, aber man braucht dafür einen Ofen. Ich ... habe noch nie ein so großes Feuer im Freien gesehen.«

Vene sah ihn besorgt an. »Möchtest du lieber reingehen?«
»Nein!«, sagte er. »Das wollte ich damit nicht sagen. Es ist schön hier draußen. Zu Hause – na ja, da, wo ich aufgewachsen bin – gehen alle nach drinnen, wenn es kalt wird. Bei schlechtem Wetter ist man manchmal ziemlich allein.« Er sagte nicht, dass er auch sonst immer ziemlich allein war.
Inzwischen waren alle Bänke besetzt und am anderen Ende wurde bereits der erste Gang aufgetragen. Ein köstlicher Duft wehte herüber und Twig merkte auf einmal, was für einen Mordshunger er hatte.
»Der Geruch kommt mir bekannt vor«, sagte er. »Was ist das?«
»Tilderwürstchensuppe, glaube ich«, sagte Vene.
Twig lächelte in sich hinein. Natürlich. Erwachsene Waldtrolle bekamen diese Delikatesse in der großen Trollnacht zu essen. Jedes Jahr hatte er aufs Neue überlegt, wie sie wohl schmeckte. Jetzt würde er es bald wissen.
»Nimm deinen Ellbogen aus dem Weg, Schatz«, ertönte eine Stimme hinter ihm. Twig sah sich um. Hinter ihm stand eine alte Frau mit einer Kelle in der rechten Hand und einem runden Topf in der linken. Als sie Twig sah, fuhr sie zurück, ihr Lächeln verschwand und sie tat einen kleinen Schrei. »Ein Gespenst«, ächzte sie.
»Ist ja gut, Oma-Tatum«, sagte Vene neben Twig. »Das ist Twig, er kommt von draußen. Ihm verdanken wir, dass Knorpel noch lebt.«
Die Alte starrte Twig an. »*Du* hast Knorpel zu uns zurückgebracht?«
Twig nickte. Die Alte tippte mit den Fingern an ihre Stirn und verbeugte sich. »Willkommen«, sagte sie. Sie hob beide

Arme hoch und schlug mit der Kelle laut an den Suppentopf. »Seid mal alle still!«, rief sie. Sie stieg auf die Bank und sah in die Runde, in die Gesichter, die sich ihr erwartungsvoll zugewandt hatten. »Unter uns sitzt ein tapferer junger Mann namens Twig. Er hat unseren Knorpel gerettet und ihn zu uns zurückgebracht. Hebt eure Gläser und heißt ihn willkommen.«

Die an den Tischen versammelten jungen und alten Schlächter standen auf, fassten sich mit der Hand an die Stirn, hoben ihre Gläser und riefen: »Willkommen, Twig!«

Twig sah verlegen zu Boden. »Das war doch nichts«, murmelte er.

»Und jetzt«, sagte Oma-Tatum und stieg wieder herunter, »hast du wahrscheinlich einen Riesenhunger. Guten Appetit, mein Junge.« Sie löffelte Suppe in seine Schüssel: »Wäre doch gelacht, wenn wir nicht etwas Farbe in deine Backen bekämen.«

Die Tilderwürstchensuppe schmeckte so köstlich, wie sie geduftet hatte. Sie hatte geköchelt, bis die Würstchen weich waren, und war mit Nibblick und Orangengras gewürzt. Es folgten saftige Hammelhornsteaks, im gewürzten Mehl der Knotenwurzel gewälzt und in Tinderöl gebraten, zusammen mit Erdäpfeln und einem pikanten blauen Salat. Als Nachtisch gab es Honigauflauf, Dellbeerenpudding und in Sirup getränkte kleine Waffelbiskuits. Twig hatte noch nie so gut gegessen – oder so viel getrunken. Auf jedem Tisch stand in der Mitte ein großer Krug mit Waldapfelmost und sein Becher wurde nachgefüllt, sobald er leer war.

Je weiter die Mahlzeit fortschritt, desto ausgelassener

wurde die Stimmung. Die Schlächter vergaßen ihren Gast und die vom Feuer erwärmte Luft wurde durch Gelächter, Scherze, Geschichten und laute Trinklieder weiter erhitzt. Als dann noch Knorpel selbst auftauchte, dem die erlittene Tortur offenbar nichts hatte anhaben können, kannte die Begeisterung keine Grenzen mehr!

Die Schlächter klatschten, pfiffen und johlten und ihre Gesichter glühten im hellen Schein der Flammen tiefrot. Drei Männer sprangen auf und hoben Knorpel auf ihre Schultern und während sie ihn im Kreis herum trugen, sangen die übrigen mit tiefen, wohlklingenden Stimmen ein einfaches Lied.

Willkommen zu Haus, verlorener Schlächter,
willkommen zu Haus wie ein fremder Gast,
willkommen zu Haus aus dem finsteren Wald,
aus der schlimmen Gefahr, die überstanden du hast.

Unzählige Male wiederholten sie die Strophe, nicht alle zusammen, sondern als Kanon, bei dem jeder Tisch um einen Vers verschoben einsetzte. Die Luft war von durcheinander wirbelnden Klängen erfüllt, wie Twig sie nie schöner gehört hatte. Er konnte nicht anders, er musste einfach mitmachen. Mit seinem Becher schlug er den Rhythmus und bald konnte er auch den Text auswendig.
Nach dem dritten Durchgang kamen die Männer zu Twig. Sie blieben hinter ihm stehen und setzten Knorpel ab. Twig stand auf und sah den Schlächterjungen an. Es wurde still. Knorpel tippte stumm an seine Stirn, trat dann ernst auf Twig zu und berührte seine Stirn. Dann lächelte er. »Jetzt sind wir Brüder.«
Brüder!, dachte Twig. Wenn wir das nur wären. »Danke, Knorpel, aber ... Huuuch!«, rief er erschrocken, als die Männer ihn auf ihre Schultern hoben.
Twig schwankte bedenklich hin und her, lächelte, grinste und lachte schließlich begeistert, während die Männer mit ihm ein-, zwei-, drei-, viermal immer schneller um die Tische sausten. Schwindlig sah er auf die verschwommenen roten Gesichter hinunter, die strahlend zu ihm aufblickten. Noch nie hatte er sich so willkommen gefühlt wie hier, im gastfreundlichen Dorf der Schlächter mitten im Dunkelwald. Wenn ich doch hier bleiben könnte, dachte er.
In diesem Augenblick dröhnte zum zweiten Mal der Gong. Sofort blieben die drei Schlächter stehen und Twig spürte wieder festen Boden unter den Füßen.
»Das Essen ist beendet«, erklärte Vene. Die Schlächter sprangen von den Bänken auf und kehrten immer noch la-

chend an die Arbeit zurück. »Willst du unser Dorf besichtigen?«
Twig unterdrückte ein Gähnen und lächelte benommen. »Ich schlafe um diese Zeit eigentlich schon«, sagte er.
»Aber es ist doch mitten in der Nacht«, rief Knorpel. »Du kannst doch jetzt nicht schon müde sein!«
Twig lächelte. »Ich war schon den ganzen Tag auf«, sagte er.
Vene sah ihren Bruder an. »Wenn Twig schlafen will ...«
»Nein«, unterbrach Twig sie schnell. »Ich sehe mich gern noch ein wenig um.«
Sie führten ihn zuerst zu den Pferchen mit den Hammelhörnern. Twig stieg auf das unterste Brett des Zauns und betrachtete die zotteligen Tiere mit ihren gezwirbelten Hörnern und traurigen Augen. Sie kauten träge. Twig lehnte sich über den Zaun und tätschelte einem der Tiere den Hals. Verärgert schüttelte es den gehörnten Kopf und schob die Hand weg. Twig zog sie erschrocken zurück.

»Sie sehen lammfromm aus«, sagte Vene, »aber sie sind unberechenbar. Man darf ihnen nie den Rücken zukehren. Die Hörner können ganz schön wehtun!«

»Und sie sind richtige Trampel«, fügte Knorpel hinzu. »Wir müssen deshalb dicke Stiefel tragen.«

»Es gibt bei uns ein Sprichwort«, sagte Vene. »›Das Lächeln eines Hammelhorns ist wie der Wind‹ – man weiß nie, wann es umschlägt.«

»Aber schmecken tun sie gut!«, rief Knorpel.

Im Räucherhaus sah Twig geschlachtete Tilder in langen Reihen an Haken hängen. Aus einem großen, mit Roteichenspänen beheizten Ofen quoll dunkelroter Rauch, der dem Tilderschinken seinen unverwechselbaren Geschmack gab. Dieser Rauch und nicht Blut war für die rote Haut der Schlächter verantwortlich.

Kein Teil der Tilder blieb ungenutzt. Die Knochen wurden getrocknet und wie Holz verwendet; das Fett diente zum Kochen, für Lampen und Kerzen und zum Schmieren der Flaschenzüge, mit denen die Hängematten hochgezogen wurden. Das grobe Fell wurde zu Seilen versponnen, aus dem Geweih wurden von Besteck bis zu Schrankgriffen alle möglichen Gegenstände geschnitzt. Der wertvollste Teil der Tiere war freilich das Leder.

»Hier werden die Häute zugerichtet«, sagte Knorpel.

Twig beobachtete, wie rotgesichtige Männer und Frauen die Häute mit großen runden Steinen bearbeiteten. »Das Geräusch habe ich bei mir zu Hause schon gehört«, sagte er. »Wenn der Wind aus Nordwesten kommt.«

»Dadurch wird das Leder weich und leichter formbar«, erklärte Vene.

»Und hier«, sagte Knorpel, der schon weitergegangen war, »sind die Bottiche, in denen es gegerbt wird.« Und stolz fügte er hinzu: »Wir verwenden nur feinste Bleiholzrinde.«

Twig schnüffelte an den dampfenden Bottichen. Es war der stechende Geruch, der ihm schon vor seiner Landung aufgefallen war.
»Deshalb ist unser Leder so beliebt«, sagte Vene.
»Das beste Leder des Dunkelwalds«, sagte Knorpel. »Sogar die Himmelspiraten verwenden es.«
Twig sah ihn an. »Ihr treibt mit den Himmelspiraten Handel?«, fragte er.
»Sie sind unsere besten Kunden«, erwiderte Knorpel. »Sie kommen nicht oft, aber wenn sie kommen, nehmen sie alles mit, was da ist.«
Twig nickte, aber in Gedanken war er woanders. Wieder stand er am Bug eines Piratenschiffes und befuhr die Lüfte, den Mond über sich und den Wind in den Haaren.
»Kommen sie bald wieder?«, fragte er schließlich.
»Die Himmelspiraten?« Knorpel schüttelte den Kopf. »Sie waren erst vor kurzem da. Jetzt dauert es wieder eine Weile, bis sie kommen.«
Twig seufzte. Er war auf einmal schrecklich müde. Vene merkte, wie seine Lider immer schwerer wurden, und nahm ihn am Arm.
»Komm mit«, sagte sie. »Du bist müde. Mama-Tatum zeigt dir, wo du schlafen kannst.«
Diesmal widersprach Twig nicht. Mit bleiernen Beinen folgte er Vene und Knorpel zu ihrer Hütte. Drinnen stand eine Frau und rührte etwas Rotes in einer Schüssel. Sie sah auf. »Twig!«, rief sie und wischte sich die Hände an der Schürze ab. »Schön, dich kennen zu lernen.« Sie eilte auf ihn zu und schloss ihn in ihre rundlichen Arme. Den Kopf drückte sie an Twigs Kinn.

»Ich danke dir, Blasser«, schluchzte sie. »Hab tausend Dank.« Sie trat zurück und trocknete sich mit dem Schürzenzipfel die Augen. »Sieh nicht hin«, schnupfte sie. »Ich bin nur eine dumme alte Frau ...«

»Mama-Tatum«, sagte Vene, »Twig braucht einen Platz zum Schlafen.«

»Das sehe ich«, sagte sie. »Ich habe schon zusätzliches Bettzeug in die Hängematte gelegt. Vorher will ich aber noch zwei Sachen ...« Sie durchwühlte die Schubladen einer Kommode und kommentierte laut die Dinge, die sie fand, aber nicht suchte. »Ah, da ist sie ja!«, rief sie endlich und reichte Twig eine große, aus Fell gefertigte Weste. »Probier sie an«, sagte sie.

Twig zog die Weste über seine Lederjacke. Sie saß wie angegossen. »Die ist aber warm«, sagte er.

»Sie ist aus Hammelhornfell«, sagte die Frau und knöpfte die Knebel an der Vorderseite zu. »Unsere Spezialität«, fügte sie hinzu, »unverkäuflich.« Sie räusperte sich. »Twig«, sagte sie dann. »Ich möchte sie dir schenken als Zeichen meiner Dankbarkeit dafür, dass du Knorpel gesund und wohlbehalten zu uns zurückgebracht hast.«

Twig war überwältigt. »Danke«, sagte er. »Ich ...«

»Fahr mit der Hand drüber«, sagte Knorpel.

»Was?«, fragte Twig.
»Fahr mit der Hand drüber«, wiederholte Knorpel und kicherte aufgeregt.
Twig strich mit der Hand über das Fell. Es war weich und dick. »Herrlich«, sagte er.
»Und jetzt andersrum«, sagte Knorpel ungeduldig.
Twig tat, wie ihm geheißen. Diesmal stellten die Haare sich auf und wurden knochenhart.
»AUA!«, schrie er und Knorpel und Vene lachten laut los. Sogar Mama-Tatum musste lächeln. »Das fühlt sich ja an wie lauter Nadeln«, sagte Twig und lutschte an seiner Hand.
»Ob tot oder lebendig, kämme ein Hammelhorn nie gegen den Strich«, gluckste Mama-Tatum. »Ich freue mich, dass dir mein Geschenk gefällt. Möge es dir gute Dienste leisten.«
»Sie sind wirklich sehr nett ...«, begann Twig. Aber Mama-Tatum war immer noch nicht fertig.
»Und das hier wird dich vor den unsichtbaren Gefahren beschützen«, sagte sie und hängte ihm ein aus Leder gefertigtes Amulett um den Hals.
Twig grinste. Offenbar waren Mütter überall auf der Welt abergläubisch.
»Spotte nicht«, sagte Mama-Tatum bestimmt. »Ich lese in deinen Augen, dass du noch einen weiten Weg vor dir hast. Die Welt ist voller Gefahren. Zwar gibt es für jedes Gift ein

Gegengift«, sie sah lächelnd auf Knorpel, »aber wenn du dem Schleimschmeichler in die Hände fällst, hilft dir überhaupt nichts mehr.«

»Dem Schleimschmeichler?«, sagte Twig. »Ich weiß schon.«

»Er ist die Inkarnation des Bösen«, sagte Mama-Tatum leise. Ihre Stimme klang heiser. »Im Dunkeln lauert er uns Schlächtern auf, wählt ein Opfer aus und überlegt, wie er es töten kann. Dann schlägt er zu.«

Twig kaute unruhig auf einem Zipfel seines Halstuchs. Mama-Tatum meinte denselben Schleimschmeichler, vor dem auch die Waldtrolle solche Angst hatten – dasselbe schreckliche Ungeheuer, das Waldtrolle, die vom Weg abkamen, in den sicheren Tod lockte. Aber das waren doch nur Geschichten, oder? Trotzdem fröstelte er, als Mama-Tatum weitersprach.

»Der Schleimschmeichler verspeist sein Opfer lebendig, während das Herz noch schlägt«, flüsterte sie fast lautlos. »SCHLUSS DAMIT!«, sagte sie dann laut und klatschte in die Hände.

Twig, Vene und Knorpel fuhren zusammen.

»Mama!«, rief Vene empört. »Musst du uns so erschrecken!«

»Ach, ihr junges Gemüse!«, sagte Mama-Tatum streng. »Immer nur maulen und spotten.«

»Ich wollte nicht …«, setzte Twig an, aber Mama-Tatum brachte ihn mit einer Bewegung ihrer blutroten Hand zum Schweigen.

»Im Dunkelwald musst du immer auf der Hut sein«, sagte sie warnend. »Sonst überlebst du keine fünf Minuten.« Sie

streckte die Arme aus und drückte seine Hand. »Aber jetzt geh und ruh dich aus.«
Twig ließ sich das nicht zweimal sagen. Er folgte Knorpel und Vene aus der Hütte und ging mit ihnen über den Dorfplatz zu den gemeinschaftlichen Hängematten. Sie waren übereinander an den Stämmen dreier im Dreieck stehender abgestorbener Bäume befestigt und schaukelten sacht hin und her. Twig war inzwischen so müde, dass er kaum noch die Augen offen halten konnte. Er stieg hinter Knorpel eine Leiter hinauf, die an einem der Bäume festgebunden war.
»Die gehört uns«, sagte der Schlächterjunge, als sie an der obersten Hängematte angekommen waren. »Und dort drüben ist deine Decke.«
Twig nickte. »Danke«, sagte er. Die gesteppte Decke, die Mama-Tatum für ihn bereitgelegt hatte, lag am anderen Ende. Er kroch auf wackligen Händen und Knien hinüber und wickelte sich in die Decke. Im nächsten Augenblick schlief er schon tief und fest.
Weder die aufgehende Sonne weckte ihn noch das Knirschen, mit dem die große steinerne Platte über den Boden gezogen wurde, bis das Feuer direkt unter den Hängematten brannte. Später war es dann auch Zeit für Knorpel, Vene und die anderen Mitglieder der Familie Tatum, zu Bett zu gehen, doch Twig hörte nicht, wie sie in die große Hängematte stiegen und sich um ihn herum hinlegten.
Twig träumte ganz in Rot. Er tanzte mit roten Leuten in einem riesigen roten Saal. Das Essen war rot, die Getränke waren rot – sogar die Sonne, die durch die Fenster auf der anderen Seite fiel, leuchtete rot. Es war ein glücklicher, freundlicher Traum. Das heißt, bis das Wispern begann.

»Wirklich gemütlich hier«, zischelte es. »Aber zu Hause bist du hier nicht, oder?«
Twig sah sich im Traum um. Eine hagere Gestalt in einem Kapuzenmantel verschwand soeben hinter einem hölzernen Pfeiler und fuhr dabei scharrend mit einem langen, scharfen Fingernagel über dessen rote Oberfläche. Twig trat zögernd einen Schritt näher und starrte auf den Kratzer im Holz, aus dem es wie aus einer offenen Wunde tropfte. Plötzlich hörte er das Wispern wieder, diesmal direkt an seinem Ohr.
»Ich bin immer noch da«, flüsterte es. »Ich bin *immer* da.«
Twig fuhr herum. Er sah niemanden.
»Du Dummerchen«, ertönte die Stimme wieder. »Wenn du wissen willst, was für ein Schicksal dir bestimmt ist, musst du *mir* folgen.«
Twig sah entsetzt, wie aus den Falten des Mantels eine knochige Hand mit gelben Klauen auftauchte, nach oben langte und an die Kapuze fasste. Gleich würde er das Gesicht sehen. Er wollte sich abwenden, aber er war wie gelähmt.
Plötzlich lachte die Kreatur gackernd auf und ließ die Hand wieder fallen. »Du lernst mich noch bald genug kennen«, zischelte sie und beugte sich verschwörerisch vor.
Twigs Herz schlug wie wild. Er spürte den warmen Atem der Kreatur am Ohr und roch den modrigen Schwefelgeruch, der aus dem Mantel stieg.
»WACH AUF!«
Der unerwartete Schrei dröhnte durch Twigs Kopf wie eine Explosion. Er wimmerte ängstlich, öffnete die Augen und sah sich verwirrt um. Es war hell und er lag hoch droben

auf etwas Weichem. Neben ihm lagen leise schnarchend lauter rothäutige Gestalten. Er sah das ruhige Gesicht des schlafenden Knorpel und alles fiel ihm wieder ein.

»Los, wach schon auf da droben«, hörte er jemanden sagen.

Er rutschte auf Knien zum Rand der Hängematte. Tief unter sich sah er einen Schlächter, den Einzigen, der noch auf war. Er schürte gerade das Feuer.

»Warst du das eben?«, rief Twig hinunter.

Der Schlächter tippte mit der Hand an seine Stirn und nickte. »Mama-Tatum sagte, ich sollte Euch nicht den ganzen Tag schlafen lassen, Master Twig«, rief er hinauf. »Ihr seid doch ein Kind der Sonne.«

Twig sah zum Himmel auf. Die Sonne stand schon fast im Zenit. Er krabbelte zum anderen Ende der Hängematte, bemüht die schlafende Familie nicht zu wecken, und kletterte die Leiter hinunter.

»So ist es recht, Master Twig«, sagte der Schlächter und half ihm von der letzten Sprosse auf den Boden. »Ihr habt noch eine lange Reise vor Euch.«

Twig runzelte die Stirn. »Aber ich dachte, ich könnte eine Weile hier bleiben«, sagte er. »Es gefällt mir hier und Cousin Schnatterbark vermisst mich sicher nicht, jedenfalls jetzt noch nicht.«

»Hier bleiben?«, sagte der Schlächter höhnisch. »Hier bleiben? Aber Ihr passt doch überhaupt nicht hierher. Erst heute früh meinte Mama-Tatum, was für ein Trampel Ihr doch seid, ohne jedes Gefühl für Leder.«
»Das hat Mama-Tatum gesagt?« Twig spürte einen Kloß im Hals und schluckte. »Aber sie hat mir diese Weste geschenkt.« Er fuhr leicht darüber. Das Fell wurde steif und stellte sich auf. »Au!«
»Ach die«, plärrte der Schlächter. »Bildet Euch da mal nichts drauf ein. Das ist doch nur ein ausrangierter alter Mantel. Den will sonst keiner mehr.« Er lachte boshaft. »Nein, Ihr geht schön zu Euren Leuten zurück. Euer Weg führt dort drüben lang.«
Der Schlächter zeigte in den Wald. Eine Schar grauer Vögel stieg lärmend zum Himmel auf.
»Also meinetwegen!«, sagte Twig. Seine Augen brannten, aber er wollte nicht weinen, nicht vor diesem Wicht mit dem roten Gesicht und den flammenden Haaren.
»Und nehmt Euch vor dem Schleimschmeichler in Acht!«, rief ihm der Schlächter nach. Seine näselnde Stimme klang spöttisch.
»Vor dem nehme ich mich schon in Acht«, murmelte Twig, am Waldrand angekommen. »Und vor aufgeblasenen Schlächtern auch, die einen einmal wie einen Helden und dann wieder wie eine Borkenschnecke behandeln!«
Er drehte sich um und wollte es laut sagen, doch der Schlächter war verschwunden. Wieder einmal war Twig allein.

KAPITEL 4

Das Skalpell

Unheimlich schloss sich der dunkelgrüne Wald um ihn. Twig tastete ängstlich nach den Amuletten, die ihm um den Hals hingen. Wenn im Herzen des Dunkelwalds wirklich böse Wesen lauerten, konnten diese Stückchen aus Holz und Leder ihn davor schützen?

»Hoffentlich werde ich nie auf sie angewiesen sein«, murmelte er.

Er ging weiter. Um ihn herum wuchsen Bäume, die er nicht kannte. Einige hatten Dornen, andere Saugnäpfe, wieder andere Augen. Und alle sahen sie gefährlich aus. Manchmal wuchsen sie so dicht nebeneinander, dass er sich zwischen ihren knorrigen Stämmen hindurchzwängen musste.

Wenn er wenigstens nicht so groß gewesen wäre. Anders als die kleinen Waldtrolle und Schlächter oder der starke Banderbär war er für das Leben im Dunkelwald nicht geschaffen.

Die Bäume lichteten sich unvermutet und Twig bekam noch mehr Angst. Der versprochene Weg war nirgends zu sehen. So schnell er konnte, lief er über die sonnenüberflu-

tete Lichtung wieder in den Wald hinein. Er sah sich um, ob etwa ein gefährliches Ungeheuer hinter ihm her war. Doch außer einem kleinen Tier mit einem dicken Fell und schuppigen Ohren, das ihn anspuckte, als er an ihm vorbeirannte, schien sich kein Bewohner des Dunkelwalds für den schlaksigen Jungen zu interessieren.
»Ich laufe einfach weiter, dann komme ich bestimmt auf den Weg«, machte er sich Mut. »Ganz bestimmt!« Er erschrak. Seine Stimme klang so unsicher und verloren.
Hinter ihm gellte ein schriller Schrei durch die Bäume. Ein zweiter Schrei links von ihm antwortete, dann ein dritter rechts von ihm.
Was das wohl ist, überlegte Twig. Es klingt nicht gut.
Er ging weiter geradeaus, wurde schneller. Schweißperlen traten ihm auf die Stirn. Er biss sich auf die Unterlippe und begann zu rennen. »Geht doch weg«, flüsterte er. »Lasst mich in Ruhe.«
Wie als Antwort darauf wurden die Schreie lauter und kamen näher. Den Kopf gesenkt und die Arme erhoben, rannte Twig los und brach krachend durch das Unterholz. Schlingpflanzen rissen an ihm, Dornen zerkratzten ihm Gesicht und Hände, Äste stellten sich ihm entgegen, als wollten sie ihn zum Stolpern bringen oder bewusstlos schlagen. Der Wald wurde immer undurchdringlicher, das Laubdach über ihm immer dichter und dunkler.
Auf einmal sah er ein türkisfarbenes Licht vor sich, funkelnd wie ein Edelstein. Er überlegte, ob die ungewöhnliche Farbe eine Gefahr bedeutete, doch schon umfingen ihn die schmeichelnden Klänge einer hypnotischen Musik.
Er ging auf das Licht zu. Der mit Laub bedeckte Waldbo-

den begann zu leuchten und Twig sah auf seine Füße. Sie glänzten türkisgrün. Die Musik – ein Klingen und Tönen von Stimmen und Streichinstrumenten – schwoll an.
Er blieb stehen. Was sollte er tun? Weitergehen konnte er vor lauter Angst nicht, zurück allerdings auch nicht. Er *musste* weiter.
Nervös kaute Twig auf einem Zipfel seines Halstuchs herum, dann machte er einen Schritt nach vorn, dann noch einen und noch einen ... Das türkisfarbene Licht hüllte ihn ein und blendete ihn so sehr, dass er die Hände schützend vor die Augen halten musste. Laut und traurig klang die Musik ihm in den Ohren. Er ließ die Hände sinken und sah sich um.
Er stand auf einer Lichtung. Das türkisfarbene Licht war hell, aber zugleich seltsam verschwommen. Nichts konnte er klar erkennen, Schemen schwebten vor seinen Augen vorbei, überlagerten sich und verschwanden. Die Musik wurde immer lauter. Plötzlich trat eine Gestalt aus dem Nebel und blieb vor ihm stehen.
Es war eine Frau, klein und untersetzt. Ihre Haare waren mit Perlen zu Büscheln zusammengebunden. Das Gesicht konnte Twig nicht sehen.
»Wer bist du?«, fragte er, doch da wusste er schon die Antwort auf seine Frage. Die Musik schwoll in einem letzten, aufwühlenden Crescendo an. Die kurzen, rundlichen Beine, die breiten Schultern und die knubbelige Nase, wenn sie den Kopf zur Seite drehte. Nur die Kleider, die sie trug, kannte er nicht, ansonsten bestand kein Zweifel.
»Mütterlein«, sagte er leise.
Doch Spelda wandte sich ab und zog sich in den türkisfar-

benen Nebel zurück. Der seltsame blaue Pelzmantel, den sie trug, schleifte hinter ihr über den Boden.

»GEH NICHT WEG!«, rief Twig. »MUTTER! SPELDA!«

Die Musik wurde immer wilder, die Stimmen sangen schrill durcheinander.

»KOMM ZURÜCK!«, schrie Twig und rannte der Gestalt nach. »LASS MICH NICHT ALLEIN!«

Er rannte und rannte durch den gleißenden Nebel, stieß gegen Äste oder Baumstümpfe, die er nicht gesehen hatte, stolperte und stürzte zu Boden. Doch sofort rappelte er sich wieder auf, schüttelte den Dreck ab und rannte weiter. Spelda hatte ihn gesucht, so viel war klar. Sie hat gewusst, dass ich in Not bin, dachte er, dass ich mich verirrt habe. Sie ist gekommen um mich nach Hause zu bringen. Ich darf sie nicht aus den Augen verlieren!

Dann sah er sie wieder. Sie stand in einiger Entfernung vor ihm und kehrte ihm den Rücken zu. Die Musik war wieder leise und einschmeichelnd, die Stimmen sangen ein beruhigendes Schlaflied. Twig rannte auf die Gestalt zu, ganz kribblig vor Aufregung. Er rief ihren Namen, doch Spelda rührte sich nicht.

»Mutter«, rief Twig. »Ich bin's.«

Spelda nickte und drehte sich langsam um. Twig zitterte am ganzen Körper. Warum benahm sie sich so merkwürdig?

Die Musik spielte ganz leise. Mit gesenktem Kopf stand Spelda vor Twig, die Kapuze des Pelzmantels hing ihr ins Gesicht. Langsam breitete sie die Arme aus um ihn zu umarmen. Twig trat auf sie zu.

Im selben Augenblick schrie sie gellend auf, stolperte

zurück und schlug in Panik mit den Händen nach ihrem Kopf. Die Musik schwoll wieder an und wurde drängender wie ein aufgeregt hämmerndes Herz. Wieder schrie Spelda schrill auf – der Schrei ging Twig durch Mark und Bein – und fuchtelte mit den Fäusten in der Luft herum.

»Mutter!«, brüllte Twig. »Was ist denn?«

Aus einer klaffenden Wunde an ihrem Kopf quoll Blut. Ein weiterer Schnitt öffnete sich auf ihrer Schulter, dann noch einer auf ihrem Rücken. Dort, wo das Blut hervorschoss, verfärbte sich der blaue Mantel violett. Immer noch wand Spelda sich und schrie und schlug wie wild nach dem unsichtbaren Angreifer.

Twig starrte sie entsetzt an. Er wäre ihr gern zu Hilfe geeilt, aber er konnte nichts, absolut nichts tun. Noch nie in seinem Leben hatte er sich so nutzlos gefühlt.

Plötzlich sah er, wie Spelda sich an den Hals fasste. Blut strömte zwischen ihren Fingern heraus. Sie wimmerte leise, brach zusammen und krümmte sich zuckend auf dem Boden.

Dann bewegte sie sich nicht mehr.

»NEIIIIIN!«, heulte Twig. Er fiel vor ihr auf die Knie und schüttelte sie an den Schultern, doch der Körper gab kein Lebenszeichen mehr von sich. »Sie ist tot«, schluchzte er, »und es ist meine Schuld. Warum? Warum denn bloß?«

Er drückte den leblosen Körper seiner Mutter fest an sich und heiße Tränen rannen ihm über das Gesicht und tropften auf den blutbefleckten Mantel.

»So ist es gut«, sagte eine Stimme über seinem Kopf. »Lass alles raus. Wasch die Lügen ab.«

Twig sah auf. »Wer ist da?«, fragte er und wischte sich die

Augen trocken. Er sah nichts, niemanden. Die Tränen begannen wieder zu laufen.
»Ich bin's«, sagte die Stimme. »Hier.«
Twig starrte in die Richtung, aus der die Stimme kam, konnte aber immer noch niemanden sehen. Er sprang auf die Füße. »Komm doch aus deinem Versteck!«, schrie er und zog das Messer aus dem Gürtel. »Stelle dich!« Er stach wie wild in die Luft. »KOMM RAUS!«, brüllte er. »ZEIG DICH, DU FEIGLING!«
Aber es hatte keinen Zweck. Der unsichtbare Angreifer blieb unsichtbar. Die Rache musste warten. Tränen des Kummers, der Verzweiflung und des Zorns strömten Twig über die Wangen. Er konnte gar nicht aufhören zu weinen. Und dann geschah etwas Seltsames. Zuerst hielt Twig es für Einbildung, aber nein, alles um ihn herum begann sich ganz allmählich zu verändern. Der Nebel wurde dünner, das türkise Licht schwächer, die Musik verstummte. Twig merkte, dass er immer noch im Wald war. Er sah sich um und da entdeckte er, wer mit ihm gesprochen hatte.
»Du!«, rief er erschrocken. Er kannte das Tier aus den Geschichten, die Taghair ihm erzählt hatte. Es war ein Raupenvogel oder vielmehr *der* Raupenvogel, denn die Vögel machten keinen Unterschied zwischen sich und ihren Artgenossen. Der Kummer kam wieder hoch in ihm. »Warum hast du das getan?«, schluchzte er. »Warum hast du Spelda umgebracht? Meine Mutter!«
Der große Raupenvogel legte den Kopf schräg und ein Sonnenstrahl fiel auf den gewaltigen Schnabel aus Horn. Der Vogel beäugte den Jungen mit einem großen, dunkelroten Auge.

»Das war nicht deine Mutter, Twig«, sagte er.
»Aber ich habe sie doch gesehen«, rief Twig. »Ich habe ihre Stimme gehört. Sie hat selbst gesagt, dass sie meine Mutter ist. Warum sollte sie ...«
»Sieh sie dir doch an«, sagte der Vogel.
»Ich ...«
»Sieh dir ihre Finger an, ihre Zehen«, beharrte der Vogel. »Streich die Haare zurück und sieh dir das Gesicht an. Dann sag mir, ob das deine Mutter ist.«
Twig kehrte zu der Leiche zurück und hockte sich neben sie. Sie wirkte verändert. Der Mantel sah mehr wie ein Fell als wie ein Mantel aus. Twig sah an dem ausgestreckten Arm entlang und begriff auf einmal, dass ein Ärmel unmöglich so eng sitzen konnte. Er ging um die Leiche herum und plötzlich sah er die Hand: drei schuppige Finger, besetzt mit orangefarbenen Klauen. Die Füße sahen genauso aus. Twig hielt die Luft an und drehte sich zu dem Raupenvogel um. »Aber ...«
»Das Gesicht«, sagte der Vogel unerbittlich. »Sieh dir das Gesicht an. Damit du weißt, wovor ich dich gerettet habe.«

Twig streckte den Arm aus, schob mit zitternden Fingern das verfilzte Fell zur Seite und schrie entsetzt auf. Nicht im Traum hätte er mit dem gerechnet, was er sah.

Eine schuppige Haut, wie braunes Ölpapier um den Schädel gespannt, gelbe, hervorquellende Augen, die ihn stumpf anstarrten, und ein vor Wut und Schmerzen verzerrter Mund mit zwei Reihen nadelspitzer Zähne.

»Was ist denn das?«, flüsterte er. »Der Schleimschmeichler?«

»Ach nein, doch nicht der«, erwiderte der Vogel. »Das hier ist ein Skalpell, wie manche es nennen. Es jagt Träumer, die sich im Wiegenliedwäldchen verirren.«

Twig sah hoch. Um ihn herum standen lauter Wiegenliedbäume, die leise summten. Er fasste mit der Hand an das Tuch um seinen Hals.

»Unter Wiegenliedbäumen«, fuhr der Vogel fort, »sieht man nur das, was die Bäume einen sehen lassen – bis es zu spät ist. Was für ein Glück für dich, dass ich gerade geschlüpft bin.«

Über dem Raupenvogel baumelte wie eine abgelegte Socke ein riesiger Kokon.

»Du bist da rausgekommen?«, fragte Twig.

»Natürlich«, erwiderte der Raupenvogel. »Woraus denn sonst? Tja, Kleiner, du musst wirklich noch viel lernen. Taghair hatte Recht.«

»Du kennst Taghair?« Twig staunte. »Das verstehe ich nicht.«

Der Raupenvogel klackte ungeduldig mit dem Schnabel. »Taghair schläft in unseren Kokons und träumt unsere Träume«, erklärte er. »Ja, ich kenne Taghair, so wie ich auch alle anderen Raupenvögel kenne. Wir haben alle dieselben Träume.«

»Wenn Taghair doch jetzt hier wäre«, sagte Twig traurig. »Er würde wissen, was ich tun soll.« Das Summen der Bäume machte ihn ganz benommen. »Ich bin zu nichts nütze«, seufzte er, »und eine Schande für alle Waldtrolle. Ich bin vom Weg abgekommen. Ich habe mich hoffnungslos verirrt und bin selbst daran schuld. Ich wünschte ... das Skalpell hätte mich in Stücke gerissen. Dann wäre wenigstens alles zu Ende!«

»Na, na«, sagte der Raupenvogel freundlicher und hüpfte auf einen Ast neben ihm. »Du weißt, was Taghair dazu sagen würde.«

»Gar nichts weiß ich«, jammerte Twig. »Ich bin ein Versager.«

»Taghair«, fuhr der Vogel fort, »würde sagen: Wenn du vom Weg der anderen abkommst, geh deinen eigenen Weg, auf dass die anderen dir folgen. Deine Zukunft liegt jenseits des Dunkelwalds.«

»Jenseits des Dunkelwalds?« Twig sah in das tiefrote Auge des Raupenvogels. »Aber es gibt doch kein Jenseits. Der Dunkelwald geht ewig weiter. Es gibt nur oben und unten. Der Himmel ist oben und der Wald unten, fertig aus. Das weiß jeder Waldtroll.«

»Deshalb bleiben die Waldtrolle ja auch immer auf dem Weg«, sagte der Raupenvogel freundlich. »Vielleicht gibt es für einen Waldtroll tatsächlich kein Jenseits, aber für dich schon.«

Er breitete plötzlich die tiefschwarzen Flügel aus und flog laut knatternd von seinem Ast auf.

»HALT!«, brüllte Twig, aber es war schon zu spät. Der Vogel war durch die Bäume aufgestiegen und entfernte sich mit mächtigen Flügelschlägen. Twig sah ihm unglücklich nach. Er wollte rufen, ganz laut schreien, presste die Lippen aber fest zusammen aus Angst, ein wildes Tier des Dunkelwalds könnte ihn hören.

»Du warst dabei, als ich geschlüpft bin, deshalb werde ich immer auf dich aufpassen«, rief der Raupenvogel ihm aus der Ferne noch zu. »Wenn du mich einmal wirklich brauchst, werde ich zur Stelle sein.«

»Ich brauche dich jetzt schon wirklich«, sagte Twig missmutig.

Er versetzte dem toten Skalpell einen Fußtritt. Die Kreatur gab daraufhin ein langes, tiefes Stöhnen von sich. Oder war es nur das Summen der Wiegenliedbäume? Twig jedenfalls wollte nicht mehr warten. Er rannte Hals über Kopf los, aus dem Wiegenliedwäldchen hinaus und in die weglosen Tiefen des finsteren Dunkelwalds.

Er blieb erst stehen, als die Nacht sich wieder über den Wald senkte. Die Hände in die Hüften gestützt, rang er vornübergebeugt um Luft. »Ich sch... schaffe keinen Sch... Schritt mehr«, keuchte er. »Keinen einzigen.«

Es blieb ihm nichts anderes übrig, als sich einen sicheren Platz für die Nacht zu suchen. Der Baum neben ihm hatte einen dicken Stamm und ein dichtes Dach aus großen, grünen Blättern, das ihn schützen würde, wenn das Wetter schlechter werden sollte. Und was noch wichtiger war, der Baum sah ungefährlich aus. Twig sammelte trockenes Laub und polsterte damit eine Kuhle zwischen den Wurzeln des Baums aus. Dann legte er sich auf die provisorische Matratze, rollte sich zusammen und schloss die Augen.

Die Nacht war voller Geräusche. Ununterbrochen winselte, jammerte und kreischte es. Twig legte den Arm um den Kopf um den zermürbenden Lärm nicht hören zu müssen. »Dir passiert schon nichts«, redete er sich gut zu. »Der Raupenvogel hat versprochen, dass er auf dich aufpasst.«

Und so schlief er allmählich ein. Er wusste nicht, dass der Raupenvogel sich im selben Augenblick weit entfernt mit einer Familie von Buschnymphen vergnügte.

KAPITEL 5

Die Bluteiche

Zuerst spürte er nur ein Kitzeln. Twig schlug im Schlaf danach. Benommen schmatzte er mit den Lippen und rollte auf die Seite. Er sah klein und verletztlich aus in seiner Mulde aus Laub unter dem mächtigen alten Baum. Gekitzelt hatte ihn ein langes, dünnes, sich hin und her windendes Wesen. Twg begann wieder regelmäßig zu atmen und das Wesen schaukelte in der Luft dicht vor seinem Gesicht hin und her. Jedes Mal, wenn Twig ausatmete, krümmte und wand es sich in dem warmen Luftstrom. Plötzlich schoss es vor und betastete seinen Mund von allen Seiten.

Twig murmelte schläfrig etwas und fuhr sich mit der Hand über die Lippen. Geschickt wich das wurmartige Wesen den langen Fingern aus und huschte in einen der zwei kleinen dunklen Tunnel direkt über Twigs Mund hinein.

Twig fuhr hoch, schlagartig war er hellwach. Sein Herz pochte. In seinem linken Nasenloch war etwas! Er fasste sich an die Nase und drückte an ihr entlang, bis ihm Tränen in die Augen traten. Was immer in seiner Nase war, es

kam kratzend die weiche Schleimhaut herunter. Dann war es draußen. Twig zuckte zusammen und kniff vor Schmerz die Augen fest zusammen. Das Herz schlug ihm bis zum Hals. Was war das? Was konnte das bloß sein? Ihm wurde ganz flau vor Angst und Hunger.
Zuerst wollte er die Augen gar nicht öffnen. Dann machte er das eine Auge vorsichtig einen Spalt auf. Er sah etwas smaragdgrün aufblitzen, befürchtete schon das Schlimmste und begann hastig sich auf Händen und Füßen rückwärts zu bewegen. Doch dann verlor er das Gleichgewicht. Seine Beine knickten seitlich nach vorn weg und er landete un-

sanft auf den Ellbogen. Twig starrte in das trübe Dämmerlicht des anbrechenden Morgens. Das wurmartige grüne Geschöpf verharrte regungslos.
»Was bin ich für ein Dummkopf«, murmelte Twig. »Das ist doch bloß eine Raupe.«

Er legte den Kopf in den Nacken und sah zu der dunklen Baumkrone hinauf. Der Himmel über den schwarzen Blättern hatte sich von Braun nach Rot verfärbt. Es war warm, nur seine Beine waren hinten vom Tau des frühen Morgens feucht geworden. Es war Zeit aufzubrechen.
Twig stand auf und klopfte Zweige und Blätter aus seiner Weste. Auf einmal war die Luft von einem Pfeifen erfüllt wie von einer kreisenden Peitsche. Mit offenem Mund und gelähmt vor Angst sah Twig, wie die smaragdgrüne Raupe auf ihn zuschoss und sich in Windeseile einmal, zweimal, dreimal um seine ausgestreckten Handgelenke wickelte.
»Aua!«, schrie er. Scharfe Dornen stachen in seine Haut, und er verfluchte sich für seinen Leichtsinn.
Denn das wurmartige grüne Ding war gar keine Raupe. Es war eine Schlingpflanze, die smaragdgrüne Spitze einer langen, mit hässlichen Dornen bewehrten Ranke, die sich wie eine Schlange durch den dämmrigen Wald schlängelte und nach einem warmblütigen Opfer suchte. Twig war von dem schrecklichen Schlingwürger gefesselt worden.
»Lass mich los!«, schrie er und zerrte wie wahnsinnig an der zähen Ranke. »LASS MICH LOS!«
Doch je heftiger er zog, desto tiefer bohrten sich die wie Klauen geformten Dornen in seine Haut und in das weiche Fleisch an der Innenseite des Arms. Twig brüllte vor Schmerzen. Entsetzt beobachtete er, wie kleine, tiefrote Blutstropfen aus der Haut quollen und über die Hand liefen.
Ein stickiger Luftzug fuhr ihm durch die Haare und zauste das Fell seiner Hammelhornweste. Der Wind trug den Geruch seines Blutes nach oben unter das dämmrige Blätter-

dach. Von dort kam das leise Klappern tausender ungeduldig mahlender, rasierklingenscharfer Zähne. Dann drehte der Wind und metallischer Modergeruch stieg Twig in die Nase.

Er drehte und zog an der Ranke, biss sogar hinein, doch sie schmeckte so furchtbar bitter, dass er sofort ausspucken musste. Er drückte und zerrte, zwickte und riss, doch die Ranke war zäh. Er konnte ihren eisernen Griff nicht lockern und sich nicht befreien.

Da machte die Ranke plötzlich einen gewaltigen Ruck und riss Twig nach vorn.

»Mmpffff!« Unsanft landete er auf dem Waldboden, den Mund voller pampigem, braunem Lehm. Der Lehm schmeckte wie ... Würstchen aus Tilderfleisch, nur ranzig und sauer. Er würgte und spuckte aus. »Halt!«, schrie er. Doch der Schlingwürger dachte gar nicht daran. Unbarmherzig zog er sein Opfer holterdipolter über Steine und Baumstümpfe, durch Waldnesseln und Wabbelkraut. Dabei wusste Twig, dass ihm – so sehr die Dornen ihn auch stachen und so sehr er durchgeschüttelt wurde – das Schlimmste noch bevorstand. Als sie an einem Kammbusch vorbeikamen, versuchte er verzweifelt sich an einem Ast festzuklammern. Es ging um sein Leben. Wo war nur der Raupenvogel, jetzt, wo er ihn brauchte?

Der Schlingwürger blieb an einer Wurzel hängen. Ein wütendes Kreischen gellte durch den dämmrigen Wald, ein energischer Ruck lief in Wellen durch die Ranke. Twig hielt sich mit ganzer Kraft an den Zweigen des Busches fest, doch der Schlingwürger war zu stark. Der Busch sprang mitsamt den Wurzeln aus dem Boden und Twig wurde wieder über den holprigen Waldboden geschleift, diesmal noch schneller.

Der Boden, über den er gezogen wurde, war jetzt mit harten, weißen Gewächsen übersät, die knorpelige Auswüchse hatten und ihn schmerzhaft in die Rippen stießen. Die knubbeligen weißen Dinger wurden immer mehr und plötzlich begriff Twig, was er da sah. Knochen! Schenkelknochen, Wirbel, Rippen und grinsende nackte Schädel.

»Nein!«, schrie er gellend. »NEIN!« Doch niemand antwortete und das blutrote Licht erstickte seine Schreie.

Er drehte den Kopf und spähte angestrengt in den Schatten vor ihm. Aus einem weißen Berg von Knochen ragte ein mächtiger, wulstiger Baumstamm heraus.

Der Stamm pulsierte quietschend und glänzte vor Speichel, der zähflüssig aus zahllosen klaffenden Saugrüsseln tropfte. Hoch über ihm, dort, wo die Äste sich verzweigten, hörte Twig das Knirschen tausender schnabelartig gekrümm-

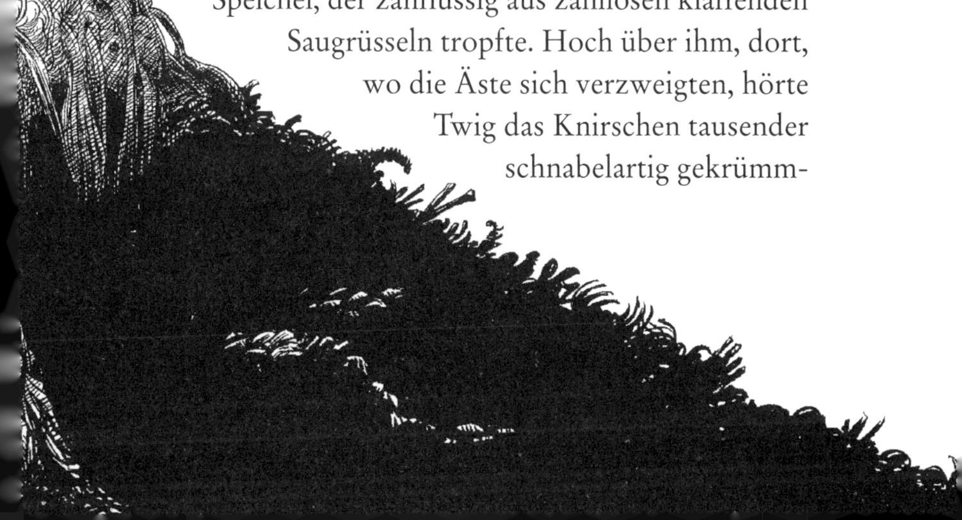

ter Zähne, die sich gierig und geräuschvoll öffneten und schlossen. Lauter und *lauter* und immer LAUTER wurde das Knirschen! Was er hörte, war die schreckliche Fleisch fressende Bluteiche.

Mein Messer, dachte Twig fieberhaft. Das Geklapper der Zähne wurde immer schneller, der Gestank immer ekliger und das Quietschen immer heftiger.

Aufgeregt tastete Twig an seinem Gürtel nach dem Namensgebungsmesser. Er bekam den glatten Griff zu fassen, zog es mit einer raschen Bewegung aus der Scheide, holte aus und ließ es mit aller Kraft herunterfahren.

Er hörte ein matschiges Splittern und ein Strahl glänzend grünen Schleims spritzte ihm ins Gesicht. Dann kam sein Arm mit einem Ruck frei. Er hatte es geschafft! Erleichtert wischte er sich den Schleim aus den Augen.

Ja! Da war er nun, der Schlingwürger, der hypnotisch über ihm hin und her pendelte, vor und zurück und wieder vor und zurück und hin und her. Wie gebannt starrte Twig ihn an und beobachtete, wie das abgetrennte Ende aufhörte zu tropfen und der Schleim sich zu einem knubbeligen grünen Tropfen erhärtete, der ungefähr so groß wie seine Faust war. Dann plötzlich riss die gummiartige Haut auf, der Tropfen zerplatzte und mit einem Ratschen sprang ein langer Fühler mit smaragdgrüner Spitze heraus. Zitternd nahm er die Witterung auf.

Ein zweiter Fühler sprang heraus, dann ein dritter. Twig war unfähig sich zu bewegen. Statt einer Ranke waren jetzt auf einmal drei da. Sie bäumten sich auf, bereit zuzuschlagen, und dann – fffschschsch – schossen sie auf ihn zu und schlangen sich um seine Knöchel.

Twig schrie vor Schmerzen und Angst. Dann, noch bevor er etwas tun konnte, riss der Schlingwürger ihm die Füße weg und zog ihn an den Füßen nach oben in die Luft.
Der Wald verschwamm vor Twigs Augen und das Blut schoss ihm in den Kopf. Fast hätte er auch noch das Messer fallen lassen. Er zappelte und wand sich und versuchte keuchend vor Anstrengung sich aufzurichten. Dann bekam er die Ranke zu fassen und stach auf sie ein.
»HIMMEL NOCH MAL, LASS MICH LOS!«, schrie er. Sofort quoll wieder grüner Schleim aus den Schnittwunden. Ölig und schlüpfrig tropfte er auf das Messer und auf Twigs Hand. Die Ranke kam mit einem Ruck frei und Twig fiel wieder mit dem Kopf nach unten.
Hilflos baumelte er an den Füßen. Er bog den Kopf zurück und sah hinunter. Er schwebte direkt über

der Bluteiche. Unter ihm waren die tausend rasierklingenscharfen Zähne, die er so gierig hatte klappern hören. Sie bildeten einen Kreis und funkelten in dem roten Licht.
Plötzlich gingen sie auf und Twig starrte in den tiefroten Schlund des blutdürstigen Baumes. Lautes Schlabbern und Schmatzen war zu hören. Der Gestank war entsetzlich. Twig würgte.
Nie würde er auf dem Schiff der Himmelspiraten mitsegeln, nie würde er ans Ziel kommen. Nicht einmal aus dem Dunkelwald hatte er es geschafft.
Mit letzter Kraft und wie besessen strampelnd, versuchte er sich wieder nach oben zu ziehen. Die Hammelhornweste rutschte ihm dabei über die Augen und er spürte, wie die aufgerichteten Haare sich dabei versteiften. Immer wieder streckte er den Arm nach oben aus. Endlich bekam er die Ranke zu fassen, doch ihm selben Moment ließ sie seine Knöchel los.
Haltlos baumelte er hin und her. Er schrie vor Angst und grub die Fingernägel in die Ranke. Statt sich von ihr loszuschneiden, versuchte er jetzt verzweifelt sich an ihr festzuhalten – sonst fiel er in den aufgerissenen Schlund der Bluteiche. Mit den Händen wollte er sich an der Ranke hinaufhangeln, doch war sie vom Schleim so glitschig, dass seine Finger immer wieder abrutschten. Für jeden Zentimeter, den er sich hochzog, rutschte er sechs Zentimeter nach unten.
»Hilfe«, jammerte er leise. »So hilf mir doch jemand.«
Die Ranke machte einen heftigen Ruck. Twig verlor den Halt und stürzte ab.
Mit den Füßen voraus und mit heftig rudernden Armen fiel

er durch die Luft. Mit einem Übelkeit erregenden schmatzenden Geräusch landete er tief im höhlenartigen Schlund der Fleisch fressenden Bluteiche. Die Zähne über seinem Kopf schlugen zusammen.
Es wurde stockfinster. Ein hässliches Gurgeln dröhnte ihm in den Ohren. »Ich kann mich nicht mehr bewegen«, japste er. Der gewaltige Schlund zog sich um ihn zusammen und harte, holzige Muskelringe drückten immer fester zu. »Ich bekomme keine Lu... hu... huft mehr!«

Jetzt dachte er nur noch an das Eine, ein so schrecklicher Gedanke, dass er ihn gar nicht denken wollte. *Ich werde bei lebendigem Leibe aufgefressen!* Immer tiefer wurde er hinuntergezogen. *Bei lebendigem Leibe ...*

Plötzlich lief ein Zittern durch die Bluteiche. Aus den Tiefen des Baumes stieg blubbernd und rumpelnd ein Rülpser auf. Ein fauler Wind blies an Twig vorbei und für einen Moment lockerte sich der Druck der Muskeln.

Twig rutschte zu seinem Entsetzen noch ein Stück tiefer. Wieder stellten die dicken Haare der Hammelhornweste sich auf, weil sie gegen den Strich gebürstet wurden. Wieder lief ein Zittern durch den Baum.

Das Gurgeln wurde lauter und die Bluteiche begann zu husten, bis der ganze schwammige Stamm von einem ohrenbetäubenden Tosen geschüttelt wurde. Twig spürte, wie von unten etwas gegen seine Füße drückte und ihn nach oben schob.

Dann lockerte sich plötzlich noch einmal der Schlund, der Twig gefangen hielt. Die Bluteiche musste den stacheligen Gegenstand loswerden, der sich in ihrem Hals festgesetzt hatte. Wieder rülpste sie und der Luftdruck, der sich tief unten aufgebaut hatte, explodierte mit einer solchen Gewalt, dass er Twig durch den hohlen Stamm nach oben katapultierte.

Mit einem lauten Knall schoss er inmitten einer Fontäne von Speichel und Schleim hoch in den Himmel. Einen Augenblick lang hatte er das Gefühl zu fliegen, immer höher hinauf, frei wie ein Vogel.

Dann ging es wieder abwärts. Krachend stürzte er durch die Äste, dem Boden entgegen. Er landete mit einem dumpfen Aufschlag. Alle Knochen taten ihm weh und für eine Weile rührte er sich nicht. Er konnte noch gar nicht fassen, was geschehen war.

»Du hast mir das Leben gerettet«, sagte Twig schließlich und strich über das Fell der Weste. »Danke für dein Geschenk, Ma-Tatum.«

Seine Glieder schmerzten, aber verletzt war er nicht. Etwas musste seinen Aufprall gedämpft haben. Vorsichtig betastete er die Erhebung unter sich.

»Au!«, protestierte eine Stimme.

Twig rollte erschrocken herunter und drehte sich um. Nicht *etwas*, sondern *jemand* hatte seinen Fall gelindert! Er schloss die Finger fester um das Messer, das er immer noch in der Hand hielt.

KAPITEL 6

Die Kolonie der Honigkobolde

Unsicher stand Twig auf und betrachtete das auf dem Boden liegende Wesen. Es hatte einen flachen Kopf und eine Knollennase und über den Augen hingen schwere Lider. Es steckte in verdreckten Lumpen, wie es überhaupt von Kopf bis Fuß vor Dreck starrte. Misstrauisch musterte der Kobold Twig.

»Du bist von ziemlich weit oben auf uns heruntergefallen«, sagte er.

»Ich weiß, tut mir leid«, sagte Twig. Er erschauerte. »Du kannst dir nicht vorstellen, was ich gerade erlebt habe. Ich ...«

»Du hast uns wehgetan«, unterbrach ihn der Kobold. Seine näselnde Stimme machte Twig ganz benommen. »Bist du der Schleimschmeichler?«

»Der Schleimschmeichler?«, sagte Twig. »Nein ..., natürlich nicht.«

»Er ist das schrecklichste Ungeheuer des ganzen Dunkelwalds«, sagte der Kobold und seine Ohren zuckten. »In irgendeinem finsteren Himmelswinkel liegt er auf der Lauer und dann lässt er sich auf sein ahnungsloses Opfer fallen.« Sein Augen verengten sich zu Schlitzen. »Aber vielleicht weißt du das ja selbst.«

»Ich bin nicht der Schleimschmeichler«, sagte Twig. Er steckte das Messer in die Scheide, streckte den Arm aus und half dem Kobold auf die Beine. Die knochige Hand des Kobolds fühlte sich heiß und verschwitzt an. »Aber ich sag dir was anderes«, fügte er hinzu. »Ich wäre gerade fast *aufgefressen* worden von einer Blutei...«

Aber der Kobold hörte ihm schon nicht mehr zu. »Er sagt, er sei nicht der Schleimschmeichler«, rief er in den Schatten unter den Bäumen.

Zwei weitere untersetzte, knochige Kobolde tauchten auf. Abgesehen von den verschiedenen Schmutzkrusten auf ihren Gesichtern, sahen sie alle drei genau gleich aus. Twig roch den säuerlichen Schweißgeruch, den sie verströmten, und rümpfte die Nase.

»In diesem Fall«, sagte der erste, »kehren wir am besten in die Kolonie zurück. Grobmutter wundert sich sicher schon, wo wir bleiben.«

Die anderen nickten, hoben Bündel aus Kräutern auf und schwangen sie sich auf die flachen Köpfe.

»Wartet!«, rief Twig. »Ihr könnt doch nicht so einfach gehen. Ihr müsst mir helfen. BLEIBT STEHEN!« Er rannte ihnen nach.

Der Wald war dicht und mit Gestrüpp zugewuchert. Durch die Ritzen zwischen den Blättern sah Twig, dass der Himmel inzwischen ein rosa überhauchtes Blau angenom-

men hatte. In die Finsternis unter den Bäumen fiel dagegen kaum Licht.
»Warum hört ihr mir nicht zu?«, rief er traurig.
»Warum sollten wir?«, kam die Antwort.
Twig zitterte, so allein fühlte er sich. »Ich bin müde und habe Hunger«, sagte er.
»Na und?«, meckerten die Kobolde.
Twig biss sich auf die Lippe. »Und ich habe mich verirrt!«, rief er wütend. »Kann ich nicht mit euch kommen?«
Der Kobold, der vor ihm ging, drehte sich um und zuckte die Schultern. »Uns ist ganz egal, was du tust.«
Twig seufzte. Eine freundlichere Einladung würde er nicht bekommen. Wenigstens hatten sie nicht gesagt, dass er *nicht* mitkommen durfte. Die Kobolde waren keine angenehmen Gefährten, aber im Dunkelwald durfte man, wie Twig inzwischen gelernt hatte, nicht allzu wählerisch sein. Er ging also einfach hinter ihnen her und zog sich dabei die letzten Dornen des Schlingwürgers aus dem Handgelenk.
»Wie heißt ihr eigentlich?«, rief er nach einer Weile.
»Wir sind Honigkobolde«, sagten sie alle drei gleichzeitig.
Wieder eine Weile später stießen drei weitere Kobolde zu ihnen, dann noch einmal drei – und dann noch einmal ein halbes Dutzend. Sie sahen alle genau gleich aus und unterschieden sich nur durch die Gegenstände, die sie auf ihren flachen Köpfen trugen. Einer trug einen geflochtenen Teller mit Beeren, ein anderer einen Korb mit knorrigen Wurzeln und wieder ein anderer einen großen, knollenförmigen, rotgelb gestreiften Kürbis.
Unversehens gelangten sie aus dem Wald auf eine sonnenbeschienene Lichtung. Vor ihnen erhob sich ein aus einem

rosafarbenen, wachsartigen Material gefertigtes pompöses Bauwerk mit eingesunkenen Fenstern und schiefen Türmen. Es war so hoch wie die höchsten Bäume und erstreckte sich so weit nach hinten, dass Twig das Ende nicht sehen konnte.

Die Kobolde begannen aufgeregt durcheinander zu plappern. »Wir sind da«, riefen sie und eilten auf das Gebäude zu. »Wir sind zu Hause. Grobmutter wird mit uns zufrieden sein und uns zu essen geben.«

Twig war zwischen den Kobolden eingezwängt und bekam kaum noch Luft. Plötzlich hoben seine Füße vom Boden ab und er wurde gegen seinen Willen weitergetragen. Vor ihm ragte ein großes Portal auf. Im nächsten Augenblick wurde er auch schon von der Flut der Kobolde unter dem mächtigen Torbogen hindurchgeschoben und in die Kolonie befördert.

Drinnen rannten die Kobolde in alle möglichen Richtungen auseinander. Twig plumpste hart auf den Boden, und hinter ihm strömten immer noch mehr Kobolde herein. Sie traten auf seine Hände und stolperten über seine Beine. Schützend hielt er einen Arm hoch, rappelte sich auf und versuchte zum Eingang zurückzugelangen, doch vergeblich.

Er wurde durch die Eingangshalle geschoben und geschubst. Schließlich landete er in einem der vielen von dort abgehenden Tunnel. Im Tunnel war es stickig und es roch aufdringlich süß. Die Wände waren klebrig und warm und glühten in einem intensiven Rosa.

»So helft mir doch«, bettelte Twig, während die Kobolde an ihm vorbeidrängelten. »Ich habe Hunger!« Ohne noch

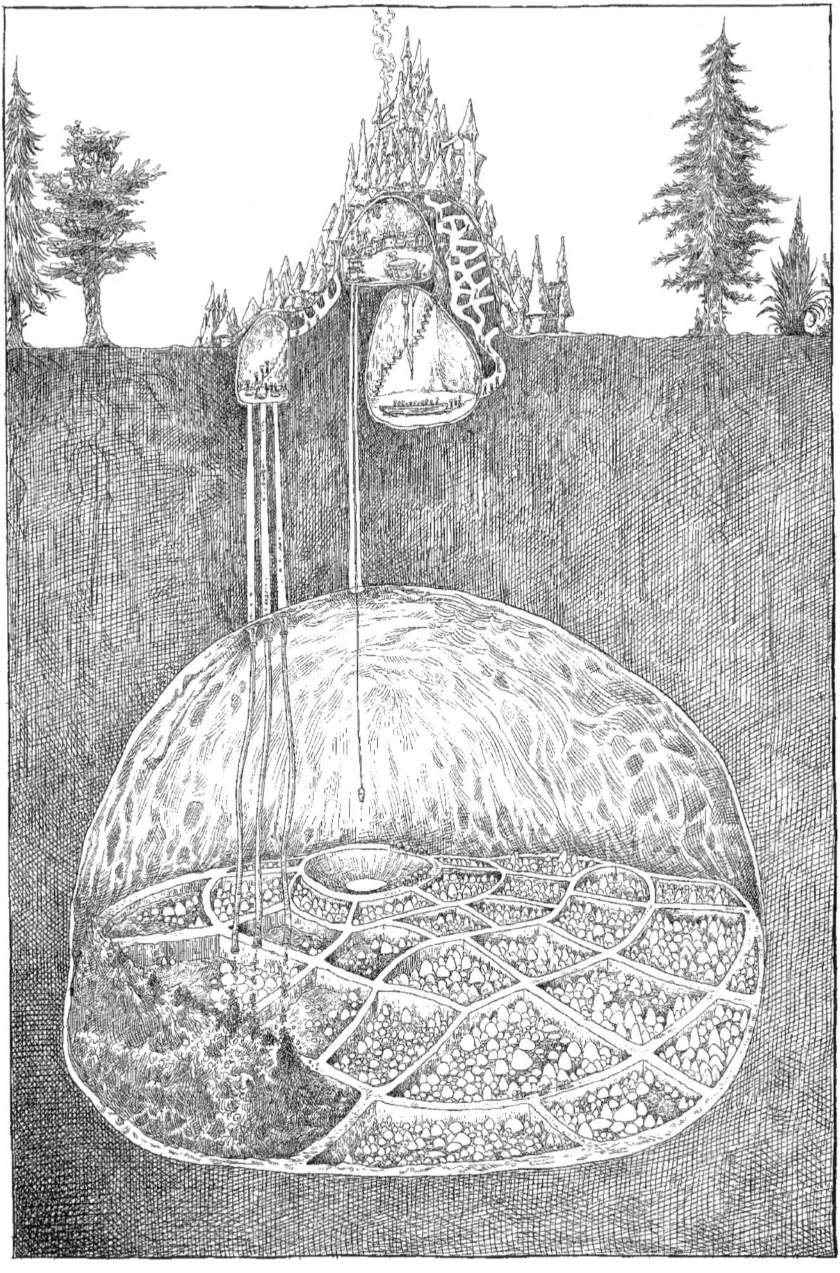

länger zu warten schnappte er sich aus einem der Körbe, die an ihm vorbeigetragen wurden, ein langes Saftholz.
Der Kobold, dem das Saftholz gehörte, funkelte ihn wütend an. »Das ist nicht für dich«, schimpfte er und nahm ihm das Saftholz wieder weg.
»Aber irgendwas muss ich doch essen«, protestierte Twig schwach.
Der Kobold kehrte ihm den Rücken zu und eilte weiter. Wut stieg in Twig auf. Er hatte Hunger und die Kobolde hatten etwas zu essen – aber sie wollten ihm nichts abgeben. Plötzlich explodierte seine Wut.
Der Kobold mit den Safthölzern war noch nicht weit gekommen. Twig drängelte ihm hinterher, machte sich zum Sprung bereit, warf sich an die Knöchel des Kobolds und – griff ins Leere.
Benommen setzte er sich auf. Direkt neben ihm blickte er in eine enge, in die Wand eingelassene Nische, in die der Kobold geeilt war. Grimmig lächelnd stand Twig auf. Der Kobold saß in der Falle.
»Du!«, brüllte er. »Ich will was von diesen Früchten, und zwar sofort.«
Die roten Safthölzer leuchteten in dem rosafarbenen Licht. Twig schmeckte das klebrig-süße Fleisch schon auf der Zunge.
»Ich habe es dir doch schon einmal gesagt«, sagte der Kobold und schwang den Korb von seinem Kopf herunter. »Sie sind nicht für dich.« Und damit schüttete er die gesamte Ladung Safthölzer in ein Loch im Boden. Twig hörte, wie sie einen langen Schacht hinunterpolterten und irgendwo tief unten mit einem dumpfen Plumps landeten.

Er starrte den Kobold mit aufgerissenem Mund an. »Was soll *das* denn bedeuten?«, fragte er.
Doch der Kobold entfernte sich ohne ein weiteres Wort. Twig ließ sich auf den Boden fallen. »Idiot«, murmelte er. Andere kamen mit Wurzeln, Früchten, Beeren und Blättern vorbei, doch keiner nahm irgendeine Notiz von Twig und seiner Bitte ihm etwas zu essen zu geben. Schließlich verstummte Twig. Niedergeschlagen starrte er auf den klebrigen Boden. Der Strom der Kobolde versiegte nach und nach.
Dann kam noch ein Nachzügler, der wegen seiner Verspätung leise mit sich schimpfte. Twig sah auf. Der Kobold schien nervös zu sein. Mit zitternden Händen kippte er eine Ladung saftiger gelber Kübelrüben in das Loch.
»Endlich«, seufzte der Kobold. »Und jetzt esse ich etwas.«
Essen! Was für ein wunderbares Wort. Twig wurde ganz schwindlig zumute. Er sprang auf und folgte dem Kobold. Sie bogen zweimal rechts ab und an einer Weggabelung links und gelangten in einen riesigen, höhlenartigen Saal. Der Saal war rund, von einer hohen Kuppel überwölbt und hatte glitzernde Wände und dicke Pfeiler, die aussahen wie tropfende Kerzen. Es war schwül und die Luft war mit dem bereits vertrauten, aufdringlich süßen Geruch erfüllt. Der Saal war zum Bersten voll, doch kaum ein Laut war zu hören. Die Kobolde starrten mit offenen Mündern und aufgerissenen Augen nach oben, genau auf den höchsten Punkt in der Kuppel. Twig folgte ihrem Blick und sah, dass sich von dort langsam ein dicker Schlauch herabsenkte. Aus seinem Ende quollen Schwaden rosafarbenen Dampfes, der die stickige Luft noch stickiger machte.

Einen halben Meter über einem Trog kam der Schlauch zum Stillstand. Die Kobolde schienen alle die Luft anzuhalten. Es klickte, etwas gurgelte, eine letzte Dampfwolke quoll heraus und dann schoss plötzlich ein mächtiger Strahl rosafarbenen Honigs in den Trog.
Beim Anblick des Honigs rasteten die Kobolde aus. Schreie gellten, Fäuste flogen. Wer hinten stand, drängte nach vorn, wer vorn stand, schubste seinen Nachbarn zur Seite. Die Kobolde kratzten und zwickten einander und zerrten an den Kleidern, denn jeder wollte unbedingt der erste am dampfenden rosa Honig sein.
Twig machte ein paar Schritte zurück, weg von den raufenden Kobolden. Er tastete nach der Wand hinter sich und

arbeitete sich an ihr entlang, bis er an eine Treppe kam. Er stieg die Treppe hinauf. Auf halbem Weg blieb er stehen, setzte sich und sah zu den Kobolden hinunter.

Die Kobolde versuchten so viel wie möglich von der pappigen Masse abzubekommen und der rosafarbene Honig spritzte überallhin. Einige schlürften ihn aus hohlen Händen, andere hatten den Kopf in den klebrigen Brei gesteckt und tranken in gierigen Schlucken. Einer war sogar in den Trog gestiegen und lag mit offenem Mund direkt unter dem Schlauch. Auf seinem verschmierten Gesicht lag ein Ausdruck besinnungsloser Zufriedenheit.

Twig schüttelte angeekelt den Kopf.

Plötzlich ertönte ein lauter Schlag und der Honigstrom versiegte. Die Fütterungszeit war vorbei. Ein bedauerndes Seufzen ging durch die Menge und einige Kobolde kletterten in den Trog, um ihn sauber zu lecken. Die anderen gingen still und friedlich aus dem Saal. Mit ihrem Hunger war auch die allgemeine Hektik verschwunden.

Der Saal war so gut wie leer. Twig wollte aufstehen, doch dann erstarrte er. Etwas anderes war zu hören. Ein Prusten und Schnaufen, gefolgt von Plätschern und Klappern. Und dann das Gleiche noch einmal in derselben Reihenfolge.

Mit klopfendem Herzen drehte Twig sich um und spähte in das Dunkel über ihm. Aufgeregt tastete er nach seinen Amuletten.

Wieder prustete, schnaufte, plätscherte und klapperte es.

Entsetzt hielt er die Luft an. Etwas kam näher. Und dieses Etwas gab Laute von sich, die er überhaupt nicht mochte.

Wieder hörte er die Geräusche, gefolgt von einem lang gezogenen Ächzen!

Und dann plötzlich stand in der Tür am oberen Ende der Treppe das GRÖSSTE, FETTESTE MONSTER, das er je gesehen hatte. Sie – denn es war eine Sie – drehte den Kopf und ließ den Blick durch den Saal unter ihr wandern. Kleine Knopfaugen spähten über die aufgedunsenen Backen hinweg und die Speckfalten um ihren Hals schwabbelten.

»Nie hat man seine Ruhe«, murmelte sie. Ihre Stimme blubberte wie Schlamm, in dem Blasen aufstiegen. Blub,

blub, blub, blub. »Trotzdem«, fügte sie leise hinzu und nahm Mopp und Eimer wieder auf, »die Jungs sind es wert.«
Sie schob und drückte ihre wabbelnden Fettmassen durch die Tür. Twig sprang auf, rannte die Treppe hinunter und versteckte sich an dem einzigen Ort, wo man sich verstecken konnte – unter dem Trog. Die Geräusche setzten wieder ein, dann ertönte ein dumpfer Schlag. Ängstlich spähte Twig unter dem Trog hervor.
Für eine Person ihrer Größe bewegte Grobmutter sich erstaunlich rasch. Sie kam immer näher, Twig zitterte vor Angst. »Sicher hat sie mich schon gesehen«, jammerte er leise und drückte sich so tief in den Schatten, wie er konnte. Der Eimer kam klappernd auf dem Boden zu stehen, der Mopp tauchte in das Wasser und Grobmutter begann den Dreck wegzuputzen, den ihre »Jungs« hinterlassen hatten. Klatschend fuhr sie mit dem Mopp in den Trog und um ihn herum. Immer wieder nach Luft schnappend, summte sie dabei. Zuletzt nahm sie den Eimer und schüttete das restliche Wasser *unter* den Trog.
Twig schrie auf. Das Wasser war eiskalt.
»Was war das?«, rief Grobmutter und wischte mit dem Mopp suchend unter dem Trog hin und her. Twig konnte ihr immer wieder ausweichen, doch dann verließ ihn das Glück. Der Mopp traf ihn in die Brust und schob ihn nach hinten ins Freie. Sofort stand Grobmutter über ihm.
»Igitt!«, kreischte sie. »Abscheulich ... ekelhaft ... UNGEZIEFER ... infiziert meine schöne Kolonie.«
Sie packte Twig am Ohr, zog ihn vom Boden hoch und ließ ihn in den Eimer plumpsen. Dann stieß sie den Mopp auf

ihn drauf, nahm den Eimer in die Hand und stieg schnaufend die Treppe wieder hinauf.
Twig rührte sich nicht. Seine Brust schmerzte, sein Ohr sauste und der Eimer schwankte. Er hörte, wie Grobmutter sich durch eine Tür drückte und dann noch durch eine zweite. Der eklig süße Geruch wurde immer stärker. Plötzlich hörte das Schwanken auf. Twig wartete einen Augenblick, dann schob er den Mopp zur Seite und spähte über den Rand des Eimers.
Der Eimer hing an einem Haken hoch über einer riesigen, von Dampf erfüllten Küche. Twig stockte der Atem. Sich nach unten zu lassen war unmöglich. Er sah zu, wie Grobmutter durch die Küche zum Herd watschelte, auf dem in zwei gewaltigen Töpfen rosafarbener Honig kochte. Sie

nahm einen hölzernen Rührlöffel und steckte ihn in den blubbernden Honig. »Rühr um, rühr um, rühr um«, trällerte sie dazu. »Erst rechts, dann links, dann rundherum.« Sie tauchte einen ihrer Wurstfinger in den Topf und lutschte ihn nachdenklich ab. Ein Lächeln breitete sich auf ihrem Gesicht aus. »Wunderbar«, sagte sie. »Obwohl wir vielleicht noch ein klein wenig mehr brauchen.«
Sie legte den Rührlöffel hin und marschierte schnaufend zu einer dunklen Nische im hinteren Teil der Küche. Dort sah Twig einen Brunnen, der neben den Küchenschränken und dem Tisch ganz unpassend wirkte. Grobmutter packte die hölzerne Kurbel und begann zu drehen. Das Ende des Seils kam in Sicht und sie betrachtete es erstaunt.
»Wo ist denn der blöde Eimer?«, murmelte sie.
Dann fiel es ihr ein. Sie nahm den Eimer vom Haken und sah hinein.
»Ah!«, grunzte sie überrascht. »Ich habe vergessen den Abfall wegzuschütten.«

Sie watschelte mit dem Eimer zur Spüle. Aufgeregt starrte Twig über den Rand. Was genau meinte sie mit »den Abfall wegschütten«? Er brauchte nicht lange auf eine Antwort zu warten. Ein scharfer Wasserstrahl, der so kalt war, dass es ihm den Atem verschlug, donnerte auf ihn herab. Er wirbelte im Kreis herum, während Grobmutter den Eimer ausspülte.

»Huuuuu!«, heulte Twig benommen. Im nächsten Augenblick kippte Grobmutter den Eimer und schüttete den Inhalt mitsamt Twig in das Abfallrohr.

»Nein!«, schrie er, während er wild strampelnd Hals über Kopf durch das Rohr fiel. Am unteren Ende landete er mit einem Plumps auf einem warmen, weichen und feuchten Haufen.

Er setzte sich auf und sah sich um. Die lange, biegsame Röhre, durch die er gefallen war, war nur eine von vielen. Die Röhren baumelten sacht und leuchteten im Schein der rosa glühenden,

wächsernen Decke hoch über seinem Kopf. Ausgeschlossen, dass er da je wieder hinaufkam. Was sollte er jetzt tun? Immer schön eins nach dem anderen, dachte er. Auf dem verrottenden Haufen rechts von ihm entdeckte er ein noch genießbares Saftholz. Er nahm es und wischte es an seiner Hammelhornweste ab, bis die rote Haut glänzte. Hungrig biss er hinein. Roter Saft lief ihm übers Kinn.
Er lächelte glücklich. »Schmeckt doch prima!«, murmelte er.

KAPITEL 7

Spindelkäfer und Milchtrampel

Twig aß das Saftholz auf und warf den Kern weg. Das schmerzhafte Kneifen in seinem Magen war vergangen. Er stand auf, wischte sich die Hände an der Weste ab und sah sich um. Er befand sich mitten auf einem gewaltigen Komposthaufen in einer unterirdischen Höhle, die genauso riesig war wie die Kolonie darüber.

Mit fest zusammengepressten Lippen und angehaltenem Atem stieg Twig von dem faulenden Haufen herunter und kletterte auf den Wall, der den Kompost umgab. Er sah zur Decke hinauf. »Wenn es einen Weg herein gibt«, murmelte er grimmig, »muss es doch auch einen hinaus geben.«

»Nicht unbedingt«, sagte eine Stimme.

Er fuhr zusammen. Wer hatte da gesprochen? Etwas bewegte sich auf ihn zu, Licht fing sich auf einem durchscheinenden Körper und einem keilförmigen Kopf und erst jetzt bemerkte Twig, dass das Wesen, das gesprochen hatte, praktisch schon vor ihm stand.

Es war groß und spitz und sah aus wie eine Art gläsernes Rieseninsekt. Twig hatte noch nie so etwas gesehen. Er

kannte weder die unterirdischen Schwärme von Spindelkäfern noch die schwerfälligen Milchtrampel, die von den Spindelkäfern versorgt wurden.
Plötzlich machte das Insekt einen Sprung nach vorn und packte Twig mit seinen Klauen am Kragen. Twig schrie auf. Der unruhig zuckende Kopf unmittelbar vor ihm schien nur aus herumfuchtelnden Fühlern und riesigen Facettenaugen zu bestehen, die in dem dämmrigen Licht grün und orange funkelten.

»Hier ist noch einer«, rief das Insekt. Twig hörte ein trippelndes Geräusch näher kommen. Drei weitere Spindelkäfer tauchten auf.
»Ich weiß wirklich nicht, was mit ihr los ist«, sagte der erste.

»Eine ziemliche Schlamperei, würde ich sagen«, sagte der zweite.
»Sie jammert als Erste, wenn der Honig nichts wird«, sagte der dritte. »Wir müssen ein ernstes Wort mit ihr reden.«
»Das nützt doch nichts«, sagte wieder der erste. »Ich habe ihr das schon einmal gesagt, ach was, tausendmal ...«
»NUR GEMÜSE, KEINE TIERE!«, stimmten alle ein. Sie klangen sehr verärgert.
Der Käfer, der Twig festhielt, musterte den Jungen eingehend. »Der ist anders als das Ungeziefer, das wir sonst haben«, befand er. »Der hier hat Haare.« Er drehte den Kopf abrupt zur Seite und biss Twig heftig in den Arm.
»AUA!«, brüllte Twig.
»Igitt!«, kreischte der Spindelkäfer. »Er schmeckt sauer!«
»Warum beißt du mich?«, rief Twig wütend.
»*Und* er kann sprechen!«, sagte ein anderer verblüfft. »Steck ihn in den Ofen, bevor er Unheil anrichten kann.«
Twig stockte der Atem. In den *Ofen?* Mit einem Ruck befreite er sich aus den Zangen des Insekts und rannte einen der vielen kreuz und quer verlaufenden erhöhten Wege entlang. Die vier Insekten nahmen sofort laut kreischend die Verfolgung auf.
Je weiter Twig rannte, desto mehr veränderte sich die unterirdische Landschaft. Zunächst kam er an lauter Feldern vorbei, die von gärtnernden Spindelkäfern gehackt und geharkt wurden. Etwas weiter war der Boden rosa getüpfelt; dort sah Twig etwas aus dem Boden sprießen. Dahinter waren Felder voller glänzender rosafarbener Pilze, die wie schwammige Geweihe aussahen.
»Jetzt haben wir dich«, sagte ein Verfolger.

Twig wurde langsamer. Vor ihm standen zwei der Spindelkäfer. Er drehte sich um. Die anderen beiden näherten sich von hinten. Er hatte keine andere Wahl. Er sprang von dem erhöhten Weg herunter und rannte über das Feld mitten durch die rosafarbenen Pilze.
»ER IST IN DEN BEETEN MIT DEN PILZEN«, kreischten die Käfer. »MAN MUSS IHN SOFORT STOPPEN!«
Twigs Mut sank, als er feststellte, dass er nicht der Einzige auf dem Pilzfeld war. Überall um ihn herum standen riesige, schwerfällige Tiere. Sie waren durchsichtig wie die Spindelkäfer und damit beschäftigt, die Pilze zu fressen.

Twig sah, wie die zerkauten Pilze durch Schläuche im Körper zum Magen wanderten und von dort am Rücken entlang in einen gewaltigen, knollenförmigen, mit einer rosafarbenen Flüssigkeit gefüllten Sack. Eines der Tiere sah auf und ließ ein tiefes Brummen vernehmen. Andere fielen ein und bald füllte ein ohrenbetäubendes Brummen die Luft.

»HALTET DEN SCHÄDLING!«, kreischten die Käfer. Die großen Milchtrampel marschierten auf Twig zu.

Twig rannte hierhin und dorthin und zwischen den durchsichtigen Kolossen hindurch. Rutschend und schlitternd sprang er über die zertretenen Pilze und schaffte es im letz-

ten Moment ans andere Ende des Feldes. Er kletterte die Böschung hinauf und spürte noch den warmen Atem eines Milchtrampels, der nach seinem Knöchel schnappte.
Aufgeregt sah er sich um. Links und rechts von ihm verlief der Weg, doch war er in beiden Richtungen blockiert. Hinter ihm kamen die Milchtrampel immer näher, vor ihm fiel ein von Furchen durchzogener Hang steil ab und verschwand weiter unten im Dunkeln.
»Was jetzt?«, keuchte er. Es blieb ihm nichts anderes übrig, er musste den Hang hinunter. Hals über Kopf stürzte er auf das Dunkel zu.
»ER RENNT ZUR HONIGGRUBE!«, kreischten die Spindelkäfer. »SCHNEIDET IHM DEN WEG AB! *ABER DALLI!*«
Doch die Milchtrampel mit den schweren Honigsäcken, die sie vorsichtig hinter sich herschleiften, waren viel zu langsam. Twig ließ sie bald weit hinter sich zurück. Immer tiefer rannte er hinunter.
Wenn ich bloß ..., dachte er. Da öffnete sich der Boden vor ihm. Er schrie, aber er war so schnell, dass er nicht mehr bremsen konnte.
»NEIN!« Verzweifelt strampelte er mit den Füßen in der Luft. »NEIIIIIIIN!« Er stürzte ins Leere.
Ein gewaltiges Platschen ertönte. Twig war in der Mitte eines tiefen Teichs gelandet und ging unter. Im nächsten Moment kam er hustend und spuckend wieder hoch. In Panik schlug er um sich.
Die durchsichtig rosafarbene Flüssigkeit war warm und schmeckte süß. Sie lief ihm in Ohren, Augen und Mund. Etwas davon schluckte er sogar.

Er starrte die steilen Wände der Grube hinauf und stöhnte. Nun war er vom Regen in die Traufe geraten. Hier kam er nie mehr heraus.

Die Spindelkäfer und Milchtrampel hoch über ihm waren offenbar zum selben Schluss gekommen. »Da kann man nichts mehr machen«, hörte Twig sie sagen. »Das muss *sie* jetzt lösen. *Wir* haben zu tun.«
Und damit knieten die Spindelkäfer sich vor die Milchtrampel hin und begannen, an den Zitzen der Honigsäcke zu ziehen. Rosafarbene Strahlen spritzten in die Grube hinunter.

»Die melken sie ja«, keuchte Twig erstaunt. Er versuchte seinen Kopf durch Wassertreten über der klebrigen Flüssigkeit zu halten. Um ihn regnete es klebrigen Honig.

»HOLT MICH HIER RAUS!«, brüllte er. »Ihr könnt mich doch nicht hier drin lassen ... blubber, blubber, blub, blub ...«

Er sank nach unten. Die Hammelhornweste, die ihm vor kurzem noch das Leben gerettet hatte, wurde ihm jetzt zum Verhängnis. Das dicke Fell hatte die klebrige Flüssigkeit aufgesaugt und war ganz schwer geworden. Twig sank immer tiefer mit weit aufgerissenen Augen hinunter in den zähflüssigen rosafarbenen Brei. Er wollte an die Oberfläche zurückschwimmen, doch seine Arme und Beine fühlten sich an, als seien sie aus Blei. Er war am Ende seiner Kräfte angelangt.

Ertrunken in rosa Honig, dachte er unglücklich.

Und als ob das noch nicht schlimm genug gewesen wäre, merkte er jetzt, dass er nicht allein war. Noch etwas anderes bewegte sich in der Honigmasse. Ein langes, schlangenähnliches Geschöpf mit einem unförmigen Kopf schoss durch die rosafarbene Flüssigkeit auf ihn zu. Sein Puls dröhnte ihm in den Ohren. Ertrunken oder gefressen, schöne Alternative! Er wand und drehte sich und strampelte mit den Beinen.

Doch das Tier war schneller als er. Es schlang sich um ihn, die weit aufgerissenen Kiefer schnappten von unten hoch und – schluckten ihn mit Haut und Haar.

Höher und immer höher stieg er durch den rosafarbenen Sirup und ... tauchte auf. Er hustete und spuckte und sog die Luft in tiefen Zügen ein. Er wischte sich den Honig aus den Augen und sah zum ersten Mal, was das lange Geschöpf mit dem dicken Kopf in Wirklichkeit war: ein Seil mit einem Eimer.

Vorbei ging es an den steilen Wänden der Grube und an den dürren Spindelkäfern, die immer noch eifrig damit beschäftigt waren, die letzten Tropfen rosafarbenen Honigs aus den inzwischen geschrumpften Säcken der Milchtrampel zu drücken.

Der Eimer schwang gefährlich hin und her und Twig hielt sich am Seil fest. Nun befand er sich im oberen Teil der gewaltigen Höhle und musste immer wieder hinuntersehen, obwohl ihm dabei schwindlig wurde.

Tief unter sich sah er einen Flickenteppich aus lauter rosafarbenen und braunen Feldern. In der schimmernden Decke über ihm war ein schwarzes Loch. Es kam immer näher und ...

Es wurde dunkel und dann wieder hell und Twig sah, dass er wieder in der von heißem Dampf erfüllten Küche war. Unmittelbar vor ihm erblickte er das fette, schwabbelnde Gesicht der Grobmutter.

»O nein«, stöhnte er.

Grobmutter band das Ende des Seils fest. Schweißperlen strömten ihr über die wulstige Stirn und die feisten Backen. Ihr Körper wabbelte und schwabbelte bei jeder Bewegung hin und her wie eine mit Öl gefüllte Tüte. Sie machte den Eimer vom Haken los und Twig duckte sich und betete, dass sie seinen aus dem Honig herausstehenden Kopf nicht bemerken möge.

Eintönig vor sich hin summend, schleppte Grobmutter den

vollen Eimer zum Herd. Sie zitterte vor Anstrengung, als sie den Eimer auf die Schulter hievte und den Inhalt in einen Topf kippte. Mit einem dumpfen Glucksen fiel Twig in den brodelnden Brei.

»Igitt!«, rief er angeekelt, doch wurde sein Schrei vom Prusten und Keuchen der Grobmutter übertönt, die zum Brunnen zurückkehrte um noch mehr Honig zu holen. »Was soll denn das?«

Der Honig war heiß – so heiß, dass die klare Füssigkeit aus dem Eimer sich sofort milchig verfärbte. Um Twig gurgelte, blubberte und spritzte es. Er musste schnell hier raus, bevor er bei lebendigem Leibe gekocht wurde. Er zog sich also aus dem dicker werdenden, dampfenden Sud am Topfrand hoch und sprang von dort platschend auf den Herd.

Und jetzt? Zum Fußboden war es zu weit. Er konnte es nicht riskieren hinunterzuspringen und die Grobmutter kehrte auch schon mit einem weiteren Eimer Honig vom Brunnen zurück. Twig rannte hinter den Topf, duckte sich und hoffte, dass sie ihn nicht sah.

Mit aufgeregt klopfendem Herzen hörte Twig zu, wie Grobmutter summte, rührte und den kochenden rosa Honig kostete. »Hmmm«, murmelte sie und schmatzte geräuschvoll mit den Lippen. »Schmeckt ein bisschen komisch. Irgendwie sauer ...« Sie kostete noch einmal und rülpste. »Ach was, der Honig ist in Ordnung.«

Sie watschelte wieder weg um einige Geschirrtücher zu holen, die auf dem Tisch lagen. Twig sah sich verzweifelt um. Der Honig war fertig. Gleich würde sie ihn in den Schlauch schütten, durch den die Kobolde ihre Nahrung erhielten. Dann würde sie ihn bestimmt entdecken!

Doch er hatte Glück. Als Grobmutter die Handtücher um den ersten heißen Topf wickelte und ihn vom Herd hievte, konnte er sich hinter dem zweiten verstecken. Als sie den leeren Topf zurückstellte und nach dem zweiten griff, versteckte er sich wieder hinter dem ersten. Grobmutter, deren einzige Sorge war ihre Jungs pünktlich mit Honig zu füttern, bemerkte davon nichts.

Twig blieb in seinem Versteck, während sie sich damit abmühte, den großen zweiten Topf in den Schlauch zu entleeren. Sie grunzte und stöhnte und dann hörte er, wie etwas mit einem Klicken einrastete. Er spähte hinter seinem Topf hervor.

Grobmutter betätigte einen Schwengel, durch den der lange, inzwischen mit heißem Honig gefüllte Schlauch langsam durch den Boden und zum darunter liegenden Saal abgesenkt wurde. Dann zog sie an einem Hebel und Twig hörte wieder ein Klicken. Gurgelnd strömte der Honig in den Trog. Von dem Saal unter ihnen stieg frenetisches Freudengeheul auf.

»Na also«, flüsterte Grobmutter und ein zufriedenes Lächeln breitete sich auf ihrem wulstigen Gesicht aus. »Jetzt esst mal schön, Jungs. Guten Appetit.«

Twig kratzte den klebrigen Honig von seiner Weste und leckte sich die Finger ab.

»Pfui Spinne!«, sagte er und spuckte aus. Der gekochte Honig schmeckte abscheulich. Mit dem Handrücken wischte er sich den Mund ab. Jetzt musste er aber schleunigst verschwinden. Wenn er wartete, bis Grobmutter abspülte, erwischte sie ihn ganz bestimmt. Und er wollte auf keinen Fall noch einmal in das Abfallrohr gekippt werden. Aber wo war der Wabbelkoloss überhaupt?

Twig drückte sich durch die beiden leeren Töpfe und sah sich um. Grobmutter war nirgends zu sehen.

Der tumultartige Lärm im Saal unter ihnen hielt indessen unvermindert an. Er schien sogar lauter geworden zu sein und klang – soweit Twig es beurteilen konnte – noch erregter.

Auch Grobmutter musste bemerkt haben, dass etwas nicht stimmte. »Was fehlt euch denn nur, meine Schätzchen?«, hörte Twig sie fragen. Erschrocken fuhr er herum und starrte angestrengt in den dunklen Teil der Küche. Und dort saß sie in der hintersten Ecke, den monströsen Leib in einen Sessel gequetscht und den Kopf zurückgelehnt. Sie tupfte sich die Stirn mit einem Tuch ab. Sie schien besorgt.

»Was fehlt euch denn?«, fragte sie noch einmal.
Twig war es egal, was den Kobolden fehlte. Dies war seine Chance zu entkommen. Wenn er die Geschirrtücher miteinander verknotete, konnte er sich zum Boden hinunterhangeln. Er zog sich zwischen die Töpfe zurück, allerdings zu schnell. In seiner Hast stieß er hart gegen einen Topf und musste entsetzt zusehen, wie der Topf langsam über den Rand des Herdes rutschte. Einen Moment lang hing er in der Luft, dann krachte er mit Ohren betäubendem Lärm auf den Boden.
»Ach herrjemine!«, rief Grobmutter erschrocken und sprang erstaunlich schnell auf die Beine. Sie sah zuerst den heruntergefallenen Topf, dann Twig. »Ahaaaaa!«, kreischte sie und aus ihren Knopfaugen schossen Blitze. »Schon wieder Ungeziefer! An meinen Kochtöpfen!«
Sie schnappte sich den Mopp und marschierte damit zum Herd. Zitternd sah Twig ihr entgegen. Sie schwang den Fransenbesen hoch über ihren Kopf und ... erstarrte. Die Wut auf ihrem Gesicht wich blankem Entsetzen.
»Du ... warst doch nicht etwa *im* Honig, wie?«, stammelte sie. »Sag, dass du nicht drin warst, dass du ihn nicht verschmutzt und verdorben hast ... du kleines Luder, du widerliches Scheusal. Wenn der Honig sauer ist, kann alles passieren. *Alles*. Da sind meine Jungs nicht zu bremsen, jawohl. Du hast ja keine Ahnung ...«
In diesem Augenblick sprang die Tür hinter ihr auf und ein wütender Schrei ertönte: »DA IST SIE!«
Grobmutter fuhr herum. »Jungs«, sagte sie zuckersüß. »Die Küche ist tabu, das wisst ihr doch.«
»Auf sie!«, riefen die Kobolde. »Sie wollte uns vergiften.«

»Nein, stimmt doch überhaupt nicht«, wimmerte Grobmutter und wich vor der Meute zurück, die auf sie zukam. Sie drehte sich um, hob einen wabbeligen Arm und zeigte mit einem dicken Finger auf Twig. »*Der* ist schuld!«, quäkte sie. »Er ist in den Honigtopf gefallen.«

Doch die Kobolde wollten davon nichts wissen. »Nieder mit ihr!«, schrien sie und stürzten sich auf sie. Unter wildem Gebrüll brachten sie sie zu Fall und rollten sie über den klebrigen Küchenboden zum Abfallrohr.

»Der Honig ist diesmal ... *au*... nichts geworden«, protestierte sie. »Ich ... HILFE ... mein Magen ... Ich mache euch neuen.«

Die Kobolde scherten sich nicht um ihre Entschuldigungen und Versprechungen. Erbarmungslos drückten sie Grobmutters Kopf in das Rohr. Ihre verzweifelten Schreie waren nur noch gedämpft zu hören. Die Kobolde sprangen auf ihr herum und versuchten sie durch Auf- und Abhüpfen durch die enge Öffnung zu zwängen. Sie schoben und drückten und bearbeiteten sie mit den Fäusten, bis plötzlich mit einem schmatzenden Geräusch das ganze schwabbelnde Fettgebirge hinunterrutschte.

Twig war inzwischen vom Herd heruntergeklettert und rannte zur Tür. Gerade als er dort ankam, hörte er durch das Loch einen gewaltigen Plumps. Grobmutter war auf dem Komposthaufen in der großen Höhle unter der Küche gelandet.

Die Kobolde johlten vor Schadenfreude. Sie hatten die Giftmischerin bestraft. Doch ihr Rachedurst war noch nicht gestillt, deshalb ließen sie ihre Wut an der Küche selbst aus. Sie zertrümmerten das Spülbecken, demolierten

den Herd, rissen den Schwengel von der Wand und zerfetzten den Schlauch. Dann warfen sie wahllos Töpfe und Rührlöffel in das Abfallrohr und schüttelten sich jedes Mal vor Lachen, wenn aus der unterirdischen Höhle der Schrei »Aua, mein Kopf!« durch das Rohr hallte.
Und sie waren immer noch nicht fertig! Mit wütendem Gebrüll stürzten sie sich auf den Brunnen, schlugen auf ihn ein, traten gegen den Brunnenrand und zerbrachen ihn in tausend kleine Stücke, bis nur noch ein Loch im Boden übrig war.
»Jetzt die Schränke!«, kreischten sie. »Und die Regale! Ihren Sessel!« Sie kippten und stürzten alles, dessen sie habhaft werden konnten, in das Brunnenloch. Zuletzt war in der Küche nur noch Twig übrig. Ein markerschütterndes Geheul ertönte wie der Schrei eines stark verwundeten Tieres. »Schnappt ihn!«, kreischten die Kobolde. Twig machte kehrt und nahm die Tür in den dahinter liegenden dämmrigen Tunnel. Die Kobolde stürzten ihm nach.

Twig rannte nach links und nach rechts,

hierhin und dorthin, immer weiter durch das endlose Labyrinth der wabenartig durchlöcherten Kolonie.

Das Geheul der Kobolde hinter ihm wurde leiser und leiser und verstummte schließlich ganz.

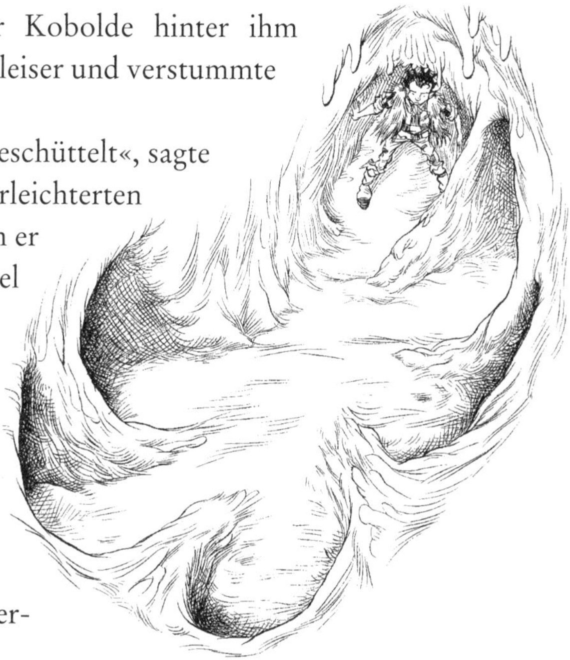

»Ich habe sie abgeschüttelt«, sagte Twig mit einem erleichterten Seufzer. Dann sah er sich in dem Tunnel um, der sich vor und hinter ihm erstreckte, und schluckte.

»Jetzt habe ich mich auch noch verirrt«, murmelte er niedergeschlagen.

Wenig später kam er an eine Kreuzung. Er blieb stehen. Sein Magen knurrte. Zwölf Tunnel gingen wie Speichen eines Rades in alle Richtungen ab.

»Welchen soll ich denn nehmen?«, stöhnte er. Alles ging schief, aber auch alles! Zuerst hatte er den Weg verloren und jetzt auch noch einen ganzen *Wald!* »Und du wolltest ein Himmelsschiff fahren!«, sagte er bitter zu sich. »Das kommt jetzt wohl nicht mehr infrage! Ein dummer, zu groß geratener Waldtroll bist du.« Er hörte die Stimmen von Spelda und Tuntum, wie sie ihn ausschimpften. »Er wollte ja nicht hören. Der lernt das nie.«

Er schloss die Augen und tat, was er immer tat, wenn er nicht mehr weiterwusste. Er streckte einen Arm aus und begann sich im Kreis zu drehen.

»Eins, zwei, drei, vier, fünf, sechs, sie-ben –
ich hab mich für dich ent-schie-den!«

Er hielt an, machte die Augen auf und starrte in den Tunnel, den der Zufall für ihn ausgewählt hatte.

»Der Zufall ist nur etwas für Dumme und Schwache«, ertönte eine Stimme. Twig bekam eine Gänsehaut.

Er fuhr herum. Im Schatten hinter ihm stand ein Kobold. Seine Augen glimmten wie Feuer. Was führte der schon wieder im Schilde?

»Wenn Ihr die Kolonie wirklich verlassen wollt, Master Twig«, fuhr der Kobold etwas freundlicher fort, »dann folgt mir.« Mit diesen Worten machte er kehrt und ging.

Twig schluckte aufgeregt. Natürlich wollte er nach draußen, aber war das vielleicht nur eine List? Wollte der Kobold ihn in einen Hinterhalt locken?

Es war heiß im Tunnel, so furchtbar heiß, dass ihm ganz schwindlig und schlecht wurde. Von der niedrigen wächsernen Decke fielen klebrige Tropfen auf seinen Kopf und liefen an seinem Hals hinunter. Sein Magen knurrte immer lauter.

»Ich habe keine andere Wahl«, flüsterte er.

Der Mantel des Kobolds verschwand flatternd um eine Ecke und war nicht mehr zu sehen. Twig folgte ihm.

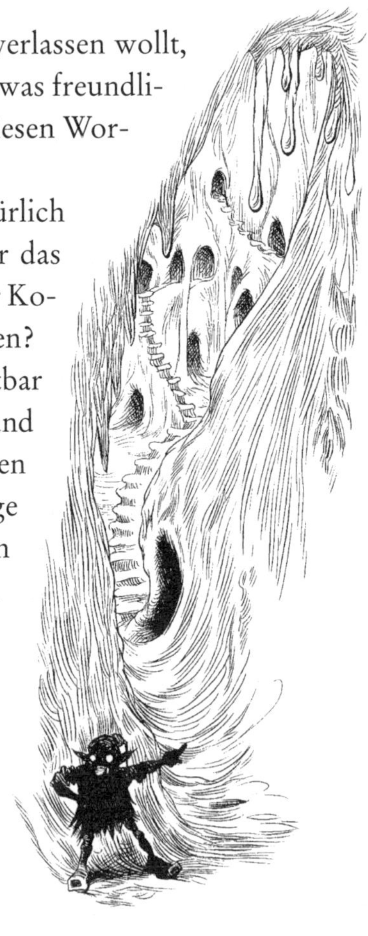

Sie eilten hintereinander durch lange Tunnel, stiegen Treppen hinauf und hinunter und durchquerten große, leere Säle. Überall roch es aufdringlich nach Moder und Fäulnis, sodass man kaum noch Luft bekam. Twig sauste der Kopf. Seine Haut war feuchtkalt, seine Zunge trocken.
»Wohin gehen wir eigentlich?«, rief er ängstlich. »Du hast dich wahrscheinlich genauso verirrt wie ich.«
»Vertraut mir, Master Twig«, erwiderte der Kobold unterwürfig und im selben Moment spürte Twig einen kühlen Luftzug auf dem Gesicht.
Er schloss die Augen und atmete die frische Luft tief ein. Als er die Augen wieder öffnete, war der Kobold verschwunden. Twig ging um eine Ecke und sah vor sich Licht. Sonnenlicht, das durch das große Eingangstor hereinströmte.
Er begann zu laufen, immer schneller, und konnte gar nicht glauben, dass er es geschafft hatte. Durch einen letzten Tunnel ... durch die Eingangshalle und ... HINAUS!
»HURRA!«, brüllte er.
Vor ihm standen drei Kobolde. Sie drehten sich zu ihm um und starrten ihn betrübt an.
»Alles in Ordnung?«, fragte Twig gut gelaunt.
»Sehen wir etwa so aus?«, sagte einer.
»Grobmutter wollte uns vergiften«, sagte ein anderer.
»Und deshalb haben wir sie bestraft«, ergänzte der dritte.
Niedergeschlagen sah der erste auf seine dreckigen nackten Füße. »Aber das war nicht klug«, sagte er.
Die anderen beiden nickten. »Wer gibt uns jetzt zu essen?«, sagten sie. »Wer beschützt uns vor dem Schleimschmeichler?«

Plötzlich brachen alle drei in Tränen aus. »Wir brauchen Grobmutter doch«, jammerten sie alle gleichzeitig.
Twig starrte die Kobolde in ihren dreckigen Lumpen an und schnaubte verächtlich. »Jetzt müsst ihr eben selbst für euch sorgen«, sagte er.
»Aber wir sind müde und haben Hunger«, wehklagten die Kobolde.
Twig sah sie böse an. »Na ...« Er brach ab. Er hatte sagen wollen: »Na und?«, wie die drei Kobolde damals zu ihm gesagt hatten, als er ihre Hilfe gebraucht hatte. Aber er war kein Kobold. »Ich auch«, meinte er deshalb nur. »Ich auch.«
Und damit drehte er der Koboldkolonie den Rücken zu, überquerte den Vorplatz und kehrte in den Dunkelwald zurück.

KAPITEL 8

Der Banderbär

Beim Gehen knöpfte Twig die Knebel seiner Felljacke auf. Der Wind hatte gedreht und die Luft roch herbstlich frisch. Das Wetter war so wenig berechenbar wie überhaupt alles im tückischen Dunkelwald.

Ein Schneeschauer war niedergegangen, doch der Schnee auf den Blättern über ihm schmolz rasch. Der ganze Wald tropfte. Twig, dem immer noch heiß war, blieb stehen, schloss die Augen und legte den Kopf in den Nacken. Eisige Wassertropfen spritzten ihm ins Gesicht. Es war wunderbar erfrischend.

Da streifte etwas Großes und Schweres seinen Kopf – so heftig, dass er hinfiel. Bewegungslos blieb er liegen und wagte nicht aufzusehen. Was hatte ihn gestreift? Der Schleimschmeichler? Gab es das Ungeheuer denn wirklich? Wenn ja, dann hatte es sowieso keinen Zweck, sich am Boden zu verkriechen. Twig öffnete die Augen, sprang auf und zückte das Messer.

»Wo bist du?«, schrie er. »Zeig dich!«

Nichts geschah. Zu hören war nur das stete Tropfen von

den Bäumen. Wieder fiel etwas Großes, Schweres mit einem Plumps herunter, diesmal direkt hinter ihm. Er fuhr herum. Eine gewaltige Schneehaube hatte sich von den Ästen über seinem Kopf gelöst und einen Kammbusch platt gedrückt.

Twig griff an seinen Kopf. In seinen Haaren war Schnee und überall um ihn herum war Schnee. Er musste lachen. »Schnee«, sagte er. »Das ist des Rätsels Lösung. Es war nur Schnee.«

Er ging weiter. Das Tropfen wurde immer lauter. Das Wasser kam herunter wie bei einem heftigen Regenschauer. Twig war bald bis auf die Haut durchnässt. Je tiefer er in den Wald drang, desto sumpfiger wurde der Boden und jeder Schritt kostete ihn Anstrengung – eine Anstrengung, die durch den Hunger noch verstärkt wurde.

»Bei den Schlächtern habe ich zum letzten Mal etwas Richtiges gegessen«, murmelte er. »Und der Himmel weiß, wie lange das her ist.«

Er sah auf. Der Sonne schien wieder hell, er spürte die zunehmende Wärme sogar hier unten auf dem mit Sonnenflecken gesprenkelten Waldboden. Aus dem feuchten Boden stiegen dünne Nebelschwaden. Die Hammelhornweste trocknete allmählich und es war, als ob Twig dabei selbst anfing zu dampfen.

Sein Magen knurrte ungeduldig. Er konnte den Hunger, der in seinen Eingeweiden nagte, nicht länger beiseiteschieben. »Ich weiß schon«, sagte er. »Du kriegst was, sobald ich was finde. Das Problem ist nur, dass es essbar sein muss.«

Er kam zu einem Baum, der voller dicker, runder, tiefroter

Früchte hing. Einige waren so reif, dass die Haut aufgeplatzt war und goldgelber Saft heraustropfte. Twig leckte sich die Lippen. Die Früchte sahen einfach köstlich aus, so saftig und süß. Er langte nach oben und zog an einer.

Sie fühlte sich weich an und löste sich mit einem Schmatzen vom Stängel. Twig drehte sie in seiner Hand hin und her und rieb sie vorsichtig an seiner Weste blank. Dann führte er sie langsam zum Mund und ...

»Nein!«, sagte er. »Ich trau mich nicht.« Er warf die Frucht weg. Sein Magen gurgelte wütend. »Du musst eben noch warten«, sagte Twig barsch und marschierte grimmig weiter. Dabei schimpfte er leise vor sich hin. Wie dumm von ihm auch nur daran zu

denken, er könnte etwas essen, das er nicht kannte. Denn auch wenn viele Früchte und Beeren des Dunkelwalds süß und nahrhaft waren, noch viel mehr waren giftig.
Ein einziger Tropfen vom Saft des rosigen Herzapfels zum Beispiel reichte aus einen auf der Stelle zu töten. Und der Tod war keineswegs die einzige Gefahr. Andere Früchte machten einen blind oder explodierten im Magen oder sie lähmten einen. Die Beere der Kratzwurz verursachte einen blauen warzigen Hautausschlag, der nicht mehr wegging. Die Schrumpfbirne ließ den, der davon aß, zusammenschrumpfen – je mehr man davon aß, desto kleiner wurde man. Die Unglücksraben, die zu viel davon gegessen hatten, verschwanden gänzlich.
»Es ist einfach viel zu gefährlich«, sagte Twig zu sich selbst. »Ich muss warten, bis ich zu einem Baum komme, den ich kenne.«
Er lief immer weiter, doch kam ihm von den unendlich vielen verschiedenen Bäumen, an denen er vorbeikam, keiner bekannt vor.
»Das hat man nun davon, dass man unter Waldtrollen aufgewachsen ist«, seufzte er unglücklich.
Da Waldtrolle den Weg nie verließen, beauftragten sie andere damit, sie mit Früchten aus dem Wald zu versorgen. Ihr Geschäft war der Tauschhandel, nicht die Nahrungssuche. Twig wünschte sich mehr denn je, es wäre anders gewesen.
Er versuchte die Proteste seines Magens einfach nicht zu beachten und marschierte weiter. Seine Glieder fühlten sich bleischwer an, sein Kopf dagegen seltsam leicht. Von Bäumen, an denen Früchte hingen, wehten ihm Düfte entge-

gen, die ihm das Wasser im Mund zusammenlaufen ließen, und die Früchte glänzten verlockend. Denn Hunger ist etwas Seltsames. Er betäubt den Verstand und schärft die Sinne. Und als irgendwo weit vor ihm ein Zweig knackte, hörte Twig ihn so laut, als hätte er direkt daneben gestanden.

Er blieb stehen und sah angestrengt geradeaus. Dort war etwas. Langsam ging er weiter, bemüht nicht selbst auf einen dürren Zweig zu treten. Auf einmal hörte er ganz in der Nähe jemanden stöhnen. Er duckte sich um nicht gesehen zu werden. Langsam, mit klopfendem Herzen, schlich er weiter und – stand plötzlich vor einem Tier, einem wahren Koloss mit dickem Fell.

Das Tier rieb sich mit einer Tatze vorsichtig die Seite seines behaarten Gesichts. Als es Twig sah, warf es den Kopf zurück, bleckte die Zähne und stieß ein wildes Gebrüll aus.
»Hiiiilfe!«, schrie Twig und sprang hinter einen Baum. Er zitterte am ganzen Leib vor Angst. Krachend und splitternd entfernte sich das Tier durch das Unterholz. Dann hörte der Lärm plötzlich auf und ein klagendes Geheul setzte ein. Im nächsten Augenblick antwortete darauf aus weiter Entfernung ein ähnliches Jaulen.
»... Banderbären!« Twig hatte schon oft von ihnen gehört, aber nie einen gesehen. Der Bär war noch viel größer, als er sich ihn vorgestellt hatte.
Der Banderbär ist trotz seiner gewaltigen Größe und Kraft ein furchtsames Geschöpf. Angeblich erscheint ihm die Welt durch seine großen, traurigen Augen größer, als sie wirklich ist.
Vorsichtig riskierte Twig einen Blick. Der Banderbär war verschwunden, aber eine Spur zerbrochener Zweige führte zwischen den Bäumen hindurch. »Der gehe ich auf keinen Fall nach«, sagte Twig. »Ich ...«
Er erstarrte. Der Banderbär war gar nicht verschwunden. Dort stand er, keine zehn Schritte entfernt. Mit seinem blassgrünen Fell war er perfekt getarnt. »Wu!«, stöhnte er leise und hielt wieder eine Pranke an die Backe. »Wuuuu?«
Das Tier war in jeder Beziehung gewaltig, mindestens doppelt so groß wie Twig und gebaut wie eine Pyramide. Es hatte Beine wie Baumstämme und seine Arme waren so lang, dass die Tatzen den Boden streiften. Die vier Klauen waren so lang wie Twigs Unterarme und dasselbe galt für die beiden gekrümmten Hauer, die aus dem vorstehenden

Unterkiefer ragten. Nur die Ohren, die aussahen wie zarte Flügel und ununterbrochen zuckten, wirkten lebendig und nicht wie aus Stein gehauen.
Der Banderbär beäugte Twig mit seinen traurigen Augen. »Wuuu?«, stöhnte er wieder.
Er hatte Schmerzen, so viel war klar. Trotz seiner Größe wirkte er seltsam verletztlich. Twig begriff, dass der Bär seine Hilfe brauchte. Er machte einen Schritt nach vorn. Der Banderbär tat dasselbe. Twig lächelte. »Was hast du denn?«, fragte er.
Der Banderbär riss das Maul weit auf und fuhr unbeholfen mit einer Pranke darin herum. »Wuhuhu!«
Twig schluckte unruhig. »Lass mich mal sehen«, sagte er.
Der Banderbär kam näher. Er stützte sich beim Gehen mit den Vorderpfoten auf und schwang dann die Hinterbeine nach vorn. Außerdem sah Twig zu seiner Überraschung, dass im Fell des Bären graugrünes Moos wuchs. Deswegen sah der Bär so grün aus.
»Wu«, brummte er und blieb vor dem Jungen stehen. Er machte das Maul auf und Twig traf ein Schwall faulig riechender, warmer Luft. Er zuckte zusammen und drehte angewidert das Gesicht weg. »WU!«, brummte der Banderbär ungeduldig.
Twig sah zu ihm auf. »Ich ... ich komme nicht so hoch rauf«, erklärte er. »Auch nicht, wenn ich mich auf die Zehenspitzen stelle. Du musst dich hinlegen.« Er zeigte auf den Boden.
Der Banderbär nickte mit seinem gewaltigen Kopf und legte sich Twig zu Füßen. Twig sah in seine großen, un-

glücklichen Augen. In ihren dunkelgrünen Tiefen flackerte etwas, was er nicht erwartet hatte: Angst.

»Mach ganz weit auf«, sagte Twig freundlich und riss selber den Mund auf um zu zeigen, was er meinte. Der Banderbär tat wie geheißen. Twig starrte in seinen Rachen, auf zwei Reihen scharfer gelber Zähne und in den klaffenden Schlund. Und dann sah er ihn, ganz hinten links – einen Zahn, der bereits so faul war, dass er sich schwarz verfärbt hatte.

»Beim Himmel!«, rief Twig. »Kein Wunder, dass du Schmerzen hast.«

»Wu, wu, wuhuhuhu!«, wimmerte der Banderbär und schob Twigs Hand immer wieder von seinem Mund weg.

»Soll ich ihn rausziehen?«, fragte Twig.

Der Banderbär nickte und aus seinen Augenwinkeln rollten zwei große Tränen.

»Du musst tapfer sein«, flüsterte Twig. »Ich versuche dir nicht wehzutun.«
Er kniete sich hin, krempelte die Ärmel hoch und untersuchte den Rachen des Banderbären genauer. Der Zahn war zwar viel kleiner als die beiden großen Hauer, aber immer noch so groß wie ein kleiner Senftopf. Das Zahnfleisch, aus dem er herausragte, war rot und geschwollen und sah aus, als könnte es jeden Moment platzen. Vorsichtig langte Twig hinein und packte den faulen Zahn.
Der Banderbär zuckte zusammen und zog den Kopf mit einem Ruck zurück. Einer der rasierklingenscharfen Hauer glitt über Twigs Arm. Der Kratzer blutete. »He du!«, rief Twig. »Pass auf! Wenn ich dir helfen soll, dann musst du ganz stillhalten, verstanden?«
»Wu, wu!«, murmelte der Banderbär.
Twig machte einen zweiten Versuch. Er packte den Zahn und diesmal tat der Banderbär keinen Mucks, obwohl er die Augen vor Schmerzen zusammenkniff.
»Ziehen und drehen!«, sagte Twig zu sich selbst und packte den zerfressenen Zahn fester. Dann machte er sich bereit. »Drei, zwei, eins, JETZT!«
Er zog und zerrte so stark, dass er das Gleichgewicht verlor und den Zahn im Fallen herumdrehte. Mit einem dumpfen Ratschen rissen die Wurzeln aus dem Zahnfleisch. Blut und Eiter spritzten heraus und Twig landete auf dem Boden. In den Händen hielt er den Zahn.
Der Banderbär sprang auf. Aus seinen Augen schossen Blitze, er fletschte die Zähne, schlug sich an die Brust und zerriss die Stille mit einem ohrenbetäubenden Gebrüll. Dann begann er wie rasend auf alles einzudreschen. Er

riss Büsche aus dem Boden und stürzte ganze Bäume um. Twig starrte ihn entsetzt an. Offenbar war das Tier vor Schmerzen wahnsinnig geworden. Hastig stand er auf und wollte verschwinden, bevor es seine Wut an ihm auslassen konnte.
Aber es war bereits zu spät. Der Banderbär hatte ihn aus den Augenwinkeln gesehen. Er fuhr herum und warf einen entwurzelten jungen Baum beiseite. »WU!«, bellte er und sprang mit funkelnden Augen und glitzernden Zähnen auf Twig zu.
»Nein!«, flüsterte Twig entsetzt. Gleich würde er in Stücke gerissen werden.
Dann stand der Banderbär vor ihm. Twig spürte, wie die dicken Arme des Bären sich um ihn schlangen und er an den Bauch des Tieres gedrückt wurde. Der muffige Geruch des bemoosten Fells stieg ihm in die Nase.

Und in dieser Stellung verharrten sie, der Junge und der Banderbär. Dankbar umarmten sie einander im Dunkelwald, der vom Licht der Nachmittagssonne durchflutet wurde.
»Wu, wu«, sagte der Banderbär schließlich

und entließ Twig aus der Umarmung. Er zeigte auf sein Maul und kratzte sich fragend am Kopf.

»Dein Zahn?«, sagte Twig. »Hier ist er.« Er hielt ihm den Zahn auf dem Handteller entgegen.

Der Banderbär nahm den Zahn mit einer Behutsamkeit, die man ihm gar nicht zugetraut hätte, und wischte ihn an seinem Fell ab. Dann hielt er ihn ins Licht. Twig sah, dass das Loch sich bereits durch den ganzen Zahn gefressen hatte.

»Wu«, sagte der Bär und berührte die Amulette um Twigs Hals. Dann gab er ihm den Zahn zurück.

»Du meinst, ich soll ihn um den Hals tragen?«, fragte Twig.

»Wu«, machte der Banderbär zustimmend. »Wu, wu.«

»Als Glücksbringer?«

Der Banderbär nickte. Twig fädelte den Zahn auf den Lederriemen, an dem die Amulette von Spelda hingen, und der Banderbär nickte noch einmal zufrieden.

Twig lächelte. »Geht es dir jetzt besser?«, fragte er.

Der Banderbär nickte wieder. Er zeigte mit dem Arm zuerst auf sich und dann auf Twig.

»Ob du auch etwas für mich tun kannst?«, sagte Twig. »Und ob! Ich bin am Verhungern. Essen, Essen.« Er klopfte sich auf den Bauch.

Der Banderbär sah ihn erstaunt an. »Wu!«, grunzte er und beschrieb mit dem Arm einen weiten Kreis.

»Aber ich weiß nicht, was man essen kann«, erklärte Twig. »Gut? Schlecht?« Er zeigte auf verschiedene Früchte.

Der Banderbär bedeutete ihm mit einer Geste ihm zu folgen und führte ihn zu einem großen, glockenförmigen Baum mit blassgrünen Blättern und leuchtend roten Früchten, die so reif waren, dass bereits der Saft aus ihnen

tropfte. Twig leckte sich gierig die Lippen. Der Banderbär langte hinauf, pflückte mit seinen Klauen eine Frucht und streckte sie Twig hin.
»Wu«, brummte er drängend und schlug sich auf den Magen. Die Frucht war nicht giftig, Twig sollte sie essen.
Twig nahm sie und biss hinein. Sie war mehr als gut, sie war einfach köstlich! Süß, saftig und mit einem ganz feinen Geschmack nach Waldingwer. Er aß sie, dann sah er den Banderbären an und klopfte sich wieder auf den Bauch. »Mehr«, sagte er.
»Wu.« Der Banderbär grinste.

Sie waren ein seltsames Paar, der pelzige Koloss und der magere Junge, und manchmal fragte sich Twig, warum der Banderbär bei ihm blieb. Er war doch so groß und stark und kannte so viele Geheimnisse des Waldes, dass er Twig nicht brauchte.
Vielleicht war er auch einsam. Oder er war dankbar, dass Twig ihm den Zahn gezogen hatte. Oder mochte er ihn einfach? Twig hoffte, dass es so war. *Er* jedenfalls mochte den Banderbären mehr als alle seine bisherigen Freunde. Mehr als Taghair, mehr als Knorpel und sogar mehr als Hoddergrob, als der noch sein Freund gewesen war. Wie weit weg sein Leben bei den Waldtrollen ihm jetzt vorkam und wie lange es schon zurückzuliegen schien!
Twig fiel ein, dass Cousin Schnatterbark inzwischen sicher nach Hause gemeldet hatte, dass er nicht angekommen war. Was die wohl dachten? Tuntums barsche Antwort konnte er sich denken. »Er hat sicher den Weg verlassen«, hörte er ihn sagen. »Ich wusste immer, dass es so kommen würde.

Er war nie ein Waldtroll. Seine Mutter war zu nachsichtig mit ihm.«

Twig seufzte. Arme Spelda. Er sah ihr tränenüberströmtes Gesicht vor sich. »Ich habe es ihm doch eingeschärft«, würde sie schluchzen. »Ich habe ihm gesagt, dass er unbedingt auf dem Weg bleiben muss. Wir haben ihn geliebt wie einen der unseren ...«

Aber Twig war in Wirklichkeit eben doch nicht einer der ihren. Er gehörte nirgends hin – nicht zu den Waldtrollen, nicht zu den Schlächtern und ganz gewiss nicht in die klebrigen Honigwaben der Koboldkolonie.

Vielleicht war sein Platz hier, an der Seite des einsamen alten Banderbären im endlosen Dunkelwald. Vielleicht war es sein Schicksal, von Mahlzeit zu Mahlzeit durch den Wald zu ziehen und an den geheimen Schlafplätzen zu übernachten, die nur Banderbären kannten. Immer unterwegs, nie lange am selben Ort und nie einem Weg folgend. Manchmal, wenn der Mond über den Eisenholzkiefern aufging, blieb der Banderbär stehen und reckte witternd und mit zuckenden Ohren und halb geschlossenen Augen die Nase in die Luft. Dann holte er tief Luft und schickte ein verlorenes Heulen zum Nachthimmel hinauf.

Von weit, weit weg kam dann die Antwort, von einem anderen einsamen Banderbären in einer anderen Region des unermesslichen Dunkelwalds. Vielleicht begegneten sie sich eines Tages durch Zufall, vielleicht aber auch nicht. Deshalb klang ihr Geheul so traurig. Twig verstand das sehr gut.

»Banderbär?«, sagte er an einem drückend heißen Nachmittag.

»Wu?«, erwiderte der Banderbär und Twig spürte seine mächtige Tatze auf der Schulter, schwer und doch behutsam.
»Warum begegnen wir nie den anderen Banderbären, die du nachts rufst?«, fragte er.
Der Banderbär zuckte die Schultern. Es war eben so. Er langte nach oben und pflückte eine grüne, sternförmige Frucht von einem Baum. Er stach mit einer Kralle hinein, schnüffelte daran ... und knurrte.
»Ist sie nicht gut?«, fragte Twig.
Der Banderbär schüttelte den Kopf, schlitzte die Frucht mit der Kralle auf und ließ sie auf den Boden fallen. Twig sah sich um.
»Wie wäre es mit der?«, sagte er und zeigte auf eine Traube kleiner, runder gelber Früchte, die hoch über ihm an einem Ast hing.
Der Banderbär streckte sich und holte die Traube herunter. Er schnüffelte an den Früchten und drehte sie in seinen dicken Pranken hin und her. Dann riss er vorsichtig eine ab, pellte die Haut ab und schnüffelte wieder. Zuletzt berührte er mit der Spitze seiner langen schwarzen Zunge einen aus der Frucht austretenden, zähflüssigen Tropfen. Er schmatzte mit den Lippen. »Wu, wu«, sagte er und reichte Twig die ganze Traube.
»Köstlich«, rief Twig. Was für ein Glück, dass der Banderbär wusste, was er essen durfte und was nicht. Er zeigte auf sich und dann auf den Banderbären. »Freunde«, sagte er.
Der Banderbär zeigte auf sich und dann auf Twig. »Wu«, sagte er.
Twig lächelte. Die Sonne am Himmel war schon fast ge-

sunken und das Licht im Wald verfärbte sich von Zitronengelb zu einem tiefen Gold, es strömte durch die Blätter wie warmer Sirup. Er gähnte. »Ich bin müde«, sagte er.

»Wu?«, fragte der Banderbär.

Twig legte die Handflächen zusammen, hielt sie unter seinen Kopf und neigte den Kopf zur Seite. »Schlafen«, sagte er.

Der Banderbär nickte. »Wu«, antwortete er. »Wu, wu.«

Sie machten sich wieder auf den Weg. Twig lächelte in sich hinein. Am Anfang hatte ihn das Schnarchen des Banderbären nicht einschlafen lassen. Jetzt hätte er Schwierigkeiten gehabt ohne das gemütliche Rumpeln einzuschlafen.

Twig folgte der Schneise, die der Banderbär durch das dichte Unterholz schlug. Sie kamen an einem dornigen, blaugrünen Busch vorbei und Twig griff abwesend hinein und pflückte zwei der perlenförmigen weißen Beeren, die in Büscheln am Dornenansatz wuchsen. Eine davon steckte er in den Mund.

»Sind wir bald da?«, fragte er.

Der Banderbär drehte sich um. »Wu?«, sagte er. Plötzlich verengten sich seine Augen und seine kleinen, mit langen Haaren besetzten Ohren begannen aufgeregt zu wackeln. »WUUU!«, brüllte er und machte einen Satz auf den Jungen zu.

Was war denn jetzt los? Wurde der Banderbär wieder verrückt?

Twig sprang vor dem gewaltigen Tier zur Seite, das auf ihn zugeflogen kam, denn es konnte ihn zerquetschen, ohne dass es das wollte. Der Bär landete auf dem Boden und zer-

drückte die Büsche unter sich. »WU!«, brüllte er wieder und holte mit seiner Tatze aus.
Der Schlag erwischte Twig am Arm und wirbelte ihn im Kreis herum. Seine Hand ging auf und die perlenförmige Beere flog in die Büsche. Mit einem dumpfen Laut schlug er hin und sah den Banderbären drohend über sich stehen.
Twig schrie. Dabei rutschte die andere Beere, die er noch im Mund hatte, nach hinten in den Hals. Und dort blieb sie stecken.
Twig hustete und würgte, aber die Beere wollte nicht herauskommen. Sein Gesicht verfärbte sich rosa, dann rot, dann dunkelrot. Schwankend stand er auf und starrte den Banderbären an. Vor seinen Augen begann alles zu verschwimmen. »Luft!«, keuchte er und griff sich an den Hals.
»Wu!«, rief der Banderbär und packte Twig an den Knöcheln.
Twig spürte, wie er mit den Füßen nach oben hochgezogen wurde. Der Banderbär klopfte ihm mit seiner Pranke auf den Rücken. Immer wieder schlug er zu, doch die Beere wollte und wollte nicht heraufkommen. Immer wieder ... bis ...
PLOPP!
Die Beere sprang aus Twigs Mund und kullerte über den Boden.
Ächzend rang Twig um Atem. Er wand und krümmte sich im Griff des Banderbären, der ihn immer noch mit dem Kopf nach unten hielt. »Runter!«, krächzte er. Der Banderbär schob seine freie Tatze unter den Jungen und legte ihn vorsichtig auf einen Haufen trockenes Laub. Dann ließ

er sich herunter auf alle viere und kam mit seinem Gesicht ganz nah an Twig heran.

»Wu, wu?«, fragte er.

Twig sah in das betroffene Gesicht des Banderbären. Sein Freund hatte die Augen weiter aufgerissen als sonst und runzelte fragend die Stirn.

Twig lächelte und schlang die Arme um seinen Hals.

»Wu!«, sagte der Bär.

Er wich ein Stück zurück und sah Twig an. Dann drehte er den Kopf und zeigte auf die Beere, an der Twig fast erstickt wäre. »Wu, wu«, sagte er wütend. Er fasste sich an den Magen und rollte mit gespieltem Bauchweh über den Boden.

Twig nickte ernst. Die Beere war also auch giftig. »Nicht gut«, sagte er.

»Wu«, bestätigte der Banderbär und stand auf. »Wu, wu, wu!«, rief er und sprang auf und ab. Unablässig bearbeitete er die ungenießbare Beere mit seinen Pranken, bis sämtliche Büsche der Umgebung bis zur Unkenntlichkeit zertrampelt waren und Staubwolken vom Boden aufwirbelten. Twig lachte, bis ihm Tränen über die Wangen liefen.

»Ist ja gut«, rief er. »Ich verspreche es.«

Der Banderbär kam wieder zu ihm und strich ihm sanft über den Kopf. »Wu ... wu ... Fr... wu. Fr-wu-nde«, stotterte er.

»Ja.« Twig lächelte. »Freunde.« Er zeigte auf sich. »Twig«, sagte er. »Sprich mir nach. Twig.«
»T-wu-g«, sagte der Banderbär und strahlte vor Stolz. »T-wu-g! T-wu-g! T-wu-g!« Immer wieder versuchte er es, dann bückte er sich, packte den Jungen und schwang ihn sich auf die Schultern. So marschierten sie durch den dunkelnden Wald.
Bald konnte Twig allein auf Nahrungssuche gehen. Zwar war er nicht so geschickt wie der Banderbär mit seinen großen Tatzen und der feinen Nase, aber er lernte schnell und ganz allmählich verlor der Dunkelwald etwas von seinem Schrecken. Trotzdem, wenn es Nacht und stockfinster war, empfand er es als beruhigend, den tief atmenden Banderbären neben sich zu spüren und sich von seinem sägenden Schnarchen wieder in den Schlaf lullen zu lassen.
Twig dachte immer seltener an die Waldtrolle und an seine Eltern. Er hatte sie nicht vergessen, aber es schien immer unwichtiger, überhaupt an etwas zu denken. Essen, schlafen, dann wieder essen ...
Wie ein Traum zog das Leben an ihm vorüber, und nur hin und wieder rüttelte ihn etwas wach. Einmal, als er hoch über sich ein Himmelsschiff vorbeifliegen sah, und verschiedene andere Male, als er meinte zwischen den gefleckten Ästen eines Wiegenliedbaums den Raupenvogel zu sehen.
So lebten sie dahin. Sie aßen und schliefen und heulten den Mond an. Dann passierte es.
Es war ein herbstlich kühler Abend und Twig saß wieder einmal auf den Schultern des Banderbären. Sie suchten nach einem Schlafplatz für die Nacht. Auf einmal sah Twig

aus den Augenwinkeln etwas Orangefarbenes aufblitzen. Er drehte sich um. In einiger Entfernung folgte ihnen ein kleines Tier mit dickem Fell. Es sah aus wie ein flauschiger orangener Ball.

Kurz darauf drehte Twig sich nochmals um. Diesmal folgten ihnen vier der pelzigen Bälle. Sie tollten herum wie Hammelhornlämmer.

»Süß«, sagte er.

»Wu?«, fragte der Banderbär.

»Hinter uns«, sagte Twig. Er klopfte dem Banderbären auf die Schulter und zeigte nach hinten.

Inzwischen hüpften ein Dutzend der merkwürdigen Tiere hinter ihnen her. Der Banderbär sah sie und sofort begannen seine Ohren unruhig zu zucken und aus seinem Maul kam ein leises, aber hohes Quieken.

»Was ist denn?«, fragte Twig kichernd. »Du wirst mir doch nicht weismachen, dass du vor *denen* Angst hast.«

Der Banderbär quiekte lauter. Er zitterte von den Ohrenspitzen bis hinunter zu den Zehen. Twig hatte alle Mühe sich auf seinen Schultern zu halten.

»Wig-Wig!«, bellte der Banderbär.

Noch während Twig hinsah, verdoppelte sich die Anzahl der orangenen Bälle. Dann verdoppelte sie sich noch einmal. Die Tiere sprangen im Dämmerlicht hierhin und dorthin, kamen aber nicht näher. Die Aufregung des Banderbären wuchs. Er trat unruhig von einem Fuß auf den anderen und quiekte unablässig.

Dann hatte er plötzlich genug. »Wu, wu!«, rief er und rannte los.

Twig klammerte sich am langen Fell fest, so gut es ging. Der

Banderbär stürmte blindlings durch den Wald. Twig konnte sich nur mühsam auf seinem Rücken halten. Verstohlen sah er zurück. Es bestand kein Zweifel: Die orangenen Flaumbälle nahmen die Verfolgung auf.

Twigs Herz begann heftig zu schlagen. Jedes einzelne Ding für sich hatte niedlich ausgesehen, aber zusammen ging etwas seltsam Bedrohliches von ihnen aus.

Immer schneller rannte der Banderbär. Er brach durch das Unterholz und trampelte alles nieder, was sich ihm in den Weg stellte. Twig musste sich immer wieder hinter seinen mächtigen Kopf ducken und Ästen und Büschen ausweichen, die über ihn hinwegfegten. Die Wig-Wigs folgten einfach der Schneise, die der Bär schlug – und schon bald hatten die ersten sie eingeholt.

Twig sah angstvoll nach unten. Vier oder fünf der Tiere sprangen an den Beinen des Banderbären hoch und schließlich gelang es einem von ihnen, sich festzuhalten.

»Himmel!«, rief Twig erschrocken. Der Flaumball zerteilte sich und zwei Reihen scharfer Zähne, ähnlich den Zacken einer Bärenfalle, kamen zum Vorschein. Im nächsten Augenblick gruben sie sich in das Bein des Banderbären.

»Wuauuu!«, brüllte der Bär.

Er bückte sich, riss das Wig-wig los und schleuderte es fort. Twig klammerte sich krampfhaft fest. Das bissige kleine Tier rollte über den Boden, doch schon waren vier andere zur Stelle.

»Tritt auf sie drauf!«, schrie Twig. »Zertrample sie!«

Doch es war hoffnungslos. Egal wie viele Wig-Wigs der Banderbär wegschleuderte, sofort war er wieder von einem Dutzend oder mehr umringt. Sie hielten sich an den Armen und Beinen des Banderbären fest und kletterten an seinem Rücken zum Hals hinauf, dorthin, wo Twig saß!

»HILFE!«, schrie Twig.

Der Banderbär richtete sich abrupt auf und stolperte zu einem hohen Baum. Twig spürte, wie der Bär seine Hüften umfasste, ihn von den Schultern hob und auf einen Ast setzte, oberhalb der Reichweite der blutdurstigen Wig-Wigs.
»T-wu-g«, sagte er. »Fr-wu-nde.«
»Komm auch rauf«, schrie Twig. Doch dann sah er in die traurigen Augen des Banderbärs und wusste, dass es unmöglich war.
Unablässig bissen die Wig-Wigs in die Beine des Banderbärs, bis das gewaltige Tier schließlich leise stöhnend zu Boden sackte. Sofort war der Bär über und über mit den tückischen Biestern bedeckt.

Twigs Augen füllten sich mit Tränen. Er sah weg und hielt sich die Ohren fest zu, aber trotzdem hörte er die Schreie des sich verzweifelt wehrenden Banderbären.
Dann kehrte im Wald wieder Stille ein. Twig wusste, alles war vorbei.
»Ach, Banderbär«, schluchzte er. »Warum? Warum bloß?«
Am liebsten wäre er mit gezücktem Messer hinuntergesprungen und hätte die Wig-Wigs eins nach dem anderen erledigt. Er wollte den Tod des Freundes rächen, aber er wusste ganz genau, dass er nichts tun konnte.
Er wischte sich die Tränen aus den Augen und sah hinunter. Die Wig-Wigs waren verschwunden. Auch von dem Banderbären war keine Spur mehr zu sehen, kein Knochen, kein Zahn, keine Klaue, nicht das kleinste Büschel moos-

grünen Fells. Von weit weg kam der verlorene Ruf eines Banderbären. Immer wieder hallte der herzzerreißende Schrei durch den Wald.

Twig nahm den Zahn an seinem Hals fest in die Hand. »Ich kann dir nicht antworten«, flüsterte er tränenerstickt. »Du bekommst nie mehr eine Antwort.«

KAPITEL 9

Der Faulsauger

Twig starrte in den dämmrigen Schatten unter ihm. Von den Wig-Wigs war nichts zu sehen. Sie hatten den tödlichen Angriff vollkommen geräuschlos ausgeführt, ohne ein einziges Quieken oder Kreischen. Allein das Aufbrechen der Knochen und das gierige Schlürfen des Blutes war zu hören gewesen. Nach der Mahlzeit waren die tückischen Biester verschwunden.

Wenigstens *hoffte* Twig das. Er schluchzte noch einmal auf und wischte die Nase am Ärmel ab. Einen Fehler durfte er sich jetzt nicht erlauben.

Der Himmel über ihm verfärbte sich von Braun zu Schwarz und der Mond ging auf. Tief und hell stand er am Himmel. In die Stille der Abenddämmerung mischten sich die ersten Laute der Nachttiere und während Twig noch dasaß und vor sich hin starrte, unfähig sich zu bewegen, schwoll der nächtliche Lärm an. Es heulte und jammerte, raschelte und krächzte in einem fort, unsichtbar für das Auge, aber dafür umso besser hörbar, denn im Dunkeln sieht man mit den Ohren.

Der Waldboden dampfte, dünne Nebelschwaden wickelten sich um die Baumstämme. Es war, als kochte der ganze Wald, wie ein unheilschwangeres Gebrodel.

»Ich bleibe lieber hier oben«, murmelte Twig und richtete sich auf. »Jedenfalls bis morgen früh.«

Mit ausgestreckten Armen blancierte er über den dicken Ast bis zum Stamm. Dort begann er hinaufzuklettern, immer höher, auf der Suche nach Ästen, die sein Gewicht aushielten und auf denen er eine ganze Nacht zubringen konnte.

Das Laub um ihn wurde dichter und seine Augen begannen zu brennen und zu tränen. Er riss ein Blatt ab und be-

trachtete es genauer. Es war eckig und leuchtete schwach türkisfarben. »Ach, Banderbär«, seufzte er. »Musstest du mich denn von allen Bäumen ausgerechnet auf einem Wiegenliedbaum absetzen?«

Es hatte keinen Zweck, noch höher zu steigen. Twig wusste, dass die oberen Äste des Wiegenliedbaums brüchig waren. Außerdem war es hier oben sehr kalt. Der schneidende Wind jagte ihm eine Gänsehaut nach der anderen über die nackten Arme und Beine. Twig schob sich auf die windgeschützte Seite des Stammes und machte sich an den Abstieg.

Auf einmal verschwand der Mond. Twig hielt inne. Der Mond blieb verborgen und der Wind zerrte an seinen klammen Fingern. Ganz langsam stieg er weiter nach unten. Seine einzige Orientierung war die raue Rinde, die er mit den Füßen spürte. Ein Fehltritt und er würde in den sicheren Tod stürzen, Wig-Wigs hin oder her.

Er hielt sich mit beiden Händen an einem Ast auf Kopfhöhe fest, trat mit dem linken Bein in ein Astloch im Stamm und ließ sich langsam hinab. Mit dem rechten Fuß tastete er im Dunkel unter ihm nach einem Tritt. Kalter Schweiß trat ihm auf die Stirn.

Immer tiefer streckte er sich. Die Arme taten ihm weh, sein linkes Bein fühlte sich an, als würde es gleich aus dem Hüftgelenk springen. Er wollte schon aufgeben, als er mit der Spitze des großen Zehs das ertastete, wonach er gesucht hatte: den nächsttieferen Ast.

»Endlich«, flüsterte er.

Er streckte die Arme vollends aus, nahm den linken Fuß aus dem Astloch und ließ sich weiter hinunter, bis beide

Füße auf dem Ast standen. Mit den Zehen sank er tief in etwas Weiches, Flauschiges.

»Nein!«, schrie er und zog die Beine erschrocken wieder an.

Auf dem Ast war etwas, irgendein Tier. Vielleicht konnten die Wig-Wigs doch auf Bäume klettern?

Blindlings mit den Beinen ausschlagend, versuchte er sich wieder am Ast hinaufzuziehen, an dem er mit beiden Händen hing, doch vergeblich. Er war müde. Seine Arme waren zu schwach und versagten auf halben Weg den Dienst. Seine Hände begannen abzurutschen.

Schlagartig brach wieder Mondlicht durch das Laub. Helle, silberne Pfeile schossen durch die vom Wind geschüttelten Blätter. Muster aus Licht und Schatten spielten über den Baumstamm, über Twigs baumelnden Körper und über den Waldboden tief unter ihm.

Twig drückte sein spitzes Kinn auf die Brust, bis es wehtat. Er wollte sehen, was auf dem Ast unter ihm saß. Was er sah, bestätigte, was er mit den Zehen gespürt hatte. Auf dem rauen Ast war etwas – genauer *zwei Etwas*. Es sah aus wie die pelzigen Tatzen eines großen Tieres, das den Baum heraufgeklettert kam um ihn zu fressen.

Vorsichtig streckte Twig die Beine wieder aus und betastete die sonderbaren Wesen mit den Zehen. Sie waren kalt und bewegten sich nicht.

Twig ließ sich nun ganz auf den Ast herunter und ging in die Hocke. Aus der Nähe betrachtet, waren die beiden Dinger überhaupt nicht pelzig. Sie sahen mehr aus wie zwei Bälle aus Spinnweben, die man immer wieder um den Ast gewickelt hatte. Twig schaute unter den Ast. Dort hing an einer seidenen Schnur ein Kokon. Natürlich hatte Twig schon Kokons gesehen. Taghair schlief in einem und er war ja im Wiegenliedwäldchen dabei gewesen, als der Raupenvogel geschlüpft war. Allerdings hatte er noch nie einen von so nah gesehen. Das längliche Ding, das da hing, war größer und viel schöner als die, die er kannte.

»Wahnsinn«, flüsterte er.

Der aus lauter hauchdünnen Fäden gefertigte Kokon sah aus wie aus Zucker gesponnen. Er war dick und bauchig, geformt wie eine riesige Flaschenbirne, schwankte im Wind hin und her und schimmerte im Mondlicht.

Twig langte unter den Ast und ergriff die seidene Schnur. Dann hangelte er sich mit den Händen daran hinunter – vorsichtig, denn er wollte nicht noch vor lauter Eifer abrutschen –, bis er rittlings auf dem Kokon saß.

Der Kokon fühlte sich merkwürdig an. Es war weich, wenn man ihn berührte, ganz unglaublich weich, aber zugleich so fest, dass er sich nicht verformte. Twig vergrub die Finger in dem dicken, seidigen Gespinst. Ein süßer, würziger Duft stieg auf.
Ein Windstoß ließ den Kokon tanzen. Die dürren Äste weiter oben knackten und knisterten. Twig hielt erschrocken die Luft an und klammerte sich an die Schnur. Kreisend blickte er auf den vom Mondlicht gesprenkelten Waldboden tief unter ihm. Dort war etwas und scharrte geräuschvoll in dem dürren Laub und Twig konnte weder nach oben noch nach unten ausweichen.
»Aber das brauche ich ja auch gar nicht«, sagte er zu sich. »Ich kann heute Nacht doch im Kokon des Raupenvogels schlafen.« Noch während er das sagte, durchlief ihn ein Schauer. Ihm war eingefallen, was der Raupenvogel gesagt hatte: *Taghair schläft in unseren Kokons und träumt unsere Träume*. »Vielleicht«, flüsterte Twig aufgeregt, »träume ich auch ihre Träume.«
Entschlossen hangelte er sich weiter hinunter, bis sein Gesicht sich auf gleicher Höhe mit dem Kokon befand und seine Nase auf den elastischen Flaum drückte. Der würzigsüße Duft wurde immer stärker. Er ließ sich noch ein Stück weiter hinab. Weich streifte das seidige Material seine Wange. Schließlich stand er mit den Füßen auf dem wulstigen Rand der Öffnung, dort, wo der schlüpfende Raupenvogel das Gespinst des Kokons auseinander gerollt hatte.
»Auf die Plätze, fertig ... los!«
Er ließ die Schnur los und fiel in den Kokon. Der Kokon schwankte heftig und Twig schloss die Augen, ergriffen

von panischer Angst, die Schnur könnte reißen. Das Schwanken hörte auf. Er öffnete die Augen.
Im Kokon war es warm – warm, dunkel und friedlich. Twigs Puls beruhigte sich wieder. Tief sog er den aromatischen Duft ein, ihm war rundum behaglich zumute. Hier konnte ihm nichts passieren.
Er zog die Beine an, rollte sich zu einer Kugel zusammen und schob einen Arm angewinkelt unter den Kopf. Fast versank er in dem weichen Flausch. Ihm war, als sei er in warmes Duftöl eingetaucht. Twig fühlte sich gut aufgehoben und wurde schläfrig. Seine erschöpften Glieder wurden schwer, seine Lider fielen langsam zu.
»Ach, Banderbär«, flüsterte er, schon beinahe schlafend. »Dem Himmel sei Dank, dass du mich von allen Bäumen ausgerechnet auf einem Wiegenliedbaum abgesetzt hast.«
Und dann, während der wunderbare Kokon sanft im Wind hin und her schaukelte, schlief er ein.

Um Mitternacht hatte der Wind die Wolken vertrieben und war schwächer geworden. Der Mond stand wieder tief am Himmel. In der Ferne segelte ein Himmelsschiff durch die Nacht. Es hatte sämtliche Segel gesetzt um die leichte Brise einzufangen.

Das Blätterdach des Dunkelwalds glitzerte im Mondschein wie Wasser. Plötzlich glitt ein Schatten darüber, der Schatten eines Tieres, das über die Baumwipfel strich.

Es hatte mächtige schwarze, ledrige Schwingen, die nach hinten in Bögen endeten und vorn mit tückischen Klauen besetzt waren. Die Luft selbst schien zu erzittern, während die Schwingen gewichtig und zielstrebig über den nachtblauen Himmel strebten. Das Wesen hatte einen kleinen, schuppigen Kopf und anstelle des Mundes einen langen, röhrenförmigen Rüssel. Es machte schlürfende und schnüffelnde Geräusche und pustete mit jedem Flügelschlag einen faulig riechenden Dunst in die Luft. Dieses seltsame Wesen war der Faulsauger.

Das Licht des sinkenden Mondes drang kaum noch durch die Blätter, doch schien das dem Faulsauger nichts auszumachen. Aus seinen vorstehenden, messinggelben Augen schossen zwei breite Lichtstrahlen, mit denen es in die dunklen Tiefen spähte. Unermüdlich flog das Tier seine Kreise und würde nicht eher von seiner Suche ablassen, bis es gefunden hatte, was es suchte.

Plötzlich erfassten seine Augen einen großen, runden, glänzenden Gegenstand, der am Ast eines hohen, türkisfarbenen Wiegenliedbaums baumelte. Der Faulsauger ließ ein durchdringendes Kreischen ertönen, klappte die Flügel zusammen und brach im Sturzflug durch die Blätter. Mit

ausgestreckten Stummelbeinen landete er schwerfällig auf dem Ast. Dann legte er den Kopf schräg und lauschte.

Das Geräusch ruhiger Atemzüge wehte herauf. Der Faulsauger hob witternd den Kopf, am ganzen Körper zitternd vor Erregung. Er machte einen Schritt nach vorn, dann noch einen und dann noch einen.

Vom Körperbau her zum Fliegen bestimmt, hatte er einen langsamen und schwerfälligen Gang. Erst wenn die eine Klaue einen festen Halt gefunden hatte, ließ er die andere los. So ging er um den dicken Ast herum, bis er mit dem Kopf nach unten hing, die Krallen in die grobe Rinde gegraben.

Sein Kopf befand sich nun auf gleicher Höhe mit der Öffnung des Kokons. Er schaute hinein und stocherte mit der verknöcherten Spitze seines langen Rüssels darin herum. Wieder begann er zu zittern, heftiger noch als zuvor, und

aus seinem Inneren kam ein gurgelndes Geräusch. Sein Bauch zog sich zusammen und ein Strahl gallenartiger Flüssigkeit spritzte aus dem Rüssel. Dann zog der Faulsauger den Kopf wieder heraus.
Zischend traf die gelbgrüne Flüssigkeit auf die Innenhaut des Kokons. Dämpfe stiegen auf. Twig rümpfte die Nase, schlief aber weiter. Er träumte, dass er auf einer Wiese an einem gluckernden Bach mit kristallklarem Wasser lag. Leuchtend roter Mohn schwankte im Wind und erfüllte die Luft mit einem atemberaubend süßen Duft.
Die Klauen immer noch fest in die Rinde gekrallt, machte der Faulsauger sich an der Öffnung des Kokons zu schaffen. Mit den Krallen an seinen Flügeln löste er Faser für Faser das verfilzte Gespinst um die Öffnung auf und zog die Fäden über das Loch. Schon bald war die Öffnung verschlossen.
Twigs Lider flatterten unruhig. In seinem Traum stand er jetzt in einem höhlenartigen Gang, an dessen Wänden Diamanten und Smaragde millionenfach funkelten.
Der Vogel breitete die Flügel aus und hielt sich nun mit den Flügelkrallen am Ast fest. Dann ließ er die Füßen los und hangelte sich am Ast entlang, bis er mit seinem Körper genau über dem Kokon war. Er spreizte die Beine und saugte geräuschvoll Luft ein. Sein Bauch wurde immer größer und die Schuppen an seinem Unterleib stellten sich auf. Darunter kamen gummiartige rosa Drüsen zum Vorschein, die sich, während der Faulsauger weiter Luft in sich hineinpumpte, langsam öffneten.
Dann plötzlich stöhnte er auf und sein ganzer Körper zog sich in einem heftigen Krampf zusammen. Aus den Drüsen

spritzte in
dicken
Strahlen ein
klebriger
schwarzer
Brei auf den
Kokon hinunter.
»Mffllbnn«, murmelte Twig im Schlaf.
»Mmmmsch …«
Die teerartige Flüssigkeit
rann außen am Kokon
herunter und bedeckte ihn bald vollständig. Dann wurde
sie hart. Der Kokon
war zu einem rundum
abgeriegelten Gefängnis
geworden.

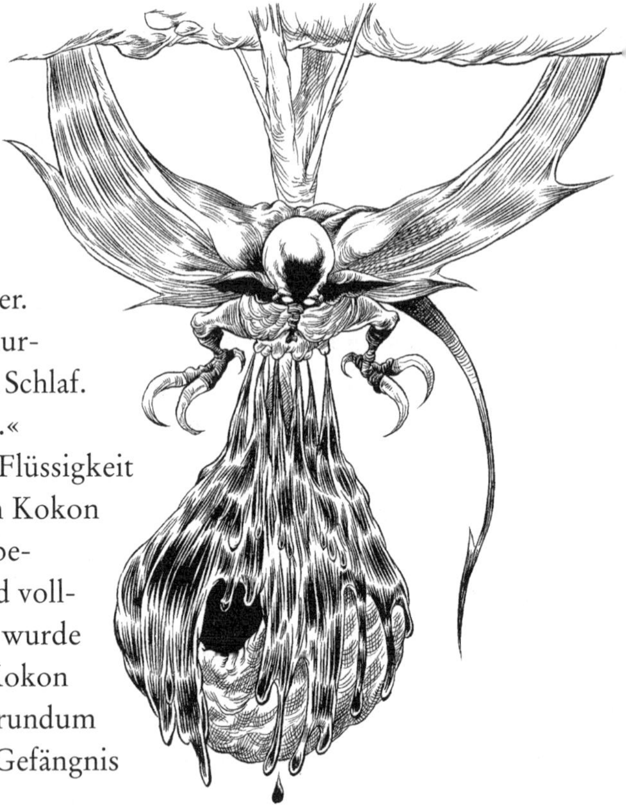

Mit triumphierendem Kreischen packte der Vogel den Kokon mit seinen Klauen, durchtrennte die seidene Schnur mit einer seiner Flügelkrallen und stieg in die Nacht hinauf. Auf und ab schlugen die mächtigen Schwingen des Tieres, schwarze Schatten vor dem violettschwarzen Himmel. Die tödliche Hülse schwankte hin und her.

Währenddessen trieb Twig auf einem Floß mitten auf einem saphirblauen Meer. Sanft schaukelte er dahin und die Sonne schien ihm warm und gelb ins Gesicht. Plötzlich schob sich eine schwarze Wolkenbank vor die Sonne und das Meer wurde unruhig.

Twig machte die Augen auf und sah sich verwirrt um. Um ihn herum war alles schwarz, pechschwarz. Bewegungslos lag er da ohne zu begreifen, was vor sich ging. Seine Augen wollten sich nicht an die Dunkelheit gewöhnen. Er sah kein Licht, nicht den kleinsten Schimmer. Panik breitete sich in ihm aus und ihm wurde ganz heiß.

»Was ist los?«, schrie er. »Wo geht's hier raus?«

Er kniete sich hin und betastete mit zitternden Fingern die Hülle, die ihn einschloss. Sie fühlte sich hart an und hallte dumpf, wenn er darauf schlug. Mit seinen Fäusten konnte er ihr nichts anhaben.

»Lass mich raus«, brüllte er. »LASS MICH RAUS!«

Twig sprang auf. Durch die plötzliche Bewegung im Kokon aus dem Gleichgewicht gebracht, geriet der Faulsauger ins Trudeln. Er schlug heftig mit seinen Flügeln und packte die schwarze Hülse noch fester. Er war es gewohnt, dass seine Opfer sich wehrten. Das Hin- und Hergeruckel würde bald aufhören. Irgendwann hörte es immer auf.

Twig keuchte und Schweiß brannte ihm in den Augen. Der beißende Gestank der Galle klebte an ihm wie eine zweite Haut. Er würgte. Das Dunkel schien sich im Kreis zu drehen. Er machte den Mund auf und erbrach sich. Der Inhalt seines Magens roch säuerlich und war voller Obstkerne und Samen. Ihm fiel die köstliche Frucht ein, die der Banderbär ihm zu essen gegeben hatte. Der Banderbär, der von den heimtückischen Wig-Wigs gefressen worden war! Wieder öffnete Twig den Mund und sein ganzer Körper zog sich in einem Krampf zusammen. *Hhbrrrrrrchch!* Was er erbrach, spritzte an die runden Wände seines Gefängnisses und schwappte um seine Füße.

Der Faulsauger verlagerte das Gewicht des zuckenden Kokons in seinen Klauen. Am fernen Horizont breitete sich fächerförmig der helle Schein der Morgendämmerung aus. »Bald sind wir da, Kleiner, bald sind wir daheim. Dann kommst du zu den anderen in mein Vorratslager im Baum«, kicherte das Tier schadenfroh.
Wieder musste Twig sich übergeben. Der scharfe Gestank um ihn herum trieb ihm Tränen in die Augen. Es war stickig und sein Kopf dröhnte. Er zog das Namensgebungsmesser vom Gürtel, nahm es fest in die Hand, beugte sich vor und stach wie verrückt auf die harte Schale ein. Doch das Messer prallte immer wieder ab. Twig hielt inne und wischte sich die verschwitzten Hände an der Hose ab. Das Messer hatte ihm gegen den Schwebewurm und den Schlingwürger gute Dienste geleistet, aber war die Stahlklinge auch hart genug diese Schale zu spalten? Wieder stach er auf den Kokon ein. Es musste sein. Noch einmal und noch einmal. Es musste sein.
Der Faulsauger achtete nicht auf die Stöße und Schläge in dem Gehäuse unter ihm. Unbeirrt hielt er weiter auf sein luftiges Vorratslager zu. Vor sich sah er im Wipfel eines toten Baumes, der sich schwarz gegen den Himmel abzeichnete, schon die anderen Kokons. »Ruckel du nur, mein Süppchen. Je mehr du dich wehrst, desto schmackhafter wirst du«, freute sich der Faulsauger. Sein Kichern klang hechelnd durch die Dämmerung. »Bald bist du so still wie die anderen.«
Und dann würde die stinkende Gallenflüssigkeit, die der Faulsauger in den Kokon gespritzt hatte, ihr Werk tun. Sie würde den Körper zersetzen und Fleisch und Knochen in

eine schleimige Suppe verwandeln. Nach einer Woche – bei warmem Wetter nach fünf Tagen – würde der Faulsauger dann mit dem kreisförmig gezackten, verknöcherten Ende seines Rüssels oben ein Loch in den Kokon bohren, den langen Rüssel hineinstecken und die dicke, faulige Brühe heraussaugen.

»Jetzt brich schon auseinander«, murmelte Twig mit zusammengebissenen Zähnen und stach weiter mit dem Messer auf die Schale ein. Er wollte gerade aufgeben, da hörte er ein lautes Knacken. Das Gehäuse hatte nachgegeben. Ein tellergroßes Stück Schale fiel in die Tiefe unter ihm.

Twig tat einen Freudenschrei.

Frische Luft strömte durch das Loch herein. Erschöpft von der Anstrengung, drückte er sein Gesicht an das Loch und atmete tief ein. Ein, aus, ein, aus. Nach und nach legte sich das Dröhnen in seinem Kopf. Wie gut die Luft schmeckte.

Nach Leben.

In der Ferne sah Twig die gezackten Silhouetten einiger abgestorbener Kiefern vor einem rosafarbenen Himmel. In der Krone eines Baumes hingen an einem Ast aufgereiht lauter eiförmige Bälle. Versiegelte Raupenvogelkokons.

»Ich muss das Loch noch größer machen«, murmelte Twig und holte mit dem Messer aus. »Und zwar schnell.« Wieder hieb er mit aller Macht auf die Schale ein. Doch diesmal hörte er ein seltsames Klirren. »Was zum ...?« Er sah auf das Messer und stöhnte.

Der Hieb hatte zwar die steinharte Wand durchschlagen, doch war dabei auch die Klinge des Messers abgebrochen. In der Hand hielt er nur noch den Griff. »Mein Namensgebungsmesser«, murmelte Twig. Mühsam schluckte er die Tränen hinunter. »Kaputt.«

Er warf das nutzlos gewordene Stück beiseite, stemmte sich mit dem Rücken an die Wand hinter ihm und trat mit den Füßen wie wild auf die Schale ein.

»Zerbrich schon«, brüllte er. »Himmel noch mal, ZERBRICH!«

Wieder geriet der Faulsauger ins Trudeln.

»Was ist denn da los? Meine Güte, bist du ein störrisches Süppchen. Ich muss dich anders halten, Augenblick, so ist es besser. Schließlich wollen wir doch nicht, dass du hinunterfällst.«

Twig stieß noch heftiger drauflos. Das Knacken und Splittern der Schale erfüllte den Kokon. Plötzlich öffneten sich zwei breite Spalten und ließen gezackte Ränder im weichen Morgenlicht sehen.

»NEIN!«, schrie Twig gellend. »Ich falle hinunter!«

Der Kokon schlingerte heftig und der Faulsauger kreischte vor Wut, denn er wurde selbst nach unten gezogen. »Mach doch nicht so einen Zirkus, verdammt noch mal!«, rief der Faulsauger. Heftig mit den müden Flügeln schlagend, stieg der Vogel wieder auf. Doch etwas stimmte nicht, das wusste er jetzt. »Was führst du im Schilde, du freches Süppchen? Eigentlich müsstest du doch längst tot sein. Ich lasse dich jedenfalls bestimmt nicht los, das verspreche ich dir.«

Twig trat wieder zu und die Schale öffnete sich nun auch über seinem Kopf und hinter seinem Rücken. Ein weiterer Tritt und die Öffnung vergrößerte sich noch einmal. Twig sah nach unten. Zwischen seinen Beinen verlief ein gezackter Riss, der immer weiter wurde. Galle und Erbrochenes liefen ab.

Zumindest eines stand jetzt fest: Der Faulsauger würde leer ausgehen. Der Kokon war am Auseinanderbrechen, sein Inhalt würde nicht verwesen.

Trotzdem starrte Twig entsetzt auf die sich stets verbreiternde Öffnung unter ihm. Grünes Licht drang hindurch. Er hörte auf zu treten, denn aus dieser Höhe wollte er keinesfalls abstürzen. Mehr denn je brauchte Twig jetzt Hilfe. »Raupenvogel!«, schrie er. »Wo bist du?«

Der Faulsauger atmete pfeifend. »Böses Süppchen!« Am Ende seiner Kräfte angelangt, sank der Vogel immer tiefer. Seine messinggelben Augen richteten sich auf das Vorratslager im Baum: so nah und doch so fern ...

Das Grün unter Twig wurde zu Braun. Er sah genauer hin. Der Wald hatte sich hier gelichtet und war über weite Strecken ganz abgestorben. Lange, ausgebleichte Baum-

skelette lagen quer über dem glitzernden Boden. Einige wenige Bäume standen noch. Ihre toten Äste ragten nach oben wie Knochenfinger, die sich in die Luft krallten.
Ein ohrenbetäubendes Krachen ertönte. Der Kokon war gegen das Ende eines toten Asts geprallt. Twig wurde umgeworfen, sein Kopf schlug gegen die Schale und das Gehäuse fiel nach unten – immer tiefer und tiefer.
Twig drehte sich der Magen um und seine Eingeweide drückten nach oben. Er kniff die Augen zu, holte tief Luft und machte sich auf den Aufprall gefasst.
Doch mit einem nassen Schmatzen landete der Kokon auf etwas Weichem, das noch im selben Moment wie feinkörnige Schokolade durch die Risse hineinsickerte. Twig steckte einen Finger in die braune Substanz und hielt ihn an die Nase. Es war Schlamm. Dicker Schlamm. Er war mitten in einem Sumpf gelandet.
Schwankend langte er nach oben, schob die Finger in den größten Spalt und zerrte daran um ihn zu verbreitern. Der Schlamm reichte ihm bereits bis zu den Knöcheln. Zunächst rührte sich nichts. Die teergetränkten Fasern des Kokons waren immer noch steinhart und der Schlamm ging Twig jetzt bis zu den Knien.
»Mach schon!«, rief er.
Die Ellbogen an die Wand gestützt, versuchte er den Riss aufzustemmen. Die Adern an seinen Schläfen schwollen an, seine Armmuskeln traten hervor. Dann plötzlich stand er im hellen Licht, die Schale war endlich auseinander gebrochen.
»O nein«, rief er. Das größere Stück des Gehäuses hatte sich aufgerichtet und versank im Sumpf. »Was jetzt?«

Seine letzte Hoffnung war das kleinere Stück, das noch flach auf der Oberfläche trieb. Vielleicht konnte er draufklettern und es als provisorisches Boot nutzen.
Am Himmel über sich hörte Twig wütendes Kreischen. Er sah auf. Über seinem Kopf kreiste ein Ekel erregendes Geschöpf und starrte ihn aus gelb funkelnden Augen an. Schwarze, ledrige Schwingen, die schweißnass glänzten, schlugen knatternd in die Luft. Dann plötzlich setzte es zum Sturzflug an und im nächsten Moment spürte Twig, wie scharfe Klauen seinen Kopf streiften und einige Haarbüschel ausrissen.
Der Vogel stieg auf, wendete und setzte erneut zum Sturzflug an. An seinem langen Rüssel hingen zähe grüne Speichelfäden. Diesmal duckte Twig sich rechtzeitig. Das Tier strich dicht über ihn hinweg, kreischte wieder und bespritzte ihn mit stinkender Galle.
Twig würgte, doch sein Magen war leer. Er hörte, wie das Knattern der Flügel leiser wurde. Die widerwärtige Kreatur entfernte sich. Als er wieder aufblickte, hockte sie auf der Spitze eines abgestorbenen Baums, der sich schwarz vom milchigen Morgenhimmel abhob. An einem Ast des Baumes hingen zahlreiche Kokons, gefüllt mit faulender Nahrung. Twig seufzte erleichtert. Der Vogel hatte aufgegeben. Er würde nicht dasselbe Schicksal erleiden wie seine Vorgänger.
Doch schon im nächsten Augenblick schlug seine Erleichterung in Panik um. »Ich versinke!«, schrie er.
Er klammerte sich an das kleinere Stück der Schale und versuchte verzweifelt sich daran hochzuziehen. Doch jedes Mal, wenn er sich am Rand der Schale hochstemmte,

drohte sie zu kippen und lief noch mehr mit Schlamm voll. Beim dritten Versuch versank sie ganz.

Der Schlamm reichte ihm jetzt bis zum Bauch und stieg stetig weiter. Twig schlug mit den Armen um sich und strampelte mit den Beinen, was ihn nur noch tiefer in den Sumpf hinunterzog.

»Ach, Schleimschmeichler!«, jammerte er. »Was soll ich denn tun?«

»Ruhe bewahren, das ist das Wichtigste«, sagte eine Stimme.

Twig stockte der Atem. Da war offenbar jemand und sah seelenruhig zu, wie er im Schlamm erstickte. »Hilfe!«, schrie er. »SO HILF MIR DOCH!«
Er drehte sich um, so gut er konnte, eine Bewegung, die ihn wieder einige Zentimeter kostete. Der Schlamm reichte ihm jetzt über die Brust und kroch an seinem Hals hoch. Ein kleiner, knochiger Kobold mit flachem Kopf und gelber Haut lehnte an einem toten Baum und kaute auf einem Strohhalm.

»*Ich* soll *Euch* helfen?«, sagte er in einem näselnden Singsang.
»Ja, natürlich«, rief Twig. »Du musst mir helfen.« Der Morast lief ihm in den Mund und in den Hals und er musste husten.
Der Kobold grinste einfältig und warf den Strohhalm beiseite. »Nun gut, dann tue ich das, Master Twig«, sagte er. »Wenn Ihr es wirklich wollt.«
Er langte nach oben, brach einen toten Ast vom Baum ab

und hielt ihn über den tückischen Sumpf. Twig spuckte den fauligen Schlamm aus seinem Mund aus und streckte sich nach dem Ast. Er bekam das morsche Holz zu fassen und klammerte sich daran fest.

Der Kobold zog Twig durch den schmatzenden Morast zum Ufer. Twig hoffte inständig, dass der Ast nicht brach. Doch dann spürte er festen Boden unter den Knien und dann unter den Ellbogen. Der Kobold ließ den Ast fallen und Twig kroch das letzte Stück allein heraus.

Endlich geschafft! Er brach zusammen und blieb liegen, das Gesicht in die staubige Erde gedrückt. Der Kobold hatte ihm das Leben gerettet. Er hob den Kopf um sich bei seinem Retter zu bedanken, doch da merkte er, dass er schon wieder allein war. Der Flachkopf war nirgends zu sehen.

»Hallo«, rief er schwach. »Wo bist du?«

Er bekam keine Antwort. Mühsam rappelte er sich auf und sah sich um. Der Kobold blieb verschwunden. Zurückgelassen hatte er nur den angekauten Strohhalm. Twig hockte sich daneben. »Warum bist du denn weggerannt?«, murmelte er.

Er setzte sich auf den Boden und ließ den Kopf hängen. Plötzlich fiel ihm noch eine andere Frage ein. Woher hatte der Kobold eigentlich seinen Namen gewusst?

KAPITEL 10

Die Höhlenfurien

Ganz still war es. Heiß brannte die Sonne auf Twig herunter. Sein Hals fühlte sich vom vielen Erbrechen rau wie Schmirgelpapier an, er brauchte dringend etwas zu trinken.

Twig stand auf und betrachtete seinen Schatten, der lang über den tückischen Sumpf fiel. Dort, wo er endete, ging er in offenes Wasser über. Es glitzerte verlockend. Aber wie sollte Twig dort hinkommen ohne vom Sumpf verschluckt zu werden? Er spuckte aus und wandte sich ab.

»Schmeckt wahrscheinlich sowieso abgestanden«, murmelte er.

Er stapfte über das öde Land. Auch hier war einmal Sumpf gewesen. Bis auf einige blassgrüne Algen wuchs nichts. Trotzdem gab es Leben. Bei jedem Schritt, den Twig machte, flogen Wolken tückischer Waldmücken auf und umschwirrten ihn. Sie landeten auf seinem Gesicht, seinen Armen, seinen Beinen – und wo sie sich hinsetzten, stachen sie zu.

»Weg mit euch! Weg!«, schrie Twig und schlug nach den

gefräßigen Insekten. »Nie hat man seine Ruhe ... AUA!« Wieder schlug er zu. »... und noch eine!«
Er begann zu rennen und die Waldmücken flogen hinter ihm her. Immer schneller stürmte er über den federnden Torf, vorbei an den nackten Gerippen toter Bäume. Er stolperte, rutschte aus, aber er blieb nicht stehen. Nichts wie raus aus dem trostlosen Revier des Faulsaugers und zurück in den Dunkelwald!

Er roch den Wald, noch bevor er dort angelangt war. Den lehmigen Boden, die üppigen Blätter, die saftigen Früchte – vertraute Düfte, die ihm den Mund wässrig machten und das Herz schneller schlagen ließen. Die Waldmücken waren weniger begeistert. Je stärker die würzigen und fruchtigen Gerüche wurden, desto mehr schrumpfte ihre Zahl. Die Verfolger ließen von ihrem Opfer ab und schwirrten in die Ödnis zurück, in der die Luft scharf und sauer war.
Twig marschierte weiter. Der Wald hüllte ihn ein wie eine

große, aus tausend Grüntönen zusammengeflickte Decke. Wege gab es keine. Er musste sich selbst einen Weg durch das dichte Unterholz bahnen. Er stieg durch Gebüsche aus Wurmfarn und Adlerfarn und kletterte Hügel hinauf und hinunter. An einer Kummerweide blieb er schließlich stehen.

Die Kummerweide mit ihren an langen Wedeln hängenden graugrünen Blättern wuchs nur in der Nähe von Wasser, hatte ihn der Banderbär gelehrt. Twig schob die Zweige mit den Weidenkätzchen beiseite und tatsächlich, vor ihm floss gluckernd ein kristallklarer Bach durch ein Kieselbett.

»Dem Himmel sei Dank«, stöhnte Twig und fiel auf die Knie. Er trank das eiskalte Wasser aus der hohlen Hand und spürte, wie das frische Nass durch seinen Körper wanderte. Das Wasser war gut, es schmeckte süß und nach Erde. Twig trank und trank, bis sein Magen voll und der Durst gelöscht war. Dann ließ er sich mit einem zufriedenen Seufzer und einem lauten Plumps in den Bach fallen.

Das Wasser sprudelte über ihn hinweg, kühlte die Mückenstiche und wusch den Dreck aus seinen Kleidern und Haaren. Er blieb liegen, bis der letzte

Rest Schlamm, Erbrochenes und stinkende Galle weggespült war.
»Endlich bin ich wieder sauber«, sagte er und kniete sich hin.
Ein orangefarbener Blitz huschte über das Wasser. Twig erstarrte. Wig-Wigs waren orange! Er wagte es nicht, den Kopf zu heben. Ängstlich spähte er durch seine herunterhängenden, tropfenden Haare.
Was sich hinter einen Stein auf der anderen Seite des Baches duckte, war jedoch kein Wig-Wig, sondern ein Mädchen. Ein Mädchen mit einer blassen, fast durchscheinenden Haut und einem orangeroten Haarschopf. Er bekam Gesellschaft!
»Hallo!«, rief Twig. »Ich ...« Doch schon war das Mädchen nicht mehr zu sehen. »Halt!«, brüllte er und watete, so schnell es ging, durch den Bach. Wo hatte sie sich versteckt? Er kletterte auf der anderen Seite ans Ufer und sprang auf den Stein. Das Mädchen verschwand in einiger Entfernung hinter einem Baum. »Ich tu dir doch nichts«, sagte er außer Atem zu sich selbst. »Ich bin nett, ehrlich!«
Doch als er an dem Baum ankam, war das Mädchen schon wieder weg. Er sah, wie sie sich noch einmal umdrehte, dann schlüpfte sie auf eine mit hohem Gras bewachsene Lichtung. Twig rannte hinter ihr her. Sie sollte stehen bleiben, zurückkommen, mit ihm reden. Immer weiter rannte er, um Bäume herum, über Lichtungen – immer in Sichtweite des Mädchens, doch ohne ihr näher zu kommen.
Das Mädchen sah sich wieder um und verschwand hinter einem dicken, mit Efeu bewachsenen Baumstamm. Twig

spürte, wie seine Nackenhaare sich aufrichteten und das Fell der Hammelhornweste sich sträubte. Und wenn das Mädchen sich gar nicht deshalb umdrehte, weil es wissen wollte, ob es ihn abgehängt hatte? Sondern um sich zu vergewissern, dass er nachkam?

Er folgte ihr weiter, aber vorsichtiger. Er ging um den Baum, doch das Mädchen war nirgends zu sehen. Twig sah in die Baumkrone hinauf. Sein Herz pochte, seine Kopfhaut kribbelte. In dem dichten Laub konnte alles Mögliche sprungbereit lauern – alles Mögliche.

Er tastete nach seinen Amuletten. Dann machte er noch einen Schritt nach vorn. Wo war das Mädchen überhaupt? Sollte das nur wieder eine schreckliche Falle …

»Neiiiiin!«, schrie er.

Der Boden unter ihm hatte sich geöffnet und er fiel in die Erde hinein und holterdiepolter durch einen langen, gewundenen Tunnel, bis er – plumps! – auf einem weichen Lager aus Stroh landete.

Benommen sah er auf. Um ihn drehte sich alles. Gelbe Lichter, knorrige Wurzeln und vier Gesichter, die auf ihn herunterstarrten.

»Wo warst du?«, fragten zwei davon. »Du weißt doch, ich mag es nicht, wenn du nach oben gehst. Es ist zu gefährlich. Eines Tages holt dich noch der Schleimschmeichler, Mädchen.«

»Ich passe schon auf«, erwiderten die anderen beiden Gesichter mürrisch.

Twig schüttelte den Kopf. Aus den vier Gesichtern wurden zwei. Das größere kam näher und er sah blutunterlaufene Augen und aufgesprungene Lippen.

»Und was ist das?«, fragte das Gesicht vorwurfsvoll. »Was hast du da wieder angeschleppt, Mag?«
Das blasshäutige Mädchen streichelte Twigs Haare. »Er ist mir nach Hause nachgelaufen, Mumsie«, sagte es. »Darf ich ihn behalten?«
Die Frau richtete sich auf, verschränkte die Arme, holte tief Luft und wurde dabei sichtlich größer. Misstrauisch beäugte sie Twig. »Ich hoffe bloß, er kann nicht sprechen«, sagte sie. »Denn das habe ich dir ja gesagt: Tiere, die sprechen, kommen mir nicht ins Haus.«
Twig schluckte aufgeregt.

Mag schüttelte den Kopf. »Ich glaube nicht, Mumsie. Ab und zu macht er Laute, aber keine Worte.«
Mumsie grunzte. »Hoffentlich stimmt das auch. Sprechende Tiere machen nur Ärger.«
Mumsie war ein Koloss mit wulstigen Unterarmen und einem Hals, der genauso breit war wie ihr Kopf. Außerdem war sie im Unterschied zu dem Mädchen, das in dem Dämmerlicht unter der Erde mit seiner blassen Haut fast unsichtbar war, in jeder Beziehung sichtbar. Mit Ausnahme des Gesichts leuchteten auf jedem Stückchen Haut, das nicht von Kleidern bedeckt war, farbige Tätowierungen.
Da gab es Bäume, Waffen, Tiere, Gesichter, Drachen, Schädel, alle möglichen Symbole. Sogar den kahlen Kopf hatte sie sich bemalen lassen. Was Twig zuerst für eng anliegende Locken hielt, waren in Wirklichkeit eintätowierte Schlangen.
Mumsie hob die Hand und kratzte sich nachdenklich an ihrer dicken Nase. Dabei spannte sich ihr Bizeps. Der Ärmel ihres gemusterten Kleids rutschte knisternd nach oben und Twig starrte unversehens auf das eintätowierte Bild eines Mädchens mit leuchtend orangeroten Haaren. Darunter stand in tiefblauen Buchstaben MUMSIE LIEBT MAG geschrieben.
»Also?«, fragte Mag.
Ihre Mutter verzog das Gesicht. »Mag«, sagte sie, »du stellst meine Geduld manchmal wirklich auf eine harte Probe. Aber ... gut, meinetwegen.« Mag brach in Freudengeheul aus. »JEDOCH«, fügte Mumsie hinzu, »*du* bist für ihn verantwortlich, verstanden? *Du* gibst ihm zu fressen,

du gehst mit ihm Gassi und wenn er sein Geschäft in der Höhle verrichtet, machst du hinterher sauber. Habe ich mich klar ausgedrückt?«
»Kristallklar, Mumsie«, sagte Mag.
»Und wenn ich ein einziges Wort von ihm höre«, fuhr Mumsie fort, »drehe ich ihm den Hals um, kapiert?«
Mag nickte. Sie streckte die Hand aus und packte Twig an den Haaren. »Komm mit«, sagte sie.
»Au!«, schrie Twig und schlug ihre Hand weg.
»Er hat mich geschlagen«, heulte Mag sofort los. »Mumsie, er hat mich geschlagen – es hat mir *weh*getan.«
Ehe Twig noch einen klaren Gedanken fassen konnte, wurde er hochgerissen. Versteinert vor Angst, starrte er in die wilden, blutunterlaufenen Augen der Höhlenfrau. »Wenn du meinen kleinen Mondschein noch einmal schlägst, stößt, kratzt oder beißt, dann ...«
»Oder ihm sonstwie wehtust«, fiel Mag ein.
»Oder ihm sonstwie wehtust, dann ...«
»*Oder* seine Gefühle verletzt.«
»... ihm sonstwie wehtust *oder* seine Gefühle verletzt, dann ...«
»Oder versuchst wegzulaufen ...«
»Oder versuchst wegzulaufen«, wiederholte Mumsie, »dann bringe ich dich um!«
Sie schüttelte Twig und ihr Papierkleid knisterte dabei. »Absoluter Gehorsam, verstanden?«
Twig wusste nicht, ob er nicken sollte. Erwartete man von ihm, dass er ihre Sprache verstand, auch wenn er selbst nicht sprechen durfte? Mumsie drückte seine Weste mit ihrer großen Faust so fest zusammen, dass er ohnehin kaum

Luft bekam. Dann schnaubte sie verächtlich und ließ ihn auf den Boden fallen.

Twig behielt die beiden im Blick. Mag stand hinter ihrer Mutter und hielt artig die Hände gefaltet. Sie sah aus, als wollte sie zu Twig sagen: Siehst du, das hast du nun davon.

Sie beugte sich vor und zog ihn noch einmal an den Haaren. Er wimmerte vor Schmerzen, doch stand er auf ohne sich zu wehren.

»So ist es brav«, brummte Mumsie. »Wie soll er denn heißen?«

Mag zuckte die Schultern und betrachtete ihr neues Spielzeug. »Wie heißt du denn?«, fragte sie.

»Twig«, erwiderte er automatisch – und bereute es sofort.

»Was war das?«, donnerte Mumsie. »Doch nicht etwa ein Wort?« Sie bohrte Twig den Zeigefinger in die Brust. »Kannst du vielleicht doch sprechen?«

»Twigtwigtwigtwig«, stammelte er verzeifelt. Es sollte so wenig wie möglich nach einem Wort klingen. »Twigtwigtwig!«

Mag legte ihm den Arm um die Schultern und sah lächelnd zu ihrer Mutter auf. »Ich nenne ihn einfach Twig.«

Mumsie starrte Twig mit zusammengekniffenen Augen an. »Ein einziges Wort«, fauchte sie, »und ich reiße dir den Kopf ab.«

»Twig ist jetzt sicher brav«, versicherte Mag. »Komm mit«, sagte sie dann. »Ich will mit dir spielen.«

Sie zog ihn an den Haaren hinter sich her und Mumsie sah den beiden, die Hände in die Hüften gestützt, nach. Twig hielt den Kopf gesenkt. »Den behalte ich im Auge«, hörte er Mumsie noch rufen. »Verlass dich drauf.«

Sie liefen weiter durch den Tunnel, bis Mumsie nicht mehr zu hören war. Über Treppen, Rampen und lange, abschüssige Stollen gelangten sie immer tiefer in die Erde hinein. Twig wurde ganz mulmig bei dem Gedanken an das Gewicht der vielen Erde und Steine über ihm. Was hinderte die Steine daran, ihn unter sich zu begraben?

Dann plötzlich war der bedrückende Tunnel zu Ende. Verdattert sah Twig sich um. Sie standen in einer riesigen unterirdischen Höhle.

Mag ließ seine Haare los. »Bei uns Höhlenfurien wird es dir bestimmt gefallen«, sagte sie. »Hier unten ist es nie zu heiß oder zu kalt, es regnet nie, es schneit nie und es weht kein Wind, es gibt keine giftigen Pflanzen und keine wilden Tiere ...«

Twigs Finger fassten automatisch an den Zahn um seinen Hals und eine Träne lief ihm über die Wange.

Keine giftigen Pflanzen und keine wilden Tiere, dachte er. Aber auch keinen Himmel, keinen Mond ... Das Mädchen stieß ihn unsanft in den Rücken, damit er weiterging. Und keine Freiheit.

Die Höhle wurde wie auch der Tunnel von einem bleichen Schein erhellt. Den Boden unter seinen Füßen hatten Generationen von Höhlenfurien platt getrampelt. Hoch über ihm wölbte sich die Decke. Vom Boden bis zur Decke reichten lange, dicke, knorrige Wurzeln, die wie wulstige Säulen aussahen.

Die Wurzeln sehen aus wie ein Spiegelbild des Dunkelwalds, dachte Twig. Allerdings wie der Dunkelwald im Winter, wenn die Bäume kahl und nackt waren.

Gebadet im Licht der Höhle, wirkten die ineinander ver-

schlungenen Wurzeln seltsam kahl und ... Twig riss die Augen auf. Nein, er hatte sich nicht geirrt. Das Licht fiel nicht *auf* die Wurzeln, es *kam* von ihnen. Er lief darauf zu.

»Twig!«, befahl Mag streng.

Die Wurzeln waren weiß, gelb oder pilzbraun und mindestens die Hälfte von ihnen verströmte einen schwach flackernden Schein. Twig legte die Hand auf eine Wurzel. Sie war warm und er spürte ein ganz leichtes Klopfen.

»TWIG!«, kreischte Mag. »BEI FUSS!«

Er sah sich um. Mag funkelte ihn drohend an. Absoluter Gehorsam, fiel ihm ein. Er kehrte zu ihr zurück und blieb neben ihr stehen.

Mag tätschelte ihm den Kopf. »Die Wurzeln interessieren dich, was?«, sagte sie. »Sie versorgen uns mit allem, was wir brauchen.«

Twig nickte stumm.

»Mit Licht natürlich«, sagte Mag und zeigte auf einige Wurzeln. »Und mit Essen.« Sie brach von einer faserigen Wurzel zwei Knollen ab. Eine davon steckte sie sich in den Mund, die andere gab sie Twig, der sie misstrauisch betrachtete. »Friss!«, drängte sie. »Los!« Und als Twig immer noch zögerte, fügte sie ganz lieb hinzu: »Sonst sage ich es Mumsie.«

Die Knolle war knusprig und saftig und schmeckte nach gerösteten Nüssen. »Nam, nam, nam«, machte Twig und leckte sich überschwänglich die Lippen.

Mag lachte und ging weiter. »Die Wurzeln hier trocknen wir und mahlen sie zu Mehl«, erklärte sie. »Die Wurzeln dort drüben werden zerquetscht und dann zu Papier gemacht. Die hier brennen gut. Und das da ...« Sie brach ab und blieb an einer wulstigen, fleischfarbenen Wurzel stehen. »Ich wusste gar nicht, dass die wild wachsen.« Sie musterte Twig von oben bis unten. »Twig«, sagte sie dann streng. »Die darfst du nie, nie essen.«

Etwas weiter kamen sie an einen tiefen, dunklen See, an dessen Ufer man die meisten senkrechten Wurzeln abgeschnitten hatte, sodass eine Lichtung entstanden war. Die verbleibenden Wurzeln bildeten Bögen, zwischen denen sich zahlreiche kapselartige Hütten befanden. Sie waren eiförmig, braun, hatten kleine, runde Eingänge und waren bis zu fünf Stockwerke übereinander geschichtet.

»Das sind die Höhlenwaben, in denen wir leben«, sagte Mag. »Komm.«

Twig lächelte in sich hinein. Diesmal zog Mag ihn nicht an den Haaren. Sie hatte Vertrauen zu ihm gefasst.

Die Kapseln, stellte er fest, bestanden aus einer dicken, papierähnlichen Masse, aus demselben Stoff wie Mumsies Kleid, nur dicker. Die Stege, die die Kapseln verbanden, knackten unter seinen Füßen und wenn er an die Wände klopfte, klang es hohl.

»Lass das!«, sagte Mag scharf. »Es ärgert die Nachbarn.«

Mags Kapsel war innen beträchtlich größer, als man von außen vermutet hätte. Das Licht der Wurzeln schimmerte gedämpft durch die Wände. Twig schnupperte. Es roch ganz entfernt nach Zimt.

»Sicher bist du müde«, sagte Mag. »Du schläfst da drüben.« Sie zeigte auf einen Korb. »Mumsie mag es nicht, wenn meine Tiere bei mir im Bett schlafen.« Sie grinste listig. »Ich aber schon! Komm, spring rauf.« Sie klopfte auf das

Fußende des Bettes. »Wenn du ihr nichts sagst, verrate ich auch nichts.« Sie bekam einen Lachanfall.

Twig tat wie geheißen. Auch wenn es verboten war, die Matratze aus dickem Papier war weich und warm. Er fiel sofort in einen tiefen, traumlosen Schlaf.

Einige Stunden später – Tag und Nacht hatten in dem gleichmäßigen Licht der Höhlenwohnungen keine Bedeutung – wachte er auf. Jemand tätschelte seinen Kopf. Er machte die Augen auf.

»Gut geschlafen?«, fragte Mag aufgeräumt.

Er brummte etwas.

»Prima«, sagte sie und sprang aus dem Bett. »Wir haben eine Menge zu tun. Zuerst sammeln wir Knollen und holen Wurzelmilch zum Frühstück. Dann, nach dem Spülen, sollen wir Mumsie helfen Papier zu machen. In letzter Zeit sind so viele von uns Mädchen Höhlenfurien geworden, dass der Stoff für die Kleider ausgegangen ist. Und wenn du brav bist, machen wir einen Spaziergang«, fuhr sie fort ohne Atem zu holen. »Aber zuerst«, und sie fuhr ihm mit den Fingern durch die Haare und sanft über die Wange, »zuallererst, mein süßer Twig, richte ich dich her, damit du auch schön bist.«

Twig stöhnte leise und sah unglücklich zu, wie Mag sich an einem kleinen Schränkchen zu schaffen machte. Dann kehrte sie zu ihm zurück, in der Hand ein Tablett voller Döschen und Fläschchen. »Da«, sagte sie und stellte es auf den Boden. »Jetzt komm und setz dich vor mich.«

Widerwillig gehorchte Twig.

Mag nahm einen weichen grauen Lappen aus schwammartigen Wurzelfasern und wusch ihn mit Wasser, das sie zu-

vor vom See geholt und mit Rosenwurzel parfürmiert hatte. Dann trocknete sie ihn ab und bestäubte ihn mit einem dunklen, würzigen Puder. Twig musste niesen und Mag putzte ihm mit einem Taschentuch die Nase.
Es ist alles so demütigend, dachte Twig und drehte wütend den Kopf weg.
»Na, na!«, schimpfte Mag. »Soll ich Mumsie denn sagen, dass du ungezogen bist?«
Twig fügte sich und hielt still. Mag nahm einen Holzkamm und begann die Knoten in seinen verfilzten Haaren zu entwirren.
»Schöne Haare hast du, Twig«, sagte sie. »Dick und schwarz ...« Sie zerrte heftig an einem hartnäckigen Knoten. »Aber *so* verfilzt! Warum um alles unter der Welt kämmst du dich nie?« Wieder riss sie an seinen Haaren.

Twig zuckte zusammen. Tränen traten ihm in die Augen und er biss sich hart auf die Unterlippe, aber er gab keinen Laut von sich.
»*Ich* bürste mir die Haare zweimal täglich«, sagte Mag und warf ihre leuchtend orangefarbene Mähne zurück. Sie beugte sich zu Twig vor. »Bald«, flüsterte sie, »fallen sie aus. Allesamt. Dann bin ich auch eine Höhlenfurie, genau wie Mumsie.«
Twig nickte mitfühlend.
»Ich kann es gar nicht erwarten!«, rief Mag dann zu seiner Überraschung. »Eine Höhlenfurie. Kannst du dir das vorstellen, mein lieber kleiner Twig?« Sie legte den Kamm weg. »Nein«, sagte sie, »natürlich kannst du das nicht. Aber du bist ja auch ein Männchen. Und Männchen ...«
Sie brach ab, entkorkte ein kleines Fläschchen und ließ eine dicke, gelbe Flüssigkeit auf ihre flache Hand tropfen. Die Flüssigkeit roch süß und scharf zugleich. Mag massierte sie in seine Haare ein. Seine Kopfhaut begann zu prickeln und seine Augen fingen an zu brennen.
»... können keine Höhlenfurien sein.« Wieder verstummte sie. Dann nahm sie ein kleines Büschel seiner Haare, teilte es in drei dünne Strähnen und begann diese zu einem Zopf zu flechten. »Mumsie sagt, das ist wegen der Wurzel so. Der Wurzel von Mutter Bluteiche.« Sie sagte es voller Ehrfurcht.
Twig lief bei der bloßen Erwähnung des blutdurstigen, nach Fleisch hungernden Baums, der ihn um ein Haar das Leben gekostet hätte, eine Gänsehaut über den Rücken. Dankbar strich er über seine Weste aus Hammelhornfell.
»Das ist die pinkfarbene Wurzel, die wir auf dem Weg hier-

her gesehen haben«, fuhr Mag fort. Sie knotete Perlen in den fertigen Zopf. »Weißt du noch? Die, von der du nie essen darfst. Sie ist für Männchen giftig. Sogar tödlich giftig.« Sie flüsterte es. »Aber nicht für uns Frauen«, fügte sie hinzu.

Sie kicherte und nahm ein zweites Büschel Haare.

»Der Saft der Wurzel macht Mumsie und die anderen so groß und stark. ›Wenn rot fließt Mutter Bluteiches Blut, dann essen die Höhlenfurien allesamt gut‹, heißt bei uns ein Sprichwort.«

Twig zuckte zusammen. »Wenn rot fließt Mutter Bluteiches Blut ...« Über Bluteichen wusste er Bescheid. Leichte Übelkeit stieg in ihm auf. Mag flocht weiter Perlen in seine Haare.

»Och, schaust du aber schön aus, Twig«, sagte sie. Twig verzog das Gesicht. »Den Höhlenmännchen stinkt das natürlich gewaltig«, fuhr Mag nachdenklich fort. »Aber sie sind auch wirklich schrecklich. So spindeldürr und boshaft und gemein.« Von Ekel erfasst, rümpfte sie die Nase. Dann seufzte sie. »Natürlich haben sie auch ihre nützlichen Seiten. Irgendjemand muss schließlich kochen und putzen!«

Dem Himmel sei Dank, dass ich hier nur der Schoßhund bin, dachte Twig.

»Einmal haben sie versucht alles kaputt zu machen«, sagte Mag. »Das war vor meiner Geburt. Anscheinend haben sie sich zusammengetan und versucht Mutter Bluteiche zu verbrennen. Die Höhlenfurien waren vielleicht wütend. Grün und blau haben sie die Männchen geschlagen. Seitdem haben die das nicht mehr versucht!« Sie lachte gehässig. »Nutzloses Pack!«

Twig spürte, wie drei weitere Perlen in einen Zopf geknotet wurden.
»Jedenfalls«, sagte Mag wieder ruhiger, »werden die wichtigsten Wurzeln jetzt streng bewacht ...« Ihre Stimme verlor sich. »So!«, rief sie. »Dreh dich um und lass dich anschauen.«
Twig gehorchte.
»Wunderbar!«, sagte sie. »Jetzt komm, Süßer. Wir wollen sehen, was wir zum Frühstück auftreiben können.«

Die Zeit verging, wie sie es immer tut. Nur dass man in einer Höhle, in der sich das Licht nie änderte, nicht sagen konnte, wann wie viel Zeit verstrichen war. Jedenfalls schnitt Mag ihm immer mal wieder die Finger- und Zehennägel und beim Haarekämmen hatte sie in letzter Zeit wiederholt bemerkt, wie lang seine Haare schon wieder seien.
Von Mag und den anderen Höhlenfrauen gehätschelt und verwöhnt, lebte es sich in der Höhle nicht schlecht. Trotzdem fand Twig das Leben unter der Erde bedrückend. Er vermisste die frische Luft und den Wind, den Aufgang und Untergang der Sonne, den Geruch nach Regen, das Zwitschern der Vögel und das Blau des Himmels. Am meisten jedoch vermisste er den Banderbären.
Das Merkwürdigste an dem Leben unter der Erde – unter dem Dunkelwald mit all seinen Schrecken und Gefahren – war, dass Twig auf einmal Zeit zum Nachdenken hatte. In Gesellschaft des Banderbären hatte er überhaupt nicht nachdenken müssen. Sie waren immer damit beschäftigt gewesen, nach etwas Essbarem oder einem Platz zum

Schlafen zu suchen. Jetzt war er mit allem versorgt und konnte nichts anderes tun als nachdenken.

Anfangs hatte Mag Twig kaum aus den Augen gelassen. Dann aber war der Reiz des Neuen offenbar abgeklungen. Mag hatte ihm ein Halsband umgelegt und wenn sie ohne ihn ausging, leinte sie ihn an ihrem Bett an.

Die Leine war so lang, dass Twig sich innerhalb der Papierkapsel frei bewegen und sogar die Außentreppe zur Hälfte hinuntergehen konnte. Doch spätestens wenn er am Ende der Leine angelangt war und das Halsband sich um seinen Hals zusammenzog, fiel ihm wieder ein, dass er ein Gefangener war, und dann sehnte er sich danach, in den Wald zurückzukehren.

Vielleicht würde er endlich den Weg finden, auf dem er nach Hause zu seinen Eltern zurückkehren konnte. Spelda würde Freudentränen vergießen und Tuntum vielleicht sogar lächeln, ihm auf den Rücken klopfen und ihn zum Bäumefällen in den Wald mitnehmen. Alles würde anders werden. Er würde alles dransetzen sich anzupassen, zu tun, was Waldtrolle tun, zu denken, was Waldtrolle denken, und niemals, *niemals* wieder vom Weg abkommen.

Das Halsband scheuerte an seinem Hals und Twig dachte darüber nach, ob er nicht genauso ein Gefangener war, wenn er zu den Trollen zurückkehrte und die ganze Zeit versuchte wie ein Waldtroll zu leben ohne in Wirklichkeit einer zu sein.

Der Raupenvogel fiel ihm ein. Was war aus ihm geworden?

»Immer aufpassen wollte er auf mich«, murmelte er bitter.

Deine Zukunft liegt jenseits des Dunkelwalds, hatte der Raupenvogel behauptet. Twig schnaubte verächtlich. »Von

wegen ›jenseits‹!«, sagte er. »›Darunter‹ wäre zutreffender gewesen, denn wahrscheinlich bleibe ich bis in alle Ewigkeit der gehätschelte Schoßhund dieses verwöhnten Mädchens. Ach, Schleimschmeichler!«
Draußen vor der Höhlenwabe raschelte es. Twig erstarrte. Ich darf keine lauten Selbstgespräche führen, dachte er. Eines Tages kommt man mir auf die Schliche.
Im nächsten Augenblick rannte Mag in die Kapsel. Über ihrem Arm hing zusammengefaltet ein Stück braunes Pa-

pier. »Ich soll mich vorbereiten«, verkündete sie aufgeregt. Sie breitete das Papier auf dem Boden aus und begann etwas zu malen. Twig sah sie fragend an.

Mag lachte. »Bald, Süßer«, sagte sie, »lasse ich mir das auf den Rücken tätowieren.« Interessiert betrachtete Twig das Bild. Es zeigte eine riesige, vor Muskeln strotzende Höhlenfurie. Sie hatte die Beine gespreizt, die Hände in die Seiten gestemmt und das Gesicht zu einer wilden Grimasse verzerrt. »Das lassen sich alle Mädchen machen«, fügte sie erklärend hinzu.

Twig lächelte schwach. Er zeigte auf das Bild, dann auf Mag und dann wieder auf das Bild.

»Ja«, nickte Mag. »Das bin ich. Oder, besser gesagt, das werde ich sein.«

Twig zeigte auf sich selbst und legte den Kopf schräg.

»Ach, Twig«, flüsterte sie. »Ich werde dich *immer* lieb haben.«

Beruhigt setzte Twig sich wieder. In diesem Augenblick näherte sich von draußen das Geräusch schwerer Schritte und auf einmal war ihm gar nicht mehr wohl in seiner Haut. Er kaute auf einem Zipfel seines Halstuchs. Es war Mumsie.

»Mag?«, kreischte sie. »MAG!«

Mag sah auf. »Ich bin hier«, rief sie. Mumsies mächtige Gestalt erschien am Eingang.

»Du sollst kommen«, sagte sie zu Mag. »Sofort.«

»Ist es so weit?«, fragte Mag eifrig.

»Ja«, kam die barsche Antwort.

Mag sprang vom Bett herunter. »Hast du gehört, Twig? Es geht los! Komm.«

»Du brauchst keinen Begleiter«, sagte Mumsie.
»Ach, Mumsie, bitte, bitte, bitte!«, bettelte Mag.
»Ich sagte doch, du brauchst ihn dort nicht. Und danach auch nicht mehr.«
»Doch!«, beharrte Mag trotzig.
Twig sah zwischen den beiden hin und her. Mumsie machte ein finsteres Gesicht, Mag lächelte.
»Du würdest doch sicher gern mitkommen, oder?«, fragte sie.
Twig erwiderte ihr Lächeln. Alles war besser als noch länger am Bett angeleint zu sein. Er nickte heftig mit dem Kopf.
»Siehst du«, rief Mag triumphierend. »Ich hab's gesagt.«
Mumsie schnaubte. »Du glaubst doch nicht im Ernst, dass das Tier dich versteht ...«
»Bitte, Mumsie, bitte!«
»Also gut, wenn es sein muss«, sagte Mumsie, des Streites überdrüssig, und faltete das Papier mit dem Bild zusammen. »Aber er bleibt an der Leine.« Sie drehte sich zu Twig um und starrte ihn mit ihren blutunterlaufenen Augen an. »Und wehe dir, wenn du meiner Mag den großen Tag verdirbst!«
Draußen herrschte erwartungsvolle Aufregung. Auf den Wegen rund um den See wimmelte es von Höhlenfurien. Sie strebten alle in dieselbe Richtung. Einige waren Nachbarn, die Twig kannte, andere waren ihm fremd. »Sieh nur, von wie weit sie hergekommen sind«, rief Mag begeistert.
Auf der anderen Seite des Sees kamen sie an einen hohen Zaun, der eine große runde Fläche umschloss. An dem bewachten Eingang lungerten zahlreiche dürre Höhlen-

männchen mit verdrossenen Gesichtern herum. Mumsie drängte sich energisch zwischen ihnen durch und sie wichen wimmernd zur Seite.

»Bleib dicht hinter mir«, befahl Mag und zerrte an der Leine.

Zu dritt betraten sie den umzäunten Bereich. Von der drinnen versammelten Menge wurden sie mit lautem Beifall begrüßt. Mag schlug die Augen nieder und lächelte schüchtern.

Twig konnte nicht glauben, was er vor sich sah. Von hoch oben hing ein gigantisches Wurzelgeflecht herunter, das sich über dem Boden fächerartig ausbreitete und eine gewaltige Kuppel bildete. Um die Kuppel herum standen Hand in Hand die Höhlenfurien und bildeten einen Kreis. Ihre tätowierte Haut leuchtete in dem fleischfarbenen Wurzellicht.

Mumsie nahm Mag an der Hand. »Komm«, sagte sie.

»Augenblick!«, sagte ein Wächter. »Tiere dürfen das innere Heiligtum nicht betreten.«

Mumsie sah die Leine, die Mag sich um die Hand gewickelt hatte. »Natürlich nicht«, sagte sie. Sie nahm ihrer Tochter die Leine weg und band das Ende fest an eine knorrige Wurzel. »Du kannst ihn ja später abholen«, sagte sie und kicherte heiser.

Diesmal protestierte Mag nicht. Wie in Trance schlüpfte sie in den Kreis der Hände, der sich unter die Kuppel aus Wurzeln schob. Nach Twig drehte sie sich nicht mehr um.

Twig spähte zu den Spalten im Wurzelgeflecht. Genau in der Mitte des Doms kam senkrecht die Hauptwurzel herunter. Sie war dick und wulstig und leuchtete heller als die anderen. Mag – seine kleine Mag – stand mit dem Rücken zur Wurzel. Die Augen hatte sie geschlossen. Plötzlich begannen die Höhlenfurien im Sprechchor auszurufen:

»Oh! Mamamutter Bluteiche!
Oh! Mamamutter Bluteiche!«

Immer wieder und immer lauter schrien sie, bis die ganze Höhle von dem tosenden Gebrüll erfüllt war. Twig hielt sich die Ohren zu. Mag begann sich vor der Hauptwurzel zu drehen und in den Hüften zu wiegen.

Plötzlich verstummte der Lärm und Stille lag zitternd in der Luft. Mag drehte sich zu der Wurzel um, hob die Arme und blickte nach oben.

»BLUTE FÜR MICH!«, rief sie.

Ihre Stimme war noch nicht verklungen, als der Dom sich schlagartig verwandelte. Die Höhlenfurien hielten den Atem an. Die Wurzel, an der Twig festgebunden war, veränderte die Farbe und Twig sprang erschrocken zurück. Er sah sich um. Das ganze riesige Geflecht von Wurzeln erglühte in einem tiefen Blutrot.

»Ja!«, rief Mumsie. »Die Zeit unserer Tochter Mag ist gekommen.«

Sie zog einen kleinen Gegenstand aus den Falten ihres papierenen Kleids. Twig kniff die Augen zusammen um besser sehen zu können. Der Gegenstand sah aus wie ein Zapfhahn. Mumsie hielt ihn an die pulsierende rote Hauptwurzel und schlug ihn mit der Faust hinein. Dann lächelte sie Mag zu und wies auf den Boden.

Mag kniete sich vor die Öffnung des Hahns, legte den Kopf

in den Nacken und öffnete den Mund. Mumsie drehte den Hahn auf. Sofort schoss ein Strahl schäumend roter Flüssigkeit heraus. Er spritzte über Mags Kopf, über ihren Rücken und über ihre Arme und Beine. Mags Schultern hoben und senkten sich in dem blutroten Licht.

»Sie trinkt das!«, flüsterte Twig schaudernd.

Mag trank und trank und trank. Sie trank so viel, dass Twig schon glaubte, sie müsse platzen. Endlich seufzte sie tief und ließ den Kopf nach vorne fallen. Mumsie drehte den Hahn zu. Unsicher stand Mag auf. Twig stockte der Atem. Das magere, blasshäutige Mädchen begann zu wachsen.

Sie wuchs nach oben und zur Seite, in alle Richtungen. Das dünne Kleid, das sie anhatte, zerriss und fiel zu Boden und immer noch wuchs sie. Sie bekam mächtige Schultern, schwellende Muskeln, Beine wie Baumstämme ... Und erst der Kopf! Er war auf einmal riesengroß und plötzlich fielen kaskadenartig auch die Haare, der wilde orangerote Schopf, zu Boden. Die Umwandlung war abgeschlossen.

»Willkommen!«, rief Mumsie und wickelte das frisch bemalte Kleid um das jüngste Mitglied der Höhlengemeinschaft.

»Willkommen!«, rief der Kreis der Furienschwestern.

Mag drehte sich langsam um sich selbst und dankte ihnen. Twig fuhr erschrocken zurück. Wo war das blasse, dünne Mädchen, das sich so liebevoll um ihn gekümmert hatte? Verschwunden, ersetzt durch eine grässliche Höhlenfurie. Wenn sie erst einmal tätowiert war, würde sie genauso wie ihre Mutter Mumsie aussehen.

Mag drehte sich weiter. Ihre Blicke trafen sich, sie lächelte, Twig lächelte zurück. Vielleicht hatte sie sich gar nicht verändert – wenigstens innerlich. Eine dicke, speichelfeuchte Zunge, die aussah wie ein Stück Leber, kam aus ihrem Mund und fuhr schlürfend über die wulstigen Lippen. Ihre blutunterlaufenen Augen glitzerten.

»DU KLEINER PARASIT!«, fauchte sie.

Twig sah sich entsetzt um. Sie meinte doch wohl nicht ihn, ihren Liebling, ihren süßen Twig. »Mag!«, schrie er. »Mag, ich bin's.«

»Aaaah!«, kreischte Mumsie. »Ich wusste doch, dass er sprechen kann.«

»Ja«, sagte Mag kalt. »Aber nicht mehr lange.«

Sie stampfte auf ihn zu und er spürte, wie der Boden unter ihm erbebte. Mit zitternden Fingern riss er an dem Knoten der Leine. Vergeblich. Mumsie hatte ihn fest zugezogen. Twig packte die Leine, stemmte sich mit beiden Füßen gegen die Wurzel und warf sich mit aller Kraft zurück. Wieder vergeblich.

»Versuch bloß nicht wegzulaufen!«, brüllte Mag.

Twig packte die Leine noch einmal und versuchte es erneut. Es knackte und dann flog er rücklings durch die Luft. Die Leine hatte gehalten, aber nicht die Wurzel. Eine schäumende, rote Flüssigkeit tropfte an der Stelle heraus, an der die Wurzel abgerissen war.

»Grrrrrrrr!«, tobte Mag.

Twig drehte sich um und rannte los. Er rannte zwischen zwei Wächtern hindurch und zum See hinunter. Die Höhlenmännchen starrten ihn mit offenem Mund an.

»Aus dem Weg!«, schrie Twig und stieß sie mit den Ellbogen zur Seite.

Hinter sich hörte er Mag, dicht gefolgt vom Rest der

Höhlenfurien. »Reißt ihm die Eingeweide heraus!«, kreischten sie. »Reißt ihm die Beine ab! Reißt ihn in Stücke!«

Twig kam zum See und rannte nach links. Vor ihm stand wieder eine Gruppe Höhlenmännchen.

»HALTET IHN FEST!«, brüllte Mag. »FANGT DAS KLEINE BIEST!« Und als die Männchen einfach zur Seite traten und Twig durchließen, brüllte sie noch lauter: »IHR ERBÄRMLICHEN SCHWACHKÖPFE!«

Twig warf einen kurzen Blick zurück. Mag holte auf. Aus ihren blutunterlaufenen Augen sprühte grimmige Entschlossenheit. Ach, Mag, dachte er, was ist aus dir geworden?

Mag hatte die Höhlenmännchen erreicht. Sie sahen ihr gleichgültig entgegen, das heißt, alle bis auf einen. Als Mag an ihm vorbeikam, warf er sein Bein in die Höhe, sodass die große Mag stolperte, das Gleichgewicht verlor und zu Boden schlug.

Twig hielt überrascht die Luft an. Das war kein Unfall gewesen. Mag streckte den Arm aus und wollte das Höhlenmännchen packen, aber das Männchen war zu flink für sie. Es sprang auf und entfernte sich

humpelnd aus ihrer Reichweite. Dann sah es zu Twig und legte die Hände trichterförmig vor den Mund.

»Worauf wartest du noch?«, rief es ihm zu. »Lauf dahin, wo die Wurzeln am hellsten leuchten. In diese Richtung.« Seine Stimme hatte einen schmeichelnd-spöttischen Klang. Twig drehte sich um.

»Also?« Das Männchen lächelte schief. »Oder willst du von deiner jungen Herrin lebendig gehäutet werden? Nur immer dem Wind nach, du verwöhntes Balg – aber sieh dich nicht um.«

KAPITEL 11

Garble, Plapperdrude und der Herzzauber

Twig tat, wie ihm geheißen. Er rannte geradewegs durch die Höhle auf die Stelle in der Ferne zu, an der das Licht der Wurzeln am hellsten schien, und sah kein einziges Mal zurück. Hinter sich hörte er mal näher, mal weiter weg das Getrampel und Keuchen der wütenden Höhlenfurien.

Fast an seinem Ziel angelangt, sah er, dass es sich um ein dichtes Gewirr leuchtend weißer Wurzeln handelte. Und in welche Richtung jetzt? Seine Kopfhaut kribbelte, sein Herz raste. Vor ihm öffneten sich ein halbes Dutzend Tunnel. Welcher führte nach draußen? Vielleicht überhaupt keiner?

»Er weiß nicht weiter!«, hörte er hinter sich eine Höhlenfurie schreien.

»Schneidet ihm den Weg ab!«, befahl eine andere.

»Und dann den Kopf!«, brüllte eine dritte und alle lachten kreischend.

Twig war verzweifelt. Er konnte nur durch *einen* Tunnel fliehen, aber wenn der Tunnel, in den er rannte, nun eine

Sackgasse war? Während er noch überlegte, welchen er nehmen sollte, kamen die Furien unaufhaltsam näher. Jeden Moment konnten sie ihn eingeholt haben und dann war es zu spät.

Zitternd vor Angst und Erschöpfung, rannte er an den einzelnen Tunneleingängen vorbei. Plötzlich spürte er einen kalten Luftzug. Ein Schauder lief ihm über die verschwitzte Haut. Natürlich! *Nur immer dem Wind nach*, hatte das Höhlenmännchen gesagt. Ohne weiter nachzudenken stürmte Twig in den zugigen Tunnel hinein.

Der breite Schacht wurde bald enger und niedriger. Twig war das nur recht. Je mehr er sich bücken musste, desto unwahrscheinlicher war es, dass die kolossalen Höhlenfurien ihm noch folgen konnten. Schon hörte er sie hinter sich schimpfen und keifen und ihr Pech verfluchen. Plötzlich machte der Tunnel eine Biegung und endete.

»Und jetzt?«, stöhnte Twig. Er war tatsächlich in eine Sackgasse geraten. Entsetzt starrte er auf einen Haufen bleicher Knochen, der halb mit Sand und Erde bedeckt war: ein Schädel, Überreste von Zöpfen mit aufgefädelten Perlen und ein Halsband um einen verwesenden Hals. Was da vor ihm lag, war ein Schoßhund wie er gewesen, der nicht hatte fliehen können. Da bemerkte er eine einzelne Wurzel, die in den Schacht herunterragte. Twig streckte die Hand nach ihr aus. Sie fühlte sich so tot an wie alles andere hier, kalt und steif, und sie leuchtete nicht. Woher kam dann das Licht? Er sah nach oben. Dort, weit über seinem Kopf, strahlte ein kleiner, silbrig-heller Kreis!

»Er hat den Luftschacht entdeckt«, hörte er eine Höhlenfurie wütend kreischen.

Twig zog sich an den astartigen Verzweigungen der Wurzel hinauf. »Stimmt genau«, murmelte er.
Mit Händen und Füßen übereinander greifend, kletterte er auf das Licht zu. Die Arme taten ihm weh, seine Finger zitterten. Wieder sah er hinauf. Er schien dem Licht nicht näher gekommen zu sein. Ihm wurde heiß vor Angst. Wenn das Loch nun zu klein war um durchzuklettern?
Den Fuß über die Hand und die Hand über den Fuß setzend, kletterte er höher und höher. Sein Atem ging laut und regelmäßig. Uuuh, aaah, uuuh, aaah. Endlich wurde der helle Kreis größer. Die letzten Wurzelmeter zog er sich hinauf, so schnell er konnte, allerdings mit der gebotenen Vorsicht – zu den Knochen da unten am Boden ging es ziemlich schnell hinunter. Dann streckte er den Arm in die warme Sonne hinaus.
»Dem Himmel sei Dank, dass es Tag ist«, seufzte er. Er stemmte sich hinauf und rollte auf das Gras. »Sonst hätte ich den Weg nach draußen nie gefun...« Er brach ab. Er war nicht allein. Die Luft war erfüllt von Hecheln, Knurren und einem durchdringenden Fäulnisgeruch. Langsam blickte er auf.
Heraushängende Zungen und schwarze, zuckende Nasen, Zähne wie Eispickel, gebleckt, glitzernd und sabbernd, und gelbe Augen, die ihn abwartend anstarrten – und Maß nahmen.
»W... W... Waldwölfe«, stammelte er.
Die Haare ihrer schneeweißen Halskrausen stellten sich beim Klang seiner Stimme auf. Twig schluckte. Es waren *Weißkragen*waldwölfe, die schlimmste Sorte, und noch dazu ein ganzes Rudel. Ganz langsam schob Twig sich zum

Luftschacht zurück, doch zu spät. Die Wölfe merkten, dass er sich bewegte, und knurrten, dass ihm das Blut in den Adern gefror. Da – mit aufgerissenem Maul und sabbernden Fängen sprang ein Wolf auf und flog auf ihn zu.

»Hilfe!«, schrie Twig. Das Tier stieß ihm mit seinen ausgestreckten Pfoten gegen die Brust und brachte ihn zu Fall.

Twig hatte die Augen fest geschlossen. Der Wolf schnüffelte und leckte an ihm. Twig spürte seinen warmen Atem und roch den faulen Gestank. Seitlich am Hals spürte er eine Reihe von Nadelstichen. Der Wolf hielt ihn in den Fängen. Eine Bewegung – entweder von Twig oder vom Wolf – und es war um ihn geschehen.

Plötzlich hörte Twig über dem ohrenbetäubenden Pochen seines Herzens eine Stimme. »Was ist denn hier los?«, fragte sie. »Was habt ihr denn da gefunden, Burschen? Etwas für den Kochtopf?«

Die Wölfe fletschten gierig die Zähne. Twig spürte, wie die scharfen Zähne an seinem Hals stärker in seine Haut drückten.

»Lass das los!«, befahl die Stimme. »Schlauzahn! Lass los, habe ich gesagt!«
Die Zähne ließen los, der Gestank wurde schwächer. Twig machte die Augen auf. Vor ihm stand eine Art Zwerg. Er hielt eine schwere Peitsche in den Händen und starrte ihn finster an. »Freund oder Fressen?«, fragte er.

»F… F… Freund«, stotterte Twig.
»Dann steh auf, Freund«, sagte der Zwerg. Twig gehorchte. Die Schwänze der Wölfe zuckten unruhig. Der Zwerg spürte Twigs Unbehagen. »Sie tun dir nichts«, sagte er. »Solange ich es ihnen nicht befehle.« Er grinste selbstgefällig.
»Und das tun Sie doch sicher nicht«, stotterte Twig. »O… oder?«
»Hängt ganz davon ab«, kam die Antwort. Die Wölfe begannen hechelnd und winselnd hin und her zu laufen. »Wir kleinen Leute müssen immer auf der Hut sein. ›Der kleine Mann sei immerdar auf der Hut vor fremder Gefahr‹ ist mein Motto. Im Dunkelwald kann man gar nicht vorsichtig genug sein.« Er musterte Twig. »Aber trotzdem«, sagte er, »du machst keinen besonders gefährlichen Eindruck.« Er wischte sich gründlich die Hand an der Hose ab und streckte sie aus. »Heiße Garble«, sagte er, »Garble der Jäger. Und das hier ist meine Meute.« Einer der Wölfe knurrte. Garble versetzte ihm einen heftigen Fußtritt.
Twig nahm die ausgestreckte Hand und schüttelte sie. Die Wölfe begannen fanatisch zu hecheln. Garble zog abrupt seine Hand zurück und betrachtete sie.
»Blut«, sagte er. »Kein Wunder, dass die Burschen dich entdeckt haben. Blutgeruch macht sie rasend.« Der Zwerg kniete hin und wischte seine Hand sorgfältig am Gras ab, bis kein Blut mehr zu sehen war. Dann sah er auf. »Wer bist du eigentlich?«, fragte er.
»Ich bin …«, setzte Twig an und verstummte. Er war kein Waldtroll, also was sollte er sagen? »Ich bin Twig«, sagte er schließlich.

»Ein Twig? Noch nie von denen gehört. Du siehst ein bisschen aus wie ein Schlappohr oder ein Holzkopf. Sogar *ich* kann die beiden kaum auseinanderhalten. Sie bringen allerdings gute Preise. Die Himmelspiraten sind immer auf der Suche nach Kobolden aus wilden Stämmen. Die sind zwar etwas schwer zu bändigen, aber sie kämpfen gut ... Können die Twigs gut kämpfen?«

Twig trat beunruhigt von einem Bein auf das andere. »Nicht besonders«, sagte er.

Garble schnaubte. »Für ein so mageres Hemd wie dich würde ich sowieso nicht viel bekommen«, sagte er. »Aber vielleicht könntest du Schiffskoch werden. Kannst du kochen?«

»Nicht besonders«, sagte Twig wieder. Er betrachtete seine Hand. Am kleinen Finger war ein Schnitt, aber es sah nicht schlimm aus.

»Heute ist nicht mein Tag«, sagte Garble. »Ich war hinter einem fetten Höckerkopf her, an dem ich ein hübsches Sümmchen verdient hätte, kann ich dir sagen, und was passiert? Er rennt geradewegs ins Maul einer Bluteiche und das war natürlich sein Ende. Schreckliches Gemetzel. Und dann haben meine Jungs deine Fährte aufgenommen. Das hat sich ja wirklich nicht gelohnt.« Er spuckte aus.

Erst jetzt bemerkte Twig den Mantel, den Garble der Jäger anhatte. Das dunkle Fell war nicht zu verwechseln. Wie oft hatte er schon ein Fell gestreichelt, das genauso aussah wie dieses. Glatt, weich und mit einem grünlichen Schimmer.

»Banderbär«, flüsterte er und Wut stieg in ihm auf. Der abscheuliche Wicht trug das Fell eines Banderbären.

Garble war kleiner als Twig, deutlich kleiner. Twig war

überzeugt, dass er ihn im Zweikampf mühelos überwältigen konnte. Doch starrten ihn aus allen Richtungen unverwandt gelbe Augen an und so musste er seine Empörung hinunterschlucken.

»Ich kann nicht den ganzen Tag verschwätzen«, sagte Garble. »Muss heute noch etwas Richtiges zur Strecke bringen. Für Wolfsköder wie dich habe ich keine Zeit. Die Hand würde ich an deiner Stelle behandeln lassen. Vielleicht hast du nächstes Mal weniger Glück. Auf geht's, Jungs.«

Und damit drehte er sich um und verschwand mitsamt der winselnden Meute zwischen den Bäumen.

Twig sank auf die Knie. Er war wieder im Dunkelwald, aber diesmal hatte er keinen Banderbären, der ihn beschützte, keinen lieben, einsamen Banderbären, nur Wölfe und Jäger und Dickschädel und Holzköpfe und ...

»Warum?«, schluchzte er auf. »Warum muss das bloß so sein? WARUM?«

»Weil es eben so ist«, ertönte eine Stimme, sie klang lieb und freundlich.

Twig sah auf und zuckte zusammen. Was da gesprochen hatte, sah weder lieb noch freundlich aus, sondern wie ein Monster.

»Was führt dich ... SCHLÜRF ... in diesen Teil ... SCHLÜRF ... des Dunkelwalds?«, fragte das Geschöpf.

Twig ließ den Kopf hängen. »Ich habe mich verirrt«, sagte er.

»Verirrt? Unsinn ... SCHLÜRF ... Du bist doch hier!« Das Geschöpf lachte.

Twig schluckte und hob den Kopf.

»So ist es besser ... SCHLÜRF ... Warum erzählst du mir

nicht einfach alles, Kleiner? Plapperdruden sind ausgezeichnete ... SCHLÜRF ... Zuhörer.« Das Geschöpf wedelte mit seinen großen Fledermausohren.
Die gelbe Spätnachmittagssonne schien durch die rosa Haut der Ohren, die von einem Netz zarter Äderchen durchzogen war. Das Sonnenlicht glänzte auf dem fettigfeuchten Gesicht der Plapperdrude – es war eine Sie – und funkelte in den Tentakelaugen. Es waren diese langen, dicken, hin und her schwankenden und bald länger, bald kürzer werdenden Gummitentakel, an deren Enden zwei grüne Halbkugeln saßen, die Twig so erschreckt hatten.

Ihm war noch immer ganz flau im Magen, trotzdem konnte er den Blick nicht abwenden.
»Also?«, sagte die Plapperdrude.
»Ich ...«, begann Twig.
»SCHLÜRF!«
Twig erschauerte. Jedes Mal, wenn die lange, gelbe Zunge herausschoss und über das eine oder andere lidlose Auge fuhr und es befeuchtete, vergaß er, was er hatte sagen wol-

len. Die Augen auf den Tentakeln drehten sich in seine Richtung und betrachteten sein Gesicht von zwei Seiten gleichzeitig. »Was du brauchst, Jungchen«, sagte die Plapperdrude, »ist eine schöne Tasse ... SCHLÜRF ... Gallapfeltee. Komm mit.«

Nebeneinander gingen sie durch das schwächer werdende orangefarbene Abendlicht und die Plapperdrude redete. Redete und redete und redete. Und wie sie so mit ihrer melodischen Stimme plapperte, sah Twig nicht mehr ihre Ohren oder Augen und nicht einmal mehr die lange, schlürfende Zunge. »Ich habe nie dazugehört, verstehst du«, erklärte sie.

Twig verstand das nur zu gut.

»Plapperdruden bauen ja seit Generationen Obst und Gemüse an«, fuhr sie fort, »und verkaufen es auf den verschiedenen Wiesenmärkten. Aber ich wusste ...« Sie verstummte. »Ich sagte zu mir: ›Drudchen‹, sagte ich, ›für ein Leben auf dem Feld und auf dem Markt bist du nun mal nicht geschaffen.‹«

Sie traten auf eine Lichtung, die in den tiefroten Schein der untergehenden Sonne getaucht war. Im Licht schimmerte etwas Rundes aus Metall. Twig kniff die Augen zusammen um besser sehen zu können. Unter den herunterhängenden Wedeln einer Kummerweide stand ein kleiner Planwagen. Die Plapperdrude watschelte darauf zu. Twig sah, wie sie von einem Haken eine Laterne nahm und an einen Ast hängte.

»Damit Licht in die Sache kommt.« Sie kicherte und zog den Wagen aus seinem Versteck.

Twig betrachtete ihn, bis er auf einmal zu verschwinden

schien. Twig schüttelte den Kopf und der Wagen war wieder da.

»Guter Trick, was?«, sagte die Plapperdrude. »Ich habe für die Farbmischung ewig gebraucht.«

Twig nickte. Der Wagen war von den Rädern an dem hölzernen Fahrgestell bis zu der über metallene Bügel gespannten wasserdichten Tierhaut über und über in den verschiedensten Grün- und Brauntönen bemalt. Im Wald war er so perfekt getarnt. An der Seite trug er eine Aufschrift. Die Buchstaben waren merkwürdig verschnörkelt und erinnerten an verschrumpelte Blätter.

»Ja, das bin ich«, sagte die Plapperdrude und fuhr sich mit der Zunge über die Augen. »›Plapperonia Plapperdrude, Apothekerin und Zauberin.‹ Aber jetzt wollen wir Tee trinken.«

Sie stieg die hölzerne Treppe hinauf und verschwand im Wagen. Twig sah von draußen zu, wie sie einen Kessel auf den Herd stellte und orangefarbene Flocken in eine Kanne löffelte.

»Ich würde dich ja hereinbitten ...«, sagte sie und sah auf. »Aber, na ja ...« Sie wies mit der Hand auf die Unordnung im Wagen.

Da standen zugestöpselte Krüge und Flaschen mit einer bernsteingelben Flüssigkeit und den Innereien kleiner Tiere herum, Kisten und Kästen voller Samen und Blätter und überquellende Säcke mit Nüssen. Es gab Pinzetten und Skalpelle, Bergkristalle, eine Waage, Stapel von Papier und zusammengerollte Rindenstücke. An Haken hingen Büschel getrockneter Kräuter und Blumen, daneben Schnüre mit getrockneten Schnecken und eine Auswahl toter Tiere wie Waldratten, Eichenwühlmäuse und Schniesel. Sie alle schwankten sacht, während die Plapperdrude den Tee zubereitete.

Twig wartete geduldig. Der Mond ging auf und verschwand gleich wieder hinter einer schwarzen Wolkenbank. Die Lampe leuchtete heller als zuvor. Neben einem dicken Holzklotz bemerkte Twig ein in die Erde gekratztes Herz. Quer über ihm lag ein Stock.

»Und fertig ist der Tee, Jungchen«, rief die Plapperdrude und trat aus dem Wagen, in jeder Hand eine dampfende Tasse und unter dem Arm eine Blechbüchse. Sie stellte alles auf den Holzklotz. »Nimm schon mal ein Körnerkrüstchen«, sagte sie. »Ich hole uns noch etwas zum Sitzen.«

Unter dem Wagen hingen an Haken zwei weitere Holzklötze. Sie waren wie alles andere so gut getarnt, dass Twig sie nicht gesehen hatte. Die Drude ließ sich auf einen fallen.

»Aber genug von mir geredet«, sagte sie. »Ich könnte endlos über mein Leben im Dunkelwald erzählen, wie ich hierhin und dorthin fahre, immer auf Achse bin und meine Tränke und Salben mische und helfe, wo ich kann ... Wie schmeckt der Tee?«

Twig nahm einen Schluck, auf das Schlimmste gefasst. »Er schmeckt ... köstlich«, sagte er überrascht.

»Gallapfelschale«, sagte die Plapperdrude. »Gut für Fingernägel und fürs Herz und ganz ausgezeichnet für ...« Sie hustete und die Augen an den Tentakeln fuhren hin und her. »Für die Verdauung, wenn du verstehst, was ich meine. Und mit Honig ein unschlagbares Mittel gegen Schwindel.« Sie beugte sich zu Twig und senkte die Stimme. »Ich

will ja nicht angeben«, sagte sie, »aber ich kenne die Pflanzen und Tiere des Waldes besser als die meisten hier.«
Twig schwieg. Er dachte an den Banderbären.
»Ich weiß, wofür sie gut sind, und kann sie zubereiten«, fügte sie hinzu. Sie seufzte. »Wenn ich Schmerzen habe.« Sie nippte an ihrem Tee. Ihre Tentakelaugen sahen sich um. Eins blieb an dem Stock über dem eingeritzten Herzen hängen. »Nimm zum Beispiel das. Für was hältst du das?«
»Einen Stock?«
»Es ist ein Herzzauber«, sagte sie. »Er zeigt mir den Weg, dem ich folgen muss.« Sie spähte in den Wald. »Wir haben noch Zeit ... Ich zeige dir, wie das geht.«
Sie stellte den Stock in die Mitte des Herzens und hielt ihn mit einem Finger aufrecht. Dann schloss sie die Augen und flüsterte: »Herz, führe mich, wohin du willst.« Sie hob den Finger und der Stock fiel um.
»Aber jetzt liegt er genauso wie vorher«, rief Twig.
»Natürlich«, erwiderte die Plapperdrude. »In diese Richtung führt mich mein Schicksal.«
Twig sprang auf und nahm den Stock. »Darf ich auch mal?«, fragte er aufgeregt.
Die Plapperdrude schüttelte den Kopf und ihre Augen pendelten kummervoll hin und her. »Du musst dir selbst einen suchen.«
Twig lief zu den Bäumen am Rand der Lichtung. Der erste, an den er kam, war zu hoch, der zweite hatte zu hartes Holz. Der dritte war genau richtig. Er kletterte hinauf, brach einen kleinen Ast ab, entfernte die Blätter und schälte die Rinde, bis er genauso aussah wie der Stock der Plapperdrude, und sprang wieder hinunter.

»Hilfe!«, schrie er, denn etwas – eine wilde, sabbernde schwarze Bestie – packte ihn, warf ihn zu Boden und hielt ihn dort fest. Im Schein der Lampe sah er die Umrisse mächtiger Schultern. Gelbe Augen glitzerten, die Bestie riss ihr Maul auf und ... heulte vor Schmerzen.

»Karg!«, schrie die Plapperdrude und schlug ihm noch einmal mit dem Stock auf die Nase. »Wie oft soll ich es dir noch sagen? Nur Aas! Jetzt hol dein Fressen und geh zum Wagen. Beeil dich. Du bist spät dran!«

Widerstrebend ließ das Tier Twigs Schultern los, drehte sich um, packte mit den Zähnen den toten Tilder, der neben dem Baum lag, und zog ihn auf die Lichtung.

Die Plapperdrude half Twig auf die Beine. »Nichts passiert«, sagte sie und musterte ihn. Sie wies mit einem Nicken auf das Tier, das ihn angefallen hatte. »Wird meist unterschätzt, der Hungerlunger. Dabei ist er im Allgemeinen treu und sehr intelligent. Und stärker als ein Ochse. Außerdem braucht man ihn nicht mit Fressen zu versorgen. Er kümmert sich selbst drum. Er muss allerdings noch lernen nur Tiere zu fressen, die schon tot sind.« Sie lachte und ihre Augen hüpften auf und ab. »Wo kämen wir denn hin, wenn er meine Kunden auffrisst. Das wäre schlecht für's Geschäft!«

Sie standen wieder auf der Lichtung. Der Hungerlunger hockte vor der Wagendeichsel und vertilgte die Überreste des toten Tilders. Die Plapperdrude schob ihm ein Geschirr über den Kopf, schnallte ihm einen Gurt um den Bauch und zog die Riemen der Deichsel fest.

Twig sah mit dem Stock in der Hand zu. Die Plapperdrude warf die Holzklötze und das Teegeschirr hinten in den Wagen. »Du fährst schon?«, fragte Twig. »Ich dachte ...«

»Ich habe nur gewartet, bis Karg gefressen und getrunken hat«, erklärte sie und stieg auf den Bock. Sie nahm die Zügel. »Jetzt muss ich leider ... Ich habe so viel zu tun, Kranke heilen ...«

»Und was ist mit mir?«, fragte Twig.

»Ich reise *immer* allein«, sagte die Plapperdrude bestimmt. Sie zog an den Zügeln.

Ratternd fuhr der Wagen los. Twig sah der hin und her schwankenden Lampe nach. Da besann er sich und stellte noch schnell den Stock in die Mitte des Herzens. Mit zitternden Fingern hielt er ihn fest, dann schloss er die Augen und murmelte leise: »Herz, führe mich, wohin du willst.« Er hob den Finger hoch und machte die Augen auf. Der Stock blieb stehen.

Er versuchte es noch einmal. »Herz, führe mich ...« Finger weg. Wieder blieb der Stock stehen.
»He, du!«, brüllte Twig der Plapperdrude hinterher. »Der Stock bleibt einfach stehen.« Die Heilerin spähte um die Ecke des Wagens. Ihre Tentakelaugen glänzten im Schein der Laterne. »Warum fällt er nicht um?«, rief er.
»Keine Ahnung, Jungchen«, rief sie zurück und verschwand wieder hinter der Plane.
»Schöner Zauber!«, murmelte Twig wütend und schleuderte den Stock weit weg in die Büsche.
Auch die flackernde Laterne verschwand. Twig drehte sich um und marschierte in entgegengesetzter Richtung in die Nacht. Er war ein Pechvogel. Niemand bleibt bei mir, dachte er, niemand kümmert sich um mich und ich bin auch noch selbst an allem schuld. Unter keinen Umständen hätte ich den Weg verlassen dürfen.

KAPITEL 12

Die Himmelspiraten

Die Wolken hoch über Twigs Kopf wurden immer dünner und kräuselten und schlängelten sich wie Maden um den Mond.

Fasziniert und bangen Herzens zugleich starrte Twig nach oben. Während sich am Himmel so viel bewegte, war unten am Waldboden alles still. Nicht ein Blatt regte sich. Die Luft war schwül und knisterte wie geladen.

Plötzlich zuckte in der Ferne ein blauweißer Blitz über den Himmel. Twig zählte. Bei elf hörte er das dumpfe Grollen des Donners. Wieder leuchtete der Himmel auf, heller noch als beim ersten Mal, und wieder donnerte es. Diesmal kam Twig nur bis acht. Das Gewitter rückte näher.

Er rannte los. Immer wieder rutschte er aus, stolperte oder fiel sogar hin, aber er rannte immer weiter durch den tückischen Wald, der im einen Moment taghell aufleuchtete und dann wieder in pechschwarzer Finsternis versank. Ein trockener, knisternder Wind kam auf und fuhr Twig durch die Haare und das Fell seiner Hammelhornweste.

Geblendet vom rötlichen Nachleuchten der Blitze, wirkte

die darauf folgende Dunkelheit nur umso dunkler. Blind stolperte Twig weiter. Der Wind blies ihm in den Rücken. Dann krachte es direkt über ihm. Eine gezackte Gabel aus gleißendem Licht spaltete den Himmel. Fast im selben Augenblick ertönte ein mächtiger Donnerschlag! Die Luft vibrierte, die Erde bebte. Twig fiel hin und versuchte den Kopf mit den Armen zu schützen. »Er f... fällt runter«, stotterte er. »Der Himmel fällt runter.«

Wieder explodierte ein gleißend heller Blitz, gefolgt von einem ohrenbetäubenden Donnerschlag. Dasselbe geschah noch ein drittes und viertes Mal. Doch nahm inzwischen der Abstand zwischen Blitz und Donner wieder zu. Zitternd stand Twig auf. Der Wald, abwechselnd hell erleuchtet wie eine Versammlung tanzender Skelette und dann wieder tiefschwarz, war immer noch um ihn und der Himmel über ihm.

Er kletterte auf einen alten hohen Luftholzbaum um zu beobachten, wie das Gewitter wegzog. Immer höher stieg er. Heftige Böen zerrten an seinen Händen und Füßen. Oben angekommen, ruhte er sich keuchend in einer schwankenden Astgabel aus. Es roch nach Regen, ohne dass es geregnet hätte. Blitze stachen herunter, der Himmel funkelte, Donner grollte. Plötzlich ließ der Wind nach.

Twig rieb sich die Augen, kämmte mit den Fingern die letzten Perlen und Schleifen aus den Haaren und sah zu, wie sie in das Dunkel unter ihm fielen. Dann blickte er nach oben und dort zeichnete sich für einen kurzen Augenblick ein Schattenriss vor dem blitzdurchzuckten Himmel ab ...

Twig stockte der Atem. »Ein Himmelsschiff«, flüsterte er.

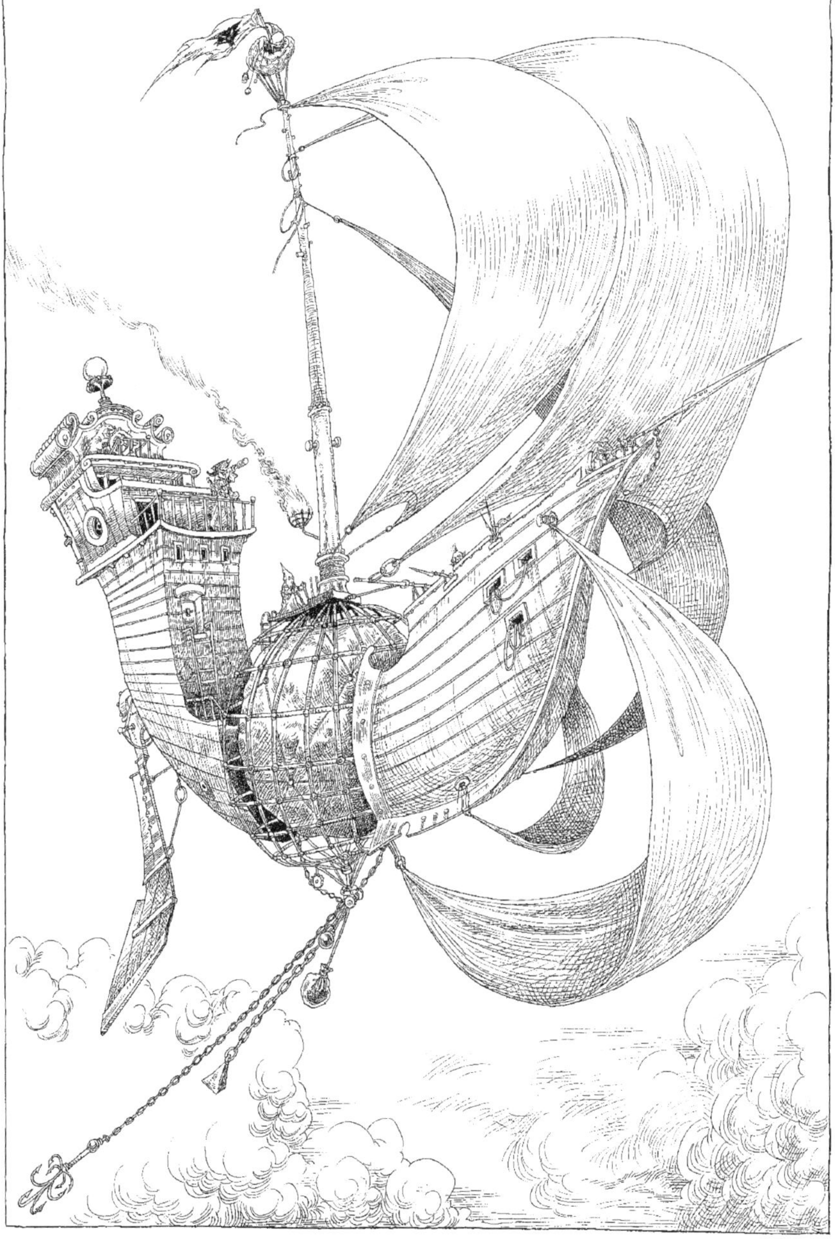

Der Himmel wurde wieder dunkel, das Schiff verschwand. Dann blitzte es erneut.
»Aber jetzt fährt es ja in die andere Richtung«, rief Twig laut. Wieder blitzte es und der Himmel leuchtete noch heller. »Es dreht sich im Kreis«, überlegte Twig aufgeregt. »Vielleicht ist es in einem Wirbelwind gefangen.«
Immer schneller drehte es sich, so schnell, dass es Twig ganz schwindlig wurde. Das Großsegel knatterte, die Takelage peitschte die Luft. Hilflos wurde das außer Kontrolle geratene Himmelsschiff in den Sturm hineingezogen. Plötzlich fuhr ein einzelner gezackter Blitz aus den Wolken direkt über dem kreiselnden Schiff und – traf. Der Rumpf legte sich auf die Seite. Ein kleiner, runder Gegenstand, der wie ein Stern strahlte, fiel heraus und stürzte nach unten. Das Himmelsschiff trudelte in einer abwärts führenden Spirale hinterher. Twig hielt die Luft an. Immer schneller fiel es vom Himmel.
Wieder wurde es dunkel. Twig kaute auf seinen Haaren, auf seinem Halstuch, auf seinen Nägeln. Es blieb dunkel. »Ein einziger Blitz noch«, bettelte er. »Nur damit ich sehe, was ...«
Der Blitz kam und der ferne Horizont leuchtete in seiner ganzen Breite auf. Twig sah drei fledermausähnliche Wesen über dem abstürzenden Schiff schweben. Während er noch hinsah, kamen drei, nein vier weitere hinzu. Sie sprangen von den Decks herunter und entfernten sich flatternd. Die Himmelspiraten gaben ihr Schiff auf. Eine achte Gestalt brachte sich durch einen Sprung in Sicherheit, Sekunden später krachte das Schiff durch die Baumkronen.
Twigs Herz raste. Hatte die ganze Besatzung das Schiff

rechtzeitig verlassen können? War das Schiff zertrümmert worden? Waren die fliegenden Gestalten, die er gesehen hatte, wohlbehalten gelandet?

Er flog förmlich den Baum hinunter und rannte durch den Wald, so schnell ihn seine Beine trugen. Der Mond flackerte durch das Laub, die Nacht war erfüllt von den Stimmen der Nachttiere. Die Bäume waren mit ihren eigenen Schatten überzogen und sahen aus wie in lange Netze eingewickelt. Hin und wieder lag ein abgebrochener Ast auf dem Boden oder es roch nach verbranntem Holz, ansonsten hatte das Gewitter keine Spuren hinterlassen. Twig rannte, bis er nicht mehr konnte.

Keuchend und mit Seitenstechen blieb er stehen. Auf den Zweigen über ihm zwitscherten laut einige Mondvögel. Dann hörte er noch ein anderes Geräusch, ein Zischen und Spucken. Er ging weiter. Das Zischen kam aus einem Kammbusch direkt vor ihm. Er drückte die Äste zur Seite. Eine Hitzewelle schlug ihm entgegen.

Vor ihm lag, zur Hälfte im Erdboden versunken, ein gewaltiger runder, weiß glühender Stein. Das Gras um ihn war verdorrt, die überhängenden Zweige des Busches verkohlt. Twig kniff die Augen vor der Hitze und dem grellen Licht zusammen. War das vielleicht der Stern, der aus dem Himmelsschiff gefallen war? Er sah sich um. Schiff und Mannschaft konnten nicht weit sein.

Die Mondvögel begannen aus irgendeinem Grund verärgert zu kreischen. Twig klatschte in die Hände und sie flogen weg. In der anschließenden Stille hörte er leise Stimmen murmeln.

Er schlich weiter und die Stimmen wurden lauter. Dann sah

er einen großen, breitschultrigen Mann mit rotem Gesicht und einem dicken, verfilzten Bart. Er kauerte hinter einen heruntergefallenen Ast und vor ihm stand ein Himmelspirat.

»Lass uns die anderen suchen«, sagte der Himmelspirat mit einer tiefen, voll tönenden Stimme. Dann kicherte er. »Sylvos Gesicht, als er sprang. Weiß wie ein Kabeljaufilet war er, mit einem grünlichen Schimmer.«

»Er führt sicher etwas im Schilde«, sagte eine quäkende Stimme. »Und nichts Gutes.«

Twig hob den Kopf um zu sehen, wer da sprach.

»Da magst du Recht haben, Zacke«, brummte der bärtige Pirat. »Seit der Sache mit dem Eisenholz ist nicht mehr viel mit ihm los. Das Gewitter war, so gesehen, ein Glücksfall oder ich will nicht Tem Waterbork heißen.« Er machte eine Pause. »Ich hoffe nur, dem Captain ist nichts passiert.«

»Der Himmel verhüte«, kam die Antwort.

Twig streckte den Kopf noch höher, konnte aber immer noch nur den einen Piraten sehen. Er stieg auf den Ast um einen besseren Ausblick zu haben. Doch mit einem lauten Knacken gab der Ast unter seinen Füßen nach.

»Was war das?«, brüllte Tem Waterbork. Er fuhr herum und starrte misstrauisch in das von silbernem Mondlicht durchbrochene Dunkel.

»Wahrscheinlich ein Tier«, vermutete der zweite Pirat.
»Ich weiß nicht«, sagte Waterbork langsam.
Twig duckte sich tief. Jemand näherte sich auf Zehenspitzen. Twig hob den Kopf und sah in das fein geschnittene, aber breite Gesicht von jemand, der kaum älter war als er selbst – dem Aussehen nach ein Eichenelf. Das musste Zacke sein. Der Eichenelf starrte Twig an und runzelte verblüfft die Stirn.

»Kennen wir uns?«, fragte er schließlich.
»Hast du was gefunden?«, rief Waterbork.
Zacke starrte Twig weiter unverwandt an. Seine spitzen Ohren zuckten.
»Ja«, sagte er ruhig.
»Wie bitte?«
»Ich sagte *ja!*«, rief er lauter und fasste Twig an der Schulter. Sofort wurden die Haare des Hammelhornfells zu Nadeln und stachen ihm in die Hand. Er jaulte auf, zog die Hand zurück und saugte an seinen Fingern ohne Twig dabei aus den Augen zu lassen. »Folge mir«, befahl er dann.
»Wen haben wir denn da?«, fragte der bärtige Pirat, als die beiden vor ihm standen. »An dem ist nicht viel dran, wie?« Er nahm Twigs Oberarm zwischen Daumen und Zeigefinger. »Wie heißt du denn, Bürschchen?«
»Twig, Sir«, antwortete Twig.
»Verstärkung an Bord, wie?« Der Pirat zwinkerte Zacke zu.

Twig durchlief ein Schauer bei dem Gedanken.
»Wenn wir überhaupt noch an Bord gehen können«, gab der Eichenelf zu bedenken.
»Natürlich können wir das!«, rief Tem Waterbork und lachte dröhnend. »Wir müssen nur herausfinden, wo es gelandet ist.«
Twig räusperte sich. »Ich glaube, dort drüben«, sagte er und zeigte nach rechts.
Waterbork beugte sich zu ihm hinunter, bis sein großes, bärtiges Gesicht auf gleicher Höhe mit dem von Twig war. »Und woher willst du das wissen, bitte schön?«
»Ich ... ich habe gesehen, wie es abgestürzt ist«, sagte Twig unsicher.
»*Gesehen*«, brüllte der Himmelspirat.
»Ich bin einen Baum hinaufgeklettert um den Sturm zu beobachten. Ich sah, wie das Himmelsschiff in den Wirbelsturm geriet.«
»Gesehen also«, sagte der Pirat noch einmal, diesmal freundlicher. Er klatschte in die Hände. »Dann führst du uns jetzt gleich mal hin, Freundchen.«
Mit etwas Glück und einigem Raten fand Twig auch tatsächlich den Weg. Sie waren erst hundert Schritte gegangen, da entdeckten sie hoch in den Bäumen den im Mondlicht schimmernden Rumpf. »Da ist er ja, der *Sturmpfeil*«, murmelte Tem Waterbork, »Gut gemacht, Bursche.« Er schlug Twig herzhaft auf die Schulter.
»Pssst!«, zischte Zacke. »Wir sind nicht die ersten.«
Tem legte den Kopf schräg. »Das ist Slyvo, dieser Halunke von Maat«, brummte er.
Zacke hob den Finger an die Lippen. Die drei blieben

mucksmäuschenstill stehen und versuchten angestrengt zu hören, was die leisen Stimmen vor ihnen sagten.

»Sieht ganz so aus, mein lieber Haudrauf, als hätte der Captain sich übernommen«, sagte Slyvo gerade. Er sprach mit einem abgehackten Näseln und spuckte di*e d's* un*d t's* aus, als schmeckten sie schlecht.

»Sich übernommen!«, wiederholte eine raue, tiefe Stimme. Tem Waterbork machte eine unruhige Bewegung und sein Gesicht lief dunkelrot an. Er reckte den Hals. »Der Steinpilot ist auch bei ihnen«, flüsterte er.

Twig spähte durch einen Spalt zwischen den Blättern. Vor sich sah er drei Piraten. Haudrauf war ein Flachkopfkobold mit dem typischen breiten, flachen Schädel und den abstehenden Ohren, allerdings sah er viel wilder aus als der Flachkopf, der Twig aus dem Sumpf gezogen hatte. Hinter ihm stand eine untersetzte Gestalt in einem schweren Mantel und noch schwereren Stiefeln: der Steinpilot. Sein Kopf war unter einer langen, spitzen Kapuze verborgen, die ihm bis über die Brust hing. In die Kapuze waren zwei runde Glasfenster eingelassen, durch die er hindurchsah. Er sagte nichts. Der dritte Pirat war Slyvo selbst, eine große,

gebeugte Gestalt, die nur aus Haut und Knochen zu bestehen schien. Er hatte eine lange Nase, ein spitzes Kinn und verschlagene Augen, die hinter einer stahlumrandeten Brille unstet hin und her wanderten.

»Ich möchte ja wirklich nicht rechthaberisch sein«, fuhr er fort, »aber ... na ja ... Wenn wir meinem Vorschlag gefolgt wären und das Eisenholz nicht geladen hätten ... Der Preis für das Holz fällt zurzeit sowieso!« Es folgte eine Pause, dann ein Seufzen. »Wenn wir es nicht geladen hätten, wären wir auch nicht in das Gewitter geraten.«

»Nicht in das Gewitter geraten«, knurrte Haudrauf.

»Trotzdem. Wer bin ich um mit dem Schicksal zu hadern? Wenn das Schicksal mich zum Befehlshaber des *Sturmpfeils* auserkoren hat, muss ich mich der Verantwortung stellen, und zwar mit ...« Er suchte nach einem passenden Wort.

»Und zwar mit ...«, sagte Haudrauf in das Schweigen.

»So unterbrich mich doch nicht dauernd!«, schimpfte Slyvo. »Du bist ein tapferer Krieger, Haudrauf, versteh mich nicht falsch. Du machst deinem Stamm alle Ehre, aber dir fehlt jedes Gespür für das richtige Wort zur rechten Zeit.«

»Zur rechten Zeit«, wiederholte Haudrauf.

Slyvo stöhnte ungeduldig. »Kommt mit«, sagte er. »Lasst uns den anderen die frohe Botschaft überbringen.«

Tem Waterbork konnte nicht länger stillhalten. »Elender Verräter«, brüllte er und brach durch das Gebüsch auf die Lichtung. Der Steinpilot, Haudrauf und Slyvo fuhren herum.

Slyvo verbarg seine Enttäuschung sofort hinter einem ver-

kniffenen Lächeln. »Mein *lieber* Tem«, sagte er. »Und Zacke! Ihr beide habt also auch überlebt.«
Twig blieb an seinem Platz und sah zu.
»*Der* sollte doch eigentlich gefesselt sein«, sagte Tem und zeigte auf den Flachkopf. »Befehl des Captains.«
Slyvo senkte in falscher Demut den Kopf und spielte mit einem der Knoten in seinem Schnurrbart. »Es ist nur so«, sagte er und sah betrübt über den Rand seiner Brille. »Wie ich eben schon Haudrauf hier erklärte, ist unser erlauchter Kapitän Quintinius Verginix ...« Er blickte sich theatralisch um. »Nicht anwesend.« Er lächelte gequält. »Und Haudrauf tut sich mit den Fesseln so schwer.«
Tem brummte etwas. Vorerst konnte er nichts tun. »In welchem Zustand ist der *Sturmpfeil?*«, fragte er.
Slyvo sah nach oben. »Wie steht's, Klotzkinn?«, rief er.
»So einigermaßen«, sagte eine quietschende Stimme. »Die meisten Schäden sind nicht weiter tragisch, nur das Ruder hat es ziemlich schlimm erwischt. Aber das kriege ich wieder hin.«
»Ist der Kahn bald wieder flott?«, fragte Slyvo ungeduldig.
Aus dem Laub über ihnen tauchte ein grimmig aussehender Kopf auf. Der Schädel steckte in einem eng anliegenden Metallgestell, an dem mit Bolzen der Unterkiefer befestigt war. »Er

ist erst dann wieder flott, wenn wir den Flugstein an seinen Platz gebracht haben«, sagte der Kopf.
Slyvo machte eine Grimasse und stampfte schlecht gelaunt mit den Füßen auf. »Kannst du nicht improvisieren? Luftholz, Bluteiche – die haben doch auch Auftrieb. Verbrenn einfach mehr ...«
Klotzkinn schüttelte missbilligend den Kopf. »Ausgeschlossen«, sagte er. »Das Feuer, das wir für den Auftrieb benötigten, hätte auf dem Schiff keinen Platz. Außerdem ...«
»Dann lass dir was einfallen!«, schrie Slyvo. »Ich verstehe immer noch nicht, wie der blöde Stein über Bord gehen konnte.«
»Weil er vom Blitz getroffen wurde«, erwiderte Klotzkinn.
»Das weiß ich, du Idiot!«, schimpfte Slyvo. »Aber ...«
»Kalter Stein steigt, heißer Stein sinkt«, fuhr Klotzkinn unbeirrt fort. »Das ist ein Naturgesetz. Und hier gleich noch eins: Was heiß ist, kühlt wieder ab. Wenn ihr den Flugstein nicht bald findet, fliegt er für immer weg. Und jetzt entschuldigt mich bitte, ich muss die Halterung des Steins reparieren für den Fall, dass ihr ihn doch noch findet.« Der Kopf verschwand wieder hinter den Blättern.
Slyvo biss sich auf die Lippen. Alles Blut war aus seinem Gesicht gewichen. »Ihr habt ihn gehört«, fauchte er. »SUCHT DEN FLUGSTEIN.«
Zacke und Haudrauf machten sich sofort auf die Suche, der Steinpilot stolperte ihnen hinterher. Nur Tem Waterbork blieb.
»Was ist?«, wollte Slyvo wissen.
»Vielleicht kann ich dir sagen, wo der Stein ist. Unter einer

Bedingung: Wenn er wieder an seinem Platz vertäut ist, warten wir auf den Captain.«
»Aber natürlich«, sagte Slyvo. »Du hast mein Wort.« Er streckte die Hand aus und schüttelte die von Tem.
Twig sah von seinem Platz in den Büschen, dass der Maat den anderen Arm hinter dem Rücken hielt. An der Hand fehlten zwei Finger. Die Narben sahen frisch aus. Die zwei noch vorhandenen Finger waren gekreuzt.
Tem nickte. »Aber ich will ganz sicher sein, dass du Wort hältst«, sagte er. Er drehte sich um. »Twig«, rief er, »bist du da? Komm raus, damit ich dich sehen kann.«
Twig stand auf und trat auf die Lichtung.
»Ein Spion?«, zischte Slyvo.
»Ein Zeuge«, erwiderte Tem. »Damit du auch wirklich dein Versprechen hältst.« Er sah Twig an. »Weißt du, wo der Flugstein hingefallen ist?«, fragte er. Twig zögerte und sah verstohlen auf Slyvo. »Du kannst es ruhig sagen«, fügte Tem hinzu.
Twig nickte eifrig. »Ja, ich weiß es. Ich habe ihn gesehen. Wie eine Sternschnuppe sah er aus, wie eine abstürzende Sternschnuppe oder eigentlich ...«
»Komm zur Sache!«, rief Slyvo scharf.
Twig wurde rot. Anscheinend redete er zu viel. Aber er konnte nicht anders. Der Lockruf des Abenteuers, der von diesen verwegenen, zerlumpten Gesellen ausging, ließ sein Herz schneller schlagen und löste ihm die Zunge. Er schlug die Augen vor Slyvos bohrendem Blick nieder und ging los. »Hier lang«, sagte er.
»He, ihr da«, rief Slyvo hinter Zacke, Haudrauf und dem Steinpiloten her. »Folgt uns.«

Twig marschierte dem bunt zusammengewürfelten Piratenhaufen voran durch den Wald. Im schwankenden Schein der Laterne fand er den Weg schnell wieder. Zuerst hörte, dann sah er den summenden Kammbusch. Er ging darauf zu und bog die Äste auseinander. Der Stein war noch da, eingebettet in die Erde. Er glühte und hatte dabei eine buttergelbe Farbe.

»Vorhin war er weiß«, sagte Twig.

»Er kühlt ab«, sagte Tem. »Das Kunststück besteht darin, ihn zum Himmelsschiff zu tragen, wenn er nicht mehr so schwer ist, aber noch schwer genug, damit er nicht wegfliegt.«

Slyvo wandte sich an den Steinpiloten. »*Du* bist für den Transport verantwortlich«, sagte er.

Aus der spitzen Kapuze des Steinpiloten kam dumpf ein zustimmendes Grunzen. Der Pilot stapfte zu dem Stein, kniete hin und umarmte ihn mit seinen mächtigen Armen. Die Ärmel und die Vorderseite seines feuerfesten Mantels zischten. Twig schnupperte. Es roch nach verbranntem Schlamm. Der Steinpilot zerrte an dem Stein und versuchte ihn in die Höhe zu stemmen. Die Glasscheiben seiner Kapuze beschlugen sich, doch der Flugstein rührte sich nicht von der Stelle.

»Leert eure Wasserflaschen darüber aus«, sagte Tem.

»Richtig«, sagte Slyvo. Seine neue Verantwortung fiel ihm ein. »Leert die Flaschen darüber aus.« Er und die anderen gossen Wasser auf den glühenden Stein. Es zischte und der Stein verfärbte sich in ein tiefes Orange. »Mehr!«, befahl Slyvo.

Die Himmelspiraten entfernten sich und kehrten wieder mit gefüllten Flaschen zurück. Ganz allmählich nahm der Stein ein tiefes Rot an und begann in seiner Grube zu wackeln. Der Steinpilot unternahm einen zweiten Anlauf. Diesmal wuchtete er den Stein mit einem leise schmatzenden Geräusch aus der Grube.

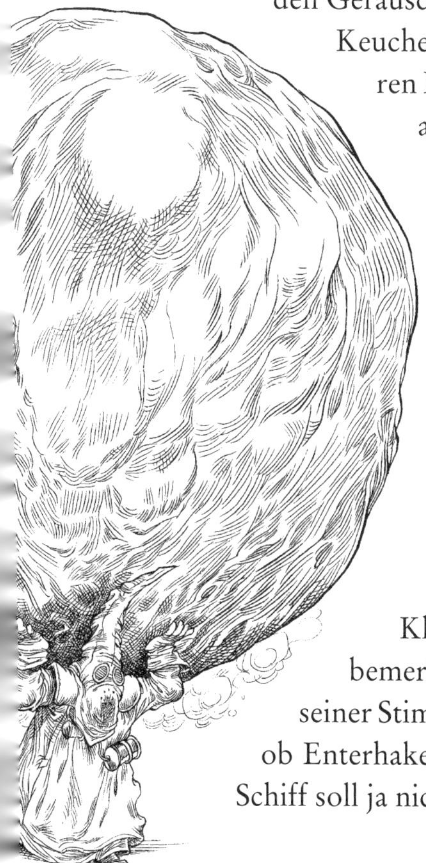

Keuchend stolperte er mit der schweren Last zur Lichtung zurück. Die anderen marschierten hinter ihm her. Weil der Stein eine solche Hitze ausstrahlte, konnten sie ihm nicht helfen, sondern nur hoffen und beten.

Der Rumpf des Schiffes kam in Sicht. »Wir haben ihn, Klotzkinn«, rief Tem voraus. »Wir haben den Flugstein.«

»Ich bin gleich so weit«, rief Klotzkinn herunter und wieder bemerkte Twig das Quietschen in seiner Stimme. »Ich überprüfe nur noch, ob Enterhaken und Anker gut halten. Das Schiff soll ja nicht ohne uns abheben.«

Der Steinpilot grunzte etwas. Der abkühlende Stein drohte ihm jeden Moment zu entgleiten.
»Hast du die Halterung repariert?«, rief Slyvo hinauf.
»Was glaubst du denn?«, kam die verärgerte Antwort. »Natürlich habe ich das! Ich habe dazu etwas von dem Eisenholz verwendet. Es hat zwar weniger Auftrieb als Luftholz oder Bluteiche, brennt dafür aber nicht so leicht – für den Fall, dass der Stein noch zu heiß ist.«
Der Steinpilot gab einen alarmierten Laut von sich.
»Der Stein steigt!«, schrie Zacke.
Klotzkinns Kopf tauchte aus dem Baum auf. »Kannst du damit zu mir hochkommen?«, fragte er.
Der Steinpilot schüttelte den Kopf und stöhnte. Seine ganze Kraft wurde dadurch beansprucht, den immer stärker nach oben ziehenden Stein festzuhalten.
»In diesem Fall kommt Plan zwei zur Anwendung«, rief Klotzkinn nach unten. »Damit er funktioniert, ist allerdings größte Präzision erforderlich. Der Steinpilot muss sich mit dem Stein *genau* unter die Halterung stellen und ihn dann loslassen. Also, ein paar Schritte nach links ...«
Der Steinpilot ging schwerfällig nach links.
»Halt. Noch ein wenig nach vorn. HALT! Wieder etwas zurück. Nach links. Noch etwas zurück.« Klotzkinn machte eine Pause. »So müsste es gehen«, sagte er dann leise. »Wenn ich *jetzt* sage, lässt du den Stein los – aber sieh zu, dass du dann nicht noch einmal versehentlich dranstößt.«
Twig spähte in den Baum hinauf. Klotzkinn öffnete die Tür einer in der Mitte des Schiffsrumpfes angebrachten käfigartigen Vorrichtung, hielt sie mit dem Fuß offen und hob eine lange Harpune.

»Jetzt!«, rief Klotzkinn dem Steinpiloten zu.
Der Steinpilot ließ seine Last vorsichtig los. Einen Augenblick schwebte der Stein in der Luft und drehte sich um sich selbst. Dann begann er zu steigen, langsam zuerst, dann schneller. Klotzkinn stützte sich an einem Ast ab. Der Stein kam näher. Er würde die Halterung verfehlen! Klotzkinn beugte sich vor und stieß den Stein behutsam mit der Harpune an. Der Stein bewegte sich etwas nach links und stieg weiter.
»Los, mach schon«, rief Slyvo dem fliegenden Stein zu. Er wandte sich an Haudrauf. »Sobald er drin ist, kommt ihr alle sofort an Bord«, zischte er. Twig hörte aufmerksam zu. »Und wenn Tem Waterbork sich weigert, packst du ihn einfach, kapiert?«
Mit einem dumpfen Rumpeln glitt der Stein in die Halterung. Klotzkinn stieß die Tür mit dem Fuß zu. Es klickte. Er bückte sich und schob den Riegel vor. »Geschafft!«, brüllte er triumphierend.
Twigs Herz raste. Das wundervolle Piratenschiff war wieder himmelstüchtig. Er stimmte in das Freudengeheul der anderen ein.
»Es sei dir nicht vergessen, Klotzkinn«, rief Slyvo. »Gut gemacht!«
»Jawohl!«, kam eine zweite, tiefe und voll tönende Stimme. »Gut gemacht!«
Alle fuhren herum.
»Captain!« Tem Waterbork grinste. »Sie haben es geschafft!«
»Allerdings, Tem«, sagte der Ankömmling ernst.
Twig starrte ihn an. Der Captain bot einen prächtigen An-

blick. Er war groß und hatte im Unterschied zu dem gebeugten Slyvo eine kerzengerade Haltung. Sein Backenbart war gewachst, ein Auge hinter einer schwarzen Lederklappe verborgen. An seinem langen Piratenmantel hing eine Vielzahl von Objekten, von einer Schutzbrille und einem Fernrohr bis hin zu verschiedenen Enterhaken und Dolchen. An seiner Seite hing ein lang geschwungener Säbel, der im Mondlicht silbern schimmerte. Twig zuckte zusammen. Hatte er den Säbel mit dem edelsteinbesetzten Griff und der Scharte in der Klinge nicht schon einmal gesehen?

In diesem Augenblick trat eine achte Gestalt aus den Büschen. Twig erstarrte. Es war ein Banderbär, der freilich ganz anders aussah als sein alter Freund. Dieser hier war weiß und hatte rote Augen, ein Albino. Der Bär ließ das tote Hammelhorn, das ihm über die Schulter hing, auf den Boden fallen und nahm seinen Platz hinter dem Captain ein.

»Aha, Hubble«, sagte der Captain. »Dich brauche ich jetzt. Fessle den Flachkopf wieder.«

Der Banderbär zeigte auf den *Sturmpfeil.* »Wu?«, fragte er.

»Nein«, sagte der Captain, »an einen Baum. Aber an einen dicken, bitte.«

Haudrauf fauchte und hob trotzig eine Faust. Der Banderbär schlug sie weg und packte den Kobold an der Kette, die er um seinen Hals trug. Fast hätte er ihn daran in die Höhe gehoben.

»Vorsicht, Hubble«, sagte der Captain.

Der Banderbär senkte den Arm und zog an der Kette. Haudrauf wurde abgeführt.

»Halten Sie das für klug, Sir?«, fragte Slyvo näselnd. »Wir befinden uns mitten im Dunkelwald. Da kann alles Mögliche passieren ... Haudrauf könnte uns nützlich sein, wenn wir überraschend angegriffen werden.«

Der Captain drehte sich zu ihm um und durchbohrte ihn mit seinem gesunden Auge. »Glaubst du, ich kann deine verräterischen Gedanken nicht lesen, Slyvo?«, sagte er. »Deine Freunde von der Liga der freien Kaufleute aus Unterstadt nützen dir hier im Dunkelwald reichlich wenig.

Wir sind nicht von ihnen abhängig. Hier gebe *ich* die Befehle. Noch ein Wort und ich lasse dich in den Himmel schießen. Habe ich mich klar genug ausgedrückt?«

»Was bedeutet ›in den Himmel schießen‹?«, wandte Twig sich leise an Zacke.

»Man bindet den Betreffenden an den brennenden Ast einer Bluteiche«, flüsterte der Eichenelf. »Er steigt dann auf wie eine Rakete und schreit die ganze Zeit.«

Twig erschauerte.

»Wir bleiben die Nacht über hier und brechen im Morgengrauen auf«, sagte der Captain. Er gab dem toten Hammelhorn einen Tritt und sah Tem Waterbork an. »Na denn, Schiffskoch. An die Arbeit!«

»Zu Befehl, Captain«, sagte Tem eifrig.

»Zacke, du überlegst, auf welchem Weg wir nach Unterstadt zurückkehren. Ich will in diesem verdammten Wald nicht länger als nötig festsitzen.« Er sah nach oben. »Wie lange brauchst du noch für die Reparaturen, Klotzkinn?«

»Ein paar Stunden, Captain«, kam die Antwort. »Ich muss nur noch die neue Halterung für das Steuerruder anbringen und das Ruderblatt einsetzen ...«

»Und der Steinpilot?«

»Ist im Maschinenraum und bohrt neue Leitungen.«

»Ausgezeichnet«, sagte der Captain. Er drehte sich um und sah auf Twig hinunter.

Und in diesem Augenblick war Twig sich auf einmal ganz sicher, dass er dem Captain schon einmal begegnet war. Er hatte ihn nur wegen der Augenklappe nicht gleich wieder erkannt. Tuntum und er hatten ihn damals im Wald getroffen, als sein Vater versucht hatte ihn mit den Arbeiten eines

Waldtrolls vertraut zu machen. Der hoch gewachsene, stolze Himmelspirat mit dem juwelenbesetzten Säbel und der Scharte in der Klinge ... wie hatte er ihn nur vergessen können?

»Was stehst du hier herum und gaffst?«, sagte der Captain barsch. »Hilf den anderen beim Feuermachen.«

Twig ging sofort an die Arbeit. Er rannte in den Wald um Reisig zum Anfachen zu sammeln. Bei seiner Rückkehr brannte freilich bereits ein kräftiges Feuer. Immer wenn Zacke und Tem Waterbork ein Scheit in die Glut warfen, stieg eine Fontäne orangefarbener Funken auf. Die verschiedenen Hölzer sangen und zischten. Gelegentlich hob ein brennendes Stück Luftholz ab und stieg wie eine Leuchtkugel zum Himmel auf.

Twig erschauerte. Die Waldtrolle hatten ihn gelehrt im Umgang mit Feuer größte Vorsicht walten zu lassen – für die Waldbewohner war das Feuer von allen lebensnotwendigen Dingen das gefährlichste. Deshalb wurde Holz mit Auftrieb nur in Öfen verbrannt. Die Sorglosigkeit der Himmelspiraten entsetzte ihn.

Twig war gerade damit beschäftigt, mit dem Fuß brennende Äste in das Hauptfeuer zurückzuschieben, da kehrte Hubble zurück, der kurz zuvor Haudrauf fest an einen Baum angekettet hatte. Der Banderbär suchte den Captain, doch als er an Twig vorbeikam, blieb er stehen.

»Wu!«, bellte er und zeigte auf den Zahn um Twigs Hals.

»Ich an deiner Stelle würde Hubble nicht zu nahe kommen«, rief Tem. »Bei dem weiß man nie, was er als Nächstes tut.«

Twig hörte nicht auf ihn. Der weiße Banderbär mochte

wild aussehen, doch seine kummervollen Augen kamen ihm bekannt vor. Der Bär streckte eine Klaue aus und berührte den Zahn vorsichtig.

»T-wu-g«, brummte er.

Twig starrte ihn verblüfft an. Hubble wusste, wie er hieß! Ihm fielen die Abende ein, an denen sein Freund den mondbeschienenen Himmel angeheult und ein anderer Bär aus der Ferne geantwortet hatte. War es etwa Hubbles klagender Ruf gewesen, den Twig an jenem Abend gehört hatte, an dem der Banderbär gestorben war?

Hubble zeigte auf sich und dann auf Twig. »Fr-u-nde«, sagte er.

Twig lächelte. »Freunde.«

In diesem Augenblick ertönte die wütende Stimme des Captains. Er brauchte Hubble, und zwar sofort. Hubble drehte sich um und trottete gehorsam zu ihm. Twig bemerkte, dass Tem ihn ungläubig anstarrte.

»So was habe ich in meinem ganzen Leben noch nicht gesehen«, rief er, »das schwöre ich. Mit einem Banderbär befreundet! Was bist du eigentlich sonst noch alles?« Er schüttelte den Kopf. »Komm her, Kleiner, und hilf mir.«

Tem stand am Feuer. Er hatte das Hammelhorn sachkundig gehäutet, der Länge nach auf einen Stock aus Eisenholz gespießt und über die Flammen gehängt. Jetzt duftete es intensiv nach gebratenem Fleisch. Twig trat neben ihn und zusammen drehten sie den Spieß immer wieder herum.

Nach einer Weile erklärte Klotzkinn, er sei mit den Reparaturen fertig, und kam vom Baum herunter. Auch das Hammelhorn war fertig. Tem schlug an einen Gong.

»Essen!«, rief er.

Twig setzte sich zwischen Tem und Zacke. Der Captain und Hubble saßen ihnen gegenüber, Slyvo saß etwas abseits im Schatten. Der Steinpilot war nicht erschienen und Flachkopf Haudrauf, der immer noch am Baum angekettet war, musste sich mit den Bissen begnügen, die ihm zugeworfen wurden.

Die Himmelspiraten füllten ihre leeren Mägen mit Schwarzbrot und dampfenden Stücken Hammelhornfleisch und spülten das Essen mit Waldbräu hinunter. Allmählich hob sich ihre Laune.

»Wir haben schon Schlimmeres durchgemacht«, lachte Tem Waterbork. »Stimmt's, Captain?«

Der Captain brummte etwas. Ihm schien nicht nach Reden zumute.

»Zum Beispiel damals, als wir die Schiffe der Liga über Sanktaphrax überfallen haben. Niemand hätte gedacht, dass wir lebend da rauskommen. Wir waren in die Enge getrieben, konnten nirgendwohin entkommen und aus den Frachträumen der dicken Ligaschiffe kommen lauter mordlustige Flachköpfe und wollen uns entern. Ich habe Slyvo noch nie so zittern sehen – und auch nicht so schnell rennen. Er sagte immer nur: ›In den Schiffen hätte doch eigentlich Leberbirkenholz sein sollen!‹«

»Hätte ja auch«, murmelte Slyvo finster. »Da hätten wir eine goldene Nase dran verdient …«

»Aber der Captain rannte nicht weg, o nein, der nicht, nicht Wolkenwolf.« Tem kicherte. »Er zog nur seinen großen Säbel und drosch auf sie ein, immer dicht gefolgt von Hubble. Es wurde ein Gemetzel, aber es verlief ganz anders, als die Flachköpfe es sich ausgerechnet hatten. So sind wir auch zu Haudrauf gekommen. Zuletzt war nur noch einer übrig. Ein hervorragender Soldat, aber man muss ein Auge auf ihn haben ... Bei dieser Gelegenheit hat der Captain auch sein Auge eingebüßt. Ein angemessener Preis, wie er findet.«

»Genug, Tem«, seufzte der Captain.

»Dass ich meinen Unterkiefer verloren habe, war kein angemessener Preis«, mischte sich Klotzkinn ein. Die Prothese aus Eisenholz quietschte beim Sprechen. »Ich hatte unseren Gegnern den Rücken zugewandt und richtete etwas am Enterbalken, da schleicht sich Ulbus Pentephraxis mit einem Beil von hinten an mich ran. Ich hatte keine Chance!« Er spuckte ins Feuer. »*Der* ist jetzt Kapitän der Liga in Unterstadt und lebt in Saus und Braus. Die Liga!« Er räusperte sich und spuckte wieder aus.

»So schlimm sind die gar nicht«, sagte Slyvo näselnd und rückte näher ans Feuer. »Als *ich* noch in Unterstadt war ...«

»Zacke«, unterbrach ihn der Captain. »Hast du den Kurs berechnet?« Der Eichenelf nickte. »Braver Junge«, lobte der Captain. Dann sah er sich, auf einmal sehr ernst geworden, im Kreis der Piraten um. »Die drei Regeln der Luftschifffahrt: Setze erst Segel, wenn der Kurs feststeht, fliege nie höher, als deine längste Ankertrosse reicht, und gehe nie in unbekannten Gefilden vor Anker.«

Die Piraten nickten stumm. Sie alle wussten, wie gefährlich es war, auf dem unermesslich weiten grünen Blättermeer den Kurs zu verlieren. Das Feuer war fast heruntergebrannt. Twig sah, wie die letzten Flammen sich in dem Auge des Captains spiegelten.

»Einmal habe ich den Fehler gemacht«, fuhr er nachdenklich fort. »Ich bin gelandet, wo ich nicht hätte landen sollen.« Er seufzte. »Aber damals hatte ich keine Wahl.«

Die Piraten wechselten überraschte Blicke. Der Captain sprach sonst nie von sich. Sie füllten ihre Becher auf und rückten erwartungsvoll näher. Hinter ihnen ragte der dunkle Wald empor.

»Es war eine regnerische und stürmische Nacht«, begann Kapitän Quintinius Verginix oder Captain Wolkenwolf. Twig wurde ganz kribblig vor Aufregung. »Eine kalte Nacht«, sagte er, »eine Nacht tragischer Ereignisse.«

Twig hing an seinen Lippen.

»Ich diente damals auf einem Schiff der Liga.« Wieder sah

der Captain sich im Kreis der Gesichter um, die in den Schein des ausgehenden Feuers getaucht waren und ihn mit offenen Mündern und großen Augen anstarrten. Er lächelte. »Ihr Halunken haltet mich für einen gestrengen Herrn, aber ihr hättet mal unter Multinius Gobtrax dienen sollen. Er war skrupellos und ein schrecklicher Pedant und er hat seinen Leuten das Letzte abverlangt – einem schlimmeren Ligakapitän werdet ihr nie begegnen.«

Twig beobachtete die Glühwürmchen, die in der Luft tanzten, hinter Blättern verschwanden und wieder hervorschossen. Es war nun windstill und seine Haare und seine Haut waren feucht. Er kaute auf einem Zipfel seines Halstuchs.

»Das müsst ihr euch mal bildlich vorstellen«, sagte der Captain. Twig schloss die Augen. »Wir waren nur zu fünft an Bord und bloß vier von uns waren in der Lage das Schiff zu steuern: Gobtrax und sein Leibwächter, der Steinpilot und ich. Maris war im neunten Monat schwanger. Der Sturm hatte uns überrascht und vom Kurs abgetrieben. Schlimmer noch, der Aufwind war ungeheuer stark. Bevor wir noch die Anker lichten konnten, wurden wir in die Luft gerissen, hoch über den Wald und in den offenen Himmel hinein.«

Twig wurde ganz schwindlig. Vom Weg abzukommen war schon schlimm, aber sich im offenen Himmel zu verirren ...

»Wir strichen die Segel, stiegen aber trotzdem weiter. Ich kniete neben Maris hin. ›Es wird alles gut werden‹, sagte ich, obwohl ich es selbst nicht glaubte. Nie würden wir es bis Unterstadt schaffen, bevor die Wehen einsetzten, und selbst wenn – die Geburt des Kindes war kein Grund zum Feiern.«

Twig machte die Augen auf und sah den Captain an. Der starrte in die Glut des Feuers. Seine Finger spielten unruhig mit den gewachsten Spitzen seines Backenbarts, sein Auge glänzte feucht.

»Was fehlte dem Kind denn?«, fragte Twig.

Der Captain kam wieder zu sich. »Nichts«, sagte er. »Nur hätte es überhaupt nicht geboren werden dürfen ...« Er brach ab und wieder bekam sein Blick etwas Abwesendes.

»Maris und ich standen vor großen Entscheidungen«, sagte er. »Ich war ehrgeizig. Ich wollte eines Tages selbst ein Himmelsschiff befehligen – und da war ein Kind ausgeschlossen. Kapitän oder Vater, das war die Wahl, vor der ich stand, aber im Grunde hatte ich mich schon entschieden. Ich sagte zu Maris, wir könnten zusammen fahren, aber *sie* müsste zwischen dem Baby und mir wählen. Sie wählte mich.« Er machte einen tiefen Atemzug. »Mutter Pferdefeder erklärte sich bereit uns das Kind abzunehmen.«

Um das Feuer war es ganz still geworden. Die Piraten starrten verlegen zu Boden, von den Worten ihres Captains peinlich berührt. Tem Waterbork schürte mit einem Stock ausgiebig das Feuer.

Der Captain seufzte. »So hatten wir es wenigstens geplant. Und da waren wir nun, himmelweit von Unterstadt entfernt, und stiegen immer höher.« Er nickte zu dem Schiff hinauf. »Der Steinpilot hat uns damals gerettet, wie er uns auch heute gerettet hat. Er löschte die Holzbrenner und warf die Ausgleichsgewichte ab und als das noch nicht reichte, kletterte er über die Reling und schlug auf den Flugstein ein. Mit jedem Splitter, den er abschlug, verlangsamte sich der Aufstieg etwas. Schließlich begannen wir zu sinken. Als der Rumpf des Schiffes die ersten Blätter berührte, waren wir zu sechst. Maris hatte ein Kind geboren.«

Der Kapitän stand auf und ging aufgewühlt hin und her. »Was sollten wir tun?«, sagte er. »Wir waren im Dunkelwald gestrandet und den langen Fußmarsch nach Unterstadt hätte das Baby nicht überlebt. Gobtrax befahl uns das Kind loszuwerden. Er sagte, er könne nicht warten. Maris war verzweifelt, aber Gobtrax' Leibwächter, ein riesiger Dickbauchtroll, machte unmissverständlich klar, dass er mir das Genick brechen würde, wenn ich nicht gehorchte ... Was hätte ich also tun sollen?«

Die Piraten schüttelten ernst die Köpfe. Tem stocherte im Feuer.

»Wir verließen das Schiff und machten uns auf den Weg durch den Wald. Ich weiß noch, wie laut die Tiere nachts waren und wie still das Bündel in Maris' Armen. Dann kamen wir in ein kleines Dorf von Waldtrollen ...«

Twig zuckte zusammen und seine Nackenhaare sträubten sich.

»Seltsame Geschöpfe«, sagte der Captain nachdenklich.

»Untersetzt, dunkelhaarig, nicht besonders helle. Sie leben in Hütten auf Bäumen ... Ich musste Maris das Kind aus den Armen reißen. Wie sie mich ansah! Wie von jedem Lebenswillen verlassen. Sie sprach nie wieder ein Wort ...«

Seine Stimme versagte.

Twigs Herz schlug immer schneller, kalte Schauer liefen ihm über den Rücken.

»Ich wickelte das Baby in ein Umhängetuch«, fuhr der Captain fort. Seine Stimme war kaum mehr als ein Flüstern. »In das Tuch, das Maris zur Geburt des Kindes gemacht hatte. Eigenhändig bestickt hatte sie es mit einem Wiegenliedbaum als Glücksbringer, wie sie sagte. Ich legte das Bündel unter eins dieser Baumhäuser, dann gingen wir. Wir sahen uns nicht um.«

Der Captain schwieg und starrte zu den dunklen Bäumen, die Hände auf dem Rücken verschränkt. Twig fror trotz des Feuers. Er musste die Zähne fest zusammenbeißen, damit sie nicht klapperten.
»Sie haben richtig entschieden, Captain«, sagte Tem ruhig.
Der Captain sah ihn an. »Es war die einzig mögliche Entscheidung, Tem«, erwiderte er. »Ich konnte nicht anders. Mein Vater war Kapitän der Himmelspiraten wie schon mein Großvater und mein Urgroßvater. Vielleicht ...«
Twig dröhnte der Kopf. Das ausgesetzte Baby, die Waldtrolle, das Tuch – *sein* Kuscheltuch, das er immer noch um den Hals trug. Er starrte den stolzen Piratenkapitän an. Kann es sein, dass du mein Vater bist? Dass dein Blut auch in meinen Adern fließt? Werde ich also auch eines Tages Kapitän werden?
Vielleicht, vielleicht aber auch nicht. Doch eines wollte Twig unbedingt noch wissen. »D... das Baby«, fragte er aufgeregt.

Der Captain drehte sich zu ihm. Zum ersten Mal nahm er ihn richtig wahr. Die Augenbraue über der Klappe hob sich fragend.
»Das ist Twig, Captain«, sagte Tem. »Er hat den Flugstein gefunden und ...«
»Ich glaube, er kann für sich selber sprechen«, unterbrach ihn der Captain. »Was wolltest du sagen?«
Twig stand auf und sah zu Boden. Sein Atem flog, er konnte kaum sprechen. »Sir«, sagte er. »War das Baby ein M... Mädchen ... oder ein Junge?«
Quintinius Verginix starrte Twig mit gerunzelter Stirn an. Vielleicht wusste er es nicht mehr. Oder er wusste es nur zu gut. Er strich sich übers Kinn. »Ein Junge«, sagte er endlich. Hinter ihm bewegte sich Haudrauf im Schlaf. Seine Ketten klirrten. Der Captain trank seinen Becher aus und wischte sich den Mund ab. »Wir müssen morgen früh aufbrechen«, sagte er, »und wir können alle etwas Schlaf gebrauchen.«
Twig glaubte nie wieder schlafen zu können. Sein Herz raste, seine Gedanken auch.
»Hubble, du übernimmst die erste Wache«, sagte der Captain. »Weck mich um vier.«
»Wu«, grunzte der Banderbär.
»Und pass auf unseren falschen Freund hier auf.«
Twig sah ihn erschrocken an, doch dann begriff er, dass der Captain Slyvo gemeint hatte.
»Hier«, sagte Zacke und gab Twig eine Decke. »Nimm die. Ich mache es mir heute Nacht im Krähennest gemütlich.« Und damit kletterte der Eichenelf den Baum hinauf, in das Schiff bis zu dem Kokon an der Mastspitze.

Twig wickelte sich in die Decke und legte sich auf den mit Laub gepolsterten Boden. Das Feuer brannte wieder hell und warm. Funken und Asche stiegen leuchtend zum Himmel auf. Twig starrte in die tanzenden Flammen.
Wäre es nicht dieser Himmelspirat gewesen – dieser Captain Wolkenwolf, wegen dem Spelda und Tuntum damals Twig weggeschickt hatten aus Angst, er könne Twig zum Dienst auf seinem Schiff zwingen –, wäre er nicht gewesen, hätte Twig das Dorf der Waldtrolle nicht verlassen. Er wäre nie vom Weg abgekommen und hätte sich nie verirrt.
Aber jetzt begriff er auf einmal alles. Er war von Anfang an auf dem falschen Weg gewesen, nicht erst als er den Weg verlassen hatte, sondern von Anfang an, seit der Himmelspirat ihn in das Tuch gewickelt unter der Hütte der Schnappholds ausgesetzt hatte. Erst jetzt hatte er seinen Weg gefunden.
Drei Dinge gingen ihm unaufhörlich durch den Kopf:
Jetzt kenne ich meinen Weg. Jetzt kenne ich mein Schicksal. Jetzt kenne ich meinen Vater!
Twig schloss die Augen. Der Stock des Herzzaubers fiel ihm ein. Er hatte nach oben gezeigt. Natürlich, denn dort lag seine Zukunft, am Himmel, an der Seite seines Vaters.

KAPITEL 13

Der Schleimschmeichler

Alles war still. Dann kam plötzlich Bewegung auf. Und wieder wurde alles still.

Zunächst herrschte jene tiefe Stille, die kurz vor Anbruch des Morgengrauens herrscht. Twig drehte sich auf die andere Seite und wickelte sich fest in Zackes Decke. In seinen Träumen segelten lauter Himmelsschiffe kreuz und quer über das leuchtend blaue Firmament. Er selbst stand am Ruder, den Kragen gegen den Wind hochgeschlagen. »Ritter der Lüfte«, murmelte er und lächelte im Schlaf.

Für einen Moment setzte geschäftiges Treiben ein. Twig stand immer noch am Ruder und steuerte geradeaus, doch die Mannschaft um ihn herum bereitete Netze zum Auswerfen vor. Sie flogen einem Schwarm Schneevögel entgegen, der aus wärmeren Gefilden zurückkehrte. Zum Abendessen würde es gebratene Schneevögel geben.

Die Taue knarrten und klatschten gegen den Mast. »Hart nach Steuerbord«, rief eine Stimme. Seufzend drehte Twig sich wieder auf die andere Seite.

Die darauf folgende Stille war orangefarben – eine von einem flackernden Schein erfüllte Leere. Stimmen waren nicht mehr zu hören, nicht einmal seine eigene. Am Rücken war ihm kalt, im Gesicht heiß. Er schlug die Augen auf.

Zunächst begriff er nicht, was er sah. Vor ihm ein Feuer. Auf der Erde verkohlte Knochen und geronnenes Fett. Über ihm dichtes Laub, durch das in hellen Streifen die frühe Morgensonne fiel.

Er fuhr hoch. Auf einmal wusste er wieder, was am Vorabend passiert war. Das Gewitter. Das Himmelsschiff. Wie er den Flugstein entdeckt hatte. Das Essen mit den Himmelspiraten. Die Begegnung mit seinem Vater ... Wo waren sie jetzt?

Sie waren ohne ihn abgefahren. Er schrie vor Kummer, Enttäuschung und Einsamkeit. Tränen liefen ihm über das Gesicht und statt der Sonnenstrahlen sah er bunt schillernde Sterne. Sie hatten ihn sitzen lassen! Er schluchzte hemmungslos. »Warum, Vater, warum?«, rief er. »Warum bist du ohne mich weggefahren? Zum zweiten Mal!«

Er verstummte. Seine letzte Hoffnung je aus dem Dunkelwald herauszufinden war geschwunden. Er senkte den Kopf. Der Wald war stiller als sonst. Keine hustenden Fromps, keine quiekenden Quarms, keine kreischenden Klingenflitzer. Nicht nur die Himmelspiraten waren fortgesegelt, es schien, als hätten sie alle Tiere des Waldes mitgenommen.

Doch nein, ganz still war es nicht. Ein dumpfes Tosen war zu hören, ein Zischen und Knacken, das anschwoll, während Twig noch mit dem Kopf aufgestützt dasaß. In seinem Rücken wurde es immer heißer und die Weste aus

Hammelhornfell begann Unheil verkündend zu kribbeln. Twig drehte sich um.
»Hiiiilfe!«, schrie er. Es war nicht die Sonne, die er beim Aufwachen gesehen hatte, es war Feuer. Der Dunkelwald stand in Flammen!
Ein brennendes Bluteichenscheit aus dem Feuer, das die Himmelspiraten so leichtsinnig gemacht hatten, war hochgewirbelt und in den Ästen eines Wiegenliedbaums hängen geblieben. Der Wiegenliedbaum hatte geschwelt und geraucht und war einige Stunden später in Flammen aufgegangen. Angefacht von der steifen Brise, hatte das Feuer sich rasch ausgebreitet. Jetzt fegte durch den Wald ein roter und orangefarbener Feuerwall auf ihn zu, der vom Boden bis in die höchsten Wipfel hinaufreichte.
Die Hitze verschlug ihm den Atem. Er sprang auf, doch ihm wurde schwarz vor Augen. Neben ihm schlug ein

brennender Ast zu Boden und ein goldener Funkenregen sprühte. Er riss sich zusammen und lief los.
Den Wind im Rücken rannte und rannte er. Er musste unbedingt an die Spitze der Feuerwand gelangen, bevor die Flammen ihn verschlangen. Er rannte wie noch nie in seinem Leben, aber er war nicht schnell genug. Die Feuerwand kam jetzt von beiden Seiten näher. Bald würde sie ihn einschließen.
Die heiße Luft versengte das Fell seiner Weste, Schweiß strömte ihm über Gesicht und Rücken und der erbarmungslos heiße Luftstrom verursachte ihm pochende Kopfschmerzen. Die Feuerwand rückte von hinten und von den Seiten immer näher.
»Schneller«, spornte Twig sich an. »SCHNELLER!«
Er rannte an einer Pestkröte vorbei, die mit ihren kurzen Vorderbeinen sehr langsam war. Ein durch Hitze und Rauch in Panik geratener Schwebewurm flog unaufhörlich im Kreis herum, dann verschwand er in den Flammen und explodierte in einer stinkenden Dampfwolke. Rechts sah Twig einen sich aufgeregt windenden Schlingwürger, der vergeblich versuchte dem näher rückenden Feuer zu entkommen. Die ersten Flammenzungen leckten bereits an der Bluteiche, an der er hing, und die Bluteiche ächzte und kreischte.
Immer weiter rannte Twig. Die beiden Enden der Feuerwand stießen schon fast aneinander, hatten ihn beinahe ganz eingeschlossen. Der verbleibende Spalt zwischen den hochschlagenden Flammen war seine letzte Hoffnung. Das Feuer sah aus wie ein vom Himmel herunterhängender, sich schließender Vorhang. Twig stolperte auf den Spalt zu.

Hitze und beißender Rauch brannten in seiner Lunge, in seinem Kopf drehte sich alles. Wie im Traum sah er, wie der gleißende Vorhang sich schloss.

Er blieb stehen und sah sich um. Er stand genau in der Mitte einer Lichtung im Flammenmeer. Das war das Ende. Überall rauchten und loderten Büsche und Äste, sanken Flammen in sich zusammen und erwachten wieder zum Leben. Gewaltige Fettpflanzen zischten und dampften und das Wasser in ihren fleischigen Blättern begann zu kochen.

Immer dicker wurden die Blätter, bis sie schließlich laut knatternd explodierten. Ihre Samen schossen wie Korken auf einem Strahl schäumender Flüssigkeit durch die Luft. Das Wasser löschte die Flammen, doch nur für einen kurzen Moment. Twig sah zum Himmel auf. »Ach, Schleimschmeichler«, flüsterte er. »Hilf mir.«
Plötzlich übertönte ein gewaltiges Knacken und Krachen die tosende Feuersbrunst. Twig fuhr herum. Keine zwanzig Meter hinter ihm stand ein Luftholzbaum in Flammen. Wieder hörte er, wie es knackte und krachte. Der ganze Baum erbebte und drohte über ihm zusammenzustürzen. Er sah nach links und nach rechts. Nirgends konnte man in Deckung gehen, sich nirgends verstecken. Wieder begann der Lärm – ein Knirschen und Ratschen wie bei dem fau-

len Zahn, den er aus dem entzündeten Kiefer des Banderbären gezogen hatte.

»NEIN!«, schrie Twig, als der Baum zu schwanken begann. Einen kurzen Moment lang hing er in der Luft. Twig ließ sich auf den Boden fallen und rollte sich zu einer Kugel zusammen. Sengende Hitze schlug über ihm zusammen. Er machte die Augen fest zu und wartete wie gelähmt darauf, unter dem Baum begraben zu werden.

Doch nichts geschah. Er wartete weiter. Immer noch nichts. Wie das? Was war geschehen? Er hob den Kopf, öffnete die Augen und hielt verblüfft die Luft an.

Der mächtige Luftholzbaum – ein Inferno aus blutroten Flammen – schwebte über dem Boden. Das Holz, das so viel Auftrieb bekam, wenn es brannte, hatte den Baum mitsamt den Wurzeln aus der Erde gezogen und stieg langsam nach oben. Im selben Moment wurden zwei weitere Luftholzbäume rechts und links davon aus dem Boden gerissen und Twig hörte das melancholische Summen eines vierten Luftholzbaums, der ebenfalls über dem Wald aufstieg. Der Himmel selbst schien zu brennen.

Dort, wo die Bäume gestanden hatten, war jetzt ein dunkles Loch wie eine Zahnlücke. Twig nutzte seine Chance und rannte, so schnell er konnte, darauf zu. Er musste dort sein, bevor sich die Lücke wieder schloss.

»Gleich ... hab ich's ...«, keuchte er.

Rechts und links von ihm tobte die Feuersbrunst. Mit eingezogenem Kopf und hochgeschlagenem Kragen sprang er durch die brennende Schneise. Nur noch ein paar Schritte ... wenige Meter ...

Er hob schützend die Arme vor die Augen und taumelte durch die sich bereits schließenden Flammen. Sein Hals schmerzte, seine Haut glühte, der Gestank seiner versengten Haare stieg ihm in die Nase.

Dann plötzlich ließ die Hitze nach. Er hatte das Feuer hinter sich gelassen. Er lief noch ein wenig weiter. Der Wind hatte sich gelegt, der Rauch wurde dicker. Twig blieb stehen und sah die Bäume wie purpur- und türkisfarbene Feuerbälle majestätisch zum Himmel aufsteigen.
Geschafft! Er war dem Waldbrand entkommen!
Doch war es noch zu früh zum Jubeln. Dicke Rauchschwaden legten sich um ihn und drangen ihm in Mund und Augen. Er konnte nichts mehr sehen, bekam keine Luft mehr.
Blindlings stolperte er weiter. Er atmete durch das Halstuch, das er sich vor das Gesicht hielt. Immer weiter. Sein

Kopf dröhnte, seine Lungen drohten zu bersten, seine Augen brannten und tränten. »Ich kann nicht mehr«, japste er. »Aber ich *muss* weiter.«

Er lief, bis das Tosen des Waldbrands nur noch in seiner Einbildung existierte und ihn anstelle des beißenden Rauchs ein kalter, grauer Nebel umgab, in dem er zwar genauso wenig sehen konnte, der dafür aber wunderbar erfrischend war. Er ging weiter bis an den Rand des Dunkelwalds, doch selbst da hielt er noch nicht inne.

Der Nebel wurde abwechselnd dicker und dünner.

Bäume gab es nicht mehr. Auch keine Sträucher und Büsche, keine Pflanzen und keine Blumen. Der Boden unter seinen Füßen wurde hart, die federnde Erde des Dunkelwalds wich verwitterten Felsen, die vom feuchten Nebel rutschig waren. Vorsichtig stieg Twig über die glatten Steine. Ein einziger Fehltritt und sein Bein steckte in einer der tiefen Spalten zwischen den Felsen fest.

Er war an der Nebelkante angelangt, jenem schmalen felsigen Landstreifen, der den Dunkelwald von der eigentlichen Klippe trennte. Jenseits der Felskante kam unbekanntes, nicht vermessenes Gebiet mit brodelnden Kratern und wirbelnden Nebeln – sogar die Himmelspiraten mieden diesen Ort.

Der Wind blies landeinwärts. Er roch nach Schwefel und trieb breite Nebelzungen über das verwitterte Gestein. Die Luft war erfüllt vom kummervollen Stöhnen und Wimmern unendlich vieler verlorener Seelen. Oder war es nur das Heulen des stärker werdenden Windes?

Twig zitterte. Hatte der Raupenvogel diesen Ort gemeint, als er gesagt hatte, seine Zukunft liege jenseits des Dunkelwalds? Er wischte sich die Schweißperlen vom Gesicht und sprang über eine breite Felsspalte. Als er auf der anderen Seite aufkam, knickte sein Knöchel um. Er schrie auf, fiel hin und rieb sich das Gelenk. Die Schmerzen ließen nach. Unsicher stand er auf und belastete vorsichtig das Bein.

»Ich glaube, es geht«, murmelte er erleichtert.

»Freut mich zu hören, Master Twig«, ertönte eine Stimme aus dem schweflig riechenden Nebel.

Twig erstarrte. Diesmal hatte er bestimmt nicht das Heulen des Windes gehört, sondern eine Stimme, eine wirkliche Stimme. Mehr noch, eine Stimme, die er *kannte*.

»Ihr seid weit herumgekommen, seit Ihr damals den Weg der Waldtrolle verlassen habt«, fuhr die Stimme lebhaft fort. Sie hatte einen spöttischen Unterton. »Sehr weit. Und ich habe Euch bei jedem Schritt begleitet.«

»W... wer bist du?«, stammelte Twig und spähte angestrengt in die grauen Nebelschwaden. »Warum kann ich dich nicht sehen?«

»Aber Ihr habt mich doch schon oft gesehen, Master Twig«, sagte die Stimme einschmeichelnd. »Damals, als Ihr im Dorf der Schlächter aufgewacht seid, in den schwülen Gängen der Honigkobolde, in der unterirdischen Höhle der Höhlenfurien ... überall war ich. Ich war immer bei Euch.«

Twig bekam auf einmal weiche Knie, er hatte Angst. Angestrengt überlegte er. Diese Stimme hatte er schon gehört, so viel stand fest. Und doch ...

»Habt Ihr das wirklich vergessen, Master Twig?«, ertönte die Stimme wieder. Sie kicherte mit einem näselnden Zischen.

Twig fiel auf die Knie. Der Felsen fühlte sich kalt und klamm an, der Nebel wurde noch dichter. Twig sah kaum noch die eigene Hand vor dem Gesicht. »Was willst du von mir?«, flüsterte er.

»Von Euch? Was ich von Euch will?« Die Stimme lachte meckernd. »Es geht darum, was Ihr von *mir* wollt, Master Twig. Schließlich habt Ihr mich gerufen.«

»Ich habe dich g... g... gerufen?«, stotterte Twig. Seine Worte wurden von dem Nebel fast verschluckt. »Wie denn? Wann?«

»Na, na«, sagte der unsichtbare Sprecher vorwurfsvoll. »Jetzt spielt mir nicht den unschuldigen kleinen Waldtroll.« Und dann sagte er mit einer jammernden Stimme, die Twig als seine eigene erkannte: »›Ach, Schleimschmeichler! Lass mich den Weg wieder finden, bitte.‹ Be-

streitet Ihr nun immer noch, dass Ihr mich gerufen habt?«
Da begriff Twig, wen er vor sich hatte, und begann zu zittern. »Aber ich wusste doch nicht ...«, sagte er verzweifelt. »Ich wollte doch nur ...«

»Ihr habt mich gerufen und jetzt bin ich da«, sagte der Schleimschmeichler und seine Stimme hatte einen drohenden Unterton. »Ich bin Euch gefolgt, ich habe auf Euch aufgepasst und Euch mehr als einmal aus gefährlichen Situationen gerettet, in die Ihr Euch selbst gebracht habt.« Er schwieg. »Habt Ihr geglaubt, ich würde Euch nicht hören?«, fuhr er freundlicher fort. »Ich höre immer zu, allen einsamen Seelen und Außenseitern. Ich helfe ihnen, führe sie und dann ...«

»Ja?«, fragte Twig ängstlich.

»... kommen sie zu mir«, sagte die Stimme. »Wie Ihr gekommen seid, Master Twig.«

Der Nebel wurde jetzt wieder dünner und waberte in der Luft wie Spinnweben. Twig sah, dass er am Rand einer Felsplatte kniete. Wenige Zentimeter vor ihm öffnete sich ein schwarzer Abgrund. Hinter ihm schweflige Wolken und vor ihm ... Er schrie entsetzt auf. Vor ihm schwebte über dem Abgrund die grinsende Fratze des Schleimschmeichlers, übersät mit Schwielen und Warzen. Dicke Haarbüschel umstanden das lange, höhnisch verzerrte Gesicht. Er sah Twig tückisch an und leckte sich schmatzend die Lippen.

»Kommt zu mir«, sagte er schmeichelnd. »Ihr habt mich gerufen und hier bin ich. Warum tut Ihr nicht noch den letzten Schritt?« Er streckte die Hand aus. »Ihr gehört zu mir.«

Twig starrte ihn an, unfähig den Blick von der Fratze des Ungeheuers abzuwenden. Es hatte spitz auslaufende, gedrehte Hörner und fixierte ihn mit zwei gelben Augen. Der Nebel verflüchtigte sich. Um die Schultern des Schleimschmeichlers hing ein fettig glänzender, grauer Mantel, der nach unten im Nichts verschwand.
»Ein kleiner Schritt«, sagte er zärtlich und winkte lockend. »Nehmt meine Hand.« Twig starrte auf die knochigen, mit Klauen besetzten Finger. »Mehr braucht es nicht um zu mir zu kommen – nicht für jemand wie Euch, Master Twig«, säuselte die Stimme verführerisch. Die gelben Augen wurden größer. »Denn Ihr seid etwas Besonderes!«
»*Etwas Besonderes*«, flüsterte Twig.
»Etwas Besonderes«, wiederholte der Schleimschmeichler. »Ich wusste das gleich, als Ihr mich zum ersten Mal gerufen habt. Ihr verspürtet eine große Sehnsucht, eine innere Leere, die Ihr füllen wolltet. Ich kann Euch dabei helfen. Ich kann Euch vieles lehren. Denn das wollt Ihr doch mehr als alles andere, nicht wahr, Master Twig? Dinge wissen, sie verstehen. *Deshalb* habt Ihr doch den Weg verlassen.«
»Ja«, sagte Twig wie im Traum. »Genau deshalb.«
»Der Dunkelwald ist nicht der richtige Ort für Euch«, fuhr der Schleimschmeichler sanft drängend fort. »Ihr wollt Euch nicht wie die anderen aus Angst vor der großen, weiten Welt in einer Ecke verkriechen. Ihr seid wie ich, ein Abenteurer, ein Reisender, ein Suchender. Und ein Zuhörer!« Er senkte die Stimme vertraulich. »Ihr könntet auch ein Schleimschmeichler sein, Master Twig. Ich kann es Euch lehren. Nehmt meine Hand und Ihr werdet sehen.«
Twig machte einen kleinen Schritt nach vorn. Sein Knöchel

schmerzte. Der Schleimschmeichler, der immer noch jenseits der Felsplatte in der Luft schwebte, zitterte. Sein missgestaltetes Gesicht verzerrte sich kummervoll, in seine gelben Augen traten Tränen.

»Nein«, seufzte er. »Was Ihr alles durchgemacht habt. Immer aufpassen, immer Angst haben müssen und immer in Gefahr sein. Aber das lässt sich ändern, Master Twig. Ergreift einfach meine Hand.«

Twig trat unschlüssig von einem Fuß auf den anderen. Polternd rollte eine Kaskade von Steinen in den Abgrund. »Sehe ich dann aus wie du?«, fragte er.
Der Schleimschmeichler warf den Kopf zurück und brach in lautes, freudloses Gelächter aus. »Aber habt Ihr denn nicht begriffen, mein kleiner Schlaumeier?«, rief er. »Ihr könnt aussehen, wie Ihr wollt. Wie ein tapferer Soldat, wie ein schöner Prinz ... wie Ihr wollt.« Wieder säuselte er verführerisch. »Stellt Euch doch vor, Master Twig. Ihr könntet auch ein Kobold oder Troll sein.« Und während er sprach, zogen in Twigs Gedanken auf einmal eine Reihe von Gestalten vorüber, die er nur zu gut kannte. Da war der

Kobold, der ihn aus der Kolonie der Honigkobolde ge-

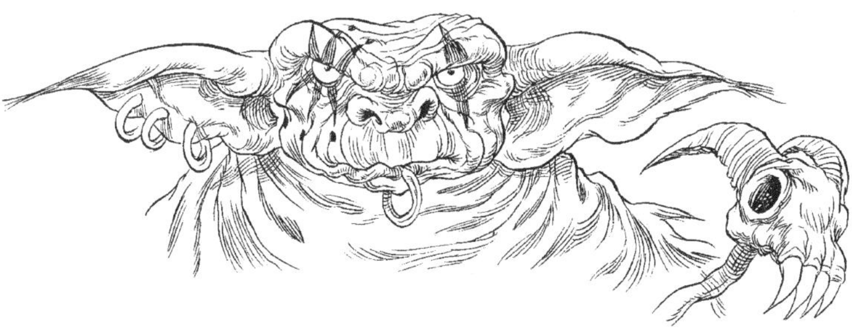

führt hatte, der Flachkopf, der ihn aus dem Sumpf gezogen

hatte, und das Höhlenmännchen, das Mag das Bein gestellt und ihm den Weg nach draußen durch den Luftschacht gewiesen hatte.

»Oder wie wäre es damit?«, schnurrte der Schleimschmeichler. Twig starrte auf eine rotgesichtige Person mit

feuerroten Haaren. »Habe ich Euch nicht sagen hören, Ihr würdet gern bei den Schlächtern bleiben? Oder vielleicht wärt Ihr lieber ein Banderbär.« Wieder wechselte er die

Gestalt. »Groß, stark – niemand legt sich mit einem Banderbären an.« Er kicherte hämisch. »Außer natürlich den Wig-Wigs.«
Twig erschauerte. Das Monster, das vor ihm in der Luft hing, wusste aber auch wirklich alles.
»Ich weiß etwas noch Besseres!«, rief der Schleimschmeichler. Er verwandelte sich in ein untersetztes, braunhäutiges Wesen mit verknoteten Haaren und einer Knopfnase. »Ein Waldtroll. Ihr könntet nach Hause

zurückkehren und wie die anderen leben. Wolltet Ihr das nicht schon immer?«
Twig nickte mechanisch.
»Ihr könnt sein, wer Ihr wollt, Master Twig«, sagte der Schleimschmeichler und nahm wieder seine eigene Gestalt an. »Ihr könnt hingehen, wo Ihr wollt, und tun, was Ihr wollt. Nehmt einfach meine Hand und alles steht Euch offen.«
Twig schluckte. Sein Herz klopfte heftig. Wenn es stimmte, was der Schleimschmeichler sagte, müsste er nicht mehr länger ein Außenseiter sein.
»Und denkt doch nur, was Ihr alles sehen werdet«, schnurrte der Schleimschmeichler. »Und wohin Ihr reisen könnt. Immer ändert Ihr Eure Gestalt und erscheint den

anderen so, wie sie Euch sehen wollen. Keiner kann Euch etwas anhaben, Ihr hört alles, was die anderen sagen, Ihr seid ihnen immer einen Schritt voraus. Denkt an die Macht, die Ihr dann habt!«

Twig starrte auf die ausgestreckte Hand. Er stand jetzt ganz vorn am Felsrand. Langsam hob er den Arm. Der Arm streifte die Hammelhornweste, deren Haare sich aufstellten.

»Kommt«, sagte der Schleimschmeichler mit honigsüßer Stimme. »Macht noch einen Schritt und gebt mir Eure Hand. Ihr wollt es ganz sicher.«

Doch Twig zögerte. Er hatte im Dunkelwald nicht nur Schlimmes erlebt. Der Banderbär hatte ihm das Leben gerettet. Die Schlächter auch. Sie hatten ihm die Weste geschenkt, die im Hals der Bluteiche stecken geblieben war und deren Haare sich auch jetzt wieder aufgestellt hatten. Er dachte an sein Dorf und an Spelda, seine über alles geliebte Mutter, die ihn vom Tag seiner Geburt an geliebt hatte wie einen eigenen Sohn. Tränen traten ihm in die Augen.

Wenn er das verlockende Angebot des Schleimschmeichlers annahm, würde er nicht wirklich wie die anderen werden. Das Aussehen zählte ja nicht allein. Stattdessen war er dann das, was alle am meisten fürchteten: ein Schleimschmeichler. Nein, unmöglich. Er konnte nicht zu den Trollen zurückkehren, nie mehr. Er würde immer ein Außenseiter bleiben, anders als sie – und allein.

»Es ist die Angst, die uns davor zurückschrecken lässt, unser Schicksal selbst in die Hand zu nehmen«, sagte der Schleimschmeichler. Er hatte Twigs Gedanken gelesen.

»Kommt zu mir und Ihr braucht nie mehr Angst zu haben. Nehmt nun meine Hand und Ihr werdet es merken. Vertraut mir, Master Twig.«
Twig schwankte. War das wirklich das schreckliche Monster, vor dem alle Waldbewohnern sich so fürchteten?
»Habe ich nicht bisher immer zu Euch gehalten?«, fragte der Schleimschmeichler gekränkt.
Twig nickte wie in Trance.
»Außerdem«, fügte der Schleimschmeichler hinzu, als sei es ihm nachträglich eingefallen, »außerdem meine ich, dass Ihr die Welt jenseits des Dunkelwalds kennen lernen wolltet.«
Jenseits des Dunkelwalds, dachte Twig benommen. *Jenseits* des Dunkelwalds. Er streckte die Hand aus und trat über den Felsrand.
Der Schleimschmeichler brach in meckerndes Hohngelächter aus und packte Twig am Handgelenk. Seine scharfen Klauen stachen ihn ins Fleisch.
»Sie fallen alle rein«, kreischte er triumphierend. »All die armen Kobolde und Trolle, Heimatlosen und Vagabunden. Alle halten sie sich für etwas Besonderes, alle hören sie auf mich und folgen meiner Stimme, wie erbärmlich!«
»Aber du sagtest doch, ich sei etwas Besonderes«, rief Twig. Er hing an den Krallen des Schleimschmeichlers über dem gähnenden Abgrund.
»Habe ich das?« Der Schleimschmeichler lachte höhnisch. »Du kleiner Narr. Hast du wirklich geglaubt, du könntest je sein wie ich? Du bist so unbedeutend wie alle anderen.« Er kreischte verächtlich. »Du bist nichts, GAR NICHTS, hörst du?«

»Warum tust du das?«, schrie Twig verzweifelt. »Warum?«
»Weil ich ein Schleimschmeichler bin«, rief das Monster und gackerte boshaft. »Ein Betrüger und Schwindler, ein Falschspieler und Rattenfänger. Meine schönen Worte und Versprechungen sind nur Lug und Trug. Ich suche mir die heraus, die vom Weg abgekommen sind, und locke sie an die Klippe. UND DANN VERNICHTE ICH SIE!«
Der Schleimschmeichler ließ los. Twig schrie gellend auf. Er fiel hinunter, fiel und fiel an der Felswand entlang in den bodenlosen, finsteren Abgrund.

KAPITEL 14

Jenseits des Dunkelwalds

Twig fiel immer tiefer und in seinem Kopf drehte sich alles. Der Wind blähte seine Kleider auf und nahm ihm den Atem. Und während er unfreiwillig Purzelbäume schlug, gingen ihm unablässig die grausamen Worte des Schleimschmeichlers durch den Kopf.

Du bist nichts. GAR NICHTS!

»Das ist nicht wahr!«, heulte er.

Die Felswand sauste am ihm vorbei, ein verschwommener grauer Schatten. Die ganze Suche, die vielen Prüfungen und Härteproben, die ständigen Zweifel, ob er dem Dunkelwald je lebend entrinnen würde; der nach so langer Zeit wieder gefundene und gleich wieder verlorene Vater und zuletzt – und das war das Schlimmste – die Entdeckung, dass die ganze gefährliche Reise nur Teil eines grausamen Spiels gewesen war, das der tückische Schleimschmeichler mit ihm getrieben hatte. Es war ein himmelschreiendes Unrecht.

Tränen traten ihm in die Augen. »Ich bin nicht nichts!«, schluchzte er. »Doch nicht ich!«

»Ich bin nicht nichts!« Tränen liefen ihm über die Wangen. Immer noch fiel er, geriet in einen Strudel aus Nebel. Hörte das denn nie auf? Er machte die Augen fest zu.

»Du Lügner!«, schrie er zur Felskante über ihm hinauf.

Lügner, Lügner, Lü…, kam das Wort von der Felswand zurück.

Jawohl, dachte Twig, der Schleimschmeichler ist ein Lügner. Er hat die ganze Zeit nur gelogen, die ganze Zeit!

»Ich *bin* jemand!«, rief er und der Wind riss seine Stimme fort. »Ich bin Twig, der vom Weg abgekommen ist und aus dem Dunkelwald herausgefunden hat. ICH BIN IIIIICH!«

Er machte die Augen auf. Etwas war geschehen. Statt weiter zu fallen, flog er auf einmal hoch über der Felsklippe durch die Wolken.

»Bin ich tot?«, überlegte er laut.

»Nein«, sagte eine vertraute Stimme. »Im Gegenteil. Du hast noch einen weiten Weg vor dir.«

»Raupenvogel!«, rief Twig.

Der Raupenvogel verstärkte den Griff seiner Klauen um Twigs Schultern. Gleichmäßig schlugen seine mächtigen Schwingen in die kalte, dünne Luft.

»Du warst dabei, als ich geschlüpft bin, und seither habe ich immer auf dich aufgepasst«, sagte er. »Jetzt, da du mich wirklich brauchst, bin ich da.«

»Aber wohin fliegen wir?«, fragte Twig. Er sah nichts als offenen Himmel.

»Nicht ›wir‹, Twig«, sagte der Raupenvogel. »Du. Deine Zukunft liegt jenseits des Dunkelwalds.« Und damit ließ er ihn los. Und Twig ... Ein ohrenbetäubender Krach ertönte, dann wurde alles schwarz um ihn.

Er rannte durch einen langen Gang. Durch eine Tür stürzte er in ein dunkles Zimmer. In der Ecke des Zimmers stand ein Schrank. Er öffnete die Schranktür und stieg hinein. Drinnen war es noch dunkler. Er wusste nur, dass er etwas suchte. An einem Haken im Schrank hing ein Mantel. Twig tastete nach der Manteltasche und kletterte hinein. In der Tasche war es noch mal dunkler. Was er suchte, war nicht da, dafür fand er tief unten in der Tasche einen Geldbeutel. Er machte ihn auf und kroch hinein. Drinnen war es stockfinster.

Im Geldbeutel war ein Stück Stoff. Es fühlte sich vertraut an. Er betastete die angekauten und zerknitterten Enden. Es war sein Tuch, sein Kuscheltuch. Er faltete es auf und hielt es sich vors Gesicht und da – aus der Dunkelheit des Stoffes – sah ihn ein Gesicht an. *Sein* Gesicht. Es lächelte. Twig lächelte zurück.

»Ich«, flüsterte er.

»Alles in Ordnung?«, fragte das Gesicht.

Twig nickte.

»Alles in Ordnung?«, fragte es wieder.

»Ja«, sagte Twig.

Die Frage kam noch ein drittes Mal und erst jetzt merkte Twig, dass die Stimme nicht aus dem Halstuch kam, sondern von woanders. Von irgendwo außerhalb. Er schlug die Augen auf. Vor sich erblickte er ein rotes Gesicht mit einem gewaltigen Bart, das ihn besorgt ansah.

»Tem!«, rief er. »Tem Waterbork.«

»Ganz richtig«, nickte der Himmelspirat. »Kannst du meine Frage beantworten? Hast du dir wehgetan?«
»Ich ... ich glaube nein«, sagte Twig. Er stützte sich auf die Ellbogen auf. »Zumindest ist nichts gebrochen.«
»Wie geht es ihm?«, rief Zacke.
»Gut, sagt er!«, rief Tem zurück.
Twig lag auf einem weichen Lager aus Segeltuch auf dem Deck des *Sturmpfeils*. Er setzte sich auf und sah sich um. Alle bis auf den Steinpiloten waren da: Zacke, Klotzkinn, Slyvo, Haudrauf (an den Mast gekettet), Hubble und unmittelbar neben ihm Captain Quintinius Verginix Wolkenwolf, sein Vater.
Wolkenwolf beugte sich zu ihm hinunter und strich über das Halstuch. Twig zuckte zusammen.
»Keine Angst«, sagte der Captain leise. »Niemand tut dir was, Junge. Tja, so leicht werden wir dich offenbar nicht los.«
»So was habe ich noch nicht erlebt, Captain«, rief Tem Waterbork. »Fällt einfach so vom Himmel, der Junge – mitten aufs Achterdeck. Wirklich ein seltsamer Himmel, auf dem wir da fahren ...«
»Schluss mit dem Geschwätz«, unterbrach ihn der Captain barsch. »Zurück an die Arbeit! Wir müssen bis heute Abend in Unterstadt sein.«
Die Männer gingen auseinander.
»Du nicht«, sagte der Captain zu Twig, der sich ebenfalls entfernen wollte. Er legte ihm die Hand auf den Arm.
Twig sah zu ihm auf. »W... warum seid ihr ohne mich abgefahren?«, fragte er. Sein Mund war trocken, seine Stimme heiser.

Der Captain erwiderte seinen Blick. Sein maskenhaft starres Gesicht zeigte keinerlei Gemütsbewegung. »Die Mannschaft war vollzählig«, sagte er kurz. »Außerdem fand ich, dass das Piratenleben nichts für dich ist.« Er schwieg. Offenbar beschäftigte ihn noch etwas.

Twig wartete darauf, dass Wolkenwolf das Schweigen brach. Verlegen kaute er auf den Lippen. Der Captain beugte sich vor und fixierte ihn. Twig fröstelte. Der Atem des Mannes blies ihm warm und laut ins Ohr, sein Backenbart kitzelte Twig am Hals.

»Ich habe das Tuch gesehen«, sagte er so leise, dass nur Twig es hörte. »Dein Halstuch. Das Tuch, das Maris, deine Mutter, gemacht hat. Da wusste ich, dass du ... Nach all den Jahren.« Er verstummte. Seine Unterlippe zitterte. »Ich hielt es nicht aus, ich musste weg. Ich ... ich habe dich einfach allein gelassen. Zum zweiten Mal.«

Twig wand sich unter seinem Blick. Er wurde rot und es überlief ihn heiß.
Der Captain legte ihm die Hände auf die Schultern und sah ihn aufmerksam an. »Ein drittes Mal passiert das nicht«, fuhr er fort. »Ich werde dich nie wieder alleine lassen.« Er schlang die Arme um den Jungen und drückte ihn fest an sich. »Von jetzt an gehören wir zusammen«, flüsterte er und seine Stimme bebte. »Wir beide werden zusammen die Himmel befahren. Du und ich, Twig, du und ich.«
Twig sagte nichts. Er brachte kein Wort heraus. Freudentränen traten ihm in die Augen, fast wollte ihm das Herz zerspringen. Er hatte seinen Vater wieder gefunden.
Unvermittelt ließ der Captain ihn los. »Aber du bist ein Mitglied der Mannschaft wie die anderen«, sagte er kurz. »Erwarte also keine Extrawurst.«
»Nein, Va... Captain«, sagte Twig leise. »Das erwarte ich nicht.«
Wolkenwolf nickte beifällig und richtete

sich auf. Die anderen hatten sie verblüfft beobachtet. »An die Arbeit, ihr faules Pack«, brüllte er. »Hisst das Großsegel und lichtet den Anker. Es wird Zeit.«
»Aye, aye, Captain.« Die Männer machten sich an die Arbeit. Der Captain ging zum Ruder und ergriff das Steuerrad. Twig trat neben ihn.
Wolkenwolf sah seinen Sohn an. »Twig«, sagte er langsam und seine Augen funkelten belustigt. »*Twig!* Ich meine, was ist denn das für ein Name für den Sohn von Quintinius Verginix, Kapitän des prächtigsten Piratenschiffes, das je den blauen Himmel befuhr? Kannst du mir das sagen?«
Twig erwiderte sein Lächeln. »Es ist *mein* Name«, sagte er.

Die Klippenland-Chroniken

Twig bei den Himmelspiraten

Paul Stewart

Mit vielen Bildern
von Chris Riddell

Aus dem Englischen von Wolfram Ströle

Sauerländer

KAPITEL 1
Wiedersehen

Es war Mittag und ganz Unterstadt war auf den Beinen. Über der Stadt hing eine schmutzige Dunstglocke, die die Umrisse der Dächer und der Sonne verschwimmen ließ. Auf den engen Straßen und Gassen herrschte fieberhaftes Treiben.

An allen Ecken wurde gehandelt, gefeilscht und gestritten. Musikanten spielten auf, fliegende Händler priesen lauthals ihre Waren an, in dunklen Ecken standen Bettler und streckten mitleidheischend ihre Hüte aus – doch nur wenige blieben stehen und warfen Münzen hinein. Die meisten eilten achtlos vorüber, zu beschäftigt mit sich selbst um noch einen Gedanken an jemand anders zu verschwenden.

Wer in Unterstadt Erfolg haben wollte, musste möglichst schnell von hier nach dort gelangen, als Erster ein Geschäft abschließen, den besten Preis erzielen und zugleich die Konkurrenz unterbieten. Wer hier überleben wollte, brauchte Nerven aus Stahl und Augen am Hinterkopf; er musste lernen zu lächeln, während er dem anderen das

Messer in den Rücken stieß. Das Leben in Unterstadt war hart und unbarmherzig.

Und zugleich herrlich prickelnd.

Twig eilte von den Luftdocks stadteinwärts und über den Marktplatz – nicht weil er es besonders eilig gehabt hätte, sondern weil ihn die allgemeine Hektik ansteckte. Außerdem hatte er schmerzhaft erfahren müssen, dass derjenige, der sich nicht dem halsbrecherischen Lebenstempo anpasste, Gefahr lief zu Boden gestoßen und niedergetrampelt zu werden. Neben »Vermeide Augenkontakt« und »Zeige keine Schwäche« lautete die dritte wichtige Verhaltensregel in Unterstadt »Schwimme stets mit dem Strom«.

Twig litt unter der Hitze. Die Sonne stand im Zenit und brannte

sengend herunter trotz des stickigen, faulig riechenden Rauches der Gießereien, der die Sonne wie hinter einem Schleier verbarg. Kein Lüftchen regte sich und auf dem Weg zwischen den Buden und Ständen hindurch stieg Twig ein verwirrendes Gemisch aus verschiedensten Düfte in die Nase. Es roch nach schalem Waldbräu, überreifem Käse, angebrannter Milch, kochendem Klebstoff, geröstetem Pinienkaffee und brutzelnden Tilderwürstchen ...

Der würzige Duft der Würstchen versetzte Twig wie immer in Gedanken in die Vergangenheit zurück – in die Zeit seiner Kindheit. Einmal im Jahr, in der großen Trollnacht, hatten in dem Dorf, in dem er aufgewachsen war, die Erwachsenen einen Festschmaus mit der traditionellen Tilderwürstchensuppe veranstaltet. Wie lange das jetzt schon her war und wie weit weg! Das Leben im Dunkelwald war so anders gewesen, so abgeschottet, geordnet und beschaulich. Twig musste lächeln. Um nichts in der Welt hätte er zu diesem Leben zurückkehren wollen, jedenfalls nicht jetzt. Nicht um alle Bäume des Dunkelwalds.

Er eilte weiter über den Marktplatz. Der appetitanregende Duft der Würstchen wurde schwächer und von einem anderen Geruch abgelöst, der in Twig ganz andere Erinnerungen weckte – dem untrüglichen Geruch frisch gegerbten Leders. Twig blieb stehen und sah sich um.

An einer Hauswand stand ein großer Kerl mit der blutroten Haut und den feuerroten Haaren eines Schlächters. Um den Hals hing ihm ein hölzerner Bauchladen, auf dem lederne, an Riemen aufgefädelte Talismane und Amulette lagen, die der Schlächter verkaufte oder, besser gesagt, zu verkaufen *versuchte.*

»Glücksbringer!«, schrie er. »Kaufen Sie hier Ihren Glücksbringer!«
Niemand beachtete ihn und wenn er einem vorbeikommenden Kobold oder Troll einen Glücksbringer umhängen wollte, schüttelte der nur ablehnend den Kopf und eilte weiter.
Traurig beobachtete Twig den Schlächter. Offenbar hatte der Rotschopf wie so viele Bewohner des Dunkelwalds den Gerüchten Glauben geschenkt, die Straßen von Unterstadt seien mit Gold gepflastert, und jetzt musste er feststellen, dass die Wirklichkeit ganz anders aussah. Mit einem Seufzer wandte Twig sich ab und wollte weitergehen. Da drängelte ein besonders abstoßend aussehender Trotter in zerlumpten Kleidern und schweren Stiefeln an ihm vorbei.
»Glücksbringer gefällig?«, fragte der Schlächter munter und trat vor, in der ausgestreckten Hand ein Lederband.
»Fass mich nicht mit deinen blutigen Händen an!«, brüllte der Trotter und stieß den Arm grob weg.
Der Schlächter verlor das Gleichgewicht und schlug der

Länge nach auf den Boden. Seine Ketten flogen in alle Richtungen.

Der Trotter stapfte fluchend weiter und Twig eilte zu dem Schlächter. »Hast du dir wehgetan?«, fragte er und streckte die Hand aus um ihm aufzuhelfen.

Der Schlächter rollte herum und starrte ihn verwirrt an. »So ein Grobian!«, jammerte er und begann die Amulette einzusammeln und wieder auf den Bauchladen zu legen. »Ich will nur auf ehrliche Weise mein Geld verdienen.«

»Das ist sicher nicht leicht«, sagte Twig mitfühlend. »So weit weg von deinem Zuhause.«

Twig kannte die Schlächter gut. Er war einmal in ihrem Dorf im Dunkelwald gewesen und trug bis zu diesem Tag die Weste aus Hammelhornfell, die er dort geschenkt bekommen hatte. Der Schlächter sah ihn an. Twig tippte sich grüßend mit den Fingern an die Stirn und streckte noch einmal die Hand aus.

Diesmal ergriff der Schlächter sie und zog sich daran hoch. Die Amulette hatte er inzwischen eingesammelt. Er tippte sich ebenfalls an die Stirn. »Ich bin Flechser«, sagte er. »Danke übrigens, dass du stehen geblieben bist um mir zu helfen. Die meisten wären weitergegangen.« Er schniefte. »Du willst wahrscheinlich keinen ...« Er brach ab.

»Was?«, fragte Twig.

Der Schlächter hob die Schultern. »Ich habe nur überlegt, ob *du* vielleicht einen Glücksbringer kaufen willst.«

Und noch ehe Twig etwas sagen konnte, wählte der Schlächter einen ledernen Talisman aus und hielt ihn Twig hin. Twig musste schmunzeln. »Wie wär's mit dem hier? Der sieht besonders passend aus.«

Twig betrachtete die verschlungene Spirale, die in das dunkelrote Leder eingraviert war. Er wusste, dass die Muster auf den Talismanen für die Schlächter eine besondere Bedeutung hatten.

»Wer dieses Amulett trägt«, fuhr der Schlächter fort und band Twig das Band um den Hals, »hat keine Angst mehr vor dem Bekannten.«

»Du meinst doch sicher vor dem *Un*bekannten«, sagte Twig.

Der Schlächter schnaubte. »Vor dem Unbekannten haben doch nur Schwächlinge und Dummköpfe Angst«, sagte er. »Und dafür halte ich dich nicht. Nein, bei meinen Amuletten, meist fürchten wir das, was wir kennen, viel mehr. Und da ich schon vom Geld spreche, das macht dann sechs Quarter.« Twig langte in seine Taschen. »Es sei denn«, fügte der Schlächter mit einem verschwörerischen Flüstern hinzu, »du kannst mit Phraxstaub zahlen.« Er sah auf den kugelförmigen, silbernen Anhänger um Twigs Hals. »Ein Staubkörnchen würde genügen.«

»Tut mir leid«, erwiderte Twig und ließ die Münzen in die ausgestreckte rote Hand fallen. »Habe ich nicht.«

Der Schlächter zuckte enttäuscht mit den Schultern. »War ja nur eine Frage«, murmelte er.

Twig setzte seinen Weg durch das verschlungene Labyrinth der engen Gassen fort. Der neu erworbene Talisman hing an seinem Hals neben den anderen, die sich dort über die Jahre angesammelt hatten.

Als Twig an einer Tierhandlung vorbeikam, aus der ihm ein schwüler Geruch nach feuchtem Stroh und warmem Fell entgegenschlug, sprang ihn ein

kleines, bösartig aussehendes Geschöpf mit gefletschten Zähnen an. Twig wich erschrocken zurück, dann lachte er erleichtert auf. Das Tier war an einer Leine angebunden, an deren Ende es jetzt aufgeregt hechelnd auf und ab hüpfte. Es handelte sich um den Welpen eines Hungerlungers, der mit ihm spielen wollte.

»Na, du«, sagte Twig. Er hockte sich hin und kraulte dem übermütigen Welpen das behaarte Kinn. Der kleine Hungerlunger gluckste vor Behagen und rollte sich auf den Rücken. »Du bist ja niedlich.« Twig wusste, dass es nicht so bleiben würde. Ausgewachsene Hungerlunger wurden als Lasttiere eingesetzt und zur Bewachung von Wertsachen, vorausgesetzt man hatte welche.

»He!«, hörte er jemand heiser flüstern. »Was verschwendest du deine Zeit mit diesem Sack voller Blutflöhe? Komm rüber zu mir.«

Twig blickte auf. Neben dem Hungerlunger entdeckte er an der verlotterten Ladenfront noch zahlreiche andere Kreaturen: Tiere mit Fell, mit Federn und mit Schuppen und einige kleinwüchsige Trolle und Kobolde, die an der Hauswand angekettet waren. Keiner von ihnen sah aus, als habe er gerade gesprochen.

»Hier oben, Twig«, krächzte die Stimme wieder, diesmal noch drängender. Ein Schauer lief Twig den Rücken hinauf und wieder hinunter. Wer immer da gesprochen hatte, kannte ihn. »*Hier!*«

Twig sah auf und hielt erschrocken den Atem an. »Raupenvogel!«, rief er.

»Eben der«, flüsterte der Raupenvogel und drehte sich auf der Stange ungeschickt zu ihm um. »Sei gegrüßt.«

»Du auch«, sagte Twig. »Aber ...«

»Nicht so laut«, zischte der Raupenvogel und ließ das rechte Auge zur Eingangstür wandern. »Wabbelspak darf nicht wissen, dass ich sprechen kann.«

Twig nickte und schluckte den Kloß in seinem Hals hinunter. Wie kam ein so edles Tier in diesen schäbigen Laden? Twig war dabei gewesen, als der Raupenvogel geschlüpft war, und seitdem hatte der Vogel auf ihn aufgepasst. Wer hatte die Frechheit besessen ihn einzusperren? Und warum saß der Arme jetzt in einem Käfig, kaum größer als er selbst, sodass er sich auf seiner Stange ducken und den prächtigen Schnabel durch die Gitterstäbe stecken musste, unfähig aufrecht zu sitzen oder die Flügel auszubreiten?

»Ich hol dich raus«, sagte Twig und zog hastig sein Messer aus dem Gürtel. Er steckte die dünne Klinge in das Schlüsselloch des Vorhängeschlosses und wackelte damit hin und her.
»Beeil dich«, drängte der Raupenvogel. »Und lass dich beim Himmel nicht von Wabbelspak erwischen.«
»Gleich hab ich es ...«, murmelte Twig mit zusammengebissenen Zähnen. Doch das Schloss wollte nicht aufgehen. »Wenn ich bloß ...«
In diesem Moment ertönte ein ohrenbetäubender Schlag. Twig ließ das Messer erschrocken sinken und fuhr herum, doch er wusste schon, was geschehen war, denn es passierte immer wieder. Ständig rissen die Eisenketten, die das über Unterstadt schwebende Sanktaphrax festhielten.
»Schon wieder eine entzwei!«, schrie jemand.
»Pass auf!«, kreischte jemand anders.
Aber es war zu spät. Schon fiel die gerissene Kette mit einem merkwürdig harmlosen Rasseln herunter.

Die Passanten auf der Straße rannten in alle Richtungen auseinander, stießen zusammen und fielen hin.
Die Kette schlug auf dem Boden auf. Ein Schrei ertönte, dann kehrte Stille ein.
Twig wartete, bis sich der Staub gelegt hatte, dann sah er sich um. Die Kette hatte das Dach des Haushaltswarengeschäfts gegenüber zertrümmert und zwei Buden dem Erdboden gleichgemacht. Und dort auf der Straße lag der Unglücksrabe, der geschrien hatte, platt gedrückt vom Gewicht der Eisenglieder.

Twig starrte auf die zerlumpten Kleider und die schweren Stiefel. Es war der Trotter. Vielleicht hättest du dem Schlächter doch was abkaufen sollen, dachte der Junge und tastete nach dem Amulett an seinem Hals. Jetzt war es jedenfalls zu spät. Jetzt konnte dem Grobian nichts mehr helfen.

»Schrecklich«, hörte er den Raupenvogel seufzen. »Lange lässt die Katastrophe nicht mehr auf sich warten, das sage ich dir.«

»Was meinst du?«, fragte Twig.

»Das ist eine lange Geschichte«, erwiderte der Vogel. »Und ...« Er verstummte.

»Ja?«

Der Raupenvogel schwieg und ließ ein Auge bedeutungsvoll zur Ladentür wandern.

»He du!«, rief eine barsche Stimme. »Willst du den Vogel kaufen oder was?« Twig ließ schnell das Messer im Ärmel verschwinden und drehte sich um. Vor ihm stand breitbeinig ein untersetzter Mann. Die Hände hatte er in die Hüften gestemmt.

»Ich ... ich habe mich hier nur untergestellt, als die Kette riss«, sagte Twig.

»So, so«, brummte Wabbelspak und nahm den Schaden in Augenschein, den die Kette verursacht hatte. »Wirklich schlimm, dass die Ketten immer wieder reißen. Und alles nur wegen der blöden Akademiker. Was haben wir denn von denen? Parasiten sind das allesamt, jawohl. Und weißt du was? Wenn es nach mir ginge, würde ich sämtliche Ketten durchschneiden und Sanktaphrax in den Himmel fliegen lassen.« Er tupfte sich die schweißglänzende Stirn mit einem schmutzigen Taschentuch ab. Bitter fügte er hinzu: »Dann wären wir die Schmarotzer endlich los!«

Twig starrte ihn sprachlos an. Noch nie hatte er jemanden derart auf die Gelehrten der fliegenden Stadt schimpfen hören.

»Sei's drum«, fuhr Wabbelspak fort. »Wenigstens ist von meinen Sachen nichts kaputtgegangen. *Diesmal* nicht. Willst du den Vogel jetzt oder nicht?« Er schnaufte kurzatmig.

Twig musterte den zerzausten Raupenvogel. »Ich suche eigentlich einen, der sprechen kann.«

Wabbelspak lachte höhnisch. »Aus dem kriegst du kein Wort heraus. Der ist dumm wie Bohnenstroh. Aber bitte sehr, versuchen kannst du es ja ... Ich könnte dir einen sehr günstigen Preis machen.« Er drehte sich plötzlich um. »Ich habe noch einen anderen Kunden«, rief er schon im Gehen. »Gib mir Bescheid, wenn du Hilfe brauchst.«

»Dumm wie Bohnenstroh, also wirklich!«, schimpfte der Raupenvogel empört, als Wabbelspak verschwunden war. »So eine Unverschämtheit!« Er beäugte Twig. »Steh hier nicht so dämlich rum. Lass mich raus, solange die Luft rein ist.«

»Nein«, sagte Twig.

Der Raupenvogel starrte ihn verdattert an, dann legte er den Kopf schräg, so weit es der Käfig zuließ. »Nein?«

»Nein«, wiederholte Twig. »Zuerst will ich die ›lange Geschichte‹ hören. Du hast gesagt, bald sei die Katastrophe da. Ich will wissen, was für eine. Was ist denn passiert?«

»Lass mich raus und ich erzähle dir alles«, sagte der Raupenvogel.

»Nein«, sagte Twig zum dritten Mal. »Ich kenne dich. Sobald ich den Käfig aufsperre, bist du über alle Berge und ich sehe dich erst der Himmel weiß wann wieder. Zuerst die Geschichte, dann lasse ich dich raus.«

»Ganz schön frech, du Grünschnabel!«, krächzte der Vogel aufgebracht. »Nach allem, was ich für dich getan habe.«

»Nicht so laut.« Twig sah unruhig zur Ladentür. »Sonst hört Wabbelspak dich noch.«

Der Raupenvogel verstummte und schloss die Augen. Twig befürchtete schon, er würde hartnäckig schweigen, und wollte gerade einlenken, da bewegte sich der Schnabel.

»Es begann vor langer Zeit«, sagte der Vogel. »Genauer gesagt, vor zwanzig Jahren. Dein Vater war damals nicht viel älter als du heute.«

»Aber damals warst du doch noch gar nicht geboren«, warf Twig ein.

»Raupenvögel teilen ihre Träume miteinander, das weißt du doch«, entgegnete der Vogel. »Was einer geträumt hat, haben alle geträumt. Aber wenn du mich weiter ständig unterbrichst ...«

»Entschuldigung«, sagte Twig. »Ich unterbreche dich nicht mehr.«

Der Raupenvogel räusperte sich gereizt. »Dann tu's auch nicht.«

KAPITEL 2

Die Geschichte des Raupenvogels

»Also«, begann der Raupenvogel, »es war ein kalter, stürmischer, aber klarer Abend. Der Mond ging über Sanktaphrax auf, schwarz hoben sich die Türme vor dem purpurnen Himmel ab. Eine einsame Gestalt trat aus der Tür eines klobigen Turms und huschte über den gepflasterten Hof, ein Lehrling der Regenschmecker namens Vilnix Pompolnius.«

»Was, *der* Vilnix Pompolnius?«, platzte Twig heraus. »Der Allerhöchste Akademiker von Sanktaphrax?« Er hatte den berühmten Gelehrten nie gesehen, wohl aber von ihm gehört.

»Eben derselbe«, sagte der Raupenvogel. »Viele von denen, die groß und mächtig sind, stammen aus bescheidenen Verhältnissen – Vilnix Pompolnius war ursprünglich Scherenschleifer in Unterstadt. Doch trieb ihn immer ein skrupelloser Ehrgeiz, ganz besonders in jener Nacht. Mit gesenktem Kopf eilte er gegen den Wind auf die glitzernden Türme der Schule des Lichts und der Dunkelheit zu. Sein Kopf war eine Brutstätte finsterer Gedanken und Intrigen.«

Twig erschauerte und die Haare seiner Hammelhornweste stellten sich Unheil verkündend auf.

»Dieser Vilnix«, fuhr der Raupenvogel fort, »hatte einen Gönner, einen sehr geneigten Gönner und seinerzeit besonders einflussreichen Gelehrten von Sanktaphrax, den Professor der Dunkelheit. Der Professor förderte Vilnix während dessen Studiums an der Ritterakademie und verschaffte ihm später, als Vilnix wegen Aufsässigkeit von der Akademie flog, einen Platz an der Fakultät der Regenschmecker, sodass er in Sanktaphrax bleiben konnte.«

Der Raupenvogel holte Luft. »Vilnix betrat also das prächtige Arbeitszimmer des Professors und hielt mit dramatischer Geste ein Gefäß in die Höhe, das eine Flüssigkeit enthielt. ›Der Regen, der von der Klippe hereinkommt, wird immer saurer‹, verkündete er. ›Der Grund dafür ist ein Anstieg

der sauren Nebelpartikel in den Regentropfen.‹ Und listig fügte er hinzu: ›Ich dachte, vielleicht interessiert Sie das.‹
Der Professor der Dunkelheit war auch tatsächlich interessiert, sehr sogar. Die höhere Konzentration von sauren Nebelpartikeln kündigte womöglich einen großen Sturm an. ›Ich muss mich mit den Windfühlern und Wolkenguckern besprechen und sie fragen, ob sie ebenfalls bemerkt haben, dass sich ein großer Sturm anbahnt‹, sagte er. ›Gut gemacht, mein Junge.‹
Vilnix' Augen glommen auf und sein Herz setzte einen Schlag aus. Das ging ja besser, als er gehofft hatte. Vorsichtig, denn er wollte keinen Verdacht wecken, horchte er den alten Professor weiter aus. ›Ein großer Sturm?‹, fragte er unschuldig. ›Heißt das, ein Ritter der Akademie wird ausgeschickt um nach Sturmphrax zu suchen?‹
Der Professor nickte und klopfte auf die Papiere vor ihm. ›Es wäre auch höchste Zeit, wenn diese Zahlen hier stimmen sollten‹, sagte er. ›Der große Felsen, auf dem Sanktaphrax steht, wächst immer noch. Er wird immer größer, bekommt immer mehr Auftrieb ...‹ Seine Stimme brach ab. Niedergeschlagen schüttelte er den Kopf.
Vilnix beobachtete ihn aus den Augenwinkeln. ›Und Sie brauchen mehr Sturmphrax in der Schatzkammer um ihn zu beschweren – um ... um ...‹
Der Professor nickte heftig. ›Um das Gleichgewicht zu erhalten.‹ Er seufzte. ›Schon lange ist kein Ritter der Akademie mehr mit frischem Sturmphrax zurückgekehrt.‹
Ein verächtliches Lächeln spielte um Vilnix' Lippen. ›Und welcher Ritter soll diesmal geschickt werden?‹
Der Professor schnaubte. ›Der Günstling des Professors

des Lichts, Quintinius ...‹ Er runzelte die Stirn. ›Quintinius ... wie heißt er noch gleich?‹

Vilnix zuckte zusammen. ›Quintinius *Verginix.*‹«

»Mein Vater!«, rief Twig, der keinen Moment länger stillhalten konnte. »Ich wusste gar nicht, dass er den Allerhöchsten Akademiker kennt und die Ritterakademie besucht hat ...« Der Junge schwieg, dann fügte er hinzu: »Aber ich weiß ja sowieso nicht viel über die Zeit, als er noch nicht Himmelspirat war.«

»Wenn du noch für einen Moment den Mund halten könntest«, sagte der Raupenvogel ungeduldig, »dann kann ich vielleicht ...« Er wurde durch ein panisches Jaulen unterbrochen, das aus dem Innern der Tierhandlung kam.

Dann stand auf einmal Wabbelspak in der Tür, weiß wie ein Bettlaken. Seinem wirren Gestammel war zu entnehmen, dass sich soeben ein Klauengreif – ein gefräßiger Raubvo-

gel mit hässlich gezahntem Schnabel und rasiermesserscharfen Krallen – von seinem Strick befreit hatte und über einen wehrlosen Schoßmuffler hergefallen war.

»Hat er ihn verletzt?«, fragte Twig.

»Verletzt?«, ächzte Wabbelspak. »Den Schoßmuffler? Das will ich meinen. Die ganzen Gedärme hängen ihm heraus. Und so ein Schoßmuffler bringt viel Geld. Jetzt muss ich ihn von einem Straßendoktor wieder zusammennähen lassen.« Er starrte Twig an, als sehe er ihn zum ersten Mal. »Kann ich dir vertrauen?«

Twig nickte.

»Da du immer noch hier bist, würde es dir etwas ausmachen, auf den Laden aufzupassen, solange ich weg bin? Es soll dein Nachteil nicht sein.«

»Meinetwegen«, sagte Twig. Es durfte nicht zu eifrig klingen.

Sobald Wabbelspak außer Hörweite war, verlangte der Raupenvogel wieder freigelassen zu werden, doch Twig blieb stur. »Alles zu seiner Zeit«, sagte er. »Schließlich gibt es nichts Schlimmeres als eine nur zur Hälfte erzählte Geschichte.«

Der Raupenvogel fluchte leise. »Wo war ich stehen geblieben? Ach ja, bei Vilnix und deinem Vater … Die beiden wurden am selben Tag Mitglieder der Ritterakademie und von diesem ersten Tag an stellte Quintinius Verginix alle anderen hoffnungsvollen jungen Männer in den Schatten, auch Vilnix. Keiner tat es ihm im Fechten, Bogenschießen und Faustkampf gleich, keiner verstand sich wie er auf das Segeln der Himmelsschiffe, die speziell für die Verfolgung des großen Sturms konstruiert wurden.«

Twig strahlte vor Stolz und stellte sich vor, wie er selbst in einem Himmelsschiff hinter einem solchen Sturm herjagte. Von heftigen Böen geschüttelt, nahm er Kurs auf den Wirbelsturm und stieß durch die heftigen Turbulenzen zu dessen Auge vor, wo völlige Ruhe herrschte ...

»Hör mir wenigstens zu!«, zischte der Raupenvogel.

Twig sah schuldbewusst auf. »Tu ich doch!«, protestierte er.

»Na«, sagte der Raupenvogel misstrauisch und sträubte die Nackenfedern. »Also, wie gesagt, der Professor erklärte Vilnix, dass, sollte der große Sturm bestätigt werden, Quintinius Verginix nach alter Sitte zum Ritter geschlagen und in den Dämmerwald entsandt würde. Und wenn der Himmel es wollte, würde er mit Sturmphrax zurückkehren.

Wieder lächelte Vilnix sein undurchschaubares Reptilslächeln. Jetzt endlich war die Zeit gekommen, ein Thema anzusprechen, das ihn schon lange beschäftigte. ›Dieses ... Sturmphrax‹, sagte er so beiläufig wie möglich. ›Als ich noch der Ritterakademie angehörte, war davon so oft die Rede. Es soll die wunderbarste Substanz sein, die es überhaupt gibt. Uns wurde gesagt, Sturmphraxkristalle seien die Kristalle eines Blitzes.‹ Seine Stimme klang ölig und glatt. ›Ist so etwas überhaupt möglich?‹

Der Professor der Dunkelheit nickte feierlich. ›Das so genannte Sturmphrax‹, erklärte er und es klang, als zitiere er aus einem uralten Dokument, ›bildet sich im Auge eines großen Sturmes, eines gewaltigen Malstroms, der sich alle paar Jahre weit draußen jenseits der Klippe bildet, dann mit heißen Schwefelwinden landeinwärts fährt und heulend und Funken stiebend über den Himmel in Richtung Dämmerwald zieht. Dort entlädt er sich. Er setzt einen einzigen, gewaltigen Blitz frei, der sengend durch die schwüle Dämmerung niederfährt und sich in die weiche Erde gräbt. Dabei verwandelt sich der Blitz in festes Sturmphrax, das im Dämmerlicht schimmert. Glücklich ist, wer dieses Anblicks teilhaftig wird.‹

Vilnix' Augen glänzten gierig. Blitzkristalle, dachte er. Was für eine geballte Energie musste ein solcher Kristall enthalten. Er hob den Kopf. ›Und … ähm … wie genau sieht Sturmphrax aus?‹

Das Gesicht des Professors bekam einen verträumten Ausdruck.

›Unsagbar schön‹, flüsterte er. ›Es leuchtet, sprüht, funkelt …‹

›Aber es ist sehr schwer, habe ich gelernt. Wie schwer eigentlich?‹

›Im Moment seiner Entstehung wiegt es nicht schwerer als Sand. Doch in der völligen Dunkelheit der Schatzkammer, im Herzen von Sanktaphrax, wiegt ein Fingerhut voll mehr als tausend Eisenholzbäume. Dadurch wird der Auftrieb des Felsens gebremst. Ohne das Sturmphrax würde sich die Stadt von den Ketten losreißen, an denen sie vertäut ist, und in den Himmel davonfliegen …‹

Vilnix kratzte sich theatralisch am Kopf. ›Eines verstehe ich noch nicht‹, sagte er. ›Wenn die Kristalle und Splitter so schwer sind, wie bringt man das Sturmphrax dann überhaupt durch die dunklen unterirdischen Gänge in die Schatzkammer?‹

Der Professor der Dunkelheit musterte den jungen Mann ernst. Vielleicht kamen ihm einen kurzen Moment lang Zweifel an den Absichten des Lehrlings.«

Der Raupenvogel dachte nach. »Ich bin nicht sicher, was den Professor letztlich dazu bewog, Vilnix' Frage zu beantworten. Doch er beantwortete sie und seine Antwort änderte den Lauf der Geschichte von Sanktaphrax. ›Man transportiert es in einer speziellen Lichtbox‹, erklärte der Professor. ›Das Licht, das die Box aussendet, entspricht in etwa dem Dämmerlicht.‹

Vilnix wandte sich ab um seinen Triumph zu verbergen. Wenn man das Sturmphrax in einer Lichtbox in die Schatzkammer transportieren konnte, dann konnte man es doch sicher mit derselben Methode auch aus der Schatzkammer entfernen. ›Vielleicht könnte ich mir das Sturmphrax ja mal ansehen‹, sagte er vorsichtig.

›Völlig ausgeschlossen!‹, brauste der Professor der Dunkelheit auf und Vilnix wusste sofort, dass er zu weit gegangen war. ›Niemand darf das Sturmphrax sehen, niemand außer den Akademierittern und dem Hüter der Schatzkammer, der zufällig ich selbst bin.‹ Und leidenschaftlich fügte der Professor hinzu: ›Es wäre in höchstem Grade lästerlich, sollten unwürdige Augen sich an der Reinheit des Sturmphrax vergehen. Darauf steht die Todesstrafe, Vilnix.‹«

Der Raupenvogel machte eine dramatische Pause.

»Im selben Moment wechselte der Wind plötzlich die Richtung. Der fliegende Felsen von Sanktaphrax trieb nach

Westen. Die Ketten strafften sich und ein heftiger Ruck erschütterte die Stadt.
›Verstehe‹, sagte Vilnix mit geheuchelter Demut.
›Ach, Vilnix‹, fuhr der Professor etwas freundlicher fort. ›Ich weiß nicht, ob du das wirklich verstehst. Es gibt so viele, die es danach gelüstet, Sturmphrax zu besitzen, skrupellose Windfühler und betrügerische Wolkengucker, die keine Hemmungen hätten es anzusehen, es zu berühren ...‹ Ein heftiger Schauer lief durch seinen Körper. ›Sie würden sogar damit *experimentieren* – wenn sie sich einen Vorteil davon versprächen.‹«
Der Raupenvogel verstummte. Dann fuhr er fort: »Am nächsten Morgen hätte der Wächter der Schatzkammer in aller Früh eine hagere Gestalt aus der Schatzkammer schleichen sehen können, wäre er nicht auf seinem Posten eingenickt. Die Gestalt hielt eine Lichtbox in ihren knochigen Händen. In der Box befanden sich einige Sturmphraxkristalle.«
Twig stockte der Atem. Vilnix hatte Sturmphrax gestohlen.
»Vilnix eilte in das Labor der Lehrlinge im obersten Stock des Regenschmeckerturms«, fuhr der Raupenvogel fort. »Triumphierend stellte er die Box vor die gespannt wartende Gruppe junger Regenschmecker, dann warf er mit einer schwungvollen Handbewegung den Deckel auf. Die Sturmphraxkristalle glitzerten und gleißten mehr als alles, was die Lehrlinge bis dahin gesehen hatten. ›Reine Blitzkristalle‹, sagte Vilnix. ›Wenn wir ihre Energie freisetzen und für unsere Zwecke nutzen können, sind wir die mächtigsten Akademiker, die es auf Sanktaphrax je gegeben hat.‹ Stundenlang experimentierten die Regenschmecker he-

rum, doch was sie auch versuchten – ob sie die Kristalle auflösten, einfroren, schmolzen oder mit anderen Substanzen mischten –, es gelang ihnen nicht, ihre Energie freizusetzen.
Draußen vor dem Fenster ging die Sonne unter. Das Licht verfärbte sich orange-golden.

In einem plötzlichen Anfall von Verbitterung hob Vilnix den Stößel und schlug mit aller Kraft auf einen Kristall ein und zersplitterte ihn. Schon im nächsten Moment bereute er, was er getan hatte. Er hatte wertvolles Sturmphrax zerstört.«
Die Augen des Raupenvogels verengten sich. »Das glaubte er jedenfalls zuerst. Bei näherem Hinsehen entdeckte er etwas anderes. Der Kristall hatte sich in ein schwarzbraunes Pulver verwandelt, das auf dem Boden des Mörsers hin und her lief wie Quecksilber. ›Keine Ahnung, was

das ist‹, sagte Vilnix zu den anderen, ›aber lasst uns mehr davon machen.‹
Ein zweiter Kristall wurde in einen Mörser gelegt, ein zweiter Stößel wurde hochgehoben. Draußen schwand das Licht. Alle Lehrlinge mit Ausnahme von Vilnix, der damit beschäftigt war, den flüssigen Staub in ein Gefäß zu gießen, versammelten sich um den Mörser. Der Stößel sauste herunter und – es gab eine gewaltige Explosion.«

Twig zuckte erschrocken zusammen.

»Die Lehrlinge hatten die Energie des Blitzes freigesetzt, oh ja«, sagte der Raupenvogel höhnisch. »Aber mit was für schrecklichen Folgen. Die Explosion riss

den Turm auseinander. Die übrig gebliebene Hälfte war nur noch ein schwelender Schutthaufen. Sanktaphrax wurde bis in seine Grundfesten erschüttert und die alte Ankerkette spannte sich bis zum Zerreißen. Die Lehrlinge wurden durch die Explosion getötet, das heißt, alle bis auf einen.«

»Vilnix Pompolnius«, flüsterte Twig.

»Genau der«, sagte der Raupenvogel. »Da lag er auf dem Boden ausgestreckt, halb tot, aber das Gefäß mit dem Staub immer noch fest an die Brust gedrückt. Die Luft roch nach

Mandeln. Benommen starrte Vilnix den Staub an. Was war beim zweiten Mal schiefgegangen? Was war passiert?

Er stützte sich auf die Ellbogen auf. Dabei fiel ein Tropfen Blut aus einer Schnittwunde an seiner Wange in das Gefäß. Im selben Moment, in dem das dicke, rote Blut den Staub berührte, verwandelte es sich in kristallklares Wasser ...«

Das Gesicht des Raupenvogels wurde todernst. »Danach war das stolze Sanktaphrax dem Untergang geweiht«, sagte

er fast feierlich. »Allein wegen der Torheit des arroganten jungen Regenschmeckers konnte die alte Kette jetzt jeden Moment zerreißen. Schlimmer noch, nach Vilnix' Diebstahl gab es in der Schatzkammer kaum noch Sturmphrax. Da der Auftrieb des Felsens täglich wuchs und weniger Gewicht zum Ausgleich zur Verfügung stand, wurde der Druck nach oben allmählich unerträglich.
Es gab nur noch einen Hoffnungsschimmer: Die Windfühler und Wolkengucker hatten bestätigt, dass sich tatsächlich ein großer Sturm näherte. Deshalb wurde eilig eine festliche Zeremonie anberaumt. Quintinius Verginix sollte zum Ritter geschlagen werden und dann dem großen Sturm zum Dämmerwald folgen und nach Sturmphrax suchen.«
Der Raupenvogel schwieg kurz, dann fuhr er fort. »Vilnix lag unterdessen im Krankenbett. Seine Gedanken rasten. Es mochte ihm nicht gelungen sein, die Energie des Blitzes zu nutzen, aber der Staub, den er aus dem Sturmphrax geschaffen hatte, war nicht weniger kostbar – ein einziges Körnchen davon reichte, verseuchtes Wasser zu reinigen. Was würden die Einwohner, die im dreckigen, stinkenden Unterstadt lebten, für diesen Wunderstaub geben? ›Alles‹, flüsterte Vilnix gierig. ›Alles!‹
Ohne seine Entlassung abzuwarten schlüpfte er aus dem Krankenzimmer und kehrte in den zerstörten Turm der Regenschmecker zurück, oder besser *des* Regenschmeckers, da er als Einziger übrig geblieben war. Dort ging er sogleich zu Werke. Alles musste für den großen Tag vorbereitet sein.
Der Tag brach an. Das helle Licht der Sonne strömte durch

das östliche Bogenfenster der großen Halle, in der sich der Rat von Sanktaphrax versammelt hatte.
An der Stirnseite der Halle saßen an einem Tisch mit einem Schwert und einem Kelch der Professor des Lichts und der Professor der Dunkelheit, der eine ganz in Weiß, der andere ganz in Schwarz gekleidet. Vor ihnen saßen auf Bänken die Akademiker von Sanktaphrax. Jede Fachrichtung war vertreten: das Wolkenkolleg, die Windakademie, das Institut für Eis und Schnee, die Luftsieber, die Dunstmesser, die Nebeltaster ... und auf Krücken das einzige noch lebende Mitglied der Fakultät der Regenschmecker.
Ein hoch gewachsener, breitschultriger junger Ritter trat vor und kniete vor dem Professor des Lichts nieder. ›Bei den mir verliehenen Mächten der Weisheit und des Scharfsinns‹, deklamierte der Professor und hob zuerst den Kelch und dann das Schwert in die Höhe, ›bitte ich euch um eure Zustimmung zu Quintinius Verginix von der Ritterakademie.‹
Der Professor blickte auf die vor ihm kniende Gestalt. ›Schwörst du, Quintinius Verginix, bei der Weisheit, dass du dem Orden der Akademieritter von ganzem Herzen dienen und für alle Zeiten treu zu Sanktaphrax stehen willst?‹
Ein Schauer durchlief Quintinius. ›Ich schwöre.‹«
Twig wurde von Stolz erfüllt. Mein Vater!, dachte er.
»›Und schwörst du, dass du dein Leben der Suche nach Sturmphrax widmen wirst? Dass du den großen Stürmen nachfahren wirst? Dass ...‹ Der Professor atmete scharf ein. ›Dass du erst zurückkehren wirst, wenn deine heilige Mission erfüllt ist?‹«

Der Raupenvogel starrte Twig an. »Quintinius' Vater Windschakal – dein Großvater – war Kapitän der Himmelspiraten. Quintinius war schrecklich wütend auf den Alten gewesen, als der ihn in die Dienste der Ritterakademie gegeben hatte, denn er hatte doch in seine Fußstapfen treten wollen. Aber jetzt ... Jetzt! Worte konnten nicht beschreiben, wie stolz er auf diese Auszeichnung war, die höchste, die Sanktaphrax zu vergeben hatte. ›Quintinius‹, hörte er den Professor leise sagen, ›schwörst du es?‹
Quintinius Verginix hob den Kopf: ›Ich schwöre!‹
Daraufhin beugte sich der Professor des Lichts vor und reichte Quintinius den Kelch. ›Trink!‹, sagte er. Quintinius hob den Kelch an die Lippen. Der Professor nahm das Schwert, hob es hoch über seinen Kopf und wartete darauf, dass Quintinius trank. Er wartete und wartete ... Doch Quintinius war wie erstarrt und unfähig, die dicke, stinkende Brühe zu trinken.
In den Bankreihen entstand plötzlich Bewegung. Vilnix stützte sich geräuschvoll auf seine Krücken auf und humpelte nach vorn.
Der Professor der Dunkelheit beugte sich nervös auf seinem Thron vor. Was hat der junge Narr jetzt wieder vor?, dachte er. Er sah, wie Vilnix eine Krücke hob und damit den Kelch berührte. ›Das gute Wasser des Klippenflusses ist auch nicht mehr das, was es einmal war‹, sagte Vilnix und kicherte. Dann drehte er sich zu den versammelten Akademikern um. ›Sollten wir also nicht endlich aufhören uns selber an der Nase herumzuführen? Dieser ganze Unsinn mit Akademierittern, Sturmjägern und heiligem Sturmphrax.‹ Er lachte spöttisch. ›Ich wüsste gern, wann

zum letzten Mal ein Akademieritter zurückgekehrt ist. Wo sind die Ritter denn geblieben?‹
Unruhe breitete sich unter den Anwesenden aus. Garlinius Gernix? Lidius Pherix? Petronius Metrax? Wo waren sie geblieben? Die Unruhe wurde stärker.
›Vor sieben Jahre hat der letzte Akademieritter Segel gesetzt‹, fuhr Vilnix fort. ›Rattius Zellinix ...‹
›Das war vor acht Jahren‹, rief jemand.
›Vor fast neun‹, rief ein anderer.
Vilnix lächelte listig. Jetzt hatte er sie auf seiner Seite. ›Vor fast neun Jahren‹, rief er mit weithin hallender Stimme. Er sah Quintinius Verginix an und streckte anklagend den Zeigefinger aus. ›Und jetzt setzen wir unsere ganze Hoffnung auf *den!*‹ Er machte eine Pause. ›Warum sollte *er* Erfolg haben, wo andere so tragisch gescheitert sind?‹

In diesem Augenblick erschütterte ein gewaltiger Ruck die Halle. ›Neun Jahre!‹, rief Vilnix noch einmal. ›Wir müssen etwas tun!‹ Ein zweiter Ruck ging durch das Gebäude. ›Aber was?‹ Aus den Rissen in der Decke rieselte Staub. ›Die Antwort darauf ist simpel, meine Freunde. Wir müssen mehr Ketten herstellen.‹
Die Akademiker starrten ihn verblüfft an und es wurde totenstill. Vilnix' Vorhaben war in der Tat einfach, aber zugleich auch unerhört. Seit Urzeiten hatte es immer nur eine Kette gegeben, die Ankerkette.
Ein Privatdozent der Fakultät für Luftwissenschaft brach als Erster das Schweigen. ›Mehr Ketten herzustellen bedeutet mehr Fabriken, mehr Gießereien und mehr Schmieden‹, rief er. ›Doch der Klippenfluss ist bereits verseucht.‹ Er wies mit einem Nicken auf den Kelch, den Verginix immer noch in den Händen hielt. ›Damit riskieren wir, dass man das Wasser überhaupt nicht mehr trinken kann.‹
Alle Augen richteten sich auf Vilnix. Der lächelte milde und nahm sich vor, den Privatdozenten für seine Frage mit einem Lehrstuhl zu belohnen. Dann humpelte er zu Verginix und nahm den Kelch. Mit der freien Hand zog er ein kugelförmiges, silbernes Medaillon aus seinem Gewand und tauchte es in die trübe Flüssigkeit. Augenblicklich wurde das Wasser kristallklar. Er gab den Kelch Verginix zurück und dieser trank vorsichtig. ›Jetzt schmeckt es gut‹, sagte er. ›Es ist so sauber und rein,

als käme es direkt von der Quelle im Dunkelwald.‹

Der Professor des Lichts ergriff den Kelch und trank ebenfalls. Dann sah er argwöhnisch auf. ›Wie ist das möglich?‹, wollte er wissen.

Vilnix hielt dem bohrenden Blick des Professors unbewegt stand. ›Es ist möglich aufgrund einer erstaunlichen Entdeckung‹, sagte er. ›Einer Entdeckung, die *ich* gemacht habe.‹ Er klopfte an das Medaillon. ›In dieser Kugel befindet sich ein Pulver, das eine solche Kraft hat, dass ein Körnchen davon ausreicht, eine Person ein ganzes Jahr lang mit Trinkwasser zu versorgen.‹ Er ließ den Blick über die Reihen ungläubig staunender Akademiker wandern. ›Dieses Sturm…‹ Er brach ab. ›Dieses Pulver, das ich zu Ehren unserer geliebten fliegenden Stadt *Phraxstaub* nennen will, leitet ein neues Zeitalter ein. Die Zukunft von Sankta-

phrax ist gesichert, da wir bedenkenlos die so dringend benötigten Ketten herstellen können. Um sauberes Trinkwasser brauchen wir uns nicht zu sorgen, wir werden nie mehr Durst leiden müssen.‹
Die Halle erzitterte vor Beifall. Vilnix senkte bescheiden den Kopf. Dann blickte er wieder auf und seine Augen funkelten in Erwartung des zum Greifen nahen Triumphes. ›Meine Kollegen von der Liga der freien Kaufleute warten nur noch auf grünes Licht um mit den Ketten anzufangen.‹ Ein Lächeln glitt über seine Lippen. ›Natürlich wollen sie nur mit dem Allerhöchsten Akademiker verhandeln – das heißt, dem *neuen* Allerhöchsten Akademiker.‹
Kalt starrte er den Professor des Lichts und der Dunkelheit an. ›Wer soll denn an der Spitze von Sanktaphrax stehen – etwa diese beiden Hanswurste, die Sanktaphrax mit ihren obskuren Ritualen und sinnlosen Traditionen an den Rand der Vernichtung gebracht haben, oder jemand, der für Veränderung steht, für einen Neuanfang und eine neue Ordnung?‹
In der Halle wurden Rufe nach einem ›neuen Anfang‹ und einer ›neuen Ordnung‹ laut. Wieder wurde das Gemäuer von einem Ruck erschüttert. ›Und wir wollen einen neuen Allerhöchsten Akademiker‹, rief der zukünftige Professor für Luftwissenschaft. ›Vilnix Pompolnius.‹
Andere nahmen den Ruf auf. Immer lauter wurde der Sprechchor. Vilnix schloss die Augen und sog die Bewunderung der Menge auf.
Endlich öffnete er wieder die Augen. ›Euer Wille geschehe!‹, rief er. ›Ich, der neue Allerhöchste Akademiker von Sanktaphrax, werde mit den Kaufleuten der Liga spre-

chen. Die Ketten werden angefertigt und das bedrohte Sanktaphrax wird gerettet werden!‹«

Der Raupenvogel sah Twig traurig an. »Nur ein Einziger blieb unbeeindruckt«, sagte er. »Einer, dem im allerletzten Moment alles, wonach er gestrebt hatte, so grausam entrissen worden war – dein Vater Quintinius Verginix. Sein Gesicht war zu einer Maske erstarrt. Etwas konnten sie ihm allerdings nicht wegnehmen: das Himmelsschiff, das eigens für ihn gebaut worden war, den *Sturmpfeil.*

Quintinius Verginix spuckte verächtlich aus und ging zum Ausgang. An der Tür drehte er sich noch einmal um. ›Wenn ich, Quintinius Verginix, mich nicht als Akademieritter bewähren darf, dann werde ich das eben als Captain Wolkenwolf tun, als Himmelspirat‹, brüllte er. ›Und dir, Vilnix Pompolnius, schwöre ich eins. Du und deine verräterischen Freunde, ihr werdet diesen Tag noch bis ans Ende eures Lebens verwünschen.‹ Damit verschwand er.«

Der Raupenvogel schüttelte bekümmert den Kopf. »Natürlich geht ein solcher Fluch nicht einfach so in Erfüllung. Es dauerte viele Monde, bis die harschen Abschiedsworte deines Vaters Wahrheit wurden. Seine erste Reise stand unter einem schlechten Stern und wäre fast seine letzte gewesen – das einzig Gute dabei war, dass er den Steinpiloten kennen lernte. Dein Vater musste sich verstecken, den *Sturmpfeil* an einem sicheren Ort unterstellen und sich auf einem Schiff der Liga verdingen, bis er genügend Geld und Informationen über die Ligen zusammen hatte, um es erneut zu versuchen.« Der Vogel fixierte Twig mit einem zusammengekniffenen Auge. »Zuletzt diente er unter dem berüchtigten Ligakapitän Multinius Gobtrax ...«

»Ich wurde auf seinem Schiff geboren«, sagte Twig nachdenklich. »Aber wie ging es mit Sanktaphrax weiter?«

Der Raupenvogel schnaubte verächtlich. »Dort wurde alles trotz Vilnix' schöner Worte nur noch schlimmer. Du weißt ja, dass die Unterstädter heute wie Sklaven in den Gießereien und Schmieden schuften und in einem fort Ketten und Gewichte zur Entlastung der Ankerkette anfertigen. Es gelingt ihnen zwar, Sanktaphrax im Gleichgewicht zu halten, aber nur gerade eben. Fertig werden sie mit ihrer Arbeit nie. Und das Wasser des Klippenflusses wird immer ungenießbarer. Unterstadt ist nur deshalb noch nicht am eigenen Dreck erstickt, weil Vilnix Pompolnius die ihm treuen Männer der Liga mit Phraxstaub versorgt.«

Twigs schüttelte empört den Kopf. »Was hat Vilnix eigentlich davon?«

»Reichtum und Macht«, erwiderte der Raupenvogel kurz. »Im Gegenzug für Phraxstaub und sauberes Trinkwasser überschütten die Ligen Vilnix und seine neue Fakultät der Regenschmecker mit allem, was sie sich nur wünschen können, und noch mehr.«

»Aber das kann doch nicht immer so weitergehen. Wenn der Phraxstaub ausgeht, muss Vilnix Pompolnius noch mehr Sturmphrax aus der Schatzkammer holen.«
Der Raupenvogel nickte. »Genau das tut er ja auch«, sagte er. »Und der Professor der Dunkelheit ist dagegen machtlos. Außerdem war den Versuchen, neuen Phraxstaub herzustellen, bisher kein Erfolg beschieden. Viele endeten tragisch und niemand konnte das Ergebnis jenes ersten Experiments wiederholen.«
»Aber das ist doch Wahnsinn!«, rief Twig. »Je mehr Sturmphrax aus der Schatzkammer verschwindet, desto mehr Ketten müssen hergestellt werden. Je mehr Ketten hergestellt werden, desto stärker wird das Wasser verseucht. Und je stärker das Wasser verseucht ist, desto mehr Phraxstaub braucht man um es zu reinigen!«
»Es ist ein Teufelskreis«, seufzte der Raupenvogel, »nichts anderes. Ein schrecklicher Teufelskreis. Und heute, zwanzig Jahre nach jener schicksalhaften Versammlung in der großen Halle, ist die Lage für Sanktaphrax und Unterstadt verzweifelter denn je. Sowohl die Regenschmecker wie die Kaufleute der Liga sind ausschließlich mit ihren eigenen Angelegenheiten beschäftigt. Was um sie herum vorgeht, kümmert sie nicht. Wenn aber nichts geschieht, und zwar rasch, ist es nur eine Frage der Zeit, bis alles vor die Hunde geht.«
»Aber was *kann* man denn dagegen tun?«, fragte Twig.
Der Raupenvogel zuckte die Schultern und wandte den Blick ab. »Das darfst du mich nicht fragen.« Sein rotes Auge kehrte zu Twig zurück. »Also«, sagte er, »die Geschichte ist fertig. Jetzt lass mich frei.«

Twig zuckte schuldbewusst zusammen. »Natürlich«, rief er und zog das Messer aus dem Ärmel. Wieder steckte er die schmale Klinge in das Vorhängeschloss und drehte sie hin und her. Ein leises Klicken ertönte und das Schloss sprang auf. Twig zog den Bügel heraus und öffnete die Tür.
»Halt!«, schrie hinter ihm jemand wütend. »Du hast gesagt, ich könnte dir vertrauen! Was tust du denn da, du Lausebengel?«
Twig fuhr erschrocken herum. Wabbelspak war mit dem Tierarzt zurückgekehrt und steuerte wütend auf ihn zu.
»Es geht nicht«, hörte der Junge den Raupenvogel jammern. »Hilf mir, Twig.«
Twig sah zu ihm hinauf. Der Raupenvogel hatte den Kopf und einen Flügel durch die enge Käfigtür gesteckt, doch dann war er plötzlich stecken geblieben. »Geh wieder in den Käfig zurück und versuche es noch einmal«, befahl Twig.
Der Raupenvogel tat, wie ihm geheißen. Dann legte er die Flügel an und schob den Kopf wieder nach draußen. Wabbelspak kam immer näher. In der Hand schwang er einen dicken Knüppel. Twig langte in den Käfig, legte dem Raupenvogel die Hände um Hals und Schultern und zog vorsichtig. Wabbelspak hob den Knüppel. Der Raupenvogel stemmte sich mit den Beinen gegen die Sitzstange.
»Los!«, drängte Twig.
»Gleich hab ich's«, keuchte der Vogel. »Ich ... geschafft!«
Er schlug probeweise ein-, zweimal mit den Flügeln, dann drückte er sich vom Rand des Käfigs ab und stieg zum Himmel hinauf. Die Gefangenschaft hatte seinen Flugkünsten offenbar nichts anhaben können.

Auch für Twig war es höchste Zeit zu verschwinden. Ohne sich noch einmal umzusehen, rannte er in das Gewühl der Gassen hinein. Der Knüppel streifte ihn noch an der Schulter. Eine Sekunde später und Wabbelspak hätte ihm den Schädel eingeschlagen.

Twig rannte immer schneller. Er drängelte durch die Menschenmenge und schob Passanten, die ihm nicht rechtzeitig auswichen, mit den Ellbogen zur Seite. Hinter sich hörte er Wabbelspaks Wutgeschrei.

»Dieb! Gauner! Halunke!«, brüllte er. »HALTET IHN FEST!«

Twig bog in eine schmale Gasse ein. Das Geschrei hinter ihm wurde schwächer, aber er rannte trotzdem weiter, vorbei an Pfandleihern, Zahnreißern, Barbieren und Spelunken, um eine Ecke und – in die Arme seines Vaters.

Wolkenwolf schüttelte ihn unsanft an den Schultern. »Twig!«, schimpfte er. »Ich habe dich überall gesucht. Wir sind fertig zum Auslaufen. Wo treibst du dich denn herum?«

»N... nirgends«, stammelte Twig und schlug die Augen vor Wolkenwolfs wütendem Blick nieder.

Als er wieder aufblickte, sah er hoch am Himmel über dem Kopf seines Vaters den Raupenvogel mit mächtigen Flügelschlägen der sinkenden Sonne zufliegen, aus Unterstadt hinaus und vorbei an Sanktaphrax. Er seufzte neidisch. Der Raupenvogel war weg, aber seine unheilschwangeren Worte klangen ihm noch in den Ohren. *Ein Teufelskreis, nichts anderes. Wenn nichts geschieht, ist es nur eine Frage der Zeit, bis alles vor die Hunde geht.*

Bloß, was konnte man dagegen tun?

KAPITEL 3

Geraune und Geflüster

I. IM TÜCKISCHEN DÄMMERWALD

Es dämmerte. In diesem Wald dämmerte es immer, denn die Sonne ging ständig unter. Oder ging sie auf? Schwer zu sagen. Keiner im Dämmerwald hätte es sagen können. Die meisten hatten allerdings das Gefühl, dass das goldene Dämmerlicht zwischen den Bäumen eher von einem Ende als von einem Anfang kündete.

Die hohen, immer dicht belaubten Bäume schwankten majestätisch in der sanften Brise, die stetig durch den Wald wehte. Sie waren wie alles andere, wie das Gras, der Boden und die Blumen, mit einer Staubschicht bedeckt, die wie Eis glitzerte.

Dabei war es nicht kalt, im Gegenteil. Der leise Wind war mild und die Erde strahlte eine beruhigende Wärme aus, die durch die Luft aufstieg, sodass alles ein wenig vor den Augen verschwamm. Nichts war ganz scharf. Wer im Dämmerwald stand, fühlte sich wie unter Wasser.

Kein Vogel zwitscherte, kein Insekt summte, kein Tier raschelte, denn in diesem Wald gab es keine Tiere. Doch wer Ohren hatte zu hören, der konnte Stimmen vernehmen – richtige Stimmen, nicht nur das Raunen der Bäume. Stimmen, die flüsterten und wisperten und gelegentlich aufschrien, eine davon ganz nah.

»Vorwärts, Vinchix«, sagte die Stimme müde, aber nicht ohne Hoffnung. »Wir sind fast da. Vorwärts jetzt.«

Die Stimme kam von weit oben, von einem Schiffswrack, das aufgespießt auf einer abgesplitterten Baumkrone saß. Der abgebrochene Mast zeigte anklagend zum Himmel hinauf, von dem das Schiff heruntergefallen war. Vor dem goldenen Himmel zeichnete sich als dunkle Silhouette ein Ritter auf seinem Reittier ab.

Der Ritter baumelte in einem Geschirr und ritt auf einem Hungerlunger. In der verrosteten Rüstung steckten nur noch Knochen, doch lebten Reiter und Hungerlunger noch.
Das Visier knarrte und die geisterhafte Stimme wiederholte die aufmunternden und zugleich befehlenden Worte.
»Vorwärts, Vinchix. Wir sind fast da. Vorwärts jetzt.«

II. IM PALAST DES ALLERHÖCHSTEN AKADEMIKERS

Das Gemach oder Allerheiligste, wie es genannt wurde, war wahrhaft fürstlich eingerichtet. Auf dem Boden lagen schneeweiße Felle, an der Decke prangte vergoldeter Stuck und dort, wo keine Bücherregale standen, waren die Wände mit Ebenholz und Silber getäfelt und mit Edelsteinen besetzt. Jede freie Fläche war voll gestellt – mit Porzellanvasen, Elfenbeinfiguren, aufwändigen Schnitzarbeiten und raffinierten Uhren.
In der Mitte des Raumes hing ein kristallener Lüster. Obschon er nicht brannte, funkelte er in der Sonne und schoss überallhin leuchtende Pfeile, die sich in der silbernen Täfelung fingen, auf den polierten Tischen und Schränken, auf dem Flügel, den Porträts und Spiegeln – und auf der Glatze des Allerhöchsten Akademikers von Sanktaphrax höchstpersönlich, der ausgestreckt auf der Ottomane unter dem großen Bogenfenster lag und fest schlief.
In der prächtigen Umgebung wirkte er merkwürdig fehl am Platz. Das schwarze Gewand, das er trug, war schlicht,

die bescheidenen Sandalen an seinen Füßen waren abgelaufen. Wie die Kleidung deuteten auch die knochige Gestalt und die eingesunkenen Wangen auf ein Leben der Askese und nicht des Überflusses hin. Ähnlich sprach der kahl geschorene Kopf von Demut und Sittenstrenge. Dennoch ließ sich eine gewisse Eitelkeit nicht leugnen. Warum sonst hätte jemand auf den Saum seines Gewandes sein Monogramm – ViP – sticken lassen sollen?
Ein misstönendes Schnarren ertönte und das ganze Zimmer vibrierte. Die Gestalt bewegte sich und drehte sich auf die

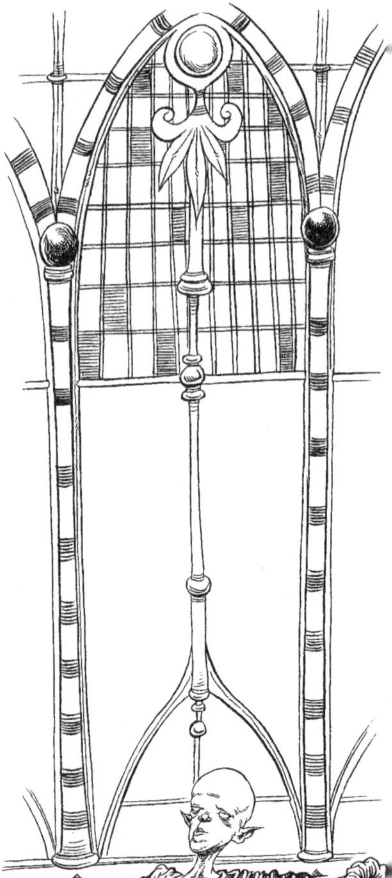

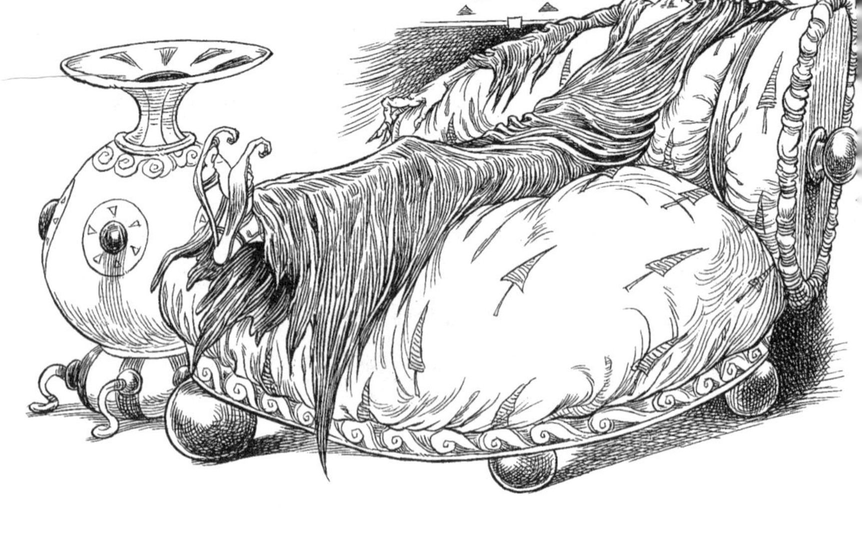

Seite. Die geschlossenen Augen gingen auf. Wieder ertönte das Schnarren, diesmal noch lauter. Die Gestalt setzte sich auf und spähte durch das Fenster.

Da sich das Allerheiligste im obersten Stockwerk eines hohen und unvergleichlich prächtigen Turmes von Sanktaphrax befand, bot sich ihm dort ein atemberaubender Blick auf Unterstadt und Umgebung. Der Allerhöchste Akademiker blickte hinunter. Zwischen dichten Rauchschwaden konnte er schemenhaft ein halbes Dutzend Unterstädter erkennen, die damit beschäftigt waren, eine neue Kette an der Seite des fliegenden Felsens anzubringen.

»Ausgezeichnet.« Er gähnte und stand steifbeinig auf. Dann streckte er sich, kratzte sich, fuhr sich abwesend mit der Hand über den Kopf und gähnte wieder. »An die Arbeit.«

Er trat zu einer schweren Truhe aus Eisenholz, die in der Ecke des Zimmers stand, zog einen schweren, eisernen Schlüssel aus den Falten seines Gewandes und beugte sich hinunter. Bei Sonnenuntergang würde er sich mit Simenon Xintax treffen, dem Ligameister. Zuvor wollte er den letzten Phraxstaub abwiegen und berechnen, wie lange die kostbaren Körnchen noch reichten.

Das Schloss sprang mit einem leisen Klicken auf und der Allerhöchste Akademiker starrte in das dunkle Loch vor ihm. Er bückte sich, holte ein gläsernes Fläschchen heraus, hielt es gegen das Licht und seufzte.

Sogar *er* konnte sehen, dass von dem flüssigen Staub fast nichts mehr da war.

»Ein Problem, sicher«, murmelte er, »aber noch keine Katastrophe. Wiegen sollte ich ihn freilich. Ausrechnen, wie viele Staubkörnchen noch da sind. Mit Xintax zu verhandeln, ohne das genaue Gewicht zu wissen, wäre verhängnisvoll ...« Verärgert krümmte er den Rücken. »Aber zuerst muss ich etwas gegen diesen unerträglichen Juckreiz tun.«

Dankenswerterweise hatte sein Kammerdiener, der stets umsichtige Minulis, den Rückenkratzer bereitgelegt. Hübsch sah der Kratzer aus mit dem Griff aus massivem Gold und den Zähnen aus Drachenelfenbein. Der Allerhöchste Akademiker fuhr sich damit den Rücken hinauf und hinunter und reckte sich genüsslich. Wie doch die größten Genüsse des Lebens oft die einfachsten waren! Er legte den Kratzer weg, beschloss die Rechenarbeit noch etwas aufzuschieben und goss sich von der Weinkaraffe, die Minulis ebenfalls hingestellt hatte, ein Glas ein.

Er ging durch das Zimmer. Vor einem Spiegel, der bis zum Boden reichte, blieb er stehen, streckte sich und hob den Kopf. »Auf dich, Vilnix Pompolnius«, sagte er und hob das Glas. »Auf den Allerhöchsten Akademiker von Sanktaphrax.«

In diesem Augenblick begann wieder das Bohren, lauter denn je. Der Felsen erzitterte, das Allerheiligste schwankte und der Spiegel wackelte. Der Allerhöchste Akademiker bekam einen solchen Schrecken, dass ihm das Glas aus der Hand fiel. Es zerbrach mit einem gedämpften Klirren auf dem weißen Fell und der Wein breitete sich aus wie Blut.

Angewidert wandte der Allerhöchste Akademiker sich ab. Hinter sich hörte er etwas durch die Luft sausen, gefolgt von einem ohrenbetäubenden Krach. Er erstarrte und drehte sich um. Auf dem Boden lag in tausend Stücke zersplittert der Spiegel. Er bückte sich, hob eine Scherbe auf und drehte sie in der Hand hin und her.

Wie hatte seine Großmutter immer gesagt? *Glück und Glas, wie leicht bricht das.* Er starrte das dunkle Auge an, das ihm aus der gezackten Scherbe entgegensah, und zwinkerte. »Gut, dass *du* nicht abergläubisch bist.« Er lachte meckernd.

III. IN DEN MODERSÜMPFEN

Die Anführerin der Schniffkobolde, eine untersetzte, stämmige Person namens Mim, schnupperte prüfend in die Luft, griff nach den Talismanen und Amuletten um ihren Hals und ging los. Der weiche Schlamm quoll zwischen ihren kurzen, dicken Zehen hindurch, und sie zuckte zusammen.

Ratz Zehenschneider beobachtete sie verächtlich. »Glauben Sie immer noch, Sie schaffen es auf eigene Faust durch die Modersümpfe?«, fragte er.

Mim watete weiter ohne seine Frage zu beantworten. Der bleiche, zähe Schlamm quatschte und gluckste und reichte ihr zuerst bis zu den Knöcheln, dann bis zu den Waden und schließlich bis zu den Knien. Sie blieb stehen und blickte auf. Vor ihr erstreckte sich scheinbar endlos der Sumpf. Auch wenn sie es selbst bis ans andere Ende schaffte, was

an ein Wunder grenzen würde, so wusste sie doch, dass weder der alte Torp noch die Kleinen in der Gruppe eine Chance hatten.

»Also gut«, sagte sie und drehte sich ärgerlich um, wobei sie noch tiefer einsank. »Vielleicht brauchen wir doch einen Führer.« Sie raffte den Rock hoch. Der Schlamm kroch immer höher. »Helfen Sie mir raus.« Ratz trat auf sie zu und streckte eine knochige, weiße Hand aus. Jeder Zoll seines Körpers war ausgebleicht wie die Modersümpfe, die seine Heimat waren, und er hatte die Farbe eines dreckigen Lakens angenommen. Er zog die

Anführerin der Schniffs auf den festen Boden zurück und blickte, die Hände in die Hüften gestützt, auf sie herunter. Die Koboldin suchte in ihrer Tasche. »Fünfzig pro Person, sagten Sie. Das macht dann ...« Sie zählte die Münzen ab. »Fünfhundert insgesamt.«

Ratz schüttelte den Kopf. »Der Preis ist gestiegen«, sagte er mit spöttischem Näseln. »Jetzt kostet es Sie einhundert pro Person.«

»Aber das wären unsere gesamten Ersparnisse«, sagte die Schniffkoboldin erschrocken. »Wovon sollen wir denn leben, wenn wir nach Unterstadt kommen?«

Ratz zuckte die Schultern. »Das ist Ihr Problem. Ich zwinge Sie nicht, meine Hilfe anzunehmen. Wenn Sie meinen, dass Sie es allein durch die Modersümpfe und den Treibschlamm und die giftigen Springquellen schaffen – ganz zu schweigen von den Sumpfwürgern, den Schlickfischen und den weißen Raben, die Sie bei der ersten Gelegenheit in Stücke reißen werden ... Bitte sehr, es ist Ihre Entscheidung.«

Mim starrte düster auf den Rest ihrer Familie, der sich am Ufer versammelt hatte. Die Entscheidung war im Grunde einfach, dachte sie. Entweder sie kamen mit nichts in Unterstadt an oder sie kamen überhaupt nicht an.

»Also gut, dann tausend«, seufzte sie und übergab das Geld. »Aber das ist wirklich sehr teuer.«

Ratz Zehenschneider schnappte sich das Geld und steckte es in die Tasche. Dann wandte er sich ab. »Ich koste noch viel mehr, als du denkst, meine Teuerste«, murmelte er. Und damit betrat er den ausgebleichten, zähen Sumpf.

Die Schnifffamilie sammelte ihre Habe ein.

»Los«, rief Ratz ungeduldig zurück. »Ein bisschen dalli. Bleibt zusammen und geht, wo ich gehe. Und dreht euch nicht um.«

IV. IM TURM DES LICHTS UND DER DUNKELHEIT

Der Professor des Lichts war wütend. »Diese verfluchten Ketten, dieses verfluchte Bohren, dieser verfluchte Vilnix Pompolnius«, stieß er zwischen den Zähnen hervor. »Können wir Sanktaphrax jetzt nur noch retten, indem wir es zerstören?« Schnaufend stand er mit einem Arm voller Bücher auf und begann die Bücher wieder in die Regale einzusortieren.

Es war immer dasselbe. Jedes Mal, wenn eine neue Kette an dem fliegenden Felsen befestigt wurde, richteten die Erschütterungen in seinem bescheidenen Arbeitszimmer ein Chaos an. Kostbare Apparaturen zerbrachen, unschätzbare Experimente wurden unterbrochen – und seine gesamte Bibliothek landete auf dem Fußboden.

Endlich war das letzte Buch wieder an seinem Platz und der Professor kehrte an seinen Schreibtisch zurück. Er wollte sich gerade setzen, als er aus den Augenwinkeln etwas höchst Unerfreuliches bemerkte. Es klopfte an der Tür und der Professor der Dunkelheit stürzte herein. »Wir müssen miteinander reden«, rief er.

Der Professor des Lichts rührte sich nicht. »Schau da«, sagte er düster.

»Was denn?«

»Da.« Er zeigte hin. »Licht!«
Der Professor der Dunkelheit lachte. »Freu dich darüber. Alles, was mit Licht zu tun hat, fällt doch in dein Gebiet.«
»Und die Dunkelheit in deins«, erwiderte der Professor des Lichts kurz angebunden. »Oder vielmehr die *Abwesenheit* des Lichts. Aber alles hat seinen Platz. Und das Licht, das hier durch die Risse in meiner Wand hereinscheint, ist genauso fehl am Platz wie die Finsternis im Herzen deines früheren Günstlings Vilnix Pompolnius.« Er trat zur Wand und bohrte mit einem Finger in dem Putz herum. »Siehst du das? Alles ganz lose und bröckelig.«
Der Professor der Dunkelheit seufzte schwer. »Mein Arbeitszimmer ist genauso baufällig.«
Die erste Amtshandlung von Vilnix als Allerhöchster Akademiker war gewesen, die prunkvolle Schule des Lichts und der Dunkelheit selbst zu beziehen und den beiden Professoren und ihren Abteilungen den baufälligen Turm

der Regenschmecker zuzuweisen. Die Explosion hatte den Turm schwer beschädigt und jedes Mal, wenn eine neue Kette am Felsen befestigt wurde, verschlimmerten sich die Schäden. Es war nur eine Frage der Zeit, bis der Turm vollends einstürzen würde.

»So kann es jedenfalls nicht weitergehen«, sagte der Professor des Lichts. »Und eben deshalb ...«

»Eben deshalb müssen wir miteinander reden«, fiel ihm der Professor der Dunkelheit ins Wort.

»Eben deshalb«, fuhr der Professor des Lichts unbeirrt fort, »habe ich bereits mit jemandem gesprochen, der womöglich Abhilfe schaffen kann.«

Der Professor der Dunkelheit starrte seinen Kollegen mit einer Mischung aus Bewunderung und Zweifel an. Trotz der armseligen Verhältnisse, in denen sie nun leben mussten, war die Rivalität zwischen den beiden Akademikern ungebrochen. »Mit wem hast du gesprochen?«

»Mit Mutter Pferdefeder.«

»Mit Mutter Pferdefeder!«, rief der Professor der Dunkelheit entsetzt aus. »Mit dieser habgierigen alten Vogelfrau. Ihre eigenen Eier würde sie verkaufen, wenn der Preis stimmte. Glaubst du im Ernst, wir können ihr vertrauen?«

»Ja, natürlich«, sagte der Professor des Lichts. »Wir können darauf Gift nehmen, dass sie alles in ihrer Macht Stehende tun wird, uns zu betrügen. Das zu wissen ist unsere Stärke.«

V. IN DEN GASSEN VON UNTERSTADT

Hier rein«, sagte Knitz und blieb vor einer baufälligen Hütte zu seiner Linken stehen. Er schloss die Tür auf und verschwand drinnen. Sein Begleiter folgte ihm, schloss die Tür hinter sich und wartete, bis Knitz die Laterne gefunden und angezündet hatte.

Endlich drehte der Schniffkobold sich um. Ein bleicher Schein erfüllte das Zimmer. »Donnerwetter!«, rief er schaudernd. »Ihr Schlächter seid ja wirklich knallrot.«

Flechser trat verlegen von einem Bein aufs andere. »Hast du jetzt Phraxstaub oder nicht?«, fragte er. »Wenn nicht ...«

»Den besten Phraxstaub von Unterstadt«, beruhigte ihn Knitz. »Ziemlich sicher.«

»Ziemlich sicher?«

»Ich habe Sturmphrax auf dem Schwarzmarkt gekauft«, erklärte Knitz. »Wir brauchen es nur noch zu zerkleinern und schwupp, schon haben wir jede Menge Phraxstaub!«

Flechser starrte ihn unbewegt an. »Du hältst mich wohl für blöd«, sagte er schließlich. »Sturmphrax explodiert, wenn du mit dem Stößel draufhaust, das weiß doch jeder. Der allmächtige Oberakademiker kennt als Einziger das Geheimnis ...«

»Ich kenne es jetzt auch«, unterbrach ihn Knitz. Er nahm eine Schale vom Regal und stellte sie auf ein kleines Tischchen. Dann zog er ein Säckchen aus Samt aus der Innentasche seines Wamses und faltete es behutsam auf. Er nahm einen funkelnden Sturmphraxkristall, hielt ihn zwischen

Mittelfinger und Daumen hoch – die anderen Finger fehlten – und legte ihn vorsichtig in die Schale.
Flechser war noch nicht überzeugt. »Worin besteht denn das Geheimnis?«
»In dem hier.« Knitz zog einen ledernen Beutel aus dem Gürtel. Er öffnete ihn und ließ Flechser hineinsehen.
»Was ist das?«, fragte der Schlächter.
»Die pulverisierte Rinde eines toten Baumes«, erwiderte der Kobold verschwörerisch. »Die feinste Rinde, die man für Geld bekommt.«
Flechser fuhr nervös zurück. Mit pulverisierter Rinde betäubten die Ärzte von Unterstadt ihre Patienten vor Operationen.
»Die narkotisierenden Eigenschaften des Pulvers wirken der Flüchtigkeit des Sturmphrax entgegen«, erklärte Knitz. »Die Explosion wird sozusagen betäubt.«
»Ist das ganz sicher?«
»Ja, beim Himmel noch mal!«, rief Knitz entnervt. »Hast du nicht gesagt, du seist es leid, dein ganzes hart verdientes Geld für Trinkwasser auszugeben? Du wolltest doch alles tun um selbst an Phraxstaub zu kommen. Das Pulver funktioniert hundertprozentig.« Er streute eine großzügige Menge davon in die Schale. »Es wird keine Explosion geben und du hast Phraxstaub für den Rest deines Lebens, mein Freund.«
Flechser tastete aufgeregt nach den Amuletten um seinen Hals. Trotz seiner Zweifel konnte er dem Angebot des Schniffkobolds nicht widerstehen. Er zahlte die vereinbarten hundert Quarter, nahm den Stößel und holte damit aus. Knitz verstaute schnell das Geld in seiner Tasche, eilte

ans andere Ende der Hütte und duckte sich hinter einen gusseisernen Ofen.
»Schlag zu!«, schrie er. »Es wird klappen!«
Flechser umklammerte den Griff des Stößels so fest, wie er es mit seinen schweißnassen Händen konnte, und schlug mit aller Kraft zu.
Die Explosion sprengte das Dach von der Hütte. Flechser wurde gegen die Rückwand geschleudert und fiel leblos zu Boden.

Knitz kroch hinter seinem Versteck hervor und stand zitternd auf. Er blickte auf die Leiche des Schlächters und seufzte.
»Oder eben auch nicht.«

VI. IN DER SCHENKE ZUR BLUTEICHE

Mutter Pferdefeder saß an einem Tisch in der Schenke, die zum Bersten gefüllt war. Neben ihr saß auf einem Barhocker Forficul der von ihr angestellte Nachtschwärmer. Die beiden sahen zu, wie die grölenden Zecher ihre Humpen in den mit schäumendem Waldbräu gefüllten Gemeinschaftszuber tauchten. Die im Keller versteckte illegale Brauerei war eine kleine Goldgrube – zumal bei sommerlich warmen Temperaturen.

Die Tür ging auf und drei Ligabrüder stolzierten herein. Mutter Pferdefeder klackte angewidert mit dem Schnabel. »Einen guten Abend wünsche ich«, schnarrte sie ohne die Männer anzusehen. Sie holte drei Humpen aus dem Regal hinter ihr und stellte sie auf den Tisch. »Das macht dann zwanzig Quarter pro Person.«

»Dafür könnt ihr trinken, so viel ihr wollt«, erklärte der erste Ligabruder, ein Stammkunde, seinen Begleitern. »Nicht wahr, Mutter Pferdefeder?«

Mutter Pferdefeder starrte verdrossen vor sich hin. »Schon«, sagte sie. »Aber denkt an die Regeln.« Sie wies mit einem Nicken auf ein an die Wand genageltes Schild: *Fluchen verboten. Raufen verboten. Erbrechen in der Gaststube verboten.*

»Keine Sorge, die kenne ich bereits«, sagte der Ligabruder und gab ihr eine Goldmünze, die das Doppelte des geforderten Betrages wert war. »Behaltet den Rest, meine Liebe.« Er zwinkerte ihr zu.

Mutter Pferdefeder starrte auf die Kasse. »Danke bestens, mein Herr.« Sie schloss den Geldkasten mit einem Knall und blickte erst wieder auf, als der Mann sich abgewendet hatte. Du wurmverseuchter Hammelhornmisthaufen, dachte sie aufgebracht.

»Na, na«, mahnte Forficul leise und seine großen Fledermausohren zuckten. Mutter Pferdefeder sah ihn wütend an.

»Du hast mal wieder alles *gehört*, was?«, fragte sie barsch.

»Ich höre alles, wie du genau weißt«, erwiderte Forficul. »Jedes Wort, jedes Flüstern, jeden Gedanken – als Buße für meine Sünden.«

Mutter Pferdefeder schnaubte verächtlich. Ihre Nackenfedern sträubten sich und ihre gelben Augen funkelten. »Aber es ist doch wahr!«, sagte sie verdrossen und nickte zum Tisch der Ligabrüder. »Die sind alle gleich mit ihren feinen Kleidern, dicken Trinkgeldern und ihrem vornehmen Gehabe. Hammelhornmist, allesamt!«

Forficul schnalzte verständnisvoll mit der Zunge. Er konnte seiner Arbeitgeberin den Hass auf die Ligabrüder nachfühlen. Denn diese hatten ein Abkommen mit Vilnix Pompolnius geschlossen, Ketten im Austausch gegen Phraxstaub, und beherrschten deshalb den Trinkwassermarkt und waren praktisch unangreifbar mächtig. Ohne die Schwarzmarktgeschäfte mit den Himmelspiraten hätte Mutter Pferdefeder ihren Laden schon lange schließen müssen.

»Ja, die Himmelspiraten«, seufzte Forficul. »Verwegene Briganten der Lüfte, die sich vor niemandem beugen. Was wären wir ohne sie?«

»Ja, was wären wir ohne sie?« Mutter Pferdefeder nickte und ihre Nackenfedern legten sich wieder. »Und da wir schon von ihnen sprechen, Wolkenwolf und seine Mannschaft müssten eigentlich bald zurück sein. Ich hoffe sehr, dass die Reise so erfolgreich war, wie er angekündigt hat. Sonst ...« Sie musste wieder an das Gespräch mit dem Professor des Lichts denken und dann kam ihr plötzlich eine Idee. Ihre Augen glitzerten. »Es sei denn ...«

Forficul, der ihren Gedanken zugehört hatte, kicherte. »Bei Kopf gewinnst du, bei Adler verliert er, was?«
Noch bevor Mutter Pferdefeder antworten konnte, erschütterte eine Explosion ganz in der Nähe die Schenke.

Forficul hielt sich die Ohren zu und kreischte vor Schmerzen.
»Himmeldonnerwetter!«, rief Mutter Pferdefeder und ihr Gefieder stellte sich wieder auf. »Das klang aber nah!« Der Staub legte sich und Forficul nahm die Hände von den Ohren und schüttelte den Kopf. Seine großen Ohren flatterten wie zwei gigantische Motten.
»Wieder zwei Narren, die selbst Phraxstaub herstellen wollten«, sagte er traurig. Er legte den Kopf schräg und lauschte aufmerksam. »Der Tote ist Flechser, ein Schlächter.«
»Den kenne ich«, sagte Mutter Pferdefeder. »Er ist … er war oft hier. Stank immer nach Leder.«
Forficul nickte. »Der Überlebende heißt Knitz.« Er erschauerte. »Ein übler Bursche. Er hat Sturmphrax mit pulverisiertem totem Holz gemischt und dann Flechser draufhauen lassen.«
Mutter Pferdefeder runzelte die Stirn. »Alle sind verrückt nach Phraxstaub.« Ihre gelben Augen funkelten feindselig. »Wenn jemand daran schuld ist, dann die!« Sie wies mit dem Schnabel zum Tisch der zechenden Ligabrüder. »Was gäbe ich darum, wenn ich diese Lackaffen nicht mehr sehen müsste!«

KAPITEL 4

Eine Ladung Eisenholz

Der Nachmittag war bereits fortgeschritten und die Mannschaft des *Sturmpfeils* befand sich, nachdem sie mit einigen Waldtrollen über eine große Ladung Eisenholz handelseinig geworden war, auf dem Rückweg nach Unterstadt. An Bord des Piratenschiffes herrschte ausgelassene Stimmung. Ganz besonders zufrieden war Twig, der Held der Stunde.

Zwar hatte er keinen der Waldtrolle, mit denen sie verhandelt hatten, persönlich gekannt, doch war er mit ihrer Art vertraut. Schließlich war er in einem Trolldorf aufgewachsen. Er wusste, wann ihr *Nein* in Wirklichkeit ein *Ja* bedeutete, wann man feilschen und, wichtiger noch, wann man damit aufhören musste – denn wenn ein Waldtroll zu wenig für sein Holz geboten bekam, war er beleidigt und verkaufte es überhaupt nicht mehr. Sobald Twig also die entsprechenden Anzeichen auf ihren Gesichtern sah – gespitzte Lippen und unruhig zuckende Nasen –, hatte er seinem Vater zugenickt. Der Preis war so günstig, wie er nur sein konnte.

Zur Feier des Abschlusses hatte Wolkenwolf danach ein Fass Waldgrog geöffnet und seiner bunt zusammengewürfelten Mannschaft eine Runde des scharfen Getränks spendiert. »Auf unseren Erfolg«, rief er.

»Auf unseren Erfolg!«, brüllten die Himmelspiraten.

Tem Waterbork, ein Koloss mit einer dichten Mähne, schlug Twig auf den Rücken und packte ihn an der Schulter. »Wenn der Bursche hier die Trolle des Dunkelwalds nicht so gut kennen würde, hätten wir das Holz nie zu diesem Preis bekommen«, rief er und hob das Glas. »Auf Twig!«

»Auf Twig!«, riefen die Himmelspiraten im Chor.

Sogar Slyvo, der Maat, der selten ein gutes Wort für jemand anders übrig hatte, zeigte seine Bewunderung. »Er hat wirklich gute Arbeit geleistet«, räumte er ein.

Nur einer stimmte nicht in den Chor der Glückwünsche ein: Wolkenwolf selbst. Der Captain hatte sich sogar, als Tem Waterbork Twig hochleben ließ, abrupt abgewandt und war zum Steuer zurückgekehrt. Twig wusste warum. Von den anderen ahnte niemand, dass er Wolkenwolfs Sohn war. Der Captain wollte es so. Niemand sollte ihm vorwerfen können, er bevorzuge den Jungen. Stattdessen nahm er Twig härter ran als die anderen und zeigte nie die geringste Zuneigung, die er vielleicht empfand.
Den Grund für Wolkenwolfs schroffes Verhalten zu kennen war eine Sache, damit zurechtzukommen eine andere. Jede Kränkung, jede Ungerechtigkeit, jedes harte Wort traf Twig bis ins Mark und gab ihm das Gefühl, sein Vater schäme sich für ihn. Doch jetzt schluckte er seinen Stolz hinunter und ging zu Wolkenwolf auf die Brücke.
»Wann, glauben Sie, kommen wir zurück?«, fragte er.
»Bei Einbruch der Dunkelheit«, erwiderte Wolkenwolf. Er arretierte das Steuerrad und nahm einige kleine Änderungen an den Ausgleichsgewichten vor. »Vorausgesetzt, der Wind steht weiter günstig.«
Twig betrachtete seinen Vater mit Ehrfurcht. Himmelsschiffe zu fahren war ausgesprochen schwierig, doch Wolkenwolf schien es in Fleisch und Blut übergegangen zu sein. Der Captain lenkte das Schiff, als sei es ein Teil von ihm. Und weil Twig jetzt die Geschichte kannte, die der Raupenvogel ihm erzählt hatte, wusste er auch warum. »Sie haben wahrscheinlich auf der Ritterakademie gelernt, wie man ein Himmelsschiff steuert und ... einen Sturm jagt ...«
Wolkenwolf starrte ihn neugierig an. »Was weißt du von der Ritterakademie?«

»N... nicht viel«, stammelte Twig. »Der Raupenvogel hat gesagt ...«
»Pah, der!«, schnaubte Wolkenwolf. »Diese alte Plaudertasche! Es ist besser, in der Gegenwart zu leben, als sich mit der Vergangenheit zu beschäftigen.« Offenbar wollte er das Thema wechseln, denn er fügte hinzu: »Höchste Zeit, dass *du* die Grundlagen der Himmelsschifffahrt erlernst.«
Twigs Herz setzte einen Schlag aus. Seit über zwei Jahren fuhr er jetzt mit den Himmelspiraten. Er trug wie sie einen schweren, langen Piratenmantel, an dem zahlreiche Gegenstände hingen – Fernrohr, Enterhaken, Kompass, Waage, Trinkbecher –, und außerdem einen schön gearbeiteten ledernen Brustharnisch und auf dem Rücken zwei Klappflügel. Doch hatte er in dieser ganzen Zeit nur die niedrigsten Aufgaben verrichten dürfen. Er schrubbte und putzte und war der Laufbursche für alle. Offenbar sollte sich das jetzt ändern.
»Der Flugstein sorgt in kaltem Zustand für natürlichen Auftrieb«, erklärte Wolkenwolf. »Gleichgewicht, Schubkraft und Fahrtrichtung müssen von Hand eingestellt werden, und zwar hiermit.« Er zeigte auf zwei lange Reihen von Schalthebeln mit beinernen Griffen, die in verschiedene Richtungen wiesen.
Twig nickte eifrig.
»Diese Hebel hier sind mit den Ausgleichsgewichten verbunden, dem Heckgewicht, dem Buggewicht, den kleinen, mittelgroßen und großen Rumpfgewichten steuerbord und backbord sowie den Mittelrumpf-, Seitenrumpf- und Unterrumpfgewichten.« Wolkenwolf holte Luft. »Und die Hebel hier auf der anderen Seite steuern die Segel. Vorse-

gel, Achtersegel, Marssegel.« Er berührte die entsprechenden Hebel. »Großsegel eins und zwei, Skysegel, Stagsegel, Leesegel, Fock, Spinnaker und Klüver. So weit klar? Im Grunde ist alles eine Frage der Balance.«

Twig nickte unsicher. Wolkenwolf trat einen Schritt zurück. »Also«, brummte er. »Nimm das Steuer und zeig, aus welchem Holz du geschnitzt bist.«

Zuerst war es leicht. Alles war schon eingestellt und Twig brauchte nur das hölzerne Steuerrad festzuhalten und den Kurs zu halten. Doch dann drückte plötzlich eine Bö aus Nordost das Schiff nach unten und auf einmal war alles schrecklich kompliziert.

»Mittelgroßes Steuerbordgewicht nach oben«, befahl der Captain. Twig geriet in Panik. Welcher Hebel war das? Der

achte oder der neunte von links? Er packte den neunten und zog mit einem Ruck daran. Der *Sturmpfeil* legte sich auf die Seite. »Nicht so viel!«, brüllte Wolkenwolf. »Stagsegel ein wenig nach oben und großes Steuerbordgewicht nach unten ... Das *Steuerbord*gewicht, du Idiot!« Das Himmelsschiff legte sich noch weiter auf die Seite.
Twig schrie entsetzt auf. Das Schiff würde abstürzen. Wenn es so weiterging, war sein erster Versuch, ein Himmelsschiff zu steuern, auch sein letzter. Verbissen klammerte er sich an das Ruder. Seine Gedanken rasten, seine Hände zitterten und das Herz schlug ihm bis zum Hals. Er durfte seinen Vater nicht enttäuschen. Er beugte sich vor und ergriff noch einmal den neunten Hebel. Diesmal betätigte er ihn ganz vorsichtig und senkte das Gewicht nur einige Rasterstellungen ab.
Und es funktionierte! Das Schiff richtete sich auf.
»Gut«, sagte der Captain. »Du wirst es ins Gefühl bekommen. Jetzt das Skysegel hinauf und das Buggewicht ein wenig hinunter, kleines und mittleres Steuerbordgewicht trimmen und ...«
»Ligaschiff steuerbord voraus!«, rief Zacke schrill. »Ligaschiff steuerbord voraus! Das Schiff kommt rasch näher.«
Twig schwirrte der Kopf, er bekam keine Luft mehr und ihm wurde übel. Die Hebel verschwammen vor seinen Augen. Einer von ihnen bewirkte sicher, dass das Schiff schneller fuhr – aber welcher? »Ligaschiff kommt näher«, rief Zacke. Twig brach in blinder Panik das erste Gebot der Himmelsschifffahrt: Er ließ das Steuer los.
Im selben Moment, in dem seine verschwitzten Hände losließen, drehte sich das Rad mit einem heftigen Ruck zurück

und schleuderte ihn über das Deck. Sofort fielen die Segel ein und der *Sturmpfeil*

begann sich um die eigene Achse zu drehen und an Höhe zu verlieren.

»Bist du wahnsinnig?«, brüllte Wolkenwolf. Er packte das Steuerrad, stemmte sich gegen die Planken und versuchte fieberhaft es zum Stillstand zu bringen. »Hubble!«, schrie er. »Komm her!«

Twig wollte gerade aufstehen, da stürzte Hubble an ihm vorbei. Der Banderbär streifte ihn nur leicht, doch da er ein Koloss von Tier war, flog Twig wieder über das Deck.

Im nächsten Moment hörte das Schiff auf sich zu drehen. Twig hob den Kopf. Der Banderbär hielt das Steuer regungslos in seinen gewaltigen Tatzen. Und der Captain hatte endlich die Hände frei und ließ sie mit schlafwandlerischer Sicherheit über die Hebel fliegen wie ein Akkordeonspieler über die Tasten.

»Ligaschiff in einhundert Schritt Entfernung«, rief Zacke. Stumm betätigte der Captain die Hebel. »Fünfzig Schritt! Vierzig ...«

Der *Sturmpfeil* schoss plötzlich nach vorn. Die Mannschaft brüllte begeistert. Twig konnte endlich aufstehen und schickte einen erleichterten Stoßseufzer zum Himmel. Sie hatten es geschafft.

Doch dann sprach Wolkenwolf. »Etwas stimmt nicht!«, sagte er ruhig.

Was denn?, dachte Twig. Was sollte nicht stimmen? Waren sie nicht mit ihrer illegalen Ladung Eisenholz entkommen? Er blickte nach hinten. Ja, das Ligaschiff war kilometerweit hinter ihnen!

»Schlimme Sache«, sagte der Captain. »Wir haben keinen Auftrieb.«

Twig starrte entsetzt auf ihn. Sein Magen fühlte sich ganz leer an. Sollte das ein Witz sein? Wollte der Captain ihn ausgerechnet jetzt auf den Arm nehmen, wie Väter es manchmal tun? Doch ein einziger Blick auf das aschfahle Gesicht des Captains, der immer heftiger an einem Hebel ruckte und zerrte, überzeugte ihn, dass dem nicht so war.

»Es ist das ... das verdammte ... Heckgewicht«, keuchte Wolkenwolf. »Es klemmt.«

»Ligaschiff kommt wieder näher«, rief Zacke vom Aus-

guck. »Der Flagge nach zu urteilen ist der Ligameister persönlich an Bord.«
Wolkenwolf fuhr herum. »Hubble«, brüllte er, doch dann überlegte er es sich anders. Das schwere Tier war nicht geeignet über den Rumpf zu klettern. Genauso wenig kamen Tem Waterbork oder Klotzkinn infrage. Und der Eichenelf Zacke wäre zwar willens gewesen, aber viel zu schwach, um das große eiserne Gewicht zu befreien. Slyvo wäre der ideale Mann gewesen, doch war er dazu viel zu feige. Der Flachkopfkobold Haudrauf wiederum war zwar tapfer und alles andere als feige, wenn es darum ging zu kämpfen, dafür aber zu dumm, um sich zu merken, was er tun musste. »Also gehe ich selbst«, murmelte Wolkenwolf.
Twig stellte sich dem Captain in den Weg. »Lassen Sie mich das machen«, sagte er. »Ich kann es.« Wolkenwolf musterte ihn mit zusammengepressten Lippen von Kopf bis Fuß. »Sie müssen hier bei den Hebeln bleiben und sie bedienen, sobald ich das Gewicht losgemacht habe.«
»Ligaschiff in zweihundert Schritt Entfernung«, rief Zacke.
Wolkenwolf nickte knapp. »Also gut«, sagte er. »Aber enttäusche mich nicht.«
»Bestimmt nicht.« Twig eilte ans Heck des Schiffes. Dort packte er ein Tauende und zog sich auf die Reling hinauf. Tief unter ihm war verschwommen etwas Grünes zu sehen, der Wald.
»Sieh nicht runter!«, hörte er Tem Waterbork rufen.
Das ist leichter gesagt als getan, dachte Twig. Vorsichtig ließ er sich zu dem Geflecht aus Seilen hinunter, das den Schiffsrumpf wie ein Spinnennetz umschloss. Er kletterte

ganz langsam. Je tiefer er kam, desto schräger hing er am Rumpf. Der Wind zerzauste seine Haare und zerrte an seinen Armen, doch jetzt sah er das Heckgewicht. Es hatte sich in der Schlaufe eines geteerten Taus verfangen.

Er hangelte sich weiter und sprach sich selbst leise Mut zu.

»Nur noch ein Stückchen weiter, ein ganz klein wenig.«

»Wie steht's?«, hörte er seinen Vater rufen.

»Bin fast da«, rief er zurück.

»Ligaschiff hundert Schritt hinter uns, Abstand verringert sich rasant«, meldete Zacke.

Zitternd vor Aufregung streckte Twig die Hand aus und versuchte das verhedderte Tau mit einem Ruck zur Seite zu ziehen. Das Gewicht musste frei hängen. Er brauchte nur ... Er streckte sich noch weiter und drückte mit dem Handballen gegen das Knäuel. Plötzlich gab es nach, das Seil schwang wieder frei, das Gewicht fiel hinunter und ... löste sich ganz ab. Erschrocken starrte Twig der großen, runden Eisenscheibe nach, die in den Wald unter ihm hinabtrudelte.

»Was hast du getan?«, brüllte eine Stimme. Sie gehörte Wolkenwolf und klang wütend.
»Ich ... ich ...«, stotterte Twig. Das Himmelsschiff geriet vollkommen außer Kontrolle. Es schlingerte heftig und neigte sich von Backbord nach Steuerbord. Twig brauchte seine ganze Kraft um sich festzuhalten. Was hatte er bloß getan?
»Du hast das Steuerruder losgemacht!«, brüllte Wolkenwolf. »Beim Himmel, Twig! Ich dachte, nur Haudrauf sei so dumm!«
Twig zuckte unter dem Vorwurf zusammen. Heiße Tränen stiegen ihm in die Augen, Tränen, die er nicht wegwischen konnte, weil er fürchtete, sonst den Halt zu verlieren. Aber war es nicht überhaupt besser, loszulassen und hinunterzufallen? Alles war besser als dem zornigen Vater gegenübertreten zu müssen.
»Twig! Hörst du mich, Junge?«, rief eine zweite Stimme. Sie gehörte Tem Waterbork. »Wir müssen die Ladung über Bord werfen. Dazu müssen wir die Türen im Rumpf öffnen. Du kommst besser so schnell wie möglich wieder rauf!«
Die Ladung über Bord werfen? Twigs Verzweiflung wurde noch größer, die Tränen strömten ihm über das Gesicht. Sie mussten das Eisenholz, das sie mit so viel Mühe – und Geld – erworben hatten, abwerfen, und das nur wegen ihm.
»Rauf mit dir!«, brüllte Tem.
Twig hangelte sich, so schnell er konnte, am Rumpfnetz zurück, bis er wieder aufrecht klettern konnte. Er hob den Kopf. Tem Waterbork streckte ihm eine rote Pranke entgegen. Dankbar ergriff der Junge die Hand und ließ sich mit

einem Ruck, der ihm den Atem nahm, auf das Deck ziehen. »Wir wären so weit, Captain!«, schrie Tem. Twig sah ihn lächelnd an, doch der Himmelspirat hatte sich schon abgewandt ohne seinen Blick zu erwidern. Denn keine Fracht hieß keinen Lohn. Und Unterstadt mochte verkommen sein, doch ohne Geld oder die Mittel, sich welches zu beschaffen, konnte man dort nichts anfangen.

»Öffnet die Rumpfklappen!«, befahl Wolkenwolf.

»Aye, aye, Captain«, antwortete Klotzkinn aus dem Laderaum. Tief im Bauch des Schiffes klirrten Ketten, gefolgt von einem dumpfen Rumpeln.

Twig senkte schuldbewusst den Blick. Durch den Spalt zwischen den langsam aufgehenden Rumpftüren fielen die ersten Eisenholzstämme. Verstohlen spähte Twig über die Reling. Im selben Augenblick folgte

polternd der ganze Rest der Ladung. Mit tödlicher Wucht stürzten die Stämme in den Dunkelwald hinab, aus dem sie gekommen waren.
Die Besatzung des Ligaschiffes hatte alles beobachtet. Sofort ließ sie von der Verfolgung ab und folgte nun den herabfallenden Stämmen nach unten. Eine Ladung dieser Größe ließ man sich nicht einfach entgehen. Twigs Unglück konnte größer nicht sein: Jetzt profitierte auch noch ein Ligaschiff vom Pech der Himmelspiraten.
»Können wir nicht auch nach unten gehen und gegen sie kämpfen?«, fragte er. »Ich habe keine Angst.«
Wolkenwolf drehte sich zu ihm um und musterte ihn verächtlich. »Wir haben kein Ruder mehr«, sagte er. »Wir können nicht mehr steuern. Nur der Flugstein hält uns noch am Himmel.« Er wandte sich wieder ab. »Schoten dichtholen«, brüllte er. »Brasst ins Kreuz – und betet. Betet, wie ihr noch nie gebetet habt. Eine Bö von der falschen Seite und wir verlieren neben der Ladung auch noch das ganze Schiff.«
Niemand sprach ein Wort, während sie im Schneckentempo zurück nach Unterstadt segelten. Für Twig war die Fahrt eine einzige Demütigung. Es war schon dunkel, als verschwommen die Lichter von Sanktaphrax in Sicht kamen und darunter, fast erstickt von einem dicken Rauchschleier, das Lichtergewimmel von Unterstadt. Und immer noch dauerte das Schweigen an. Twig war todunglücklich. Wie viel lieber wäre es ihm gewesen, wenn die Himmelspiraten ihn ausgeschimpft und mit allen erdenklichen Flüchen belegt hätten – alles wäre besser gewesen als dieses tödliche Schweigen.

Um sie herum flogen Patrouillenschiffe, aber keines nahm von dem schwer beschädigten Himmelsschiff Notiz, das auf die Flugdocks zusteuerte. Die Rumpftüren des Schiffes standen immer noch offen, das Schiff hatte ganz offensichtlich nichts zu verbergen.

Wolkenwolf steuerte den *Sturmpfeil* an seinen versteckten Liegeplatz, Klotzkinn ließ den Anker fallen und Zacke sprang auf den Kai und schlang die Haltetrossen um die dafür vorgesehenen Ringe. Dann verließ die Mannschaft das Schiff.

»Wirklich ausgezeichnet, Master Twig!«, zischte Slyvo, als er an dem Jungen vorbeikam. Twig lief ein Schauer über den Rücken, aber er hatte damit rechnen müssen. Slyvo hatte ihn nie gemocht. Viel schlimmer waren freilich die abgewandten Augen der anderen. Niedergeschlagen wollte er hinter ihnen von Bord gehen.

»Du nicht, Twig«, sagte Wolkenwolf scharf. Twig erstarrte. Jetzt war er dran! Er drehte sich um, ließ den Kopf hängen und ... wartete. Wolkenwolf sprach erst, nachdem der letzte Himmelspirat das Schiff verlassen hatte.

»Dass ich den Tag erlebe muss, an dem mein Sohn – mein eigener Sohn – ein Himmelsschiff zerstört.«

Twig schluckte hart, doch die Tränen wollten nicht versiegen. »Tut mir leid«, flüsterte er.

»Leid? Was heißt hier leid?«, brüllte Wolkenwolf. »Wir haben das Eisenholz verloren, das Steuerruder – und fast den *Sturmpfeil.* Vielleicht verliere ich ihn ja auch noch.« Sein Auge sprühte Funken wie ein Feuerstein. »Ich schäme mich dich meinen Sohn zu nennen.«

Seine Worte trafen den Jungen wie ein Schlag in den

Nacken. »Du schämst dich?«, wiederholte Twig und während er es sagte, verwandelte sich sein Kummer in Wut. Er hob furchtlos die Augen. »Tust du das nicht schon die ganze Zeit?«

»Wie kannst du es wagen!«, schrie Wolkenwolf und sein Gesicht lief dunkelrot an.

Aber Twig ließ sich nicht mehr einschüchtern. »Du hast allen verheimlicht, dass du mein Vater bist«, sagte er. »Heißt das, du hast dich immer für mich geschämt, seit damals, als wir einander zum ersten Mal begegnet sind? Ja? Stimmt das? Sag, dass es so ist, und ich gehe, jetzt gleich.«

Wolkenwolf schwieg. Twig wandte sich zum Gehen.

»Twig!«, sagte Wolkenwolf. »Warte.« Twig blieb stehen. »Sieh mich an, mein Junge.« Twig drehte sich langsam um und starrte seinen Vater trotzig an.

Wolkenwolf erwiderte den Blick. Sein Auge funkelte. »Du hast Recht«, sagte er. »Ich habe an Bord des Schiffes niemandem gesagt, wer du bist, allerdings nicht aus dem Grund, den du vermutest. Einige meiner Männer würden bei der geringsten Aussicht auf Erfolg meutern und sich den *Sturmpfeil* unter den Nagel reißen. Wenn sie wüssten, wie ...« Er brach ab. »... wie wichtig du für mich bist, denn das bist du, Twig, das musst du wissen.«

Twig nickte und zog die Luft durch die Nase ein. Er spürte einen Kloß im Hals.

»Wenn sie wüssten, wer du bist, wäre dein Leben in größter Gefahr.«
Twig senkte den Kopf. Wie hatte er je an den Gefühlen seines Vaters für ihn zweifeln können? Scham überkam ihn. Er blickte auf und lächelte verlegen. »Dann kann ich bleiben?«, fragte er.
Wolkenwolf legte das besorgte Gesicht in Falten. »Als ich vorhin sagte, ich könnte den *Sturmpfeil* immer noch verlieren, meinte ich das ernst.«
»Aber warum denn? Er gehört doch dir, nicht wahr? Du hast ihn doch an dem Tag bekommen, an dem du ausgeschickt wurdest auf Sturmjagd zu gehen.«
Wolkenwolf schnaubte. »Der Unterhalt eines Himmelsschiffs kostet eine Menge Geld. Der *Sturmpfeil* wurde vor ein paar Jahren von Holzwürmern befallen und ist seitdem bis in sein schönes Krähennest hinauf verschuldet. Mit dem Eisenholz wollte ich einen Teil der Schulden abzahlen.« Er seufzte. »Nein, wenn der *Sturmpfeil* jemandem gehört, dann Mutter Pferdefeder. Sie gibt uns Geld.« Er schnitt eine Grimasse. »Und schöpft den größten Teil des Gewinns ab. Und wenn ich jetzt nichts zurückzahlen kann, will sie vielleicht wiederhaben, was ihr rechtmäßig gehört.«
Twig war entsetzt. »Aber das darf sie doch nicht«, rief er.
»O doch«, erwiderte Wolkenwolf. »Sie kann sogar dafür sorgen, dass ich nirgendwo sonst Kredit bekomme. Und was ist ein Himmelspirat ohne ein Himmelsschiff, Twig? Was? Ich sage es dir. Nichts. Das ist er. Ein Nichts.«
Twig sah unglücklich weg. Sein Vater, einst der tapferste Ritter der Akademie von Sanktaphrax und jetzt der berühmteste Himmelspirat des Klippenlands, sah einem

Leben in Schimpf und Schande entgegen und er, Twig, war daran schuld. *Alles* war seine Schuld.

»Es ...«

»Sag nicht schon wieder, dass es dir leidtut«, unterbrach ihn Wolkenwolf. »Komm, gehen wir und bringen wir es hinter uns. Ich hoffe nur, die alte Schachtel kann ihre Gier mäßigen.« Er betrat den Landungssteg. »Und denk immer dran: Wenn wir bei Mutter Pferdefeder in der Schenke sitzen, musst du aufpassen, was du sagst – oder auch denkst. Ich könnte schwören, dass die Wände dort Ohren haben!«

KAPITEL 5

Die Schenke zur Bluteiche

Knarrend und wie aus Protest schwang das Schild der Schenke in dem auffrischenden Wind hin und her. Twig hob den Kopf und zuckte zusammen. Auf dem Schild hatte ein Künstler, wie es ja nahelag, die schreckliche, Fleisch fressende Bluteiche abgebildet. Und die Abbildung war geglückt, musste Twig mit einem Schauer zugeben. Die feucht glänzende Rinde, die blitzenden Zähne – jedes Mal, wenn der Junge hinaufsah, konnte er den ranzigen, metallischen Todesgeruch, den der Baum verströmte, geradezu riechen.

Denn Twig wusste alles über Bluteichen. Im Dunkelwald wäre er einmal fast einem besonders Furcht erregenden Exemplar zum Opfer gefallen. Die Eiche hatte ihn bereits geschluckt und hätte ihn auch bei lebendigem Leibe verspeist, hätten sich nicht die Borsten seiner Hammelhornweste angesichts der Gefahr aufgestellt und sich in der Kehle des Ungeheuers verhakt. Schon die Erinnerung daran ließ Twig erzittern und er überlegte, warum wohl jemand eine Schankstube nach einem so furchtbaren Baum benannt hatte.

»Willst du den ganzen Abend hier stehen und gaffen?«, fragte Wolkenwolf ungeduldig und drängte an seinem Sohn vorbei. »Lass uns reingehen.«
Der Captain drückte die Tür auf und – der Raum vor ihnen explodierte förmlich. Hitze, Lärm und grelles Licht schlugen ihnen entgegen und ein schwüles Gemisch aus angenehmen und unangenehmen Düften. Twig wich einen Schritt zurück. Egal wie oft er die Bluteichenschenke besuchte, nie konnte er sich an diesen ersten Schock gewöhnen.
Die Wirtschaft spiegelte gleichsam im Taschenformat die unglaubliche Vielfalt Unterstadts wider. Auf den Bänken saßen Flachkopf- und Hammerkopfkobolde, Eichenelfe, Pöbelgnome, Schwarz- und Rotzwerge, Trolle und Druden jeder Form und Größe, ferner Ligabrüder und Himmelspiraten, Kesselflicker und Trödler, Lumpensammler und Hausierer, Händler und Krämer ... Wie er da so durch die offene Tür starrte, kam es Twig vor, als seien in dem Durcheinander vor ihm sämtliche Geschöpfe, Stämme und Zünfte des Klippenlands vertreten.
Der Trotter an der Tür erkannte Wolkenwolf sofort. Er teilte ihm mit, Mutter Pferdefeder sei »irgendwo da« und zeigte mit der Hand nach hinten. Wolkenwolf schob sich durch das Gedränge und Twig hielt sich dicht hinter ihm, angestrengt bemüht, niemandes Becher umzuwerfen. Flachköpfe waren als notorische Hitzköpfe bekannt und manch einem war schon für weniger als einen umgekippten Humpen Waldbräu die Kehle durchgeschnitten worden. Hin und her gestoßen und eingeklemmt inmitten schwitzender und dampfender Leiber fand Twig auf ein-

mal, dass *Bluteiche* doch genau der richtige Name für diese Schenke sei.

Die Besitzerin stand am hinteren Ausgang. Wolkenwolf ging auf sie zu und sie sah auf.

»Mutter Pferdefeder«, sagte der Captain. »Ich hoffe doch, es geht Ihnen gut.«

»Ich kann nicht klagen«, erwiderte Mutter Pferdefeder reserviert.
Sie drehte den Kopf und starrte fragend auf Twig hinunter.
»Ach so, ja«, sagte Wolkenwolf. »Das ist Twig. Twig, Mutter Pferdefeder. Ich möchte, dass er bei unserer Besprechung dabei ist.«

Twig blickte in die wilden Augen der Vogelfrau und begann zu zittern. Bisher hatte er Mutter Pferdefeder immer aus der Ferne gesehen. Von nahem war sie eine einschüchternde, Furcht einflößende Person.
Sie war so groß wie Wolkenwolf, hatte gelbe Knopfaugen, einen spitzen, krummen Schnabel und um den Hals eine Krause karmesinroter Federn. Auch ihre Arme waren mit Federn besetzt und wirkten, da Mutter Pferdefeder die mit Krallen besetzten Hände ineinander gelegt hatte, wie ein Schal in Purpurrot und Orange. Twig fragte sich unwillkürlich, ob die Vogelfrau unter ihrem wallenden gelben Kleid am ganzen Leib ein so prächtiges Gefieder trug.
Plötzlich merkte er, dass rechts von ihm jemand kicherte. Und tatsächlich, auf einem Barhocker saß ein schmächtiges, fast durchscheinendes Geschöpf, das von einem Fledermausohr zum anderen grinste.

Mutter Pferdefeder hob eine gefiederte Braue und funkelte Twig drohend an. »Das ist Forficul«, krächzte sie, dann fixierte sie wieder Wolkenwolf mit ihrem starren Blick. »Auch er wird bei unserer kleinen Unterhaltung zugegen sein.«
Wolkenwolf zuckte die Schultern. »Ist mir egal.« Und als sei Forficul nicht da, fügte er hinzu: »Was ist das denn für einer? Sieht aus wie das Nesthäkchen einer Eichenelffamilie.«
Mutter Pferdefeder klackte amüsiert mit dem Schnabel. »Das ist mein kleines Schätzchen«, flüsterte sie. »Nicht wahr, Forfy?« An alle gewandt, fuhr sie fort: »Folgt mir. Im Hinterzimmer ist es ruhig, dort können wir uns ungestört unterhalten.« Sie machte auf ihren Krallenfüßen kehrt und verschwand durch die Tür. Wolkenwolf und Twig folgten ihr, den Abschluss bildete Forficul.
Im Hinterzimmer war es heiß und stickig und es roch muffig. Twig setzte sich an den kleinen, viereckigen Tisch. Ihm war immer beklommener zumute. Links von ihm saß sein Vater, rechts Mutter Pferdefeder und gegenüber mit geschlossenen Augen und vibrierenden Ohren Forficul. Twig spürte, wie sich die Haare seiner Hammelhornweste unter seinen Fingern aufstellten.
Mutter Pferdefeder legte die schuppigen Hände aufeinander, dann lächelte sie Wolkenwolf an. »Tja«, sagte sie etwas freundlicher. »Da wären wir wieder.«
»So ist es«, erwiderte Wolkenwolf. »Und ich muss wirklich sagen, Sie sehen heute Abend aus wie das blühende Leben, und Gelb steht Ihnen ausgezeichnet.«
»Ach, Wolfie!«, sagte sie, gegen ihren Willen geschmeichelt. »Sie sind ein alter Charmeur!«

»Aber ich meine es ernst«, beteuerte Wolkenwolf. »Jedes Wort.«
»Auch Sie sehen blendend aus wie immer«, gluckte Mutter Pferdefeder bewundernd.
Twig betrachtete seinen Vater. Es stimmte. Wolkenwolf bot in seiner Himmelspiratenuniform mit den Quasten, Tressen und glänzenden goldenen Knöpfen einen prächtigen Anblick. Doch dann fiel Twig erschauernd wieder das wutverzerrte Gesicht seines Vaters ein, als er das Steuerruder losgelassen hatte und der *Sturmpfeil* beinahe abgestürzt wäre. Wie sein Vater geflucht hatte, als sie die kostbare Eisenholzfracht hatten abwerfen müssen.
Er hob den Blick. Forficul starrte ihn aufmerksam an. *Pass auf, was du sagst … oder auch denkst*, hatte sein Vater ihn ermahnt. Twig erwiderte den Blick des Nachtschwärmers mit den vibrierenden Ohren. Ein Frösteln überlief ihn.

»Das Steuerruder, so?«, hörte er Mutter Pferdefeder sagen. Der Austausch der Höflichkeiten war offenbar beendet. »Das klingt wichtig.«
»Ist es auch«, bestätigte Wolkenwolf.
»Und deshalb teuer?«
Wolkenwolf nickte.

»Wir können uns darüber sicher einigen«, sagte Mutter Pferdefeder munter. »Solange die Qualität des Eisenholzes meinen Erwartungen entspricht.«

Schlagartig wurde Twig die Ungeheuerlichkeit dessen bewusst, was er getan hatte, und alles Blut wich aus seinem Gesicht. Wegen ihm würde der *Sturmpfeil* nie wieder fliegen. Sein Herz hämmerte laut und als Forficul sich zu Mutter Pferdefeder hinüberlehnte und ihr hinter vorgehaltener Hand etwas zuflüsterte, hämmerte es noch lauter.

Die Augen der Vogelfrau funkelten. »Tja, Wolfie«, sagte sie. »*Wird* das Holz denn meinen Erwartungen entsprechen? Was meinen Sie?« Sie beugte sich vor, bis ihr Schnabel fast sein Gesicht berührte. »Oder verschweigen Sie mir da noch etwas?« Ihre Stimme klang auf einmal abgehackt und hart.

»Ich Ihnen etwas verschweigen? Ich ...« Wolkenwolf kratzte sich hinter seiner Augenklappe. »Also ...« Er blickte auf seinen Sohn. Twig hatte ihn noch nie so müde gesehen, ihm schien, als sei sein Vater plötzlich gealtert.

»Also?«, beharrte Mutter Pferdefeder.

»Wir haben leider ziemliches Pech gehabt«, gab Wolkenwolf zu. »Aber wir können das auf unserer nächsten Reise wettmachen ...«

»Sie scheinen zu vergessen«, unterbrach sie ihn barsch, »dass Sie mir bereits zehntausend schulden, die Zinsen nicht eingerechnet. Dazu kommen natürlich noch die Kosten für das neue Steuerruder ...« Sie machte eine dramatische Pause und begann erregt ihre Halsfedern zurechtzuzupfen. »Ich weiß nicht, ob es eine nächste Reise geben wird.«

In Twig krampfte sich alles zusammen.
»Es sei denn«, fügte sie listig hinzu, »zu meinen Bedingungen.«
»Und die wären?«, fragte Wolkenwolf, ohne mit der Wimper zu zucken.
Mutter Pferdefeder hievte sich schnaufend auf ihre schuppigen Füße und drehte sich um, die Arme auf dem Rücken verschränkt. Wolkenwolf und Twig starrten ihren Rücken erwartungsvoll an. Über Forficuls Lippen spielte die Andeutung eines Lächelns.
»Wir zwei kennen uns schon lange, Wolkenwolf«, sagte sie. »Trotz der Geldprobleme, die Sie zurzeit leider haben, sind Sie immer noch der größte Himmelspirat aller Zeiten. Dass der *Sturmpfeil* Holzwürmer bekam, war schließlich nicht Ihre Schuld.« Sie drehte sich wieder zum Captain um. »Deshalb wende ich mich mit einem Anliegen an Sie, das sicher die größte Herausforderung ist, vor der Sie je gestanden haben. Wenn Sie Erfolg haben, sind Ihre Schulden auf einen Schlag gestrichen.«
Wolkenwolf musterte die Vogelfrau misstrauisch. »Und was verdienen Sie dabei?«
»Ach, Wolfie, Wolfie.« Sie lachte gackernd. »Sie kennen mich so gut.« Ihre Knopfaugen glitzerten. »Sehr viel. Mehr sei vorerst nicht gesagt.«
»Aber ...«
»Sparen Sie sich Ihre Fragen für nachher auf, wenn ich Ihnen alles erklärt habe«, unterbrach Mutter Pferdefeder ihn scharf. Sie holte Luft. »Ich wurde angesprochen«, sagte sie, »vom Prof ...«
Forficul hustete laut.

»... von ... einem Akademiker aus Sanktaphrax. Er benötigt Sturmphrax, und zwar eine ganze Menge, und will dafür einen ansehnlichen Preis zahlen.«

Wolkenwolf schnaubte verächtlich. »Wenn er Sturmphrax braucht, warum bedient er sich nicht in der Schatzkammer? Soviel ich gehört habe, machen das heute alle so.«

Mutter Pferdefeder starrte ihn an. »Er benötigt das Sturmphrax um die Schatzkammer aufzufüllen«, sagte sie. »Die Schatzkammer ist leer, denn es wurde bereits zu viel für die Herstellung von Phraxstaub entnommen.« Sie sah auf das silberne Medaillon hinunter, das um ihren Hals hing. »Nicht dass es jemand gelungen wäre, Phraxstaub herzustellen – aber wenn nichts geschieht, reißt sich der fliegende Felsen aus seiner Verankerung und Sanktaphrax treibt in den Himmel und verschwindet auf Nimmerwiedersehen.«

»Pah!«, rief Wolkenwolf. »Sanktaphrax! Was kümmert mich Sanktaphrax?«

Mutter Pferdefeder klackte verärgert mit dem Schnabel. »Sanktaphrax ist mit unser aller Leben untrennbar verknüpft. Die Gelehrten dort sind Wetterpropheten, Kartographen und Deuter der Nebel und Erscheinungen, die von jenseits der Klippe kommen. Sie interpretieren die Gesetzmäßigkeiten, die das Chaos ordnen. Ohne sie könnte Unterstadt gar nicht existieren. Gerade Sie sollten das wissen, Wolfie.«

»Ich weiß nur, dass Sanktaphrax mir die besten Jahre meines Lebens geraubt und mich dann vor die Tür gesetzt hat«, sagte Wolkenwolf.

Mutter Pferdefeders Augen blitzten. »Sie haben sich betrogen gefühlt und fühlen sich bis heute betrogen. Mit

Recht.« Sie schwieg. »Deshalb biete ich Ihnen jetzt die Chance, sich an den unrechtmäßigen Machthabern zu rächen.«
Wolkenwolf musterte sie. Er hatte endlich begriffen, hinter was die gerissene Vogelfrau her war. »Sie meinen, ich soll in den Dämmerwald fahren und neues Sturmphrax beschaffen.«
»Ich meine, dass ich Ihnen noch eine Chance gebe«, sagte Mutter Pferdefeder. »Zeigen Sie uns, was Sie an der Ritterakademie gelernt haben, und beweisen Sie, dass Wolkenwolf mehr ist als ein Mörder und Bandit.« Sie plusterte ihre Halskrause auf. »Dann wird Ihr schönes Schiff endlich den Zweck erfüllen, für den es ursprünglich gebaut wurde. Nämlich nicht um Eisenholz durch die Gegend zu fahren wie ein besserer Lastkahn, sondern um einen Sturm zu jagen!«
Beim Klang dieser Worte schlug Twigs Herz schneller. »Einen Sturm jagen!«, flüsterte er, jede Silbe auskostend. Er lächelte aufgeregt. *Einen Sturm jagen.*
Doch gleich holte ihn die nüchterne Wirklichkeit wieder ein. »Kommt nicht infrage«, erwiderte Wolkenwolf kurz angebunden.

»Aber Wolfie«, sagte Mutter Pferdefeder schmeichelnd, »denken Sie doch an die Begeisterung, die Ihnen bei Ihrer triumphalen Rückkehr entgegenschlagen wird, wenn Sie so viel Sturmphrax mitbringen, dass der fliegende Felsen von Sanktaphrax auf tausend Jahre schwer genug ist. Und denken Sie an den Ruhm«, fügte sie leise hinzu, »und an die Macht, die Sie haben werden.«

Twig wünschte sich von ganzem Herzen, sein Vater möge zustimmen. Doch Wolkenwolf schüttelte den Kopf.

»Denn wenn die Schatzkammer wieder schwer genug ist«, fuhr die Vogelfrau fort, »dann zerbricht der verfluchte Pakt zwischen den Regenschmeckern und Ligabrüdern.« In ihren Augen glommen Funken. »Neue Bündnisse werden geschlossen, eine neue Hierarchie wird entstehen. Sie werden dann ganz oben in der Rangordnung stehen. Sie und ich, Wolkenwolf, nur wir beide, ganz oben.«

Doch der Himmelspirat ließ sich nicht umstimmen. »Mit der Akademie habe ich schon lange nichts mehr zu tun«, sagte er. »Und der *Sturmpfeil* ist nicht mehr das Schiff, das es einst war ...«

»Wolfie!«, schimpfte Mutter Pferdefeder. »So viel falsche Bescheidenheit! Quintinius Verginix war der glänzendste Ritter, der die Akademie je besucht hat, und was Sie dort gelernt haben, haben Sie seitdem als Captain Wolkenwolf, als tapferster Himmelspirat aller Zeiten, tausendfach vervollkommnet.« Twig hörte seinen Vater verächtlich schnauben. »Und was den *Sturmpfeil* angeht«, fuhr Mutter Pferdefeder fort, »den lassen wir nach allen Regeln der Kunst instand setzen und aufmöbeln. Er wird durch die Lüfte sausen wie nie zuvor.«

Für einen Augenblick glaubte Twig schon, die Vogelfrau hätte es geschafft. Einem solchen Angebot konnte sein

Vater unmöglich widerstehen. Wolkenwolf lächelte und spielte mit seinen gewachsten Koteletten.

»Nein«, sagte er dann. Er schob geräuschvoll seinen Stuhl zurück und stand auf. »Und jetzt entschuldigen Sie mich bitte ...«

Mutter Pferdefeder begann in einem plötzlichen Wutanfall mit den Füßen auf dem Boden zu scharren. »Sie entschuldigen?«, kreischte sie. »Nein, ich entschuldige *nicht*.« Ihre

Stimme wurde immer schriller. »Sie haben keine Wahl! Ich habe etwas, das Sie unbedingt brauchen – und Sie haben etwas, das ich unbedingt brauche. Sie tun gefälligst, was ich sage!«

Wolkenwolf lächelte nur stumm und ging zur Tür. Außer sich vor Wut begann Mutter Pferdefeder auf alles einzudreschen. Der Tisch kippte um, die Stühle flogen in alle Richtungen. Eilends brachte sich Twig in Sicherheit. Dabei fiel sein Blick auf Forficul, der aufmerksam zur Tür sah. Seine großen Ohren zuckten und seine Mundwinkel verzogen sich zu einem Lächeln.

»Das ist Ihr Ende!«, schrie Mutter Pferdefeder. »Ihr Ende! Haben Sie das kapiert? Ich sorge dafür, dass Sie nie wieder ein Himmelsschiff betreten. Ich ...«

Ein gedämpftes Klopfen ertönte. Mutter Pferdefeder erstarrte. Die Tür ging auf. »Sie hier?«, rief sie.

»Ach du meine Güte«, sagte Wolkenwolf verwirrt und fiel auf die Knie.

Twig starrte den Neuankömmling an. Er war alt, sehr alt sogar, hatte lange, weiße Haare und einen langen Stock, auf den er sich beim Gehen schwer stützte. Mit seinen abgewetzten Sandalen, den fingerlosen Handschuhen und dem zerschlissenen, an vielen Stellen geflickten Gewand sah er wie ein Landstreicher aus. Und trotzdem lag Twigs Vater vor dieser Person auf den Knien.

Twig wollte Forficul nach einer Erklärung fragen, doch der Nachtschwärmer stand nicht mehr neben ihm, sondern auf dem Tisch und flüsterte Mutter Pferdefeder hinter vorgehaltener Hand aufgeregt etwas zu. Twig hätte alles dafür gegeben zu wissen, was er sagte, doch konnte er, so sehr er sich auch anstrengte, nichts hören außer einem verschwörerischen Tuscheln.

Er seufzte enttäuscht und konzentrierte seine Aufmerksamkeit wieder auf seinen Vater – und seufzte gleich noch einmal. Dass Wolkenwolf Mutter Pferdefeders Angebot abgelehnt hatte, konnte er schon nicht begreifen. Doch dass sein Vater immer noch kniete, demütigte ihn zutiefst. Warum stehst du nicht auf und kämpfst?, dachte er bitter. Willst du denn ewig knien?

KAPITEL 6

Ratz Zehenschneider

Der Marsch durch die Modersümpfe war eine Strapaze, wie Mim sie noch nie erlebt hatte. Und wenn schon die Anführerin der Schniffkobolde den Marsch anstrengend fand, waren die anderen Familienmitglieder am Ende ihrer Kräfte. Mims Sorgen wuchsen mit jeder Minute.

Ratz hatte angeordnet, dass sie beieinanderbleiben sollten, doch je tiefer sie in die endlose Ödnis eindrangen, desto größer wurden die Abstände zwischen ihnen.

Mim eilte mit glucksenden Schritten die auseinandergezogene Schlange ihrer erschöpften Angehörigen auf und ab, so schnell, wie der klebrige Schlick es nur zuließ, von den Jungen an der Spitze bis zum alten Torp, der den Schluss bildete. Für jeden fand sie ein paar tröstende Worte.

»Jetzt ist es nicht mehr weit«, versicherte sie. »Wir sind fast da.« Der faulige, abgestandene Modergeruch wurde stärker. »Denkt nicht dran, wo wir jetzt sind, sondern an das Paradies, das uns erwartet. Dort gibt es alles im Überfluss. Wir Schniffkobolde sind dort willkommen, und die Straßen sind mit Gold gepflastert.«

Die anderen Kobolde lächelten nur erschöpft. Keiner hatte noch die Kraft etwas zu antworten. Sogar die jungen Schniffs, die am Anfang übermütig wie die Lämmer herumgetollt waren, schleppten sich jetzt schmerzhaft langsam dahin. Mim wusste, es konnte nicht mehr lange dauern, bis der Erste erschöpft liegen blieb.

»He Sie!«, rief sie der hageren Gestalt zu, die ihnen vorauseilte. »Gehen Sie bitte etwas langsamer.«

Ratz drehte sich um. »Was ist los?«, brüllte er ungehalten. Mim hastete zu ihm nach vorn. Die Mittagssonne brannte gnadenlos herunter. Ratz wartete auf sie, die Hände in die Hüften gestützt und auf dem Gesicht ein höhnisches Grinsen. »Wir brauchen eine Pause«, keuchte Mim.

Ratz musterte sie von oben bis unten, dann blickte er mit zusammengekniffenen Augen zum Himmel auf. »Wir gehen noch bis Sonnenuntergang«, sagte er. »Dann ruhen wir die Nacht über aus. Im Dunkeln zu marschieren ist wegen des Sumpfes und der giftigen Springquellen zu gefährlich ...«

»Nicht zu vergessen die Sumpfwürger, Schlickfische und weißen Raben«, unterbrach Mim ihn verärgert. »Denen wir bisher allerdings noch nicht begegnet sind.«

Ratz richtete sich zu seiner vollen Größe auf und sah verächtlich auf sie hinab. »Ich bitte vielmals um Entschuldigung«, sagte er und seine Stimme triefte vor Spott. »Ich hatte den Eindruck, ich sollte euch als euer Führer vor diesen Tieren *schützen*. Wenn ich gewusst hätte, dass ihr ihnen *begegnen* wollt ...«

Mim schlug beschämt die Augen nieder. »Tut mir leid«, murmelte sie. »Ich wollte damit nur sagen ... Einige von

uns kommen bei diesem Marschtempo, das Sie vorgeben, nicht mehr mit.«

Ratz ließ den Blick über die Schlange wandern. »Ihr habt für eine Durchquerung in zwei Tagen gezahlt«, sagte er scharf. »Jeder Tag länger kostet extra.«

»Aber wir haben kein Geld mehr«, rief Mim verzweifelt.

Ratz' Zähne leuchteten hinter seinen ausgebleichten Lippen gelb auf. »Wie gesagt.« Er drehte sich um und ging weiter. »Das kostet extra.«

Es war bereits dunkel, als Ratz Zehenschneider endlich anhielt. An einer Felsgruppe blieb er stehen und stellte die Laterne ab. »Hier machen wir Pause«, rief er zurück. Die Hände hatte er wie einen Trichter an den Mund gelegt.

Nacheinander trafen die Schniffkobolde ein.

»Sorg dafür, dass das Ding ruhig ist!«, fuhr Ratz eine junge Koboldin an, die einen plärrenden Säugling im Arm hielt. »Es macht jeden Sumpfwürger im Umkreis von Kilometern auf uns aufmerksam.« Er hob die Laterne hoch und spähte den Weg zurück, den sie gekommen waren. »Wo sind die anderen?«, fragte er barsch. »Passiert mir doch immer wieder, dass sich jemand selbstständig macht und verirrt.«

»Nein, sehen Sie! Da drüben!«, rief ein junger Schniff und zeigte auf eine seltsam unförmige Gestalt, die aus den tiefhängenden Nebelschwaden auftauchte und schwerfällig auf sie zu wankte. Als sie näher kam, wurden aus der einen Gestalt drei. Es war Mim, die einen jungen Schniff auf dem Rücken trug und den alten Torp mit einem Arm stützte.

Ratz lächelte. »Dann wären wir ja komplett.«

Die erleichterten Rufe der anderen gaben Mim neue Kraft. Sie stapfte über die letzten Meter trügerischen Sumpfes auf die Felsen zu. Der alte Torp ließ ihren Arm los und setzte sich hin. »Gut gemacht, Alter«, flüsterte Mim atemlos. »Du hast es geschafft.« Sie hob das schlafende Kind vom Rücken, legte es behutsam auf den Boden und deckte es mit einer Decke zu. Dann richtete sie sich keuchend wieder auf und sah sich um.

»Na ja, ich habe schon bequemer übernachtet«, sagte sie. »Aber Hauptsache, es ist trocken. Also danke, Ratz, dass Sie uns wohlbehalten hierher gebracht haben.«

»War mir ein Vergnügen«, erwiderte Ratz ohne auf die ver-

drossenen Gesichter der anderen Kobolde zu achten. Zu oft hatte er dieselben Mienen schon gesehen. »Und jetzt ruht euch aus.«
Die Koboldfamilie ließ sich das nicht zweimal sagen. Wenige Augenblicke später hatten alle sich wie wollene Kokons in ihre Decken gerollt – alle außer Mim. »Und was ist mit Ihnen?«, fragte sie Ratz.
»Mit mir?«, sagte er herablassend. Er hockte sich auf den höchsten Felsen. »Machen Sie sich darum mal keine Sorgen. Ich brauche nicht viel Schlaf.« Er ließ den Blick über die Ebene schweifen, die im Mondlicht glänzte und schimmerte wie poliertes Silber. »Außerdem muss ja jemand Wache halten.«
Mim war beruhigt. Trotz ihrer früheren Worte war ihr doch vor den Sumpfwürgern, Schlickfischen und weißen Raben keineswegs geheuer. Sie wünschte Ratz eine gute Nacht, kuschelte sich zwischen zwei kleine Schniffs und als sich wenige Minuten später dunkle Wolken vor den Mond schoben, schlief sie so fest wie die anderen.
Ratz lauschte dem schnarchenden Chor und grinste wölfisch. »Schlaft gut, meine Zwerge«, flüsterte er. »Oder Kobolde oder was auch immer.«
Immer mehr Wolken zogen auf. Ratz stellte die Laterne neben sich, zog ein Messer aus dem Gürtel und begann vorsichtig, damit über den Felsen hin und her zu streichen. Ab und zu spuckte er auf die Klinge und betrachtete sie prüfend in dem gelben Licht. Dann zog er sie wieder langsam und regelmäßig über den Stein, bis die Klinge so scharf war, dass sie ein Haar der Länge nach hätte spalten können.
Wehe dem, der es wagte, sich mit ihm anzulegen. Ratz

stand auf, die Laterne in der einen, das Messer in der anderen Hand. Wehe denen, die ihm in die Hände fielen. Die Wolken rissen auf und der Mond beschien die schauerliche Szene und tauchte sie abwechselnd in Schwarz und Weiß.

Weiß die Decken, schwarz das Blut.

Knochenweiß die Gestalt, die sich durch den Sumpf davonmachte, schwarz der Schatten, der sich lang über die Felsen streckte.

Weiß die Raben, die bereits fraßen, schwarz die Tat und ungeheuerlich.

Die knochige Hand um die mit blutiger Beute gefüllte Ledertasche geklammert, durchquerte Ratz Zehenschneider den Sumpf. Weit vor ihm glänzte im Mondlicht wie ein gewaltiges Skelett das Wrack, das mit Schlagseite halb im Sumpf versunken lag. Starr hielt Ratz die Augen auf die schimmernden Rippen des geborstenen Rumpfes gerichtet. Immer näher kam er ohne sich umzudrehen, ohne ein einziges Mal hinter sich zu blicken.

»Endlich«, murmelte er und trat vor das Wrack. Prüfend ließ er den Blick darübergleiten und erst nachdem er sich vergewissert hatte, dass das Schiff unberührt war, verschwand er im dunklen Innern des Rumpfes.

Wenn ein fremder Eindringling die Gelegenheit genutzt

hätte das Schiff in Abwesenheit seines Eigentümers zu durchstöbern, dann hätte er fassungslos vor der dort verborgenen Barbarei gestanden. Die klamme Luft stank durchdringend nach Tod und an den hölzernen Wänden hingen mit Nägeln befestigt tausende mumifizierter Zehen. Große Zehen hingen da, kleine Zehen, behaarte und geschuppte, Zehen mit rasiermesserscharfen Krallen, mit Klauen, Schwimmhäuten, und alle schwarz und verschrumpelt. Und dies war nur ein kleiner Teil. Am anderen Ende des Rumpfes lagen auf einem gewaltigen Haufen tausende mehr.

Ratz patschte durch das Himmelsschiff. Die grässlichen Trophäen an den Wänden sah er nicht und den entsetzlichen Gestank nahm er nicht wahr. Für ihn roch das Wrack der *Windsbraut* einfach nach Zuhause.

Er hängte die Laterne an einen Haken über einer mächtigen Kiste aus Eisenholz und Glas, öffnete den Deckel, kniete hin und machte sich an die Arbeit. Stück für Stück

zog er die abgetrennten Zehen aus der Tasche und begann mit einer kleinen Feile wie ein Wahnsinniger unter den Nägeln zu kratzen. Winzige Stäubchen, einige weiß, andere schwarzbraun glänzend, fielen in die Kiste. Sobald Ratz überzeugt war, jedes Stäubchen entfernt zu haben, warf er die Zehen zu den anderen auf den großen Haufen.
Zufrieden und gedankenverloren starrte er nach getaner Arbeit in die Kiste. Sie war zu Dreiviertel gefüllt mit dem, was er unter den Zehen hervorgekratzt hatte. »Meine schöne, fette Beute«, flüsterte er. »Eines Tages ist die Kiste ganz voll, bis unter den Deckel, vielleicht schon bald, wenn der Himmel will. Und an diesem wunderbaren Tag ist meine Mission zu Ende … vielleicht.«
Er stand auf, schlug den Deckel zu und trat ins Freie. Die lange Nacht war vorbei. Von links schoben sich tiefrote Wolken über den Himmel, die den herannahenden Sturm ankündigten. Rechts zog in weiter Entfernung die Silhouette eines Himmelsschiffes vor der aufgehenden Sonne vorbei.
Beide, Sturm und Himmelsschiff, kamen näher.

KAPITEL 7

Einwilligung und Verrat

Unbehaglich sah Mutter Pferdefeder zu, wie der Alte auf Wolkenwolf zutrat. Sie wusste aus bitterer Erfahrung, wie verhängnisvoll es sein konnte, wenn die verschiedenen Partner eines Geschäfts – Angebot und Nachfrage gewissermaßen – zusammentrafen. Viel besser war es, zwischen beiden zu vermitteln, die Verhandlungen zu führen und selbst die Fäden zu ziehen. Doch Forficul hatte sie daran erinnert, dass sie Wolkenwolf nicht zu der Reise hatte überreden können und der letzte Ankömmling daher ihre letzte Hoffnung war.

Der Alte beugte sich hinunter und berührte Wolkenwolf mit seinem Stab an der Schulter. »Steht auf, Quintinius Verginix«, sagte er.

Twig sah, wie sein Vater aufstand und mit Ehrfurcht und Achtung zu dem Alten aufblickte. Im selben Augenblick wusste er mit absoluter Sicherheit, wer der Alte in den zerlumpten Kleidern war: der frühere Förderer und Lehrer seines Vater, der Professor des Lichts.

»Lang, lang ist's her, Quintinius«, sagte der Alte. »Ihr wart

der glänzendste Ritter der Akademie seit hundert Generationen, doch ...« Er brach ab, denn erst jetzt hatte er Twig bemerkt. »Wer ist das, Pferdefeder?«, wollte er wissen.
»Der Junge gehört zu mir«, antwortete Wolkenwolf an ihrer Stelle. »Er kann alles hören, was Ihr mir zu sagen habt.«
»Seid Ihr sicher?«, fragte der Professor.
»Ganz sicher«, erwiderte Wolkenwolf höflich, aber bestimmt.
Der Professor nickte ergeben. »Wir haben Euch im Stich gelassen, Quintinius Verginix, ich weiß. Jetzt kommen wir als Bittsteller zu Euch. Wir brauchen Eure Hilfe.«
Twig merkte, wie verlegen sein Vater unter dem durchdringenden Blick des Professors wurde, und er fühlte sich an sich selbst erinnert. Dann sprach Wolkenwolf und es schien Twig, als höre er sich selbst stammeln.
»Ich ... ähm ... das heißt ... Mutter Pferdefeder hat das Problem schon ... angedeutet.«
»So?«, sagte der Professor überrascht. »Dann versteht Ihr sicher den Ernst der Lage.«
»Sanktaphrax ist also wirklich gefährdet?«
»Es kann sich jeden Augenblick aus seiner Verankerung losreißen«, sagte der Professor. »Wir brauchen Nachschub an Sturmphrax.«
Wolkenwolf hörte ihm schweigend zu.
»Die Windfühler und Wolkengucker haben bereits bestätigt, dass ein großer Sturm bevorsteht. Wenn er kommt, muss jemand bereit sein, ihm zum Dämmerwald zu folgen und nach dem Sturmphrax zu suchen, das im Sturm entsteht. Und dieser jemand, mein lieber Quintinius Verginix, kann kein anderer sein als Ihr. Keiner sonst ist dieser Auf-

gabe gewachsen. Werdet Ihr uns helfen oder wollt Ihr zusehen, wie Sanktaphrax für immer in den endlosen Weiten des Himmels verschwindet?«

Wolkenwolf starrte ihn regungslos an. Twig hatte keine Ahnung, welche Gedanken seinem Vater durch den Kopf gingen. Ja? Oder nein? Was würde er antworten?

Schließlich nickte Wolkenwolf fast unmerklich. Twigs Herz machte einen Satz. Das Nicken mochte noch so klein gewesen sein, sein Vater hatte den Auftrag angenommen. Sie würden auf Sturmjagd gehen.

Auf der anderen Seite der Tür hatte jemand lauschend das Ohr ans Holz gedrückt, jemand, der die Neuigkeit von der Reise zum Dämmerwald ebenfalls begierig in sich aufsog: Slyvo, der Maat des *Sturmpfeils.* Aufmerksam hörte er den Plänen zu, die drinnen geschmiedet wurden, und merkte sich alles genau. Er kannte Leute, die für solche Informationen sehr gut zahlten.

Sobald drinnen Stühle zurückgeschoben wurden, richtete er sich auf und glitt lautlos in den Schankraum zurück. Auf keinen Fall wollte er beim Lauschen erwischt werden. Der gute Captain würde noch früh genug merken, dass jemand das Gespräch belauscht hatte.

Gemessen an den Verhältnissen in Unterstadt war das Ligahaus prächtig – genauer gesagt, der Boden bestand aus Dielen statt festgestampfter Erde und die meisten Fenster waren verglast. Den größten Teil des Raumes beanspruchte ein riesiger, ringförmiger Tisch. An ihm saßen gewichtig die Ligabrüder, die dem kurzfristigen Aufruf hatten Folge leisten können.

In dem runden Loch in der Mitte des Tisches stand ein Drehstuhl und auf ihm saß Slyvo.

Simenon Xintax, der Ligameister, schlug laut mit seinem Hammer auf den Tisch. »Ruhe!«, brüllte er. »Ruhe!!«

Im Ligahaus wurde es still und alle Augen wandten sich Xintax zu. Der Ligameister stand auf.

»Dreispitzmitren auf!«, befahl er. Am Tisch entstand Bewegung. Alle langten nach ihrer Kopfbedeckung und setzten sie auf. Xintax nickte zufrieden. »Hiermit erkläre ich die Sondersitzung der Liga der freien Kaufleute von Unterstadt für eröffnet. Die Befragung möge beginnen.«

Schweigend warteten die Ligabrüder darauf, dass Xintax als Vorsitzender die erste Frage stellte. Sie war zugleich die wichtigste, sie gab die Richtung für alle folgenden Fragen vor. Denn die Wahrheit war, wie die Ligabrüder wussten, eine nur schwer fassbare Sache. Man musste sich ihr behutsam nähern, sonst verwandelte sie sich in etwas ganz anderes.

Xintax setzte sich wieder. »Wenn wir Euch fragen würden, Slyvo, ob Ihr ehrlich seid«, begann er mit der von der Tradition vorgeschriebenen, umständlichen Formel, »was würdet Ihr wahrheitsgemäß antworten?«

Slyvo schluckte. Das ist aber eine schwierige Frage, dachte

er. Natürlich wollte er die Fragen der Ligabrüder aufrichtig beantworten. Aber ob er selbst ehrlich war – eine ehrliche Person hätte zunächst einmal gar nicht an der Tür gelauscht. Er zuckte die Schultern und wischte sich die Schweißperlen von der Oberlippe. »Also, das ist so ...«, begann er.
»Ihr beantwortet die Frage mit Ja oder Nein«, fiel ihm Xintax ins Wort. »Wie Ihr überhaupt *alle* Fragen mit Ja oder

Nein und nichts anderem beantworten werdet. Habt Ihr verstanden?«
»Ja«, sagte Slyvo.
Xintax nickte. »Also, ich wiederhole: Wenn wir Euch fragen würden, Slyvo, ob Ihr ehrlich seid, was würdet Ihr wahrheitsgemäß antworten?«
»Nein«, sagte Slyvo.
Überraschung machte sich um den Tisch breit. Dann streckten alle Ligabrüder zugleich die Arme in die Luft und versuchten, die Aufmerksamkeit des Vorsitzenden auf sich zu lenken. »Ich, ich, ich, ich«, riefen sie durcheinander.
»Bitte, Leandus Bleibauch von den Rohrgießern und Feilenrasplern«, sagte Xintax.
Leandus, ein untersetzter, cholerisch aussehender Mann mit durchgehenden, buschigen Augenbrauen, die so breit waren wie seine niedrige Stirn, nickte Slyvo zu. »Wenn wir Euch fragen würden, ob Ihr uns über Euren Captain Wolkenwolf, vormals Quintinius Verginix, Auskunft geben könnt, was würdet Ihr wahrheitsgemäß antworten?«
Slyvo drehte sich dem Frager zu. »Ja.«
»Kleberecht Armdreher von den Leimtröpflern und Seilkremplern«, sagte Xintax.
»Wenn wir Euch fragen würden, ob der *Sturmpfeil* gegenwärtig himmelstüchtig ist, was würdet Ihr wahrheitsgemäß antworten?«
»Nein«, sagte Slyvo und drehte sich wieder zurück.
»Ellerex Klumpert von den Formern und Mischern.«
»Wenn wir Euch fragen würden, ob Ihr notfalls bereit wäret, ein Mitglied der Schiffsbesatzung zu töten, was würdet Ihr wahrheitsgemäß antworten?«

Slyvo sog scharf die Luft ein. »Ja.«
Und so ging es weiter. Die Ligabrüder stellten ihre Fragen und Slyvo beantwortete sie eine nach der anderen. Die Fragen kamen in keiner bestimmten Reihenfolge – oder wenn es eine gab, bemerkte Slyvo sie jedenfalls nicht. Aus seiner Sicht wäre es sinnvoller gewesen, wenn er ausführlich hätte berichten können, was er gehört hatte. Aber nein, das Verhör ging weiter und die Fragen folgten immer schneller aufeinander.
Dabei kam nach und nach alles zum Vorschein, nicht nur die bloßen Fakten. Durch ihre indirekte Befragung verschafften sich die Ligabrüder ein vollständiges Bild mit allen Details und deshalb wussten sie anschließend auch genau, was zu tun war.
Simenon Xintax stand zum zweiten Mal auf. Er hob die Arme. »Die Befragung ist hiermit beendet«, sagte er. »Wenn wir Euch fragen würden, Slyvo, ob Ihr bereit wäret, der Liga der freien Kaufleute von Unterstadt die Treue zu schwören, Euch von allen anderen Bindungen zu lösen und Euch ganz unserem Willen zu unterstellen, was würdet ihr wahrheitsgemäß antworten?«
Slyvos Gedanken rasten. Aus den Fragen schloss er, dass ihm womöglich sehr viel Geld angeboten würde, außerdem ein eigenes Schiff und, am wichtigsten, die Mitgliedschaft in der Liga. Andererseits wusste er genau, was von ihm erwartet wurde. Und dafür wollte er mehr als nur Geld. Er wollte Macht.
»Ich beantworte diese Frage mit einer Gegenfrage, wenn Ihr gestattet«, sagte er. Xintax nickte. »Wenn ich Euch fragen würde, ob ich, wenn das gefährliche Unternehmen ge-

lingt, neuer Ligameister der Liga der freien Kaufleute von Unterstadt werden könnte, was würdet *Ihr* wahrheitsgemäß antworten?«

Xintax' Augen verengten sich. Er hatte durch die Befragung viel über Slyvo erfahren. Der Maat war habgierig, falsch und eingebildet. Seine Frage überraschte ihn keineswegs. »Ja«, sagte Xintax.

Slyvo lächelte. »In diesem Fall lautet meine Antwort ebenfalls Ja.«

Im Anschluss an diese Worte erhoben sich die Ligabrüder feierlich, drückten die Dreispitzmitren an die Brust und senkten die Köpfe. Wieder sprach der Ligameister stellvertretend für alle.

»Wir haben gefragt, Ihr habt geantwortet, und wir haben eine Übereinkunft getroffen«, sagte Xintax. »Aber seid versichert, Slyvo: Solltet Ihr versuchen uns zu täuschen, zu betrügen oder sonstwie zu hintergehen, werden wir nicht ruhen, bis wir Euch ausfindig gemacht und vernichtet haben. Habt Ihr das verstanden?«

Grimmig erwiderte Slyvo seinen Blick. »Ja, das habe ich. Doch wisst, Xintax: Was für den Eber gilt, gilt auch für die Sau. Wer sich mit mir anlegt, ist tot, noch bevor er einen Mucks getan hat.«

In dem stickigen Hinterzimmer der Schenke hatte sich die Stimmung aufgehellt. Sobald das Geschäft besiegelt war – mit zahlreichen doppelten Handschlägen, wie es der Brauch erforderte –, hatte Mutter Pferdefeder nach ihren Dienern geklingelt. Es war Zeit für das Festmahl, das sie zur Feier des erfolgreichen Abschlusses vorbereitet hatte.

Die überreich aufgetragenen Speisen schmeckten köstlich, das Waldbräu floss in Strömen. Twig saß zufrieden da und sagte kein Wort. Den Gesprächen der anderen hörte er nur mit halbem Ohr zu. Sie würden auf Sturmjagd gehen. Einen Sturm *jagen.* An nichts anderes konnte er denken und vor Aufregung schlug ihm das Herz bis zum Hals.

»Ich finde immer noch, dass es recht gewagt war von Ihnen, sicher anzunehmen, wir würden uns einigen«, hörte er Wolkenwolf lachend sagen. Sein Vater biss in sein saftiges Hammelhornsteak.

»Wer sagt denn, dass es nur bei einer Einigung etwas zu essen gegeben hätte?«, fragte Mutter Pferdefeder.

»*Ich*«, rief Wolkenwolf. »Ich kenne Sie doch, Mutter Pferdefeder. *Umsonst scharrt keine Henne,* geht das Sprichwort nicht so …?«

Mutter Pferdefeder klackte vergnügt mit dem Schnabel. »Ach, Wolfie!«, rief sie. »Sie sind mir einer!« Sie stand auf und hob das Glas. »Da jedoch die Angelegenheit jetzt zur allgemeinen Zufriedenheit geregelt ist, möchte ich darauf anstoßen. Auf den Erfolg.«

»Auf den Erfolg!«, riefen alle begeistert.

»Ich bin so froh, dass Ihr Eure Zustimmung gegeben habt«, sagte der Professor des Lichts dankbar zu Wolkenwolf.

»Schließlich hätte ich eine so wertvolle Ladung ungern einem Geringeren anvertraut.«
»Ihr meint das Sturmphrax«, sagte Wolkenwolf. »Das müssen wir allerdings zuerst finden.«

»Nein, Quintinius, nicht das Sturmphrax.« Der Professor lachte. »Ich meinte mich selbst, denn ich werde Euch begleiten. Zusammen werden wir dank Eurer Fähgkeiten und meines Wissens mit so viel Sturmphrax zurückkehren, dass der Wahnsinn mit den Ketten, die wir fortwährend schmieden müssen, ein für alle Mal aufhört.«
Wolkenwolf runzelte die Stirn. »Aber schöpft Vilnix nicht Verdacht, wenn er davon Wind bekommt?«
»Das zu verhindern ist *unsere* Aufgabe«, sagte Mutter Pferdefeder und wies mit einem Nicken auf den Nachtschwärmer. »Forficul besucht morgen früh Sanktaphrax und gibt dort bekannt, dass der Professor des Lichts aufgrund eines tragischen Unfalls vorzeitig verstorben ist.«
»Ihr habt an alles gedacht, wie ich merke. Ich muss allerdings auch noch etwas sagen.« Wolkenwolf sah Twig an.
»Ich weiß schon«, lachte Twig. »Aber keine Sorge, ich verspreche, dass ich diesmal aufpasse und nichts anstelle.«
»Du wirst gar nichts, Twig«, sagte Wolkenwolf streng. »Denn du wirst nicht mitkommen.«

Twig starrte ihn fassungslos und mit offenem Mund an. Wie konnte sein Vater das sagen?
»A... aber was soll ich dann tun?«, stotterte er. »Wo soll ich wohnen?«
»Keine Sorge, Twiggi«, hörte er Mutter Pferdefeder sagen. »Wir haben alles besprochen. Du bleibst bei mir.«
»Nein, nein, nein«, murmelte

Twig ohne zu begreifen, wie ihm geschah. »Das können Sie mir nicht antun. Das ist ungerecht.«

»Twig!«, rief sein Vater barsch. »Halte den Mund!«

Aber das konnte Twig nicht. »Sie vertrauen mir nicht, ja?«, schrie er. »Sie glauben, ich tauge zu nichts. Sie glauben, ich bin zu nichts zu gebrauchen ...«

»Nein, Twig«, unterbrach ihn sein Vater. »Das glaube ich nicht und ich bin überzeugt, eines Tages wirst du, wenn der Himmel es will, ein tüchtiger Himmelspiratenkapitän sein. Doch vorerst fehlt dir noch die Erfahrung.«

»Und wie soll ich Erfahrung sammeln, wenn ich hier bleiben muss?«, wollte Twig wissen. »Außerdem«, fügte er heftig atmend hinzu, »hat keiner von der Mannschaft mit der Sturmjagd Erfahrung, nicht einmal Sie.«

Wolkenwolf ging nicht darauf ein. »Ich habe mich entschieden«, sagte er fest. »Du kannst dich damit abfinden oder brüllen und toben wie ein Kind, jedenfalls kommst du nicht mit und damit basta.«

KAPITEL 8

Abfahrt

Setzen wir Segel?«, rief Tem Waterbork.

»Der Steinpilot rechnet fest damit«, erwiderte Zacke.

»Das ist doch wunderbar«, meinte Tem. »Nach all den Problemen mit dem Eisenholz und als wir dann auch noch das Ruder verloren haben, hatte ich wirklich schon Angst, der *Sturmpfeil* würde am Ende nie mehr auslaufen. Und jetzt sieh ihn dir an: hervorragend in Schuss und kaum noch zu bändigen. Ich kann mich nicht erinnern, dass die Beschläge je so geglänzt haben.«

»Und nicht nur die Beschläge«, sagte Klotzkinn. »Hast du die Segel und Taue gesehen? Die ganze Takelage? Alles brandneu.«

»Und die Ausgleichsgewichte funktionieren jetzt perfekt«, sagte Zacke.

»Offenbar brechen wir in Kürze zu einer wichtigen Fahrt auf.« Nachdenklich strich sich Tem Waterbork über den Bart.

»Um das zu merken muss man kein Genie sein«, sagte Klotzkinn. »Die Frage ist nur, wohin?«

Tem schüttelte den Kopf. »Der Captain sagt es uns bestimmt, wenn es so weit ist.«
»Schon«, meinte Klotzkinn, »nur *wenn* wir fahren, dann am besten jetzt gleich, im Schutz der Dunkelheit.«
»Im Gegenteil«, sagte Tem Waterbork. »Wir sollten bis morgen warten.«
»Damit die Patrouillen der Ligen uns sehen?«, fragte Klotzkinn. »Bist du verrückt geworden?«
»Ich nicht, Klotzkinn«, erwiderte Tem. »Du hast vergessen, dass wir mit dem *Sturmpfeil*, so wie er jetzt ist, sämtliche Ligaschiffe, die uns verfolgen, abhängen können.«
»Schon, aber ...«
»Außerdem sind die Modersümpfe selbst zur besten Zeit ein tückischer Ort. Sie im Dunkeln zu überqueren wäre Wahnsinn. Da können doch überall giftige Springquellen ausbrechen und bei Sturm hält dein Anker nirgends. Ganz zu schweigen davon, dass man nicht sieht, wo der Himmel aufhört und der Boden anfängt. Ich erinnere mich an einen Fall – ich muss damals noch ein junger Spund gewesen sein. Wir waren auf dem Rückweg von ...«
Zacke unterbrach ihn. »Der Captain«, zischte er. »Und noch jemand.«
Tem Waterbork verstummte und drehte sich mit Klotzkinn und Zacke zu den beiden Neuankömmlinge um, die über den Landungssteg an Bord kletterten.
»Captain«, rief Tem erfreut. »Genau Sie wollte ich sprechen. Vielleicht können Sie unseren kleinen Streit beilegen. Klotzkinn hier behauptet ...«
»Nein, Tem, kann ich nicht«, unterbrach Wolkenwolf ihn schroff. Er sah sich im Dämmerlicht um. »Wo ist Hubble?«

»Unter Deck, Captain«, antwortete Tem. »Bei Haudrauf. Ich glaube, die beiden helfen dem Steinpiloten bei der Feineinstellung des neuen Ruders.«
Wolkenwolf nickte. »Und Slyvo?«
Die Himmelspiraten hoben die Schultern. »Den haben wir nicht gesehen«, sagte Tem Waterbork. »Wir haben ihn in Unterstadt verloren. Er ist wahrscheinlich noch an Land.«

»Er ist was?«, fuhr Wolkenwolf ihn an. »Wie oft muss ich euch denn noch sagen, dass ihr Slyvo keinen Moment lang aus den Augen lassen dürft? Wer weiß, was er jetzt schon wieder im Schilde führt.«
»In der Schenke zur Bluteiche war er noch dabei«, erklärte Klotzkinn. »Dann war er plötzlich verschwunden.«
Wolkenwolf schüttelte fassungslos den Kopf. »Slyvo ist unser Maat«, erklärte er dem Professor des Lichts. »Ein

Schlitzohr und Intrigant. Ich hätte gute Lust ohne ihn zu fahren. Das Problem ist nur, er versteht seine Arbeit. Und da Twig schon in Unterstadt bleibt, hätten wir dann zwei Mann weniger.« Er schüttelte den Kopf. »Das ist zu riskant.«

»Twig bleibt hier?«, fragte Tem Waterbork überrascht. »Ist er krank?«

»Nein, er ist nicht krank, Tem«, erwiderte Wolkenwolf wütend. »Obwohl dich das nichts angeht.«

»Aber ...«

»Genug!«, brüllte Wolkenwolf. »Ich lasse mich im Beisein unseres Gastes nicht auf Diskussionen ein.« Er wandte sich an den Professor des Lichts. »Wenn Ihr mir bitte folgen wollt. Ich werde Euch persönlich in Euer Quartier geleiten.«

»Danke, das wäre nett«, sagte der Professor. »Ich muss noch einige letzte Berechnungen anstellen, bevor wir fahren.«

»Selbstverständlich.« Wolkenwolf schob den Professor weiter, ehe er zu viel über die bevorstehende Reise verraten konnte.

Die drei Himmelspiraten sahen einander verwirrt an. Wer war der Alte? Und warum kam Twig nicht mit? Wohin fuhren sie überhaupt? Plötzlich drehte sich Wolkenwolf noch einmal um. »Nur Narren vertreiben sich die Zeit mit müßigen Spekulationen«, rief er. Die Piraten schlugen schuldbewusst die Augen nieder. »Sobald Slyvo kommt, gebt mir Bescheid.«

»Aye, aye, Captain.«

Niedergeschlagen starrte Twig auf das Glas Waldsekt vor ihm. Mutter Pferdefeder hatte es ihm vor einer Ewigkeit hingestellt. »Damit seine Laune sich bessert«, wie sie zu Forficul gesagt hatte. Jetzt war der Sekt warm und abgestanden.

Um Twig herum war die Zecherei weiter voll im Gang. Gröhlendes Gelächter und laute Flüche ertönten, Geschichten wurden erzählt und Lieder gesungen und immer wieder brach heftiger Streit aus, da die Gemüter der Flachkopf- und Hammerkopfkobolde sich zunehmend erhitzten. Um Schlag Mitternacht begann eine Trollfrau einen Schlangentanz. Wenig später hatte sich die ganze Belegschaft der Stube zu einer langen Schlange formiert, die sich zwischen den Tischen hindurchwand.

»Schau nicht so trübsinnig, Kamerad«, hörte Twig jemanden sagen. »Vielleicht kommt es ja ganz anders.«

Twig drehte sich um und blickte in das grinsende Gesicht eines Pöbelgnoms, der hinter ihm stand. »Dazu ist es zu spät«, seufzte Twig.

Der Gnom sah ihn verständnislos an und kehrte dann achselzuckend zu den anderen Tänzern zurück. Twig drehte sich wieder um. Er stützte die Ellbogen auf den Schanktisch, legte den Kopf in die Hände, hielt sich mit den Fingern fest die Ohren zu und schloss die Augen.

»Warum fährst du ohne mich?«, flüsterte er. »Warum?«

Natürlich wusste er, was sein Vater ihm antworten würde. »Ich will nur, dass dir nichts passiert«, oder: »Eines Tages wirst du mir dafür danken«, oder, am schlimmsten: »Es ist alles nur zu deinem Besten«.

Twig spürte, wie sein Kummer sich allmählich in Wut verwandelte. Gar nichts war zu seinem Besten. Dazu hätte er auf dem *Sturmpfeil* sein müssen, zusammen mit seinem Vater, von dem er so lange getrennt gewesen war. Gemeinsam hätten sie die Lüfte befahren und Jagd auf Reichtümer gemacht. Doch in einer lärmenden Spelunke in Obhut von Mutter Pferdefeder zu sitzen, während der *Sturmpfeil* und seine Besatzung zu einer wunderbaren Reise aufbrachen, war unerträglich.

Twigs Kummer wuchs noch, als er sich ausmalte, was er versäumen würde. Wie es wohl war, im Sog eines großen Sturmes dahinzufliegen? Vor seinem geistigen Auge sah er den gewaltigen Blitz niederzucken, in der Luft erstarren und sich in festes Sturmphrax verwandeln. Er überlegte auch, wie es im berüchtigten Dämmerwald sein mochte. Der *Sturmpfeil* war zwar schon oft darüber hinweggeflogen, doch kein Himmelspirat hatte es je gewagt, dort zu landen.

Ob der Dämmerwald dem Dunkelwald seiner Kindheit ähnelte? Ein unendlich großer, üppiger Wald, berstend voll mit Leben, mit den verschiedensten Bäumen, vom summenden Wiegenliedbaum bis zur Fleisch fressenden Bluteiche, und Heimat zahlloser Völker und Stämme und der verschiedensten Kreaturen ...

Oder war der Dämmerwald wirklich so mysteriös und tückisch, wie die Legende erzählte? War er wirklich der Ort verwirrender Sinnestäuschungen und des Wahnsinns, wie ihn die Geschichtenerzähler in ihren mündlich überlieferten Geschichten beschrieben?

Twig seufzte. Er würde es nie erfahren. Was das größte Abenteuer seines Lebens hätte werden können, hatte sein

Vater ihm grausam verweigert. Auch wenn Wolkenwolf es um Twigs Sicherheit willen getan hatte, weil der Junge ihm angeblich »wichtig« war – selbst das änderte doch nichts daran, dass Twig sich wie bestraft fühlte.

»Es ist einfach ungerecht«, jammerte er.

»Was denn?«, fragte eine Stimme dicht neben ihm. Twig fuhr zusammen. Wenn der dämlich grinsende Pöbelgnom ihn schon wieder zum Tanzen überreden wollte, würde er ihm aber Bescheid geben! Wütend blickte er auf.

»Slyvo!«

»Master Twig«, sagte Slyvo und zwischen seinen gekräuselten Lippen wurden zwei Reihen fleckiger, krummer Zähne sichtbar. »Dachte ich mir doch, dass Ihr es seid. Eben Euch habe ich gesucht, obwohl es mich natürlich schmerzt, Euch so niedergeschlagen zu sehen.«

Twig runzelte die Stirn. »Du hast *mich* gesucht?«

»So ist es«, schnurrte Slyvo und rieb sich nachdenklich das Kinn. Twig schluckte beim Anblick von Slyvos Hand mit den fehlenden Fingern und der faltigen Haut. »Ich habe mitbekommen, dass Ihr bei den Gesprächen zwischen dem guten Captain und der Vogelfrau dabei wart.«

»Ja und?«, fragte Twig misstrauisch.

»Ich meine nur, äh ... obwohl der Captain mich natürlich über alle Einzelheiten unserer kleinen Reise unterrichtet hat ...«

Twig sah ihn überrascht an. »Hat er das?«

»*Natürlich.* Wir folgen dem großen Sturm zum Dämmerwald und suchen nach Sturmphrax ... Ich weiß alles. Nur dann, gegen Ende ... das Gedächtnis, Ihr wisst schon ... also ...«

Slyvo suchte nach Worten. Der Ligameister hatte mehr von ihm verlangt, als er erwartet hatte. Er sollte den *Sturmpfeil* unter sein Kommando bringen, Wolkenwolf töten und das Sturmphrax abliefern. Es war eine schwierige Aufgabe und er hätte sich ohrfeigen können, dass er die Schenke so vorschnell verlassen hatte. Schließlich musste er, wenn er Erfolg haben wollte, *alles* wissen – auch das, was besprochen worden war, nachdem er gegangen war.
»Dumm von mir, ich weiß«, fuhr er fort, »aber ich kann mich einfach nicht mehr daran erinnern, wie die Besprechung zu Ende ging.«
Twigs heftige Reaktion überraschte den Maat.
»Zu Ende ging?«, rief er wütend. »Das kann ich dir sagen. Ich soll hier in Unterstadt bei Mutter Pferdefeder bleiben, während ihr zum Dämmerwald fahrt.«
Slyvo runzelte die Stirn. »Hier bleiben?«, wiederholte er

leise. »Sagt mir alles, Master Twig. Schüttet mir Euer Herz aus.«

Twig kämpfte die Tränen zurück und schüttelte den Kopf.

»Aber Master Twig«, drängte Slyvo weinerlich. »Geteiltes Leid ist halbes Leid. Und falls *ich* etwas tun kann, irgendetwas ...«

»Es ist wegen des Captains«, sprudelte es aus Twig heraus. »Er sagt, er will nicht, dass mir etwas passiert, aber ... aber ... das glaube ich ihm nicht. Ich kann es nicht glauben. Er schämt sich für mich, das ist der Grund!« Twig schluchzte jetzt laut. »Er schämt sich, weil er einen solchen Trampel zum Sohn hat.«

Slyvos Augenbrauen fuhren überrascht in die Höhe. Wolkenwolf der Vater des Jungen? Wie interessant ... wie überaus interessant. Fieberhaft überlegte er, wie er die neueste Information zu seinem Vorteil nutzen konnte. Sobald er sich wieder in der Gewalt hatte, legte er Twig die Hand auf die Schulter.

»Der Captain hat ein gutes Herz«, sagte er beruhigend. »Ich bin überzeugt, er will nur Euer Bestes. Andererseits ...«

Twig schnupfte, hörte aber zu.

»Andererseits ist der Unterschied zwischen fürsorglich und überfürsorglich sehr gering.

Na ja, mit der Reise in den Dämmerwald wärt Ihr doch ein gemachter Mann.«

Twig sah ihn finster an. »Jetzt eben nicht mehr«, sagte er verdrossen. Er schüttelte Slyvos knochige Hand von der Schulter und wandte sich ab. »Warum gehst du nicht wieder?«

Für einen kurzen Augenblick spielte ein Lächeln um Slyvos Mundwinkel. »Master Twig«, sagte er. »Ich gedenke keineswegs allein zum *Sturmpfeil* zurückzukehren. Ich glaube – und ich will ganz offen sprechen –, ich glaube, dass Wolkenwolf die falsche Entscheidung getroffen hat. *Selbstverständlich* müsst Ihr uns in den Dämmerwald begleiten. Ich habe auch schon einen Plan, wie das geht.«

Slyvos Gesicht tauchte dicht neben Twigs Kopf auf. Sein Atem roch schal und säuerlich. »Wir schmuggeln Euch an Bord. Ihr könnt Euch unter Deck in der Koje von Haudrauf verstecken. Dort sucht Euch niemand.«

Twig hörte ihm schweigend zu. Das alles klang zu gut um wahr zu sein. Dabei wusste er ganz genau, dass Wolkenwolf ihn irgendwann entdecken würde. Und dann wäre die Hölle los!

»Ihr werdet sehen, alles wird gut«, fuhr Slyvo näselnd fort. »Ich werde den Captain zum rechten Zeitpunkt über Eure Anwesenheit unterrichten. Ich kriege das hin. Ich überzeuge ihn davon, dass es so richtig ist. Lasst mich nur machen.«

Twig nickte. Slyvo drückte den Ellbogen des Jungen mit seinen harten, knochigen Fingern. »Dann kommt, lasst uns gehen, bevor ich meine Meinung ändere.«

An Bord des *Sturmpfeils* herrschte eine angespannte Stimmung. Die Mannschaft stand bereit, während der Captain dunkelrot vor Wut auf dem Achterdeck auf und ab marschierte.

Der Professor des Lichts, ausgerüstet mit einem langen Piratenmantel und Klappflügeln, hatte dem Captain mitgeteilt, der große Sturm könne »jeden Augenblick« losbrechen. Seitdem waren mehrere Stunden vergangen und das Himmelsschiff hatte immer noch nicht Segel gesetzt.

Wolkenwolf blieb stehen und packte die Reling. »SLYVO, DU ARMSELIGE MISSGEBURT EINES HIMMELSKÖTERS«, brüllte er in die Nacht hinaus. »WO BIST DU?«

»Stehe zu Diensten, Captain«, ertönte eine vertraute Stimme.

Wolkenwolf fuhr herum. Hinter ihm stieg der Maat aus der Achterlucke. Ungläubig starrte Wolkenwolf ihn an. »Slyvo!«, zischte er.

»Ich dachte, Sie hätten mich gerufen«, sagte der Maat unschuldig.
»Ich rufe dich schon seit mindestens drei Stunden!«, brüllte Wolkenwolf. »Wo warst du?«
»Bei Haudrauf«, erwiderte Slyvo. »Eine Wunde an seinem Fuß hat sich entzündet. Ganz eitrig und geschwollen ist sie. Der Arme liegt schon im Delirium.«
Der Captain sog scharf die Luft ein. Er hatte seinen Maat wieder gefunden, aber offenbar sollte er dafür seinen besten Kämpfer verlieren. Haudrauf war ein furchtloser Krieger und hatte dem Captain öfter aus der Klemme geholfen, als diesem lieb war.
»Wie geht es Haudrauf jetzt?«, fragte er.
»Als ich ging, schlief er«, erwiderte Slyvo. »Wenn der Himmel es will, ist er beim Aufwachen wieder der Alte.«
Wolkenwolf nickte. Ohne Haudrauf zum tückischen Dämmerwald aufzubrechen war riskant. Trotzdem, da der Sturm unmittelbar bevorstand, musste er das Risiko eingehen.

Er hob die Hand. »Kommt alle her. Ich habe euch etwas Wichtiges mitzuteilen.«
Der Captain erläuterte ihnen seine Pläne und die Himmelspiraten hörten mit offenen Mündern zu. »Wir gehen auf Sturmjagd«, flüsterte Tem Waterbork ehrfürchtig.
»Im Dämmerwald.« Zacke erschauerte.
»Und unser Auftrag ist unverändert«, fuhr Wolkenwolf fort. »Wir werden Sturmphrax für die Schatzkammer von Sanktaphrax holen.«
»Sturmphrax!«, rief Slyvo in geheuchelter Überraschung.
»Jawohl, Sturmphrax. Deshalb begleitet uns der Professor des Lichts. Er kennt die Eigenschaften von Sturmphrax und wird dafür Sorge tragen, dass wir mit unserer kostbaren Fracht wohlbehalten heimkehren.«
Slyvo runzelte die Stirn. *Das* war der Neuankömmling also. Wenn er es bloß früher gewusst hätte.
»Also dann, ihr räudiges Himmelspack«, brüllte Wolkenwolf. »Auf eure Plätze. Wir fahren sofort los.« Die Himmelspiraten zerstreuten sich eilends in alle Richtungen. Wolkenwolf ging zum Steuerrad. »Die Leinen los«, schrie er.
»Aye, aye«, rief Zacke zurück. »Leinen sind los.«

»Hakt die Entereisen los!«
»Entereisen sind losgehakt.«
»Lichtet den Anker.«
Der schwere Anker wurde eingezogen und mit einem Satz sprang der *Sturmpfeil* von seinem Liegeplatz zum Himmel hinauf.

»Auf, mein Braver«, flüsterte Wolkenwolf dem Himmelsschiff zu, das durch die Luft sprang und auf jede kleinste Berührung der steuernden Hebel reagierte. »Du bist mir vielleicht ein munterer Bursche. Genau wie damals, als du frisch von der Werft kamst. Verzeih mir die vielen Male, die ich dich als gemeinen Schleppkahn missbraucht habe. Ich hatte keine Wahl. Aber jetzt, mein wunderbarer *Sturmpfeil*, ist deine Zeit gekommen.«

Genau bei Anbruch der Dämmerung – worüber sowohl Tem Waterbork wie Klotzkinn sehr zufrieden waren – fuhr das Schiff majestätisch über Unterstadt. Niemand hielt es an. Rosa- und orangefarbene gefiederte Wolken breiteten sich fächerartig über den Morgenhimmel aus. Wenig später erschien am Horizont auf der Steuerbordseite die Sonne. Zitternd und leuchtend rot stieg sie langsam höher.

Wolkenwolf seufzte ungeduldig. Das Wetter sah leider sehr gut aus. Wo blieb der große Sturm, den die Windfühler und Wolkengucker prophezeit hatten und der Professor des Lichts persönlich bestätigt hatte?

Im selben Augenblick stieß Zacke im Ausguck einen gellenden Schrei aus. »Sturm Backbord voraus!«

Der Captain wirbelte herum und spähte in die Ferne. Zuerst konnte er im konturlosen Dunkel der schwindenden Nacht nichts Ungewöhnliches erkennen. Doch dann zuckte ein Blitz über den Himmel und dann noch einer, kurze, grelle Explosionen in Form eines Kreises – eines Kreises, der blieb, wenn der Blitz längst erloschen war, schwarz auf dunkelblau und von Sekunde zu Sekunde wachsend.

Wieder blitzte es und Wolkenwolf sah, dass der Blitz

kein Kreis war, sondern ein Ball, ein riesiger zischender und knisternder Ball elektrischer Energie, eine brodelnde Mischung aus Dunkelheit und Licht, die über den Himmel auf sie zugerollt kam.

»Das ist der große Sturm«, brüllte der Captain gegen das Heulen des zunehmenden Windes an. »Macht das Großsegel los, macht die Luken dicht und seilt euch an. Die Jagd beginnt!«

KAPITEL 9

Auf Sturmjagd

Twig hatte es zunächst eine geniale Idee gefunden, sich auf dem Himmelsschiff zu verstecken. Jetzt war er sich nicht mehr so sicher. Der *Sturmpfeil* stampfte und warf sich hin und her und Twig würgte mit leerem Magen. Schweiß stand ihm auf der Stirn, und über seine Wangen liefen Tränen. Haudrauf kicherte hämisch. »Ist dir etwa schlecht?«, spottete er. »So rau bist du's nicht gewohnt.«

Twig schüttelte den Kopf. Nicht der Flug war an seiner Übelkeit schuld, sondern die warme, stinkende Luft von Haudraufs Lager, die er einatmen musste. Flachköpfe waren nicht für ihre Reinlichkeit bekannt und Haudrauf war ein besonders schmutziger Vertreter seiner Gattung. Er wusch sich nie, sein Strohlager war feucht und verrottet und überall lagen Fleischreste vom Abendessen herum, die in verschiedenen Stadien vor sich hin faulten.

Twig zog sich das Halstuch über die Nase und holte tief Luft. Ganz allmählich legte sich seine Übelkeit und das schreckliche Sausen in seinen Ohren ließ nach. Er atmete noch einmal tief ein.

Draußen hörte er die vertrauten Geräusche von Unterstadt. Der *Sturmpfeil* flog über die belebten Luftdocks, die frühmorgendlichen Märkte und die Gießereien und Schmieden. Das Geschrei der Händler schallte durch die Luft, quiekende Schweine, lautes Hämmern, gackerndes Gelächter, mehrstimmiges Gegröhle, eine gedämpfte Explosion – das ganze lärmende Treiben von Unterstadt, das so früh am Tag bereits in vollem Gang war.

Doch bald wurde der Lärm leiser, dann verstummte er ganz. Offenbar hatten sie das hektische Treiben hinter sich gelassen und steuerten auf die Sümpfe zu. Nur noch der *Sturmpfeil* selbst war zu hören, das Knarren und Ächzen der Balken und das Sausen der am Rumpf vorbeistreichenden Luft. Von weiter unten kam das Scharren und Kratzen der Rattenvögel, die im Bauch des Schiffes lebten. Über sich hörte Twig, wenn er angestrengt lauschte, Stimmengemurmel.

»Wenn ich doch droben bei den anderen sein könnte«, stöhnte er leise.

»Wo du dem Zorn des Captains ausgeliefert bist?«, knurrte Haudrauf. »Lieber nicht.«

Twig seufzte. Der Flachkopf hatte ja Recht. Wolkenwolf würde ihn bei lebendigem Leibe häuten, wenn er herausfand, dass Twig ihm nicht gehorcht hatte. Doch sich unter Deck zu verstecken war eine Tortur. Twig vermisste den Wind in seinen Haaren und das Dahingleiten durch die Luft, unter sich das Klippenland ausgebreitet wie eine unübersichtliche Karte und über sich den endlosen Himmel. Er war im Dunkelwald aufgewachsen und hatte sich die ganze Zeit danach gesehnt, über die Baumwipfel aufzusteigen und den Himmel zu erkunden – als hätte sein Körper schon damals gewusst, dass er in die Lüfte gehörte. Vielleicht war es ja tatsächlich so. Wolkenwolf selbst hatte schließlich bei mehr als einer Gelegenheit gesagt, die Himmelspiraterie müsse einem im Blut liegen, und bei so einem Vater ...

Twig hörte seinen Vater Befehle brüllen. Lächelnd stellte er sich vor, wie die Männer sich beeilten sie auszuführen. Denn Wolkenwolf führte ein eisernes Regiment. Er war streng, aber gerecht und es war sein Verdienst, dass es auf dem *Sturmpfeil* unter seinem Kommando weniger Opfer gegeben hatte als auf jedem anderen Himmelspiratenschiff. Andererseits trug sein strenges Regiment auch Schuld daran, dass Twig es nicht wagte, die Koje des Flachkopfs zu verlassen und nach oben zu gehen, bevor Slyvo sich für ihn verwendet hatte. Er stellte sich darauf ein, noch eine Weile warten zu müssen.

»Sturm auf Steuerbord kommt näher«, ertönte Zackes schriller Schrei. »Noch drei Minuten.«

»Skysegel festmachen«, brüllte Wolkenwolf. »Klampen überprüfen.«
Das Schiff neigte sich abrupt nach links. Twig klammerte sich an einem Balken fest. Er wusste, das Stampfen war ein bloßer Vorgeschmack auf das, was noch kommen würde. Unter normalen Umständen wäre der *Sturmpfeil* angesichts des nahenden Sturmes nach unten gegangen und hätte Anker geworfen und das Unwetter vorüberziehen lassen. Doch heute nicht.
Heute würde das Himmelsschiff geradewegs auf den Sturm zuhalten. Es würde gegen den Wind kreuzen, bis es von dem gewaltigen Sog des Sturmes erfasst und mitgerissen würde. Immer schneller würde der *Sturmpfeil* fliegen und sich langsam zum Kern des Sturmes vorarbeiten. Dann würde der Captain, wenn er den Augenblick für gekommen hielt, plötzlich wenden und in den Wirbelsturm eindringen.
Dies war der gefährlichste Moment. Flog der *Sturmpfeil* zu langsam, würde er im Sturm auseinanderbrechen. Flog er dagegen zu schnell, bestand die Gefahr, dass er durch den Sturm hindurchflog und auf der anderen Seite wieder herauskam. Dann mussten sie hilflos zusehen, wie der große Sturm ohne sie weiterzog. In beiden Fällen wäre die Suche nach Sturmphrax beendet.
Wie Twig wusste, gab es zumindest theoretisch nur eine Möglichkeit, sicher in das ruhige Auge des Wirbelsturms einzudringen: indem man nämlich das Schiff im Fünfunddreißig-Grad-Winkel gegen die Rotation der Sturmwinde richtete. Jetzt allerdings, angesichts der immer wilderen Sprünge des Schiffes, kam Twig der *Sturmpfeil* für ein so

gewagtes Manöver lächerlich klein und zerbrechlich vor. Was sollte da ein bestimmter Winkel noch ausrichten können? Angstvoll klammerte er sich fest.
»Noch eine Minute«, schrie Zacke und versuchte das anschwellende Getöse zu übertönen.
»Spinnaker festmachen!«, brüllte Wolkenwolf. »Und Zacke, komm sofort vom Krähennest runter!«
Seine Stimme klang so angespannt, wie Twig sie noch nie gehört hatte. Wie er wohl aussah, der große Sturm, vor dem sogar sein Vater, der berühmte Quintinius Verginix, einen solchen Heidenrespekt hatte? Twig musste den Sturm unbedingt selber sehen.
An einem Querbalken hangelte er sich auf die Rumpfwand zu. Zwar gab es so tief unten keine Bullaugen mehr, doch waren die Ritzen zwischen den gekrümmten Luftholzplanken stellenweise so groß, dass man hindurchblicken konnte. Keile aus Licht fielen in das Dunkel. Twig war an den Planken angekommen, kniete hin und spähte durch eine Ritze.
Unter ihm erstreckte sich in allen Richtungen die konturlose Ödnis der Modersümpfe. Der bleiche Schlamm kräuselte sich im Wind, als hätte die Wüstenei sich in einen riesigen Ozean verwandelt. Inmitten des Sumpfes lag, wie um die Illusion zu vervollständigen, ein Schiff.
»Nur dass es nicht mehr fährt«, murmelte Twig und starrte zu dem fernen Wrack hinunter. »Und wahrscheinlich auch nie mehr fahren wird.«
Unaufhaltsam raste der *Sturmpfeil* weiter. Twig bemerkte, dass das Wrack unter ihm nicht verlassen war. Da stand jemand, eine aufrechte, hagere Gestalt, die die Faust zum

Himmel reckte. Die Gestalt war gut getarnt, denn sie war so farblos wie ihre Umgebung. Twig hätte sie gar nicht bemerkt, hätten nicht die Blitze des sich nähernden Sturms den Dolch, den sie in der Faust hielt, aufleuchten lassen.

Ob das seltsam fahle Wesen den Sturm verfluchte? Oder war es der Anblick des am Himmel dahinjagenden *Sturmpfeils*, der es mit solcher Wut erfüllte?

Im nächsten Augenblick waren die Gestalt und das Wrack verschwunden. Ein Blitz tauchte das faulige Lager des Flachkopfs für einen Moment in grelles Licht. Die aufgeladene Luft knisterte und zischte. Twig streckte sich und spähte durch eine weiter oben gelegene Ritze. Die hereinströmende Luft stach ihm in die Augen. Er wischte sich mit dem Ärmel die Tränen weg, dann starrte er wieder durch den Spalt.

»Beim Himmel!«, entfuhr es ihm.

Direkt vor dem Schiff versperrte eine wogende, rollende und stampfende Wand aus blutroten und schwarzen Wolken die Sicht auf alles andere. Der Wind heulte ohrenbetäubend wie eine endlose Explosion. Noch lauter war freilich das Knarren und Ächzen des *Sturmpfeils.*
Wie gebannt starrte Twig hinaus. Weitere Blitze entluden sich. Sie überzogen die zerfurchte Oberfäche des großen Sturmes mit einem Netz elektrischer Adern und implodierten in rosafarbenen und grünen Kreisen.
Das Getöse wurde noch lauter, die Blitze wurden noch greller. Der *Sturmpfeil* schüttelte sich, unaufhaltsam rückte der Aufprall näher. Twig schlang beide Arme um den Balken links von ihm und stemmte die Beine gegen die Planken.
Fünf ... vier ... drei ...
Der Wind pfiff gellend und steigerte sich zu einem dröhnenden Radau.
Zwei ...
Noch nie war das Himmelsschiff so schnell dahingerast. In Todesangst klammerte Twig sich fest.
Eins ... Und ...
WUSCHSCHSCH!!
Der *Sturmpfeil* wurde gepackt und vom Sturm weggeblasen wie ein fallendes Blatt von einer Herbstbö. Ein gewaltiger Ruck erschütterte das Schiff, dann kippte es nach Backbord. Twig wurde von dem Balken losgerissen.
»Neiiiin!«, schrie er und flog durch die Luft. Er landete mit einem dumpfen Schlag und krachte mit dem Kopf seitlich gegen Haudraufs Koje.
Dann wurde alles schwarz.

Haudrauf sah den bewusstlos daliegenden Jungen grinsend an. »So ist es recht, Bürschchen«, knurrte er. »Du bleibst hier bei mir, wo ich dich im Auge behalten kann.«

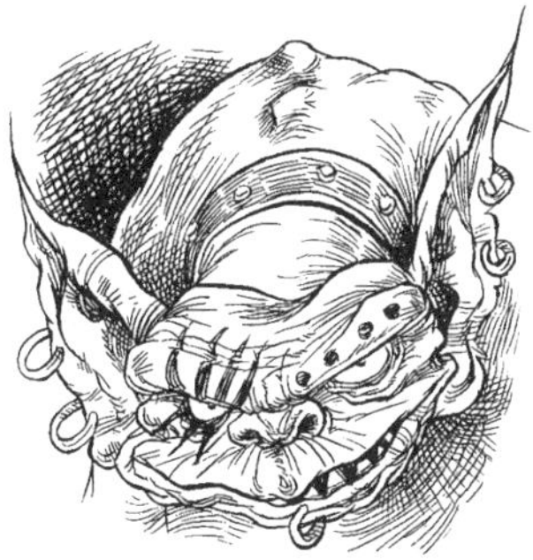

Oben an Deck hatten der Captain und seine Mannschaft alle Hände voll zu tun, damit der *Sturmpfeil* nicht abstürzte. Hubble hielt das Ruder in seinen mächtigen Pranken, Wolkenwolfs Finger sprangen über die Tastatur der Hebel.
Zwanzig Jahre war es her, dass er an der Ritterakademie studiert und sich mit den Anforderungen der Sturmjagd beschäftigt hatte – und zwanzig Jahre sind eine lange Zeit, in der man so manches vergisst. Mehr vom Instinkt als von der Erinnerung geleitet, hob Wolkenwolf ein Gewicht an und ließ ein Segel behutsam ein wenig herunter.
»Sturm, wir kommen!«, murmelte er ehrfürchtig.
Immer weiter wurden sie fortgerissen und rasten im Sog des heulenden Sturms über den Himmel. Langsam, ganz langsam arbeitete sich Wolkenwolf vom Rand des Sturms nach innen vor.
»Gut machst du das, mein Braver«, flüsterte er dem Schiff zu. »Bald haben wir es geschafft.«
Ganz langsam schob er den Hebel des Buggewichts nach vorn und senkte das Gewicht Millimeter für Millimeter ab. Das Himmelsschiff neigte sich nach vorn.
»Großsegel hissen!«, befahl er. Tem Waterbork und Klotzkinn sahen einander verwirrt an. Was war in den Captain

gefahren, dass er bei diesem Sturm das Großsegel setzen wollte? Bestimmt hatten sie ihn nicht richtig verstanden.
»HISST DAS VERDAMMTE GROSSSEGEL ODER ICH LASSE EUCH IN DEN HIMMEL SCHIESSEN!«, brüllte der Captain.
Tem und Klotzkinn machten sich hastig an die Arbeit. Knatternd füllte sich das Segel mit Wind und Wolkenwolf legte ein stummes Gelübde ab: Wenn das Segeltuch dem Sturm standhielt, würde er sich das Fluchen abgewöhnen.
»Jetzt wollen wir doch mal sehen«, murmelte er mit zusammengebissenen Zähnen und konzentrierte sich wieder auf die Hebel. »Die Perirumpfgewichte nach oben, die Backbordgewichte nach unten, zuerst das kleine …« Der

Sturmpfeil erzitterte. »Dann das mittlere ...« Das Schiff legte sich nach links. »Dann das große ...«
Sobald das dritte Backbordgewicht unten war, begann der *Sturmpfeil* sich langsam zu wenden. Das Großsegel hielt ihn in seiner Position am Rande des Sturms. Wolkenwolf starrte auf den Kompass. Ganz allmählich schwang das Himmelsschiff auf den Winkel von fünfunddreißig Grad herum, der erforderlich war um sicher in das Innere des Sturms einzudringen.
Noch fünfundvierzig Grad, noch vierzig, siebenunddreißig ... sechsunddreißig ...
»GROSSSEGEL NIEDERHOLEN!«, brüllte er.
Diesmal folgten Tem Waterbork und Klotzkinn seinem Befehl sofort. Sie machten das Tau los und das Segel fuhr herunter. Das Himmelsschiff verlangsamte seine Fahrt und wurde im nächsten Augenblick von gewaltigen, purpurroten und schwarzen Wolkenbergen verschluckt.
Die Luft war stickig und von grellen Blitzen erfüllt. Es knisterte und zischte und roch nach Ammoniak, Schwefel und faulen Eiern.
Der Wind tobte weiter und bearbeitete pausenlos den Rumpf. Der Mast ächzte und drohte jeden Moment zu brechen.
»Du musst noch ein wenig durchhalten, mein Braver«, spornte Wolkenwolf den *Sturmpfeil* an. »Du schaffst es. Du bringst uns sicher in die Mitte des großen Sturms.«
Doch er hatte noch nicht zu Ende gesprochen, da lief ein Beben durch das Schiff, als wollte es sagen nein, das sei nicht zu schaffen. Besorgt blickte Wolkenwolf auf den Kompass. Die Nadel war auf fünfundvierzig Grad zurück-

gefallen. Der Wind traf den *Sturmpfeil* mit voller Wucht, das Beben wurde immer heftiger. Es fehlte nicht viel und das Himmelsschiff würde zu Kleinholz verarbeitet.

Mit zitternden Händen hob Wolkenwolf die drei Steuerbordgewichte so hoch an wie möglich. Der *Sturmpfeil* schwenkte zurück und das furchtbare Beben ließ nach.

»Dem Himmel sei Dank.« Wolkenwolf nutzte die Gelegenheit, sich den Schweiß von der Stirn zu wischen. Dann wandte er sich an Hubble, der neben ihm stand. »Halte das Rad gut fest«, befahl er. »Es kann jetzt jeden Moment ... JAWOHL!«, schrie er, denn in diesem Augenblick schwang die Kompassnadel auf fünfunddreißig Grad und der *Sturmpfeil* flog durch die rollenden violetten Sturmwolken in eine gespenstische Stille hinein.

»GROSSSEGEL HISSEN!«, brüllte Wolkenwolf. Seine Stimme hallte, als stünde er in einer riesigen Höhle. Wenn das Himmelsschiff nicht auf der anderen Seite aus dem Sturm hinausfliegen sollte, musste es jetzt seine Fahrt drosseln. Das Segel diente dabei – wenn er sich recht an das Gelernte erinnerte – als Bremse. »*ALLE* SEGEL HISSEN!«

Zunächst passierte gar nichts. Das Himmelsschiff raste weiter auf die hintere Sturmwand zu. Die gleißenden Blitze, die sich vor ihnen fächerförmig ausbreiteten, kamen immer näher. Tem Waterbork, Klotzkinn, Zacke und die anderen eilten an die Taue. Sogar der Professor des Lichts legte Hand an. Mit vereinten Kräften hissten sie ein Segel nach dem anderen. Die Segel blähten sich auf und jetzt endlich wurde der *Sturmpfeil* langsamer.

Bevor sie ganz stehen blieben, holte Wolkenwolf die Backbordgewichte ein, senkte die Steuerbordgewichte und zog,

nachdem sie auf Gegenkurs gedreht hatten, das Buggewicht wieder in seine ursprüngliche Position zurück.
Das Himmelsschiff zeigte jetzt in die Richtung, in die der große Sturm sich fortbewegte, und fuhr im Innern des Sturms mit. Die Besatzung brach erleichtert in Jubelrufe aus, doch Wolkenwolf wusste, dass es noch zu früh zum Feiern war. Äußerste Genauigkeit war notwendig, wenn der *Sturmpfeil* den Kurs halten sollte. Ein Gewicht zu tief, ein Segel zu hoch, und das Himmelsschiff würde in die Sturmwand gerissen und auf der anderen Seite in den Himmel ausgespuckt werden.
»Halte den Kurs, Hubble«, befahl er. »Und Zacke, wann stehen wir über dem Dämmerwald?«
»In etwa zwölf Minuten«, rief der Eichenelf zurück.
Wolkenwolf nickte grimmig. »Ihr müsst jetzt alle, jeder

Einzelne von euch, auf den großen Blitz Acht geben. Wenn wir das Sturmphrax finden wollen, müssen wir unbedingt wissen, wo genau er einschlägt.«

Unter Deck rutschte Twig mit jedem Ruck des bockenden *Sturmpfeils* über die harten Planken. Jede Erschütterung, jeder Stoß war im Bauch des Schiffes hundertmal stärker zu spüren als an Deck. Trotzdem blieb Twig wie tot liegen. Erst als der *Sturmpfeil* schlingernd und stampfend in den Wirbelsturm eindrang, begannen seine Lider unruhig zu flattern.

Hinter sich hörte er verschwörerisch gedämpfte Stimmen. Stimmen, die er kannte. Mit geschlossenen Augen lauschte er.

»... und ich glaube nicht, dass der Captain sich groß wehrt, sobald er weiß, dass wir seinen Sohn in unserer Gewalt haben«, flüsterte Slyvo gerade. »Deshalb muss der Junge zunächst weiter bei dir unten bleiben.«

»Unten bleiben«, wiederholte Haudrauf flüsternd.

»Jedenfalls bis ich ihn hole.« Slyvo machte eine Pause. »Entscheidend ist der richtige Zeitpunkt.«

»Richtige Zeitpunkt«, wiederholte Haudrauf.

»Eine Sturmjagd ist schließlich sehr gefährlich. Ich warte also ab, bis Wolkenwolf das Sturmphrax gefunden hat, und bringe ihn erst dann um.« Slyvo lachte hämisch. »Er macht die Drecksarbeit und ich fahre die Ernte ein.«

»Ernte ein.«

»Und was für eine Ernte!«, flüsterte Slyvo. »Kapitän eines Himmelspiratenschiffs *und* Ligameister!« Atemlos fügte er hinzu: »Halte dich an mich, Haudrauf, und du wirst mehr

Macht und Reichtum haben, als du dir in deinen kühnsten Träumen vorstellen kannst.«

»Vorstellen kannst.« Der Flachkopf kicherte.

»Jetzt muss ich gehen, sonst schöpft der Captain noch Verdacht. Also denk dran, Haudrauf, pass gut auf Twig auf. Ich verlasse mich auf dich.«

Die Schritte des Maats entfernten sich. Twig zitterte vor Schreck. Was für ein Narr war er gewesen, auf einen so skrupellosen Verbrecher hereinzufallen. Der Maat führte eine Meuterei im Schilde und wollte – wenn Twig ihn richtig verstanden hatte – ihn, Twig, gegen seinen Vater ausspielen, um seine finsteren Pläne in die Tat umzusetzen. Damit es nicht dazu kommen konnte, musste Twig seinen Vater sofort warnen, auch wenn er sich damit den Zorn des Captains zuzog.

Er öffnete ein Auge und sah verstohlen zu dem bulligen Flachkopfkobold hinüber. Das Problem war nur wie.

KAPITEL 10

Beichte

Ein Geräusch, das sonst nicht im Allerheiligsten zu hören war, stieg zur vergoldeten Stuckdecke des Gemaches auf: ein vollkommen unmelodisches Summen, das jedoch freudig und zuversichtlich klang.

Die zahlreiche Dienerschaft, die dem wichtigsten Bewohner des Allerheiligsten jeden Wunsch erfüllte, hatte strikte Anweisung zu allen Zeiten strengstens Schweigen zu bewahren. Besonders Musik jeder Art, gesummt, gesungen oder gepfiffen, stieß auf Missbilligung. Erst vor einer Woche hatte man den alten Jervis, seit über vierzig Jahren ein getreuer Diener und vor kurzem Urgroßvater geworden, dabei erwischt, wie er leise ein Wiegenlied vor sich hingesummt hatte. Jervis war für diesen Moment selbstvergessenen Glücks sofort entlassen worden.

Diesmal kam das Summen jedoch nicht von einem Diener, es entsprang vielmehr den dünnen Lippen des Allerhöchsten Akademikers von Sanktaphrax höchstpersönlich. Denn Vilnix Pompolnius war außerordentlich zufrieden mit sich.

»Hmm, hmm, hmmm, pom, pom, pom, pom«, summte er geschäftig. »Pom, pom, pom ...« Der gestrige Abend fiel ihm ein und er brach ab und kicherte. Er hatte mit Simenon Xintax gespeist und ihr Gespräch war sehr aufschlussreich gewesen.
Dabei war der Ligameister sonst keineswegs sein liebster Essensgast. Vilnix Pompolnius hielt ihn vielmehr für einen ausgemachten Dummkopf mit miserablen Manieren, der die Suppe schlürfte, mit offenem Mund kaute und nach jedem Gang laut rülpste. Trotzdem war ihm daran gelegen, Xintax bei guter Laune zu halten. Wenn er nicht alle Ligen hinter sich hatte, würde sich seine eigene Macht rasch in nichts auflösen.
Xintax hatte wie immer zu viel gegessen und getrunken. Nicht dass Vilnix dagegen Einspruch erhoben hätte. Er bestärkte den Ligameister sogar in seiner Gefräßigkeit, häufte ihm von jedem Gang eine zweite und dritte Portion auf den Teller und füllte sein Glas ständig mit dem Waldbräu nach, das Xintax am liebsten mochte. *Ein voller Magen löst die Zunge*, pflegte Vilnix' Großmutter zu sagen. Die Zunge des Ligameisters hatte sich beim Dessert gelöst. Als Käse und Salzgebäck serviert wurden, lallte er bereits.
»Mutter Pferdefeder, das ist doch die, die ... hicks ... 'tschuldigung!« Xintax brach ab und wischte sich den Mund mit dem Ärmel ab. »Sie hat doch die Reise in den

Dämmerwald organisiert, nicht wahr? Sie, der Professor des Lichts und ein Kapitän der Himmelspiraten – sein Name fällt mir jetzt nicht ein ... Jedenfalls stecken die alle unter einer Decke. Sie wollen ... hicks ... Hoppla.« Xintax kicherte. »Sie wollen mit einer ganzen Ladung Sturmphrax zurückkehren.« Der Ligameister legte verschwörerisch den Finger an die Lippen. »Es soll ein Geheimnis sein.«

»Wie haben Sie dann davon erfahren?«, wollte Vilnix Pompolnius wissen.

Xintax klopfte sich viel sagend mit dem Finger an die Nase. »Ein Sprung in der Landschaft«, lallte er und kicherte wieder. »Nein, ich meine, ein Spion in der Mannschaft. Slyvo. Hat uns alles verraten, jawoll.« Xintax beugte sich vor, packte Vilnix am Ärmel und grinste hämisch. »Wir werden sagenhaft reich sein.«

»Pom, pom, pom, pom«, summte Vilnix, als er an dieses Essen zurückdachte. Sagenhaft reich! Zumindest *einer* von uns.

In diesem Augenblick klopfte es ehrerbietig und der Wuschelkopf seines Kammerdieners Minulis erschien in der Tür. »Wenn Seine Akademische Durchlaucht gestatten«, sagte er, »der Gefangene ist bereit und steht zu Eurer Verfügung.«

»Ach ja, richtig.« Vilnix nickte und lächelte tückisch. »Ich komme gleich.«

Minulis verschwand wieder. Vilnix rieb sich schadenfroh die Hände. »Zuerst plaudert Xintax, dann fällt uns dieser Forficul in die Hände – nein wirklich, Seine Akademische Durchlaucht ist ein richtiger Glückspilz!«

Er trat vor den Spiegel, den neuen Spiegel, und betrachtete

sich. Der Spiegel hing im Unterschied zum vorherigen nicht an einem Haken, sondern lehnte schräg gegen die Wand. Das war sicherer und schmeichelte zugleich. Sein Spiegelbild lächelte ihm entgegen.

»Nein«, schalt er sich, »so nicht! Was soll der Nachtschwärmer denken, wenn ich die Kammer des Wissens in so überschwänglicher Stimmung betrete?« Theatralisch fügte er hinzu: »Rüste dich, Vilnix!« Er ließ seinen Morgenmantel zu Boden fallen. »Mache dich bereit.«

Dann schlüpfte der Allerhöchste Akademiker von Sanktaphrax, wie er es vor jeder wichtigen Begegnung tat, in die speziell für sein hohes Amt angefertigten Kleider – Kleider, die ihm halfen sich geistig zu sammeln und die seine Sinne schärften und seine Stimmung verdüsterten.

Zuerst zog er das härene Hemd über die nackte, schuppige Haut seines Oberkörpers. Dann trat er in seine Sandalen und zuckte zusammen, als die hervorstehenden Nägel sich in seine Fußsohlen bohrten. Trotzdem band er sie fest zu. Als Nächstes rieb er seinen frisch rasierten Kopf mit einer brennenden Salbe ein und setzte eine stählerne Kappe auf, deren nach innen gerichtete Dornen in seine Kopfhaut stachen. Zuletzt legte er einen abgetragenen, aus grober Wolle gesponnenen Mantel um die Schultern und stülpte sich die Kapuze über den Kopf.

Mit jedem Kleidungsstück, das der Allerhöchste Akademiker anlegte, schwand seine gute Stimmung ein wenig mehr. Als der grobe Stoff der Kapuze an seinem wunden Nacken scheuerte, war seine Laune so finster wie die Schatzkammer von Sanktaphrax und er selbst zu jeder Grausamkeit bereit.

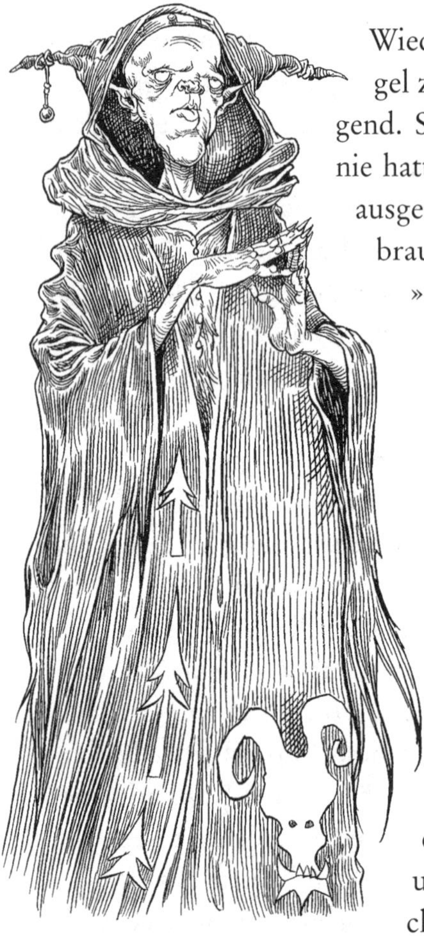

Wieder wandte er sich dem Spiegel zu und betrachtete sich billigend. Selten oder überhaupt noch nie hatte er eine so düstere Würde ausgestrahlt. Er hob eine Augenbraue.

»Nun, Forficul, mein kleiner Schwärmerling«, sagte er. »Jetzt bin ich für dich bereit. Ich freue mich schon auf deinen Gesang!«

Die Kammer des Wissens, wie das Verhörzimmer verharmlosend genannt wurde, lag im obersten Stock eines Turmes im Westflügel des riesigen Palastes. Die Kammer war nur über eine steinerne Wendeltreppe und eine Geheimtür zu erreichen.

Mit jeder Stufe, die Vilnix Pompolnius die Treppe hinaufstieg, bohrten sich die Nägel seiner Sandalen tiefer in seine Füße. Oben angekommen, fluchte er keuchend. Dann riss er die Tür auf und schritt hinein. »Wo ist der Jammerlappen?«

Minulis eilte ihm entgegen, schloss die Tür hinter ihm und ging durch das Zimmer voran. Das fensterlose Gelass war trotz seiner luftigen Lage dunkel und muffig wie ein Ker-

ker. Das einzige Licht kam von zwei in Haltern an der Wand steckenden brennenden Fackeln. Golden schimmerten die bereit gelegten Haken, Zangen und Pinzetten.
Forficul saß in einem Lehnstuhl, der so riesig war, dass er den Nachtschwärmer geradezu verschluckte. Seine Fußknöchel waren aneinandergefesselt, seine Handgelenke an die Armlehnen festgebunden und sein Kopf war mit einem Lederriemen an einer Kopfstütze befestigt. Er konnte sich nicht rühren. Vilnix Pompolnius trat vor ihn und Forficul blickte auf. Ein eisiger Schauer durchlief ihn.

»Da bist du ja«, sagte Vilnix. »Besten Dank für den Besuch.« Er kicherte höhnisch. »Hoffentlich sitzt du gut.«
Er trat noch dichter vor ihn. Forficul begann zu zittern. Hinter Vilnix' harmlosen Worten lauerten höchst verbotene Gedanken.
»Du bist also ein Nachtschwärmer«, fuhr Vilnix fort.
»Aber nein.« Forficul lachte nervös. »Diesen Fehler machen viele. Ich bin ein Eichenelf. Der Kleinste der Familie.«
Die Dornen der Stahlkappe stachen in Vilnix Pompolnius' Kopfhaut und er seufzte. »Sicher ist dir die interessante Konstruktion des Stuhls aufgefallen.« Er fuhr mit den Fingern über das schirmartige Dach aus poliertem Silber, das

über Forficuls Kopf hing. »Die Schale über deinem Kopf verstärkt den Schall.« Er schnippte dagegen.
Das Metall wummerte und Forficul, dessen Kopf sich genau dort befand, wo die Schallwellen zusammenliefen, zuckte vor Schmerzen zusammen.
»Ich gebe dir einen guten Rat«, sagte Vilnix. »Lüg mich nicht an.« Er schnippte ein zweites Mal an die Schale.
Forficul zitterte heftiger. »Aber ... ich verstehe nicht ganz. Warum habt Ihr mich herbringen lassen?« Langsam verklang das Dröhnen in seinen Ohren. »Ich bin guten Glaubens von Unterstadt nach Sanktaphrax gekommen um Euch über den tragischen Tod des Professors des Lichts zu unterrichten ...«
»Ach, Forficul«, schnurrte Vilnix. »Es hat doch keinen Zweck.«
Er wandte sich ab und griff nach einer Kneifzange. Forficul, der in Gedanken genau mitbekam, was der Allerhöchste Akademiker damit vorhatte, sträubten sich die Haare vor Entsetzen. Immer schrecklicher wurden die ihm zugedachten Folterqualen, bis er es nicht mehr ertrug.
»Halt!«, flehte er mit zuckenden Ohren.
Vilnix drehte sich um, die Kneifzange in der Hand. Er klopfte sich damit auf die andere Hand. »Eichenelf, ja?«
Forficul schnupfte unglücklich. »Ich bin doch ein Nachtschwärmer.«
Vilnix Pompolnius nickte. »So ist es besser.« In Gedanken fügte er hinzu: Von jetzt an will ich von dir die Wahrheit hören und nichts als die Wahrheit. Er schwang die Zange und stellte sich vor, wie er sie laut gegen die Metallschale schlug. Hast du mich verstanden?

Forficul nickte stumm.
»Wer hat dich geschickt?«
»Ich kam aus eigenem Antrieb.«
Ohne ein weiteres Wort trat Vilnix vor ihn und schlug heftig gegen die Schale. Forficul heulte vor Schmerzen auf.
»Nicht«, wimmerte er, »nicht.«
»Dann sag es mir«, brüllte Vilnix. »Wer?«
»Mutter Pferdefeder. Sie meinte, Ihr solltet es wissen – schließlich war der Professor doch ein Akademiker von Sanktaphrax. Er ... er saß in ihrer Schenke, Zur Bluteiche, und da bekam er einen ... einen Anfall. Kippte um, einfach so. Wir versuchten mit allen Mitteln ihn wieder zu beleben.«
»Aber ihr hattet keinen Erfolg«, sagte Vilnix.
»Leider nein.«
Vilnix' Augen verengten sich zu Schlitzen. »Und wo befindet sich jetzt die Leiche des guten Professors?«
»Ich ... ähm ... also, weil es ja so heiß ist, meinte Mutter Pferdefeder, er müsste so schnell wie möglich begraben werden.«
»Ihr habt einen Professor von Sanktaphrax einfach so im Boden verscharrt?«, schrie Vilnix. »Wisst ihr denn nicht, dass jeder Akademiker unserer berühmten fliegenden Stadt das Anrecht hat, in den Steinernen Gärten aufgebahrt zu werden, wo die weißen Raben ihm dann das Fleisch von den Knochen picken? Wie soll sein Geist sonst zum Himmel aufsteigen können?«
»Ich ... wir ...«
»Aber das sind natürlich nur theoretische Überlegungen«, sagte Vilnix und hielt den Kopf so dicht vor Forficuls Ge-

sicht, dass seine blitzende Kappe die Nasenspitze des Nachtschwärmers berührte. »Denn er ist ja gar nicht tot, stimmt's?«

»Doch, doch«, sagte Forficul. »Er ist tot.«

Vilnix fuhr hoch, hob die Zange und schlug damit gegen die Schale. »Lügen, Lügen, Lügen, Lügen!«, schrie er im Takt der ohrenbetäubenden Schläge. »Und immer noch mehr Lügen!«

Sieben Mal schlug er zu, dann ließ er den Arm sinken. »Jetzt sag endlich die Wahrheit.«

Forficul antwortete nicht. Er hatte zwar die wütenden Bewegungen der Lippen gesehen, aber kein einziges Wort verstanden, so laut war das Klirren und Scheppern in seinem Kopf. Erst nach einigen Minuten konnte er wieder einzelne Laute unterscheiden, obwohl das Dröhnen im Hintergrund noch anhielt.

»DAS IST DEINE LETZTE CHANCE!«, brüllte Vilnix.

Forficul senkte den Blick. Er zitterte erbärmlich. Die emp-

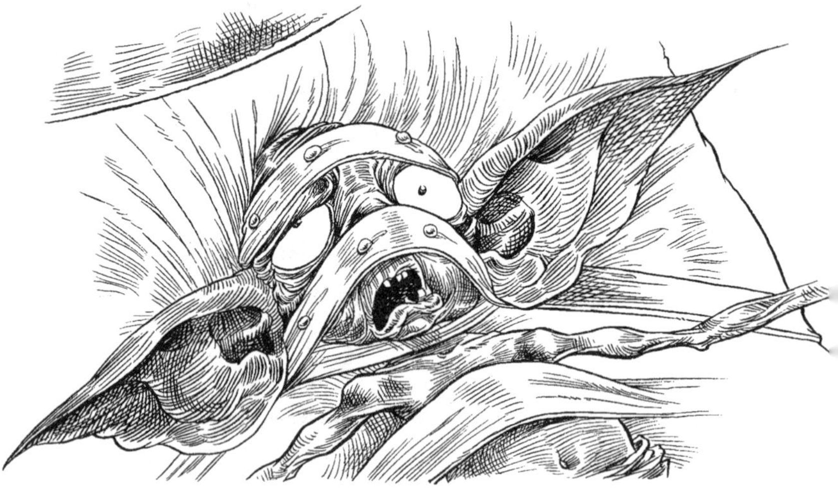

findsamen Nachtschwärmer hatten ein Sprichwort. *Lieber tot als taub.*
»Also gut«, wimmerte er. »Ich sage Euch alles, was ich weiß.«
Und das tat er dann auch. Er berichtete Vilnix in allen Einzelheiten von der Besprechung im Hinterzimmer der Bluteiche. Vom Besuch des Professors des Lichts und wie der Himmelspiratenkapitän auf die Knie gefallen war, von dem Plan, den die drei ausgeheckt hatten, und von dem Entschluss des Professors die Himmelspiraten auf der Fahrt in den Dämmerwald zu begleiten.
»Das Verräterschwein«, zischte Vilnix. »Und dieser Kapitän? Wie heißt er?«
»Wolkenwolf«, sagte Forficul sofort. »Der Professor sprach ihn allerdings mit einem anderen Namen an.«
»Und der wäre?«
»Quintinius Verginix.«
Vilnix nickte. »Endlich ein Name, mit dem sich etwas anfangen lässt«, sagte er nachdenklich.
Das verspätete, dafür aber umso ausführlichere Geständnis des Nachtschwärmers war für Vilnix hochinteressant. Es bestätigte nicht nur seinen Verdacht bezüglich des Professors. Der Allerhöchste Akademiker wusste jetzt auch, dass Xintax ihn am Abend zuvor angelogen hatte. Den Namen Wolkenwolf vergaß *niemand* – Wolkenwolf war schließlich ein berüchtigter Himmelspirat. Offenbar führte der Ligameister selbst etwas im Schilde.
Vilnix kicherte in sich hinein. Es gab viele ehrgeizige Ligabrüder, die sich glücklich schätzen würden mit Seiner Akademischen Durchlaucht ins Geschäft zu kommen.

Er wandte sich wieder an Forficul. »Und dieser Junge, von dem du gesprochen hast, dieser Twig. Was spielt er für eine Rolle?«
Forficul schluckte. Er kannte Twig noch nicht lange, aber die Gedanken, die er in Twigs Kopf gehört hatte, hatten ihm gefallen. Der Junge war anständig und ehrlich, treu und aufrichtig. Forficul wollte auf keinen Fall, dass Twig durch seine Aussage zu Schaden kam.
Vilnix ließ die schwere Zange vor seinem Gesicht baumeln. Forficul nickte, soweit der Lederriemen es zuließ. »Er gehört zur Mannschaft an Bord des *Sturmpfeils*«, sagte er.
»Und?« Vilnix Pompolnius spürte, dass eine weitere Enthüllung bevorstand.
»Er wurde im Dunkelwald geboren und ist dort aufgewachsen.«
»Und?«
Ein Schauer rann durch den Nachtschwärmer. Wenn er dem Allerhöchsten Akademiker klarmachen konnte, dass Twig in den Plänen der Piraten keine Rolle spielte, dann blieb der Junge vielleicht unbehelligt. »Er wird auf dieser Reise nicht mit den Piraten mitfahren«, sagte er. »Er soll bei Mutter Pferdefeder blei...«
»Du verschweigst mir doch etwas«, unterbrach ihn Vilnix und hob drohend die Kneifzange.
Forficul sah zu Boden. Tränen stiegen ihm in die Augen. Er war kein schlechter Kerl – aber auch nicht besonders tapfer. Drohend hing die Zange im Licht der Fackeln über der Schale. *Lieber tot als taub.*
»Der Junge ... der Junge ist ...«, stotterte er. »Also ... Wolkenwolf ist sein Vater.«

Vilnix sog scharf die Luft ein. »Einen Sohn«, zischte er. »Quintinius Verginix hat einen Sohn. Und er hat ihn in Unterstadt zurückgelassen.« Er grinste hämisch. »Wie unvorsichtig.« Er wandte sich an Minulis. »Wir müssen sofort mit dem Jungen Kontakt aufnehmen. Wir laden ihn ein, hierher nach Sanktaphrax zu kommen und mit uns auf die Rückkehr seines tapferen Vaters zu warten.«

»Das stärkt unsere Verhandlungsposition ungemein«, fuhr er an Forficul gewandt fort und legte die schwere Zange auf das Regal zurück. »Ich kann gar nicht sagen, wie dankbar wir dir sind.«

Forficul war am Boden zerstört. Sein Versuch, Twig zu schützen, war fehlgeschlagen und jetzt schwebte der Junge in Lebensgefahr. Trotzdem – der Himmel mochte ihm verzeihen! – war der Nachtschwärmer unwillkürlich erleichtert, dass der Allerhöchste Akademiker mit seinen Informationen offenbar so zufrieden war.

»Kann ich dann gehen?«, fragte er.

Vilnix musterte ihn spöttisch. Forficul erwiderte seinen Blick hoffnungsvoll. Er war immer noch ganz benommen vom Scheppern des Metalls, deshalb hörte er die finsteren Gedanken nicht, die hinter dem lächelnden Gesicht des Allerhöchsten Akademikers lauerten.

»Ob du gehen kannst?«, sagte Vilnix Pompolnius endlich. Seine Augen glitzerten. »Aber ja, natürlich.«

Forficul musste einen Freudenschrei unterdrücken.

Vilnix nickte Minulis zu. »Binde ihn los und wirf ihn raus.« Das härene Hemd juckte und die Dornen und Nägel gruben sich in Kopf und Füße Seiner Akademischen Durchlaucht. »Aber zuerst schneide ihm noch die Ohren ab.«

KAPITEL 11

Im Auge des Sturms

Twig lag einige Meter von Haudraufs verdrecktem Schlafplatz entfernt auf dem Boden. Er gab immer noch vor, bewusstlos zu sein. Jedes Mal, wenn der *Sturmpfeil* sich aufbäumte, ließ er sich ein Stück über den Boden rollen, in der Hoffnung, der Flachkopf würde die Bewegung des Schiffes dafür verantwortlich machen. Langsam, quälend langsam arbeitete er sich auf die Treppe zu. Die Chance zur Flucht bot sich nur einmal.

Wie dumm er gewesen war! Er hatte den Befehl seines Vaters missachtet und seinen Vater auf Gedeih und Verderb den Meuterern ausgeliefert, genauso wie Wolkenwolf es befürchtet hatte.

Das Himmelsschiff neigte sich abrupt nach links und Twig rollte zweimal um die eigene Achse. Die Treppe kam näher. Dabei hätte er sofort erkennen müssen, dass Slyvo nichts Gutes im Schilde führte. Slyvo hatte ihn nie gemocht. Er hätte Verdacht schöpfen müssen, als der Maat ihn auf einmal so freundlich behandelte! »Ach, beim Himmel«, murmelte Twig. »Was habe ich bloß getan?«

Das Himmelsschiff krängte nach Steuerbord und Twig musste sich am Boden festkrallen um nicht zu Haudraufs Koje zurückzurollen. Durch einen Spalt seiner Lider beobachtete er, wie der Flachkopf auf der Suche nach übrig gebliebenen Fleischstückchen schnüffelnd das dreckige Stroh durchwühlte.

So ein widerwärtiger Kerl, dachte er und fröstelte. Aber wahnsinnig stark ...

Im selben Augenblick bäumte der *Sturmpfeil* sich auf wie ein ungebärdiger Hungerlunger, warf sich nach Backbord und sackte ab. Zu Tode erschrocken, rollte Twig die letzten Meter zum Fuß der Treppe. Dort angekommen, blickte er verstohlen zurück. Wieder bäumte das Himmelsschiff sich auf. Haudrauf verlor das Gleichgewicht und schlug mit einem gewaltigen Krach auf den Boden.

Jetzt!, sagte Twig stumm. Das ist die Gelegenheit.

Er sprang auf, ergriff das hölzerne Geländer und kletterte die steilen Stufen so schnell hinauf, wie seine wackligen Beine es ihm erlaubten.

»He!«, brüllte Haudrauf, als er merkte, was Twig tat. »Was machst du da?«

Twig gab keine Antwort. Schneller!, dachte er verzweifelt. Die Hälfte der Treppe hatte er geschafft, doch schien die Luke am oberen Ende nicht näher zu kommen. Schneller!

Haudrauf hatte sich bereits aufgerappelt. In Windeseile setzte er über die Gitterstäbe, die seine Koje umgaben, und stürzte dem Jungen nach. Twig hatte noch sechs Stufen vor sich. Haudrauf war am unteren Ende der Treppe angelangt. Noch fünf ... noch vier ... Die Treppe erzitterte unter dem

Gewicht des hastig hinter ihm herkletternden Flachkopfs. Noch drei ... noch zwei ...
»Gleich«, murmelte Twig. »Noch eine Stufe, dann ...« Er spürte, wie die schwielige Hand des Kobolds nach seinem

Knöchel griff. »Nein!«, schrie er und trat mit beiden Beinen nach unten.
Mit zitternden Händen stemmte er den an Scharnieren hängenden Lukendeckel auf und schob sich durch die enge

Öffnung. Dann kniete er neben die Luke. Sobald Haudraufs spatelförmige Finger am Rand erschienen, packte Twig den Lukendeckel und schlug ihn mit aller Kraft zu.
Ein gellender Schrei ertönte. Die Finger verschwanden, ein dumpfes Poltern ertönte – Haudrauf fiel die Treppe hinunter. Twig hatte es geschafft! Er war entkommen, allerdings hörte er, dass der Flachkopf schon wieder die Treppe heraufkam.
Das Herz schlug ihm bis zum Hals. Hastig schob er die schweren Riegel über die Luke und zerrte noch um ganz sicher zu gehen ein großes Fass mit eingelegtem Wabbelkraut über den Deckel. Dann sprang er auf und eilte zur nächsten Treppe, die zum Deck hinaufführte. Er war erst wenige Stufen hinaufgestiegen, als unter ihm explosionsartig wütendes Hämmern und Fluchen ausbrach.
Lass die Riegel halten, betete Twig, bitte!

Der Captain und die Mannschaft bekamen von dem Drama, das sich unter ihnen abspielte, nichts mit. Sie hatten alle Hände voll zu tun den *Sturmpfeil* inmitten des gewaltigen Wolkenballs, der krachend und blitzend auf den Dämmerwald zuraste, auf Kurs zu halten.
»Taue doppelt belegen«, brüllte Wolkenwolf. Entscheidend war, den *Sturmpfeil* genau im Zentrum des Sturmes zu halten. »Leesegel niederholen. Fockfall entwirren!«
Die Luft knisterte vor elektrischer Spannung. Ein bläulich zischender Funkenregen hüllte das Himmelsschiff ein und ließ seine Umrisse verschwimmen. Die Funken tanzten auf jeder Oberfläche: vom Bugspriet bis zum Ruder, vom Krähennest bis zum Kiel, auf Segeln, Tauen und Decks. Sie tanzten auch auf den Himmelspiraten, auf ihren Bärten, ihren Kleidern und ihren Fingern und Füßen und erfüllten sie von Kopf bis Fuß mit einem Kribbeln.
Tem Waterbork drehte an einer Handspake. »Ein bisschen mulmig ist mir schon«, brummte er. Das Funken sprühende, blaue Licht umspielte seine Hände.
Klotzkinn blickte vom Skysegel auf, das er gerade reparierte. »Für meinen *ah* Kiefer ist es *ah* ganz beso*ah*nders schlimm«, ächzte er.
Tem grinste.
»Das ist überhau*ah*pt nicht lu*ah*stig!«, sagte Klotzkinn empört.
»Doch!«, kicherte Tem Waterbork. Der Unterkiefer seines Kameraden klappte ständig von selbst auf und zu.
Klotzkinn hatte seinen Unterkiefer vor Jahren in einer erbitterten Schlacht gegen zwei Ligaschiffe verloren. Ein für seine Grausamkeit berüchtigter Ligabruder namens Ulbus

Pentephraxis hatte sich mit einem Beil von hinten an ihn herangeschlichen und ihm einen fürchterlichen Hieb versetzt. Der Hieb hatte ihn seitlich getroffen, direkt unter dem Ohr.

Nach seiner Genesung hatte Klotzkinn sich aus einem Stück Eisenholz einen Ersatzkiefer gefertigt. Solange er nicht vergaß, die Bolzen einzuölen, tat der künstliche Kiefer auch seinen Dienst – oder wenigstens war das bis jetzt so gewesen. Seit der *Sturmpfeil* allerdings in den großen Sturm hineingefahren war, klappte der Kiefer aufgrund seltsamer elektrischer Kräfte in einem fort auf und zu, ohne dass Klotzkinn das Geringste dagegen hätte tun können.

»Wie *ah* lange geht das denn *ah* noch so weiter?«, stöhnte er.

»Wahrscheinlich bis wir im Dämmerwald sind«, erwiderte Tem Waterbork.

»Was in etwa ... neun Minuten der Fall sein wird«, rief Zacke von oben herunter.

»Neun Minuten«, flüsterte Slyvo und rieb sich die Hände. Der Maat hatte überprüfen sollen, ob die Belegklampen hielten. Jetzt lehnte er gegen das Geländer der Treppe, die zum Achterdeck hinaufführte, und starrte wie hypnotisiert in das Wolkengebrodel. Er hob den Kopf.

»Nur weiter so, Quintinius Verginix«, flüsterte er höhnisch. »Lande du schön im Dämmerwald und hole das Sturmphrax. Dann bin ich dran. Und wehe dem, der ...« Er

brach erschrocken ab. »Aber was ist denn das, beim Himmel?«
In der Tür des kleinen Häuschens über dem Treppenaufgang stand Twig. Blinde Wut überkam Slyvo. Wenn Wolkenwolf den Jungen sah, war alles verloren. Ohne nachzudenken, stürzte der Maat auf Twig zu.

Twig sah sich aufgeregt um. Er war dem Flachkopfkobold nur knapp entkommen. Seine Sinne waren aufs Äußerste gespannt und sein Herz pochte laut. Er versuchte sich zu orientieren.
Die Luft war dunkelrot und stank nach Schwefel und angebrannter Milch. Das Himmelsschiff war in ein Wolkengebirge eingehüllt, aus dem knatternd und krachend Blitze fuhren. Blaue Flämmchen züngelten um Twigs Arme und Beine, sein Körper kribbelte und seine Haare stellten sich auf.

Das war also die Sturmjagd! Unter der Besatzung war fieberhafte Geschäftigkeit ausgebrochen. Hubble, der weiße Banderbär, war am Ruder festgebunden. Wolkenwolf stand bei den Hebeln für die Segel und Gewichte und versuchte angestrengt Geschwindigkeit und Auftrieb konstant zu halten. Ausgerechnet jetzt musste

Twig enthüllen, dass er sich als blinder Passagier an Bord geschlichen hatte und dass eine Meuterei drohte.

»Aber ich habe keine Wahl«, murmelte er grimmig. Schon hörte er unter sich die hölzerne Luke splittern. Es war nur eine Frage der Zeit, bis Haudrauf auf dem Deck erschien. Twig wusste, wenn er nicht sofort etwas sagte, war sein Vater so gut wie tot. Er fror auf einmal jämmerlich. »Und daran bin dann ich schuld!«

Er nahm seinen ganzen Mut zusammen und wollte gerade den kurzen, aber gefährlichen Gang von der Treppe zum Ruder antreten, als sich eine schwere Hand auf seine Schulter legte und ihn zurückriss. Eine kalte Klinge drückte gegen seinen Hals.

»Eine Bewegung und ein Laut, *Master* Twig, und ich schneide Euch die Kehle durch«, zischte Slyvo. »Kapiert?«

»Ja«, flüsterte Twig.

Er hörte, wie hinter ihm eine Tür aufging. Slyvo stieß ihn grob in eine Kammer, in der Eimer, Scheuerlappen, Taue und Ersatzsegel aufbewahrt wurden. Twig stolperte rückwärts hinein und landete unsanft in einer Ecke. Die Tür wurde zugeknallt.

»Noch fünf Minuten!«, schrie Zacke.

Twig stand zitternd auf und drückte das Ohr gegen die verschlossene Tür. Draußen konnte er neben dem Lärmen des Sturms mit Mühe zwei verschwörerisch tuschelnde Stimmen ausmachen. Die eine gehörte Slyvo, die andere Haudrauf.

»Ich bin nicht schuld«, jammerte der Flachkopf leise. »Er war weg, bevor ich ihn festhalten konnte.«

»Du hättest ihn eben fesseln müssen«, erwiderte Slyvo wü-

tend. »Dieser verfluchte Bengel. Er wird bestimmt entdeckt, noch bevor das Sturmphrax an Bord ist ...«
»Ich könnte ihn jetzt gleich kaltstellen«, sagte Haudrauf heiser.
»Nein. Wir brauchen ihn lebend, nicht tot.« Slyvo steigerte sich immer mehr in seine Wut hinein. »Der kleine Wadenbeißer zwingt mich zu handeln, so viel steht fest. Aber noch ist nicht alles verloren, Haudrauf. Komm mit. Wir wollen sehen, ob wir unseren Plan nicht doch noch in die Tat umsetzen können.«
Die beiden entfernten sich. Twigs Herz hämmerte wie wahnsinnig. Da raste er nun inmitten des großen Sturms dem Dämmerwald entgegen. Endlich tat er, wovon er so lange nur geträumt hatte. Doch seinetwegen war aus dem Traum ein Alptraum geworden.
Twig hörte, wie sich Slyvo und Haudrauf in Richtung Ruder entfernten. Er konnte allerdings nicht verstehen, was der Maat sagte. Er schluckte aufgeregt und hämmerte gegen die Tür.

»Lasst mich raus!«, schrie er. »Tem! Zacke! Klotzkinn! Warum hört ihr denn nicht? Lasst mich ...«
In diesem Augenblick ertönte Wolkenwolfs Stimme.
»Was?«, brüllte der Captain. »Das ist Meuterei!«
Den Tränen nahe gab Twig auf und senkte den Kopf.

»Ach, Vater«, wimmerte er. »Wenn wir hier lebend herauskommen, wirst du mir dann je verzeihen können?«

Slyvo begegnete der Wut der Captains mit eisiger Kälte. Von den Augen abgesehen, die hinter den stahlgefassten Brillengläsern tückisch funkelten, zeigte sein Gesicht nicht die leiseste Regung.
»Das ist keine Meuterei«, sagte er und zog seinen Säbel aus der Scheide. »Nur eine Umverteilung der Macht.«
Hubble brummte drohend.
»Ligageschwätz«, rief Wolkenwolf höhnisch. »Bist du wirklich so tief gesunken, Slyvo?«
In diesem Augenblick sackte der *Sturmpfeil* nach links ab und verlor schlagartig an Geschwindigkeit. Das Ende des Sturmes kam hinter ihnen näher. Wolkenwolf senkte das Heckgewicht und zog die vorderen und hinteren Segel höher. Das Schiff machte einen Satz nach vorn.
Er wandte sich wieder an Slyvo. »Bildest du dir wirklich ein, du könntest den *Sturmpfeil* fahren? Ja?«
Slyvo zögerte.
»Du bist ein Narr, Slyvo! Was nützt den Ligen denn das Sturmphrax? Kannst du mir das sagen? Die brauchen doch Phraxstaub und wie man den herstellt, ohne dass es eine Katastrophe gibt, weiß keiner.«
»Im Gegenteil«, erwiderte Slyvo. »Die Liga der freien Kaufleute will für eine Ladung Sturmphrax sogar einen hohen Preis bezahlen. Einen sehr hohen. Und da Sie die Kaufleute offenbar nicht beliefern wollen, werde *ich* das tun. Sie werden sehen, Ihre Leute werden zu mir überlaufen, wenn sie erst hören, um wie viel Geld es geht.«

Haudrauf machte einen Schritt nach vorn. Hubbles Ohren zuckten, Wolkenwolf legte die Hand an seinen Säbel.
»Beim Himmel!«, rief er. »Hast du mir nicht zugehört? Die Ligen können mit dem Sturmphrax nichts anfangen. Sie wollen nur verhindern, dass es in die Schatzkammer von Sanktaphrax gelangt, denn dann könnte die fliegende Stadt sich nicht mehr losreißen und die profitable Zusammenarbeit mit den Regenschmeckern wäre zu Ende.«
Slyvo packte seinen Säbel fester.
»Die haben dich reingelegt, Slyvo. Die wollen doch, dass wir alle abstürzen.«
»Du lügst!«, schrie Slyvo. Und an Haudrauf gewandt, schrie er noch einmal: »Er lügt!«
Wolkenwolf nutzte die Gelegenheit. Er zog den Säbel und stürzte sich auf Slyvo. »Du miese Ratte!«, brüllte er.
Doch Haudrauf kam ihm zuvor. Er hob seinen Speer – eine schwere Waffe, wie es sich für einen starken Flachkopfkobold gehörte – und sprang zwischen Slyvo und den Captain. Metall klirrte auf Metall und schon war zwischen dem Captain und dem Flachkopf ein mörderischer Zweikampf entbrannt.
Immer schneller und heftiger flogen die Hiebe hin und her. Wolkenwolf schäumte.
»Blut und Donner!«, brüllte er. »Ich lasse euch beide in den Himmel schießen!« Er parierte Haudraufs ungestüme Angriffe. »Ich schlitze euch den Magen auf, ich reiße euch das Verräterherz aus dem Leib ...«
»Waa-waa!«, rief der Banderbär und zerrte an den Tauen, mit denen er am Ruder festgebunden war.
Der *Sturmpfeil* stampfte und rollte. Wenn das Schiff der

äußeren Zone zu nahe kam, in der der Sturm am schlimmsten wütete, würde es in tausend Stücke zerschlagen.
»Nein, Hubble«, rief Wolkenwolf beschwörend. »Ich ... ich kann mich allein wehren. Du musst den Kurs halten.«

Das wütende Gebrüll des Captains, das Geklirr der Waffen und das Getrampel – Twig konnte nicht fassen, was er da hörte. Kämpfte sein Vater etwa ganz allein? Wo war der Rest der Mannschaft? Warum kamen die anderen dem Captain nicht zu Hilfe?
»TEM WATERBORK!«, brüllte er und trommelte verzweifelt mit den Fäusten gegen die abgesperrte Tür. »KLOTZKINN!«
Völlig unerwartet flog die Tür auf. Twig taumelte hinaus, und sofort hatte ihn Slyvo gepackt. »Ich habe dir doch gesagt, du sollst den Mund halten«, zischte er. Er drehte Twig mit einer Hand den Arm auf den Rücken, mit der anderen drückte er ihm das Messer an die Kehle.
»W... was ist denn los?«, stammelte Twig.
»Das erfährst du früh genug.« Slyvo zerrte ihn über das Funken sprühende Deck. »Du tust genau, was ich dir sage, dann passiert dir nichts.«
In panischer Angst stolperte Twig vor dem Maat über das Deck und den engen Aufgang zum Ruder hinauf. Entsetzt starrte er auf den Anblick, der sich ihm dort bot.
Wolkenwolf und Haudrauf trugen einen tödlichen Zweikampf aus. Mit blitzenden Augen und zusammengebissenen Lippen kämpften sie um ihr Leben und mit solcher Gewalt schlugen ihre Waffen aufeinander, dass sich in das zischelnde Blau grellgelbe Funkenregen mischten.

Twig wollte auf seinen Vater zustürzen und an seiner Seite kämpfen. Er wollte den heimtückischen Flachkopf töten, der es wagte, die Hand gegen Captain Wolkenwolf zu erheben.
»Immer mit der Ruhe«, flüsterte Slyvo ihm ins Ohr und drückte den Dolch fester an seinen Hals. »Wenn Euch Euer Leben lieb ist.«
Twig schluckte aufgeregt. Der Zweikampf ging weiter. Der Junge konnte nicht hinsehen, er konnte sich aber auch nicht abwenden. Einmal schien Haudrauf der Stärkere, dann wieder hatte Wolkenwolf die Oberhand. Zugleich tobte der Sturm um sie immer erbarmungsloser. Ununterbrochen zuckten Blitze nieder und tauchten die Wolkengischt in grelles Licht. Die Säbelklingen funkelten.
Geschicklichkeit und Gewandtheit spielten bei diesem Kampf keine Rolle. Haudrauf, der Stärkere der beiden, drosch blindwütig drauflos um den Captain in die Knie zu zwingen. Aufgeregt beobachtete Twig, wie der Kobold seinen Vater auf die rückwärtige Wand zutrieb.
Aus Angst, der Junge könnte schreien, drückte Slyvo ihm die Hand auf den Mund. »Ganz ruhig«, flüsterte er. »Bald ist es vorbei und dann bin ich Kapitän des *Sturmpfeils*, wie es mir zusteht. *Captain* Slyvo. Klingt nicht schlecht.«
Der Kampf ging weiter. Ach Vater, dachte Twig unglücklich. Ich bin an allem schuld!

»Tem!«, schrie Wolkenwolf über dem rumpelnden Donner und dem Klirren der Waffen. »Klotzkinn! Zacke!«
Doch die Himmelspiraten hörten ihn nicht. Sie waren zu sehr damit beschäftigt, das immer heftiger schlingernde Himmelsschiff in der Luft zu halten.
»Die Segel reißen sich los«, brüllte Tem und drehte mit beiden Armen an dem Schlüssel zum Feststellen der Segel. »Trimm den Spinnaker, Klotzkinn, während ich versuche das Großsegel zu sichern. Zacke, du kümmerst dich um die verhedderten Leinen dort drüben.«
»Die Flugsteinsicherung klemmt«, schrie Zacke zurück. Das Himmelsschiff stampfte und krängte. »Kannst du mir helfen, Klotzkinn?«
»Ich habe *ah* auch nur ein Paar *ah* Hände«, rief Klotzkinn unwirsch. »Und wenn ich *ah* die Kette an diesem Rumpfgewicht *ah* nicht gleich entwirre, sind wir alle *ah* verloren.«
Eine besonders heftige Bö traf den Bug von Backbord. Das Himmelsschiff neigte sich heftig, Klotzkinn schrie auf und die Kette wurde ihm aus den Händen gerissen. Am anderen Ende des Himmelsschiffes verlor Wolkenwolf das Gleichgewicht und taumelte über Deck.
»Waa!«, brüllte der Banderbär. Wenn die anderen dem Captain nicht zu Hilfe kamen, dann musste er das doch tun.
»Nein, Hubble!«, keuchte Wolkenwolf. Das Himmelsschiff fiel nach Steuerbord zurück. »Halte das Ruder fest, sonst gehen wir alle zugrunde. Das ist ein Befehl.«
Twig stiegen Tränen in die Augen. Wolkenwolf dachte selbst jetzt noch, da seine Arme immer schwächer wurden,

mehr an seine Mannschaft als an sich selbst. Wie tapfer er war, wie ritterlich. Er, Twig, hatte einen solchen Vater gar nicht verdient.
Unaufhörlich krachte und klirrte es. So schnell und heftig schlug Haudrauf mit seinem Speer zu, dass Wolkenwolf alle Mühe hatte, die Schläge abzuwehren. Wieder tauchte ein Blitz den Himmel in gleißendes Licht und der *Sturmpfeil* tat einen gewaltigen Satz nach vorn.
»Der Mast bricht!«, schrie Zacke.
»Großsegel runterlassen!«, brüllte Tem. »Alle Segel runter!«
Wolkenwolf stolperte nach hinten, das Gesicht dem Heck zugewandt. Sofort nutzte Haudrauf seinen Vorteil. Mit erhobenem Speer sprang er auf Wolkenwolf zu.
Wolkenwolf duckte sich und die massive Eisenspitze verfehlte ihn um Haaresbreite. In blinder Wut stieß Haudrauf erneut zu. Twig hielt die Luft an ... und atmete erleichtert aus. Wolkenwolf hatte den Speer des Flachkopfs im letzten Moment noch wegstoßen können. Dann griff er selbst an. Blitzend fuhr sein Säbel durch die Luft.
Los!, dachte Twig. Gib's ihm!
Doch es sollte nicht sein, denn in diesem Augenblick ertönte ein grässliches Splittern. Der Mast brach und der obere Teil stürzte herunter.
Die Stange krachte auf das Deck, kippte über den Rand und blieb auf der Backbordseite in der Luft hängen. Das Schiff neigte sich dramatisch nach links und drohte umzuschlagen.
»Kappt die Taue«, brüllte Tem und begann das Großschot durchzuschneiden. »LOS!«

Klotzkinn und Zacke eilten herbei und stachen wie wild auf das Gewirr von Tauen und Takelage ein. Sie hatten die Hälfte der Taue gekappt, als der Rest unter dem schweren Gewicht des Mastes riss und samt dem Mast hinunterfiel. Der *Sturmpfeil* rollte nach Steuerbord zurück.

Twig und Slyvo stolperten rückwärts. Twig entfuhr ein gedämpfter Aufschrei. Sofort spürte er, wie das Messer in die weiche Haut seiner Kehle schnitt. Seinen Vater hatte es noch schlimmer erwischt. Er hatte Haudrauf mit dem Säbel verfehlt, weil der Flachkopf durch den plötzlichen Ruck zur Seite geschleudert wurde. Auch Wolkenwolf selbst verlor das Gleichgewicht und taumelte auf den Kobold zu. Hilflos fuchtelte er mit dem Säbel. Der Kobold packte wieder seinen Speer und hob ihn hoch. Twig erstarrte. Gleich würde sein Vater in das große, gezackte Blatt laufen und sich aufspießen.

»WAAA!«, tobte Hubble, als er sah, was dem Captain drohte, und riss wie wahnsinnig an den Tauen, mit denen er am Ruder festgebunden war.

Haudrauf hörte sein Gebrüll. Er blickte auf und bemerkte zu seinem Entsetzen, wie nahe er dem angebundenen Banderbären gekommen war. Hubble hatte einen seiner mächtigen Arme gehoben. Er brüllte noch einmal, dann schlug er zu. Haudrauf versuchte im letzten Augenblick nach links auszuweichen – schnell, aber nicht schnell genug.

Der Prankenhieb erwischte ihn am Arm. Der Speer schlitterte über Deck, Haudrauf selbst schlug auf die Planken. Sofort stand Wolkenwolf über ihm, ließ den Säbel mit aller Wucht niederfahren und trennte den Kopf des Kobolds vom Rumpf. Dann fuhr er mit dem bluttriefenden Säbel in

der Hand zu Slyvo herum. Seine Augen glitzerten mordlustig.
»Jetzt zu dir«, brüllte er. »Du ...« Er verstummte und riss die Augen auf. Der Unterkiefer fiel ihm herunter. »Twig!«, flüsterte er entsetzt.

Slyvo zog die Klinge vorsichtig an Twigs Kehle entlang und kicherte. »Lassen Sie den Säbel fallen, sonst ist Ihr Sohn tot.«

»Nein«, schrie Twig. »Nimm keine Rücksicht auf mich. Das darfst du nicht.«
Wolkenwolf warf den Säbel weg und ließ die Arme sinken. »Lass den Jungen los. Er hat dir nichts getan.«
»Vielleicht lasse ich ihn los, vielleicht auch nicht.« Slyvo grinste hämisch. Er steckte den Dolch weg, zog aber zugleich seinen Säbel. »Vielleicht ...«
Wieder spaltete ein Blitz den Himmel und der *Sturmpfeil*

warf sich zuerst auf die eine, dann auf die andere Seite. Das Himmelsschiff trieb gefährlich nahe am Rand des Sturms, doch Hubble konnte nichts dagegen tun.
Slyvo ließ Twig unversehens los, stieß ihn von sich weg und stürmte mit gezücktem Säbel und wildem Gebrüll auf den Captain zu.
Das Himmelsschiff erzitterte, und sämtliche Balken, Planken und Fugen ächzten wie aus Protest.
»Noch zwei Minuten«, hörte Twig Zacke rufen. Und dann, alarmiert: »Tem! Klotzkinn! Der Captain ist in Gefahr!«
Endlich hatten die anderen bemerkt, was los war, leider zu spät, viel zu spät. Slyvos Säbel sauste bereits durch die Luft. Wolkenwolfs Nacken war ihm schutzlos preisgegeben.
Unten am Rumpf löste sich aufgrund der ständigen Erschütterungen eins der Backbordgewichte. Das Gewicht fiel hinunter. Der *Sturmpfeil* schlug nach Steuerbord um.
Der Säbel verfehlte zwar sein Ziel, doch grub er sich tief in Wolkenwolfs Arm – den Arm, mit dem er kämpfte. Slyvo verzog höhnisch die Lippen. »Diesmal hast du noch Glück gehabt«, schrie er. »Jetzt nicht mehr.« Er holte mit dem Säbel aus. »Jetzt bin *ich* der Kapitän!«
»Hubble!«, schrie Twig verzweifelt. »Tu doch was!«
»Wu, wu!«, bellte der Banderbär und packte das Steuerrad noch fester. Der Captain hatte gesagt – ihm *befohlen* –, er solle sich nicht von der Stelle rühren.
Sein Blick traf den des Jungen. »Wu, wu«, sagte Twig.
»WAAA!«, brüllte Hubble entschlossen. Seine Augen funkelten und seine Haare sträubten sich. Er riss die Taue aus ihrer Verankerung und zerfetzte sie, als bestünden sie aus Papier. »WAAA!«

Wie ein zotteliger weißer Berg stürzte er sich mit gefletschten Zähnen und ausgefahrenen Krallen auf Slyvo. Er packte den dreisten Maat um die Hüften, hob ihn hoch und schleuderte ihn auf die Planken. Dann, noch bevor Slyvo einen Mucks tun konnte, ließ der Bär sich brüllend mit seinem ganzen Gewicht auf den Rücken des Maats fallen.
Ein dumpfer Schlag war zu hören, dann ein Knacken und Slyvo lag mit gebrochenem Rückgrat tot da.
Mit weichen Knien stand Twig auf. Das vom Sturm gebeutelte Himmelsschiff war inzwischen völlig außer Kontrolle geraten. Twig klammerte sich an der Reling fest. Die Meuterer waren tot und sein Vater lebte. Doch ihre Lage war verzweifelt.
Das Steuerrad begann, von niemandem festgehalten, zu kreiseln, die letzten noch gehissten Segel knallten nutzlos

im Wind. Wieder rissen sich zwei Ausgleichsgewichte vom Rumpf los. Der *Sturmpfeil* rollte und stampfte, bäumte sich auf, sackte ab und drehte sich immer schneller im Kreis. Er drohte jeden Moment ganz umzukippen. Seine glücklose Besatzung würde dann in den sicheren Tod stürzen.

Wolkenwolf versuchte sich stöhnend vor Schmerzen mit seinem gesunden Arm aufzurichten. Tem Waterbork und die anderen hatten sich endlich zur Kommandobrücke durchgearbeitet.

»Lasst mich!«, schrie Wolkenwolf heftig.

Ein Blitz zuckte grell über den Himmel und beleuchtete das Schiff. Erst jetzt wurde das ganze Ausmaß der Verwüstung sichtbar. Das Himmelsschiff konnte jeden Augenblick vollends auseinanderbrechen. Wolkenwolf funkelte den Rest seiner Mannschaft an.

»VERLASST DAS SCHIFF!«, brüllte er.

Tem und die anderen starrten ihn ungläubig an. War er jetzt wahnsinnig geworden? So kurz vor dem Ziel das Schiff aufzugeben?

Im selben Moment brach um sie herum ohrenbetäubendes Geschrei aus. Tausende kleiner Vögel quollen aus dem Bauch des Schiffes. Schwarz hoben sich ihre flatternden Dreiecksflügel und peitschenförmigen Schwänze von den hellen Wolken ab. Die Vögel bewegten sich in vollkommenem Gleichklang wie ein einziger Vogel. Wenn einer die Richtung änderte, änderten auch alle anderen die Richtung. Piepsend, schreiend und kreischend schwenkte der Schwarm wie auf das Kommando eines unsichtbaren Choreographen im Zickzack hierhin und dorthin.

»Rattenvögel«, murmelte Twig erschrocken. Er wusste wie alle Himmelspiraten, dass Rattenvögel ein Himmelsschiff erst dann verließen, wenn der Untergang nicht mehr abzuwenden war. Er starrte die anderen Piraten an. »Ihr habt den Captain gehört«, rief er. »Verlasst das Schiff!«

»Und gebt dem Steinpiloten und dem Professor Bescheid«, brüllte Wolkenwolf.

»Aye, aye, Captain«, sagte Tem Waterbork und entfernte sich stolpernd um den Befehl auszuführen.

Zacke war als Erster an der Reihe. Er sprang von der Reling und rief im Fallen noch hinauf: »Gleich sind wir über dem Dämmerwald ... jetzt!«

Die anderen folgten ihm einer nach dem anderen. Obwohl jeder Augenblick, den sie länger auf dem *Sturmpfeil* blieben, eine tödliche Gefahr bedeutete, knieten sie zuerst noch nieder und küssten das Deck. Erst dann kletterten sie widerstrebend auf das Geländer und sprangen in die purpurnen Wolken – Klotzkinn, der Steinpilot, Tem Waterbork und der Professor des Lichts. Die erste Bö löste den Federmechanismus der Klappflügel aus. Die Kammern der Flügel füllten sich mit Luft und die Männer schwebten nach unten und verschwanden in den Wolken.

Das Himmelsschiff bockte und sprang. Oben auf der Kommandobrücke arbeitete Wolkenwolf sich qualvoll Schritt für Schritt zum Ruder vor.
»Du auch, Hubble«, befahl er dem standhaft ausharrenden Banderbären. »Verlass deinen Posten. Geh!« Der gewaltige Bär betrachtete ihn kummervoll. Über ihm knatterten und schlugen die Segel. »Los!«, brüllte Wolkenwolf. »Bevor wir abstürzen.«
»Wu, wu«, rief der Bär und trottete gehorsam zur Reling. Erst jetzt sah Wolkenwolf, dass der Bär sich schützend vor ein weiteres Mitglied der Besatzung gestellt hatte, das das Himmelsschiff noch nicht verlassen hatte.
»Twig!«, brüllte er. »Ich habe gesagt, du sollst gehen.«
Das Wolkengebrodel um sie herum wurde immer dichter, der *Sturmpfeil* knarrte und ächzte.
»Ich kann nicht!«, schrie Twig. »Ich verlasse dich nicht. Bitte verzeihe mir, Vater. Es ist alles meine Schuld.«
»Deine Schuld?«, keuchte Wolkenwolf und versuchte das kreisende Steuerrad anzuhalten. »Es ist *meine* Schuld, ich habe dich nicht vor diesem Schurken Slyvo beschützt.«
»Aber ...«
»Genug!«, brüllte Wolkenwolf. »Verlass das Himmelsschiff!«
»Komm mit!«, flehte Twig.
Wolkenwolf schwieg. Er brauchte nichts zu sagen. Twig wusste, dass seinem Vater das eigene Leben weniger bedeutete als sein Schiff.
»Dann bleibe ich bei dir!«, sagte der Junge trotzig.
»Twig!«, schrie Wolkenwolf. »Twig!« Seine Stimme war im Toben des Sturmes kaum zu hören. »Vielleicht verliere ich

mein Schiff, vielleicht auch das Leben. Dann ist das eben so. Aber wenn ich dich verliere ... das wäre ...« Er verstummte. »Twig, mein lieber Sohn, du musst das Schiff verlassen, deinetwegen und meinetwegen. Verstehst du das?«
Twig nickte. Tränen stiegen ihm in die Augen.
»Braver Junge.« Wolkenwolf schwankte unsicher. Hastig schnallte er den Gürtel ab, an dem sein Säbel hing, wickelte den Säbel darin ein und hielt ihn dem Jungen hin. »Nimm meinen Säbel.«
Twig streckte den Arm aus. Seine Finger streiften die Hand des Vaters. Er schluckte. »Wir sehen uns doch wieder?«
»Du kannst dich drauf verlassen«, sagte Wolkenwolf. »Sobald ich den *Sturmpfeil* unter Kontrolle habe, komme ich euch alle holen. Jetzt geh.« Er wandte sich abrupt ab und legte die Hände auf die Hebel für die Gewichte und Segel.
Traurig wandte sich Twig zum Gehen. An der Reling sah er sich noch einmal nach seinem Vater um. »Glück mit dir!«, rief er durch den heulenden Wind, dann sprang er.

Entsetzt schrie er auf. Er fiel wie ein Stein. Offenbar waren die Klappflügel beschädigt worden, als Slyvo ihn in die Kammer gestoßen hatte. Die Flügel klemmten und wollten nicht aufgehen.

»Vater!«, schrie er gellend. »VATER!«

KAPITEL 12

Im Dämmerwald

Twig kniff die Augen fest zu. Immer schneller fiel er hinunter. Wenn er den Raupenvogel je gebraucht hatte – und der Raupenvogel hatte versprochen auf ihn aufzupassen, weil Twig bei seiner Geburt dabei gewesen war –, dann jetzt. Doch er purzelte weiter durch die Luft und kein Raupenvogel tauchte auf.

Der Wind sauste Twig in den Ohren und verschlug ihm den Atem. Der Junge wollte die Hoffnung schon aufgeben, da hörte er plötzlich ein lautes Klicken. Der Mechanismus der Klappflügel war ausgelöst worden, die Flügel klappten auseinander und die seidenen Taschen blähten sich auf. Twig spürte einen Ruck und wurde wie ein Blatt wieder nach oben gewirbelt.

Er öffnete die Augen und versuchte sich in der Luft aufzurichten. Noch nie zuvor hatte er einen Notabsprung machen müssen. Er streckte die Beine nach hinten und die Arme nach vorn aus, wie er es gelernt hatte, und auf einmal flog er mühelos mit dem Wind dahin. »Ich fliege«, schrie er begeistert. Der Wind blies ihm die Haare aus dem Gesicht.

»Ich flie-hiiiege!« Um ihn knisterte und summte es. Etwas Neues, Ungeheuerliches geschah. Die Blitze, die bisher auf die Wolkenwand am Rand des Sturmes beschränkt gewesen waren, schossen auf einmal in langen, fasrigen Büscheln ins Zentrum des Sturmes. Sie bogen sich zu Spiralen und verdichteten sich zu einer Kugel elektrischen Lichts.

Staunend beobachtete Twig die Erscheinung. »Das muss es sein«, flüsterte er aufgeregt. »Der große Sturm entlädt sich in einem einzigen, gewaltigen Blitz.« Seine Haare stellten sich auf, ein Prickeln durchlief ihn. »Das ist also der Höhepunkt des Sturms und deshalb sind wir hergekommen … so entsteht Sturmphrax.«

Die Lichtkugel wuchs unaufhaltsam. Twig kniff die Augen zusammen. Er konnte sich nicht von dem Anblick losreißen, aber zugleich konnte er nicht in das helle Licht schauen ohne zu zwinkern. Er blinzelte und dabei bemerkte er in der Mitte der rosa-grünen Lichtkugel einen kleinen, dunklen Fleck.

»Der *Sturmpfeil*«, rief er erschrocken.

Wieder zwinkerte er. Kein Zweifel, genau in der Mitte des großen Sturms fuhr das Himmelsschiff. Und auf ihm stand im Zentrum des Geschehens sein Vater Wolkenwolf, Quintinius Verginix, und lenkte unverdrossen seinen geliebten *Sturmpfeil* durch den Aufruhr. Stolz erfüllte Twigs Brust.

Das Summen wurde lauter und höher, das Licht heller. Die aufgeladene Luft selbst schien ahnungsvoll zu beben.

Und jetzt?

Twig spürte, wie er von heftigen Wirbeln erfasst wurde, die das Ende des Sturmes ankündigten. Böen fuhren ihm in den Rücken und warfen ihn hinauf und hinunter. Die Klappflügel knarrten unter dem Druck des Windes. Twig konnte nichts anderes tun, als sie festzuhalten und zu beten, dass sie ihm nicht von den Schultern gerissen wurden.

Die Blitze über ihm ließen nach, die Wolken hörten auf zu knistern. Seine Haare legten sich wieder. Die gesamte Energie des Sturmes war jetzt in dem kugelförmigen Blitz eingeschlossen, der pulsierend in der Luft hing.

Twig hielt den Atem an. Langsam glitt er abwärts. Sein Herz raste, seine Handteller waren feucht. »Der Himmel schütze mich«, flüsterte er ängstlich.

Dann ganz plötzlich, ohne jede Vorwarnung, explodierte die Kugel mit einem gewaltigen Schlag und einem grellen Blitz.

Druckwellen schossen über den Himmel. Twig zitterte am ganzen Leib. Er wurde von einem heftigen Stoß nach hinten geschleudert in eine Wolkenbank.

»Aaaaaah!«, schrie er in das Brüllen des Windes hinein. Verzweifelt strampelte er mit den Beinen und versuchte die Arme auszubreiten, doch vergeblich, zu stark war der

Wind. Er blies, als wollte er Twig in Stücke reißen, zumindest schien es dem Jungen so. Es blieb ihm nichts anderes übrig, als sich dem tosenden Sturm zu ergeben.

Twig schlug in der Luft Purzelbäume. Das Innere der seidenen Flügeltaschen wurde nach außen gedrückt. Er drehte sich um die eigene Achse und fiel zugleich durch das dunkelrote Wolkengebrodel.

»NEIIIIIN!«

Immer tiefer stürzte er mit schlenkernden Armen und Beinen hinunter. Er wagte nicht, die Flügel wieder auszubreiten, aus Angst, ein Windstoß könnte sich in ihnen verfan-

gen und sie zerbrechen. Der Wind drückte ihm den Kopf auf die Brust.
»Aufhören!«, wimmerte Twig. »Ich kann nicht mehr.«
Im selben Moment hörte der Sturm tatsächlich auf. Am unteren Ende der Wolkenbank angekommen, wurde Twig von den entfesselten Elementen ausgespuckt wie der Kern eines Saftholzes. Die schreckliche Tortur konnte insgesamt nicht länger als ein paar Sekunden gedauert haben. Twig kam es vor, als seien es hundert Jahre gewesen.
»Dem Himmel sei Dank!«, flüsterte er.
Eine gespenstische Stille trat ein, als habe der vorüberzie-

hende Malstrom alle Luft aufgebraucht. Twig drehte sich auf den Bauch. Die Klappflügel füllten sich wieder mit Luft und er setzte den Sinkflug langsam fort. Vor ihm entfernte sich der große Sturm. Majestätisch glitt das Wolkenungetüm über den klaren, blauen Himmel, purpurrot leuchtend wie ein riesiger Lampion.

»Und das Sturmphrax?«, murmelte Twig. »Habe ich den großen Blitz versäumt?«

Enttäuscht blickte er zum Dämmerwald hinunter. Da hörte er plötzlich etwas anderes, ein Geräusch wie zerreißendes Papier oder Händeklatschen. Twig hob den Kopf und starrte geradeaus. Aus der Gewitterwolke schob sich ganz langsam etwas Helles hervor.

»Das ist er!«, rief Twig erregt. »Der Blitz, das Sturmphrax!«

Immer länger wuchs der gezackte Pfeil, doch wie in Zeitlupe, als wollten die Wolken ihn nicht loslassen. Twig begann schon daran zu zweifeln, dass der Blitz sich überhaupt entladen würde, als ein ohrenbetäubender Donnerschlag ertönte. Der Blitz hatte sich losgerissen.

Sengend fuhr er über den Himmel. Es knisterte und sprühte, heulte und pfiff. Ein Geruch wie von gebrannten Mandeln stieg Twig in die Nase. Er schnupperte unwillkürlich.

»Oh ... wie wunderbar«, seufzte er.

Im Zickzack schnitt der Blitz durch die Luft und brach prasselnd und splitternd durch die Baumkronen. Mit einem dumpfen Schlag bohrte er sich in die weiche Erde. Eine Dampfwolke stieg auf. Unverwandt starrte Twig hinunter. Der Blitz stand aufrecht zwischen den Bäumen.

Der Junge zitterte vor Ehrfurcht und Staunen.
»Sturmphrax«, flüsterte er. »Und *ich* habe gesehen, wie es entstand.«
Der große Sturm war zu einem purpurroten Fleck am fernen Horizont geschrumpft. Dann verschwand er ganz. Schon jetzt konnte Twig sich nur noch undeutlich erinnern, wie es gewesen war, im Sturm gefangen zu sein, gebeutelt von heftigen Windstößen.
Es wurde schwül und drückend. Die Luft legte sich auf seine Haut wie ein feuchter Lappen.
Twig machte sich Sorgen. Schließlich war er noch lange nicht gelandet.
Mit den Klappflügeln ließ es sich bei einer frischen Brise vortrefflich fliegen. Wenn es dagegen so windstill war wie jetzt, waren sie gefährlich, denn steuern konnte man mit ihnen nicht. Man konnte allenfalls

mit viel Geschick bewirken, dass die Seidenkammern mit Luft gefüllt blieben. Eine ungeschickte Bewegung und die Flügel fielen in sich zusammen und man stürzte ab wie ein Stein.
»Man muss damit fliegen wie mit einem Himmelsschiff«, hatte sein Vater einmal gesagt. »Möglichst waagerecht und ruhig.«
»Vater!«, stöhnte Twig schuldbewusst. Er hatte ihn ganz vergessen. Der *Sturmpfeil* hatte den gewaltigen Blitzschlag sicher nicht überstanden. »Und doch, vielleicht ...«, murmelte der Junge hoffnungsvoll, auch wenn es unwahrscheinlich schien. »Schließlich habe ich noch kein Wrack gesehen und es sind keine Trümmer heruntergefallen ...«
Twig trieb immer tiefer und immer näher kam das Sturmphrax. Unfähig zu lenken, hatte er gehofft mit etwas Glück doch noch in der Nähe des kostbaren Stoffes zu landen, doch sah er sich enttäuscht. Mit großem Abstand schwebte er darüber hinweg. Der erstarrte Strahl zog unter seinen Füßen vorbei und verschwand hinter ihm. Twig seufzte.
Er wagte es nicht, sich im Sturzflug fallen zu lassen oder sich auch nur nach dem Sturmphrax umzudrehen. So konnte er nur abwarten, die Flügel festhalten und sich möglichst wenig bewegen. Das in goldenes Dämmerlicht getränkte Meer von Baumwipfeln kam nun rasch näher. Bald musste er landen. Er tastete nach den Talismanen und Amuletten um seinen Hals.
»Jetzt bin ich im Dämmerwald«, flüsterte er. Was ihn dort erwartete, wagte er sich nicht vorzustellen.
Je tiefer er sank, desto drückender wurde die Luft. Es wurde noch wärmer und schwüler – er bekam geradezu

Atemnot. Seine Haut war über und über mit glitzernden Wasserperlen besetzt. Immer schneller sackte er nach unten. Die Klappflügel begannen Unheil verkündend zu flattern. Dann merkte Twig plötzlich entsetzt, dass er gar nicht mehr schwebte ... Er stürzte ab.

»Nein«, schrie er. Das durfte nicht sein, nicht jetzt, nicht nach allem, was er durchgemacht hatte. »NEIN!«

Doch seine Stimme verhallte ungehört. Trudelnd fiel er durch das goldene Licht. Krachend schlug er durch die Baumkronen, stieß gegen Äste und ...

Unsanft landete er auf dem Boden und schürfte sich die Schläfe an einer Baumwurzel auf. Das Dämmerlicht erlosch und um Twig wurde es Nacht.

Er hätte nicht sagen können, wie lange er bewusstlos dagelegen hatte. Zeit bedeutete im Dämmerwald nichts.
»Vorwärts«, hörte er eine Stimme sagen. »Gleich sind wir da.«
Er schlug die Augen auf. Über sich sah er die knorrigen Äste eines hohen, uralten Baumes. Er hob den Kopf. Das Bild vor ihm verschwamm. Er rieb sich die Augen, doch umsonst. Die dicke, sirupartige Luft verzerrte alles.
Wacklig stand er auf und bekam einen neuen Schreck. Wenige Schritte vor ihm saß auf einem Hungerlunger, der in einem ledernen Geschirr einen Meter über dem Waldboden schwebte, ein Ritter.
Twig ließ den Blick über die rostige Rittergestalt, die verhedderten Riemen bis zum verwitterten Rumpf eines Schiffes wandern, das aufgespießt auf einem gezackten Baumwipfel saß. An der Seite des Schiffes ragte ein kaputter Flaschenzug hervor, wie eine wütend geballte eiserne Faust. Der Ritter schwankte in der schwülen Luft.
»W... wer sind Sie denn?«, stotterte Twig.

Wieder erklang die Stimme hinter dem Visier des Ritters.
»Vorwärts, Vinchix«, sagte sie. »Gleich sind wir da. Vorwärts.«
Weiß stachen die Knochen des Hungerlungers durch die papierne, mumifizierte Haut, leere Augenhöhlen starrten Twig unter dem eisernen Stirnband entgegen, auf dem in verwitterten goldenen Buchstaben das Wort *Vinchix* zu erkennen war. Der Hungerlunger wieherte jämmerlich.
Twig schluckte schwer. »Hören Sie mich?«, fragte er den Ritter. Seine Stimme klang piepsig und unsicher.
»Vorwärts, Vinchix«, wiederholte die Stimme.
Twig streckte die Hand aus und berührte das Visier. Rotbrauner Rost löste sich in großen Flocken. Der Junge hielt den Atem an und schob ganz vorsichtig das Visier nach oben.
Entsetzt schrie er auf und sprang zurück, dann rannte er von Panik getrieben in die goldenen Tiefen des schwülen Dämmerwalds hinein. Doch er mochte noch so schnell und lange rennen, der Anblick des verwesenden, aber noch lebenden Ritters hatte sich unauslöschlich in sein Gehirn gebrannt – die straff über den grinsenden Schädel gespannte pergamentene Haut, die stumpfen starrenden Augen und, am schlimmsten, die sich bewegenden dünnen, blutleeren Lippen. »Gleich sind wir da, vorwärts.«
Twig lief immer weiter durch den Wald. Er suchte nach dem Sturmphrax und hoffte inständig, dass die anderen Besatzungsmitglieder dasselbe taten.
Das Zwielicht des Dämmerwalds brachte ihn ganz durcheinander. Einmal erglühte es in tiefem Goldgelb, dann wieder schimmerte es in Schwarz und Weiß. Tiefe, kohl-

schwarze Schatten wechselten mit kreideweißen Lichttümpeln und es war dieses Helldunkel aus Schatten und Licht, das die Sinne verwirrte.
Uralte Bäume mit knorrigen Stämmen und bizarr verdrehten Ästen schienen sich in der flüssigen Luft zu krümmen und die Gestalt von Kobolden, Ungeheuern und schrecklichen Riesen anzunehmen.
»Das sind doch nur Bäume«, ermahnte sich Twig. »Nur Bäume, nichts anderes.« Die Worte klangen angenehm und seltsam beruhigend, deshalb redete er weiter. »Nur Bäumelein klein und fein, nur Bäumelein ...«
»Twig!«, rief er und schüttelte heftig den Kopf. Er musste auf den Weg achten und durfte nicht träumen.
Den Blick auf den Boden gerichtet, ging er über weiche Blätterpolster. Der Boden war mit winzigen, funkelnden Kristallen bedeckt, die wie Salzkörner aussahen oder wie ein Sternenhimmel. Twig lächelte versonnen. »Wie sie glänzen«, flüsterte er. »Wie sie glitzern, glimmen, gleißen ...«
»TWIG!«, schimpfte er sich wieder. »Lass das!« Und er schlug sich ein-, zwei-, drei-, vier-, fünfmal auf beide Wangen. Er schlug zu, bis seine Backen feuerrot glühten und wehtaten. »Konzentriere dich auf deine Aufgabe«, sagte er energisch. »Lass dich nicht ablenken.«
Das war allerdings leichter gesagt als getan, denn der Dämmerwald war ein bezaubernder, verführerischer Ort, erfüllt von lockendem Raunen und Wispern. Immer tiefer drang Twig in den Wald ein und er musste dabei zu seinem Entsetzen feststellen, dass er bei jeder Gelegenheit ins Träumen kam ... an andere Dinge dachte ... sich zu exotischen Phantasien verstieg ...

»Du bist Twig«, rief er sich energisch ins Gedächnis, »der Sohn des Himmelspiratenkapitäns Wolkenwolf. Der große Sturm hat dich in den Dämmerwald verschlagen. Du suchst nach Sturmphrax, nach der Besatzung des *Sturmpfeils* und nach einer Möglichkeit wieder nach Hause zurückzukehren.«

Solange er das im Gedächtnis behielt, konnte ihm nichts passieren. Allerdings fiel es ihm mit jedem Schritt schwerer. Immer unerbittlicher wurde er vom Wald umschlossen, der seine Sinne vereinnahmte, seine Augen mit verschwimmenden Formen füllte, seine Ohren mit Raunen und Wispern, seine Nase und seinen Mund mit faulig-süßen Düften.

Ihm war, als hätte er aus den Augenwinkeln etwas gesehen. Er blickte ängstlich über die Schulter und runzelte die Stirn. Da war nichts.

»Aber ich hätte schwören können ...«, flüsterte er.

Immer wieder hatte er dasselbe Gefühl. Da musste etwas sein, davon war er überzeugt. Doch egal wie schnell er sich umdrehte, nie bekam er es zu Gesicht.

»Das gefällt mir nicht«, murmelte er mit einem Schauer. »Überhaupt nicht.«

Hinter sich hörte er ein vertrautes Klacken. Bevor er sich versah, saß er wieder in der Trollhütte seiner Kindheit. Spelda Schnapphold, die Trollfrau, die ihn wie einen Sohn aufgezogen hatte, eilte geschäftig hin und her und ihre Rindensandalen klackten über die Dielen. Mit dem Geräusch kamen andere lebendige Erinnerungen in ihm hoch. Er sah wieder das Luftholz im Ofen brennen und roch das Wabbelkraut in Speldas Atem. »Du bist mein Mütterlein«, flüsterte er. »Und du bist Twig, mein Allerbester«, erwiderte Spelda flüsternd.

Beim Klang seines Namens zuckte Twig zusammen. Er starrte geradeaus und für einen Moment konnte er in dem flirrenden Zwielicht überhaupt nichts mehr unterscheiden. Waren da Augen, die ihn anstarrten, sobald er den Kopf abwandte? Waren das Klauen und Zähne, die knapp außerhalb seines Gesichtsfeldes aufblitzten?

»Du bist Twig, der Sohn Wolkenwolfs«, sagte er wieder. »Du befindest dich im Dämmerwald. Du suchst nach deinen Kameraden und nach einer Möglichkeit, wie du hier wieder rauskommst.« Er seufzte. »Aus diesem Alptraum.«

Ein leises Quietschen erfüllte seinen Kopf. Eisen auf Eisen ohne Öl dazwischen. Twig lächelte. Es war Abendessenszeit an Bord des *Sturmpfeils* und die Himmelspiraten saßen um einen langen Tisch und fielen hungrig über eine Mahlzeit aus gebratenen Schneevögeln und Erdapfelbrei her. Die Stille wurde nur durch das regelmäßige Quietschen unterbrochen, das Klotzkinns eiserner Kiefer beim Kauen verursachte. »Klingt, als hätten wir eine Waldratte unter uns«, sagte Tem Waterbork lachend. »Was, Twig? Klingt, als hätten wir ...«

Twig schnitt eine Grimasse. Schon wieder hatten seine Gedanken sich verselbstständigt. Wie lange dauerte es noch, bis der Wald ihm endgültig den Verstand raubte? »Du bist Twig«, sagte er unsicher. »Du bist im Dämmerwald. Du suchst nach ... nach ...«

Im selben Augenblick hörte er von rechts unmissverständlich das Wiehern eines Hungerlungers. Twig stöhnte. Offenbar war er im Kreis gegangen. Er hatte sich ganz umsonst auf den Weg konzentriert, nur um an derselben Stelle wieder herauszukommen.

Er suchte die Baumwipfel nach dem Schiffswrack ab, fand es aber nicht. Verwirrt und beklommen kaute er auf einem Zipfel seines Halstuchs. Vielleicht habe ich mir das nur eingebildet, dachte er. Vielleicht ...

Panik stieg in ihm auf.

»G... ganz ruhig«, sagte er. »Konzentriere dich auf das, was vor dir liegt. Sieh dich nicht um, dann passiert dir nichts.«

»Vorwärts, Bolnix, dir passiert nichts«, schnarrte eine Fistelstimme.

Twig hob den Blick und – sein Herzschlag stockte.

KAPITEL 13

Der Sepia-Ritter

Twig stand einem zweiten Ritter gegenüber. Der Ritter steckte von Kopf bis Fuß in einer verrosteten Rüstung und saß auf einem Hungerlunger. Immer wenn er sich im Sattel bewegte, klapperten und klirrten die schweren Metallteile. Auf seiner Brust klickten Messgeräte und aus den Röhren pfiff es leise.

»Vorwärts, Bolnix«, zischelte der Ritter heiser.

Hinter dem Visier funkelten zwei Augen. Fröstelnd wandte Twig den Blick ab. Der Hungerlunger, vom Alter sichtlich gezeichnet, trat erregt von einem Bein aufs andere.

»Vorwärts«, sagte der Ritter wieder. »Nicht zu dicht ran.« Keuchend vor Anstrengung streifte er einen seiner gepanzerten Handschuhe ab. Twig blickte auf die Hand, die darunter zum Vorschein kam. Sie war so krumm wie die Äste von verwitterten, alten Bäumen. Klirrend hob der Ritter den Arm und begann an seinem Visier herumzufummeln.

»Ganz ruhig«, sagte er.

Das rostige Visier quietschte und klappte langsam nach oben. Twig stand da wie versteinert und starrte gebannt auf

zwei verblüffend blaue Augen, die wie Edelsteine tief in das alte, verrunzelte Gesicht eingesunken waren.
»Bist du's, Garlinius? Ich habe dich so lange gesucht.«
Die Stimme wirkte so alt wie das Gesicht und unendlich traurig.
»Nein«, erwiderte Twig und trat näher. »Bitte, Herr Ritter, ich habe Schiffbruch erlitten. Der *Sturmpfeil*, mit dem wir den Sturm gejagt haben ...«
Der Ritter fuhr zurück und die an seinem Brustpanzer angebrachten Röhren und Instrumente klapperten Besorgnis erregend. Der Hungerlunger schnaubte unruhig.
»Du sprichst mir von Sturmjagd, Garlinius?«, sagte der Ritter betrübt. »Du, der du mir die *Sturmkönigin* geraubt hast und nie zurückgekehrt bist? Ach, Garlinius, wenn du wüsstest, wie lange ich nach dir gesucht habe.«
»Bitte.« Twig trat noch einen Schritt näher. »Ich bin nicht Garlinius. Ich heiße Twig und ich ...«
»Garlinius!«, schrie der Ritter und alle Melancholie schien schlagartig von ihm abgefallen. Er zog den Handschuh

wieder an, sprang vom Hungerlunger und packte Twig an der Schulter. »Wie es mich freut, dich zu sehen! Wir sind im Unfrieden geschieden. Das sollten Ritter nie. Was habe ich seitdem durchlitten, Garlinius. Immer im Wald unterwegs, immer auf der Suche.«

Der Ritter starrte Twig ins Gesicht und seine blauen Augen flackerten. Der eiserne Handschuh grub sich in Twigs Schulter.

Twig ging in die Knie und versuchte sich loszumachen. »Ich bin nicht Garlinius«, beteuerte er. »Ich heiße Twig. Ich suche meine Kameraden und ...«

»Immer auf der Suche«, heulte der Ritter. »Ich doch auch, ich doch auch. Aber das spielt jetzt keine Rolle mehr, denn wir sind wieder vereint, Garlinius, du und ich.« Er packte Twigs Schulter noch fester. »Ich und du.«

»Sehen Sie mich doch an!«, rief Twig verzweifelt. »Hören Sie zu, was ich Ihnen sage. Ich bin *nicht* Garlinius.«

»Wenn du wüsstest, wie lange ich herumgeirrt bin«, seufzte der Ritter. »Immerzu, die ganze Zeit gesucht.«

»Lassen Sie mich in Ruhe!«, schrie Twig. »Lassen Sie mich los!«

Doch der Ritter wollte ihn nicht loslassen. Und so sehr Twig sich auch wand und krümmte, er konnte sich aus dem eisernen Griff des schweren Handschuhs nicht befreien.

Stattdessen zog der Ritter Twig immer näher an sich heran, bis der Junge den warmen, stinkenden Atem des Greises im Gesicht spürte. Der Ritter hob die andere Hand. Vor Ekel zitternd spürte Twig, wie die knochigen Finger seinen Kopf abtasteten.

»Garlinius«, flüsterte der Ritter. »Die Adlernase, die hohe Stirn. Wie gut, dass wir wieder vereint sind.«

Von nahem sah Twig, dass die Rüstung des Ritters mit einer dünnen Schicht eines sepiabraunen Staubs bedeckt war. Der Staub glitt über die eisernen Beschläge, als sei er flüssig. Manchmal sah Twig sein Spiegelbild auf dem Metall, dann war sein Gesicht wieder verschwunden.

»Wenn du wüsstest, wie einsam ich war, Garlinius«, jammerte der Ritter.

In Twig wuchs die Panik. »Ich muss ihn loswerden«, murmelte er mit zusammengebissenen Zähnen. »Ich muss mich vor ihm in Sicherheit bringen.«

Er hob den Arm, ergriff die behandschuhte Hand, die immer noch seine Schulter festhielt, und drückte sie mit aller Kraft weg.

»Garlinius!«, schluchzte der Ritter.

Twig hob das Knie und stieß mit einem dumpfen Schlag gegen den Brustpanzer des Ritters. Der Ritter fiel nach hinten und schlug mit blechernem Getöse auf den mit Kristallen bedeckten Boden. Eine bräunliche Staubwolke wirbelte auf. Twig ging heftig hustend in die Knie.

»Garlinius!«

Der Ritter war wieder aufgestanden. In der Hand hielt er einen langen rostigen Säbel mit gezahnter Klinge, der trotz seines Alters höchst gefährlich aussah.

»Garlinius«, rief er noch einmal und es klang auf einmal kalt und drohend. Er starrte Twig mit seinen blauen Augen unverwandt an und Twig war wie versteinert und hypnotisiert von seinem durchdringenden Blick. Der Ritter hob den Säbel.

Twig hielt erschrocken die Luft an.

Auf dem zerknitterten Gesicht des Ritters erschienen tiefe Falten. »Garlinius?«, rief er verwirrt. »Wo bist du?«

Seine Augen blickten direkt in Twigs Augen.

»Komm zurück, Garlinius«, flehte er. »Lass uns wieder Freunde sein. Bitte ...«

Twig hatte plötzlich Mitleid. Der Ritter war stockblind. Der Dämmerwald hatte seine Sinne ausgelöscht und auch seinen Verstand – nur das Leben hatte er behalten. Nie würde er zur Ruhe kommen, nie Frieden finden, er war dazu verdammt, in alle Ewigkeit weiterzusuchen. Dagegen war der Dunkelwald weit weniger grausam, dachte Twig. Ich muss hier raus! Ich lasse nicht zu, dass der tückische Dämmerwald mir den Verstand und das Augenlicht raubt ... Ich fliehe!

Der Ritter wandte sich traurig ab, da ihm niemand antwortete. »Fast«, flüsterte er. »Immer fast dran und trotzdem ...«

Er pfiff leise durch die verfaulten Zähne und der Hungerlunger trottete gehorsam an seine Seite. Mit rasselndem Atem stieg der Ritter in den Sattel.

»Ich finde dich, Garlinius«, kreischte er mit seiner schrillen Fistelstimme. »Die Suche geht weiter bis in alle Ewigkeit. Wohin Vinchix dich auch trägt, Bolnix und ich werden dir folgen.«

Twig hielt den Atem an und verharrte regungslos. Der Ritter schüttelte die Faust, dann zog er an den Zügeln und verschwand in den Tiefen des Dämmerwalds. Golden schimmerte das Licht auf seinem gepanzerten Rücken, dann verschmolz er mit dem Gewirr aus Licht und Schatten. Das Quietschen wurde leiser, der Hufschlag erstarb.

Endlich konnte Twig erleichtert ausatmen. Keuchend schnappte er nach Luft. Dabei spürte er, wie ihn etwas schmerzhaft in die Schulter kniff. Dort hing immer noch der Handschuh des Sepia-Ritters.

KAPITEL 14

Lautes Geraune und leises Geflüster

I. IM MODERSUMPF

Ratz Zehenschneider strich sich über den Bauch. Die Schlickfische hatten so scheußlich geschmeckt wie immer – ranzig, bitter und mit vielen Gräten –, aber wenigstens war sein schlimmster Hunger gestillt. Er beugte sich vor und ließ die Gräten ins Feuer fallen. Knisternd und knackend verbrannten sie. Die Köpfe und Schwänze warf er den gefräßigen weißen Raben vor, die begierig um das Schiffswrack hüpften, seit die ersten, nach Fisch stinkenden Rauchfäden aufgestiegen waren.

»Da habt ihr was, meine Süßen«, krächzte Ratz.

Die Vögel zankten sich laut kreischend um die Reste und hackten blutrünstig aufeinander ein, bis alle sich ein Stück gesichert hatten und schwerfällig aufflogen, um es an einem anderen Ort in Sicherheit zu verzehren.

»Schlickfische«, schnaubte Ratz höhnisch und spuckte ins Feuer.

Die ausgebleichte Sumpfwüste war zwar schon seit Jahren

sein Zuhause, doch hatte er sich nie an den Geschmack der Nahrung gewöhnen können, die der Sumpf zu bieten hatte. Gelegentlich tat er sich an dem Proviant gütlich, den die glücklosen Kobolde, Trolle und anderen Wesen, die er in den Tod führte, mitbrachten. Doch schmeckte ihr altbackenes Brot und ausgetrocknetes Fleisch kaum besser. Nein, wovon Ratz Zehenschneider träumte, war das Essen, das er einst täglich genossen hatte: Hammelhornsteaks, Tilderwürstchen, gebratene Schneevögel ... Das Wasser lief ihm im Mund zusammen und sein Magen knurrte.
»Eines Tages vielleicht«, seufzte er. »Eines Tages.«

Er nahm einen langen Stock vom Boden auf und stocherte gedankenverloren in der Glut. Es war ein ruhiger Morgen, kaum Wind und keine Wolken – anders als am Tag zuvor, als brodelnd und donnernd ein schweres Unwetter am Himmel vorübergezogen war, vielleicht ein großer Sturm.

Ihm fiel ein, dass er ein Himmelsschiff pfeilgerade darauf hatte zufliegen sehen.
»Sturmjagd«, brummte er höhnisch. »Wenn die wüssten!« Er lachte meckernd. »Na ja, jetzt wissen sie es bestimmt. Arme Narren!« Er lachte noch lauter.
Die Sonne stieg höher. Sengend brannte sie herunter und von dem stinkenden Sumpf stiegen Dunstschwaden auf.
»Na denn«, sagte Ratz und wischte sich den Mund am Ärmel ab. »Kann ja nicht den ganzen Tag hier rumsitzen.« Schwerfällig stand er auf, schob mit den Füßen Schlamm über Glut und Asche und beschattete mit der Hand die Augen. Aufmerksam starrte er über die dunstigen Sümpfe zum Dämmerwald. Ein Lächeln breitete sich auf seinem Gesicht aus.
Wer kam da als Nächster und suchte verzweifelt nach einem Führer durch die Sümpfe? Er kicherte hämisch. »Fette Beute«, flüsterte er, »ich komme!«

II. IM PALAST DES ALLERHÖCHSTEN AKADEMIKERS

Kreischend vor Schmerzen fuhr Vilnix Pompolnius hoch. »Idiot!«, schrie er.
»Ich bitte tausend-, nein eine Million Mal um Entschuldigung«, rief Minulis ängstlich. »Ich bin ausgerutscht.«
Vilnix beäugte den verletzten Finger und leckte einen Blutstropfen ab. »Ist nicht so schlimm«, sagte er dann lächelnd. »Ein wenig Schmerzen haben noch niemandem geschadet.«

»Aber nein, Durchlaucht«, beeilte sich Minulis zu sagen. Vilnix ließ sich auf das Sofa zurücksinken und schloss die Augen. »Du kannst weitermachen.«
»Jawohl, Durchlaucht, danke, Durchlaucht, sofort ...«, plapperte Minulis drauflos. »Und seid versichert, es wird nicht wieder passieren, Durchlaucht.«
»Das will ich dir auch raten«, knurrte Vilnix. »Viele würden sich die Finger danach ablecken, Kammerdiener Seiner Akademischen Durchlaucht von Sanktaphrax zu werden – sollte die Stelle plötzlich frei sein. Habe ich mich klar ausgedrückt?«
»*Kristall*klar, wenn ich mir die Bemerkung gestatten darf«, sagte Minulis geflissentlich.
Mit äußerster Behutsamkeit hob er die knochige Hand wieder etwas hoch und fuhr mit der Maniküre fort. Der Allerhöchste Akademiker pflegte sich die Nägel nadelspitz

zufeilen zu lassen, damit er sich besser am Rücken kratzen konnte.

»Minulis«, sagte Vilnix Pompolnius nach einer Weile, die Augen immer noch geschlossen. »Träumst du?«

»Nur wenn ich schlafe, Durchlaucht«, erwiderte der Kammerdiener.

»Eine gute Antwort, die zugleich den Unterschied zwischen dir und mir verdeutlicht.«

Minulis fuhr schweigend fort zu feilen. Seine Akademische Durchlaucht mochte es nicht, wenn sie in ihren Gedanken gestört wurde.

»*Ich* träume nämlich nur, wenn ich wach bin.« Vilnix öffnete die Augen. »Das alles hier habe ich geträumt.« Er machte mit der freien Hand eine Bewegung, die in weitem Bogen das geräumige Allerheiligste einschloss. »Und siehe da, schon sind meine Träume wahr geworden.«

Minulis nickte. »Der Rat von Sanktaphrax kann sich in der Tat glücklich schätzen, von einem so weisen und tugendhaften Gelehrten wie Eure Durchlaucht geleitet zu werden.«

»Gewiss«, tat Vilnix die Bemerkung ab. »Doch seit ich auf dem Gipfel des Erfolges angelangt bin, träume ich nicht mehr.«

Minulis schnalzte mitfühlend mit der Zunge.

Vilnix setzte sich abrupt auf und beugte sich verschwörerisch vor. »Und jetzt verrate ich dir ein kleines Geheimnis«, flüsterte er. »Nach dem Abendessen mit dem Ligameister und der kleinen Unterhaltung mit diesem Nachtschwärmer habe ich zum ersten Mal wieder geträumt.« Versonnen fügte er hinzu: »Wunderbare Träume, lebendiger als alles, was ich je geträumt habe.«

III. IN DEN GASSEN VON UNTERSTADT

Taub, mittellos und ohne Dach über dem Kopf war Forficul so tief gesunken, wie man nur sinken konnte. Niemand wollte etwas mit ihm zu tun haben, am allerwenigsten Mutter Pferdefeder, die sich keinen Pfifferling mehr um ihn scherte. Den Kopf in blutige Binden gewickelt, saß er im Schneidersitz auf einer zerschlissenen Decke, während die braven Bürger von Unterstadt an ihm vorbeieilten ohne ihn eines Blickes zu würdigen.

»Haben Sie einen Groschen für mich?«, rief er immer wieder und klapperte mit dem Blechnapf. »Helfen Sie einer armen Seele, die weniger Glück hatte als Sie.«

Doch seine Worte fielen auf Ohren, die genauso taub waren wie seine eigenen. Acht Stunden saß er schon bettelnd da und in dem Blechnapf lag immer noch lediglich der Messingknopf, den er selbst am Morgen hineingeworfen hatte. Es wurde Abend und Forficul wollte gerade gehen, als endlich jemand stehen blieb.

»Haben Sie einen Groschen für mich?«, fragte er.

»Einen Groschen?«, wiederholte der Neuankömmling. »Komm mit mir und ich mache dich so reich, dass dir Hören und Sehen vergeht.«

Forficul sagte nichts, er hatte ja kein Wort gehört. Knitz, der sein Angebot nicht noch lauter wiederholen wollte, ging in die Hocke und rieb Daumen und Mittelfinger aneinander. Forficul konnte vom Mund des Kobolds ablesen.

»Geld«, sagte Knitz stumm mit den Lippen. »Reichtum. Komm mit.«

Wenn Forficul die Gedanken oder auch nur die Stimme des Kobolds hätte hören können – er hätte in ihm sofort den skrupellosen Geschäftemacher erkannt, der am Tod des unglücklichen Flechser schuld war. Doch da Forficul nichts mehr hörte, musste er den lächelnd vorgetragenen Worten des Kobolds wie ein kleines Kind Glauben schenken. Er stand also auf, klemmte sich sein armseliges Bündel unter den Arm und ließ sich willig wegführen.

Doch Forficul war nicht nur taub, er war – trotz seiner gesunden Augen – auch blind, vielleicht aus Verzweiflung. Oder er wollte sich gar nicht an das erinnern, was er bereits gesehen hatte. Jedenfalls erinnerte er sich nicht an die Szene in der Hütte mit Mörser, Stößel und Kristall.

»Sturmphrax«, gab Knitz ihm stumm zu verstehen. Lächelnd reichte er dem Nachtschwärmer den Stößel.

Forficul nickte.

»Warte noch einen Augenblick.« Knitz holte ein Fläschchen mit einer dunkelgelben Flüssigkeit vom Regal. »Feuchtsamenöl«, erklärte er und zog den Stöpsel heraus. »Davon gießen wir jetzt ein wenig in die Schale mit dem

Kristall und dann …« Er brach ab. »Was tust du da? NEIN!« Schreiend stürzte er sich auf den Nachtschwärmer.

Doch zu spät. Forficul hatte, den Blick starr auf die glitzernden Kristallscherben gerichtet, Knitz' Erklärungen gar nicht beachtet, sondern den Stößel fest mit beiden Händen gepackt. »Jetzt«, flüsterte er und schlug zu.

Das Sturmphrax explodierte mit einer solchen Gewalt, dass die Explosion gleich die ganze Hütte wegfegte. Das Dach flog in die Luft, die Wände flogen auseinander und der Boden verwandelte sich in einen tiefen Krater. Am Grund des Kraters waren, als der Staub sich legte, zwei Leichen zu sehen, die sich einander in tödlicher Umarmung umklammert hielten.

IV. VOR DER SCHENKE ZUR BLUTEICHE

Beim Himmel«, rief der Professor der Dunkelheit, »was war das?«

Mutter Pferdefeder schüttelte den Kopf. »Ihr Akademiker«, schalt sie. »Immer den Kopf in den Wolken bei euren Luftschlössern. Wissen Sie wirklich nicht, was das war?«

Die beiden unternahmen einen frühabendlichen Spaziergang. Sie hatten dringende Dinge zu besprechen und da sie, wie sich herausgestellt hatte, in der Schenke leicht belauscht werden konnten, unterhielten sie sich lieber im Freien.

»Sagen Sie es mir doch«, bat der Professor. »Was war das für ein Lärm? Es klang wie eine Explosion.«

»Vollkommen richtig«, erwiderte Mutter Pferdefeder und ihre Federkrause sträubte sich. »Jedes Mal, wenn so ein armer Narr versucht aus Sturmphrax Phraxstaub herzustellen, gibt es eine Explosion.«

Der Professor der Dunkelheit starrte sie überrascht an. »Aber woher bekommen diese Leute überhaupt Sturmphrax?«

Die Vogelfrau klackte ungeduldig mit dem Schnabel. »Der Schwarzmarkt ist voll davon. Angeblich sorgt der Allerhöchste Akademiker höchstpersönlich für Nachschub in der Hoffnung, dass doch noch jemand das Geheimnis lüftet, wie man Phraxstaub herstellen kann, ohne in die Luft zu gehen. Obwohl ...«

»Aber ... aber das ist ja unerhört!«, stammelte der Professor. »Ich wusste ja gar nicht ... Kein Wunder, dass die

Schatzkammer leer ist.« Er schüttelte den Kopf. »Ich verfluche den Tag, an dem ich dem Verräter Vilnix Pompolnius zum ersten Mal begegnet bin.«

»Das ist Schnee von gestern«, sagte Mutter Pferdefeder kurz. »Beschäftigen wir uns lieber mit morgen.«

»Sie haben Recht«, sagte der Professor. »Aber was können wir denn tun? Ich habe Ihnen ja schon gesagt, sowohl Vilnix wie der Ligameister wissen inzwischen, dass Wolkenwolf sich auf die Suche nach Sturmphrax begeben hat. Beide warten auf seine Rückkehr. Beide haben Mittel, seine Fracht sofort zu beschlagnahmen – wenn der eine scheitert, hat sicher der andere Erfolg.«

»Von wegen!« Mutter Pferdefeders Augen glitzerten. »Beide werden scheitern, merken Sie sich das. Wolkenwolf ist ein alter Himmelsfuchs. Er wird, während seine beiden Gegner sich streiten, zwischen ihnen hindurchschlüpfen und das Sturmphrax zu mir bringen, wie ich es mit ihm vereinbart habe.« Sie kniff misstrauisch die Augen zusammen. »Aber woher wissen *Sie* das eigentlich alles? Vertraut Seine Akademische Durchlaucht Ihnen seine Gedanken an?«

»Nein, ich ...«, setzte der Professor an. »Wie ich sehe, wissen Sie so wenig von Sanktaphrax wie ich von Unterstadt. Intrigen, Gerüchte, Klatsch – davon ist der Schwarzmarkt unserer schönen fliegenden Stadt leider überschwemmt!« Er lächelte.

»Hat vielleicht Forficul ...«

»Forficul hat Vilnix alles gesagt.«

Mutter Pferdefeder räusperte sich geräuschvoll und spuckte aus. »Kein Wunder, dass der kleine Gauner sich nicht mehr getraut hat bei mir aufzutauchen.«

»Er wurde gefoltert, bis er ausgesagt hat«, erklärte der Professor. »Ihm blieb nichts anderes übrig. Aber nein, ich weiß nicht über Forficul von den Plänen Seiner Durchlaucht.«

»Von wem dann?«

»Von jemandem, der sich der Macht mehr verpflichtet fühlt als ihren jeweiligen Trägern. Er heißt Minulis und ist Vilnix Pompolnius' Kammerdiener. Minulis spürt, dass Veränderungen in der Luft liegen.«

Mutter Pferdefeder gackerte vergnügt. »Dann lass uns dafür sorgen, dass er damit Recht behält!«

KAPITEL 15

Tot oder lebendig

Twig blieb abrupt stehen und starrte zum goldenen Himmel hinauf. Hatte sich dort nicht etwas bewegt, war nicht etwas über seinen Kopf geflogen? Oder war es wieder nur Einbildung gewesen, hatte er sich von dem wässrigen Licht wieder täuschen lassen?

»Vater«, schrie er. »Bist du das?«

»Das ... das ... das ...«, schallte das Echo durch den Wald.

Twig begann jämmerlich zu zittern. Da war niemand ... da war *nie* jemand. Die höhnischen Fratzen, die er aus den Augenwinkeln sah, verschwanden, sobald er sich nach ihnen umdrehte. Zurück blieb nichts außer geisterhaften Nebelschwaden. Er war allein. Mutterseelenallein.

Doch wenn er seinen einsamen Marsch dann fortsetzte, verfolgte ihn beharrlich das Gefühl beobachtet zu werden und er kam nicht zur Ruhe.

»Hierher«, flüsterte es. »Zu mir! Zu mir!« Oder war es nur das Wispern der lauen Brise, die zähflüssig um die alten Bäume strich?

Twig schwindelte, er hatte die Orientierung verloren und

er traute seinen Augen und Ohren nicht mehr. Die Bäume schwankten, die Äste streckten sich ihm entgegen und zerrten mit langen, hölzernen Fingern an seinen Kleidern und Haaren.

»Lasst mich los!«, heulte Twig.

»Los ... los ...«, antwortete der Wald.

»Ich bleibe hier nicht ewig!«, schrie er.

»Ewig ... ewig ...«

Twig schlüpfte mit der Hand in den Handschuh des Ritters und zog den Säbel seines Vaters aus der Scheide. Der Griff in der Hand half ihm sich zu erinnern, wer er war: Twig, der Sohn Wolkenwolfs. Allein das im Kopf zu behalten kostete im Dämmerwald schon ungeheure Anstrengung. Mit dem Säbel stiegen allerdings auch Schuldgefühle und peinliche Erinnerungen in ihm auf.

Wolkenwolf hatte Slyvo vorgeworfen, er habe Twig entführt und gegen dessen Willen an Bord des *Sturmpfeils* geschleppt. Twig dagegen wusste, dass das nicht stimmte. Er war freiwillig mitgekommen. Mehr noch, er hatte dem aufrührerischen Maat verraten, dass Wolkenwolf sein Vater war, und Wolkenwolf damit an seiner schwächsten Stelle verwundbar gemacht. Genauso gut hätte er seinem Vater gleich ein Messer in den Rücken stoßen können.

»Das wollte ich nicht«, jammerte er leise, »bestimmt nicht. Ach, Vater, ich war so blind, so dumm, so gedankenlos, bitte verzeih mir ...«

Wieder tauchten funkelnde Augen und schimmernde Zähne aus den Schatten auf und blieben am Rand seines Blickfelds stehen. Twig hob die behandschuhte Hand und gab sich eine schallende Ohrfeige. Über *Gedankenlosigkeit* durfte man im Dämmerwald nicht nachdenken.

Er ließ den Arm wieder sinken und beobachtete, wie die feine Staubschicht über das blanke Metall des Handschuhs floss und wie eine Flüssigkeit von den Fingerspitzen tropfte. Der Handschuh des Ritters war der einzige Beweis, dass er sich die Begegnung mit ihm nicht eingebildet hatte.

»Du suchst Sturmphrax«, schärfte Twig sich erneut ein. »Du suchst die Mannschaft des *Sturmpfeils* – und du möchtest wieder nach Hause zurückkehren.«

Immer weiter stolperte er durch den Wald. Jegliches Zeitgefühl war ihm abhanden gekommen. Er hatte keinen Hunger, er hatte keinen Durst und er war nicht müde. Von einer angenehmen Trägheit erfüllt, die er nicht abschütteln konnte, wanderte er durch Licht und Schatten. Doch zugleich wuchs seine Angst.

»Von wegen Dämmerwald«, schnaubte er verächtlich. »*Alptraum*wald wäre passender.«

Der Wind fuhr durch die Baumkronen und raschelte im Laub und die winzigen Kristalle, die die Blätter bedeckten, fielen auf den glitzernden Boden herunter. Fasziniert betrachtete Twig das funkelnde Schauspiel. Zugleich hörte er ein ganz leises, feines Geräusch wie das Klingeln eines Windspiels.

Das Geräusch wurde lauter. Twig blieb stehen und neigte lauschend den Kopf zur Seite. Woher kam die wohltönende Musik? Offenbar von links.
»Ich bin Twig«, rief er sich ins Gedächtnis und hob die Hand mit dem Säbel. »Ich muss von hier weg. Ich will nicht wie der Ritter werden.«
»... Ritter werden ...«, erwiderte der Wald flüsternd.
Twig folgte der leisen Musik durch Büsche und Bäume. Die sonderbaren Schreie, die gedämpft durch den Wald hallten, versuchte er möglichst zu ignorieren. Vor ihm schien silbern ein helles Licht durch die Schatten. Er begann zu rennen. Ungeduldig hieb er mit dem Säbel auf das Gestrüpp ein. Mit dem Handschuh schob er nadelspitze Dornenranken aus dem Weg. Das Licht kam näher. Ein süßer Duft wie nach Mandeln umfing ihn. Das Licht wurde stärker, das Klingeln lauter.
Und dann sah er vor sich auf einer Lichtung ... einen Kristall.
Die untere Seite hatte sich tief in die Erde gegraben, die obere, gezackte ragte hoch in die Luft auf – ein wunderbarer Anblick. Es handelte sich um den erstarrten Blitz, dessen Entladung Twig während des großen Sturms beobachtet hatte.
»Sturmphrax«, flüsterte Twig andächtig.
Von nahem war der Blitz noch ungewöhnlicher, als er sich vorgestellt hatte. Der Kristall war ohne den geringsten Makel und so glatt wie Glas und glühte reinweiß. Das Klingeln kam von der Spitze des Blitzes, hoch über Twigs Kopf.
»Der Blitz bröckelt«, flüsterte Twig beunruhigt. »Er ... bricht auseinander.«

Im selben Moment hörte er etwas wie Glockenläuten. Ein gewaltiger Kristallbrocken kam inmitten einer glitzernden Splitterwolke direkt über seinem Kopf herunter. Twig sprang zurück, fiel hin und sah entsetzt, dass der Brocken genau an der Stelle aufschlug, an der er eben noch gestanden hatte. Brauner Staub wirbelte auf.

Wieder erklang das Geläute und zwei noch größere Brocken Sturmphrax landeten neben dem ersten. Auch sie gruben sich tief in die Erde. Bald waren alle drei Brocken verschwunden.
»Sie vergraben sich selbst«, murmelte Twig.
Ihm fiel ein, dass ein Fingerhut voll Sturmphrax bei völliger Dunkelheit so viel wog wie tausend Eisenholzbäume. Jetzt sah er, was das konkret bedeutete. Der Teil des Kristallbrockens, der in der schwarzen Erde steckte, war so schwer, dass er den Rest nach unten zog.
Wieder hörte er in rascher Folge dumpfe Schläge. Weitere Kristallstücke fielen herunter. Twig entfernte sich hastig auf Händen und Füßen. Er hatte schreckliche Angst, einer der Brocken könnte ihn treffen. Einige waren klein, andere riesig. Alle gruben sich auf der Stelle tief in die Erde ein.
Dann ging, begleitet von einem schrecklichen Mahlen und Knirschen, ein Ruck durch den Blitz und Twig sah, wie der ganze Kristall in der Erde versank. Die Spitze zersplitterte und brach und je tiefer der Kristall in der Erde verschwand, desto stärker wurde der Sog nach unten.
Twig schüttelte unglücklich den Kopf. Selbst wenn sie mit dem *Sturmpfeil* direkt über der Lichtung geankert hätten, wäre es so gut wie unmöglich gewesen, die Sturmphraxstücke an Bord zu holen. Mit einem schmatzenden Geräusch verschwand der letzte Teil in der Erde.
»Weg«, flüsterte Twig.
Er stand auf und blickte sich um.
Nur noch die verkohlten und abgebrochenen Äste wiesen darauf hin, dass hier ein Blitz aus Sturmphrax eingeschlagen hatte. Fernes Gelächter hallte durch den Wald.

»Weg«, sagte Twig noch einmal. Er konnte immer noch nicht fassen, was er gesehen hatte.

Jahrelang hatten sie auf den großen Sturm gewartet. Auf der Sturmjagd hatten sie zahllose Gefahren bestehen müssen. Der Mast war gebrochen, sie hatten vom Himmelsschiff springen müssen, sein Vater war verschollen. Und wozu das alles? Für einen Blitz, der wenige Stunden nach dem Einschlag verschwunden war – und dabei fast noch ihn, Twig, getötet hätte!

Obwohl, dachte Twig fröstelnd, vielleicht hätte er mich gar nicht getötet. Ein Stück hätte mir die Wirbelsäule gebrochen oder den Schädel eingeschlagen, aber ich wäre nicht daran gestorben. Bei dem Gedanken, was alles hätte passieren können, liefen ihm kalte Schauer über den Rücken.

»Und jetzt ist nur noch das übrig.« Ärgerlich trat er auf die glitzernden Kristalle, die zu klein waren, um im Boden zu versinken, und wie Reif alles bedeckten. Eine glitzernde Staubwolke stieg in die schimmernde Luft auf. Twig wurde schlecht. Am liebsten hätte er losgeheult und geschrien. »Sturmjagd!«, schimpfte er bitter. »Das ist doch was für Idioten.«

»Trotzdem geht eine seltsame Faszination von ihr aus«, krächzte hinter ihm eine heisere Stimme.

Twig erschrak und blickte auf. Dem Sepia-Ritter wollte er auf keinen Fall noch einmal begegnen.

»Twig«, ertönte die Stimme wieder. »Du bist doch Twig, oder?«

»Ja«, sagte Twig unwirsch und drehte sich um. »Ich ...« Er brach ab. Hinter ihm stand nicht der Ritter. Genauso we-

nig handelte es sich um einen Geist oder ein Ungeheuer oder eine optische Täuschung. »SIE!«, rief er.
»Ja, ich«, erwiderte der Professor des Lichts und sah ungeschickt zu ihm auf. »Wenn auch leider etwas ramponiert. Ich bin mit den Klappflügeln nicht zurechtgekommen und ziemlich hart auf dem Boden gelandet.«
Twig starrte ihn mit aufgerissenem Mund an.
»Sieht es wirklich so schlimm aus?« Der Professor seufzte schicksalergeben. »Gut, ich kann es nicht ändern.«

Twig hatte einen dicken Kloß im Hals. »Ihr Genick«, flüsterte er. »Es ist ...«
»Gebrochen«, erwiderte der Professor. »Ich weiß.« Mit den Händen richtete er seinen Kopf wieder auf, bis er eini-

germaßen gerade stand. »Ist es so besser?« Er lächelte schwach.
Twig nickte. Doch dann bekam der Professor Staub in die Nase und musste niesen und sein Kopf fiel wieder nach vorn. Twig versuchte die in ihm aufsteigende Übelkeit durch energisches Schlucken zu bekämpfen.
»Wir müssen Ihren Kopf irgendwie festbinden«, sagte er und blickte sich um, als suche er nach einem dafür geeigneten Gegenstand, während er in Wirklichkeit nur dem Anblick des herunterhängenden Kopfes ausweichen wollte. »Irgendeinen Stock«, murmelte er geschäftig. »Augenblick mal.« Er verschwand zwischen den Bäumen.
Wenig später kehrte er mit einem langen und für die alten Bäume des Dämmerwalds relativ geraden Ast zurück, den er von einem nahen Baum abgebrochen hatte.
»Damit müsste es eigentlich gehen. Ich halte den Stock an Ihren Rücken, so, und binde ihn mit einer Schnur fest ... so. Fertig.«
Er trat einen Schritt zurück und betrachtete sein Werk. Von hinten sah es aus, als wachse dem Professor ein kleiner Baum aus dem Rückgrat.
»Und jetzt der Kopf«, redete Twig weiter und zog eine Verbandsrolle aus der Tasche. »Die müsste reichen. Probieren wir es.«
Der Professor blickte – mit dem Kinn auf der Brust – auf, so gut er konnte. »Was hast du vor?«
»Das zeige ich Ihnen gleich. Wenn Sie den Kopf bitte noch einmal hochhalten, binde ich ihn an dem Stock fest. Dann kann er nicht mehr nach vorn fallen.«
»Eine wunderbare Idee«, rief der Professor begeistert. Er

hob seinen Kopf hoch und lehnte ihn vorsichtig gegen den Ast.

Twig wickelte die Binde um die Stirn des Professors und die improvisierte Stütze, bis beides fest miteinander verbunden war. Dann riss er das Ende der Binde in zwei Streifen und band sie mit einem Doppelknoten zusammen. »So, das hätten wir«, sagte er schließlich.

Der Professor ließ los. Sein Kopf blieb aufrecht stehen. Twig seufzte erleichtert.

»Geniale Improvisation«, rief der Professor. »Ich muss sagen, Tem Waterbork hatte Recht. Du bist wirklich ein aufgeweckter junger Mann.«

Twig sah ihn freudig überrascht an. »Tem?«, fragte er. »Ist Tem etwa auch hier?« Die Luft flimmerte tückisch und hämisches Gelächter hallte durch die Bäume. Twigs Freude fiel in sich zusammen. Er hatte den Professor sicher falsch verstanden. »Oder haben Sie auf dem *Sturmpfeil* mit ihm gesprochen?«

»Aber nein«, erwiderte der Professor. »An Bord haben wir nur ein, zwei Worte gewechselt. Nein, er ist hier, im Dämmerwald ...« Verwirrung breitete sich auf seinem Gesicht aus. »Eben waren wir noch zusammen. Wir ... ich sah, wie ...« Er starrte Twig an. »Ich weiß nicht mehr, was ich gesehen habe.«

Twig nickte beklommen und folgte mit den Augen den

Schatten, die sie umschwirrten. »Dieser Wald ist unberechenbar«, sagte er leise. »Irgendwas geht hier nicht mit rechten Dingen zu. Ich sehe Gesichter, die verschwinden, sobald ich den Kopf drehe, und ich höre Stimmen, die verstummen, wenn ich hinhöre.«

»So ist es«, sagte der Professor träumerisch. »Fragen, die Antworten verlangen, Theorien, die bewiesen werden müssen ...«

»Wenn ich diese beiden Dinge nicht hätte ...« Twig hob mit der behandschuhten Hand den Säbel. »Der Säbel erinnert mich daran, woher ich komme und wer ich bin, und der Handschuh warnt mich davor, was ich nie werden darf. Ohne diese beiden Dinge würde ich wahrscheinlich ganz durcheinanderkommen. Professor, wir müssen den Wald auf dem schnellsten Wege verlassen.«

Der Professor seufzte, machte aber keine Anstalten, sich in Bewegung zu setzen. »Twig«, sagte er leise, »ich habe mir beim Absturz das Genick gebrochen. Ich lebe nur noch, weil ich im Dämmerwald gelandet bin. Sobald ich die Unsterblichkeit des Dämmerwalds verlasse, ist mein Leben dahin.«

Twig schüttelte traurig den Kopf. Der Professor hatte natürlich Recht.

»Andererseits ist das gar nicht so schlimm. Jetzt kann ich mich in alle Ewigkeit mit Sturmphrax beschäftigen.« Der Professor lächelte. »Und was könnte es für einen Professor des Lichts Schöneres geben?«

Twig erwiderte das Lächeln, doch bei den Worten des Professors überlief ihn ein Frösteln. Wenn der Professor nicht gehen konnte, was sollte er selbst dann tun? War er dann wieder allein? Von allen verlassen? Eine unerträgliche Vorstellung.

»Professor«, sagte er zögernd, »Sie helfen mir doch, die anderen zu suchen?«

Der Professor blickte ihn ernst an. »Selbstverständlich helfe ich dir. Wir Akademiker von Sanktaphrax sind nicht alle so verdorben wie diese Pestbeule, dieser Parvenü von Scherenschleifer Vilnix Pompolnius – auch wenn du noch so viel Schlechtes über uns gehört hast.«

»Entschuldigung, ich wollte Sie nicht ... Es ist einfach so, dass ... Ich könnte nicht ... kann nicht ...«

»Immer mit der Ruhe, Twig«, sagte der Professor.

»Ich muss hier raus!«, rief Twig verzweifelt. »Ich muss weg. Bevor es zu spät ist.«

»... spät ist ... spät ist ...«, spottete der Wald.

Der Professor legte Twig ungeschickt den Arm um die Schultern. »Ich verspreche dir, ich werde dich nicht verlassen.« Und mit einer Handbewegung nach hinten zu dem Ast, der seinen Kopf stützte, fügte er hinzu: »Schließlich bin ich dir das schuldig.«

»Danke«, sagte Twig und schnupfte. »Ich ...«

Der Professor starrte ins Leere und um seine Lippen spielte ein Lächeln. Wieder hatten ihn die gespenstischen Erscheinungen und Truggebilde, die in den

dunklen Schatten des Waldes lauerten, in ihren Bann gezogen. Die Kristalle glitzerten. »Zu Materie gewordenes Licht«, flüsterte er hingerissen. »Aufhebung des Welle-Teilchen-Dualismus.«

»Professor«, rief Twig besorgt. »Professor! Sie haben es mir versprochen!«

KAPITEL 16

Captain Twig

»Professor!«, schrie Twig seinem Gefährten ins Ohr. »Ich bin's, Twig. Sie müssen mir helfen.«

Doch der Professor drehte den Kopf weg, hob den Arm und betrachtete seinen Handrücken. »Sieh nur, wie an jedem Härchen Kristalle hängen«, sagte er andächtig. »Und wie das ganze Haar von der Wurzel bis zur Spitze leuchtet.«

Twig nickte. Die Härchen auf dem Handrücken des Professors leuchteten tatsächlich. Trotzdem! »Professor«, versuchte er es noch einmal, »hören Sie mir zu.«

»Du hast Recht, mein alter, treuer Freund und Rivale«, sagte der Professor. »Das Haar scheint das Licht förmlich aufzusaugen. Sieh dir nur die braunen Stäubchen an. Eine solche Substanz muss fürwahr reinigende Eigenschaften haben ...«

Kopfschüttelnd wandte Twig sich ab. Zuerst hatte der Sepia-Ritter ihn für seinen Landsmann Garlinius gehalten, jetzt verwechselte der Professor des Lichts ihn mit dem Professor der Dunkelheit. Es war aussichtslos, vollkommen aussichtslos.

Er kämpfte die Tränen nieder. »Sie kommen jetzt mit mir«, sagte er und nahm den Professor vorsichtig an der Hand und führte ihn weg. »Kommen Sie. Zwei Köpfe sind mehr als einer ... auch wenn einer davon abgebrochen und leer ist.«

Sie waren noch kein Dutzend Schritte gegangen, als der Professor des Lichts stehen blieb und Twig anstarrte. »Was genau soll das eigentlich heißen, ›abgebrochen und leer‹?«, wollte er empört wissen.

Twig musste lachen. »Professor!«, rief er. »Schön, dass Sie wieder zurück sind!«

»Ach, Twig«, seufzte der Professor des Lichts. »Was ist das doch für ein bemerkenswerter Ort.«

Twig lächelte unsicher. Gemeinsam setzte das ungleiche Paar die Suche nach der restlichen Besatzung des *Sturmpfeils* fort. Twig schwieg, der Professor dozierte ausführlich über Sturmphraxkristalle.

»Zu Materie gewordenes Licht«, sagte er schwärmerisch, »fest gewordene Energie. Kannst du dir das vorstellen, Twig? Im Licht flüchtig, im Zwielicht stabil und im Dunkeln unendlich schwer. Wirklich eine faszinierende Substanz, dieses Sturmphrax.«

Twig nickte. Wenigstens dem konnte er aus eigener Erfahrung zustimmen.

»Aber das Gewicht ist natürlich relativ, wie schon Ferumix so schön gezeigt hat«, fuhr der Professor fort. »X ist gleich y plus z geteilt durch Pi. X steht dabei für das Gewicht, y für die Oberfläche des Kristalls und z für seine Lichtdurchlässigkeit.« Er runzelte die Stirn. »Oder für seine Strahlung?«

Twig musterte ihn unbehaglich. Waren die Berechnungen, die der Professor anstellte, der Beweis dafür, dass er noch klar denken konnte, oder war das alles nur sinnloses Geplapper? Der Junge sah sich um. »Rumliegen tut hier von dem Zeug jedenfalls eine Menge«, sagte er.

»Das will ich meinen!«, rief der Professor. Steif wandte er sich Twig zu. In seinen Augen brannte ein flackerndes Licht. »Ich werde die Kristalle zählen, alle, bis auf das letzte Stäubchen. Daraus kann ich dann berechnen, wie viele große Stürme nötig waren, um diese Anzahl von Kristallen zu erzeugen, und wie lange es gedauert hat.« Seine Stimme war nur noch ein ehrfürchtiges Flüstern. »Jahrhunderte, Jahrtausende, Äonen.«

Twig schüttelte den Kopf. Die Ausführungen des Professors über so lange Zeiträume waren ihm nicht geheuer. Die Luft flimmerte, aus dem Schattengewirr lockten sanfte Stimmen.

»Du bist Twig«, wisperten sie, »du bist erst sechzehn Jahre alt. Wie viel du in dieser kurzen Zeit schon erlebt und getan hast ...«

Wie gebannt starrte Twig auf das Wechselspiel von Licht und Schatten. Vor seinen Augen zogen Szenen aus seiner Kindheit vorüber, Orte und Menschen, die er kannte. Er sah Taghair, den Eichenelf, der ihm zu seinem Namen verholfen hatte, und Hoddergrob, den Nachbarsjungen, er war mit den Himmelspiraten an Bord des *Sturmpfeils* und er saß im Hinterzimmer der Waldschenke neben Mutter Pferdefeder, Forficul und – Wolkenwolf.

»Wie viel mehr hat doch der Dämmerwald zu bieten, in dem die Zeit stillsteht«, raunten die Stimmen.

Twig starrte auf das Gesicht vor ihm. »Vater?«, murmelte er und ging einen Schritt nach vorn.

Die schemenhaften Umrisse Wolkenwolfs glitten zurück und blieben immer knapp außer Reichweite. »Hier bin ich«, sagte die tiefe Stimme des Captains leise. »Bleib noch eine Weile hier, Twig. Suche mich und du wirst mich eines Tages finden. Du musst immer weitersuchen und irgendwann ...«

»NEIN!«, brüllte Twig. »Du bist nicht mein Vater, wenigstens nicht mein *wirklicher*.« Er riss den Säbel aus der Scheide. »Wer immer du bist, lass mich in Ruhe!« Wie wild begann er um sich zu schlagen.

Die schwüle Luft knisterte, die Gesichter wichen zurück, schnitten höhnische Fratzen und streckten ihm die Zunge heraus.

»Noch hier bleiben?«, schrie Twig. »Niemals!«

»... niemals ...«

»Fort mit euch«, brüllte er. »Fort!«

»... fort ...«

Die Gesichter verschwanden, und Twig blickte in die besorgten Augen des Professors. Der Professor hielt ihn mit seinen krummen Fingern an den Schultern fest.

»Hörst du mich, Junge?«, rief er. »Twig!«

»Ja«, wimmerte Twig, »ich höre Sie ... Ach, Professor, wenn ich hier nicht bald rauskomme, muss ich bestimmt für immer im Dämmerwald bleiben.« Er packte den Säbel noch fester und schwang ihn durch die Luft. »TEM!«, schrie er. »ZACKE! KLOTZKINN! HUBBLE! WO SEID IHR?«

Das Echo seiner Worte erstarb in der Ferne. Twig senkte den Kopf. Es war vollkommen aussichtslos ... doch halt! Lauschend neigte er den Kopf.

»Was ist?«, fragte der Professor.

»Pst!«, zischte Twig und schloss die Augen um sich besser konzentrieren zu können. Und da hörte er ihn wieder, tief und klagend – den leisen, aber unverwechselbaren Ruf eines Banderbären.

Als Kind hatte Twig oft abends im Bett gelauscht, wie sich die Banderbären, die Einzelgänger waren, einander im Dunkelwald über riesige Entfernungen riefen. Soweit er wusste, gab es im Dämmerwald keine Banderbären bis auf einen.

»HUBBLE!«, schrie er und erwiderte das Heulen, so gut er konnte. »Wa-ha-ha-ha!«

»Wa-ha-ha-ha!«, kam die Antwort schon näher.

Twig zog den Säbel – nur für den Fall – und begann zu rennen.

»Wu, wu!«, rief er aufgeregt.

»Wu, wu!« Die Stimme war noch näher gekommen. Es krachte und splitterte, dann brach Hubble, der gewaltige Albino, durch die Bäume und stürmte auf den Jungen zu.

»Hubble!«, rief Twig.

»T-wu-g!«, brüllte der Banderbär. Die beiden fielen einander in die Arme und hielten sich lange fest.

Endlich löste Twig sich aus der Umarmung. »Ich hatte schon Angst, ich würde dich nie mehr sehen«, sagte er. Erst jetzt bemerkte er, dass sie nicht allein waren. So wie der Professor ihm gefolgt war, war der Rest der Mannschaft Hubble gefolgt. Twig wischte sich die Tränen weg und lächelte in die Runde der grinsenden Gesichter.

»Tem«, sagte er, »Zacke, Klotzkinn, Steinpilot … wie ich mich freue, dass ihr wieder da seid.«

»Und wie ich mich erst freue, dass dir nichts passiert ist, Twig«, sagte Tem Waterbork. Er machte eine Pause. »Ich … das heißt, wir hofften den Captain bei euch anzutreffen.«

Twig schüttelte den Kopf. »Wolkenwolf wollte den *Sturmpfeil* nicht verlassen. Als ich ihn zuletzt sah, hatte er das Himmelsschiff wieder in der Gewalt und steuerte es genau in die Mitte des großen Sturms hinein.«

»Der gute alte Captain«, sagte Tem Waterbork. »Er ist wirklich der tapferste Himmelspirat, den ich kenne. Warte nur ab, der hat uns schnell gefunden.«

Twig nickte, schwieg aber. Jetzt war nicht der richtige Moment von dem Kugelblitz zu sprechen, der das Himmelsschiff eingehüllt hatte, und von der anschließenden Explosion. Warum sollte er den Himmelspiraten die Hoffnung rauben? Wenn sie allerdings hier warteten, bis Wolkenwolf zu ihnen stieß, begaben sie sich in tödliche Gefahr. Der Professor des Lichts kam ihm schließlich zu Hilfe.

»Ihr müsst so schnell wie möglich weg von hier«, sagte er. Die Himmelspiraten sahen ihn an. »Ohne den Captain?«, rief Tem erschrocken.

»Wir wissen nicht, wo er ist«, erwiderte der Professor. »Ich schlage deshalb vor, für die Zeit seiner Abwesenheit einen

neuen Captain zu wählen. Jemanden, dem wir alle Treue schwören und der uns aus dem Dämmerwald führt.«
Tem trat unschlüssig von einem Bein aufs andere. »Wen denn?«, brummte er.
»Natürlich Twig«, sagte der Professor, »wen sonst? Als Sohn und Erbe unseres bisherigen Captains ist er ...«
Die Himmelspiraten starrten ihn an wie vom Donner gerührt. Ungläubig schüttelte Tem Waterbork den Kopf.
»Sohn und Erbe?«, rief er. »Wer, Twig? Unmöglich.«
»Du glaubst mir also nicht«, sagte der Professor steif.
»Nein ... doch ... Ich meine doch nur ...«, stotterte Tem.
»Quintinius, also Wolkenwolf, hat es mir selbst gesagt«, erklärte der Professor. »Deshalb wollte er den Jungen doch in Unterstadt lassen. Damit ihm nichts passiert.«
Tem pfiff durch die Zähne. »Ich weiß noch, wie der Captain uns einmal erzählte, er und die gnädige Frau Maris hätten ein Kind bekommen, und wie sie das Kind im Dunkelwald seinem Schicksal überlassen mussten.« Er sah Twig an.
Twig nickte. »Das Kind war ich.«
Tem starrte einen Augenblick lang wie betäubt vor sich hin, dann zog er seinen Säbel und fiel auf die Knie. »Ich gelobe Ihnen, Captain Twig, Sohn des Wolkenwolf, Treue bis in den Tod.«
Zacke, Klotzkinn und der Steinpilot folgten seinem Beispiel. Twig wurde rot. Alles ging so schnell. Himmelspiratenkapitän – dabei hatte er nicht einmal ein Himmelsschiff! Trotzdem zog er, wie der Brauch es vorschrieb, ebenfalls seinen Säbel und kreuzte ihn nacheinander mit den erhobenen Klingen der Himmelspiraten.

»Und ich gelobe euch Treue bis in den Tod«, sagte er.
Die Himmelspiraten steckten die Säbel wieder ein und riefen dann im Chor: »Captain Twig, wir erwarten Ihre Befehle.«
»Tja, ich ...«, stotterte Twig und wurde noch röter im Gesicht.
»Über uns leuchtet ein Stern«, kam ihm der Professor zur Hilfe. »Der Oststern. Er ist ein Fixpunkt und wandert

nicht wie andere Sterne über den Himmel. Außerdem ist er so hell, dass man ihn auch bei Dämmerlicht sieht.« Er bückte sich und sah umständlich zum Himmel hinauf. »Dort«, rief er mit ausgestrecktem Finger. »Seht ihr ihn?«

Die Himmelspiraten reckten die Hälse und blickten nach oben. Und dort sahen sie den Oststern weich im goldenen Dämmerlicht leuchten. Twig nickte. Seine erste Bewährungsprobe als Kapitän war gekommen. »Wenn wir den Stern immer vor uns haben, können wir nicht im Kreis gehen«, sagte er. »Früher oder später müs-

sen wir deshalb zum Rand des Dämmerwalds kommen. Versteht ihr, was ich meine?«

»Aye, aye, Captain«, riefen die Himmelspiraten.

»Dann los«, sagte Twig. »Professor, Sie gehen hinter mir. Hubble, du machst den Schluss. Achte darauf, dass keiner zurückbleibt oder vom Weg abkommt.«

»Wu, wu«, erwiderte der Banderbär.

Sie setzten sich in Marsch. Twig war so zuversichtlich wie noch nie, seit er den Dämmerwald betreten hatte. Er hatte jetzt ein Ziel vor Augen und wusste, was er wollte. Außerdem war er nicht mehr nur für sich selbst verantwortlich. Verstohlen sah er sich nach den Himmelspiraten um, die durch die flimmernde Luft hinter ihm herstapften.

Alle hatten sich beim Absprung vom Himmelsschiff Verletzungen zugezogen. Zacke hatte sich Arme und Gesicht schlimm aufgeschürft, Tem Waterbork schien sich die Nase gebrochen zu haben, der Steinpilot humpelte ganz erbärmlich und Klotzkinn hatte seinen künstlichen Unterkiefer verloren und sein offen klaffender Mund war zu einem blöden Grinsen erstarrt. Am schlimmsten hatte es aber Hubble erwischt.

Twig hatte sich so gefreut ihn zu sehen, dass ihm das zunächst gar nicht aufgefallen waren. Erst jetzt bemerkte er, in was für einem bedauerlichen Zustand der Banderbär war. Das weiße Fell auf seiner Brust war blutverkrustet, sein Atem ging pfeifend. Twig konnte nur hoffen, dass die Verletzungen nicht so schlimm waren, wie es den Anschein hatte.

Er drehte sich wieder nach vorne um und vergewisserte sich, dass sie dem Stern folgten. »Vielen Dank, dass Sie mit uns kommen«, sagte er zum Professor.

»Nun«, erwiderte dieser, »ich habe nicht ganz uneigennützig gehandelt. Auch ich muss wissen, wo der Dämmerwald endet.«

»Aber ich dachte, Sie wollten hier bleiben.«

»Das will ich ja auch. Doch um die Gesamtzahl aller großen Stürme zu berechnen, muss ich zuerst die Fläche des Dämmerwalds überschlagen und das kann ich nicht, solange ich mittendrin stehe.«

»Nein«, sagte Twig in Gedanken bereits woanders. »Wohl kaum.«

Ihm war etwas eingefallen – etwas, das ihn zutiefst beunruhigte. Angenommen, sie schafften es bis zum Rand des

Dämmerwalds, was dann? Dann kamen die berüchtigten Modersümpfe. Schon über sie zu fliegen war gefährlich. Wie viel gefährlicher mochte es dann erst sein, sie zu Fuß zu durchqueren. Als Captain war Twig aber für das Wohl seiner Mannschaft verantwortlich. Von bösen Vorahnungen getrieben, schaute er zurück, um den Professor um Rat zu fragen.

»Was zum ...!«, rief er. Der Professor war verschwunden. Twig überkam panische Angst, doch dann sah er ihn einige Schritte zurück steif auf einer Böschung neben einem Baum knien.

»Die Welt in einem Körnchen Sturmphrax zu erkennen«, deklamierte er. »Unendlichkeit zu halten in der offenen Hand ...«

»Professor!«, schrie Twig und rüttelte ihn an den Schultern.

Der Professor des Lichts starrte Twig an. Ganz allmählich kam er wieder zur Besinnung. »Twig«, sagte er stockend. »Es ... es tut mir leid ... Lass uns weitergehen.«

»Danke, Professor«, sagte Twig. »Ich ...« Er brach ab, dann fuhr er, an die anderen gewandt, fort: »So ist das zu gefährlich. Wir müssen sicherstellen, dass wir uns nicht verlieren.«

»Mit einem Seil«, schlug Zacke vor.

»Natürlich!«, fiel Tem Waterbork begeistert ein. Er griff nach dem Seil, das ihm über die Schulter hing. »Wir binden uns aneinander fest.«

Twig nickte und sorgte dafür, dass die Piraten sich in der richtigen Reihenfolge aufstellten. Hubble ging als Letzter. Er band sich das Seil um seinen gewaltigen Bauch. Dann knüpfte Twig in regelmäßigen Abständen Schlaufen in das Seil. Die Himmelspiraten steckten nacheinander die linke Hand durch die Schlaufe und zogen sie um das Handgelenk fest. Zuerst Tem Waterbork, dann Zacke, Klotzkinn, der Steinpilot und der Professor des Lichts. Das Ende des Seils schlang Twig sich um die Hüften.

»Fertig«, sagte er. »Vorwärts marsch!«

Aneinandergebunden marschierten die lädierten Himmelspiraten durch den Dämmerwald immer auf den Stern zu, der weit vor ihnen am Himmel blinkte. Twig fröstelte.

»Hoffentlich ist es nicht zu weit«, flüsterte er.

»... zu weit ...«, flüsterte das Echo.

Hinter ihm brach plötzlich Unruhe aus. Er drehte sich um und ließ den Blick über die Reihe der Himmelspiraten wandern. Jemand fehlte.

»Wo ist Klotzkinn?«, fragte er und ging ärgerlich zu der leeren Schlaufe.

»Weg«, sagte Zacke.

»Was heißt hier weg?«

»Er schimpfte die ganze Zeit vor sich hin, er wolle seinen kostbaren Kiefer auf keinen Fall im Wald zurücklassen. Und dann verschwand er auf einmal in den Büschen.« Zacke streckte den Arm aus. »In diese Richtung.«

Twig schüttelte wütend den Kopf. »Wie konntet ihr das zulassen?«

»Wu, wu, wu«, erklärte der Banderbär.

Erst jetzt bemerkte Twig, dass Hubble nicht einfach neben Tem Waterbork stand, sondern diesen festhielt. Tem hatte wie Klotzkinn die Hand aus der Schlaufe gezogen.

»Was soll denn das?«, rief Twig. »Tem? Was ist los?«

Doch Tem wollte seinen Blick nicht erwidern. »Lasst mich in Ruhe!«, knurrte er. »Ich muss weg.« Er sah plötzlich nach links. »Rik!«, rief er. »Geh nicht ohne mich.«
Twig sah ebenfalls nach links, aber da war niemand – wenigstens niemand, den er hätte sehen können.
»Rik!«, rief Tem. »Warte auf mich. Ach, mein lieber Bruder ... endlich.« Er schlug um sich, doch Hubble ließ nicht los. »LASS MICH SOFORT GEHEN!«, brüllte Tem.
Twig starrte den großen, rotgesichtigen Himmelspiraten an, der in Hubbles Armen strampelte wie ein kleines Kind, das einen Wutanfall hat. Traurig schüttelte er den Kopf. Der Dämmerwald verwirrte die Köpfe der Himmelspiraten schneller, als er für möglich gehalten hätte.
»Mein Bruder«, tobte Tem. »Ich habe dich so lange gesucht ...«
»Das ist eine Täuschung, Tem«, sagte Twig. »Du bildest dir das nur ein. Da ist niemand.«
»Rik!«, rief Tem. »So antworte mir doch, Rik.« Er strampelte noch heftiger. »LASS MICH LOS!«
Twig biss sich auf die Unterlippe. Seit er bei den Himmelspiraten lebte, war Tem Waterbork immer sein Freund gewesen. Durfte er ihn jetzt an den Dämmerwald ausliefern? Andererseits war Tem in seinem jetzigen Zustand eine Gefahr für sie alle. Der verletzte Hubble konnte ihn gewiss nicht mehr lange festhalten.
»Lass ihn los, Hubble«, sagte Twig traurig.
Hubble gehorchte und sofort beruhigte sich Tem. Er sah sich um, ohne etwas zu sehen, dann lächelte er. »Rik«, rief er und lief schwerfällig den Weg zurück, den sie gekommen waren. »Rik, warte auf mich.«

Twig sah ihm mit Tränen in den Augen nach. Da ging der alte Tem Waterbork, auf den er sich immer hatte verlassen können. »Leb wohl, mein Freund«, rief er. »Und hoffentlich findest du den, den du suchst.«
Er spürte eine weiche, schwere Hand auf der Schulter. Sie gehörte Hubble. »Wu, wu«, brummte der Riese leise.
»Ich weiß«, sagte Twig. »Wir werden ihn alle vermissen.«
Niedergedrückt gingen sie ohne die beiden weiter: Zacke, der Steinpilot und Hubble und voraus der Professor und Twig. Keiner sagte etwas, jeder ging für sich. Das Seil ließen sie liegen. Es war bereits von einer Staubschicht bedeckt. Twig fasste nach seinem Säbel und biss die Zähne zusammen.
Warum gab es überhaupt einen so schrecklichen Ort wie den Dämmerwald? Betrübt blickte er über die Schulter zurück. »Los«, drängte er die anderen, »nicht zurückbleiben. Es kann nicht mehr weit sein.«
»Bin schon da, Captain.« Zacke begann zu laufen.
»Wu, wu«, fügte Hubble hinzu und trottete keuchend hinterher.
Der Steinpilot dagegen hatte Twig offenbar nicht richtig

verstanden. Er blieb stehen und winkte mit den Armen und stampfte mit den Beinen auf, soweit es der schwere Übermantel und die noch schwereren Stiefel zuließen. Wolken von braunem Staub stiegen um ihn auf. Die in seine Kapuze eingelassenen gläsernen Fenster blitzten golden.

»Nein«, seufzte Twig, »nicht auch noch du.«

Offenbar war auch der Steinpilot, der tüchtigste und treueste aller Himmelspiraten, dem Wahnsinn des Dämmerwalds verfallen.

»Wu, wu?«, fragte Hubble.

»Ich weiß nicht«, erwiderte Twig. Vorsichtig näherte er sich dem Steinpiloten. Dessen Gesicht war vollständig unter der schweren Kapuze verborgen, es war deshalb schwer zu sagen, was in seinem Kopf vorging. »Hörst du mich?«, brüllte Twig. »Fehlt dir was?«

Ein dumpfes Knurren ertönte aus der Kapuze. Dann stieß der Steinpilot Twig grob zur Seite und streckte die Hand aus.

»Ich weiß schon«, sagte Twig. »Ich habe es doch auch gesehen, und ...«

»DRRT!«, grunzte der Steinpilot ungeduldig. Er drehte Twig herum und packte seinen Kopf.

»Was soll denn das!«, rief Twig. »Bist du verrückt? Hubble! Hilfe!«

Der Steinpilot grunzte wieder und drehte Twigs Kopf, bis er in die Richtung zeigte, in die der Arm des Steinpiloten wies. Hubble stürmte auf ihn zu. »WU!«, brüllte er.

»Drrrt!«, beharrte erstickt die Stimme des Steinpiloten.

»Ach so!« Endlich hatte Twig begriffen, was er meinte. Hubble wollte sich auf den Steinpiloten stürzen.

»Halt!«, schrie Twig. »Seht doch dort!«
Sie drehten sich um und starrten geradeaus. Und dort, in einer Lücke zwischen den Bäumen und direkt unter dem Oststern, schien hell etwas Weißes.
»Die Modersümpfe«, flüsterte Twig aufgeregt. »Wir haben es geschafft! Wir sind am Rand des Dämmerwalds angekommen und ...« Er brach ab. Spielten seine Augen ihm schon wieder einen Streich oder war da tatsächlich jemand?

Er kniff die Augen zusammen. Doch, kein Zweifel, eine hagere Gestalt hob sich als schwarze Silhouette vor dem fahlen Hintergrund ab. Mit gespreizten Beinen stand sie da, die Hände hatte sie in die Hüften gestützt.

Hubble hob witternd den Kopf und brummte ängstlich. Seine kleinen Ohren zuckten erregt. Doch Twig achtete nicht auf ihn. Hastig ging er mit dem Professor des Lichts weiter.

»Jetzt verlasse ich euch!«, rief er in das tanzende Gewirr aus Licht und Schatten hinein. »Und ich komme nie mehr zurück.«

»... zurück ... zurück ...«, lockte das Echo des Waldes.

Benommen starrte Twig auf die gebeugte Gestalt vor ihm. Um ihn raunte und flimmerte es und geisterhafte Nebelschwaden hüllten ihn ein um ihn für immer festzuhalten.

»... zurück ... zurück ...«, lockten sie.

»Weg«, schrie Twig und tastete aufgeregt nach seinem Säbel. »Lasst mich doch!«

»... doch ... doch ... doch ...«, antwortete der Wald.

KAPITEL 17

Der Sumpf fordert seinen Tribut

Ratz Zehenschneider hatte die Hand über die Augen gelegt und sah der näher kommenden Gruppe entgegen. Seine dünnen, weißen Lippen verzogen sich halb belustigt, halb verächtlich.

»Na«, schnarrte er, »wen haben wir denn da?«

Die Reisenden, die für gewöhnlich des Weges kamen, gehörten in der Regel derselben Art an, wie eine Rotte Schwarzkammkobolde, eine Herde Borkenelfen oder eine Familie von Waldtrollen oder – Ratz grinste selbstgefällig – Schniffkobolden.

Aber ein solches Sammelsurium!

Er beugte sich vor und kniff die Augen zusammen. Voraus ging ein Junge, gefolgt von einem weiß gekleideten Greis, vielleicht seinem Großvater, aus dessen Nacken eine Art Baum zu wachsen schien. Dann kam ein kleines Geschöpf, dem Aussehen nach ein Eichenelf, danach eine Gestalt in einem schweren Mantel und mit einer Kapuze und als Letzter ... Ratz stöhnte. »Ein Banderbär«, knurrte er heiser.

Vor Banderbären hatte er größten Respekt und das mit gutem Grund. Sie waren nicht nur ungeheuer stark, sondern hatten auch einen seltsam wachen Instinkt. Ratz hatte erst einmal versucht, einem Banderbären die Zehen abzuschneiden. Der Versuch hätte ihn beinahe das Leben gekostet.

Er grinste. »Aber nur beinahe!«, flüsterte er, denn wie immer hatte er sein Opfer in der Nacht doch noch überwältigen können. »Doch aufgepasst«, ermahnte er sich, »der Banderbär damals war nicht halb so groß und stark wie der hier. Ich muss vorsichtig sein.«

Die letzten Schritte im Dämmerwald kosteten Twig die größte Überwindung. Geister, Gespenster und Dämonen überschütteten ihn mit Spott und Häme. »Du willst deinen Vater Wolkenwolf hierlassen?«, wisperten sie. »Ganz allein? Ohne seinen einzigen Sohn?«

»Ich habe keine Wahl«, murmelte Twig den Tränen nahe.

»Nicht stehen bleiben«, hörte er den Professor sagen. »Schlüpfe in den Handschuh und ziehe den Säbel. Du schaffst es, Twig, du kannst dich vom Dämmerwald befreien.«

»Ja ...«, erwiderte Twig unsicher. Er tat, wie der Professor ihn geheißen hatte. »Ja, das kann ich und das werde ich auch.« Er machte eine Pause. »Sind die anderen hinter uns?«

»Wir sind alle da«, bestätigte Zacke.

Twig blickte nach vorn. Am Ende der von wirbelnden Schwaden erfüllten Schneise hing der Stern, darunter stand die bleiche, spindlige Gestalt. Mit schweren Schritten schleppte Twig sich weiter.

»Jetzt ist es nicht mehr weit«, sagte der Professor aufmunternd. »Gleich haben wir es geschafft.«
Twig drehte sich zu ihm um und hielt ihn am Arm fest. »Dann müssen Sie stehen bleiben«, rief er. »Jeder weitere Schritt kann Sie das Leben kosten.«

Ratz Zehenschneider, der am äußersten Rand der Modersümpfe stand, wurde langsam ungeduldig. »Was ist denn jetzt wieder los, beim Himmel«, knurrte er verärgert. »Immer hat einer irgendwas.« Er bemerkte die zuckenden Ohren des Banderbären und änderte seine Taktik.
»Kommt doch!«, brüllte er. »Ich will euch doch nur helfen, bevor es zu spät ist.«
Die Worte von außerhalb des Dämmerwalds rissen Twig aus seiner Betäubung und jetzt endlich entließen die geisterhaften Stimmen und Erscheinungen ihn aus ihrem Bann. Das Wispern und Raunen in seinen Ohren verstummte, die Nebel vor seinen Augen lichteten sich und er sah den Wald wieder als das, was er in Wirklichkeit war: ein verlockend glitzernder, jedoch düsterer Ort, über dem ein schwüler Fäulnisgeruch hing.
Der Professor sah zu Twig auf. »Ein paar Schritte kann ich noch mitkommen«, sagte er.
»Sicher?«
Der Professor nickte. »Ganz sicher.« Er wandte sich zum Gehen. »Los.«

Twig fiel wieder ein, dass er ja der Captain war. Er richtete sich auf. »Ich grüße Euch«, rief er der Gesalt zu, wie Wolkenwolf es getan hätte. »Ich bin Twig, Kapitän der Himmelspiraten. Nennt Euren Namen und Euer Begehr.«

Ratz kicherte höhnisch. »Ein Welpe, der spricht wie ein Wolf«, murmelte er. Dann hob er den Kopf. »Ich heiße Ratz«, erwiderte er. »Ich führe Reisende durch die tückischen Modersümpfe.«

Der Banderbär knurrte drohend.

»Aber vielleicht seid Ihr gar nicht an meinen Diensten interessiert«, fuhr Ratz fort. Seine Augen schossen unter den gesenkten Lidern unruhig hin und her. »Vielleicht kennt Ihr Euch ja selbst im Sumpf aus und wisst über die giftigen Springquellen, Sumpfwürger, Schlickfische und weißen Raben Bescheid ...«

»Nein«, unterbrach ihn Twig. »Ich bin durchaus interessiert.«

Er ging die letzten Meter durch den Dämmerwald und blieb am Rand stehen. Nur einen Schritt vor ihm stand Ratz in den Modersümpfen. Dazwischen verlief unsichtbar die Grenze, die die beiden Orte trennte. Schweigend starrten Twig und Ratz einander an. Hinter Ratz ertönte von ferne heiseres Geschrei.

»Weiße Raben«, erklärte Ratz. »Sie kämpfen um Aas – der Geruch von Blut bringt sie zur Raserei.«

Twig spürte hinter sich das Misstrauen der anderen.

Ratz lächelte tückisch. »Manchmal warten sie nicht ab, bis ihr Opfer tot ist.«

Twig erschauerte. Er wusste ganz genau, wie gefährlich die Sümpfe waren. Doch diesem Ratz mit seiner totenblassen

Haut und den blutunterlaufenen, verschlagenen Augen traute er nicht.

Beim Himmel, dachte er unglücklich, ich bin ein schöner Piratenkapitän! Und wieder wünschte er, sein Vater wäre jetzt hier. *Er* hätte gewusst, was zu tun war.

Zum dritten Mal seit Twigs Wahl zum Kapitän kam der Professor des Lichts ihm zu Hilfe. Er trat neben Twig.

»Wie viel verlangen Sie pro Person?«, fragte er.

Verlangen!, dachte Twig beunruhigt. Er hatte gar nicht daran gedacht, dass die Dienste des Führers Geld kosten könnten. Natürlich wollte die seltsam ausgebleichte Gestalt einen Lohn! Er, Twig, hatte allerdings keinen Heller dabei und die anderen auch nicht.

»Ich mache Ihnen einen Vorschlag«, sagte Ratz und rieb sich nachdenklich das Kinn. »Sonderangebot für Himmelspiraten.« Er beäugte sie von der Seite. »Zweihundert pro Person.«

Twig erschrak. Sie wollten zu viert durch die Sümpfe. Das machte achthundert insgesamt – Geld, das er nicht hatte.

Den Professor schien das nicht zu kümmern. »Also tausend insgesamt«, überlegte er. »Das geht.«

Jetzt war Twig erst recht durcheinander. »Aber ...«, setzte er an. »Ich dachte, Sie ...«

Der Professor sah ihn an. »Ich habe nach reiflicher Überlegung beschlossen, dass ich mit euch komme. Wenn ihr mich mitnehmt.«

»Natürlich«, sagte Twig unsicher. »Aber Sie meinten doch ...«

»Ich lasse es darauf ankommen. Wer weiß, vielleicht wächst mein Hals ja wieder zusammen ...« Der Professor machte eine Pause. »Bleiben kann ich hier jedenfalls nicht.«

»Aber Sie wollten doch …«

»Ich weiß schon«, unterbrach ihn der Professor. »Ich dachte, wenn ich bliebe, könnte ich mich der Erforschung von Sturmphrax widmen. Doch das ist schier unmöglich. Ich hätte im Dämmerwald zwar die Zeit dazu, aber nicht mehr das Denkvermögen.«

Ratz Zehenschneider schnalzte ungeduldig mit der Zunge. Der Professor beachtete ihn nicht. »Ich bin Akademiker, Twig«, fuhr er fort. »In Sanktaphrax kennt man mich für meinen scharfen Verstand. Ich kann dir die *Abhandlung über die Eigenschaften des Lichts* des alten Dilnix aufsagen, ich kann die *Tausend leuchtenden Aphorismen des Archemax* auswendig … Doch hier, an diesem schrecklichen Ort, der die Gedanken verwirrt, weiß ich kaum noch, wer ich bin.«

»Sie wollen also …«

»Ich will lieber in Würde sterben, als in der Schande ewiger Verblödung leben.« Der Professor zog eine lederne Börse aus den Falten seines Gewands und gab sie Twig. »Da sind fünfhundert drin«, sagte er. »Den Rest bekommt er, wenn wir am Ziel sind.«

Twig drehte sich zu Ratz um. Das dürre Wesen starrte auf die Füße des Professors und leckte sich gierig die Lippen. Twig fröstelte. »Wenn Ihr einverstanden seid«, sagte er und streckte ihm die Lederbörse hin, »dann machen wir es so.«

Ratz sah auf und grinste. »Freut mich zu hören«, schnarrte er. Er nahm die Börse, ließ sie in seinem Wams verschwinden und ergriff dann Twigs Hand und schüttelte sie. Twig erschauerte bei der Berührung der trockenen, knochigen Finger.

»Dann kommt«, sagte Ratz und zog Twig sanft, aber entschieden über die unsichtbare Grenze, aus dem Dämmerwald in die Modersümpfe.

Twig blickte über die Schulter. Der Professor des Lichts war stehen geblieben. Trotz allem fiel ihm der Entschluss nicht leicht. Schließlich konnte schon der nächste Schritt sein letzter sein.

»Kommen Sie«, knurrte Ratz gereizt. »Wir haben nicht den ganzen Tag Zeit.«

»Nehmen Sie sich Zeit, so viel Sie brauchen, Professor«, sagte Twig.

Ratz schnaubte und wandte sich verächtlich ab. Twig bot dem Professor seinen Arm an.

»Danke, Twig«, sagte der Professor. »Was immer jetzt passiert, mein Junge, es war mir eine Ehre und ein Vergnügen,

dich kennen zu lernen. Eines Tages wirst du ein tüchtiger Himmelspiratenkapitän mit einem eigenen Schiff sein, das weiß ich ganz bestimmt.«

Und mit diesen Worten wagte der Professor den alles entscheidenden Schritt. Twig, der damit rechnete, dass der Professor jeden Augenblick zusammenbrechen konnte, griff ihm stützend unter die Arme, doch der Professor fiel nicht um. Er zuckte vor Schmerzen zusammen, stöhnte laut und schwankte ein wenig, aber er fiel nicht um.

»Gut gemacht, Professor«, riefen Zacke, Hubble und der Steinpilot hinter ihm erleichtert.

»Ja, wirklich!« Auch Twig strahlte. »Sobald wir in Sanktaphrax sind, werden Sie wieder ganz gesund.« Der Professor lächelte matt. Sein Gesicht hatte sich aschgrau verfärbt.

Twig runzelte besorgt die Stirn. »W... wie geht es Ihnen?«, fragte er ängstlich.

»Ich lebe«, ächzte der Professor. »Viel mehr nicht. Leider werde ich nicht schnell gehen können. Vielleicht wäre es besser, wenn ihr ...«

»Auf keinen Fall«, erwiderte Twig bestimmt. »Sie kommen mit uns. Wir helfen Ihnen abwechselnd.« An die anderen gewandt, fügte er hinzu: »Kommt. Gehen wir.«

»Wird auch langsam höchste Zeit«, bemerkte Ratz giftig.

Er wandte sich zum Gehen, die anderen folgten ihm. Twig ging zuletzt und hatte seinen Arm um den Rücken des Professors gelegt.

»Beeilt euch!«, rief Ratz zurück. »Und denkt dran: Bleibt zusammen, geht immer hinter mir und dreht euch nicht um.«

Twig blickte über die Wüste vor ihnen und als er sah, wie weit sie gehen mussten, verließ ihn der Mut. Der Sumpf schien endlos. Schon der Marsch allein war eine Tortur. Und noch mit dem Professor, der sich schwer auf ihn stützte ...

»Eins nach dem anderen«, keuchte der Professor, als habe er Twigs Gedanken gelesen. Twig nickte und sah auf den weißen Schlamm hinunter, der bei jedem Schritt um seine Füße quoll. Der Professor hatte Recht. Entscheidend war allein, dass sie dem Dämmerwald entronnen waren. Der Sumpf mochte groß und gefährlich sein, aber auch er hörte irgendwann einmal auf. Und dank der glücklichen Begegnung mit dem Führer ...

»Captain!«, hörte er Zacke aufgeregt rufen. »Captain!« Twig kapierte zunächst gar nicht, dass der Eichenelf *ihn* meinte, und sah sich automatisch nach Wolkenwolf um. »Captain Twig!«, schrie Zacke. »Kommen Sie schnell. Hubble kann nicht mehr.«

Twig sah nach vorn. Der Banderbär lag bewegungslos da, ein weißer Haufen auf dem weichen Schlamm.

»Geh ruhig«, sagte der Professor. »Ich kann allein stehen.«

Das brauchte er Twig nicht zweimal zu sagen. Der Junge rannte durch den schmatzenden Morast und fiel neben seinem Freund auf die Knie. »Was ist?«, rief er. »Hubble, was fehlt dir?«

»Wu ... wu, wu«, ächzte der Banderbär und griff sich mit den Tatzen an die Brust. Sein gewaltiger Schädel kippte zur Seite.

»Hubble!« Twigs Augen füllten sich mit Tränen. »Hubble, sag mir doch, was ich tun soll.«
»Wuuuu«, stöhnte der Banderbär leise. Dann bekam er plötzlich einen schrecklich gurgelnden Hustenanfall und krümmte sich vor Schmerzen.
Twig kämpfte mit den Tränen. Hubble hatte beim Absprung vom *Sturmpfeil* offenbar schwere innere Verletzungen erlitten. Sein Atem ging kurz und pfeifend. Twig kraulte seinen Hals und flüsterte immer wieder, es würde alles gut werden und Hubble würde bald wieder gesund sein. Der Banderbär lächelte schwach und schloss die Augen.
»T-wu-g, wu, wu. Fr-wu-nde ...«
Sein Mundwinkel füllte sich plötzlich mit Blut und dann floss das Blut leuchtend rot auf das dicke, weiße Fell seiner Wange. Hubble hustete noch einmal, ein Zittern lief durch seinen Körper, dann rührte er sich nicht mehr.
»NEIN!«, heulte Twig und warf sich Hubble an den Hals. »Nicht du. Du darfst nicht sterben! Du warst doch immer so ... stark ...«

»Nicht einmal die Besten sind davor gefeit«, sagte spöttisch eine Stimme hinter ihm. Twig erstarrte. »Im einen Augenblick geht es ihnen noch prima«, fuhr die Stimme fort, »im nächsten fallen sie tot um.«

»Ratz!« Twig sprang auf und zog den Säbel. »Noch ein Wort und ich haue Euch entzwei, beim Himmel.«
»Damit Eure Leute im Sumpf verrecken?«, höhnte Ratz. »Doch wohl nicht.« Er ging weiter. Twig zitterte vor Wut, doch war er machtlos.
»Komm, Twig«, sagte der Professor des Lichts. »Deinem Freund kannst du nicht mehr helfen.«
»Ich weiß«, sagte Twig und schnupfte. »Aber ...«
»Komm«, wiederholte der Professor. »Bevor dieser Halunke Ratz uns abhängt.«

KAPITEL 18

Zwischen Springquellen und Treibschlamm

Ratz Zehenschneider konnte sein Glück kaum fassen. Als der Banderbär in die Knie ging, tat er vor Freude beinahe einen Luftsprung. Der Bär war zusammengebrochen, sobald er die Unsterblichkeit des Dämmerwalds verlassen hatte, und mit ihm war das gefährlichste Mitglied der Gruppe aus dem Weg geräumt.
»Die anderen sind leichte Beute«, flüsterte Ratz leise und lachte meckernd. »Der Alte sorgt dafür, dass sie schön langsam vorankommen.« Nachdenklich rieb er sich das Kinn. »Trotzdem«, sagte er schließlich. »Es wäre eine Schande, so schöne Zehen zu verschwenden. Zumal so große mit so dichtem Fell.«
Er sah sich nach dem Rest der Gruppe um und stellte zufrieden fest, dass die Abstände zwischen den einzelnen Mitgliedern trotz seines Rates immer größer wurden. Ganz hinten kam der Eichenelf. Er hatte offenbar die größten Schwierigkeiten.

»Jetzt musst du nicht mehr lange leiden, mein Kleiner«, flüsterte Ratz drohend. »Und du auch nicht.« Er konzentrierte seine Aufmerksamkeit auf die hinkende Gestalt in dem schweren Mantel. »Und ihr beide«, sagte er mit einem Blick auf Twig und den Professor, »ihr beide, meine Freunde mit den Glitzerzehen, seid der Nachtisch!«

Er hob die Arme und formte mit seinen knochigen, vertrockneten Fingern einen Trichter vor dem Mund. »Hallo!« Das Echo seiner heiseren Stimme erfüllte die fahle Ödnis wie das Krächzen der weißen Raben. Doch niemand schien ihn gehört zu haben.

»Hallo!«, brüllte Ratz. »Captain Twig!«

Diesmal sah der Junge auf.

»Was ist?«, rief er. Seine Stimme kam nur mühsam gegen den Wind an.

»Wir haben fast die Hälfte geschafft«, rief Ratz. Er zeigte hinter sich. »Seht Ihr den Zacken am Horizont? Das ist der Mast eines Wracks. Dorthin gehen wir, dann machen wir eine kleine Pause.«

»Wir müssen jetzt Pause machen!«, schrie Twig.

Ratz lächelte in sich hinein. »Das ist leider völlig unmöglich. Es wimmelt hier von besonders schlimmen Schlickfischen. Die fressen euch bei lebendigem Leib, sobald sie euch entdecken.«

Eine Pause entstand.

»Könnt Ihr dann wenigstens etwas langsamer gehen?«, rief Twig.

»Natürlich kann ich das, Captain«, antwortete Ratz liebenswürdig. »Aber ich tue es nicht!«, fügte er leise hinzu. Wieder hob er die Hände an den Mund. »Geht einfach weiter, bis ihr zum Wrack kommt. Solange ihr gerade darauf zuhaltet, kann euch nichts passieren. Aber seid vorsichtig. Auf beiden Seiten des Weges gibt es gefährliche Springquellen und auch der Treibschlamm ist trügerisch. Ihr dürft den Weg nicht verlassen.«

»Nein«, rief Twig.

»Ach ja, noch was«, sagte Ratz. »Der Sumpf sieht zwar ganz flach aus, hat aber ziemliche Buckel. Geratet also nicht in Panik, wenn ihr mich oder das Schiff mal eine Weile nicht mehr seht. Marschiert einfach weiter.«

»In Ordnung!«, rief Twig.

Ratz kicherte in sich hinein. Dieser Captain Twig war doch ein Einfaltspinsel. Zufrieden drehte er sich um und schritt durch die stinkende Ödnis. Die Sonne schien weiß auf das ferne Wrack. Das Wrack war einerseits näher, als es den Anschein hatte, und zugleich weiter weg, als die arglosen Himmelspiraten je kommen würden.

»Sumpfwürger, Schlickfische und weiße Raben«, schnaubte Ratz. »Harmlose Geschöpfe im Vergleich zu mir. Denn ich, Ratz Zehenschneider, bin das gefährlichste Geschöpf in dieser großen, weißen Wildnis – das werdet Ihr, *Captain* Twig, bald auf Eure Kosten feststellen.«

Ratz' Worte gingen Twig unaufhörlich durch den Kopf. *Ihr dürft den Weg nicht verlassen.* Spelda und Tuntum, die Waldtrolle und Zieheltern Twigs, hatten das immer zu ihm gesagt. Doch wenn er den Ermahnungen damals gefolgt wäre, würde er immer noch im Dunkelwald leben. Diesmal stimmte der Rat allerdings. Wenn der Professor ausrutschte oder stolperte, würde das tödlich enden.

Der Professor konnte mit seinem Kopf, der an dem Ast auf seinem Rücken festgebunden war, nicht nach unten sehen. Deshalb musste Twig auf den Weg achten. Dabei konnte er aber nicht zugleich noch ihr Ziel im Auge behalten. Jedes Mal wenn er vom Boden aufsah, musste er deshalb feststellen, dass sie nach rechts oder links abgekommen waren.
»Muss ich denn alles alleine tun?«, klagte Twig gereizt. »Warum sagen Sie mir nicht, wenn wir vom Weg abkommen?«
»Ich kann nicht«, erwiderte der Professor. »Ich habe die Augen geschlossen.«
»Dann machen Sie sie auf!«, sagte Twig unwirsch.
»Das kann ich auch nicht«, sagte der Professor müde. »Mein Kopf ist so festgebunden, dass ich immerzu in die Sonne schauen muss. Wenn ich das zu lange tue, werde ich blind.« Er schnupfte jämmerlich. »Und zu was ist ein blinder Professor des Lichts nütze? Dann ende ich noch als Bettler auf den Straßen von Unterstadt.«
Twig wandte sich schuldbewusst ab. »Tut mir leid«, murmelte er. »Ich ...«
»Nein, mein lieber Junge«, rief der Professor, »du bist der Letzte, der sich entschuldigen muss. Du hast mir im Dämmerwald geholfen und du hilfst mir jetzt. Dafür werde ich dir bis in alle Ewigkeit dankbar sein.« Er machte eine Pause. »Aber diesem Ratz würde ich gern den Kopf waschen. Er sagte doch, er wollte langsamer gehen.«
Twig nickte, schwieg aber. Vielleicht hatte ihr Führer das Tempo ja verlangsamt. Er konnte es nicht beurteilen, weil er mit dem Professor nur schrecklich langsam vorankam. Ihr Marsch zog sich wie ein Alptraum endlos in die Länge.

Jeder Meter kam Twig vor wie ein Kilometer und jede Sekunde wie eine Stunde.
»Beim Himmel!«, ächzte der Professor. »Wie weit müssen wir noch gehen? Ich glaube, ich kann bald nicht mehr.«
»Sie schaffen das ganz bestimmt«, sagte Twig aufmunternd. Mit einem Blick über die Schulter vergewisserte er sich, dass Zacke und der Steinpilot ihnen noch folgten. »Es kann nicht mehr weit sein.« Er sah wieder nach vorn. Ein Schrei entfuhr ihm.
»Was ist?«, fragte der Professor und öffnete die Augen.

»Ratz.« Twig hakte mit der freien Hand sein Fernrohr los und suchte aufgeregt den Horizont ab. »Er ist verschwunden!«
Der Professor des Lichts spähte mit zusammengekniffenen Augen in die Ferne.
»Er hat ja gesagt, dass das passieren könnte.«
»Schon, aber ...«
»Nein, Twig«, rief der Professor. »Ich bin alt und habe Schmerzen, ich darf den Mut verlieren. Aber du nicht, Twig. Du hast dein ganzes Leben noch vor dir.«
Twig starrte düster zum Horizont. »Morast«, murmelte er, »das ist alles, was ich vor mir habe. Ach, Professor, wenn ich meinem Vater gehorcht hätte, wäre das alles nicht geschehen. Aber nein, ich wollte ja nicht gehorchen und musste mich, dumm und dickköp-

fig, wie ich bin, heimlich an Bord des *Sturmpfeils* schleichen. Es ist alles meine Schuld.«
»Twig, mein Junge«, sagte der Professor sanft. »Was passiert ist, lässt sich nicht ungeschehen machen. Ich mache dir keine Vorwürfe. Viel wichtiger ist, wie du mit den Folgen deines Tuns umgehst. Wenn du ...« In diesem Moment schoss zwischen ihnen eine siedend heiße Springquelle in die Höhe. »AAAAAAH!«, schrie der Professor gellend.
»Professor!«, brüllte Twig. Die Fontäne hatte sie auseinandergerissen.
Entsetzt starrte er auf die kochende Schlammsäule, die wie ein riesiger weißer Baumstamm in der Luft stand. Immer höher spritzte sie mit lautem Getöse, dann überschlug sie sich. Ein Schauer dicker, klebriger Tropfen prasselte auf den Boden nieder.
»Professor!«, brüllte Twig wieder. »Wo sind Sie?«
»Hier drüben«, kam zitternd eine Stimme von der anderen Seite der Schlammsäule. »Ich stecke fest.«
»Bleiben Sie, wo Sie sind«, rief Twig. »Ich komme Sie holen.«
Mit dem Schlamm quollen auch Wolken giftiger Dämpfe aus dem Loch und hüllten Twig ein. Hustend und spuckend und mit tränenden Augen stolperte er um die Säule herum. Die heiße Luft flimmerte, der Schlamm sprudelte unaufhörlich aus dem Loch. Twig hob den Arm vor das Gesicht, doch nützte das nichts gegen den Gestank, der ihm den Atem verschlug.
»Ich ... kann ... Sie ... nicht ... finden«, keuchte er.
»Hier«, ertönte die zittrige Stimme des Professors. Sie klang ganz nah. Twig blieb stehen, wischte sich die Augen

und spähte durch den Dunst. Er blickte direkt in die Augen des Professors, keine drei Schritte von ihm entfernt.
»Halt!«, rief der Professor. »Keinen Schritt weiter.«
Twig verstand zunächst gar nicht, was er sah. Der Professor lag nicht auf dem Rücken. Sein Kopf befand sich zwar ganz eindeutig auf Bodenhöhe, doch blickte er geradeaus und nicht himmelwärts. Dann wurde Twig schlagartig alles klar. Der Professor des Lichts war im Treibschlamm eingesunken. Der Schlamm reichte ihm bereits bis zu den Achseln.
Twig riss sich das Halstuch vom Hals und band es sich als provisorische Schutzmaske vor Mund und Nase. Dann zog er seinen Himmelspiratenmantel aus, kniete sich an den Rand des Schlammlochs und warf das eine Ende des Mantels dem Professor zu. Das andere, Kragen und Schultern, hielt er mit den Händen fest.
»Halten Sie sich fest«, keuchte er. »Ich ziehe Sie raus.«
Der Professor packte einen Mantelzipfel. Twig stemmte die Beine in den Boden, lehnte sich zurück und zog, wie er noch nie in seinem Leben gezogen hatte. »Hau ruck!«, keuchte er verzweifelt. »Hau ruck!«

Ganz langsam tauchte der Professor aus dem Boden auf, zuerst die Brust, dann der Bauch ...

»Aua, mein Hals«, wimmerte der Professor. »Mein armer Hals.«
»Gleich haben wir es«, keuchte Twig. »Gleich ...«
Schmatzend gab der Schlamm die Beine des Professors frei. Mit dem Kopf nach unten blieb der Professor liegen.
»Professor«, rief Twig. Er rollte ihn auf den Rücken und wischte ihm den zähen Schlamm aus dem Gesicht. »Professor, hören Sie mich?«

Die dünnen, aufgesprungenen Lippen des Professors gingen auf. »Ja«, krächzte er schwach. »Ich höre dich ... Du hast mir das Leben gerettet.«
»Noch nicht ganz«, sagte Twig. »Aber bald. Steigen Sie auf meinen Rücken.«
»Nein, Twig«, protestierte der Professor. »Ich kann doch nicht ... *Du* kannst doch nicht ...«
»Gleich wissen wir, ob es geht.« Twig schlüpfte wieder in seinen Mantel und hockte sich hin. »Legen Sie die Arme um meinen Hals«, befahl er. »Gut so.«
Keuchend vor Anstrengung richtete er sich auf, packte die

knochigen Beine des Professors mit den Händen und marschierte los, weg von dem Treibschlamm und der Springquelle mit ihren giftigen Dämpfen und der kochenden Schlammfontäne und immer weiter durch den fahlen Sumpf. Die Temperatur fiel, die Luft wurde klar.

»Immer noch keine Spur von Ratz«, murmelte der Professor nach einer Weile. »Ein Betrüger ist das, wie er im Buche steht. Nimmt unser Geld und überlässt uns dann unserem Schicksal. Jetzt sitzt er wahrscheinlich in aller Ruhe in seinem Wrack.«

Twig hob den Kopf und starrte über den Sumpf. Endlich schien das Wrack näher zu kommen.

»In den Himmel schießen sollte man den Hund«, schimpfte er und spuckte aus. »Aber Zacke, der Steinpilot, Sie und ich, wir schaffen es, ob mit oder ohne Ratz' Hilfe. Das verspreche ich Ihnen als Kapitän dieser Mannschaft.«

Doch Ratz saß nicht zu Hause in seinem abgestürzten Himmelsschiff. In einem unbeobachteten Moment hatte er sich hinter einen Felsen geduckt. Anschließend wälzte er

sich im Schlamm, bis er von Kopf bis Fuß mit der zähen Masse bedeckt war.
»Hokus pokus verschwindibus.« Er kicherte heiser. Dann, als er mit seiner Tarnung zufrieden war, stand er wieder auf und eilte, so schnell er konnte, parallel zum Weg der Himmelspiraten durch den Sumpf zurück. Er konnte die Piraten sehen, doch sie ihn nicht.
»Folgt immer schön dem Weg, ihr Dummköpfe«, zischte er, als er an Twig und dem Alten vorbeikam. »Wir wollen doch nicht, dass ihr im Sumpf versinkt. Wenigstens noch nicht.«
Er rannte weiter, vorbei an der seltsamen Gestalt in dem schweren Mantel, an dem Eichenelf – der inzwischen auf Händen und Knien kroch – und weiter bis zu dem toten Banderbären. Beim Näherkommen bemerkte er, dass er nicht der Erste war. Die weißen Raben rissen bereits mit ihren Schnäbeln und Klauen an der Leiche.
»Fort mit euch, ihr weißen Teufel!«, brüllte Ratz und rannte mit den Armen fuchtelnd auf sie zu.
Die weißen Raben trippelten auf ihren sehnigen Beinen über den Boden und krächzten wütend, doch sie flogen nicht weg. Ratz beugte sich hinunter. Die Aasvögel hatten einen großen Teil der Leiche bereits vertilgt, doch die gewaltigen, haarigen Tatzen mit Klauen wie Dolche waren

noch unversehrt. Ratz neigte den Kopf zur Seite, bis die Sonne auf den unzähligen winzigen Kristallen glitzerte, die im Fell zwischen den Zehen hingen.
Ratz grinste zufrieden. »Schöne, fette Beute.«
Er zog das Messer aus dem Gürtel, schnitt mit der kalten Präzision eines Chirurgen die Zehen ab und steckte sie in seine Ledertasche. Die weißen Raben schrien erbost.
»Hier«, rief er ihnen zu. »Der Rest gehört euch.« Er schwang sich die Tasche über die Schulter und eilte mit großen Schritten davon. »Einer ist schon im Sack«, kicherte er. »Bleiben noch vier.«
Als Nächstes kam er zu Zacke. Der Eichenelf kniete immer noch und hatte die Hände auf den Boden gestützt, doch war er nicht mehr in der Lage weiterzukriechen. Er atmete schnell und keuchend. Die Hände in die Hüften gestützt, blieb Ratz neben dem Elfen stehen und betrachtete das bemitleidenswerte Geschöpf. Dann schlang er den Arm um die Schultern des Eichelfs und zog ihn nach hinten. Die Klinge des Messers blitzte auf, der Elf gab ein gurgelndes Geräusch von sich, fasste sich an die Kehle – und sackte leblos in sich zusammen.
»Dem habe ich direkt einen Gefallen getan«, murmelte Ratz und machte sich daran, die Zehen abzuschneiden. »Ich habe ihn von seinem Elend erlöst.« Er stand auf und sah nach vorn zu der Gestalt mit der Kapuze, die ebenfalls nur noch schleppend vorwärts kam.
»Ob du bereit bist oder nicht«, murmelte er, »ich komme!«

Der anstrengende Marsch forderte allmählich auch von Twig seinen Tribut. Der Professor des Lichts bestand zwar

nur aus Haut und Knochen, doch schien er, während Twig ihn ohne abzusetzen durch den schmatzenden, zähen Morast schleppte, immer schwerer zu werden.
»Fast geschafft«, sagte der Professor. »Nur noch ein paar Schritte.«
Twig tauchte in einen Schatten ein und es wurde schlagartig kühler. Er hob den Kopf. Vor ihm ragte das Wrack eines gewaltigen Schiffes auf.
»Dem Himmel sei Dank!«, keuchte er.
»Der Dank gebührt *dir*«, sagte der Professor.
Twig ließ die Beine des Professors los und setzte ihn behutsam auf dem Boden ab. »Aaaah!«, seufzte er. Seine Arme kamen ihm auf einmal federleicht vor. »Mir ist, als könnte ich fliegen!«
Der Professor schnalzte mitfühlend mit der Zunge. »War ich wirklich so schwer?«
»Eine Zeit lang glaubte ich schon, wir würden es nicht schaffen«, gestand Twig. »Aber jetzt sind wir hier.« Er sah sich um. »Ratz!«
»Ratz ... Ratz ... Ratz ...«, verlor sich das Echo unbeantwortet in der Ferne.
Twig schüttelte den Kopf. »Wo steckt er denn? Was führt er im Schilde?«
Der Professor schnaubte. »Ich traue diesem Schurken alles zu.«
Twig bekam plötzlich einen Schrecken. Zacke und der Steinpilot! Er war so damit beschäftigt gewesen, den Professor zu retten, dass er die anderen völlig vergessen hatte. Hastig zog er sich an dem zur Seite gekippten Rumpf des Schiffes hinauf, rannte zum Mast und kletterte ihn hoch.

Obwohl das Schiff gefährlich schief auf dem weißen Morast lag, war das Krähennest immer noch der bei weitem höchste Punkt des ganzen Sumpfes. Twig sah den Weg zurück, den sie gekommen waren.
Weit weg in der Ferne sah er etwas, Braun auf Weiß und vollkommen bewegungslos. Zitternd vor Angst und Aufregung hakte Twig sein Fernrohr von der Mantelbrust los und hob es ans Auge.

»Zacke«, schrie er entsetzt, ein furchtbares Bild vor Augen.
»Was ist passiert?«, hörte er den Professor rufen.
»Zacke«, rief er hinunter. »Er ist tot. Ermordet.«
»Und der Steinpilot?«
Twig suchte mit dem Fernrohr die weiß glitzernde Ödnis ab. »Ich ... ich muss ihn erst finden«, stotterte er. Hinter ei-

nem ausgebleichten Felsen tauchte verschwommen eine dunkle Gestalt auf und erschien deutlich sichtbar im Fernrohr. Mit schweißfeuchten, unkontrolliert zitternden Händen versuchte Twig das Fernrohr scharf zu stellen. »Jawohl!«, schrie er. »Das ist er. Er ist gar nicht weit weg.«

»Lebt er?«

Twig nickte. »Gerade noch. Aber er zieht das rechte Bein nach und kann kaum noch gehen. Ich ...« Er brach ab. »Was ist das denn?«

Hinter dem Steinpiloten hatte sich etwas bewegt, weiß auf weiß, aber trotzdem sichtbar, als ob der Sumpf plötzlich Körper und Kopf bekommen hätte. Ein Wesen näherte sich dem Steinpiloten.

»Was ist das?« Twig erschauerte. »Ein Sumpfteufel? Eine Schlammfurie? Oder der schreckliche Sumpfwürger?«

Er stellte das Fernrohr erneut scharf, diesmal auf das seltsame Wesen mit seinen spindligen Armen und Beinen, einem gebeugten Rücken und einer straff über den Schädel gespannten Haut, die an Mund und Augenbrauen zog. Wut stieg in Twig hoch. Das war kein Sumpfteufel und keine Schlammfurie.

»Ratz«, zischte er. »Ich hätte es wissen müssen.«

Der Steinpilot blieb stehen und drehte sich um. Twig hörte einen gedämpften Aufschrei. Stolpernd wich der Steinpilot zurück, blitzend fuhr etwas durch die Luft.

»Und er hat ein Messer!«

Twig schob das Fernrohr zusammen, kletterte den Mast hinunter, sprang vom Deck auf den Boden und rannte den Weg zurück, den sie gekommen waren.

»Wo willst du hin?«, rief der Professor ihm nach.

»Ich muss dem Steinpiloten helfen, bevor es zu spät ist.«
Schweißüberströmt und mit schmerzenden Gliedern hastete Twig den Weg entlang. Ratz und der Steinpilot wälzten sich auf dem Boden. Die Hälfte des Weges hatte Twig geschafft. Das Messer blitzte. Einmal hatte der Steinpilot die Oberhand, dann wieder Ratz. Wenn Twig nur ... Von einem heftigen Schlag getroffen, fiel der Steinpilot nach hinten über. Wieder blitzte das Messer.
»RATZ!«, brüllte Twig.
Sofort ließ die knochige weiße Gestalt von ihrer Beute ab und fuhr wie ein in die Enge getriebenes Tier zu dem Jungen herum. Ratz' Zähne schimmerten gelb. »Sieh an«, krächzte er und zog eine lange, grausam aussehende Sichel aus dem Gürtel. »Ihr erspart mir die Mühe zu Euch zu kommen. Wirklich sehr rücksichtsvoll.« Er ließ die Sichel in der Hand auf und ab federn. Die rasiermesserscharfe Schneide schimmerte.

Twig wurde totenbleich. Er hatte keine Erfahrung im Kampf von Mann gegen Mann.

»Na los, *Captain* Twig«, rief Ratz höhnisch und winkte ihm mit der freien Hand. »Lasst sehen, aus welchem Holz Ihr geschnitzt seid.« Er trippelte wie eine Schlammkrabbe einige Schritte näher. »Aber vielleicht wollt Ihr ja lieber davonlaufen, ich gebe Euch ein paar Meter Vorsprung.« Er kicherte freudlos.

Twig zog seinen Säbel und starrte trotzig in Ratz' blutunterlaufene Augen.

»Ich bleibe hier und kämpfe gegen Euch, Ratz«, rief er drohend und betete innerlich darum, das Scheusal möge das Zittern seiner Stimme und seines Armes nicht bemerken. »Und«, fügte er mutig hinzu, »ich werde Euch bezwingen.«

Ratz erwiderte seinen Blick, sagte aber nichts. Er ging in die Knie und begann den Oberkörper hin und her zu wiegen. Die blitzende Sichel warf er dabei von einer Hand in die andere. Ununterbrochen fixierte er Twig. Dann sprang er hoch.

Twig schrie auf und machte einen Satz zurück. Die tödliche Klinge schwirrte durch die Luft. Wenn Twig ihr nicht im letzten Moment ausgewichen wäre, hätte sie ihm den Magen aufgeschlitzt. Wieder fuhr die Klinge durch die Luft.

Ratz spielt mit mir, dachte Twig. Er will mich in den Sumpf treiben. Wehr dich, Twig! Wehr dich oder … stirb!

Er nahm allen Mut zusammen. Wieder sauste die Klinge dicht über dem Boden auf ihn zu, Twig hielt die Luft an, packte seinen Säbel ganz fest und hielt ihn der Sichel entgegen.

Klirrend prallten die Klingen aufeinander. Die Erschütterung fuhr Twig durch den Arm und den ganzen Körper. Er stöhnte.

»Na, Captain«, höhnte Ratz, unablässig vor ihm auf und ab trippelnd.

»Zu mehr reicht es nicht?«

Die krumme Sichel vollführte vor Twigs Augen einen schauerlichen Tanz. Sie wirbelte herum und stieß nach unten, nach oben und zur Seite. Das Herz schlug Twig bis zum Hals. Wieder streckte er den Säbel aus, und wieder schlug der Säbel mit der Sichel zusammen, und immer wieder ...

Ich besiege dich!, schrie Twig stumm. Ich tu's für Zacke, für den Steinpiloten ... und für mich.

Ratz hüpfte unerwartet nach links und dann nach vorn. Doch Twig kam ihm zuvor. Er sprang zur Seite, sodass die Sichel ins Leere fuhr, und hieb dann mit dem Säbel nach Ratz' dürrem Hals.

»Jetzt!«, brüllte er. »Ihr ...«

Er trat mit dem Fuß in ein verborgenes Strudelloch.

»Hiiiilfe!«, kreischte er. Sein Knöchel sank immer tiefer ein. Er verlor das Gleichgewicht und fiel hin. Der Säbel entglitt seiner Hand und fiel knapp außer Reichweite auf den weichen Morast. Im nächsten Moment stand Ratz über ihm. Mit dem Fuß hielt er Twigs behandschuhten Arm auf dem Boden fest, dann kitzelte er ihn mit der Spitze der grausamen Sichel unter dem Kinn.

»Habt Ihr geglaubt, Ihr könntet es mit Ratz Zehenschneider aufnehmen, *Captain* Twig?«, schnarrte er, das Gesicht zu einer höhnischen Grimasse verzerrt.

Er schwang die Sichel hoch über seinen Kopf. Wie ein schwarzer Mond stand ihre Silhouette vor dem Himmel. Die Klinge glitzerte.

»RATTIUS ZELLINIX!«, ertönte plötzlich die Fistelstimme des Professors. »Was hat der Junge dir denn getan?«

Ratz erstarrte und sah sich um. »Was zum ...?«, murmelte er.

Sofort zog Twig mit einem Ruck seinen Arm unter Ratz' Fuß hervor, rollte zur Seite, langte nach seinem Säbel und

stieß ihn Ratz mit aller Wucht in die magere Brust. Dickes, rotes Blut strömte über die Klinge auf Twigs Handschuh und verwandelte sich dort in kristallklares Wasser, das über seinen Arm lief und dann zu Boden tropfte.

Mit einem leisen Plumps fiel die Sichel zu Boden. Ratz sah nach unten. Er schien wie erstaunt über die Klinge, die aus seiner Brust ragte. Verwirrt begegnete sein Blick dem von Twig.

Mit seinem Gesicht ging eine Verwandlung vor. Fassungslos beobachtete Twig, wie das tückische Grinsen, die höhnisch verzerrten Lippen und die boshaft funkelnden Augen sich veränderten. Aus dem grausamen, blutrünstigen Unhold, der ihn eben noch in Stücke hatte hauen wollen, wurde eine ganz andere Person mit ruhigen, nachdenklichen, geradezu edlen Gesichtszügen. Ratz' warm leuchtende Augen blickten in die Ferne, ein Lächeln spielte um seine Lippen. Die Lippen öffneten sich und ein einziges Wort erklang.

»Sanktaphrax ...«
Dann fiel er tot um.
Mit schwachen Knien stand Twig auf und starrte auf den bewegungslosen Körper vor ihm. »Ich habe jemanden umgebracht«, flüsterte er. Mit zitternden Fingern drückte er Ratz die Augen zu.
Ratz' Gesicht wirkte friedlich und wie in den letzten Augenblicken seines Lebens seltsam feierlich. Twig spürte einen Kloß im Hals. Was hatte Ratz zu einem solchen Scheusal gemacht? Sein Blick fiel auf die Tasche, die der tote Ratz über der Schulter getragen hatte. Vielleicht gab seine persönliche Habe Aufschluss darüber. Twig beugte sich hinunter, knüpfte die Bändel der Tasche auf und sah hinein.
Er fuhr zurück und würgte auf leeren Magen. Tränen füllten seine Augen ohne das Bild der abgeschnittenen Zehen auslöschen zu können. Er schob die Tasche weg, hockte sich hin und atmete in tiefen Zügen ein. »Warum?«, flüsterte er schließlich und starrte Ratz entsetzt an. »Warum diese Gräueltaten?«
Doch der Tote konnte ihm keine Auskunft mehr geben. Mühsam stand Twig auf um zu gehen. Über ihm sammelten sich bereits die weißen Raben. Erst jetzt fiel sein Blick auf seinen Handschuh.

KAPITEL 19

Ratz' Geheimnis

Mit dem Säbel schlug Twig eine Schneise durch die wachsende Schar der Aasvögel und eilte zum Steinpiloten, der bewegungslos auf dem Boden lag. Die in die Kapuze eingelassenen Fenster waren von innen beschlagen. Hieß das, der Steinpilot atmete noch? Hatte er den mörderischen Schlag, den Ratz ihm versetzt hatte, überlebt?

»Wenn ich nur wüsste, wie man diese Dinger aufbekommt«, murmelte Twig. Vergeblich riss er an den Bolzen, mit denen Kapuze und Handschuhe am Mantel befestigt waren. Er kniete hin und drückte lauschend das Ohr an den schweren Mantel. Ob das Herz noch schlug? Ein Lächeln breitete sich auf seinem Gesicht aus. Unter sich spürte er schwach, aber regelmäßig den Puls des Steinpiloten.

»Das kriegen wir wieder hin.« Twig sprang auf. »Ich bringe dich zum Wrack. Dort ist es angenehm kühl.« Er schob die Hände unter die Arme des Steinpiloten und umfasste seine Brust. »Dort hast du dich ... *hepp* ... bald wieder erholt!« Keuchend wuchtete er die Schultern des Steinpiloten hoch.

Jeder Schritt war eine Qual, so sehr verlangte Twigs erschöpfter Körper nach Ruhe. Doch gab der Junge dem Bedürfnis keinen Augenblick nach. Wenn auch noch der Steinpilot starb, hatte er seine gesamte Mannschaft verloren und das durfte er auf keinen Fall zulassen.

»Gleich sind wir da«, keuchte er, »gleich.«
Der Steinpilot blieb stumm und rührte sich nicht, doch Twig wusste, dass sein Herz noch schlug, da die weißen Raben sie in Ruhe ließen. Wäre sein Herz stehen geblieben, hätten sie sofort angegriffen.
Endlich tauchte Twig in den langen Schatten des Wracks ein. Er hob den Blick zum Himmel und dankte ihm stumm.
»Professor«, rief er dann und sah sich um. »Professor?«
»Hier drinnen«, antwortete eine müde Stimme aus dem Innern des Wracks. Twig wandte sich in die Richtung, aus der die Stimme gekommen war. Links von ihm klaffte im

Rumpf ein großes Loch. »Hier«, wiederholte der Professor. Seine Stimme war kaum mehr als ein Flüstern.
Twig zog den Steinpiloten durch das Loch. Von drinnen schlug ihm ein entsetzlicher Fäulnisgestank entgegen. Er bettete den Steinpiloten an der Wand auf den Boden. Der Professor saß an einen umgefallenen Balken gelehnt an der Wand gegenüber. Der Ast an seinem Rücken hielt seinen Kopf immer noch kerzengerade aufrecht. Er lebte, doch konnte man sogar im Dämmerlicht erkennen, dass es schlecht um ihn stand.
»Er hat ihn umgebracht«, jammerte der Professor. »Ermordet.«
»Nein«, sagte Twig, »er ist nur verletzt – vielleicht schwer, aber wenigstens lebt er noch.«
Der Professor seufzte schwach. »Ich meine nicht den Steinpiloten.« Er wies mit einer Armbewegung um sich. »Dieses Schiff hier ist die *Windsbraut*. Ich habe das Namensschild gefunden. Die *Windsbraut* fuhr unter Kapitän Rattius Zellinix. Rattius Zellinix ... ein tapferer, tugendhafter Ritter.« Die Augen des Professors funkelten wütend. »Bis er unserem abscheulichen Ratz Zehenschneider in die Hände fiel.« Ein Hustenanfall schüttelte ihn.
Twig starrte ihn an. Natürlich! Als der Professor den Namen gerufen hatte, hatte Ratz sich angesprochen gefühlt und innegehalten ... Und Twig hatte ihn getötet. Er brachte es nicht übers Herz, dem Professor zu sagen, dass Rattius Zellinix und ihr Führer ein und dieselbe Person waren.
Er kniete sich neben ihn. »Versuchen Sie zu schlafen.«
»Nein«, erwiderte der Professor aufgewühlt. »Dazu ist bald Zeit genug. Jetzt müssen wir Verschiedenes bespre-

chen ...« Sein Blick wurde leer, dann richtete er seine Augen wieder auf Twig. Der Professor wirkte verwirrt und ängstlich. »Twig, mein Junge«, sagte er leise und atemlos. »Hör mir gut zu. Ich muss dir erklären, wie man mit Sturmphrax umgeht.«

»Aber ...«

»Deshalb bin ich schließlich hier«, fuhr der Professor hastig fort. »Deshalb wollte dein Vater unbedingt, dass ich euch begleite. Denn ich weiß alles, was man über die heiligen Kristalle wissen muss. Was sie wert sind und was für Eigenschaften sie haben.« Er machte eine Pause. »Sturmphrax ist im Dunkeln so schwer, dass man es nicht hochheben kann, und unter direkter Sonneneinstrahlung verflüchtigt es sich wie Gas. Wir müssen deshalb ... *du* musst für konstantes Dämmerlicht sorgen, bis es seinen Bestimmungsort im Herzen des fliegenden Felsens von Sanktaphrax erreicht hat. Wenn das erst geschafft ist ...«

»Aber wozu sich darum Gedanken machen?«, platzte Twig heraus. »Wir haben ja gar kein Sturmphrax, wir konnten es ja nicht aus dem Dämmerwald herausschaffen. Haben Sie das vergessen, Professor? Wir sind gescheitert.«

»Nein, Twig!«, sagte der Professor. Er hob den Arm und zeigte zum anderen Ende des Rumpfes. »Da drüben«, sagte er mit pfeifendem Atem.

Twig drehte sich um. Seine Augen hatten sich inzwischen an die Dunkelheit gewöhnt und er sah im Dämmerlicht eine halb im Morast versunkene große Kiste. »W... was ist das?«

»Sieh nach.«

Twig ging über den undichten Schiffsboden auf die Kiste

zu. Der Gestank verwesenden Fleisches wurde immer stärker. Twig sah entsetzt, dass an die Schiffswände unzählige Zehen genagelt waren. Wieder begann er zu würgen und als sich herausstellte, dass der große Haufen in der Ecke aus weiteren Tausenden von amputierten Zehen bestand, übergab er sich.

»Warum bloß?«, stöhnte er und sah zum Professor zurück. Der Professor winkte ihn nur ungeduldig weiter.

Vor der Kiste aus Glas und Eisenholz blieb Twig stehen und betrachtete sie. Der Deckel war zu, aber nicht abgesperrt. Twig zögerte. War die Kiste mit weiteren Körperteilen gefüllt? Sammelte Ratz vielleicht auch noch Augen oder Zungen?

»Öffne sie!«, hörte er den Professor hinter sich sagen.

Er bückte sich, holte tief Luft und klappte den Deckel mit einer raschen Bewegung auf. Silbernes Licht schimmerte

ihm entgegen. Unverwandt starrte er auf die Kiste, zitternd vor Ehrfurcht beim Anblick der unzähligen funkelnden und blitzenden Kristalle. »Sturmphrax«, flüsterte er atemlos.

»Und zwar mehr, als wir brauchen«, fügte der Professor des Lichts hinzu.

»Aber wie ist das möglich?«, sagte Twig. »Ich ...« Er brach ab. »Die Zehen!«

»Genau«, sagte der Professor. »All die glücklosen Kobolde und Trolle, die vom Dunkelwald nach Unterstadt aufbrachen, kamen auf ihrer Reise durch den Dämmerwald. Dort sammelte sich unter ihren Zehennägeln und Klauen Sturmphrax an. Dann kamen sie in die Modersümpfe und begegneten Ratz – diesem unsäglichen Scheusal – und Ratz raubte ihnen ihr Geld, schnitt ihnen die Kehle durch und säbelte ihnen die Zehen ab.« Er seufzte erschöpft. »Ich verstehe nur nicht warum«, murmelte er dann. »Was fängt eine so verderbte Seele mit diesen herrlichen Kristallen an?«

Twig fiel plötzlich ein, was der Sepia-Ritter gesagt hatte. *Die Suche geht weiter bis in alle Ewigkeit.* Er begriff, was passiert sein musste. Ein Schauer durchlief ihn.

Rattius Zellinix war mit seinem Schiff abgestürzt, hatte aber von seiner Suche nicht ablassen können. Er hatte wie Garlinius Gernix und Petronius Metrax vor ihm und Quintinius Verginix nach ihm gelobt, sein Leben lang Sturmphrax zu suchen, und geschworen, nicht eher nach Sanktaphrax zurückzukehren, bis er die heilige Mission erfüllt hatte.

Weil Rattius Zellinix nicht mit leeren Händen nach Sanktaphrax zurückkehren wollte, hatte er auf Biegen und Brechen versucht sein Ziel doch noch zu erreichen. Der Wunsch, das bei seiner Aussendung gegebene Versprechen zu halten, musste den edlen Akademieritter, den Twig im Augenblick seines Todes noch gesehen hatte, in den Wahnsinn getrieben haben – denn wie viel Sturmphrax er auch anhäufte, nie hatte er genug.

»Ich will gar nicht daran denken, wie viele sterben mussten, um die perverse Gier dieses Ekels zu befriedigen«, sagte der Professor gerade.

Twig starrte die glitzernden Kristalle an. Jeder war, wie er jetzt wusste, mit Blut bezahlt worden. Heftiger Schüttelfrost erfasste ihn. Er streckte die Hand aus, packte den Deckel und warf ihn zu.

»Das ist ungerecht!«, schrie er. »Ich wollte doch mit so viel Sturmphrax nach Sanktaphrax zurückkehren, dass es für die nächsten tausend Jahre reicht.«

»Aber das kannst du jetzt doch«, brachte der Professor unter Anstrengung hervor.

Twig funkelte ihn wütend an. »Aber doch nicht so!« Hinter ihm murmelte der Steinpilot etwas. »Ich wollte doch neues, reines Sturmphrax finden, Sturmphrax, das gerade erst in einem Sturm im Dämmerwald entstanden war. Nicht einen Schatz, an dem Blut klebt ... den man von den Zehen Ermordeter abgekratzt hat.«

»Ach, Twig«, keuchte der Professor, »Twig, mein Junge ...« Er begann wieder zu husten. Ein tiefes Krächzen kam ganz hinten aus seiner Kehle. »Mittel und Zweck«, keuchte er, »Mittel und ...« Wieder überkam ihn der quälende Husten.

Twig konnte es nicht mit anhören.

»Professor!« Er eilte zu ihm. Das Gesicht des Professors

war grüngelb angelaufen. Seine Augen lagen tief in den Höhlen, seine Wangen waren eingefallen. Jeder Atemzug kostete ihn ungeheure Kraft. Twig nahm seine Hand. »Ruhen Sie sich aus, Professor.«
Der Professor starrte den Handschuh an, den Twig trug. Kraftlos strich er mit einem Finger über die eisernen Gelenke. An der Fingerspitze blieb brauner Staub hängen. »Natürlich«, flüsterte er kaum hörbar. »Phraxstaub ...« Er verstummte.
Twig nickte. »Stimmt. Als Ratz' Blut damit in Berührung kam, verwandelte es sich in klares Wasser.« Er beugte sich hinunter und hielt das Ohr dicht an die bebenden Lippen des Professors. Der warme Atem, der ihm entgegenschlug, roch faulig.
»Das Geheimnis ...«, flüsterte der Professor. »Ich weiß jetzt, wie man gefahrlos Phraxstaub herstellen kann.« Er rang nach Atem und griff sich mit den Händen an den Hals. »Der Dämmerwald hat es uns die ganze Zeit vorgemacht.«
»Sprechen Sie weiter«, sagte Twig und schluckte seine Tränen hinunter. »Aber lassen Sie sich Zeit, Professor.«
Ein Lächeln spielte um die Lippen des alten Mannes. »Zeit!«, krächzte er. »Zeit ...« Seine Augen rollten zur Seite. »Sturmphrax zerfällt im Dämmerlicht des Waldes in immer kleinere Stücke. Im Dämmerlicht, wohlgemerkt, nicht im Dunkeln und nicht im Licht ... im Dämmerlicht. Über Jahrhunderte zerfällt es langsam, zermahlen durch den Druck des Dämmerlichts. Und nach Hunderten von Jahren, Twig, ist es dann Staub. Phraxstaub, wie auf den Rüstungen der armen Ritter, die sich im Dämmerwald verirrt haben, oder auf dem Handschuh, den du trägst.«

Twig blickte auf den Handschuh und die dünne, bräunliche Staubschicht, die ihn bedeckte. »Aber das Geheimnis?«, flüsterte er. »Das verstehe ich noch nicht.«
Der Professor seufzte, dann nahm er noch einmal alle Kraft zusammen.
»Aber siehst du denn nicht, Twig? Das, wozu der Dämmerwald ein paar hundert Jahre braucht, können wir mit einem einzigen Schlag bewirken. Doch muss dieser Schlag zu einem ganz bestimmten Zeitpunkt erfolgen, nämlich zur Zeit der ...«
»Dämmerung!«, rief Twig atemlos.
Wieder seufzte der Professor lange und gequält. »Sage es dem ... Professor der Dunkelheit«, flüsterte er. »Du ... kannst ihm ... vertrauen ...«
Er verstummte. Twig spürte seinen warmen Atem nicht mehr. Der Junge richtete sich auf und betrachtete aufmerksam das weise, alte Gesicht.
Der Professor des Lichts war tot. Draußen krächzten bereits lärmend die weißen Raben. Twig hörte das Scharren ihrer Krallen auf den Planken über seinem Kopf. Einige besonders mutige Vögel steckten den Kopf durch das Loch im Rumpf und spähten mit ihren kalten Knopfaugen ins Dunkel.
»Verschwindet!«, brüllte Twig.
Die Vögel wichen zurück, doch nicht weit und nur für einen Augenblick. Twig musste die Leiche des Professors sofort begraben. Er schleppte sie nach draußen. Sofort umschwirrten ihn mit wütendem Gekreisch die Raben.
»Ihr bekommt ihn nicht«, schrie Twig.
Die Sonne stand inzwischen tief über dem Horizont. Twig

folgte seinem immer länger werdenden Schatten zu einem runden, mit Treibschlamm gefüllten Loch. Am Rand des Lochs legte er den Professor auf den Boden. Die weißen Raben flatterten aufgeregt. Twig suchte angestrengt nach passenden Worten.

»Professor des Lichts«, murmelte er, »ehrwürdiger Akademiker von Sanktaphrax, voll des Edelmuts und der Weisheit. Eigentlich taugt dieser Ort nicht als Eure letzte Ruhestätte ...« Er verstummte, dann holte er tief Luft: »Ruht in Frieden.«

Damit schob er die Leiche hinein. Die Füße versanken zuerst, gefolgt von den Beinen und dem Leib. Aufgebracht kreisten die weißen Raben über Twig und stießen im Sturzflug herunter, doch kamen sie nicht an die Leiche heran. Der Schlamm stieg um die Brust des Professors, seine Arme verschwanden, dann seine Finger. Tränen liefen Twig über die Wangen.

Zuletzt versank der Kopf. »Leben Sie wohl«, flüsterte Twig.

Eine Weile lang waren an der Stelle, an der der Professor versunken war, nur doch die obersten Zweige des Astes zu sehen, den Twig am Hals des Professors festgebunden hatte, dann tauchten auch sie in den Schlamm ein und verschwanden. Eine Luftblase stieg auf und zerplatzte, dann war alles still.

Twig kniete sich hin, streckte die Hand mit dem Handschuh aus und tauchte sie als Zeichen der Ehrerbietung in den warmen Treibschlamm. Schlagartig verwandelte sich der Schlamm. Ungläubig starrte Twig in das Loch. Der zähe, weiße Schlamm war vor seinen Augen zu Wasser ge-

worden, das so kristallklar war wie in den Bächen, die leise murmelnd durch den Dunkelwald flossen. Twig sah sogar, wie der Körper des Professors in seinem wässrigen Grab immer tiefer sank und sich dabei langsam um die eigene Achse drehte.

Der Junge hockte sich auf den Boden und starrte den schweren Handschuh verwundert an. Immer noch glitt brauner Staub so fein wie eine Flüssigkeit über das silbern glänzende Metall.

»Phraxstaub«, flüsterte er ehrfürchtig. Er hob den Kopf und blickte sich um.

Weit in der Ferne sah er die Lichter von Sanktaphrax in der Luft funkeln. Darunter lag unter einer schmutzig-braunen Dunstglocke Unterstadt mit seinen elenden Gassen. Die Bewohner beider Orte würden vom Inhalt der Kiste profitieren. Das Sturmphrax würde das Gleichgewicht des fliegenden Felsens wiederherstellen, der Phraxstaub das Wasser des verseuchten Klippenflusses reinigen.

Der Professor hatte von Mittel und Zweck gesprochen. Twig hätte nicht sagen können, ob die Leben, die die Kristalle vielleicht in Sanktaphrax und Unterstadt retteten, je Ratz' Morde an so vielen Unschuldigen aufwiegen konnten. Doch er wusste, wenn er mit der Kiste nicht zurückkehrte, dann waren Ratz' Opfer ganz sicher umsonst gestorben.

»Versuchen muss ich es«, sagte er zu sich. »Den Lebenden zuliebe und den Toten.«

Im selben Augenblick drang aus dem Rumpf des Schiffes ein ängstliches Stöhnen. Der Steinpilot erwachte aus seiner Bewusstlosigkeit.

KAPITEL 20

Der Steinpilot

Bei seiner Rückkehr in das Wrack zündete Twig zuerst die Laterne an, die Ratz am Eingang an einen Nagel gehängt hatte. Ein warmer, honigfarbener Schein erfüllte den düsteren Innenraum. Twig sah, dass der Steinpilot sich aufgesetzt hatte.

»Dem Himmel sei Dank, dass du lebst«, sagte Twig.

Der Steinpilot nickte. »Fragt sich nur, wie lange noch«, sagte eine furchtsame Stimme, die gedämpft aus dem schweren Anzug kam. Eine Pause entstand. »Ich spüre mein rechtes Bein nicht mehr.« Twig sah den Steinpiloten erschrocken an. »Dieser Ratz hat mich angegriffen«, fuhr der Steinpilot fort. »Offenbar hat er mich bewusstlos geschlagen. Ich weiß nicht, wie ich hierher gekommen bin.«

»Ich ... ich habe dich hergetragen«, erklärte Twig.

Der Steinpilot nickte wieder. »Und Ratz?«

»Der ist tot. Ich habe ihn mit meinem Säbel erstochen. Er ... Ich ...«

Twig kniete verwirrt vor den Steinpiloten hin. »Du kannst also doch sprechen.«

»Natürlich.«
»Ich wusste nur nicht ... Ich meine, entschuldige bitte, aber ich habe immer geglaubt, du seist stumm.«
»Ich mache nicht gern viele Worte«, sagte der Steinpilot. »Die Welt ist groß und gefährlich, meine Kleider und mein Schweigen sind mein Schutz.« Er machte eine Pause. »Dein Vater hatte dafür Verständnis.«
»Mein Vater? Er wusste, dass du sprechen kannst?«
»Alles wusste er.« Mit diesen Worten begann der Steinpilot unter allerlei Verrenkungen den rechten Arm aus dem Ärmel zu ziehen. Durch die Glasscheiben sah Twig, wie sich überraschend schlanke Finger an den inneren Bolzen zu schaffen machten, mit denen die Kapuze an den Schultern befestigt war. Klickend sprangen die Verschlüsse auf.
Twig sah fasziniert zu. Er wusste jetzt, dass der Steinpilot sprechen konnte, und gleich würde er zum ersten Mal sein Gesicht sehen. Er hielt den Atem an. An was für einer schrecklichen Verunstaltung mochte der arme Steinpilot leiden, dass er sich solche Mühe gab sein Gesicht zu verbergen? Was für ein schreckliches Geheimnis schlummerte unter den beschwerlichen Kleidern?
Die Kapuze wurde hochgehoben, ein weißer, zarter Hals kam zum Vorschein. Twig biss sich auf die Lippe. Ein dicker, orangeroter Haarschopf fiel über das Gesicht. Der Steinpilot hob eine Hand und schob die Haare zur Seite.
Twig riss die Augen auf. »Du ... du bist ja ...«
»Ein Mädchen. Überrascht dich das?«
»Natürlich! Ich hatte ja keine Ahnung. Ich glaubte, du seist eine Art ... Monster ...«

Die Steinpilotin sah traurig zur Seite. »Vielleicht wäre ich ja besser eins«, sagte sie leise. »Das hässlichste Tier des ganzen Dunkelwalds kann nicht so einsam und alleine sein wie ich jetzt, wo ich Wolkenwolf verloren habe – und den *Sturmpfeil.* Das Schiff war der einzige Ort, an dem ich mich sicher fühlte, und selbst dort brauchte ich noch das.« Sie klopfte auf die abgelegte Kapuze.

»Nur Mut«, sagte Twig. Es sollte beruhigend klingen. »Wir kommen hier schon wieder weg.«

»Nie im Leben«, rief die Steinpilotin. »Dieser unendliche Sumpf ist unser Tod, das weiß ich ganz bestimmt.«

»So darfst du nicht reden«, sagte Twig streng. Und er fügte hinzu um das Mädchen von seinem Kummer abzulenken: »Mein Vater hat mir einmal erzählt, du seist bei meiner Geburt an Bord eines Schiffes dabei gewesen, eines Himmelsschiffes unter dem Kommando des berüchtigten ...«

»Multinius Gobtrax«, fiel die Steinpilotin ein. »Ich erinnere mich noch gut daran.« Ihre Stimme klang belegt. »Wir flogen in einem schrecklichen Sturm über den Dunkelwald, als bei deiner Mutter Maris die Wehen einsetzten.« Sie schüttelte den Kopf. »Ich hatte noch nie einen solchen Aufwind erlebt. Das Himmelsschiff wurde nach oben gerissen, bevor wir ankern oder das Schiff mit den Entereisen festmachen konnten.«

»Aber du hast das Schiff gerettet«, sagte Twig. »Ich weiß noch, dass Wolkenwolf sagte, du hättest Wasser über die Holzbrenner geschüttet und die Ausgleichsgewichte losgemacht und seist dann über die Reling gestiegen um von dem Flugstein Stücke abzuschlagen.«

Die Steinpilotin schlug die Augen nieder. »Ich habe nur getan, was getan werden musste«, sagte sie leise.

»Und ich bin dir dafür dankbar«, sagte Twig. »Schließlich würde es mich sonst nicht geben.«

Die Steinpilotin brachte ein Lächeln zustande. »Und wer hätte mich vor Ratz gerettet, wenn es dich nicht gäbe? Damit sind wir eigentlich quitt, oder?«

»Schon«, sagte Twig zögernd.

»Aber?«

»Nichts, nur ... das war doch vor sechzehn Jahren. Aber du ...«

»Siehst so jung aus?«

Twig nickte.

Die Steinpilotin sah weg und griff mit ihrer weißen Hand nach der Kapuze. Twig betrachtete nachdenklich das of-

fenbar alterslose Mädchen mit seiner blassen, fast durchscheinenden Haut und den dicken, orangefarbenen Haaren. Sie kam ihm so bekannt vor ... Und dann fiel es ihm ein.
»Mag!«, rief er.
»Wie bitte?«, fragte die Steinpilotin verwirrt.
»Du erinnerst mich an Mag, an ein Mädchen, dem ich vor langer Zeit einmal begegnet bin. Sie war eine Höhlenfurie und ...«
»Du kennst die Höhlenfurien?«, fragte die Steinpilotin unsicher.
Twig zuckte die Schultern. Ob er die Höhlenfurien kannte? Er wusste nur, dass Mag – ein ähnlich blasses und rothaariges Mädchen – ihn eingefangen und in den unterirdischen Höhlen der Furien als eine Art Schoßhund gehalten hatte. Außerdem wusste er, dass Mag am Tag ihrer Volljährigkeit von den heiligen Wurzeln der Bluteiche getrunken und sich daraufhin in eine riesige Bestie wie ihre Mutter Mumsie verwandelt hatte. Wenn er damals nicht geflohen wäre, hätten die Furien ihn in Stücke gerissen.
»Als eine Art Schoßhund?«, fragte die Steinpilotin.
Twig nickte. »Sie führte mich an einer langen Leine spazieren und streichelte und verwöhnte mich.« Er schnitt eine Grimasse. »Und sie hat mir stundenlang Perlen in die Haare geflochten.«
»Bis sie sich in eine Höhlenfurie verwandelte?«
»Genau.«
Die Steinpilotin schwieg und starrte mit versteinertem Gesicht zu Boden. Als sie den Kopf wieder hob, standen ihr Tränen in den Augen. »Dazu war die Kapuze gut«, sagte sie und drückte die Kapuze an sich. »Niemand sah mich wei-

nen.« Sie schnupfte. »Wie du siehst, bin ich nie eine Höhlenfurie geworden.«
Twig nickte erleichtert. Mit ansehen zu müssen, wie seine liebe Mag sich in ein Furcht erregendes, blutrünstiges Monster verwandelt hatte, war eines der schlimmsten Erlebnisse seines Lebens gewesen.
»Als ich volljährig wurde und Mutter Bluteiche für mich blutete, war ich nicht da«, fuhr die Steinpilotin traurig fort. »Und wer diesen Zeitpunkt verpasst, der ist dazu verdammt, immer so zu bleiben, wie du mich jetzt siehst, bis zum Tag seines Todes.«
»Und ... warum warst du nicht da?«
Das Mädchen seufzte. »Es war am Tag, bevor ich volljährig wurde. Ich ging vor der Höhle mit meinem Hungerlungerwelpen spazieren. Plötzlich umringte mich ein Rudel Weißkragenwaldwölfe. Sie rissen meinen Welpen in Stücke, mich ließen sie für ihren Herrn übrig, einen Sklavenhändler aus Unterstadt.« Sie hatte die letzten Worte förmlich ausgespuckt. »Er fesselte mich mit Waldelfen und Kobolden zusammen und brachte uns zu einem Sklavenmarkt im Dunkelwald. Dort entdeckte mich dein Vater. Ich war verdreckt, zerlumpt und halb wahnsinnig.«
»Mein Vater hat dich gekauft?«
»Er sah, in was für einem Zustand ich war. Er entriss dem erbärmlichen Sklavenhändler die Peitsche und hätte ihn fast zu Tode geprügelt. Dann fasste er mich an der Hand und sagte: ›Komm mit, Kleine, Maris päppelt dich wieder auf.‹ Da ging ich mit ihm.«
Twig kniete sich wieder neben sie. »Das muss ja schrecklich gewesen sein«, sagte er voller Mitleid.

Die Steinpilotin nickte. »Ich fand nie zu meiner Höhle zurück. Der Himmel weiß, dass ich jahrelang danach gesucht habe. Aber nach einiger Zeit gab Wolkenwolf mir ein neues Zuhause.«
»Den *Sturmpfeil.*«
»Ja. Und einen Beruf. Ich bin der beste Steinpilot der Lüfte, oder vielmehr, ich war der beste. Jetzt bin ich nichts mehr.«
»Du hast mich.« Twig streckte die Hand aus.
Die Steinpilotin sah zu ihm auf, dann ergriff sie zögernd die Hand.
»Wenn wir hierbleiben, müssen wir etwas zu essen auftreiben«, sagte Twig munter.
»Hierbleiben?«
»Natürlich. Wie sollen wir das Schiff sonst himmelstüchtig machen? Denn anders kommen wir nicht aus den Modersümpfen heraus.«
Twig sah sich um. Das Himmelsschiff wieder flugfähig zu machen war eine gewaltige Herausforderung – zumal er ja ganz alleine arbeiten musste, da die Steinpilotin sich am Bein verletzt hatte. Andererseits, hatte er eine andere Wahl?
»Die Reparaturen müssen nicht perfekt sein«, sagte die Steinpilotin, die Twigs Blick gefolgt war. »Wenn du den Flugstein wieder in seine Halterung einsetzt, kann ich die *Windsbraut* wahrscheinlich zum Fliegen bringen. Wolkenwolf war ein hervorragender Lehrer.«
Twig lächelte. »Ich weiß nicht einmal, wie du heißt.«
Die Steinpilotin starrte ihn mit zusammengekniffenen Augen einen Augenblick lang nachdenklich an. Mit den Händen hielt sie die Kapuze umklammert. »Ich heiße Maugin«, sagte sie schließlich.

Am nächsten Morgen wurde Twig von der aufgehenden Sonne früh geweckt. Er ließ Maugin weiterschlafen und inspizierte zunächst einmal gründlich das Himmelsschiff. Bald war klar, dass die Sonne noch viele Male über den stinkenden Modersümpfen aufgehen musste, bis die *Windsbraut* wieder himmelstüchtig sein würde.

Der Rumpf war an mehreren Stellen geborsten und faulte auf der Steuerbordseite, die im Morast lag. Der Mast war abgebrochen, von den Ausgleichsgewichten hingen einige noch an Ort und Stelle, viele andere fehlten. Der Flugstein war entzweigebrochen. Die eine Hälfte lag eingeklemmt unter einem schweren Balken im Schlick, die andere war nirgends zu sehen.

»Zuerst muss ich herausfinden, ob es an Bord Werkzeuge gibt«, überlegte Twig. »Ohne Hammer und Nägel brauche ich mit dem Reparieren gar nicht anzufangen.« Er zögerte. »Andererseits, warum überhaupt anfangen, solange ich nicht weiß, wo die andere Hälfte des Flugsteins ist.« Suchend sah er sich um. »Und wenn kein Proviant an Bord ist, verhungern wir sowieso.« Er unterzog das Wrack einer zweiten Inspektion.

Doch in welcher Ecke er auch suchte, nirgends wurde er fündig. Die Lagerräume des Zwischendecks waren leer. Auch aus den Kabinen war alles verschwunden, was nicht niet- und nagelfest war. Und dass für den Frachtraum dasselbe galt, wusste er bereits, denn dort hatten er und die Steinpilotin die Nacht verbracht.

»Jetzt ist guter Rat teuer«, seufzte er. »Ich sage Maugin lieber gleich Bescheid.« Er stieg die Treppe in den Bauch des Schiffes hinunter.

Drunten angekommen, runzelte er verwirrt die Stirn. Wo war die Steinpilotin? Und wo die Kiste mit dem Sturmphrax und die schauerlichen Trophäen an den Wänden? Als seine Augen sich an das Dunkel gewöhnt hatten, stellte er fest, dass er in einem anderen Teil des Frachtraums stand – im vorderen Laderaum, nicht im Hauptraum. Staunend blickte er sich um. Dann begann er zu grinsen und brach in ein Freudengeheul aus.

»Twig?«, rief eine Stimme auf der anderen Seite der hölzernen Trennwand. »Bist du das?«

»Ja!«, schrie Twig übermütig. »Ich habe Ratz' Vorratslager und Schlafstelle gefunden. Und ... es gibt hier alles, was wir brauchen. Teller, Becher, Messer und Löffel. Ach ja, und da liegen noch seine Angelruten und Haken und Schnüre, Kerzen und Lampenöl und eine große Schachtel Schiffszwieback. Und ein Fass mit Waldgrog und ... Maugin! Ratz hat auf den Segeln geschlafen.«

»Sind auch Taue da?«, rief Maugin. »Die brauchen wir um die Segel zu hissen.«

Twig steckte die Hand unter die Matratze aus zusammengefalteten Segeln. »Ja! Sie liegen zusammengerollt darunter, so viele, wie wir nur brauchen. Und ... da! Eine große Kiste voller Werkzeug. Wir können gleich loslegen.« Er machte eine Pause. »Wie geht es deinem Bein?«

»Ganz gut«, erwiderte Maugin, doch Twig hörte ihr an, dass sie Schmerzen hatte.

Eifrig machte er sich an die Arbeit. Stunde um Stunde schuftete er nach den Anweisungen der Steinpilotin, die aufgrund ihrer klaffenden Beinwunde unter ständigen Schmerzen litt, auch wenn sie es nicht zugeben mochte. Die *Windsbraut* war in jeder Beziehung ein Wrack. Die Spanten waren verfault, die Planken drohten sich bei der ersten Berührung aufzulösen. Obwohl Twig sich alle Mühe gab und hier etwas flickte und dort etwas richtete, schien es ein hoffnungsloses Unterfangen. Als die Sonne hinter dem Horizont verschwand, sah er sich unglücklich um. Er hatte so wenig zuwege gebracht.

»So werde ich nie fertig«, jammerte er.

»Nur Mut«, beruhigte ihn Maugin mit ihrer leisen, schüchternen Stimme. »Wenn du die andere Hälfte des Flugsteins findest, machen wir das Schiff wieder flott.«

Twig schüttelte den Kopf. »Aber der Flugstein hat doch einen so starken Auftrieb. Vielleicht ist er weggeflogen.«

»Das glaube ich nicht«, erwiderte die Steinpilotin. »Du weißt doch, kalter Stein steigt, heißer Stein sinkt. Wenn der Stein im warmen Schlamm gelandet ist, müsste er eigentlich noch da sein.«

Die Steinpilotin hatte sich bei der Notlandung zwar böse verletzt, doch war das Bein wenigstens nicht gebrochen. Sie wusch die Wunde regelmäßig mit Wasser, das sie zuvor mit Phraxstaub gereinigt hatte, und daraufhin ging die

Schwellung zurück, die Rötung schwand und die Wunde begann langsam zu heilen. Nach zehn Tagen stand sie zum ersten Mal unsicher auf.

»Großartig, Maugin!«, sagte Twig und fasste sie am Arm. »Probier, ob du das Bein belasten kannst.« Die Steinpilotin verlagerte vorsichtig das Gewicht auf das rechte Bein. Es wackelte und das Mädchen zuckte zusammen – aber sie blieb stehen. »Ausgezeichnet!«, rief Twig begeistert. »Bald ist es wieder wie neu.«

»Das sicher nicht«, sagte Maugin und lächelte tapfer. »Aber es wird mir wohl noch einige Jahre lang treue Dienste leisten. Wie steht's mit dem Abendessen?« Sie hob schnuppernd den Kopf.

»Das Abendessen!«, schrie Twig. »Das habe ich ganz vergessen.« Er rannte nach draußen und riss das Blech vom Feuer. »Genau richtig!«

»Du meinst, verbrannt«, rief Maugin. Lächelnd sah sie durch das Loch im Rumpf.

Twig hob grinsend den Kopf. Die Schüchternheit der Steinpilotin legte sich allmählich. »Heißt das, du willst nichts essen?«

»Das habe ich nicht gesagt. Was gibt es denn heute überhaupt? Nein, sag nichts. Schlickfisch!«

»Im Gegenteil«, erwiderte Twig. »Heute gibt es Hammelhornsteaks mit frischem, knusprigem Brot und Salat als Beilage.« Maugin starrte ihn mit offenem Mund an. »War nur ein Scherz.« Lachend reichte Twig ihr einen Teller mit ihrer täglichen Ration von drei Schlickfischen und einem Schiffszwieback, garniert mit einer Hand voll gedörrter Saftholzstücke. »Gesund und bekömmlich.«

»Wenn du meinst.« Maugin lächelte. Vorsichtig setzte sie sich auf einen Stein und biss eine Ecke des steinharten Zwiebacks ab.
In der Ferne versank die Sonne, ein großer orangefarbener Ball, am Horizont und der Himmel erglühte in Rosa- und Grüntönen. Twig und Maugin beobachteten, wie auf Sanktaphrax nacheinander die Lichter angingen. In der anderen Richtung funkelten bereits die Sterne und während sie schweigend aßen, breitete sich die Nacht über den Himmel aus wie ein sich öffnender Baldachin.

»Ich liebe die Abende«, sagte Twig. Er stand auf um die Laterne anzuzünden. »Es ist so friedlich hier draußen. Im Umkreis von Kilometern rührt sich nichts und über uns ist nur der Himmel.«
Maugin erschauerte. »Ich finde es unheimlich.«

Twig schwieg. Er wusste, dass Maugin sich als Höhlenwesen trotz ihrer Jahre als Himmelspiratin immer noch nach ihrem früheren Leben unter der Erde sehnte. Die Sehnsucht lag ihr im Blut, so wie Twig die Sehnsucht nach dem Himmel im Blut lag.

»Übrigens«, sagte er, »ich habe eine gute Nachricht.«

»Was denn?«

»Ich habe die andere Hälfte des Flugsteins gefunden.«

»Wirklich?«, fragte Maugin aufgeregt. »Und wo?«

Twig schluckte hart. Er hatte den Stein in dem Loch mit dem zu Wasser verwandelten Schlamm gefunden, in dem er den Professor des Lichts begraben hatte. Am Vorabend war er aus lauter Verzweiflung hingegangen um mit dem alten Professor zu reden. Und da schwamm direkt unter der Oberfläche des klaren Wassers der Stein.

»Ganz in der Nähe«, sagte Twig nur. »Meinst du, du kannst ihn reparieren?«

»Ich habe schon Schlimmeres repariert«, erwiderte Maugin.

Twig musterte sie lächelnd. »Bisher haben wir doch wirklich Glück gehabt, oder?«

»Mehr, als ich zu hoffen wagte«, musste Maugin zugeben.

In diesem Augenblick fuhr hoch über ihnen leise zischend eine Sternschnuppe über den funkelnden Nachthimmel. Twig legte den Kopf in den Nacken und folgte ihr mit den Augen. »Ist das schön.« Er seufzte.

»Pst!«, flüsterte Maugin. »Du darfst dir was wünschen.«

Twig sah sie an. »Das habe ich schon.«

KAPITEL 21

Heimkehr nach Unterstadt

An den folgenden beiden Tagen arbeiteten Twig und Maugin mit doppelter Kraft. Zuerst räumte Twig die verwesenden Zehen weg, die Ratz gesammelt hatte, eine Ekel erregende Arbeit, dann schaufelte er den Schlamm aus dem Bauch des Schiffes. Anschließend band er den abgebrochenen Mast zusammen, reparierte die Takelage und flickte mit dem Holz der überflüssigen Kabinen die größten Löcher im Rumpf. Maugin umwickelte unterdessen den Flugstein mit einem Netz von Tauen und tauchte das Ganze in nassen Schlamm, der in der Sonne hart wurde. Gemeinsam hievten sie den Stein in die dafür vorgesehene Halterung. Auf den eisernen Deckel der Halterung häuften sie nochmals Schlamm.

Dann begannen sie, die schweren Taue und Segel aus dem vorderen Laderaum auf die Decks zu schleppen. Die Segel bestanden zwar aus Waldspinnenseide, doch waren sie sperrig und vor Alter brüchig. Jede Bö ließ sie flattern und knattern und machte kleine Risse sichtbar, die geflickt werden mussten.

»Halt gut fest!«, rief Twig nach unten. Das Leesegel, das er in der Hand hatte, füllte sich mit Luft. Er selbst hing auf halber Höhe am Mast und versuchte das Segel an einem Klampen zu befestigen. »Glaubst du wirklich, wir kommen damit nach Unterstadt?«

»Hab Vertrauen und eine glückliche Hand beim Segeln«, antwortete Maugin von unten. »Den Rest erledigt der Flugstein.«

Twig lächelte. Maugins ruhige Art hatte etwas Ermutigendes. Er verließ sich immer mehr auf das stille, ernsthafte Mädchen. »Also los«, sagte er. »Nur noch Stagsegel und Klüver, dann sind wir fertig.«

Die sinkende Sonne kündigte das Ende eines weiteren Tages an. Twig überprüfte ein letztes Mal die Knoten, balancierte über den knarrenden Bugspriet zurück und sprang auf Deck.

»Na also«, rief er, »geschafft.« Mit einem etwas mulmigen Gefühl ließ er den Blick über Segel und Taue wandern. »Sollen wir eine Probefahrt machen?«

»Es wird schon dunkel«, erwiderte die Steinpilotin. »Lass uns damit bis morgen früh warten.«

»Wie du meinst«, sagte Twig. Er klang erleichtert. »Dann genehmigen wir uns jetzt zur Feier des Tages einen Schluck Waldgrog. Den haben wir uns redlich verdient.«

Am nächsten Tag wurde Twig noch vor Sonnenaufgang geweckt. »Steh auf«, rief Maugin und rüttelte ihn an den Schultern.

Twig öffnete die Augen und blickte sich benommen um. Sein Kopf dröhnte. Zu viel Waldgrog, stellte er elend fest.

»Wir müssen los, bevor der Wind dreht«, sagte Maugin. »Ich gehe unter Deck und kümmere mich um den Flugstein. Du übernimmst das Ruder. Ich gebe dir Bescheid, wenn ich fertig bin.«

Twig wusch sich, zog sich an und trank von dem mit Phraxstaub gereinigten Wasser, bis sein Durst gestillt war und er wieder klar denken konnte. Dann ging er zum Ruder. Neben dem Steuerrad befanden sich zwei lange Reihen frisch getrimmter und geschmierter Hebel mit Griffen aus Bein. »Heckgewicht, Buggewicht, Steuerbordgewichte klein, mittel und groß«, murmelte Twig und hakte die Gewichte in Gedanken ab. Dann wandte er sich der zweiten Reihe von Hebeln zu. »Des Weiteren Besan, Fock, Marssegel, Skysegel ... nein, Schratsegel. Oder Stagsegel ...? Verdammt!«

»Fertig zum Abflug!«, kam Maugins ruhige Stimme aus dem Bauch des Schiffes. »Besan hoch.«

»Aye, aye«, rief Twig zurück. Seine Stimme klang schriller und aufgeregter, als ihm lieb war.

Das Herz schlug ihm bis zum Hals. Er beugte sich vor, ergriff den Hebel für den Besan und zog daran. Das Segel entfaltete sich und füllte sich mit Luft. Zunächst passierte nichts. Dann erzitterte die *Windsbraut.* Knarrend hob sie sich ein wenig und richtete sich fast unmerklich auf. Die faulen Planken ächzten schauerlich.

»Backbordgewichte absenken«, murmelte Twig. »Steuerbordgewichte ein wenig anheben und ... Halt!« Das Schiff neigte sich abrupt nach Backbord. Das Ratschen zerreißender Segel klang ihm in den Ohren.

»Vorsicht«, rief die Steinpilotin ungerührt.

Twig versuchte Ruhe zu bewahren. Er hob die Backbordgewichte ein wenig und ließ zum Ausgleich das Heckgewicht ein wenig hinunter. Das Himmelsschiff stabilisierte sich und löste sich mit einem lang gezogenen, schlürfenden Schmatzen aus dem zähen Morast.

»JAWOHL!«, brüllte Twig. Das, was er sich gewünscht hatte, als er die Sternschnuppe am Himmel gesehen hatte, war in Erfüllung gegangen: Die *Windsbraut* flog wieder und sie kehrten nach Unterstadt zurück.

»Immer mit der Ruhe!«, rief die Steinpilotin.

Twig nickte und drehte das Steuer langsam nach links. »Immer mit der Ruhe«, sagte er zu sich. »Reiß dich zusammen und halte den Kurs.«

Das Himmelsschiff krängte nach Backbord. Twig schwirrte der Kopf. Er musste an so viele Dinge gleichzeitig denken. Da der Wind aus Süden kam, mussten die Steuerbordgewichte höher hängen als die Backbordgewichte – allerdings auch wieder nicht zu hoch, sonst begann das Schiff zu trudeln. Erschwerend kamen noch das Fehlen der Unterrumpfgewichte und das ständige nervtötende Knarren des Rumpfes hinzu.

»Gut machst du das!«, rief die Steinpilotin ermutigend von unten herauf.

Ist das wirklich wahr?, dachte Twig. Er hoffte es. Sein letzter Versuch ein Himmelsschiff zu steuern hatte in der Katastrophe geendet – obwohl damals noch sein Vater dabei gewesen war um im Notfall einzugreifen. Diesmal konnte ihm niemand helfen. Er war auf sich allein gestellt.

»Du schaffst das«, machte er sich Mut. »Du *musst* es schaffen!«

Er blickte zum Himmel auf und sah eine dunkle Wolke auf sie zukommen. Die *Windsbraut* stieg, die Wolke sank. Der Zusammenstoß war unausweichlich.

»Was ist das?«, rief Twig verdattert. Zitternd vor Aufregung drehte er das Steuerrad nach links. Doch auch die Wolke änderte die Richtung. »Was passiert, wenn wir zusammenstoßen?«

Die Wolke kam immer näher. Twig hörte ein seltsames Geräusch, ein Fiepen, Piepsen und Quieken, das immer lauter wurde.

Plötzlich erkannte er, was die Wolke in Wirklichkeit war: ein Schwarm Vögel mit schwirrenden Flügeln und schlagenden Schwänzen. Die Rattenvögel kehrten zurück.
Wie auf ein Kommando umrundeten die Vögel das Himmelsschiff einmal, zweimal, dreimal, dann flogen sie zwischen den Segeln hindurch und verschwanden im Sturzflug unter dem Rumpf. Durch die vielen Ritzen krochen sie in den Bauch des Schiffes um sich dort einzurichten. Das vertraute Zwitschern und Kratzen war bis zum Deck hinauf zu hören.
»Rattenvögel!«, flüsterte Twig. Er strahlte vor Begeisterung. Das war ein gutes Zeichen. Auch wenn es ein Ammenmärchen war, dass Rattenvögel immer dann ein Himmelsschiff verließen, wenn es vom Untergang bedroht war,

so freute Twig sich doch über ihre Rückkehr, genauso wie Tem Waterbork über ihr Verschwinden unglücklich gewesen war. Twig zog die restlichen Segel auf und das Himmelsschiff machte einen Satz nach vorn. Auch Twigs Herz tat einen Sprung. Wie vor ihm sein Vater, der Vater seines Vaters und dessen Vater führte er, Captain Twig, jetzt sein eigenes Himmelspiratenschiff.

Tief unter ihm flog der Schatten der *Windsbraut* über den weißen Morast der Modersümpfe. Der Schatten wurde immer kleiner. Hin und wieder beugte Twig sich vor und verstellte das eine oder andere Gewicht. Allmählich kam er in Übung. Er entwickelte, wie Wolkenwolf gesagt hatte, ein Gespür für das Schiff.

So flogen sie vor dem Wind dahin. Am Horizont vor ihnen zogen dichte Nebelschwaden auf und verhüllten das in der Ferne am Himmel schwebende Sanktaphrax. Auch der Schatten unter ihnen verschwand und Wolken – wirkliche

Wolken diesmal – schoben sich vor die Sonne. Der Wind heulte und pfiff immer heftiger und riss und zerrte an dem Himmelsschiff. Ab und zu brach eine Planke ab und fiel hinunter. Die *Windsbraut* ging langsam zu Bruch, aber noch flog sie.

»Keine Panik«, flüsterte Twig und versuchte vergeblich sein klopfendes Herz zu beruhigen. Fieberhaft rückte er an den Hebeln. »Die Segel ein wenig herunter, die Ausgleichsgewichte etwas heben, aber ganz langsam, ganz langsam.«

»Wir müssten vor Einbruch der Dunkelheit da sein«, sagte eine Stimme neben ihm.

Twig sah auf. Es war Maugin. »Musst du nicht nach dem Flugstein sehen?«, fragte er ängstlich.

»Erst wieder, wenn wir landen. Jetzt kann ich nichts tun. Ich habe mir das Schiff noch einmal angesehen. Wir dürfen es nicht zu sehr beanspruchen.«

»Und das Sturmphrax?«, fragte Twig. »Die Lampe darf nur ganz schwach brennen.«

»Das tut sie. Es ist alles in Ordnung.« Maugin verstummte. »Alles, bis auf ...«

»Was?«

»Ich bin nicht sicher, aber ich habe das ungute Gefühl, dass die Umwickelung des Mastes sich allmählich lockert. Wir müssen so lange wie möglich mit dem Wind fahren und dürfen erst im letzten Augenblick wenden um nach Unterstadt zu kommen. Sonst bricht der Mast und dann bläst es uns über die Klippe. Wir müssen bis zum letzten Moment die Nerven behalten.«

Twigs Anspannung wuchs. Seine Hände waren feucht, sein

Mund wie ausgedörrt. Schon der Gedanke, es könnte ihn in das auf keiner Karte verzeichnete Himmelsreich jenseits der Kante hinausblasen, in den sich nicht einmal die Himmelspiraten vorwagten, erfüllte ihn mit Furcht. Doch wenn die Steinpilotin mit dem Mast Recht hatte, blieb ihnen keine andere Wahl. Sie mussten mit dem Wind segeln, bis sie auf der Höhe von Unterstadt waren, und dann wenden und zum Land zurückstoßen … und beten.

»Sind die Modersümpfe noch unter uns?«, fragte er.

Maugin ging nachsehen. »Ja«, rief sie von der Reling. »Aber die Klippe kommt näher. Behalte die Lichter von Sanktaphrax im Auge.«

»Mach ich doch schon!«, sagte Twig gereizt und hob die Steuerbordgewichte ein wenig an. Das Schiff legte sich auf die Seite, der Mast knackte unheilvoll.

»Fahr mit dem Wind«, rief Maugin. »Lass dem Schiff seinen Willen.«

Twig nickte grimmig. Die Knöchel seiner Hände, die das Steuer umklammert hielten, traten weiß hervor und er hatte sich die Lippe blutig gebissen. Das Himmelsschiff kippte noch weiter auf die Seite. Wenn er nicht aufpasste, würde es ganz umkippen.

»Vorsicht!«, rief Maugin. Das Schiff sackte ab. Twig senkte die Gewichte an Bug und Heck und das Schiff beruhigte sich für einen Moment. Twig seufzte erleichtert, doch war seine Erleichterung nur von kurzer Dauer. »Twig«, sagte Maugin, und ihre Stimme klang so ruhig und gefasst wie immer, »soeben sind wir über die Klippe gefahren.«

Twig durchlief ein eisiger Schauer. Der Wind trieb sie dem geheimnisvollen Reich jenseits der Felskante entgegen, in dem angeblich Drachen und Ungeheuer hausten. Nur wenige waren je dort gewesen, zurückgekehrt war niemand. Die Bewohner von Unterstadt kannten nur die Unwetter, die sich dort zusammenbrauten – die großen Stürme natürlich, aber auch heulende Wirbelwinde, die einen schwindlig machten und Schlafende mit Alpträumen heimsuchten, dicke, erstickende Nebel, die die Sinne verwirrten, prasselnde Regenschauer, heftige Schneefälle und schweflige Sandstürme, die alles mit einer dünnen, grün, grau und rot schimmernden Schicht bedeckten.

»Ich muss die Lichter von Sanktaphrax im Auge behalten«, murmelte Twig. »Ich warte, bis wir auf gleicher Höhe sind. Ganz ruhig jetzt, Twig, ganz ruhig!«

Maugin riss sich vom faszinierenden Anblick der wabernden Nebel unter ihr los und eilte zum Ruder zurück. »Lass mich das Steuer halten«, sagte sie. »Konzentriere du dich auf die Hebel.«

Der Wind wurde stärker. Zischend fuhr er durch immer neue Risse in den Segeln. Neben dem Ächzen der Schiffsbalken waren nun auch splitternde Geräusche zu hören.

Twig ließ die Hände über die Hebel tanzen, hob hier etwas an, senkte dort etwas ab und stabilisierte den Klüver. Steuerbord voraus kamen die Lichter von Sanktaphrax näher. Verlockend funkelten sie herüber.

Unter dem auseinanderbrechenden Rumpf der *Windsbraut* gähnte tintenschwarze Leere. Panik stieg in Twig auf. Am liebsten hätte er sofort gewendet, wäre geradewegs auf den Sturm zugesteuert, der sie in seinen Fängen hielt, und hätte versucht bis zu dem grauen Felsrand zu kommen. Wenn sie über Land abstürzten, hatten sie wenigstens eine Über-

lebenschance. Hier dagegen, jenseits der Klippe, fielen sie ins Bodenlose.
Er streckte die Hand nach dem Hebel aus, der das Steuerbordgewicht regulierte, doch jemand hielt ihn eisern am Handgelenk fest. Er sah Maugins schmale Hand. »Noch nicht«, flüsterte sie dicht an seinem Ohr. »Hab Vertrauen. Warte, bis wir auf der Höhe der Lichter sind. Bitte, Twig, warte noch.«
Twigs Panik legte sich wieder etwas, doch er war schweißgebadet und bibberte vor Kälte und Aufregung. Hinter ihnen ertönte ein hässliches Splittern. Eine Spiere flog mitsamt des Segels an ihnen vorbei und verschwand in der Finsternis unter ihnen.
»Lass mich halten«, rief Twig. Er hielt das Steuerruder fest um das heftig stampfende Himmelsschiff wieder unter Kontrolle zu bringen.
Maugin suchte den Horizont ab. »Jetzt!«, schrie sie.
Sofort schnellte Twigs Hand wieder zu dem Hebel für das Steuerbordgewicht vor. Diesmal ließ Maugin ihn gewähren. Twig zog den Hebel mit aller Kraft nach unten. Der schwere Baum schwang herum, das Gebälk der *Windsbraut* krachte wie von einem riesigen Hammer getroffen. Eisiger Wind schlug ihnen entgegen.
Der Mast ächzte unter dem Druck des Windes, die Segel rissen und flogen wie Gespenster an Twig vorbei. Dann neigte sich mit ohrenbetäubendem Splittern der ganze Mast.
»Du darfst nicht brechen«, flehte Twig. »Nicht jetzt!«
Mit qualvollem Kreischen knickte der Mast nach hinten. Tief biss der Wind in seinen fauligen Kern, krachend brach

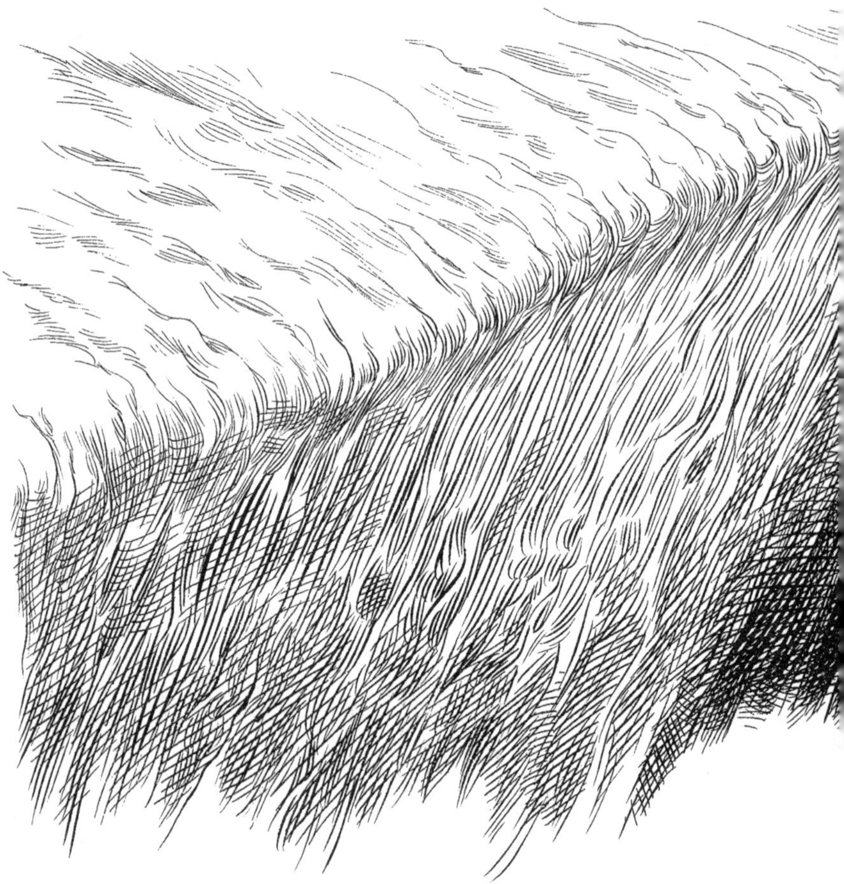

er auseinander, und die obere Hälfte sauste an der Brücke vorbei.

Twig warf sich über die Steinpilotin, als der gewaltige Stamm – wie Ratz' tückische Sichel – an ihren Köpfen vorbeifegte.

»Das ist das Ende!«, schrie er. Die Segel fielen ein, die *Windsbraut* begann abzustürzen. Schlagartig waren die Lichter von Sanktaphrax verschwunden. »Wir sind verloren!«

»Nein!«, brüllte Maugin. »Der Flugstein kann uns noch retten. Kühle ihn ab, dann fallen wir nicht mehr, Twig. Dann schweben wir!«

Sie kletterten zur Halterung des Steins hinunter. Der Wind sauste ihnen in den Ohren, das Schiff drehte sich um die eigene Achse.

»Zieh an dem Eisendeckel!«, brüllte die Steinpilotin. »Gemeinsam mit mir. Eins, zwei, drei, jetzt!«

Gemeinsam zogen sie den eisernen Deckel der Halterung zurück. Mit lautem Zischen fiel kalter Schlamm auf den Flugstein. Das Sausen in Twigs Ohren wurde leiser, der Sturzflug der *Windsbraut* verlangsamte sich, das Schiff hörte auf zu trudeln. Twig öffnete die Augen. Der immer leichter werdende Stein drückte gegen die Stäbe der Halterung, richtete das Schiff auf und zog es nach oben.

»Hör zu, Twig«, sagte Maugin eindringlich. »Sobald wir über der Klippe sind, brauchen wir unbedingt ein Segel, irgendeins. Damit wir Fahrt voraus machen und landeinwärts fliegen.«

»Du bekommst dein Segel«, sagte Twig. Eine seltsame Ruhe hatte ihn erfasst. Sie hatten es bis hierher geschafft, jetzt würden sie es auch bis ans Ziel schaffen.

Das Sturmphrax in der Kiste warf einen gespenstischen Schein über das Gewirr von Tauen und zerfetzten Segeln. Twig versuchte den Schaden abzuschätzen. Der Mast war gebrochen – dann musste er eben mit gebrochenem Mast fahren. Fieberhaft ging er daran, behelfsmäßige Segel aufzuziehen.

Sie stiegen immer schneller. Plötzlich tauchten in der Ferne vor ihnen wieder die Lichter von Sanktaphrax und Unterstadt auf. Twig zog mit aller Macht an den Tauen der Segel. Tief gruben sich die groben Fasern in seine Hände und schürften die Haut auf.

Dann schlug ihnen der Wind entgegen. Twig stöhnte vor Schmerzen. Doch die zerfetzten Segel blähten sich. Die alte *Windsbraut* stöhnte ebenfalls und trieb zur Felskante zurück.

»Steuerbordgewichte anheben«, befahl Twig sich selbst und eilte zum Ruder zurück. »Backbordgewichte absenken, Heck- und Perirumpfgewichte trimmen. So. Jetzt das

Leesegel ein wenig höher – aber nur ganz wenig und ganz vorsichtig ...« Der schwere Baum schwang heftig hin und her und Twig blickte nervös auf. Doch der abgebrochene Mast blieb hängen, die provisorischen Segel hielten.
Sie würden es schaffen, ganz langsam zwar und vom Wind übel zugerichtet und zerzaust, aber sie würden es schaffen.

KAPITEL 22

In das Herz von Sanktaphrax

Twig rutschte auf die vordere Kante des Stuhls. »Sie haben keine Wahl!«, sagte er. »Sie wollen etwas von mir und ich will etwas von Ihnen.«

Mutter Pferdefeder lächelte verkniffen. An Mut fehlte es dem Burschen wahrlich nicht.

»Ganz der Vater«, sagte sie und klackte mit dem Schnabel. »Kommt in einem Wrack angeflogen, das beinahe auseinanderfällt, und stellt noch Forderungen.« Ihre gelben Knopfaugen glitzerten. »Vergiss bitte nicht, dass der *Sturmpfeil* ohne mein Zutun überhaupt nie Segel gesetzt hätte.«

»Ich weiß«, sagte Twig, »aber ...«

»Und jetzt eröffnest du mir, dass er abgestürzt ist. Mit Wolkenwolf an Bord. Und trotzdem stellst du hier dreist Forderungen. Ich habe Forderungen an dich, *Captain* Twig.«

»Nein, ich ...«

»Fünfzehntausend hat das Schiff gekostet, zuzüglich Zinsen. Wie du weißt, habe ich kein Geld zu verschenken. Meine Investitionen müssen sich rentieren ...«

Die Steinpilotin, die wieder den schützenden Mantel und die Kapuze angelegt hatte und bis dahin geduldig neben Twig gestanden hatte, trat vor und schlug mit der behandschuhten Faust auf den Tisch.

»Halt den Schnabel, Vogelfrau!«, brüllte sie. »Lass den Kapitän ausreden.«

Mutter Pferdefeder gackerte erschrocken und glättete sich das gesträubte Halsgefieder. Dann beäugte sie Twig mit einer gewissen Furcht. »Dein Vater«, schnupfte sie, »war ein Kavalier.«

Twig nickte und schluckte geräuschvoll. »Ich will also Folgendes«, sagte er. »Erstens, alle Schulden meines Vaters sind zu tilgen. Zweitens, Sie stellen mir ein neues Himmelsschiff einschließlich Proviant zur Verfügung. Es wird *Klippentänzer* heißen.«

»*Klippentänzer?*«, höhnte Mutter Pferdefeder.

»Und drittens«, fuhr Twig fort ohne eine Pause zu machen, »Sie zahlen die Heuer für eine Mannschaft meiner Wahl. Als Zeichen Ihres guten Willens nehme ich jetzt gleich einen Beutel Gold mit.«

Die Miene von Mutter Pferdefeder verfinsterte sich. »Du verlangst eine Menge«, sagte sie mit trotzig vorgerecktem Schnabel. »Was hast du mir im Gegenzug zu bieten?«

Twig lehnte sich zurück und wickelte eine Haarsträhne um die Finger. »Ich glaubte schon, Sie würden gar nicht mehr fragen. Ich verrate Ihnen das Geheimnis, wie man Phraxstaub herstellt.«

Mutter Pferdefeders Schnabel klappte auf und tief aus ihrem Hals kam ein seltsam gurgelndes Geräusch. »Aber, aber, aber ...«, blubberte sie. »Soll das etwa heißen ... Dann hätte ich ja das Monopol auf Trinkwasser.«

Twig nickte und musterte sie verächtlich. Auf dem Gesicht der Vogelfrau mischten sich Freude, Bosheit und unverhohlene Gier.

»Dann stecke ich alle in die Tasche!«, gackerte sie aufgeregt. »Ich werde mächtiger sein als dieser schreckliche Ligameister Simenon Xintax. *Und* als dieser Emporkömmling Vilnix Pompolnius. Mächtiger als alle zusammen.«
Misstrauisch beäugte sie Twig. »Kennst du das Geheimnis auch wirklich?«
»So wahr ich hier stehe«, antwortete Twig. »Und wenn Sie meine Forderungen erfüllen, werde ich es Ihnen beweisen. Sie werden mächtig und unvorstellbar reich sein.«
Mutter Pferdefeder plusterte sich auf und fixierte Twig mit ihren kalten, starren Augen. »Abgemacht, Sohn des Wolkenwolf.« Sie zog eine mit Goldmünzen gefüllte lederne Börse aus der Schürzentasche und warf sie auf den Tisch. »Aber denk dran, Captain Twig, wenn du mich reinlegst, sorge ich persönlich dafür, dass die Ligen von deinen falschen Versprechungen erfahren.« Ihre Knopfaugen verengten sich zu Schlitzen. »Die Liga der Folterer wird an einem neuen Versuchsobjekt besonders interessiert sein … zumal an einem so jungen!«

Am späten Nachmittag verließ Twig die Schenke und kehrte zusammen mit der Steinpilotin zu den Flugdocks zurück. Sie hievten die schwere Kiste aus dem Bauch der *Windsbraut* und machten sich auf den Weg durch Unterstadt.
In den engen, schmutzigen Gassen war es drückend heiß und viele Standverkäufer und Ladenbesitzer hatten ihr Geschäft zugemacht und sich zu einem Mittagsschlaf zurückgezogen. Sie würden erst nach Sonnenuntergang wieder öffnen. Nur ein Laden hatte nicht geschlossen. Als Twig

und die Steinpilotin mit der schweren Kiste daran vorbeistolperten, tauchte der dicke, schweißüberströmte Inhaber von drinnen auf.
»Ah! Du bist es!«, brüllte Wabbelspak und kam auf Twig zu.

Sofort zog Twig seinen Säbel. »Zurück«, sagte er ruhig, »oder du wirst es bereuen.«
Wabbelspak wich ängstlich zurück. »I... ich ...«, stotterte er, »wollte dir nicht zu nahe treten.«

Twig erschrak über sich selbst. Hatte die Fahrt in den Dämmerwald ihn so sehr verändert, dass er beim kleinsten Anlass die Waffe zückte? Er sah auf seine Hand, zog den Handschuh aus und hielt ihn Wabbelspak hin. »Hier«, sagte er. »Für dich.«
Wabbelspak nahm den Handschuh. »W... was ist das?«
»Eine Trophäe aus dem Dämmerwald. Die braune Schicht ist Phraxstaub, damit kannst du für den Rest deines Lebens frisches Wasser für dich, deine Familie und alle deine Tiere herstellen.«
Wabbelspak fuhr mit dem Finger über den fließenden, braunen Staub. »Phraxstaub«, flüstert er andächtig. »Ich danke dir! Hab tausend Dank!«
»Ich denke, die Rechnung mit dem Raupenvogel ist damit beglichen«, sagte Twig.
»Aber natürlich, selbstverständlich, vollkommen und in jeder Hinsicht«, versicherte Wabbelspak. Twig wandte sich zum Gehen. »Und wenn ich je etwas für dich tun kann, wenn ich dir mal einen exotischen Vogel beschaffen kann ... Ich kann alles beschaffen, als Geschenk selbstverständlich. Du brauchst es mir nur zu sagen.«
Twig blieb stehen. »Vielleicht werde ich eines Tages von deinem Angebot Gebrauch machen.«
Zusammen mit der Steinpilotin setzte er seinen Weg fort. Sanktaphrax kam näher und Twigs Herz begann heftig zu schlagen, er hätte nicht sagen können ob aus Angst oder vor Aufregung. Endlich standen sie direkt unter dem gewaltigen fliegenden Felsen und Twig sah auf. Hoch über seinem Kopf hing ein Korb. »Ist da jemand?«, rief er. »Ich will nach Sanktaphrax.«

Das kleine, faltige Gesicht eines Schniffkobolds tauchte über dem Korbrand auf und spähte herunter. »Und auf wessen Einladung, bitte schön?«, fragte der Kobold.

»Wir müssen zum Professor der Dunkelheit.«
Die Augen des Kobolds verengten sich zu Schlitzen. »Zum Professor der Dunkelheit, eh?« Der Korb senkte sich herab.
Twig lächelte die Steinpilotin an. »So weit, so gut«, flüsterte er.
Der Korb landete vor ihren Füßen. Der Kobold musterte sie misstrauisch. »Eure Kiste ist hoffentlich nicht zu schwer.«
»Jetzt ist sie noch vergleichsweise leicht«, erwiderte Twig. »Trotzdem könnten wir deine Hilfe gebrauchen.«
Zu dritt hievten sie die Kiste in den Korb. Dann kletterten sie selbst hinein. Der Kobold bückte sich, packte den Griff der Winde und begann zu drehen. Schwankend hob sich der Korb in die Luft.
»Interessanter Mann, der Professor der Dunkelheit«, sagte der Schniffkobold mit einem weinerlichen Näseln. »Ein standhafter Gegner des Allerhöchsten Akademikers.« Er musterte Twig abwartend.
Twig schnaubte. »Ein Usurpator bleibt ein Usurpator.«
Die Steinpilotin sah ihn warnend an. In Sanktaphrax gab es überall Spione.
»Stimmt aber doch«, sagte Twig unwirsch.
Der Kobold nickte weise. »Viele Bewohner der ehrwürdigen schwebenden Stadt sind dieser Ansicht.« Und auf Twigs fragenden Blick hin fügte er hinzu: »Ich gebe nichts auf Gerüchte, aber es heißt, die Tage von Vilnix Pompolnius seien gezählt.«
Twig schwieg.
»Er ist natürlich selbst daran schuld. Was sollen die Ligen

denn tun, wenn er sie nicht mehr mit Phraxstaub versorgt? Eh?«
»Vielleicht hat er selbst keinen mehr.«
»Genau darauf will ich ja hinaus. Wenn er weder den Ligabrüdern noch den Akademikern etwas nützt, wie lange kann er sich dann noch an der Macht halten? Eh? Sag mir das.« Der Kobold holte Luft. »Wenn du *mich* fragst, die Ligabrüder lassen ihn zuerst fallen. Die mögen es nicht, wenn man sie betrügt, nee.« Er fuhr sich mit dem Finger über den Hals. »Du verstehst, was ich meine?«
Twig nickte, sagte aber nichts. Wenn Vilnix Pompolnius die Kiste mit Sturmphrax in die Hände bekommen würde, wären nicht nur seine gegenwärtigen Probleme gelöst. Dann konnte ihn trotz aller Korruption niemand mehr stürzen.
Schweigend setzten sie den Weg nach oben fort. Droben angekommen, sprang der Kobold auf die Landebrücke und half Twig und der Steinpilotin mit der schweren Kiste. »Ihr geht jetzt einfach diesen Weg bis zum Ende und dann links«, sagte er. »Dann habt ihr den alten Turm der Regenschmecker direkt vor euch. Ihr könnt ihn nicht verfehlen.«
»Danke«, sagte Twig. Staunend schüttelte er den Kopf. Der Anblick der Stadt, die sich vor ihnen ausbreitete, war überwältigend. Was der Kobold einen Weg genannt hatte, war in Wirklichkeit eine breite Allee, deren Pflaster verschlungene Muster aus roten, schwarzen und weißen Steinen zeigte. Die Allee war auf beiden Seiten von dicken, turmartigen Gebäuden gesäumt, die im Licht der Abendsonne wie Gold glänzten. Türme, wie Twig sie noch nie gesehen hatte!

Kein Turm glich dem anderen, doch waren alle prächtig anzuschauen. Einige sahen aus wie Minarette, andere hatten spitze Dächer, wieder andere Kuppeln mit raffinierten Mosaiken aus Spiegeln und Halbedelsteinen. Es gab Uhrentürme und Glockentürme, Türme mit großen, mit Kristall verglasten Fenstern und Türme mit ganz vielen kleinen, rautenförmigen Öffnungen. Ein Turm war so schlank, dass er im Wind schwankte, ein anderer war dick und klobig.

Das Aussehen der Türme hing natürlich davon ab, welche Fakultät oder Schule der jeweilige Turm beherbergte. Dasselbe galt für die verschiedenen Instrumente und Insignien, die an den Wänden der Türme angebracht waren. An einem Turm hingen Windrädchen, Luftsäcke und Balkenwaagen, an einem anderen Sonnenuhren, Wetterfahnen, Senkbleie und messingene Eichgeräte. An einem dritten Turm klirrte eine ganze Sammlung von Flaschen in verschiedenen Blautönen im Wind.

Mit offenem Mund drehte Twig sich um. Wohin er auch blickte, überall sah er vollendete Formen und Proportionen. Er konnte gar nicht alles in sich aufnehmen. Hier vornehme Arkaden, ein herrlicher Säulengang, Statuen, Brunnen – wie konnte Wasser so spielend leicht in die Luft fliegen? Und dort grandiose Treppenhäuser, elegant geschwungene Passagen, schwerelose Brücken.

Er seufzte. »Das ist ja unglaublich.«

Akademiker eilten in langen Talaren hin und her, über Brücken, treppauf und treppab, in Türme hinein und wieder aus ihnen heraus, einige allein, andere zu zweit, wieder andere in Gruppen, die sich flüsternd unterhielten. Alle hatten die Köpfe gesenkt, waren mit sich selbst beschäftigt und hatten weder Augen für die Pracht ihrer Umgebung noch für den Jungen und die Gestalt mit der Kapuze, die mit einer schweren Kiste an ihnen vorbeistapften.

Twig hatte sich vorgestellt, dass in Sanktaphrax als einem Ort der Gelehrsamkeit andächtige Stille herrschte, doch davon konnte keine Rede sein. Sanktaphrax brodelte und schien von finsteren Machenschaften und Intrigen erfüllt. Böse Vorahnungen lagen in der Luft. Twig fing Gesprächsfetzen von den vorbeihastenden Akademikern auf.

»... bald am Ende angelangt ...« »... die Ketten halten nicht mehr lange ...« »... Vilnix Pompolnius ist an allem schuld ...« »Ich werde Ihre Vorschläge dem Professor für Nebelforschung unterbreiten, vielleicht ...« »... in den Himmel schießen, für immer ...« »Es muss etwas getan werden ...«

Es wird schon etwas getan, dachte Twig. Endlich hatten er und die Steinpilotin das Ende der langen Allee erreicht. Sie bogen nach links ab. Vor ihnen stand ein baufälliger Turm. Die Residenz des Professors der Dunkelheit lag seit jenem unheilvollen Abend, an dem der damalige Regenschmeckerlehrling Vilnix sein schicksalhaftes Experiment ausgeführt hatte, in Ruinen. Die rechte Seite des Turms war ganz weggesprengt worden, sodass Treppenhaus und Zimmer frei lagen. Anklagend zeigten die Reste des Turms zum Himmel.

Twig und die Steinpilotin stiegen über zerbrochene Pflastersteine zum Eingang. Sie betraten den Turm und schleppten die Kiste die Treppe hinauf. Über den Treppenabsatz im zweiten Stock fiel Licht. Twig ging darauf zu. An

eine Tür hatte jemand ein einfaches Schild genagelt, das bestätigte, dass sie am richtigen Ort angekommen waren.
Twig klopfte leise.
»Was ist denn jetzt schon wieder?«, fragte eine müde Stimme. »Ich habe doch schon alles gesagt, was ich weiß.«
»Professor«, rief Twig.
»Ich bin alt und schwach«, klagte die Stimme. »Und todmüde. Lasst mich in Ruhe.«
»Ich muss Sie aber sprechen, Professor«, beharrte Twig. Er drückte die Klinke. Die Tür war nicht abgeschlossen. Unbeeindruckt von den fortgesetzten Protesten des Professors traten Twig und die Steinpilotin ein. Drinnen ließ Maugin die Kiste sinken und setzte sich mit einem erschöpften Seufzer auf den Deckel. Auch Twig ließ die Kiste los, sah zu der Gestalt hinter dem Schreibtisch und – erstarrte.
Der Professor der Dunkelheit trug zwar schwarze statt weiße Kleider, war aber ansonsten ein genaues Ebenbild des Professors des Lichts.
»Wer bist du denn, beim Himmel?«, fragte der Professor lebhaft. »Ich dachte, die Wachen seien schon wieder zurückgekehrt.«
Twig lächelte. »Jetzt wirken Sie auf einmal gar nicht mehr so alt und schwach, Professor.«
»A... a... aber ...«, stammelte der Professor verwirrt.
Twig trat auf ihn zu. »Ich heiße Twig«, sagte er. »Das ist mein Steinpilot. Wir beide haben die Mission zu Ende geführt, mit der mein Vater Quintinius Verginix vor kurzem betraut wurde.«
Der Mund des Professors klappte auf. »Ich ... das heißt, du ...« Seine Augen funkelten. »Soll das heißen, du ...«

»Wir haben Sturmphrax mitgebracht«, sagte Twig.
Der Professor sprang auf und eilte durch das Zimmer auf sie zu. »Sturmphrax!«, rief er. »Seid ihr sicher?«

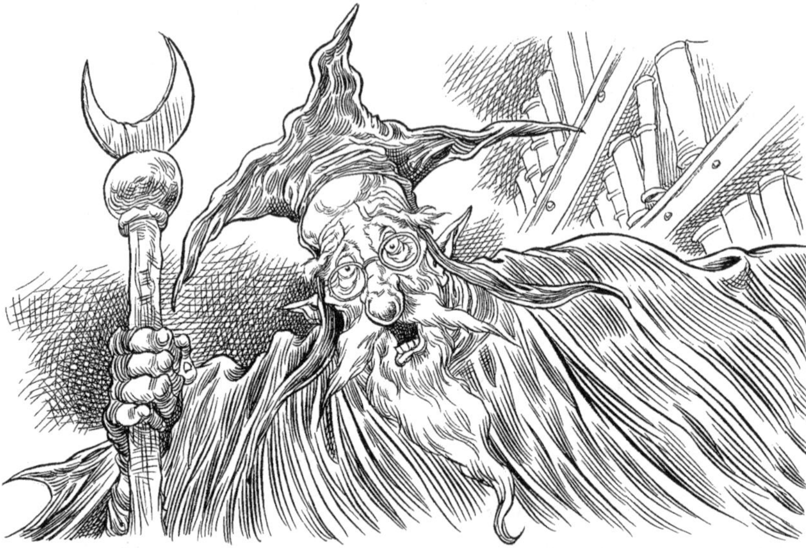

»Ganz sicher«, erwiderte Twig. »Ihr Kollege, der Professor des Lichts, hat es bestätigt.«
»Ach, der alte Scharlatan«, brummte der Professor, doch Twig bemerkte, dass seine Augen feucht wurden. »Was treibt der alte Gauner denn?«
Twig schlug die Augen nieder. »Der Professor des Lichts ist leider tot«, sagte er leise.
»Tot!«, rief der Professor der Dunkelheit erschrocken.
»Seine letzten Worte waren, dass ich Sie benachrichtigen sollte und dass ich Ihnen ... vertrauen könnte.«
»Mein guter alter Freund tot«, sagte der Professor traurig. Er lächelte schwach. »Tja, dann wollen wir mal ansehen, was ihr mitgebracht habt.«

Die Steinpilotin stand müde auf und hinkte zur Seite. Twig trat zu der Kiste und hob den Deckel und der Professor der Dunkelheit sah hinein. »Nein!«, kreischte er begeistert. »Der alte Waldfuchs! Das ist tatsächlich Sturmphrax! Wunderbar! Phantastisch! Wo habt ihr denn so viel herbekommen, beim Himmel? Und warum sind die Kristalle so klein?«
»Das ist eine lange Geschichte«, sagte Twig.
»Ich kann es kaum erwarten, sie zu hören«, sagte der Professor. »Aber zuerst müssen wir das Sturmphrax in die Schatzkammer bringen ...«
»Nein, Professor«, widersprach Twig entschieden. »Zuerst muss ich Ihnen noch etwas anderes zeigen. Es ist Zeit, den Rummel um Phraxstaub ein für alle Mal zu beenden.« Er blickte aus dem Fenster. Die Sonne stand bereits als orangenfarbene Scheibe tief über dem Horizont. »Aber wir müssen uns beeilen. Ich brauche Mörser und Stößel.«
»Aber ...«
»*Sofort*, Professor, bitte!«
Der Professor zeigte auf eine marmorne Arbeitsplatte am anderen Ende des Zimmers. »Dort findest du alles, was du brauchst. Aber ...«
»Danke.«
Twig nahm eine metallene Schale und eilte wieder zu der Kiste zurück. Mit einem Nicken wies er zum Fenster. »Wie lange dauert es noch bis zur Dämmerung?«, fragte er. »Bis zum exakten Zeitpunkt der Dämmerung.«
»Ah, bis zum exakten Zeitpunkt«, wiederholte der Professor verträumt. »Jenem mystischen und so flüchtigen, so schwer zu bestimmenden Moment zwischen Licht und

Dunkelheit ... Die Dämmerung war das einzige Thema, über das der Professor des Lichts und ich je einer Meinung waren ...«

»Professor!«, rief Twig. »Wie lange noch?«

Der Professor ging gekränkt zum Fenster und stellte einige schnelle Berechnungen an. »Anderthalb Minuten.«

»Weniger, als ich dachte«, murmelte Twig. Er schüttete einige Kristalle in die Schale. »Vorsichtig«, flüsterte er dabei, »ganz vorsichtig.« Er zog einen schweren Stößel aus dem Regal und hob ihn über den Kopf. »Professor, Sie müssen mir genau in dem Moment Bescheid geben, in dem die Dämmerung eintritt, haben Sie verstanden?«

Der Professor starrte den Jungen an, der mit erhobenem Stößel vor der Schale mit Sturmphrax stand.

»Nein«, stieß er hervor. »Bist du verrückt? Du jagst uns alle in die Luft!«

»Vertrauen Sie mir, Professor«, sagte Twig. »Und geben Sie auf den Himmel draußen Acht. Sie dürfen keinen Augenblick zu früh oder zu spät rufen.«

Im Zimmer rührte sich nichts mehr. Die Zeit schien stillzustehen. Twig tat der Arm weh und Zweifel begannen an ihm zu nagen. Hatte der Professor des Lichts sich vielleicht geirrt? Das Licht, das golden durch das Fenster hereinströmte, wurde schwächer.

»Jetzt!«, schrie der Professor in die atemlose Stille.

Twig hielt die Luft an und schlug

den Stößel mit aller Kraft in den Mörser. Ein dumpfer Schlag ertönte, dann ein Knirschen. Etwas blitzte auf. Mehr nicht. Das goldene Licht im Fenster verfärbte sich bernsteinfarben. Im Mörser schwamm ein fast flüssiges, braunes Pulver.

»Es hat geklappt«, flüsterte Twig. Er fuhr zu dem Professor herum. »Es hat geklappt!«
Der Professor der Dunkelheit trat neben ihn und sah in die Schale. Er strahlte über das ganze Gesicht. »Zuerst Sturmphrax! Jetzt Phraxstaub! Warte, ich muss mich in den Arm kneifen, damit ich auch ganz sicher weiß, dass ich nicht träume.«
»Das ist kein Traum«, sagte Twig. »Das Sturmphrax wird Sanktaphrax wieder ins Gleichgewicht bringen und der Phraxstaub wird das Trinkwasser reinigen.« Er blickte dem Professor kühn in die Augen. »Und jetzt, wo ich weiß, wie

es geht, muss ich noch etwas tun, Professor.« Er klang sehr ernst. »Ich habe einen Plan, wie wir sicherstellen können, dass das Geheimnis der Phraxstaubherstellung nie in die falschen Hände gerät. Aber dazu brauche ich Ihre Hilfe.«
»Die ist dir sicher, Twig, mein Junge«, sagte der Professor der Dunkelheit. »Ich tue alles, was du verlangst.«

Es wurde bereits dunkel, als der Professor zusammen mit Twig und der Steinpilotin das Zimmer verließ. Ächzend bugsierten sie die schwere Kiste die gewundene Treppe hinunter. Dabei stießen sie immer wieder an die Wände. Unten angekommen, gingen sie nicht durch den Eingang nach draußen, sondern stiegen eine weitere Treppe hinunter. Durch einen engen Torbogen gelangten sie in einen unterirdischen Gang. Dort war es dunkel und feucht, und nur das dämmrige Licht der Lampe in der Kiste leuchtete ihnen den Weg.
»Die Fackeln anzuzünden wäre zu riskant«, rief der Professor über die Schulter. »Ihr Licht könnte das Sturmphrax destabilisieren.«
Sie bogen nach rechts und nach links ab und stiegen Treppen und Rampen hinunter, bis sie sich dem Herzen des fliegenden Felsens näherten. Twig merkte, wie die Steinpilotin hinter ihm immer langsamer wurde. Sie war am Ende ihrer Kraft angelangt.
»Ist es noch weit?«, fragte Twig.
»Wir sind fast da«, erwiderte der Professor. »Nur noch um diese Ecke und ...«
»HALT! WER DA?«
Der Professor blieb wie angewurzelt stehen. Twig, der in

den dunklen Gängen ohnehin Mühe hatte ihn in seinen schwarzen Kleidern zu sehen rannte in ihn hinein. Maugin schrie erschrocken auf, ließ die Kiste los und schrie noch einmal, diesmal vor Schmerzen, denn die Kiste war ihr auf den Fuß gefallen. Ein Durcheinander entstand, dann war die Fistelstimme des Professors zu hören.

»Bist du das, Grogg?«, fragte er. »Ich bin's, der Professor der Dunkelheit. Ich muss in die Schatzkammer.«

»Geht nicht«, erwiderte der Wächter knapp.

»W... w... wie bitte?«, stotterte der Professor. »Du willst mich nicht reinlassen?«

»Auf Befehl Seiner Akademischen Durchlaucht.«

»Was? Aber wir wissen doch beide, dass der ehrenwerte Vilnix Pompolnius nicht im Traum an so ein Verbot denken würde. Lass mich also bitte sofort durch.«

»Niemand darf die Schatzkammer betreten«, brauste Grogg auf. »Weder Ligabrüder noch Akademiker.« Er hob seine Laterne vor das Gesicht des Professors. »Und Sie schon mal gar nicht, das hat Vilnix Pompolnius mir persönlich eingeschärft. Außerdem müssen Sie Ihren Schlüssel abgeben.«

»Meinen Schlüssel abgeben?«, rief der Professor empört. »Nur über meine Leiche.«

»Dann eben über Ihre Leiche«, sagte der Wächter kalt. Klappernd stellte er die Laterne auf den Boden, dann hörte Twig, wie er Säbel und Dolch zog. Der Junge spähte über die Schulter des Professors.

»Ein Flachkopf«, murmelte er. »Hätte ich mir denken können.« Er betrachtete den breitbeinig dastehenden Kobold mit seinen glitzernden Ohrringen, den Goldzähnen und den gezückten Waffen und Wut stieg in ihm auf. Wie konnte es dieser Grobian wagen, sich ihnen jetzt noch in den Weg zu stellen, nach allem, was sie schon durchgemacht hatten? Sie standen doch kurz vor dem Ziel.

»Mein lieber Grogg«, hörte er den Professor sagen. »Es handelt sich hier ganz sicher um ein Missverständnis. Lass uns nur einen kurzen Augenblick in die Schatzkammer. Niemand wird davon erfahren und ...«

Twig explodierte. Er riss seinen Säbel aus der Scheide und stürmte nach vorn.

»Lass uns durch, verdammt noch mal!«, brüllte er.

Der Flachkopf starrte ihn überrascht an, hatte sich aber sofort wieder gefasst. Er duckte sich, dann sprang er tückisch grinsend auf Twig zu und schlug mit dem Säbel nach dem Hals des Jungen. Twig wich schnell aus und parierte den Hieb. Die Säbel krachten aufeinander und die furchtbare Wucht des Schlages ließ Twig nach hinten taumeln. Sofort sprang Grogg ihm nach und hieb mit Säbel und Dolch auf ihn ein.

Twig erzitterte unter den auf ihn niederprasselnden Hieben. Keuchend vor Anstrengung stolperte er weiter rückwärts. Er wehrte sich, so gut er konnte, allerdings ließen seine Kräfte rasch nach. Plötzlich sprang der Flachkopf nach rechts und holte mit seinem schweren Säbel von links aus. Damit hatte Twig nicht gerechnet. Er warf sich zur Seite und stieß sich den Ellbogen an der Wand an. Glühende Schmerzen schossen seinen Arm hinauf und das Rückgrat hinunter.

»Auaaaa«, heulte er. Sein Säbel fiel klappernd auf den Steinboden.

Grogg sprang mit funkelnden Augen vor ihn und hob den Säbel. »Du Narr«, zischte er. »Hast du wirklich geglaubt, du könntest mich austricksen – mich, den Leibwächter von Vilnix Pompolnius höchstpersönlich, den grausamsten und gefürchtesten Wächter von ganz Sanktaphrax?« Er umklammerte den Griff des Säbels, bis seine Knöchel weiß hervortraten. Glitzernd züngelte eine purpurrote Zunge über seine dünnen Lippen und in seinen Augen funkelte ein böses Licht. »Ich werde dich mit Wonne in Stücke hacken.«

»Halt!«, schrie Twig. »Schlag nicht zu.«

Der Flachkopf machte eine Grimasse. »War der tapfere große Bär vielleicht die ganze Zeit ein ängstliches Waldmäuschen, ja?« Er lachte höhnisch.

»Hör mich an.« Twig griff in seine Jackentasche.

»Was soll das?«, brüllte der Flachkopf. »Nimm sofort die Hand raus, sonst nagle ich sie dir mit meinem Säbel an die Brust.«

Twig zog die Hand langsam wieder heraus. Sie hielt die Börse, die Mutter Pferdefeder ihm gegeben hatte. Er spielte mit dem Säckchen in seiner Hand und ließ die Münzen klirren. »Gold, Grogg«, sagte er. »Zehn Goldstücke könnten dir gehören.«

»Natürlich«, schnarrte Grogg. »Ich kann dir aber auch deinen schönen Hals durchschneiden und mir alles nehmen.«

»Sicher«, erwiderte Twig unerschrocken. »Aber du hättest nichts davon.«

Der Flachkopf starrte ihn an. »Was soll das heißen?«, fragte er unwirsch.

»Der Herr, dem du Treue geschworen hast, wird bald von seinem Thron stürzen.«

»Was, Vilnix Pompolnius? Dass ich nicht lache. Seine Akademische Durchlaucht?«

»Der dreiste Thronräuber«, rief der Professor der Dunkelheit empört.

»Die Ligabrüder werden ihn fallen lassen«, fuhr Twig fort, »und die Akademiker auch.«

»Aber ... aber warum denn?«

»Warum?«, fiel der Professor ein. »Weil er keinen Phraxstaub mehr hat, und nur deshalb haben sich die Ligen doch mit ihm verbündet. Und vom Sturmphrax, das die fliegende Stadt im Gleichgewicht hält, hat Vilnix auch nichts mehr.«

Grogg war verwirrt. »Aber in der Schatzkammer ist doch noch Sturmphrax. Das soll ich ja gerade bewachen.«
»Dann sieh doch selber nach.« Der Professor streckte ihm einen schweren Schlüssel hin.
Die Augen des Flachkopfs verengten sich zu misstrauischen Schlitzen. »Wenn das eine Falle ist ...«
»Jetzt sieh schon nach!«, fuhr der Professor ihn an.
Immer noch mit gezücktem Säbel hob Grogg seine Laterne vom Boden auf und ging zur Tür der Schatzkammer. Er steckte den Schlüssel ins Schloss, drehte ihn herum, drückte die Klinke und stieß die Tür auf. Dann steckte er den Kopf hinein und sah sich ungläubig um. Wut überkam ihn.
»Leer«, fauchte er. »Dieser Lügner, dieser falsche Hund ... Hier ist gar nichts.«

»Vilnix hat dich angelogen«, sagte der Professor ruhig. »Er hat uns alle angelogen.«
»Und du stehst auf der falschen Seite, Grogg«, fügte Twig hinzu. »In Sanktaphrax kannst du dich jetzt nicht mehr blicken lassen. Allerdings ...«
»Aber das konnte ich doch nicht wissen!«, plärrte der Kobold. »Ich habe doch nur meine Arbeit getan. Ich ...«
»*Allerdings*«, wiederholte Twig, »gibt es einen Ausweg. Bist du ein guter Soldat, Grogg?«
Der Flachkopf nickte. »Der beste.«
»Ein treuer Diener deines Herrn?«
»Bin ich«, versicherte der Flachkopf hastig. »Bin ich.«
Twig nickte. »Dann mache ich dir einen Vorschlag. Du kommst zu mir auf mein Himmelspiratenschiff, allerdings nicht als Sklave, denn an Bord des *Klippentänzers* wird es weder Leibeigene noch Galeerensklaven geben.« Er sah auf die Lederbörse. »Was sagst du dazu?«
Der Flachkopfkobold schwieg, aber nur kurz. Dann breitete sich langsam ein Grinsen auf seinem Gesicht aus. Er sah Twig an. »Einverstanden.«
Twig griff in die Börse und zählte ganz langsam zehn Goldstücke in die Hand. »Aber wenn du mich hintergehst, Grogg, dann kannst du was erleben«, sagte er drohend. »In Unterstadt und Sanktaphrax gibt es viele, die sich liebend gern an Vilnix Pompolnius' ehemaligem Leibwächter rächen würden.«
»Sie können sich auf mich verlassen, Captain Twig«, sagte der Kobold.
»Ich glaube dir.« Twig klatschte ihm die Münzen auf den Handteller. »Willkommen an Bord, Grogg.«

Der Professor war dem Wortwechsel mit einiger Verwirrung gefolgt. Jetzt trat er vor. »Kommt mit«, sagte er, »wir sind noch nicht fertig.«
Twig nickte. »Grogg, du packst am anderen Ende der Kiste an.« Der Flachkopf rührte sich nicht. »Grogg!«, brüllte Twig. »Bist du mir schon jetzt ungehorsam?«
»Nein, nein«, sagte der Kobold und ging zu der Kiste. »Überhaupt nicht, Captain, nur ...« Er erschauerte. »Warum glüht die Kiste so komisch?«
»Sie enthält Sturmphrax«, erwiderte Twig. »Wir haben Sturmphrax mitgebracht. Die leere Schatzkammer von Sanktaphrax wird jetzt wieder aufgefüllt.«
Eine Minute später war die Schatzkammer nicht mehr leer. In der Mitte der in den Boden eingelassenen kreisrunden Fläche stand die Kiste mit dem Sturmphrax.
»Aber ich spüre ja gar keine Veränderung«, sagte der Flachkopf.
»Das Sturmphrax bekommt sein maximales Gewicht erst in völliger, absoluter Dunkelheit«, erklärte der Professor. Er klappte den Deckel der Kiste auf und nahm die Lampe heraus, die das Dämmerlicht verbreitete. »Kommt. Es ist Zeit.«
Im Gänsemarsch kehrten die vier zur Tür zurück. Der Professor ging voraus, Twig ging als Letzter. Laterne und Lampe schwankten beim Gehen hin und her und ließen helle Lichtstreifen durch die dunkle Kammer und über die Kiste wandern. Das Sturmphrax wurde abwechselnd schwerer und wieder leichter – und dann immer schwerer. Der Boden der Schatzkammer erzitterte.
»Schnell!«, rief der Professor und begann zu rennen.

Die anderen hasteten über den immer heftiger bebenden Boden hinter ihm her. An der Tür sah Twig ein letztes Mal zurück. Die Kiste in der Mitte der riesigen Schatzkammer wirkte winzig. Reichte sie wirklich aus den gewaltigen Felsen zu stabilisieren?

»Twig!«, rief der Professor scharf.
Twig trat durch die Tür, packte die schwere eiserne Klinke und warf die Tür ins Schloss. Dumpf rollte das Echo durch die dunklen Gänge. Der Boden unter seinen Füßen sackte abrupt ab.

Sein Magen wurde nach oben gedrückt, das Herz schlug ihm bis zum Hals. Entsetzt schrie er auf.

So abrupt, wie die Abwärtsbewegung begonnen hatte, kam sie wieder zum Stillstand. Kein Laut war zu hören. Überall herrschte tiefe Stille. Twig sah den Professor an.

»Das war alles?«

»Das war alles«, bestätigte der Professor. »Genau die richtige Menge.«

Twig schüttelte ungläubig den Kopf.

»Glaub mir«, sagte der Professor. »Was hier unten im Herzen des Felsens kaum zu spüren ist, hat droben in der Stadt verheerende Folgen. Ich sage dir eins: Sanktaphrax wird nie wieder dieselbe Stadt sein.«

KAPITEL 23

Abrechnung

Vilnix Pompolnius erwachte beim ersten Beben des Felsens aus einem tiefen, traumlosen Schlummer. Er öffnete die Augen, ließ den Blick durch das pompöse Allerheiligste wandern und lächelte selbstzufrieden.

»Hier ist alles so schön«, murmelte er. »Und jetzt gehört alles mir. Wie klug ich doch bin.«

Er schlug die Decke zurück, stieg aus dem Bett und trat ans Fenster. Die Sonne, groß, rot und weich wie eine riesige Schüssel Dellbeerengelee, war soeben am Horizont aufgegangen. Zartes, rosafarbenes Licht breitete sich über den Himmel aus. Vilnix gähnte und fuhr sich mit der Hand über den kahl rasierten Schädel.

»Ein neuer wunderbarer Tag beginnt«, sagte er und stieß das Fenster weit auf. Ein morgenfrischer Luftzug wehte ihm ins Gesicht. Die Kristallanhänger des Kronleuchters hinter ihm klirrten wie ein Windspiel. Vilnix lehnte sich hinaus und zog das Fenster wieder zu – er wollte nicht, dass der Kronleuchter kaputtging. Doch das misstönende Klirren des Leuchters ging weiter.

Vilnix runzelte verwirrt die Stirn. »Was beim Himmel ...?« Im selben Moment machte der Felsen einen Satz und der Spiegel – der zweite Spiegel, der diesmal nur an der Wand lehnte – setzte sich in Bewegung und rutschte über den dicken, weißen Teppich auf den Boden. Vilnix seufzte. Wenigstens war der Spiegel nicht zerbrochen. Aber warum war er überhaupt umgefallen? Die Gewicht- und Ketteninstallateure sollten erst in zwei Stunden mit der Arbeit anfangen. Außerdem bebte und ruckte der Felsen inzwischen so heftig, dass ihre Bohrer als Ursache ausschieden.
Erschrocken klammerte sich Vilnix Pompolnius an das Fensterbrett. Überall im Zimmer fielen kostbare Gegenstände um: Porzellanvasen und Elfenbeinfigürchen, Schnitzereien und Uhren, in Leder gebundene Bücher.
War das vielleicht ein Sturm?, überlegte Vilnix. Oder ein Erdbeben? Oder hatte der fliegende Felsen so viel Auftrieb bekommen, dass er sich gerade aus seiner Verankerung losriss?
Es krachte laut und der Kronleuchter wurde aus seiner Halterung in der Decke gerissen und fiel hinunter. Er landete mit ohrenbetäubendem Lärm – mitten auf dem Spiegel. Glas- und Kristallsplitter flogen durch das Zimmer und blieben in der Wandtäfelung stecken.
»Was ist da los?«, schrie Vilnix. »Minulis! MINULIS!«
Doch diesmal erschien auf das Geheiß Seiner Akademischen Durchlaucht kein Kammerdiener.
»Minulis, wo bist du?«, tobte Vilnix. Wütend stürmte er zur Tür des spartanischen Vorzimmers, das sein Kammerdiener bewohnte. Er würde den unverschämten Burschen lehren ihn kein zweites Mal warten zu lassen!

Er hatte noch nicht die Hälfte des Weges über den mit Glasscherben übersäten Teppich zurückgelegt, als plötzlich und ohne jede Vorwarnung das ganze Zimmer nach unten sackte. Vilnix verlor das Gleichgewicht und fiel hin. Über ihm öffnete sich quer über die Decke ein Riss und vergoldeter Stuck prasselte auf ihn herunter.
Als der Staub sich gelegt hatte, hob Vilnix den Kopf, stand auf und schüttelte den Gips aus den Kleidern. Dann bemerkte er, dass Sanktaphrax sich nicht mehr bewegte. Alles war wieder ganz ruhig. »Aber eben sind wir doch noch abgestürzt«, flüsterte Vilnix. »Das kann nur eins bedeuten ...« Sein gelbes Gesicht lief puterrot an. »Der widerliche Himmelspirat muss unbemerkt mit dem Sturmphrax zurückgekehrt sein.«
Tausend Entscheidungen und Befehle gingen ihm gleichzeitig durch den Kopf. Hastig zog er seine Amtsrobe über das Hemd, setzte sich seine Dornen-Kappe auf und eilte aus dem verwüsteten Zimmer.
»Dem werde ich es zeigen«, murmelte er wütend. »Allen werde ich es zeigen! Sie werden schon sehen, was mit Verrätern passiert, die sich mit dem Allerhöchsten Akademiker anlegen.«

Nicht nur das Allerheiligste wurde beschädigt. Überall, in jedem Winkel und jedem Turmzimmer von Sanktaphrax, lösten die heftigen Stöße dasselbe Chaos aus. Instrumente rutschten von Arbeitstischen, Bücher fielen aus Regalen, Wände bekamen Risse, Fensterscheiben gingen zu Bruch und Steine und Putz fielen von den Decken.
In das Rumpeln und Krachen mischten sich Angstgeschrei

und Schmerzensgeheul. Junge und alte Bürger von Sanktaphrax, reiche und arme rannten aus den Türmen auf die Straßen und Plätze. Dort blieben sie ratlos stehen, während um sie herum Giebel und Zinnen herunterfielen.

»Was ist denn los?«, schrien sie. »Sanktaphrax geht unter!« Dann rief jemand: »Zur großen Halle!« Daraufhin rannte alles die Hauptstraße entlang zum ältesten Gebäude der Stadt, jener aus dicken Mauern erbauten Halle, in die man sich in Notfällen immer flüchtete.

Aufgebracht traf die Menge vor dem Gebäude ein und strömte hinein. Drinnen entdeckten die Bewohner zu ihrer Empörung, dass nicht einmal das alte Heiligtum von den Folgen des schrecklichen Bebens verschont geblieben war. Von der Decke heruntergefallene Steine übersäten den geborstenen Marmorboden, ein Pfeiler war umgestürzt, ein zweiter sah aus, als wollte er jeden Augenblick umkippen. Und während die Bürger noch den Schaden begutachteten, öffnete sich an der Stirnwand der Halle ein gezackter Riss, der bis zum Dach reichte.

»Nicht auch noch hier«, riefen sie. »Nicht in unserer großen Halle!«

Als die letzten in der Halle eintrafen, bewegte sich der Felsen nicht mehr, doch konnte das die aufgebrachte Menge nicht beruhigen. Alle, von den zusammengedrängten Akademikern an der Stirnseite bis zu den Dienern und Wachen, die sich im hinteren Teil drängten, empfanden dieselbe Empörung.

»Wo ist Vilnix?«, wollten sie wissen. »Er ist an allem schuld.« »Der scheinheilige Gauner!« »Der verfluchte Thronräuber!« »Der Verräter, der nur in die eigene Tasche wirtschaftet!« »Wo steckt er denn?«

Zwei Gestalten stiegen zum Podium hinauf, und schlagartig wurden ganz andere Fragen laut. »Was macht denn der Professor der Dunkelheit hier?« »Wer ist sein Begleiter?«

Der Professor bat mit erhobenen Händen um Ruhe. »Freunde«, rief er, »Freunde.« Schweigen senkte sich über die Menge. »Ich habe Verständnis für eure Empörung und ich teile euren Kummer darüber, dass unser geliebtes Sank-

taphrax so schlimm zugerichtet wurde. Leider war es unvermeidlich.«
Zorniges Gemurmel wurde laut. Niemand war gekommen um sich das sagen zu lassen. Beklommen starrte Twig auf das Meer aufgebrachter Gesichter vor ihm. Wenn der Professor nicht aufpasste, würde die Menge ihn gleich in Stücke reißen und erst dann Fragen stellen.
»Und mein Labor?«, rief der Professor der Windfühler empört.
»Und wer ersetzt mir die Fensterscheiben in meinem Observatorium?«, fügte der Professor der Wolkengucker wütend hinzu.
»Gebäude kann man reparieren«, fuhr der Professor der Dunkelheit unbeirrt fort. »Da wir jetzt ja keine Ketten mehr brauchen, stehen genügend Handwerker für die Reparaturen zur Verfügung.«
Erregtes Tuscheln breitete sich aus. »Keine Ketten mehr?«, fragten alle durcheinander. Das war doch Unsinn. Selbstverständlich brauchten sie Ketten!
»Keine Ketten, außer der alten Ankerkette, die verhindert, dass wir wegtreiben«, ergänzte der Professor.
»Erklären Sie uns, was Sie meinen!«, rief der Professor der Wolkengucker.
»Exemplifizieren Sie!«, rief der Professor der Windfühler.
»Was soll das überhaupt heißen?«, schrie eine heisere Stimme von hinten.
»Ich meine damit«, sagte der Professor der Dunkelheit, »dass die Gefahr, die uns so lange bedroht hat, endlich gebannt ist. Sanktaphrax befindet sich wieder im Gleichgewicht.«

Auf seine Worte folgte Totenstille. Alle starrten ihn an. Stimmte das? Stimmte das wirklich?

»Was hatte dann das Beben vorhin zu bedeuten?«, fragte der Professor der Wolkengucker.

»Und die Stöße und Erschütterungen?«, fügte der Professor der Windfühler hinzu.

»Das«, sagte der Professor der Dunkelheit an die beiden Professoren gewandt, »war der Felsen, der sich unter dem Gewicht des Sturmphraxes gesenkt hat.« Er sah wieder auf. »Es wird nicht noch einmal passieren, so lange wir leben, darauf gebe ich euch mein Wort.«

Wieder wurde Gemurmel laut und es schwoll immer mehr an, bis alle zur gleichen Zeit zu reden schienen. Dann rief jemand ganz hinten Hurra. Andere fielen ein und auf einmal war die ganze Halle von Freudengeschrei erfüllt.

»Der Professor der Dunkelheit, er lebe hoch!«, schrie jemand.

»Auf den neuen Allerhöchsten Akademiker von Sanktaphrax!«, rief der Professor der Wolkengucker und ruderte aufgeregt mit den Armen.

»Müsste es nicht heißen, auf den *alten* Allerhöchsten Akademiker?«, gab der Professor der Windfühler zu bedenken.

»Alt oder neu, ich wäre jedenfalls geehrt, meine Pflichten als Allerhöchster Akademiker wieder aufnehmen zu können«, sagte der Professor der Dunkelheit. Donnernder Applaus brach los. »Allerdings dürft ihr euch nicht bei mir bedanken. Nicht ich bin in den Dämmerwald gefahren und habe von dort unter Einsatz meines Lebens kostbares Sturmphrax mitgebracht.«

»Wer dann?«, schrie die Menge. »Wer?« Doch sicher nicht der magere Junge neben dem Professor ...
Der Professor trat zu Twig, nahm seine Hand und hob sie hoch. »Professoren, Akademiker und Bürger«, rief er. »Das ist Captain Twig. Bei *ihm* müsst ihr euch bedanken.«

Die Menge johlte, schrie und klatschte und Twig wurde rot wie ein Saftholz, überwältigt von der Dankbarkeit, die über ihm zusammenschlug.
»Dank dieses tapferen jungen Mannes brauchen wir nicht länger zu fürchten, dass unser Felsen sich von seiner Verankerung losreißt und in den Himmel fliegt, während wir schlafend im Bett liegen.« Der Professor reckte Twigs Arm noch höher.
»Hurra!« Die Menge tobte vor Begeisterung.
»Dank ihm ist unser Wohl nicht mehr von den habgierigen Ligabrüdern abhängig.«
»Hurra!«, tobte die Menge noch lauter.
»Er hat uns von ganzem Herzen gedient und die Treue zu Sanktaphrax über alles gestellt«, fuhr der Professor fort.
Ein Schauer durchlief Twig. Wo hatte er diese Worte schon gehört? Warum kamen sie ihm so bekannt vor?
»Er hat sein Leben der Suche nach Sturmphrax gewidmet. Er folgte einem großen Sturm und kehrte erst zurück, als er seine heilige Suche vollendet hatte – ja, Twig, deine *heilige* Suche.« Der Professor lächelte. »Knie nieder, mein Junge.«
Mit einem Mal kehrte die Erinnerung wieder. Dieselben Worte waren bei der Zeremonie gesprochen worden, als sein Vater zum Ritter geschlagen worden war. »Aber ... ich ... Sie ...«, stotterte Twig und schluckte. Er schlug die Augen nieder und kniete hin.
Stille kehrte ein. Der Professor der Dunkelheit ging zu der rissigen Wand in seinem Rücken und nahm das Schwert vom Haken. Twig zitterte. Er zitterte so stark, dass er überzeugt war, alle müssten seine Zähne klappern hören. Der

Professor kehrte mit dem Schwert zurück und trat vor ihn. Twig hob den Kopf. Langsam neigte sich die große, goldene Klinge und berührte ihn zuerst auf der rechten, dann auf der linken Schulter.

»Ich schlage dich hiermit zum Ehrenritter der Akademie«, sagte der Professor. »Dein Name sei Arborinus Verginix. Erhebe dich!«

Twig rührte sich nicht. Er konnte nicht aufstehen. Seine Beine fühlten sich wie Pudding an. Erst als der Professor seine Hand nahm, stand er unsicher auf. Gewaltiger Applaus brach los, so laut, dass Twig der Kopf dröhnte.

»Hurra!«, brüllte die Menge. »Hurra!« Die Anwesenden tanzten und hüpften vor Freude und Akademiker, Diener und Professoren umarmten einander. Wenigstens einen

wunderbaren Moment lang waren aller Groll und alle Eifersucht begraben.
»Wir werden wieder der hehren Wissenschaft dienen können«, frohlockte der Professor der Wolkengucker und schlug seinem Rivalen auf den Rücken.
»Wir werden uns wieder auf geistige Höhenflüge begeben«, stimmte der Professor der Windfühler ein, »um die ungeheure Komplexität des Windes zu erforschen.«
»Und der Wolken«, fügte der Professor der Wolkengucker hinzu.
»Vom wispernden Zephir bis zum tosenden Zyklon ...«
»Zirrus, Stratus, Zirrostratus, Kumulonimbus ...«
Der Professor der Windfühler sog scharf die Luft ein. »Wenn es den Wind nicht gäbe«, bellte er, »kämen Ihre Wolken nicht vom Fleck.«
»Wenn es keine Wolken gäbe«, erwiderte der Professor der Wolkengucker erregt, »könnten wir den Wind nicht sehen ...«
Doch der Professor der Windfühler hörte seinem Kollegen nicht mehr zu. »Sehen Sie da!« Aufgeregt zeigte er zum Eingang der Halle.
Überall in der großen Halle wiesen ausgestreckte Arme zum Eingang. Schweigen senkte sich über die Menge und aller Augen richteten sich auf die hagere Gestalt, die in diesem Moment durch die Halle schritt und die Stufen zum Podium hinaufstieg.
Dort stand Vilnix dann, hager und vornübergebeugt, die Hände auf die hölzerne Brüstung gestützt, gefolgt von seinen Leibwächtern, einem Dutzend vierschrötiger Flachköpfe, die breitbeinig und mit verschränkten Armen auf

den Stufen stehen blieben. Vilnix zupfte an seinen Ärmeln, rückte seine Kappe gerade und ließ die tief liegenden Augen langsam über die Menge wandern. Spöttisch verzog er die Lippen.

»Was hat das hier zu bedeuten?«, fragte er leise, aber drohend. »Kann man euch denn keinen Moment allein lassen?«

Die Menge schwieg beklommen.
Vilnix lachte höhnisch und lehnte sich über das Geländer. Seine stählerne Kappe glitzerte. Anklagend zeigte er auf den Professor der Dunkelheit. »Ihr hört den Lügen dieses falschen Propheten zu?«, brüllte er. »Dieses greisen Narren, der Sanktaphrax schon einmal an den Rand des Untergangs gebracht hat und der sein Werk jetzt offenbar vollenden will?«
Twig schüttelte den Kopf. Was für ein Unsinn, so war es doch überhaupt nicht gewesen! Doch die Menge wurde mit jedem Wort, das Vilnix sagte, unruhiger.
»Er steckt mit verräterischen Piraten unter einer Decke.« Vilnix spuckte die Worte förmlich aus.
Das Gemurmel in der großen Halle wurde immer lauter und heftiger. Zugleich begann die Stimmung umzuschlagen. Mit triumphierend blitzenden Augen musterte Vilnix die Menge.
»Der Professor und alle, die ihm auf den Leim gegangen sind, sind Verräter, Betrüger und Schurken.« Vilnix wandte sich an seine Leibwache. »Wache!«, schrie er. »Nehmt den Professor fest – nehmt beide fest – man muss dieses Gesindel vernichten ...«
Zwei Flachköpfe traten auf den Professor und Twig zu.
»Er lügt«, rief eine schrille Stimme von hinten. Einige lachten nervös.
Vilnix fuhr zusammen und starrte wütend in den dunklen hinteren Teil der Halle. »Wer war das?« Ein ganz in Weiß gekleideter Diener trat vor. »Minulis!«, stotterte Vilnix wie vom Donner gerührt. »Du hier?«
»Der Professor der Dunkelheit sagt die Wahrheit«, rief Mi-

nulis trotzig. In der Halle kam Unruhe auf. »Im Unterschied zu Euch!«
»Wie kannst du es wagen!«, schrie Vilnix. »Wachen, nehmt ihn auch fest!«
Zwei Flachköpfe sprangen von den Stufen herunter und wollten sich durch die Menge drängeln. Doch wenigstens dies eine Mal hielten die Akademiker zusammen. Sie hakten sich unter und ließen die Leibwächter nicht durch – und Minulis konnte weiterreden.
»Ich habe viele heimliche Gespräche mitgehört«, rief er tapfer. »Ich kenne Eure betrügerischen Geschäfte mit dem Ligameister, Eure Bestechungsversuche und Eure korrupten Methoden. *Ihr* seid der Verräter! Mir tut nur leid, dass ich nicht den Mut hatte, Euch die Kehle durchzuschneiden, als ich Euch den Schädel rasierte!«
Weiß vor Wut und am ganzen Leibe zitternd kreischte Vilnix, Minulis solle gefälligst schweigen. An alle gewandt, schrie er: »Wie könnt ihr zulassen, dass der Allerhöchste Akademiker so mit Schmutz beworfen wird?«
»Ihr seid nicht unser Allerhöchster Akademiker«, rief jemand. Es war der Professor der Windfühler.
»Nicht mehr«, ergänzte der Professor der Wolkengucker.
Vilnix' Mund klappte auf. Wie war es möglich, dass er, der doch sonst mit jeder Situation zurechtkam, die Stimmung so falsch eingeschätzt hatte?
»Wache …«, schrie er. Zwei Flachköpfe traten einen Schritt vor, doch dann blieben sie stehen. Die Menge zischte und johlte. »Nehmt ihn fest!«, brüllte Vilnix.
Doch die Flachköpfe gehorchten ihm nicht mehr. Die Akademiker hatten mittlerweile ihre Scheu überwunden und

überschütteten Vilnix mit Hohn und Spott und Vorwürfen. Dass er nämlich mit Verbrechern unter einer Decke stecke und seine Macht missbraucht habe. Den Fluss habe er vergiftet, das Sturmphrax entweiht und Sanktaphrax in seiner Existenz bedroht.

»Hängt ihn am nächsten Baum auf!«, schrie jemand.

»Hängen ist viel zu milde!«, brüllte ein anderer.

Bedrohlich rückte die Menge näher. Vilnix hatte genug. Er raffte seine Kutte hoch und rannte weg, so schnell er konnte. Wütende Schreie ertönten. »Ihm nach!«

Vilnix rannte die Treppe vom Podium hinunter. Twig folgte ihm dicht auf den Fersen. Die Menge drängte nach vorn.
»Ich schneide ihm den Weg ab«, rief jemand.
»O nein, dass wirst du nicht«, murmelte Vilnix. Geschickt wich er den Händen aus, die ihn festhalten wollten, und rannte zur Seitenwand. Dort befand sich hinter einem Wandteppich eine Tür. Bevor die anderen begriffen, was geschah, war Vilnix durchgeschlüpft und verschwunden.
»Er ist entwischt!«, brüllte eine wütende Stimme.
Twig rannte als Erster durch die Tür. Er sah nach links und dann nach rechts und da rannte Vilnix die große Allee hinunter, die Kutte immer noch um die Hüften hochgerafft. »Halt!«, brüllte Twig. »Bleib stehen!«
Vilnix Pompolnius rannte immer schneller und die wütende Menge folgte dicht hinter ihm. Sie rannten eine Gasse entlang, über eine gewölbte Brücke und durch einen

Tunnel. Vilnix Pompolnius kannte Sanktaphrax wie seine Westentasche und Twig verlor immer wieder kostbare Zeit, weil er eine falsche Abzweigung nahm oder an der richtigen vorbeirannte. Trotzdem holte er auf, langsam aber sicher.

»Du entkommst mir nicht«, brüllte er. Vilnix sprang von einer Überführung hinunter und rannte zum Rand des Felsens.

»Wart's ab!«, schrie Vilnix und lachte gackernd.

Twig sah, dass der Schniffkobold, der ihn nach Sanktaphrax hochbefördert hatte, neben seinem Korb stand und Vilnix mit einer einladenden Geste näher winkte.

»Hier entlang, Durchlaucht«, sagte er. »Ihr seid in null Komma nix unten.«

Vilnix eilte zum Ende des Landestegs. Twig stöhnte. Jetzt entkam der Schurke ihm doch noch.

»Kann ich Euch helfen?«, fragte der Kobold ergeben.

»Ich komme selbst zurecht«, sagte Vilnix unwirsch und stieß ihn zur Seite. Dann packte er den Weidenkorb mit der Hand und sprang hinein.

Im nächsten Augenblick hörte Twig etwas reißen.

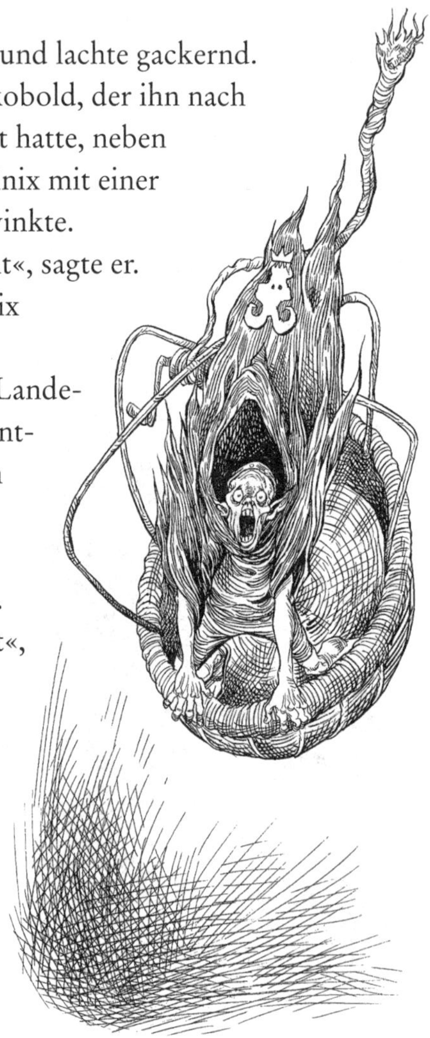

Er sah, wie Vilnix entsetzt den Mund aufmachte und mit dem Korb nach unten stürzte.
»Hiiiiilfe!«, schrie Vilnix verzweifelt, dass einem das Blut in den Adern gefror. Der Schrei wurde schwächer, dann verstummte er schlagartig.
Drunten in Unterstadt lag die Leiche von Vilnix Pompolnius mit ausgebreiteten Armen und gespreizten Beinen auf dem Karren eines Scherenschleifers. Die stählerne Kappe war so eingedellt, dass man sie nicht mehr von dem zerschmetterten Schädel abnehmen konnte. Klingenpfiff, der Scherenschleifer, starrte verblüfft auf das leblose Gesicht des Allerhöchsten Akademikers.
»Na so was«, sagte er. »Wenn das nicht der alte Vilni ist. Er hätte doch wie ich beim Scherenschleifen bleiben sollen.«
Droben in Sanktaphrax zog Twig das gerissene Seil zu sich hoch. Einige Stränge waren zerfasert, doch die anderen hatte ganz offensichtlich jemand mit dem Messer durchgeschnitten. Twigs Blick fiel auf den Dolch, der im Gürtel des Kobolds steckte. »Du?«, fragte er.
Der Kobold zuckte die Schultern. »Ich sagte doch, die Ligabrüder würden sich um ihn kümmern.« Er klimperte mit einem Beutel voller Münzen in seiner Hand, dann steckte er ihn in sein Wams. »Zahlen tun sie auch gut.« Er grinste.
Twig stand auf und ging an dem Kobold vorbei zu der Menge, die sich mittlerweile eingefunden hatte. »Vilnix Pompolnius ist tot«, gab er bekannt.
Freudengeschrei und höhnische Rufe wurden laut. »Endlich sind wir ihn los!«, brüllten alle. »Was für ein Glück!«
Twig wandte sich beklommen ab. Einerseits war er wie alle anderen froh, dass sie Vilnix Pompolnius loshatten, ande-

rerseits beunruhigte ihn die Art, wie Vilnix zu Tode gekommen war. Er war auf heimtückische Art hingerichtet worden und das machte niemandem Ehre.

»Tja, so ist das eben«, sagte eine Stimme.

Sie gehörte Grogg. Neben dem Flachkopf stand die Steinpilotin. Twig nickte. »Kommt«, sagte er. »Lasst uns von hier verschwinden.«

KAPITEL 24

Der Klippentänzer

Ihr Aufbruch verzögerte sich allerdings noch. Der Professor der Dunkelheit versuchte mit allen Mitteln Twig zum Bleiben zu überreden.

»Wohin willst du denn?«, fragte er. »Was willst du tun? Bleibe doch, hier steht dir alles offen.«

Doch Twig schüttelte den Kopf. »Ich kann nicht«, sagte er. »Ich ... ich bin ein Himmelspirat wie mein Vater und der Vater meines Vaters. Es liegt mir im Blut.«

Der Professor nickte traurig. »Aber wenn du je deine Meinung änderst ... Der Titel *Professor des Lichts* würde zu einem so tapferen jungen Mann sehr gut passen.«

Twig lächelte und wendete sich dem Korb zu, mit dem er Sanktaphrax verlassen wollte. Die Steinpilotin und der Flachkopfkobold warteten schon.

»Na gut«, seufzte der Professor. »Versucht habe ich es. Doch jetzt zu dem, was wir in meinem Arbeitszimmer besprochen haben.« Er trat zur Seite. Hinter ihm standen zwei prall gefüllte Säcke. »Ich denke, du wirst alles zu deiner Zufriedenheit vorfinden. Umschläge, Anleitung und

Kristalle, genau wie wir es vereinbart haben. Und ich werde veranlassen, dass die Glocke jeden Abend läutet. Eine neuer Brauch kann nie schaden.« Er lächelte. »Offiziell läutet sie zu Ehren deiner Rückkehr aus dem Dämmerwald.«

Twig ergriff die Hand des Professors und schüttelte sie herzlich. »Bis zum nächsten Mal, Professor«, sagte er.

Wieder in Unterstadt stellte Twig fest, dass sie praktisch neben der Schenke zur Bluteiche gelandet waren. Doch sollten weitere zwei Tage vergehen, bis sie Mutter Pferdefeder aufsuchten. So lange dauerte es, bis Twig seine Mannschaft beisammen hatte.

Am ersten Morgen gingen sie zu Wabbelspak. Der dicke, schwitzende Zoohändler hatte soeben eine frische Ladung Tiere aus dem Dunkelwald erhalten. Wenn Twig allein gewesen wäre, hätte Wabbelspak sein Angebot vielleicht zurückgezogen, doch die Anwesenheit des wilden Flachkopfs und der mysteriösen Gestalt mit der Kapuze ließ ihn zu seinem Versprechen stehen.

Twig machte es wie Wolkenwolf, der vor Jahren die Steinpilotin angeheuert hatte, um ihr wieder zur Freiheit zu verhelfen. Er verließ den Laden mit drei neuen Mannschaftsmitgliedern, die in einer Zoohandlung ohnehin nichts zu suchen hatten.

Als Ersten heuerte er Spooler an, einen Eichenelf mit großen, nervös zuckenden Augen. Spooler wirkte nicht besonders robust, hatte aber bereits unschätzbare Erfahrung auf einem Himmelsschiff gesammelt.

Als Zweiten wählte Twig Tapser aus, einen jungen Banderbären. Die Wunden, die der Banderbär von den spitzen Pfählen der Grube davongetragen hatte, in der er gefangen worden war, waren noch nicht verheilt. Twig betrachtete den Bären prüfend und das Tier beugte sich vor und berührte den Banderbärenzahn an Twigs Hals.

»Wu?«, sagte er fragend.

»Wu, wu«, erklärte Twig.

»T-wu-g?«, fragte der Banderbär.

Twig nickte. Der Banderbär wusste trotz seiner jungen Jahre alles über den Jungen aus dem Dunkelwald, der einst einen Banderbären von Zahnschmerzen geheilt hatte.

Das dritte Mannschaftsmitglied ... Twig hätte die geschuppte Kreatur mit der Reptilienzunge und den Fächerohren gar nicht bemerkt, hätte sie sich nicht selbst zu Wort gemeldet. »Sie suchen nach Leuten für Ihr Schiff«, zischelte sie. »Da wäre es doch sehr nützlich, jemanden an Bord zu haben, der nicht nur Worte, sondern auch Gedanken hören kann, Captain Twig.« Das Wesen lächelte und die Fächerohren klappten zu. »Gestatten, Waldfisch.«

Twig nickte. »Willkommen an Bord, Waldfisch«, sagte er und händigte Waldfisch seine zehn Goldstücke aus.

Sechs Mann waren sie jetzt stark. Noch zwei und die Besatzung war vollzählig. Allerdings erwies sich die Suche nach diesen zwei als überaus schwierig.

Jedes Mal, wenn Twig in einer Schenke oder auf einem Markt jemanden ansprach, der aussah, als käme er infrage, hörte Waldfisch sich die verborgenen Gedanken des Betreffenden an und zischelte bald leise und schüttelte den Kopf. Der eine war zu feige, der andere zu leichtsinnig und der Dritte dachte gar an Meuterei.

Erst am späten Nachmittag des zweiten Tages begegneten sie in einer zwielichtigen Spelunke dem nächsten Kandidaten, einem vierschrötigen, rotgesichtigen Schlächter, der betrunken an der Bar saß und in sein mit Waldbräu gefülltes Glas hineinschluchzte. Auf den ersten Blick wirkte er völlig ungeeignet, doch Waldfisch blieb eisern. »Er hat Kummer, aber ein gutes Herz. Außerdem hat er bereits Grundkenntnisse in der Himmelsschifffahrt. Sprechen Sie mit ihm, Captain.«

In dem anschließenden Gespräch stellte sich heraus, dass der Schlächter Trapp hieß – Trapp Hammelhirt – und nach Unterstadt gekommen war um seinen Bruder Flechser zu besuchen, der dort ein kleines Amulettgeschäft betrieb. Vor nicht einmal zwei Stunden hatte Trapp erfahren, dass Flechser tot war. Flechser hatte Durst gehabt und war bei einem dummen Unfall mit Sturmphrax in die Luft gesprengt worden.
»Das ist ungerecht«, jammerte Trapp.
Waldfisch hatte Recht gehabt. Trapp Hammelhirt besaß ein gutes Herz. Sobald er sich beruhigt hatte, bot Twig ihm

zehn Goldstücke und einen Platz auf dem *Klippentänzer* an. Trapp willigte ein.

»Ich bitte um Verzeihung«, sagte eine knarrende Stimme hinter ihnen. »Aber wenn ich das richtig verstanden habe, suchen Sie nach Mitgliedern für Ihre Mannschaft. Wenn das stimmt, dann brauchen Sie nicht mehr weiterzusuchen.«

Twig drehte sich um. Vor ihm stand eine magere, aber drahtige Gestalt mit einem zusammengedrückten, spitzen Gesicht, einer Hakennase und kleinen, abstehenden Ohren.

»Wer bist du denn und wie heißt du?«, fragte Twig.

»Gestatten, Schliet«, erwiderte der andere. »Der beste Maat der Lüfte.«

Twig sah verstohlen zu Waldfisch, doch der schuppige Lauscher zuckte nur die Schultern.

»Ich bin frei von Höhenangst, kann mit Zahlen umgehen und habe ein Händchen für gute Geschäfte«, stellte Schliet sich vor. Seine ruhelosen blauen Augen hinter der stahlgefassten Brille glitzerten.

»Ich ... ich ... Warte einen Augenblick«, sagte Twig und nahm Waldfisch beseite. »Also?«, flüsterte er.

»Ich weiß nicht recht, Captain. Er hat mit jedem Wort die Wahrheit gesagt, aber trotzdem, irgendwas stimmt nicht. Irgendwas rumort in ihm. Vielleicht kommt es eines Tages zum Ausbruch, vielleicht aber auch nie.«

Twig seufzte resigniert. »Wenn wir so weitermachen, dann suchen wir ewig. Was er sagt, klingt doch gar nicht schlecht.« Er sah aus dem Fenster. »Wir könnten gleich zu Mutter Pferdefeder rübergehen.«
Er schüttete die letzten zehn Goldstücke aus der Börse. »Ich riskiere es.«
Waldfisch nickte. »Ihre Entscheidung, Captain, Ihre Entscheidung.«

»Der *Klippentänzer* ist fertig und liegt an einem sicheren Ort für dich bereit«, sagte Mutter Pferdefeder. »Doch zuerst das Geheimnis.«
»Richtig«, sagte Twig, »das Geheimnis.« Er zog einen Sturmphraxkristall aus der Tasche und legte ihn vor sich auf den Tisch. Mutter Pferdefeder rückte näher. »Jetzt Mörser und Stößel, wenn ich bitten darf.«
»Aber ... aber ...«, gackerte Mutter Pferdefeder aufgeregt. »Das probieren doch alle und du weißt, was dann passiert.«
Twig trommelte ungeduldig mit den Fingern auf die Tischplatte. Mutter Pferdefeder holte Mörser und Stößel.
»Danke. Und jetzt passen Sie auf. Ich lege den Kristall in den Mörser, dann hebe ich den Stößel hoch und warte.«

Mutter Pferdefeders Gefieder knisterte. Unverwandt starrte sie Twig an. Der Junge flüsterte seltsame Worte.
»Was flüsterst du da?«, wollte sie wissen. »Einen Zauberspruch vielleicht?«
Weit über ihnen schlug dröhnend die Glocke der großen Halle von Sanktaphrax. Twig ließ den Stößel niedersausen.

Mit nicht mehr als einem kurzen Zischen und Aufblitzen verwandelte sich das Sturmphrax in Phraxstaub.
»Das ist ja wunderbar!«, rief Mutter Pferdefeder aufgeregt und schlang ihre mit Daunen gepolsterten Flügel überschwänglich um Twig. »Ausgezeichnet. Aber jetzt musst du mir verraten, was du gesagt hast.«
Twig lachte. »Ich habe nur die Sekunden gezählt. Das Geheimnis besteht darin, dass man Sturmphrax nur im exakten Moment der Dämmerung gefahrlos in Phraxstaub verwandeln kann. Keinen Moment früher und keinen Moment später.«

»Aber für mich ist Dämmerung gleich Dämmerung«, wandte Mutter Pferdefeder ein. »Und die dauert sehr viel länger als nur einen Moment.«
Twig lächelte. »Für Sie und für mich ja. Doch für den Professor der Dunkelheit ist der Sekundenbruchteil, der das Licht von der Dunkelheit trennt, so deutlich wie ... wie der Schnabel in Ihrem Gesicht.«
Mutter Pferdefeder gackerte verärgert. »Aber woher weiß ich, wann es so weit ist?«
»Der Professor der Dunkelheit läutet jeden Abend in genau diesem Augenblick eine Glocke. Sie müssen sich nur bereithalten.«
Die Augen der Vogelfrau wurden zu Schlitzen. »Der Professor der Dunkelheit?«, fragte sie misstrauisch.
»Es ist nicht so, wie Sie denken«, sagte Twig hastig. »Der Professor tut das nur zu Ehren meiner Rückkehr aus dem Dämmerwald. Er ...«
»Wenn du ihm auch nur ein Sterbenswörtchen verraten hast, kommen wir nicht ins Geschäft«, unterbrach ihn Mutter Pferdefeder barsch. Ihre Augen blitzten. »Eigentlich hast du mir jetzt ja alles gesagt, da brauche ich ...«
Twig stand abrupt auf. »Denken Sie daran, wie schrecklich es wäre, wenn die Glocke eines Tages einen Augenblick zu früh oder zu spät läuten würde«, sagte er kalt. »Ich habe mich an meinen Teil der Abmachung gehalten, Mutter Pferdefeder. Meine Mannschaft wartet draußen. Jetzt will ich das Gold und das Himmelsschiff.«
Mutter Pferdefeder zog einen Schlüssel aus der Schürze und warf ihn auf den Tisch. »Liegt im Flugdock«, sagte sie. »Werft Nummer drei. Das Gold ist an Bord.«

»Ganz sicher? Denken Sie an die Glocke.«
Mutter Pferdefeder schnatterte wütend. »Es wird an Bord sein, wenn du hinkommst.«

Wenig später begab sich die neue Besatzung zum *Klippentänzer.* Es war Liebe auf den ersten Blick.
»Ist das ein schönes Schiff«, stammelte Trapp Hammelhirt. »Also wirklich.«
»Ein Juwel«, murmelte Schliet.
Strahlend vor Stolz sah Twig zu den mächtigen, weißen Segeln und den sauber geknüpften Tauen der Takelage hinauf. Zusammen zogen sie das Himmelsschiff über Rollen die Rampe hinunter und aus der baufälligen Baracke in die Nacht. Der Vollmond glänzte auf den polierten Masten und dem Rumpf, auf den silbernen Lampen, den blanken Instrumenten und den aus Bein gefertigten Griffen.
»Alles an Bord«, brüllte Twig, wie er seinen Vater so viele Male hatte brüllen hören. »Auf eure Plätze.«
Die Himmelspiraten beeilten sich ihm zu gehorchen. Twig stieg auf die Brücke, ergriff das Steuerrad und wartete auf ein Zeichen der Steinpilotin, dass der Flugstein bereit sei.
Das Zeichen kam.
»Leinen los!«, rief Twig. »Hisst das Großsegel. Kurs geradeaus.«
Der *Klippentänzer* begann zu steigen. Behutsam trimmte Twig die Bug- und Heckgewichte. Der Bug hob sich und das Himmelsschiff schoss nach oben.
Twig lachte übermütig. Das Himmelsschiff fuhr sich traumhaft, ganz anders als die *Windsbraut.* Er senkte die Backbordgewichte und passte das Großsegel an. Trotz-

dem, dachte er, als das Schiff gehorsam nach links schwenkte, ohne die gefährliche Fahrt in dem maroden Himmelsschiff über die Modersümpfe und die Klippe hätte er nicht gelernt, wie man ein Himmelsschiff steuerte. Erst jetzt, nach der Erfahrung mit der *Windsbraut*, war es ein Kinderspiel, den *Klippentänzer* zu fliegen.
Über der Schenke zur Bluteiche gingen sie tief nach unten. Twig sah Mutter Pferdefeder in der Tür stehen und zu ihm heraufstarren. »Trapp«, rief er, »Spooler. Leert die Säcke aus.«
»Aye, aye, Captain!« Über das Heck gelehnt, begannen die beiden mit den Händen Briefumschläge über die Reling zu schaufeln. Flatternd und kreiselnd segelten die Umschläge nach Unterstadt hinab. Die Himmelspiraten sahen zu, wie die Unterstädter im trübgelben Licht der Straßenlaternen hin und her rannten und nach den merkwürdigen Um-

schlägen schnappten, die scheinbar aus dem Nichts auf sie herabregneten.

»Entschuldigen Sie die Frage, Captain«, sagte Trapp, als sie zum zweiten Mal über der Stadt kreisten. »Aber was genau tun wir da?«

Die Bluteiche kam wieder in Sicht, und Twig grinste. »Wir beenden ein Monopol.«
»Ein was?«
»Jeder Umschlag enthält einen Sturmphraxkristall und eine Anleitung, wie man damit Phraxstaub herstellt. Nur so konnte ich dafür sorgen, dass *alle* wieder Zugang zu sauberem Wasser haben.«
»Das gefällt mir, Captain«, rief Trapp. »Wirklich. Das ist nur gerecht. Mein Bruder Flechser hätte es ganz bestimmt gutgeheißen.«
»Was man von Mutter Pferdefeder nicht sagen kann«, bemerkte Schliet. »Sie sieht aus, als würde sie gleich explodieren.«
Twig lachte und winkte Mutter Pferdefeder fröhlich zu, die unter ihnen mit geballten Fäusten fuchtelte. »Es war höchste Zeit, dass die habgierige Vogelfrau ihre wohlverdiente Strafe bekam«, sagte er. »Sie hat im Unterstädter Hühnerstall schon viel zu lange regiert.« Er drehte sich um. »Wie weit seid ihr?«
»Fast fertig, Captain«, kam die Antwort.
Twig lächelte. Auch seine Aufgabe war damit fast erfüllt. Das Sturmphrax war verteilt. Es würden keine neuen Ketten mehr gebaut werden, die Verschmutzung würde aufhören und der Klippenfluss würde wieder so sauber sein, dass man das Wasser trinken konnte. Der Teufelskreis, in dem Sanktaphrax und Unterstadt gefangen gewesen waren, war gebrochen.
Die letzten Umschläge flatterten nach unten und Twig drehte das Steuer nach Backbord. Es war Zeit, Sanktaphrax und Unterstadt zu verlassen. Er zog die Segel nach oben

und senkte die Steuerbordgewichte ab. Der *Klippentänzer* machte einen Satz. Der Wind frischte auf und sang in den Tauen. Twig schloss die Augen und legte den Kopf in den Nacken. Ihm schwindelte vor Glück.

Er hatte es geschafft! Er hatte die Aufgabe vollbracht, zu der sein Vater Quintinius Verginix vor Jahren aufgebrochen war. Vielleicht hatte es so sein müssen ... wer weiß?

Jedenfalls war er, Twig, dem großen Sturm auf der Suche nach Sturmphrax in den Dämmerwald gefolgt und wenn er die heiligen Kristalle letztlich auch woanders entdeckt hatte, gefunden hatte er sie. Als blinder Passagier war er aufgebrochen, als Kapitän zurückgekehrt – ein wahrer Triumph.

Der Wind strich liebkosend über sein Gesicht und zauste ihm die Haare. Konnte es etwas Herrlicheres geben, als so durch die endlose blaue Weite zu gleiten? Er musste grinsen. Nein, befand er, da gab es nichts. Überhaupt nichts.

Er hatte in diesem Augenblick das Gefühl so glücklich zu sein wie niemand sonst auf der Welt.

»Auf meinem eigenen Himmelsschiff über den Himmel zu fahren«, murmelte er und wollte fast platzen vor Stolz. »Im *Klippentänzer.*«

Auf einmal hörte er lautes Flügelschlagen. Die Himmelspiraten schrien aufgeregt durcheinander. Er öffnete die Augen.

»Du!«, rief er erstaunt.

»Ja, ich«, erwiderte der Raupenvogel und hüpfte mit vorgerecktem Schnabel über die Reling.

»Alles klar, Captain?«, brüllte jemand. Es war Trapp Hammelhirt. »Oder soll ich dem Biest einen Bolzen in den dürren Hals jagen?«
Twig fuhr herum und sah, dass Trapp die Armbrust angelegt und gespannt hatte. »Halt!«, schrie er. »Waffe runter.«
Der Raupenvogel beäugte das Schiff. »Du bereitest mir ein schönes Willkommen, Master Twig«, krächzte er, »aber vielleicht ein angemessenes. Denn ich bringe schlechte Nachrichten.«
»Schlechte Nachrichten?«, fragte Twig besorgt. »Was denn für welche?«
»Dein Vater Wolkenwolf schwebt in großer Gefahr.«
»Gefahr?«
»Der große Sturm hat ihn nicht mehr aus seiner schrecklichen Gewalt freigelassen. Als ich Wolkenwolf zuletzt sah,

wurde er von den Winden fortgerissen. Ich folgte ihm, so weit ich mich traute ...«

»Wohin haben die Winde ihn getragen?«

»In eine Gegend weit weg von hier. Zu weit.«

»Doch nicht über ...«

Der Raupenvogel nickte. »Über die Klippe hinaus, Twig. Weit in den unerforschten Himmel hinaus, weiter als irgendjemand vor ihm.«

Twig starrte mit klopfendem Herzen geradeaus. Sein Vater dort draußen, verloren in der ungeheuerlichen, nebelverhangenen Wüstenei jenseits der Klippe – es war ein so furchtbarer Gedanke, dass er erschauerte.

»Ich muss versuchen ihn zu retten«, sagte er entschlossen.

»Das ist aber sehr gefährlich, Master Twig ...«, begann der Raupenvogel.

»*Captain* Twig«, unterbrach Twig ihn steif. »Auch wenn es noch so gefährlich ist, ich lasse mich nicht abschrecken. Der *Klippentänzer* ist bereit, die Mannschaft ebenfalls und ich auch.«

»Dann brechen wir sofort auf«, sagte der Raupenvogel.

Twig sah ihn überrascht an. »Wir? Du willst uns begleiten?«

»Du warst dabei, als ich geschlüpft bin«, erinnerte ihn der Raupenvogel. »Deshalb muss ich immer auf dich aufpassen ... immer.« Er seufzte. »Manchmal wünschte ich, es wäre anders ... Doch genug. Wir müssen uns beeilen. Zuerst brauchen wir ein langes Tau. Das eine Ende befestigst du am Bugspriet, das andere bindest du mir um den Bauch. Ich werde deinen Vater am Himmel suchen.« Er verstummte und fröstelte. »Das heißt, ich werde weiter hinausfliegen, als ich je geflogen bin – aber ich bringe dich zu ihm. Wenn der Himmel es will, kommen wir noch rechtzeitig.«

»Wenn der Himmel es will«, wiederholte Twig leise. Dann, ohne ein weiteres Wort, senkte er die Steuerbordgewichte und drehte das Ruder.

»Alles fertig«, schrie der Raupenvogel, stieß sich von der Reling ab und flog mit schweren Flügelschlägen voraus.

Die Leine spannte sich und Twig umklammerte das Ruder mit beiden Händen. Der *Klippentänzer* machte einen Satz. Gezogen vom Raupenvogel, näherte sich das Himmelsschiff dem Abgrund. Unter ihnen stürzte der Klippenfluss in die Tiefe und verschwand schäumend in der bodenlosen

Finsternis. Die Segel blähten sich im Wind und der *Klippentänzer* raste dahin – über die Klippe hinaus und immer weiter.

»Der Himmel schütze uns«, flüsterte Twig. »Uns alle!«

Die Klippenland-Chroniken

Twig im Auge des Sturms

Paul Stewart

Mit vielen Bildern
von Chris Riddell

Aus dem Englischen von Wolfram Ströle

Sauerländer

KAPITEL 1

Jenseits der Klippe

Weit draußen auf dem unermesslichen Wolkenmeer jagte unter vollen Segeln einsam ein Himmelsschiff durch die Luft. Ihm voraus flog an einer Leine ein riesiger Vogel. Mit schweren Schlägen seiner schwarzweißen Schwingen zog er das Schiff immer weiter in den endlosen Raum hinaus, den die Bewohner des Klippenlandes so panisch fürchteten.

»Wetterstrudel voraus«, meldete der kleine Eichenelf aus dem Krähennest an der Spitze des Großmasts. Seine Stimme klang schrill vor Angst. »Ein schrecklicher Anblick!«

Drunten, am Steuerruder des *Klippentänzers*, hob ein junger Himmelspiratenkapitän in einer Weste aus Hammelhornfell mit zitternden Händen das Fernrohr an die Augen und fixierte es auf den dunklen Fleck. Er hielt den Atem an. Der näher kommende Strudel bot in der Tat einen Furcht erregenden Anblick. Zu einer milchweißen Masse geronnene Wolken verschwanden wirbelnd in einem blutrot gähnenden Schlund. In der Mitte des Schlundes klaffte tin-

tenschwarz ein Loch, welches das Himmelsschiff voll und ganz zu verschlucken drohte.

»Ich sehe ihn, Spooler«, rief der Himmelspiratenkapitän zu dem Eichenelf hinauf.

»Er nähert sich mit einer Geschwindigkeit von hundert Schritten pro Sekunde, Captain Twig«,

meldete Spooler aufgeregt. »Wir stoßen in Kürze mit ihm zusammen.«

Twig nickte grimmig. Der Wind kam immer stärker aus verschiedenen Richtungen. Sie flogen durch große Wolkenbänke. In den Wolken sackten sie ab, auf der anderen Seite stiegen sie abrupt wieder auf. Die Leine, die sie mit dem Raupenvogel verband, blieb freilich die ganze Zeit straff gespannt. Unbeirrt führte der Vogel den Weg an.

»Aber das ist doch Wahnsinn!«, jammerte der Maat, eine magere, spitzgesichtige Person in einem bunt schillernden Brokatmantel. Er zog seinen großen Dreispitz und wischte sich den Schweiß von der Stirn. »Der Vogel fliegt direkt auf den Strudel zu.«

»Wir müssen ihm folgen, wohin er uns führt, Schliet«, rief Twig.

»A... aber ...«, stotterte Schliet weinerlich.

»Schliet! Schlapp machen gilt nicht! Sieh lieber nach, ob die Leinen ordnungsgemäß belegt sind.«

Murrend gehorchte der Maat. Auf dem Unterdeck kam er an einem bulligen Flachkopfkobold vorbei, der sich mit

angstvoll geweiteten Augen an die Takelage klammerte.
»Wir brauchen uns keine Sorgen zu machen, Grogg«, sagte Schliet mit zusammengebissenen Zähnen. »Unser junger Captain glaubt allen Ernstes, dass der zerfledderte Vogel ihn zu seinem vermissten Vater führt und nicht in den sicheren Tod im Herzen des Strudels. Was sollen da unsere kleinlichen Bedenken?«
»Genau!«, rief eine stämmige Gestalt mit der feuerroten Haut und den feuerroten Haaren eines Schlächters aus dem Dunkelwald. »Du hast doch wie wir alle freiwillig bei Captain Twig angeheuert, wahrscheinlich, weil auch du etwas Besonderes in ihm gesehen hast – so wie er etwas Besonderes in uns. Wir sind die wenigen Auserwählten, und jetzt müssen wir auch bis zum Ende durchhalten.«
»Äh, gewiss«, erwiderte Schliet unsicher. »Nur wusste ich nicht, dass das Ende schon so nahe ist.«
»Noch hunderttausend Schritte bis zum Strudel«, krächzte Spoolers Stimme aus dem Krähennest.
»Es ist doch nicht schlimm, wenn man Angst hat, Schliet«, zischelte eine Stimme in einer dunklen Ecke hinter ihnen leise.
Schliet ließ das Tau fallen, das er in den Händen hielt, und fuhr herum. »Wieder mal beim Gedankenlesen, was, Waldfisch?«
Waldfisch zuckte zusammen. Er war schmächtig und erinnerte vom Aussehen her an ein Reptil. An den Händen und Füßen hatte er Schwimmhäute, seine großen Fächerohren vibrierten unaufhörlich.
»Ich kann nicht anders«, sagte er entschuldigend. »So sind wir Wasserschwärmer eben. Aber ich sage euch eins: Der

Captain kennt den Raupenvogel schon lange. Er war dabei, als der Vogel geschlüpft ist, deshalb muss der Vogel zeit seines Lebens auf ihn aufpassen. Der Raupenvogel hat Twigs Vater im Wrack eines steuerlos über den Himmel treibenden Schiffes entdeckt. Er bat den Captain um Hilfe und der Captain bat uns. Jetzt müssen wir ihm auch helfen.« Waldfisch machte eine Pause, dann fügte er hinzu: »Der Raupenvogel weiß, was er tut, auch wenn seine Gedanken nicht leicht zu lesen sind.«
»Da fällt mir aber ein Stein vom Herzen«, sagte Schliet spitz.
»Ich weiß«, erwiderte Waldfisch ruhig. »*Deine* Gedanken kann ich nämlich sehr gut lesen.«
Schliets Lächeln gefror, und seine bleichen Wangen röteten sich.
»Denk an die Leinen, Schliet!«, rief Twig.
Der Captain starrte unverwandt auf den gähnenden Rachen vor ihnen. Irgendwo dort war das Himmelspiratenschiff seines Vaters verschwunden, der *Sturmpfeil*. Sein Vater war tiefer in den Raum jenseits der Klippe vorgestoßen als je ein Himmelspirat zuvor, aber er würde ihn finden, koste es, was es wolle.
Zwanzig Tage und Nächte waren sie schon unterwegs. Der Raupenvogel flog voraus und wies unbeirrt den Weg durch das trügerische Nichts. So auch an diesem Morgen des einundzwanzigsten Tages. Das Licht der aufgehenden Sonne überflutete den Himmel rosafarben. Die Südwestwinde stießen mit Luftströmungen aus Ost zusammen, die Böen wurden immer unberechenbarer.
»Übernimm das Ruder, Tapser«, befahl Twig dem zotteli-

gen Bären hinter ihm, einem Berg aus Fell, aus dem zwei krumme Hauer ragten. Jeder Himmelspiratenkapitän brauchte einen Stellvertreter, auf den er sich verlassen konnte. Twigs Stellvertreter war der Banderbär Tapser.
»Halte den Kurs. Immer hinter dem Raupenvogel her.«
Tapser brummte, seine flauschigen Ohren zuckten.
Twig wandte sich den in zwei Reihen angeordneten, beinernen Steuerhebeln des Himmelsschiffes zu. Mit schlaf-

wandlerischer Sicherheit glitten seine Hände darüber – Steuerbordgewicht hinauf, Buggewicht hinunter, Rumpfgewichte klein, mittel und groß auf der Steuerbordseite ganz nach unten, die entsprechenden Gewichte auf Backbord ganz nach oben.

Der Bug senkte sich, das Schiff neigte sich abrupt nach Steuerbord. Es war nicht leicht, dem Zickzackkurs des Raupenvogels zu folgen. Von den tiefer gelegenen Decks stiegen alarmierte Rufe auf. Twig biss die Zähne zusammen. Er durfte sich nicht ablenken lassen. Ein Himmelsschiff zu fliegen erforderte selbst unter besten Umständen volle Konzentration. Wenn am Himmel vor einem dazu noch ein Wetterstrudel gähnte, war es kaum zu schaffen.

Mit einer Hand veränderte er die Position der Neben- und Unterrumpfgewichte, mit der anderen den Winkel der Segel – das Stagsegel ein wenig geschwenkt, das Großsegel gefiert, die Fock vorsichtig angeholt ... ganz vorsichtig ...

»Winkel, Geschwindigkeit und Balance«, murmelte er. Die drei Grundelemente der Himmelsschifffahrt. Doch der Wind frischte von Minute zu Minute auf und es wurde zunehmend schwieriger, überhaupt eins der Grundelemente im Auge zu behalten.

»Nach Steuerbord abfallen, Tapser!«, brüllte er und veränderte erneut die Position der Rumpfgewichte. »Wir müssen in einem Winkel von ...«

Ein gewaltiger Ruck ging durch das Himmelsschiff. Der Rumpf ächzte, die Masten schwankten. Das Schiff bäumte sich auf und legte sich auf die andere Seite.

»Anleinen!«, brüllte Twig. Der *Klippentänzer* konnte jeden Moment ganz umschlagen, und wer dann hinunterfiel, fiel ins Bodenlose, denn sie hatten kein Land unter sich. Spooler, der Eichenelf, duckte sich ins Krähennest. Schliet ergriff ein Tauende und band sich damit an den Fockmast. Der Schlächter Trapp Hammelhirt und der Wasserschwärmer Waldfisch hielten sich am Bugspriet fest, der Flachkopf Grogg legte nur den Kopf in den Nacken und heulte gottserbärmlich los.

In der Mitte des Schiffes stand auf einer Plattform über dem Flugstein vollkommen ruhig und bewegungslos eine Gestalt in einem schweren Mantel und einer spitzen Kapuze, das letzte Mitglied der Besatzung – die Steinpilotin.

Der Wind warf das Himmelsschiff von einer Seite auf die andere, von Backbord nach Steuerbord und wieder zurück. Twig zog das Buggewicht ganz hoch und hielt die Luft an. Der *Klippentänzer* erzitterte heftiger denn je, doch er kippte nicht um. Dadurch ermutigt, nahm Twig an Großsegel und Fock einige letzte Änderungen vor. Das Himmelsschiff krängte leicht nach Backbord und machte einen Satz nach vorn. Die Verbindungsleine zum Raupenvogel erschlaffte. Der Vogel flog weit vor ihnen auf den aufgesperrten Rachen des Strudels zu.

»Noch fünfundsiebzigtausend Schritte«, schrie Spooler aus dem Krähennest.

»Bleibt angeleint!«, befahl Twig der Mannschaft. »Ich will niemanden verlieren.«

»Niemanden?«, murrte Schliet. »Uns alle wird er verlieren, wenn wir nicht sofort umkehren.«

Trapp Hammelhirt funkelte ihn böse an. »Schliet!«, zischte er warnend.

Schliet hielt seinem Blick trotzig stand. »Jemand muss es ihm doch sagen. Der bringt uns alle um.«

»Der Captain weiß, was er tut«, erwiderte Trapp. »Jetzt ist es sowieso zu spät zum Umkehren.«

Twig hörte sie streiten und sah zum Unterdeck hinunter. Alle waren inzwischen angeleint. Die Angst in ihren Augen war offenkundig. Twigs Blick fiel auf Trapp.

»Was ist da unten los?«, rief er.

»Nichts, Captain.« Trapp schüttelte den Kopf mit der roten Mähne. »Nur Schliet hat Bammel.«

Schliet hob den Blick. »Meines Wissens«, sagte er, »ist noch kein Kapitän, der mit seinem Himmelsschiff in einen Wetterstrudel gefahren ist, mit dem Leben davongekommen.«

Die anderen schwiegen. Sie waren dem Captain treu ergeben, deshalb erhoben sie keine Einwendungen gegen seine

Befehle. Andererseits war ihre Angst vor dem näher kommenden Unwetter so groß, dass sie ihm auch nicht zu Hilfe kamen. Twig musterte sie traurig.

Wie viel hatte sich doch verändert seit jenem Abend, an dem der *Klippentänzer* zu seiner langen Reise aufgebrochen war. Damals hatte sich die Besatzung im Schein des Vollmonds zu einem köstlichen Mahl aus gebratenen Schneeammern, Waldkürbissen und Schwarzbrot auf dem Unterdeck versammelt. Alle waren ausgelassener Stimmung gewesen. Das Waldbräu hatte ihnen die Zunge gelöst und sie hatten einander Geschichten aus der Zeit erzählt, als sie sich noch nicht kannten.

Denn für die Besatzung des *Klippentänzers* war es die erste gemeinsame Fahrt. Spooler, der kleine, wachsame Eichenelf, hatte so scharfe Augen, dass er einen weißen Raben in den Modersümpfen auf tausend Schritt Entfernung erkennen konnte. Tapser,

der junge Banderbär, war ein Riese, dem seit einiger Zeit auch noch gewaltige Hauer wuchsen. Er konnte mit einem einzigen Tatzenhieb ein Hammelhorn töten. Waldfisch schließlich, der aussah wie ein

Reptil, kam aus den Tiefen des Dunkelwalds. Er hörte mit seinen Fächerohren alles, egal ob gesprochen oder nur gedacht. Twig hatte die drei aus den

Händen des zwielichtigen Zoohändlers Wabbelspak gerettet und sich dadurch ihre lebenslange Dankbarkeit verdient. Der Schlächter Trapp Hammelhirt stammte ebenfalls aus dem Dunkelwald und war in den Schenken von Unterstadt hängen geblieben.

Grogg, ein kriegerischer Flachkopfkobold, war einst Wächter in Sanktaphrax gewesen. Beiden hatte ein launenhaftes Schicksal übel mitgespielt, beide hatten an Bord des *Klippentänzers* eine zweite Heimat gefunden und eine zweite Chance erhalten.

Dafür waren sie dem jungen Captain zutiefst dankbar.
Schliet wiederum, der kluge, aber auch verschlagene Maat, schuldete dem Captain nichts, und Twig wusste nicht, ob er ihm vertrauen konnte. Nur die schweigsame

Steinpilotin kannte er von früher. Sie war bereits mit ihm gefahren.
»Auf unser erstes gemeinsames Abenteuer!«, hatte Trapp gerufen und das Glas erhoben. »Möge der Raupenvogel uns schnell zum Vater des Captains führen und uns wohlbehalten ins Klippenland zurückbringen.«
Die anderen Himmelspiraten hatten ihm von Herzen zugestimmt.
»Auf unser erstes Abenteuer«, hatten sie gebrüllt.

Jetzt, drei Wochen später, näherte das Abenteuer sich dem Höhepunkt.
»Noch fünfzigtausend Schritte«, schrie Spooler über dem Brausen des Wetterstrudels.
»Hört mal alle her«, rief Twig laut. Er drehte sich zu dem Banderbären am Ruder um, der den *Klippentänzer* unerschütterlich durch die von allen Seiten über das Schiff herfallenden Sturmböen lenkte. »Du auch, Tapser. Könnt ihr mich verstehen?«
»Jawohl«, antworteten die Himmelspiraten im Chor. Ihre Augen waren auf den Captain gerichtet.
Um das Schiff wogten gelbe und graue Wolken, dazwischen leuchtete stahlblau der Himmel. Der gähnende Rachen des wirbelnden Tunnels kam unaufhaltsam näher. Twig hob nervös den Blick. Die Haare seiner Hammelhornweste stellten sich auf.
»Ich habe euch nicht gezwungen mitzukommen«, rief er. »Trotzdem seid ihr mitgekommen. Dafür danke ich euch – mehr, als ihr euch vorstellen könnt.«
Waldfisch nickte wissend.

»Ich hatte meinen Vater schon verloren gegeben. Jetzt finde ich ihn vielleicht wieder, dank euch. Das werde ich euch nie vergessen.«
»Ich würde Ihnen bis ans Ende des Himmels folgen, Captain!«, rief Trapp Hammelhirt.
»Wu, wu!«, stimmte Tapser zu.
Schliet senkte den Kopf und trat verlegen von einem Bein aufs andere.
»Einen großen Teil der Reise haben wir geschafft«, fuhr Twig fort. »Jetzt kommt die Bewährungsprobe. Wenn der Himmel es will, finden wir Wolkenwolf und kehren wohlbehalten zur Klippe zurück. Wenn nicht …« Er verstummte. »Ich werde euch jedenfalls nicht im Stich lassen, solange ihr auf meinem Schiff dient. Das schwöre ich euch. Niemals! Als Captain des *Klippentänzers* gebe ich euch darauf mein Wort.«
Trapp Hammelhirt sah zu ihm auf. »Ich kann nicht für die anderen sprechen, Captain. Aber ich folge Ihnen, wohin Sie uns führen.«
»Ich auch«, sagte Waldfisch.
Auch die anderen bekundeten ihre Zustimmung. Sogar Schliet nickte. »Obwohl ich immer noch nicht kapiere, warum wir es uns so schwer machen und in einen Wetterstrudel hineinfahren müssen«, klagte er.
»Hab Vertrauen zu dem Raupenvogel«, gab Twig zur Antwort. »Er weiß, was er tut.«
»Noch fünfundzwanzigtausend Schritte bis zum Strudel«, rief Spooler. »Ungefähr vier Minuten bis zum Zusammenstoß.«
Geschüttelt von heftigen Böen, flog der *Klippentänzer* in

eine dichte, graue Wolkenwand. Tapser hielt das Steuer umklammert, Twig ließ die Finger über die beinernen Hebel tanzen und versuchte aufgeregt, das Schiff unter Kontrolle zu halten. Blitze zuckten bläulich gleißend durch die Wolken. Der Nebel war so dicht, dass die Himmelspiraten kaum die Hände vor dem Gesicht sahen.

»Winkel, Geschwindigkeit und Balance«, murmelte Twig. Doch diesmal hatten die Worte keine beruhigende Wirkung. Der Nebel drang ihm in Augen, Nase und Mund, und er spürte, wie ihn Panik überkam.

Im selben Augenblick schoss der *Klippentänzer* aus den Wolken hinaus. Die Himmelspiraten zuckten entsetzt zurück. Twig stockte der Atem, und sogar der Raupenvogel schien von dem Anblick, der sich ihnen bot, für einen Augenblick aus der Fassung gebracht. Direkt vor ihnen gähnte Schwindel erregend der Eingang des Strudels. Der riesige blutrote Schlund füllte fast den ganzen Himmel aus.

»N... n... noch zehntausend Schritte bis zum Strudel«, stotterte Spooler.

Der Wind trug ihnen die Stimme des Raupenvogels zu. »Etwas höher, Twig.« Der Raupenvogel stieg auf und die Leine straffte sich erneut. »Wir müssen genau auf die Mitte des Tunnels zuhalten.«

Twig gehorchte ohne zu zögern. Flink sprangen seine Hände über die Hebel, das Buggewicht hob sich, das Heckgewicht sank hinunter und Stag- und Leesegel drehten sich dem Wind zu.

»Gut so«, rief der Raupenvogel über die Schulter. »Jetzt den Kurs halten. Solange wir in der Mitte des Strudels sind, haben wir eine Chance.«

Twig lief es kalt über den Rücken.

Das Tosen des Strudels wurde lauter.

»Noch fünftausend Schritte«, schrie Spooler.

Orkanartige Winde warfen den *Klippentänzer* mit Urgewalt hin und her. Das Schiff drohte jeden Moment ins Trudeln zu geraten, und das wäre das Ende gewesen. Die Luft

knisterte und roch nach Schwefel und gerösteten Mandeln. Den Himmelspiraten sträubten sich die Haare.
»Noch tausend Schritte!«
Das Schiff bebte und ächzte. Die Himmelspiraten ergriffen, was ihnen in die Hände kam, und hielten sich verzweifelt daran fest.
Dann wirbelte plötzlich der faserige Rand des Strudels um das Schiff. Die Himmelspiraten starrten in den gähnenden Schlund. Zurück konnten sie nicht mehr.
»Fünfhundert Schritte!«, schrie der Eichenelf. »Vierhundert, dreihundert, zweihundert, hundert ...«
»Aufgepasst!«, brüllte Twig. »Wir fahren in den Strudel hinein ... *jetzt!*«

KAPITEL 2

Der Wetterstrudel

Sie wurden in den Strudel gerissen, und auf einmal war alles rot. Glühend heiße Luft schlug ihnen entgegen, ein schrilles Heulen dröhnte ihnen in den Ohren. Twigs Magen verknotete sich, er bekam keine Luft mehr, und als er ein Auge einen Spalt öffnete, liefen ihm sofort Tränen über die Wange, so heftig war der Wind.

»Beim Himmel!«, rief er.

Sie befanden sich im Schlund des tobenden Wetterstrudels. Um sie knallten und pfiffen die Sturmwinde, hier dagegen, genau in der Mitte, herrschte gespenstische Ruhe.

»Großsegel niederholen, Tapser«, brüllte Twig durch das Tosen. »Klampen doppelt belegen.«

»Aye, aye, Captain«, antwortete der Banderbär.

Der Wetterstrudel war unvorstellbar groß. Es war, als hätte der Himmel sich in eine gefräßige Bestie verwandelt. Und der *Klippentänzer* war mittendrin, verschluckt, ein Opfer der Winde.

»Festhalten!«, brüllte Twig. »Tapser, kette dich ans Ruder und halte den Kurs.«

Der Banderbär gehorchte aufgeregt. Twig wandte sich wieder den Hebeln für die Segel und die Rumpfgewichte zu. Der Sturm umkreiste sie immer schneller, eine tobende rote Wand, die sie einschloss und beständig drohte, das Himmelsschiff aus seiner Bahn zu reißen und zu zertrümmern. Je tiefer sie in den Windkanal gesogen wurden, desto wichtiger war es, die Balance zu halten.

»Und jetzt?«, rief Twig dem Raupenvogel zu.

»Zurück können wir nicht mehr«, schrie der Vogel. »Wir dringen jetzt in das Herz des Muttersturms ein, des Ursprungs aller Stürme und Gewitter – einen Ort wahnwitziger Raserei. Doch herrscht im Zentrum des Muttersturms vollkommene Ruhe und ...«

»Und was?«, rief Twig. Die Luft hatte sich eisblau verfärbt, winzige Hagelkörner stachen ihn schmerzhaft ins Gesicht.
»Und«, schrie der Raupenvogel, während er weit vor ihnen in eine wirbelnde Nebelschwade eintauchte, »dort werden wir deinen Vater finden – vorausgesetzt, wir leben bis dahin noch.«
Namenloser Kummer überkam Twig und zwang ihn in die Knie. Heftiges Schluchzen schüttelte ihn. Waldfisch stimmte ein gellendes Klagegeheul an, Schliet hatte sich zu Füßen des ebenfalls weinenden Grogg zu einer Kugel zusammengerollt. Erbarmungslos trommelten die tückischen Hagelkörner auf das Deck.

Was geschah? Warum wurden sie plötzlich alle von tiefem Kummer übermannt? Mühsam stand Twig auf. Es war unerträglich.

Auch Trapp Hammelhirt bot ein Bild des Jammers. Mit gesenktem Kopf kniete er auf den Planken und brüllte wie ein Tilder. »Warum?«, heulte er. »Warum musstest du sterben?«

Spooler kam den Mast heruntergerutscht und kauerte sich neben Trapp. »Trapp, mein Freund!«, beschwor er ihn.

Doch Trapp hörte ihn nicht. Er hob den Kopf und starrte blicklos an dem Eichenelf vorbei.

»Ach, Flechser, Bruderherz!«, heulte er. »Mein armer, armer Bruder.« Er brach zusammen und versuchte den Kopf mit den Händen vor dem Hagel zu schützen.

Twig umklammerte das Steuer. Tapser hinter ihm begann lauter zu heulen als alle anderen. Doch dann schlug das Wetter um. Giftgrüner Nebel wälzte sich lautlos über den Bug. Schwer legte er sich auf das Unterdeck und hüllte die Mannschaft ein. Aus dem Schluchzen wurde Angstgeschrei.

Der grüne Nebel schlug auch Twig ins Gesicht. Twig erschauerte. Der Nebel drang ihm durch die Haut bis ins Innerste. Ihm wurde eiskalt.

»Das ist das Ende!«, schrie er. »Hier kommen wir nie mehr raus. Wir werden in dieser Hölle sterben. Wir ...«
»Nach dem Kummer die Angst«, hörte er aus der Ferne die Stimme des Raupenvogels. »Auch sie geht vorüber. Nur Mut, Captain Twig.«
Twig schüttelte den Kopf. Der Nebel lichtete sich, und die Panik verebbte. Nieselregen setzte ein. Die Tropfen glitzerten wie kleine Edelsteine. Schliet warf den Kopf in den Nacken und brüllte vor Lachen. Twig sog den Regen mit allen Poren auf, bis ihm schwindelte. Alles war so schön, so wunderbar, so unaussprechlich ...
»*Neiiiiiiiin!*«, kreischte Schliet.
Twig sah, wie der Maat unter ihm von der Reling zurücktaumelte und verzweifelt die Hände vors Gesicht schlug. Kopf und Schultern waren von züngelnden Flämmchen eingehüllt. Funken sprühende Flammenbällchen hüpften knisternd über die Planken, Waldfisch suchte kreischend nach Deckung.

»Runter mit euch«, schrie Twig. Das Glücksgefühl war wie weggeblasen.

Schliet lag neben Trapp Hammelhirt auf dem Deck und rührte sich nicht.
»Retten Sie uns, Captain!«, kreischte Waldfisch mit sich überschlagender Stimme. »Retten Sie uns!«
»Wir müssen weiter!«, schrie Twig.
Dann senkte sich roter Nebel über das Schiff. Wie eine undurchdringliche Decke. Beißender Gestank nach Holzasche breitete sich aus, vor Twigs Augen verschwamm alles. Blinde Wut überkam ihn. Aus seinen Augen schossen Blitze, seine Nase zuckte und er knirschte mit den Zähnen.
»Wir können nicht mehr zurück!«, brüllte er verzweifelt und bearbeitete das Steuerrad mit den Fäusten.
Der *Klippentänzer* bäumte sich auf. Blindwütig zerrte Twig an den Steuerhebeln. Das Himmelsschiff erzitterte, von den Rumpfgewichten in verschiedene Richtungen gezogen. Tapser neben Twig war den Auswirkungen des roten Nebels genauso hilflos ausgesetzt.

»Wu!«, bellte er und riss in einem Wutanfall das Geländer aus der Verankerung und schlug Löcher in den Rumpf. »WUUUU!« In Twig brodelte es immer stärker. An dem ganzen Chaos, dem Wahnsinn war nur der Raupenvogel

schuld. Nur wegen ihm waren sie überhaupt zu dieser Reise aufgebrochen.
»Verfluchter Vogel!«, schrie er. »Mögest du am Himmel verfaulen!«
Hinter ihm riss der Banderbär mit wildem Gebrüll Türen und dichtgemachte Luken aus den Angeln. Die gesplitterten Bretter warf er über Bord. Der vollkommen außer Kontrolle geratene *Klippentänzer* ächzte und knarrte. Es war nur noch eine Frage der Zeit, bis der Wirbelsturm ihn in Stücke reißen würde.
Twig stürzte zum Hauptdeck hinunter und von dort zum Bugspriet. Der rote Nebel drang ihm in den Mund, legte sich ihm auf die Augen und erfüllte seine Muskeln mit einer seltsam wilden Kraft. Wahnsinn übermannte ihn, seine Sinne verweigerten den Dienst. Er sah nicht mehr, was seine Augen ihm zeigten, und hörte nicht mehr, was seine Ohren hörten. Mit dem Säbel in der Hand stach, schnitt und hackte er wild drauflos, begleitet vom schrecklichen Gebrüll des Banderbären.
Dann wurde es Nacht.

Als Twig die Augen öffnete, war alles um ihn herum milchig weiß. Der *Klippentänzer* hing steil vornüber geneigt vollkommen bewegungslos in der Luft.
»Wir haben es geschafft«, flüsterte Twig. Erstaunt blickte er sich um. Er schien alles schärfer und klarer zu sehen als je zuvor.
Trapp Hammelhirt lag immer noch zusammengerollt und leise schluchzend auf dem Boden. Schliet hatte die Hände vors Gesicht geschlagen und rührte sich nicht, Grogg war

bewusstlos. Ein Stück des Mastes hatte sein rechtes Bein eingeklemmt. Neben ihm lag inmitten eines Wustes aus Holzsplittern und Tauwerk völlig erschöpft der Banderbär. Sein rasselnder Atem zeigte an, dass er noch lebte. Eine seiner Pranken hatte er auf Spooler, den Eichenelf, gelegt. Spooler wimmerte leise vor sich hin, er lebte also auch noch. Waldfisch saß kopfschüttelnd am Bug.

»Ich höre nichts mehr«, wiederholte er monoton.

Die Steinpilotin erschien in der zur Brücke hinaufführenden Treppe.

Twig lächelte matt. »Mir ist nichts passiert«, murmelte er. »Bist *du* verletzt?«

Tief aus dem Inneren der Kapuze kam gedämpft eine Stimme. »Ach, Captain.«

»Was denn? Ich ...« Twig folgte mit den Augen dem ausgestreckten Finger der Steinpilotin. Der Finger zeigte auf seine Hände. Er sah hinunter. In der einen Hand hielt er eine Leine, in der anderen seinen Säbel. »Was habe ich getan?«

Ganz langsam holte er die Leine ein. Er spürte keinen Widerstand. Das Ende der Leine hüpfte über die Reling und landete vor seinen Füßen. Es war mit einem sauberen Schnitt gekappt worden.

»Raupenvogel!«, schrie Twig gellend. »Raupenvogel, wo bist du?«
Er bekam keine Antwort. Der Raupenvogel, sein Führer und Beschützer, war verschwunden. Erschrocken sah Twig die Steinpilotin an.
»Was ist passiert?«, flüsterte er.
»Ich ... ich wollte dich noch aufhalten«, sagte die Steinpilotin. »Aber du warst zu stark für mich. Du hast die ganze Zeit wild geflucht und dann die Leine gepackt und einge-

holt, bis die Flügel des Raupenvogels auf den Bugspriet einschlugen. Der Raupenvogel schrie, und du hast mit dem Säbel ausgeholt und zugeschlagen ...«

Twig hielt den Atem an. »Habe ich ihn getötet?«

»Ich weiß es nicht. Ich weiß nur noch, dass Tapser mich niedergeschlagen hat.«

Twig schüttelte den Kopf. »Nein! Was soll jetzt aus uns werden?«

Die schwere Kapuze der Steinpilotin drehte sich hin und her. Auch sie wusste es nicht. Aus den Augenwinkeln sah Twig etwas Schwarzweißes über das geneigte Deck gleiten. Er wandte den Kopf und sah gerade noch eine Schwanzfeder des Raupenvogels unter der Reling hindurchrutschen und über die Scheuerleiste fallen. Flatternd verschwand die Feder in der schimmernden Leere unter ihnen. Twig begann zu zittern. Was hatte er getan? Der Raupenvogel, sein Beschützer, war weg, vielleicht sogar tot – und er, Twig, hatte ihn getötet. Jetzt war er auf sich selbst gestellt.

»Was soll ich tun?«, sagte er unglücklich. Er zog das Fernrohr aus der Tasche und sah sich um. Das milchige Weiß schimmerte Schwindel erregend in allen Regenbogenfarben, in Rot, Orange, Gelb und ...

Die Steinpilotin packte ihn am Ellbogen. »Sieh dort!«, rief sie aufgeregt.

Twig setzte das Fernrohr ab und starrte mit zusammengekniffenen Augen in das weiße Licht. »Wo denn? Ich ...«

Dann sah er es auch. Dort hing im Nebel ein dunkler Schatten, der Schatten eines Himmelsschiffes. Das Schiff stand fast senkrecht in der Luft. Sein Mast war abgeknickt, die

Segel hingen schlaff herunter wie die gebrochenen Flügel einer Waldfliege. Twig überlief ein Prickeln und sein Herz pochte.

»Ach, Raupenvogel«, sagte er leise. »Dann hast du mich ja doch zum *Sturmpfeil* geführt.«

Mit vor Aufregung weichen Knien beugte er sich über das Geländer und formte mit den Händen einen Trichter vor dem Mund.

»Vater!«, rief er. »Vater, wenn du da bist, antworte mir.«

Doch auf dem in der Luft schwebenden Wrack blieb alles stumm. Nur der geborstene Rumpf knarrte und ein loses Tauende schlug regelmäßig gegen den Maststumpf. Der *Klippentänzer* trieb langsam auf das Wrack des *Sturmpfeils* zu. Twig spähte zu dem einst so stolzen Himmelsschiff hinüber. Es schimmerte so hell, dass seine Augen schmerzten.

»Ich muss wissen, ob mein Vater an Bord ist«, sagte er.

Er packte einen schweren Enterhaken, der auf dem Vordeck lag, schwang die dazugehörige Leine über seinen Kopf und schleuderte den Haken zum *Sturmpfeil* hinunter. Der Haken schien geradewegs durch das Schiff hindurchzufallen, doch zuletzt blieb er an etwas hängen. Ein Ruck lief durch die Leine, man hörte Holz splittern, dann saß der Haken fest. Die Steinpilotin band das andere Ende der Leine am Bugspriet fest. Twig stieg auf die Reling, legte ein Stück Holz auf die Leine und packte es mit beiden Händen.

»Wünsch mir Glück«, rief er. Noch bevor die Steinpilotin antworten konnte, hatte er sich von der Reling abgedrückt und sauste das Seil hinunter.

Es ging steil abwärts und so schnell, dass Twig das Gefühl hatte, als würden ihm die Arme aus den Gelenken gerissen. Unter ihm zog die gähnende Leere vorbei. Immer schneller wurde er, dann schlug er mit einem dumpfen Laut auf dem Deck des *Sturmpfeils* auf.

Er blieb einen Moment bewegungslos liegen. Zu seinem großen Erstaunen hatte er sich offenbar nichts gebrochen. Dann blickte er auf. Das Himmelsschiff war so zertrümmert, dass er es fast nicht wiedererkannt hätte. Holz und Tauwerk schienen vollkommen ausgebleicht, fast durchsichtig. Entsetzt stellte Twig fest, dass er bis in den Bauch des Schiffes sehen konnte. Dann hörte er eine Stimme.

»Twig? Bist das wirklich du, Twig?«

Er fuhr herum. Neben dem geborstenen Steuerrad saß eine ausgemergelte, bleiche Gestalt.

»Vater!«, schrie er.

Wolkenwolf sah älter aus. Seine schönen Kleider hingen in Fetzen an ihm herunter, seine Haare waren schlohweiß und seine Augen blauer, als Twig sie in Erinnerung hatte – unnatürlich blau. Seine rechte Schulter zeigte die noch frische Narbe einer Wunde. Twig schlug das Herz bis zum Hals. Er rannte zu ihm und fiel neben ihm auf die Knie. »Vater«, sagte er tränenerstickt, »endlich habe ich dich gefunden.«
»Ich warte schon so lange, mein Junge«, flüsterte Wolkenwolf erschöpft und zog Twig an sich. »Du hast den weiten Weg also nicht gescheut. Der Raupenvogel, der mich fand, sagte, du würdest kommen. Er behielt Recht. Kein Vater war je stolzer auf seinen Sohn als ich heute.«
Twig senkte den Kopf. Tränen tropften ihm auf den ledernen Brustpanzer.
»Ich weiß, wie dir zumute ist«, sagte Wolkenwolf leise. »Ich weiß.« Seine Stimme wurde härter. »Hör mir jetzt genau zu, Twig, denn ich kann es nur einmal sagen. Dies ist ein gefährlicher Ort.« Er seufzte. »Wenn ich es vorher gewusst hätte, hätte ich den Raupenvogel nicht gebeten, dich zu Hilfe zu holen.«
»Aber Vater, ich wollte doch ...«
»Unterbrich mich nicht, Twig.« Wolkenwolf schimmerte am ganzen Körper. »Mir bleibt nicht mehr viel Zeit. Der gefährliche Strudel hat mich – uns – hierher ins Herz des Muttersturms gebracht. Hier ist ein Ort der Ruhe, der Erleuchtung, doch muss man für das Wissen, das einem zuteil wird, einen schrecklichen Preis zahlen.«
»Einen Preis?«, fragte Twig verwirrt.
»Wer hierher kommt, wird langsam eins mit dem Muttersturm, Twig. Der Muttersturm dringt ihm durch Augen,

Ohren und die Poren der Haut und erfüllt ihn mit Wissen. Wissen über das Wetter, ein Wissen, nach dem die Akademiker von Sanktaphrax seit Jahrhunderten streben. Doch dafür fordert der Muttersturm ihn selbst als Opfer.«

Twig stockte der Atem. »Du meinst ...?«

»Ich liege schon zu lange in dieser Windstille, mein Junge. Ich kann meine Gedanken nicht mehr lange beisammen halten.« Wolkenwolf streckte Twig seine blasse, fast durchscheinende Hand entgegen.

»Ach, Vater«, murmelte Twig, »was ist denn ...?«

»Ich löse mich auf, Twig, und werde eins mit dem Muttersturm. Am schwersten fällt es mir, dich zu verlassen, den ich eben erst wieder gefunden habe. Doch ehe ich gehe, muss ich dir noch etwas sagen – etwas, das ich hier erfahren habe. Der Muttersturm wird bald zurückkehren.«

Twig sah ihn erstaunt an. »Ins Klippenland?«

»Ja, Twig. Der gewaltige Sturm, der das Land vor Urzeiten befruchtet und mit Leben erfüllt hat, kehrt wieder, wie er es seit Anbeginn der Zeiten alle paar tausend Jahre tut. Er wird von draußen über die Modersümpfe und den Dämmerwald bis zur höchsten Erhebung des Dunkelwalds ziehen, zum Quellgrund.«

»Quellgrund?«, sagte Twig. »Der ist doch nur eine Legende.«

»Nein«, entgegnete Wolkenwolf fest, »es gibt ihn wirklich. Wenn der Muttersturm ihn erreicht, wird er das Wasser reinigen. Der Klippenfluss wird wieder zu einem mächtigen Strom anschwellen, und der Sturm wird mit seiner Kraft das ganze Klippenland mit neuem Leben und neuer Hoffnung erfüllen.« Er verstummte. Twig sah ihm an den Au-

gen an, dass er große Schmerzen litt. »So sollte es zumindest sein. Leider ist nicht alles, wie es sein sollte.«
Twig runzelte die Stirn. »Das verstehe ich nicht.«
Wolkenwolf nickte geduldig. »Als der Muttersturm das letzte Mal über das Klippenland zog, war der Weg zum Quellgrund frei«, erklärte er. »Jetzt steht ihm etwas im Weg ...«
»Sanktaphrax!«, rief Twig.
»Sanktaphrax«, flüsterte Wolkenwolf und seine Augen glänzten feucht. »Unsere fliegende Stadt mit ihren stolzen Türmen und ehrwürdigen Schulen und einst, vor langer Zeit, als sie noch wahrhaft groß war, meine Heimat ...« Er räusperte sich. »Die Stadt liegt direkt auf dem Weg, den der Sturm nehmen wird. Der Muttersturm wird mit ihr zusammenstoßen und sie zerstören.«
»Aber ...«, setzte Twig an.
»Pst«, sagte Wolkenwolf müde, »es kommt noch schlimmer. Wenn der Muttersturm auf Sanktaphrax trifft, wird er nie zum Quellgrund gelangen, um ihn mit neuem Leben zu erfüllen. Der Klippenfluss wird ganz austrocknen und die Finsternis im Herzen des Dunkelwalds wird sich wie ein riesiger Pilz überallhin ausbreiten, bis sie jeden Zoll des Klippenlandes verschluckt hat.« Er sah seinen Sohn an. »Sanktaphrax darf den Weg des Muttersturms nicht behindern, Twig.«
»Aber was kann ich tun?« Twig suchte das Gesicht seines Vaters nach einem Hinweis ab.
»Die Ankerkette ... die die fliegende Stadt hält ... muss ... gekappt werden.« Jedes Wort kostete Wolkenwolf unsägliche Anstrengung.

»Ich soll die Ankerkette kappen?«, fragte Twig verwirrt. »Aber ... aber ...«

»Dann fliegt Sanktaphrax weg und der Muttersturm kann ungehindert zum Quellgrund weiterziehen. Das Klippenland ist gerettet, doch ...« Die Stimme seines Vaters wurde schwächer. »... Sanktaphrax ist verloren.«

Er begann am ganzen Körper zu leuchten.

Twig erschrak. »W... was geht mit dir vor?«

Wolkenwolf hob die Hände und betrachtete sie geistesabwesend. Sie schimmerten wie Millionen tanzender Atome. »Jetzt holt er mich«, seufzte er.

»Was soll das heißen?«, fragte Twig. »Was geschieht mit dir?«

»Ich habe es dir vorhin gesagt, Twig«, flüsterte sein Vater kaum hörbar. »Ich war zu lange hier. Der Muttersturm füllt mich jetzt ganz aus. Deshalb weiß ich, was in Kürze geschehen wird. Doch mit diesem Wissen habe ich mich selbst verloren, Twig. Je heller ich leuchte, desto schwächer bin ich.« Noch während er sprach, wurde das Leuchten stärker und die Umrisse des Himmelspiratenkapitäns Wolkenwolf begannen zu verschwimmen. »Der Sturm ruft. Ich muss gehen, Twig.«

»Nein!«, rief Twig. »Das lasse ich nicht zu!« Er kniete wieder hin und versuchte seinen Vater in die Arme zu nehmen. Doch es war, als versuchte er Licht festzuhalten. »Vater!«, schrie er.

»Still, Twig«, wisperte sein Vater. »Eins musst du noch wissen ... nämlich wann der Muttersturm kommt ...«

»Wann denn, Vater? Wann?«

Wolkenwolf bewegte die glänzenden Lippen, doch zu hören war nichts.

»Vater?«, rief Twig verzweifelt. »Wann?«

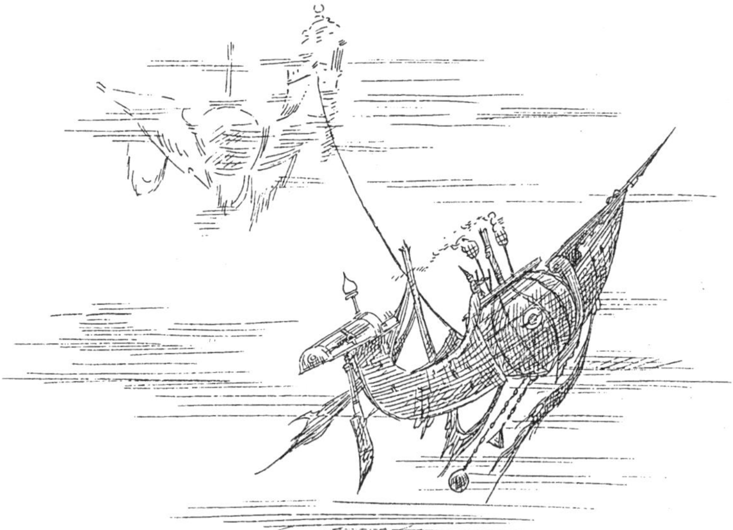

Langsam kreisten die beiden durch eine Leine verbundenen Himmelspiratenschiffe umeinander. Twig verließ den sich auflösenden *Sturmpfeil* und rutschte auf der Leine über den gähnenden Abgrund zum *Klippentänzer* zurück, den die Steinpilotin inzwischen abgesenkt hatte. Mit einem dumpfen Schlag landete Twig. Die Leine hinter ihm erschlaffte. Der *Sturmpfeil* war verschwunden.

Die Steinpilotin starrte Twig an. Er war aschfahl im Gesicht. »Was ist passiert?«

Twig versuchte seine Gedanken zu ordnen. »Es ... es war so seltsam«, flüsterte er. »Gespenstisch.«

»Captain Twig«, rief die Steinpilotin und schüttelte ihn an den Schultern. »Aufwachen! Was ist auf dem *Sturmpfeil* passiert? Hast du deinen Vater gefunden?«

Twig sah auf, als höre er sie erst jetzt. Tränen stiegen ihm in die Augen. Er nickte. »Ja, nur ...«

Ohne ein weiteres Wort hob die Steinpilotin die Hände und löste die Bolzen, die die mit gläsernen Fenstern versehene Kapuze mit den Schultern des Übermantels verbanden. Die Verschlüsse schnappten auf, und die Steinpilotin hob die Kapuze ab. Ein dicker Schopf roter Haare fiel über ihre blassen Wangen und den schlanken Hals.

»Ich bin's, Twig, Maugin«, sagte sie sanft. »Weißt du noch? Du hast mir damals das Leben gerettet.« Sie machte eine Pause. »Jetzt beruhige dich und erzähle, was du auf dem Schiff erlebt hast.« Sie schlüpfte mit Schultern und Armen aus dem schweren Steinpilotenanzug und fasste Twig an der Hand.

Twig schüttelte den Kopf. »Ich habe meinen Vater gesehen, aber jetzt ist er weg. Für immer.« Er zog die Nase hoch und versuchte vergeblich, den schmerzhaften Kloß in seinem Hals hinunterzuschlucken. »Bevor er verschwand, gab er mir noch einen Auftrag. Ich soll Sanktaphrax zerstören.«

»Sanktaphrax zerstören?« Maugin sah ihn verdattert an. »Warum denn?«

Twig brachte sie mit einer Handbewegung zum Schweigen. »Wir müssen nach Sanktaphrax zurück, damit ich den Allerhöchsten Akademiker warnen kann.«

»Wie denn, Twig? Wir liegen in einer Flaute fest.«

Twig fasste sich mit den Händen an den Kopf und wiegte sich hin und her.

»Twig, du musst mir sagen, was du weißt. Wenn der Himmel es will, überlebt wenigstens einer von uns und kann die Botschaft deines Vaters überbringen.«

Twig riss sich zusammen und nickte. »Du hast Recht.«

Er begann ihr zu erzählen, was Wolkenwolf gesagt hatte. Maugins Augen wurden immer größer.

»Der Muttersturm«, murmelte sie. »Der Quellgrund ... Ich dachte immer, den gäbe es nur in der Sage.«

»Ich auch«, sagte Twig. »Ich ...« Er riss den Mund auf. »Beim Himmel! Was ist denn das?«

Sie sahen sich um. Die schimmernde Luft schien sich zu verdichten und von allen Seiten näher zu kommen.

»Schnell, Twig«, drängte Maugin. »Erzähl weiter, ehe es zu spät ist.«

Immer näher kam das weiße Schimmern und der Luftdruck stieg. Twigs Ohren begannen unerträglich zu schmerzen.

»Er sagte ... er sagte ...«
Das Licht wurde immer heller. Seine Ohren sausten, sein Kopf dröhnte. Die Erinnerung stand ihm klar vor Augen, doch er konnte sie nicht in Worte fassen.
»Wann soll der Muttersturm kommen, Twig?«, fragte Maugin. »Wann? Hat er das gesagt oder nicht?«
Wieder griff Twig sich an den Kopf. Die Luft wurde immer dicker, immer schwerer. »Ich ... er ...« Verwirrung trat ihm in die Augen. »Wenn das Wasser nicht mehr fließt ...«
Er verstummte. Krampfhaft versuchte er, sich an die letzten, entscheidenden Worte seines Vaters zu erinnern. Die Schmerzen wurden immer schlimmer. Seine Augen brannten. Sein Kopf fühlte sich an, als sei er in einen Schraubstock gespannt.
»Er kommt, wenn ... wenn der letzte Tropfen fällt«, flüsterte er. »Wenn es über dem Quellgrund dämmert und es in Sanktaphrax Mitternacht ist ...«
Twig wusste nicht, ob Maugin ihn gehört hatte oder nicht, denn ein Windstoß nahm seine letzten Worte mit. Um sich sah er nur noch Weiß, seine Ohren erfüllte ein hohes Sirren.
»Setz die Kapuze auf«, rief er Maugin zu. Er trat zu ihr und half ihr in den schweren Anzug.
Die Luft wurde immer noch weißer, glänzend weiß, gleißend weiß. Das Weiß blendete ihn und verdrängte alles andere, bis er vollkommen blind war. Das Himmelsschiff erzitterte. Der Abstand zwischen ihm und Maugin wurde größer, er taumelte ganz langsam, wie in Zeitlupe, durch die zähflüssige Luft nach hinten.
»Maugin!«, schrie er, oder wollte er vielmehr schreien, denn er brachte keinen Ton heraus.

Er fiel hin. Um sich hörte er gedämpftes Splittern, Knacken und Krachen. Das Weiß wurde noch greller, das Sirren schwoll zu einem gellenden Pfeifen an. Twig machte die Augen fest zu, hielt sich die Hände über die Ohren und rollte sich zu einer Kugel zusammen.

Doch es nützte nichts. Er konnte sich nicht dagegen wehren. Das furchtbare Weiß und das Pfeifen waren in ihm, genauso grell und ohrenbetäubend wie draußen. Es betäubte seine Sinne und zersetzte seine Erinnerung.

»Maugin«, würgte er. »Tapser und die anderen ...«

Wuschschschsch!

Unfähig, dem steigenden Druck länger standzuhalten, implodierte der weiße Sturm. Einen kurzen Moment herrschte absolute Stille. Dann explodierte der grellweiße Ball, in dessen Mitte der *Klippentänzer* hing, mit einem gewaltigen Donnerschlag und einer solchen Wucht, dass der Himmel in seinem innersten Gefüge erzitterte.

KAPITEL 3

Das Loftus-Observatorium

Das ferne Sanktaphrax schwankte und schlingerte unterdessen in einem fürchterlichen Sturm. Die Ankerkette, die die fliegende Stadt mit dem festen Boden verband, war zum Zerreißen gespannt. In den prächtigen Gebäuden hatten sich die Bürger der Stadt versammelt. Akademiker, Gesellen, Diener und Wachen standen jeweils in Gruppen zusammen. Keiner sprach ein Wort, alle beherrschte nur der eine, schreckliche Gedanke, dass die Kette reißen könnte.

Nur der Professor der Dunkelheit weilte nicht unter ihnen. Er, als Allerhöchster Akademiker von Sanktaphrax, hatte Pflichten zu erfüllen, auch wenn alle anderen sich schon zur Flucht bereit machten. Gleich zu Beginn des heftigen Sturms war er, so schnell ihn seine altersschwachen Beine trugen, die Wendeltreppe in den obersten Stock des Loftus-Observatoriums hinaufgeeilt. Dort warteten die Messinstrumente der verschiedenen akademischen Fakultäten von Sanktaphrax darauf, von ihm inspiziert zu werden. Als er das Zimmer betrat, drehten die Zeiger sich wie wild.

»Beim Himmel!«, rief er. Er kratzte sich den Bart, schob die stahlgefasste Brille die Nase hinauf und beugte sich über die Instrumente. »Das ist ja unerhört!« Er blickte aus dem Fenster des hohen Turms. »Kein Wunder.« Es stürmte an diesem Abend so, wie er es noch nie erlebt hatte. Orkanartige Winde und prasselnder Regen trieben von jenseits der Klippe herein und peitschten den vorragenden Landsporn mit nie da gewesener Gewalt.

»An die Arbeit«, murmelte der Professor. »Die Instrumente müssen abgelesen, Berechnungen müssen angestellt und Fakten und Zahlen eingetragen werden.« Auf seinen Stock gestützt, durchquerte er steifbeinig das schwankende Observatorium. »Wo fange ich an?«

Der Windmesser aus Messing rotierte wie verrückt und zeigte Windgeschwindigkeiten an, die alles bisher Gemessene in den Schatten stellten. Der Regenmesser floss bereits über und tat durch lautes Piepen kund,

dass der Regen antimagnetische Sauernebelpartikel in hoher Konzentration enthielt.
Der Professor schüttelte den Kopf. »Unglaublich«, murmelte er. »Wirklich ganz unglaub...« Er verstummte. »Aber was sind schon Wind- oder Regenmesser!«, rief er dann. »Was, beim Himmel, macht der Empfindungsmesser?«
Das Objekt, für das der Professor sich plötzlich fieberhaft interessierte, war ein kleines, silbernes, hochkant auf einen Dreifuß montiertes Kästchen. Es hatte auf allen sechs Seiten ein kleines, viereckiges Fenster aus einem weichen, schimmernden Material, hergestellt aus den Flügeln der Waldmotte. Das Material reagierte wie die Waldmotten selbst auf Empfindungen und wechselte je nach dem vorherrschenden Gefühl seiner Umgebung die Farbe. Wut verfärbte es rot, Trauer blau, Angst gelb und so weiter.
Es gab zwei solcher Empfindungsmesser in Sanktaphrax, einen hier im Loftus-Turm und einen in der allerdings etwas angestaubten Fakultät für psycho-klimatische Studien. Normalerweise schimmerte der wetterempfindliche Apparat in einem neutralen Weiß. Ein besonders deprimierender Regenguss mochte es hellblau verfärben, eine anhaltende Schönwetterperiode zartrosa. Doch zeigte es immer Pastelltöne, nie grelle Farben, keine Gefühle also, die mehr als eine unterschwellige Enttäuschung oder eine verstärkte Neigung zu lächeln verursacht hätten. Denn das Wetter beeinflusste zwar unzweifelhaft alles Leben des Klippenlandes, doch nur in einer milden Form.
Bis jetzt!
Mit offenem Mund und klopfendem Herzen starrte der Professor den Empfindungsmesser an. Der Apparat fun-

kelte, blitzte und schillerte in allen erdenklichen Farben. Auf grelles Rot folgte ein leuchtendes Blau, dann ein funkelndes Smaragdgrün, dann wieder ein irrwitzig flackerndes Purpurrot.

»Ein Gemütssturm«, stieß der Professor aufgeregt hervor. Er hatte davon in den verstaubten Bänden der *Enzyklopädie der natürlichen Erscheinungen* gelesen. »Kein Wunder, dass ich selbst so durcheinander bin.«

Im selben Augenblick fuhr ein gezackter Blitz über den Gewitterhimmel im Norden. Eine Sekunde lang wurde es taghell. Die Nadel des Lichtmessers schoss über die Skala hinaus und verklemmte sich, das Schallmessgerät ging bei dem unmittelbar folgenden Donnerschlag zu Bruch.

Der Professor stierte auf die kaputten Instrumente. »Was für eine Überheblichkeit, uns einzubilden, wir verstünden das Wetter«, murmelte er. Mit einem verstohlenen Blick über die Schulter vergewisserte er sich, dass ihm niemand zuhörte. Es gab viele in Sanktaphrax, die die geheimen Zweifel des Allerhöchsten Akademikers sofort für ihre ehrgeizigen Ziele ausgenutzt hätten. Zum Glück war er allein. Niemand hatte seine lästerlichen Worte gehört.

Seufzend raffte er seinen Talar hoch und stieg die Leiter ins Dachgeschoss hinauf, über dem sich eine gläserne Kuppel wölbte. In der Mitte des Zimmers stand ein großes Teleskop. Der Professor drückte das Auge an den Sucher.

Er drehte an der Scharfeinstellung und starrte angestrengt in die dunkle Tiefe jenseits der Klippe. Wenn er doch weiter hätte sehen können ...

»Was für Geheimnisse sind dort verborgen?«, überlegte er laut. »Aber was ist das, beim Himmel?« Ein verschwommener Fleck hatte sein Blickfeld durchquert.

Mit zittrigen Fingern stellte er ihn scharf. Der Fleck sah aus wie ein Himmelsschiff. Aber was hatte ein Himmelsschiff ohne Verbindungsleine dort draußen zu suchen, so weit vom Festland entfernt? Der Professor konnte kaum glauben, was er da sah. Er richtete sich auf, zog ein Taschentuch aus dem Talar und wischte sich damit über die Augen.

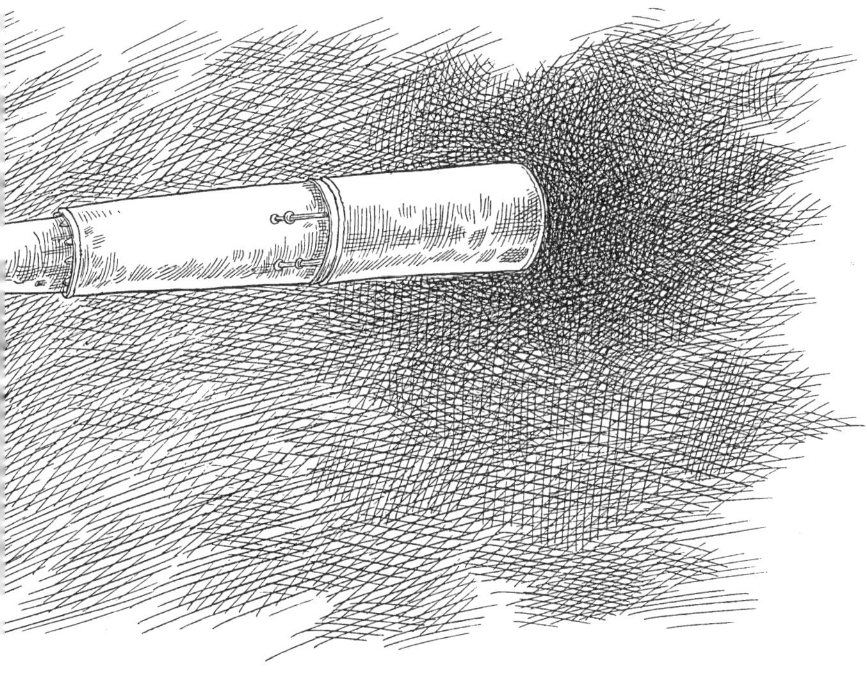

»Ganz sicher«, flüsterte er erregt. »Das *war* ein Himmelsschiff. Ich weiß es. Es sei denn ...« Er sah zu dem Empfindungsmesser hinunter. Das Gerät flackerte purpurrot.
Der Professor erschauerte. »Nein, eingebildet habe ich es mir bestimmt nicht. Ich bin doch nicht verrückt.«
Hastig wandte er sich wieder dem Fernrohr zu, umklammerte es und spähte hindurch. Doch da war nichts. Wieder drehte er an der Scharfeinstellung. Immer noch nichts. Aber dann ... Der Professor zuckte zusammen. Von dort, wo das Himmelsschiff gewesen war – oder wo er sich eingebildet hatte, dass es gewesen war –, flogen verschiedene Lichtpunkte über den dunklen Himmel.
Verdutzt ließ er das Teleskop sinken und eilte zum Fenster. »Sternschnuppen!«, rief er.
Einer nach dem anderen flogen die hellen Punkte in weitem Bogen durch den nächtlichen Himmel auf die Klippe zu. Insgesamt waren es sieben, stellte der Professor fest. Nein acht, denn zwei flogen dicht nebeneinander. Von diesen zweien abgesehen, flogen sie verschieden schnell, verschieden hoch und in verschiedene Richtungen.
Der Professor seufzte. Die Eigenschaften des Lichts gehörten nicht zu seinem Fachgebiet. Doch hätte er zu gern eine der Sternschnuppen auf ihre Zusammensetzung untersucht, um ein für allemal zu beweisen, dass alles Licht seinen Ursprung in der Dunkelheit hatte. Nur wie sollte er herausfinden, wo die Sternschnuppen landeten?
Sie kamen bereits herunter, einige ganz in der Nähe. Andere flogen über die Modersümpfe bis zum Dunkelwald weiter, und eine, die heller schien als der Rest, flog sogar weiter, als der Professor sehen konnte.

»Merkwürdig«, flüsterte er. Draußen heulte der Wind, und der Turm knarrte. »Höchst merkwürdig.«

Die Straßen von Unterstadt tief unter dem vom Sturm gebeutelten Sanktaphrax hatten sich in Morast verwandelt. Mit glucksenden Schritten stapften die unglücklichen Einwohner durch den saugenden Schlamm und versuchten vor der Verwüstung, die der Malstrom anrichtete, zu retten, was zu retten war.

»Beim Himmel, was soll aus uns werden?«, rief eine Pöbelgnomfrau ängstlich. Ein greller Blitz ließ den Himmel aufleuchten. »Warum hat uns niemand vor diesem schrecklichen Sturm gewarnt?«

Der Wind pfiff und das Wellblechdach ratterte. Eine Sternschnuppe zischte über den Himmel. Die Frau hob den Kopf, doch die Sternschnuppe war schon vorbei. Durch den prasselnden Regen spähte sie zu der fliegenden Stadt hinauf.

»Die Akademiker hätten uns warnen müssen«, schimpfte sie.

»Die Akademiker? Das glaubst du doch selbst nicht, Glim«, rief ihr Gefährte wütend. Er saß auf dem Dach und versuchte das auf und ab schlagende Eisenholzblech festzubinden. »Borkenschnecken, allesamt! Träge, schleimig und voll stinkender ...«

Ein fürchterlicher Krach schnitt ihm das Wort ab.

»Tog?«, schrie Glim alarmiert. »Ist dir was passiert?«

Sie bekam keine Antwort. Aufgeregt raffte sie den Rock hoch und stieg die Leiter hinauf. Das Dach war leer. Im Blech klaffte ein gezacktes Loch.

»TOG!«, schrie sie wieder.
»Hier unten«, antwortete gedämpft eine Stimme.
Glim hielt sich mit zitternden Fingern an dem Blech fest, schob sich über das Dach bis zum Rand des Lochs und spähte hinunter. Was sie sah, ergab keinen Sinn. Auf dem Boden unter ihr lag ein großes Stück Holz, unter dem Holz lag Tog.
»Hilf mir«, flüsterte er. »Ich kann mich nicht bewegen. Ich k... kriege keine Luft.«
»Warte«, rief Glim. »Bin gleich unten.«
Bibbernd kroch sie über das Dach zurück und tastete mit den Füßen nach der obersten Sprosse der Leiter. Der Wind riss an ihren Fingern, der Regen peitschte ihr ins Gesicht. Vorsichtig stieg sie die Leiter hinunter und eilte nach drinnen.
»Ach du meine Güte!«, rief sie und tastete nach den Amuletten an ihrem Hals.
Aus der Nähe wirkte das Holzstück noch größer. Es war gekrümmt und lackiert und trug eine Aufschrift. Golden schimmerten die Buchstaben im Lampenlicht. *KLIPPENTÄ*... Dann brach das Wort in einem Durcheinander von Splittern ab.

»Sieht aus wie ein Teil von einem Himmelsschiff«, sagte Glim. »Ich möchte wirklich wissen, warum jemand bei diesem Wetter mit dem Schiff ...«
»Das ist doch jetzt egal«, keuchte Tog. »Hilf mir!«
Glim zuckte schuldbewusst zusammen. »Natürlich, Tog. Entschuldige.«
Mit vor Anspannung gerunzelter Stirn zerrte sie an dem Holz. Es war schwer, viel schwerer, als es aussah. Trotz ihrer Anstrengung bewegte es sich kaum. Ein wenig bewegte es sich allerdings doch, und das reichte. Tog konnte seine festgeklemmten Beine darunter hervorziehen und sich rückwärts kriechend entfernen.
»Geschafft!«, rief er.
»Herrje!«, keuchte Glim, und das Holz fiel mit einem dumpfen Schlag auf den Boden. »Bist du verletzt, Tog?«
Der Pöbelgnom untersuchte seine Gliedmaßen eingehend. »Ich glaube nicht«, sagte er schließlich. »Wenigstens ist nichts gebrochen.« Er wies mit einem Kopfnicken auf das Holzstück. »Was man von der Besatzung dieses Schiffes wahrscheinlich nicht sagen kann.«
»Waren es Ligabrüder oder Himmelspiraten?«, fragte Glim.
Tog fuhr mit den Fingern über das glatte Holz und die goldenen Buchstaben. »Schwer zu sagen«, sagte er endlich. »Aber eins weiß ich bestimmt. Das Schiff muss vor seinem Absturz eine wirkliche Schönheit gewesen sein.«
Glim erschauerte. »Ach, Tog, kannst du dir vorstellen, wie einem in einem so schrecklichen Unwetter droben am Himmel zumute ist? Wenn man sich nirgends verstecken kann ...« Sie sah zu dem Loch im Dach hinauf. »Dagegen ist ein solches Loch doch nichts.«

»Das kann man sagen.« Tog nickte nachdenklich. »Ich repariere es besser gleich, bevor die ganze Hütte unter Wasser steht.«

Nicht nur die Pöbelgnomen hatten unter dem Sturm zu leiden. Auch andere Bewohner in Unterstadt verloren durch herabfallende Trümmer ihre Häuser, ihr Vermögen und sogar das Leben.
Im Geschäftszentrum der Stadt traf ein großes Stück des Rumpfes das Vogelhaus des Zoohändlers Wabbelspak und machte eine Wand davon dem Erdboden gleich. Die Hälfte der eingesperrten Vögel war sofort tot, der Rest betäubt, aber frei. Der Bugspriet sauste wie ein Speer durch die Luft und spießte ein Hammelhorn auf, das nichts ahnend in sei-

nem Pferch stand und am nächsten Morgen verkauft werden sollte. Der schwere Großmast fiel auf eine Reihe von Marktbuden und drückte sie platt.
Auch der Westen der Stadt blieb nicht verschont. Ein ganzer Hagel von Rumpfgewichten ging auf die prächtigen Villen einiger reicher Ligabrüder nieder und verursachte beträchtlichen Schaden. Der Rumpfballast, ein großer runder Stein, der verhindert, dass ein Himmelsschiff umschlägt und kentert, krachte durch das Dach des Ligahauses, brach den ringförmigen Konferenztisch entzwei und tötete drei Ligabrüder.
Die Unglücksraben hatten keine Chance. Sie wurden später als Ligameister Simenon Xintax identifiziert, als Kleberecht Armdreher von der Liga der Leimtröpfler und Seil-

krempler, ein schmächtiges, nervöses Männchen, und als Ulbus Pentephraxis, ein bulliger Ligabruder, der sich weniger als Geschäftsmann denn als erbitterter Feind der Himmelspiraten einen Namen gemacht hatte.

Auch Sanktaphrax selbst wurde von Wrackteilen getroffen. Zuerst zerstörte ein großes Stück des Achterdecks die empfindlichen Messgeräte auf dem in luftiger Höhe gelegenen Balkon des Wolkenkollegs. Im nächsten Moment bohrte sich eine schwere Harpune in den baufälligen, zum Glück verlassenen Turm der Regenschmecker und blieb auf halber Höhe bedenklich schwankend stecken.

Der Lärm der einschlagenden Harpune war ohrenbetäubend. Er schallte durch die ganze Stadt und ließ den fliegenden Felsen vibrieren.

»Beim Himmel«, ächzte der Professor der Windfühler. »Jetzt ist es mit uns zu Ende.« Er beäugte den Professor der Wolkengucker, der neben ihm unter dem Schreibtisch kniete. »Die Bekanntschaft mit Ihnen war mir eine Ehre und ein Vergnügen, mein Bester.«

»Das Vergnügen war ganz meinerseits«, erwiderte der Professor der Wolkengucker und strahlte über das ganze Gesicht.

Der Professor der Windfühler runzelte die Stirn. »*Ganz* Ihrerseits?«, wiederholte er. »Wenn es *ganz* Ihrerseits wäre, hätte ich von Ihrer Bekanntschaft ja überhaupt kein Vergnügen gehabt. Sie war mir aber doch ein Vergnügen.«

Der Professor der Wolkengucker nickte weise. »Aber mein Vergnügen war *größer*.«

»Was soll das heißen, Sie elender Dickkopf und ...«

»Wer ist hier ein Dickkopf?«

Ein zweiter, noch lauterer Krach ertönte. Die Stadt bebte, und sämtliche Regale und Schränke des Studierzimmers entleerten sich polternd auf den Boden.

»Beim Himmel«, ächzte der Professor der Windfühler. »Jetzt ist es aber ganz sicher mit uns zu Ende.«

Es krachte ein drittes Mal, noch lauter und mit einer solchen Gewalt, dass es die beiden Professoren bäuchlings auf den Boden streckte. Den anderen Akademikern, Gesellen, Dienern und Wachen erging es nicht besser.

Nur der Professor der Dunkelheit, der Allerhöchste Akademiker von Sanktaphrax, wusste, was geschehen war. Beim ersten Krach hatte er durch das Fenster des Loftus-Observatoriums geblickt und gesehen, dass ein Turm in der Nähe gefährlich schwankte.

»Der Turm der Regenschmecker«, murmelte er und schluckte. »Dem Himmel sei Dank, dass ich dort ausgezogen bin.«

Sein Studierzimmer hatte bis vor einigen Tagen noch im obersten Stock des Turms gelegen. Doch was hatte den Turm so zum Schwanken gebracht? Er senkte den Blick, und da, ungefähr auf halber Höhe, sah er dic schimmernde Metallspitze mit den Widerhaken und dem hölzernen Schaft, die sich tief in das geborstene Mauerwerk gebohrt hatte.

Der Professor kratzte sich am Kopf. »Sieht aus wie die Harpune eines Himmelsschiffes, aber ... *ach du meine Güte!*«

Entsetzt verfolgte er, wie die mächtige Harpune sich aus der Mauer löste und inmitten eines Regens von Steinen und Mörtel mit lautem Getöse auf den gedeckten Säulengang

darunter fiel. Ein steinerner Pfeiler knickte ein und fiel auf den zweiten, und dann fielen alle Pfeiler einer nach dem anderen um wie Dominosteine.
Zuletzt, als der Staub sich gerade gelegt hatte, begann die geschwächte Wand des Turmes nachzugeben und der ganze Turm brach inmitten einer gewaltigen Wolke aus Steinen, Schutt und Staub zusammen.
Der Professor legte die Stirn in Falten. Ihm war das Himmelsschiff eingefallen, das auf so geheimnisvolle Weise wieder verschwunden war. Und jetzt die merkwürdigen Trümmer und vorhin die Sternschnuppen ...
Ein beharrliches Klopfen riss ihn aus seinen Gedanken. Er fuhr herum, und dort, auf dem breiten Außensims des Fensters, hockte ein weißer Vogel mit gelben Augen und tückisch gebogenem Schnabel, mit dem er an die Scheibe hämmerte.

»Kraan!«, rief der Professor. Vor Jahren hatte er den damals eben flügge gewordenen Vogel vollkommen durchnässt und halb tot in einem Schneesturm gefunden. Er hatte ihn in sein warmes Zimmer gebracht und gesund gepflegt und ihm in Ansätzen das Sprechen beigebracht. Inzwischen war Kraan zu einem mächtigen Vogel herangewachsen und trotz – oder vielleicht gerade wegen – seines unglücklichen Starts ins Leben der Anführer eines Schwarms weißer Raben geworden, der in den Steinernen Gärten am äußersten Rand der Klippe hauste.

Der Professor eilte zum Fenster und öffnete es. Der Sturm riss an den Scheiben, zerzauste ihm den Bart und ließ seinen schwarzen Talar flattern. »Kraan, mein treuer Freund«, rief er. »Ich freue mich, dich zu sehen. Doch was führt dich bei diesem schrecklichen Wetter zu mir?«

Der weiße Rabe legte den Kopf schräg und starrte ihn unverwandt mit einem gelben Auge an. »Seltsame Lichter am Himmel«, krächzte er heiser. Er war in dem Lärm des Sturmes kaum zu hören.

»Sternschnuppen.« Der Professor nickte. »Ich habe sie auch gesehen. Ich ...«

»Sternschnuppen«, wiederholte der weiße Rabe. Er drehte den Kopf und fixierte den Professor mit dem anderen Auge. »Eine davon in den Steinernen Gärten.«

Der Professor sah ihn überrascht an. »Du meinst ... soll das heißen ...« Ein Lächeln breitete sich auf seinem Gesicht aus. »Eine Sternschnuppe ist in den Steinernen Gärten gelandet, ja?«

»Steinerne Gärten«, wiederholte Kraan.

»Das ist eine ganz vortreffliche Nachricht«, rief der Professor.

»Steinerne Gärten«, krächzte Kraan zum dritten Mal. Er schlug mit seinen mächtigen Schwingen, stieß sich vom Fensterbrett ab und verschwand in der Nacht.

»Ausgezeichnet«, murmelte der Professor und eilte zur Treppe. »Die sehe ich mir sofort an.«

KAPITEL 4

Die Steinernen Gärten

Die Steinernen Gärten lagen am äußersten Rand der vorspringenden Felsnase der Klippe. Pflanzen gab es hier keine, weder Strauch noch Baum noch Blume. An diesem gespenstischen Ort wuchsen nur Steine.

Vor Urzeiten ausgesät, wuchsen sie in den Steinernen Gärten, so weit die Erinnerung zurückreichte. Die *Enzyklopädie der natürlichen Erscheinungen* erwähnte die *»wundersamen steinernen Formen, welche unaufhörlich wachsen und sodann gen Himmel schweben«* gleich an mehreren Stellen. Auch der große fliegende Felsen, auf dem Sanktaphrax erbaut wurde, stammte von dort.

Neue Steine wuchsen unter den alten nach und drückten sie nach oben. So entstanden im Lauf der Zeit ganze Türme von Steinen, der Größe nach aufeinandergeschichtet und mit dem größten Stein zuoberst. Ein schauerliches Stöhnen und Rumpeln begleitete das Wachstum der Steine, und aufgrund dieser Geräusche und des unheimlichen Anblicks der steinernen Kolosse mieden die Unterstädter die Steinernen Gärten lieber.

Hätte man die Steinernen Gärten sich selbst überlassen, wären die zuoberst liegenden Steine nach einiger Zeit so groß und ihr Auftrieb so stark geworden, dass sie mit einem knirschenden Stöhnen abgehoben hätten und zum Himmel aufgestiegen wären. Doch die Steinernen Gärten waren nicht sich selbst überlassen. Auf den Türmen nistete seit Jahrhunderten die Kolonie der großen, weißen Raben, über die Kraan herrschte – majestätische Abkömmlinge der kleineren, struppigeren Art der Modersümpfe. Die Raben beaufsichtigten das Wachstum der Steine.

Mit ihren empfindlichen Klauen spürten sie die Bewegungen der reifen Flugsteine, mit ihren scharfen Ohren hörten sie das Raunen der Steine kurz vor dem Abheben. Einmal, gelegentlich auch zweimal im Jahr stieg der ganze Rabenschwarm zum Himmel auf, umkreiste den Turm der Regenschmecker und landete wie eine Schneewehe auf dem steilen Dach des Loftus-Observatoriums. Die Akademiker von Sanktaphrax wussten dann, dass die Steinernte beginnen konnte.

Unter den wachsamen Augen des Allerhöchsten Akademikers begaben sich die zuvor feierlich gesegneten und rituell gereinigten Akademiker nach Unterstadt hinunter und machten sich an die Arbeit. Mit Netzen und Greifzangen fingen sie die Flugsteine ein, sobald diese sich ächzend von den Türmen lösten.

Der Anblick des weißen Rabenschwarms erfüllte die abergläubischen Unterstädter mit Angst und Schrecken. Die Raben erschienen ihnen wie geisterhafte Besucher von jenseits der Klippe. Das Ächzen der Felsen im Verein mit dem Geschrei der Raben, der so genannte »Chor der Toten«,

war auch nur schwer zu ertragen. Tiere bekamen Panik, Kinder rannten mit zugehaltenen Ohren nach Hause und sogar die Tapfersten bebten. Die Unterstädter umklammerten ihre zauberkräftigsten Amulette und beteten flüsternd, der Tod möge sie noch eine Weile verschonen.
Noch schlimmer wäre es für sie freilich bei aller Angst und allem Aberglauben gewesen, wenn alles still geblieben wäre. Denn so schauerlich der Lärm war, er kündigte eine neue Lieferung der für sie lebensnotwendigen Flugsteine an. Wäre der Nachschub an Flugsteinen je versiegt, kein Schiff hätte mehr zum Himmel aufsteigen können.
Die Akademiker wurden von den Unterstädtern für die Flugsteine reich entlohnt und wussten ganz genau, wie wichtig diese materielle Seite ihrer Pflichten war. Sie ver-

schaffte ihnen Macht und Reichtum, sie ermöglichte ihnen ihr luxuriöses Leben in der prächtigen fliegenden Stadt und die Betreibung ihrer gelehrten Studien.

Obwohl die Steine so wichtig waren, erachteten die Akademiker es nicht für notwendig, die Steinernen Gärten zu bewachen. Diese Aufgabe konnten sie getrost den weißen Raben überlassen. Sobald die Akademiker die Steine geerntet hatten und verschwunden waren, stießen die weißen Vögel vom Loftus-Observatorium wieder herunter und taten sich an den toten Hammelhörnern und Tildern gütlich, die man für sie hingelegt hatte – gelegentlich, wenn der Tod Sanktaphrax heimgesucht hatte, auch an den feierlich aufgebahrten Leichen einiger verblichener Akademiker.

An diesem Ort des Todes und des Wachstums, eben den Steinernen Gärten, war die Sternschnuppe gelandet. Die weißen Raben hatten durch das Pfeifen des Windes, der unaufhörlich um die steinernen Türme strich, ein leises Zischen gehört und gesehen, wie eine kleine Kugel aus Licht von jenseits der Klippe hereingeflogen kam.

Je näher die Kugel kam, desto lauter war das Zischen und Knistern geworden und desto heller das Licht. Eine Wolkenbank hatte sich vor den Mond geschoben, doch in den

Steinernen Gärten war es trotzdem heller geworden statt dunkler. Das Licht der Kugel hatte das Wasser in den Vertiefungen und Höhlungen der Steine in schwarze Spiegel verwandelt und die aufeinandergeschichteten Steinkugeln silbern aufleuchten lassen.
Angstvoll krächzend hatten die weißen Raben mit den zerzausten Schwingen geschlagen. Die Sternschnuppe flog geradewegs auf ihr steinernes Zuhause zu.
Immer tiefer war sie geflogen und dann ... *plopp!*, war sie mit einem laut schmatzenden Geräusch neben dem höchsten Steinturm eingeschlagen. Und dort war sie liegen geblieben, hell leuchtend, aber bewegungslos.

Neugierig waren die weißen Raben auf sie zugehüpft, hatten einen Kreis um den leuchtenden Gegenstand gebildet. War er gefährlich? Essbar? Krächzend und flügelschlagend waren sie noch näher gehüpft und hatten mit den Schnäbeln daran gezupft, doch dann hatte Kraan ihnen mit einem zornigen Schrei Einhalt geboten.

»Kraaaa!«
Alle ungewöhnlichen Vorkommnisse in den Steinernen Gärten mussten unverzüglich dem Professor der Dunkelheit gemeldet werden, und diese Aufgabe fiel Kraan als dem Anführer der weißen Raben zu.
»Kraaaaa!«, hatte er noch einmal gekrächzt, dann hatte er sich mit schweren Flügelschlägen entfernt.
Die weißen Raben sollten das leuchtende Objekt bis zu seiner Rückkehr bewachen.

»Schneller, Dummkopf!«, schalt der Professor der Dunkelheit. »Ach du meine Güte, du bist sicher der langsamste Schubkarrenfahrer von ganz Unterstadt!« Er lehnte sich zurück und schlug dem Packtroll mit seinem hölzernen Stock auf die Schulter. »Schneller«, rief er. *»Schneller!«*
Doch statt schneller zu werden, blieb der Packtroll ganz stehen und setzte den Schubkarren ab. Der Professor fiel nach hinten und konnte sich gerade noch an der seitlichen Haltestange festhalten. Wütend funkelte er den Packtroll an.
»Was soll das heißen?«, rief er empört.
»Bis hierher und nicht weiter«, erwiderte der Troll.
Der Professor sah sich um. Zu seiner Überraschung befanden sie sich bereits am Rand der Steinernen Gärten. »Lange genug hat es ja gedauert«, schimpfte er. »Aber wir sind noch nicht da. Fahre mich hinein.«
Der Packtroll schüttelte den Kopf.
»Hast du nicht verstanden?«
Der Packtroll scharrte mit seinen nackten Füßen auf dem Boden und sah weg. »Ich gehe keinen Schritt weiter«, sagte

er entschlossen. »Ich habe Sie schon weiter gebracht, als mir lieb ist.« Er begann zu zittern. »Ich hasse diesen Ort. Hier spukt es.«
»Verstehe«, sagte der Professor kurz. Er kletterte aus dem Schubkarren und strich seinen Talar glatt. »Dann warte hier auf mich.«
»Lieber nicht«, jammerte der Packtroll, »ich ...«
»Wehe dir, wenn du es nicht tust«, fiel der Professor ihm ins Wort. »Wenn du bei meiner Rückkehr nicht mehr da bist, sorge ich dafür, dass du keinen Schubkarren mehr schiebst, so lange du lebst.«
Der Packtroll blickte sich ängstlich um. »Also gut«, sagte er schließlich. »Aber ... beeilen Sie sich bitte.«
Der Professor betrachtete die steinige Wüste vor ihm und erschauerte ahnungsvoll. »Glaub mir«, murmelte er, »ich bleibe hier nicht länger als unbedingt nötig.«
Er zog den Talar fester um sich, setzte die Kapuze auf und machte sich auf den Weg. Seine Füße sanken in den aufgeweichten Boden ein und er musste sie, schwer auf seinen Stock gestützt, jedes Mal mit einem schmatzenden Geräusch wieder herausziehen. Er war müde, außerdem war ihm zunehmend beklommen zumute. Um ihn stöhnten und ächzten die Steinernen Gärten. Sie kamen ihm auf einmal riesig vor und die Suche nach der abgestürzten Sternschnuppe schien irgendwie aussichtslos.
In welche Richtung sollte er gehen? Wonach sollte er Ausschau halten?
Der tief am Horizont stehende Mond wurde von einer Wolke verdunkelt. Als er wieder erschien, sah der Professor weit vor sich weiße Flügel aufleuchten. Sein Herz

setzte einen Schlag aus. Die Raben, die in den Steinernen Gärten nisteten, waren unberechenbar und gefährlich. Ihr heiseres Krächzen drang bis zu ihm, und er wollte schon in die entgegengesetzte Richtung loseilen, als ihm ein schrecklicher Gedanke kam.

»Kraan hat mir doch von der Sternschnuppe berichtet«, murmelte er. »Also haben die Vögel sich wahrscheinlich um sie versammelt. O je.« Er seufzte. »Jetzt heißt es mutig sein. Du darfst keine Angst zeigen, sonst fallen sie gleich über dich her.«

Der Mond sank unter den Horizont und es wurde klirrend kalt. Dunstschwaden stiegen aus dem Boden und wirbelten um des Professors Beine und Stock.

»Der Himmel stehe mir bei«, murmelte er verzagt. Das heisere Krächzen der weißen Raben wurde lauter.

Geführt nur vom unausgesetzten Lärmen der Vögel, stolperte er über den holprigen Boden. Dicker Nebel nahm ihm die Sicht.

Dann plötzlich ragte ein hoher Steinturm vor ihm aus dem geisterhaften Gewaber. Er blieb stehen. Ein halbes Dutzend weißer Raben hockten auf dem obersten Stein und zankten sich um den besten Platz. Andere klammerten sich seitlich an die Steine. Ein weiteres Dutzend der massigen Vögel hüpfte mit ausgebreiteten Flügeln in einem seltsam schwerelosen Tanz über den Boden. Offenbar bewachten sie dort etwas.

Der Professor machte einen Schritt auf sie zu. Sein Herz pochte, nicht nur vor Angst, sondern auch vor Aufregung. Der Gegenstand, den die Vögel umkreisten, leuchtete noch. Er ging noch einen Schritt näher, dann noch einen.

»*Kraaaaa!*«, schrien die weißen Raben wütend, als sie den Eindringling bemerkten.
Die Raben auf dem steinernen Turm schlugen empört mit den Schwingen und erhoben sich kreischend in die Luft. Die auf dem Boden hüpften auf den Professor zu und bedrängten ihn mit aufgerissenen Schnäbeln und gespreizten Krallen. Sie waren wütend – und hungrig.
»K... kennt ihr mich denn nicht?«, rief der Professor. Er streckte ihnen das schwere goldene Amtssiegel entgegen, das ihm an einer Kette um den Hals hing. »Ich bin's, der Allerhöchste Akademiker, der dafür sorgt, dass ihr zu essen bekommt und dass ihr ...«
Er verstummte. Die Raben hörten ihm nicht zu. Sie hatten ihn jetzt eingeschlossen und kamen wie wild mit den Flügeln schlagend näher. Sie in Schach zu halten war ein hoffnungsloses Unterfangen. Der Professor schlug mit seinem schweren Stock auf die Vögel vor ihm ein, doch zugleich zwickten ihn andere mit ihren tückischen Schnäbeln in den Rücken.
»Kraan!«, brüllte er. Sein alter Freund konnte doch nicht zulassen, dass er so drangsaliert wurde. »KRAAN!«
Über seinem Kopf hörte er Flügel schlagen und dann stieß mit glitzernden Krallen und schimmerndem Schnabel der größte und stärkste der weißen Raben herunter. Es war Kraan. Der Professor trat hastig einen Schritt zurück. Kraan landete auf dem Rücken eines seiner Angreifer und hieb mit dem Schnabel auf dessen Nacken ein. Ein lauter Schrei hallte durch die Steinernen Gärten. Blut rann über weiße Federn.
»*Kraaaa!*«, schrie Kraan drohend.

Die anderen weißen Raben wichen zurück.
»Gefährlich hier«, krächzte Kraan. Er fuhr herum und schnappte böse nach einem Raben, der sich zu nahe an ihn herangewagt hatte.
»Die Sternschnuppe ...«, stammelte der Professor.
»Sternschnuppe«, bestätigte Kraan heiser. Er drehte sich um und bahnte den Weg durch die aufgebrachte Vogelschar. Der Professor folgte ihm. Er war alles andere als beruhigt. Wenn die Raben sich zusammentaten, konnten sie ihren Anführer mit Leichtigkeit überwältigen.
Sie näherten sich dem leuchtenden Gegenstand. Angestrengt spähte der Professor durch den Nebel. Dann begann er zu zittern. Er konnte nicht glauben, was er da sah. Sicher spielte ihm seine Phantasie einen Streich, oder das trügerische Licht täuschte ihn. Er trat noch näher, bückte sich und streckte die Hand aus. Doch seine Finger bestätigten, was er sah. Vor ihm lag kein vom Himmel gefallener Stern, kein Feuerball, kein leuchtender Stein.
Vor ihm lag der Körper eines Himmelspiraten. Er lag auf dem Bauch, das Gesicht abgewandt – und er leuchtete von Kopf bis Fuß heller als eine Fackel.
»Wusste ich doch, dass ich mir das Himmelsschiff nicht eingebildet hatte«, murmelte der Professor. »Es ist sicher explodiert. Und die Sternschnuppen, die ich gesehen habe, die acht hellen Punkte ...« Er blickte wieder auf den Himmelspiraten. »Waren sie etwa die Besatzung?«
Das Krächzen der weißen Raben schwoll zu einem ohrenbetäubenden Radau an. Der Professor begriff, warum sie ihren Fund so eifersüchtig bewachten und warum sein Eintreffen sie so erregte. Für sie bedeutete der vom Himmel

gefallene Himmelspirat eine Gratismahlzeit – eine Mahlzeit, die Kraan und eine fremde Person in einem Talar ihnen vorenthielten.
Er streckte die Hand aus und wollte den Himmelspiraten an der Schulter berühren. Dabei streiften seine Finger etwas, das sich anfühlte wie lauter spitze Nadeln. Er zuckte zurück und sah genauer hin.
»Hammelhornfell«, sagte er nachdenklich. Er bemerkte, dass der Himmelspirat noch jung war und dicke, verfilzte Haare hatte. Vorsichtig fasste er ihn an der Schulter an, rollte ihn auf den Rücken und starrte ihm ins Gesicht.
»Du!«, rief er fassungslos. Von dem Körper des Himmelspiraten ging ein gespenstisch pulsierendes Leuchten aus. »Wie kommst du hierher, Twig?«
Die weißen Raben kreischten und die Mutigsten trippelten vor und schnappten mit ihren grausamen Schnäbeln nach Twigs Beinen.
»Twig!«, rief der Professor verzweifelt. Der junge Himmelspiratenkapitän lebte noch, doch wurde er zusehends schwächer. »Twig, wach auf. Ich bringe dich nach Sanktaphrax. *Twig!* Du wolltest ja nicht auf mich hören, oh nein! ›Ich bin ein Himmelspiratenkapitän‹, hast du gesagt. ›Wie mein Vater und der Vater meines Vaters. Es liegt mir im Blut.‹ Jetzt sieh, wohin dich das gebracht hat! Wenn dein Vater Quintinius Verginix dich sehen könnte!«
Als der Professor den Namen von Twigs Vater aussprach, bewegte der Junge sich. Der Professor lächelte. Die weißen Raben hüpften mit wütendem Geschrei zurück.
Twigs Lider flatterten. Der Professor bemerkte es aufgeregt.

»Oder vielleicht sollte ich deinen Vater bei seinem anderen Namen nennen, dem Namen des berühmtesten und gefürchtetsten Himmelspiratenkapitäns aller Zeiten: Wolkenwolf.«

Twig schlug die Augen auf. »Vater«, sagte er.

»Nein, Twig«, erwiderte der Professor freundlich, »nicht dein Vater. Ich bin's, der Professor der Dunkelheit.«

Doch der Junge schien ihn nicht zu erkennen. Er starrte nur mit wirrem Blick um sich und sagte auch nichts mehr. Dem Professor lief es kalt über den Rücken. Von dem seltsamen Leuchten abgesehen, schien der Körper des Jungen unversehrt, doch sein Verstand hatte offenbar gelitten.

Die Raben kamen wieder näher. Kraan drängte den Vorwitzigsten mit dem Schnabel zurück, dann wandte er sich an den Professor.

»Geh«, krächzte er. »Nimm Sternschnuppe mit!«

Seine heisere Stimme klang dringend, und der Professor wusste, dass Kraan die anderen weißen Raben nicht mehr lange in Schach halten konnte. Ohne in die blicklos starrenden Augen des Jungen zu sehen, die ihn zutiefst verunsicherten, fasste der Professor Twig unter die Arme und richtete ihn auf.

»Gehen musst du selbst«, murmelte er. »Aber das schaffst du, los.«
Der Himmel wurde im Osten bereits heller, als der Professor dem Ausgang der Steinernen Gärten zustrebte. Die eine Hand hatte er Twig um die Schultern gelegt, mit der anderen hielt er seinen Stock.
»So ist es gut, Twig«, sagte er aufmunternd. »Gleich haben wir es geschafft.«

KAPITEL 5

Kaulquapp

»Eine Sternschnuppe!« Aufmerksam spähte die einsame Gestalt zum nächtlichen Himmel hinauf. Es handelte sich um einen akademischen Hilfsdiener, einen Jungen mit wirrem Haarschopf und schlecht sitzenden Kleidern. »Seltsam«, murmelte der Junge.

Der Sturm hatte sich gelegt, und die Akademiker krochen wieder aus ihren zahlreichen Verstecken.

»Wen haben wir denn hier?«, fragte eine Stimme hinter dem Jungen spöttisch. »Das ist doch der Dreikäsehoch aus Unterstadt. Warum sitzt du nicht in der Bücherei bei deinen Schriftrollen, Kaulquapp?«

Die Stimme gehörte einem lang aufgeschossenen Gesellen im pelzbesetzten Rock der Mitglieder des Wolkenkollegs. Hinter ihm standen feixend einige weitere Gesellen und klopften sich den Staub aus den Kleidern.

»Ich dachte, ich hätte was gesehen«, stotterte der Junge.

»Überlass das Himmelsgucken mal schön denen, die es gelernt haben«, sagte Vox scharf. »Gibt es denn keine Latrine zu putzen?«

»Ich ... ich war schon auf dem Weg.« Kaulquapp sammelte die sperrigen Schriftrollen ein und entfernte sich hastig über den mit Kies bestreuten Weg.

»Unterstädter Gesindel!«, rief Vox ihm hinterher.

Kaulquapp war gerade erst fünfzehn geworden und klein für sein Alter. In der Hackordnung von Sanktaphrax stand er ganz unten. Das Latrinenputzen war nur eine seiner Pflichten. Wer immer eine niedere Arbeit verrichtet haben wollte, konnte ihn damit beauftragen. Der Junge erledigte Besorgungen für die verschiedenen Hilfsprofessoren, führte Nebel- und Windmessungen durch und sorgte zusammen mit anderen Hilfsdienern dafür, dass Sanktaphrax in makellosem Glanz erstrahlte.

Doch Kaulquapp fühlte sich zu Höherem berufen. Wann immer er konnte, zog er sich in die – leider nur spärlich besuchte – große Bibliothek von Sanktaphrax zurück und vertiefte sich in eine der vielen dort gelagerten, aus Rinde gefertigten Schriftrollen.

Die Bibliothek war aus der Mode gekommen. Sie hatte weder den Pomp des Wolkenkollegs oder der Windakademie noch das Prestige und den Einfluss der Schule des Lichts und der Dunkelheit. Doch für einen Hilfsdiener wie Kaulquapp war sie gerade richtig. Sein Vater, ein herrischer Tyrann und Ligabruder namens Ulbus Pentephraxis, hatte ihn nach Sanktaphrax eingeschleust.

»In der Liga bringst du es zu nichts, du Waschlappen«, hatte er gesagt. »Vielleicht können die aufgeblasenen Wetterfrösche etwas aus dir machen, ich jedenfalls ganz gewiss nicht!«

Also hatte er seinem Sohn die Stelle als Hilfsdiener verschafft. Kaulquapp war zuerst im siebten Himmel gewesen. Bald merkte er freilich, dass das Leben in Sanktaphrax genauso rau sein konnte wie auf den Straßen von Unterstadt. Denn die Akademiker verachteten die Ligabrüder trotz ihres unbestreitbaren Reichtums, und diejenigen Hilfsdiener und Gesellen, die sich mit Geld Zugang zu der fliegenden Stadt erkauft hatten, verachteten sie noch viel mehr.

Kaulquapp eilte durch die verlassenen Straßen der Stadt und sog deren Pracht in sich ein – die gewaltigen, rosafarben in der Morgensonne schimmernden Türme mit ihren Minaretten, Kuppeln und spitzen Helmen, die schlanken Säulen, die Statuen und Brunnen, die grandiosen Treppenhäuser und überwölbten Arkaden. Nie würde er sich an diesen Anblick gewöhnen. Alles war so elegant, so imposant, so erhaben!

Er seufzte. Angesichts dieser Pracht kam er sich noch kleiner vor. Vox' höhnische Worte fielen ihm ein. »Unterstädter Gesindel!«

Würde er je ein vollwertiges Mitglied dieser wunderbaren Stadt sein oder immer ein Waschlappen bleiben?

Eins war freilich klar. Nach Unterstadt würde er nie zurückkehren. Der Lärm, der Dreck, die Schläge und Tritte des Vaters und die Enttäuschung in den Augen der Mutter kurz vor ihrem Tod – all das hätte ihn fast zerbrochen. Nein, komme, was da wolle, er gehörte jetzt nach Sanktaphrax. Sein Vater zahlte gutes Geld für die Unterbringung im Wolkenkolleg, und er, Kaulquapp, würde sich die Achtung der neunmalklugen Professoren schon noch verdienen!

»Nur Mut!«, flüsterte er. »Du darfst die Hoffnung nicht aufgeben.«

Er bog um die Ecke des Instituts für Eis und Schnee. Von der Landebrücke vor ihm hörte er eine Stimme. »Getötet durch vom Himmel fallende Gegenstände«, sagte sie.

Erschrocken blieb Kaulquapp stehen und drückte sich in den Schatten der Mauer. Ein untersetzter Schniffkobold und Korbführer unterhielt sich auf dem vorspringenden Steg mit einem Kollegen.

»Wie ist das möglich?«, fragte der andere.

»Das kann ich dir genau sagen. Ich bin eben erst von Unterstadt heraufgekommen und kann von Glück sprechen, dass ich überhaupt noch lebe. Ich sitze in der Bluteiche, als plötzlich Mutter Pferdefeder, die alte Vogelfrau, der die Schenke gehört, ganz aufgelöst hereinkommt und schreit, der Sturm habe ein Himmelsschiff erfasst. Das Schiff wurde in tausend Stücke zerschlagen, die tödlichen Trümmer regneten über Unterstadt herunter. Der Rumpfballast, ein gewaltiger Stein, schlug durch die Decke des Ligahauses und soll drei von den Ligabonzen platt gedrückt haben.«

»Nein!«, rief sein Kollege mit aufgerissenen Augen, begierig nach weiteren blutrünstigen Details.
»Doch«, beharrte der Schniffkobold, »beim Leben meiner Mutter.« Er hob die Hände und zählte die Opfer an den Fingern ab. »Erstens der Ligameister, ein gewisser Simon oder Simeon Soundso. Dann dieser, wie heißt er gleich, Armdreher, der von den Leimtröpflern. Und dann ...« Er überlegte stirnrunzelnd. »Ach ja, der Kapitän eines Patrouillenschiffs der Liga. Pentephraxis. Ulbus Pentephraxis.«
Kaulquapp stand da, als hätte der Rumpfballast ihn getroffen. Sein Vater tot! Nicht dass er den Tod des ungeliebten Vaters übermäßig bedauert hätte. Doch nach und nach wurden ihm die schrecklichen Folgen der Nachricht bewusst. Die Kehle schnürte sich ihm zu.
Wenn ein Ligabruder starb, beschlagnahmte die Liga sein gesamtes Vermögen. Womöglich plünderten die ehemaligen Kollegen seines Vaters in diesem Augenblick wie gefräßige weiße Raben den Familiensitz und nahmen mit, was nicht niet- und nagelfest war. Wer hätte sie auch davon abhalten sollen? Ganz gewiss nicht sein schwächlicher Sohn droben in Sanktaphrax.
»Sanktaphrax!«, stöhnte Kaulquapp, den Kopf in den Händen. Wer sollte jetzt die Gebühren für ihn bezahlen? Das Wolkenkolleg würde ihn hinauswerfen und nach Unterstadt zurückschicken, sobald das Schuldgeld ausblieb. Er war erledigt, ruiniert, Futter für die Raben.

Der Rückweg von den Steinernen Gärten dauerte viel länger als vorgesehen. Die Sonne war längst aufgegangen, als der Professor und sein Schützling in Unterstadt eintrafen. Twig hatte sich zwar nichts gebrochen, doch war er stark geschwächt. Auf dem Weg zum Schubkarren am Arm des Professors musste er immer wieder anhalten und ausruhen. Und als sie am Schubkarren angekommen waren, hatte der Packtroll einen neuen Preis verlangt. Schließlich habe er jetzt statt einer Person wie auf dem Hinweg zwei Personen zu befördern.

»Bezahlt wird nach Gewicht«, hatte er beharrt und nicht nachgegeben, bis der Professor schließlich einlenkte.

Als sie handelseinig geworden waren und losfuhren, stellte sich bald heraus, dass der Packtroll sich zu viel zugemutet hatte. Schon auf ebener Strecke kam er nur im Schneckentempo und unter heftigem Keuchen voran. Ging es erst bergauf, begann er so schrecklich zu ächzen und nach Luft zu schnappen, dass der Professor schon fürchtete, sie würden überhaupt nicht ankommen.

Twig bekam von all dem nichts mit. Er sagte auch nichts mehr. In sich gekehrt und willenlos ließ er zu, dass der Professor ihn in den Schubkarren setzte. Auf der Fahrt verblasste das Leuchten allmählich, das den Professor anfangs auf Twig aufmerksam gemacht hatte.

»Bald sind wir da«, sagte der Professor aufmunternd.

Twig zeigte keine Regung.

»Weißt du noch, wie wir uns kennen gelernt haben?«, fragte der Professor. Vielleicht konnte er Twigs Gedächtnis so auf die Sprünge helfen. »Du bist in mein ehemaliges Zimmer im Oberstock des alten Turms der Regenschmecker gekommen ...« Er kicherte. »Beim Himmel, Twig. Damals hast du Sanktaphrax in der Stunde der größten Not geholfen. Jetzt wird Sanktaphrax dir helfen, das schwöre ich dir.« Er starrte in Twigs verwirrtes Gesicht und hilfloses Mitleid übermannte ihn.

»Ach, Twig«, seufzte er. »Warum beim Himmel bist du einfach so ohne Seil drauflosgeflogen? Wusstest du nichts von den Gefahren, die jenseits der Klippe lauern?« Er packte ihn an den Schultern. »Was ist dort passiert?«

Doch Twig antwortete nicht. Der junge Himmelspirat war ganz offensichtlich geistig verwirrt. Wenn er nicht bald behandelt wurde, verlor er womöglich noch ganz den Verstand. Der Professor sah sich um und stellte zu seiner Erleichterung fest, dass sie soeben am Stadtrand von Unterstadt angelangt waren. Fünf Minuten später stellte der Packtroll die Holme des Schubkarrens ab.

»Wir sind da«, japste er und blieb vornübergebeugt und um Atem ringend stehen.

Der Professor kletterte aus dem Karren und blickte zu der fliegenden Stadt hinauf. Einer der Körbe hing direkt über ihnen. Er hob die Arme und legte die Hände an den Mund. »Ist da droben jemand?«

Kaulquapp stand immer noch in dem windigen Schatten und starrte den breiten Boulevard entlang. Sein Herz war schwer, seine Augen glänzten feucht. Er blickte die Reihe der Gebäude entlang. Jedes war speziell für das Institut oder Kolleg erbaut worden, das es beherbergte.

»Bald werde ich das alles nicht mehr sehen«, flüsterte er mit Tränen in den Augen. »Bald werde ich als Bettler durch die Straßen von Unterstadt irren.«

In diesem Augenblick kam am Ende der Landebrücke Bewegung auf. Ein Korb erschien, und der Professor der Dunkelheit stieg aus. In seiner Begleitung befand sich ein barfüßiger, magerer Junge mit verfilzten Haaren und zerrissenen Kleidern. Für einen Moment vergaß Kaulquapp seine Sorgen. Wer war der Junge? Und der Mann, war das nicht der Professor der Dunkelheit?

Der Schniffkobold ließ den Korb wieder hinunter und verschwand, der Professor und der fremde Junge blieben allein zurück. Kaulquapp trat aus dem Schatten.

»He du, Bursche!«

»Meinen Sie mich?«, stotterte Kaulquapp und ließ die Schriftrollen fallen.

Der Professor der Dunkelheit musterte ihn. »Ja, dich. Hilf mir, Tw... äh, meinen Freund in die Schule des Lichts und der Dunkelheit zu bringen und, äh ...«

»Selbstverständlich, Herr Professor, sofort.« Kaulquapp lud sich den Jungen auf den Rücken.

»Ich hoffe, du kannst schweigen«, sagte der Professor und ging voraus. »Ich will nämlich nicht, dass die Akademiker meinen Freund mit ihrer Neugier belästigen.«
»N... natürlich«, sagte Kaulquapp leise.
Der Professor beäugte ihn misstrauisch. »Wie heißt du überhaupt, mein Junge?«
»Kaulquapp, mit Verlaub. Akademischer Hilfsdiener zu Sanktaphrax.«
»Akademischer Hilfsdiener zu Sanktaphrax«, wiederholte der Professor und kniff die Augen zusammen. »Und dem Aussehen nach zu schließen aus Unterstadt. Bestimmt ein reicher Vater in einer Liga.«
Sie waren fast an der Schule angelangt.
Kaulquapp nickte. »Jawohl, Herr Professor. Mein Vater ist ...« Er verbesserte sich. »*War* ein Ligabruder.«
»Ausgezeichnet, ausgezeichnet«, murmelte der Professor abwesend.
Sie hielten vor dem mit Nägeln beschlagenen großen Tor der Schule des Lichts und der Dunkelheit – für Kaulquapp viel zu früh.
»Ich danke dir, mein Junge«, sagte der Professor und schob seinen schwankenden Begleiter hinein. Das Tor fiel hinter ihm ins Schloss.
Kaulquapp blieb verloren auf der Straße stehen. Und jetzt? Er ging den Weg zurück, den sie gekommen waren. Wie viel Zeit hatte er noch? Einen Tag? Eine Woche? Mehr wahrscheinlich nicht, dann flog er raus, dann stieg er mit seinen wenigen Habseligkeiten in einen Korb, um für immer nach Unterstadt zurückzukehren.
»Tja, Kaulquapp«, murmelte er. »Bis dahin verkriechst du

dich in die dunkelste, staubigste Ecke der Bibliothek. Und wer weiß?« Er lächelte tapfer. »Vielleicht vergisst man dich ja dort, wie die vielen Schriftrollen!«

KAPITEL 6

Drinnen und draußen

Dumpf dröhnte der gewaltige Essensgong im Turm des Speisesaals. Die Türen der Schulen und Kollegs von Sanktaphrax flogen alle gleichzeitig auf und eine große Menge schwatzender Professoren, Gesellen und Diener strömte hungrig zum Speisesaal. Mit gesenktem Kopf und klopfendem Herzen folgte Kaulquapp ihnen. Unauffällig betrat er den lärmenden Saal, nahm sich eine Messingschale und einen Teller vom Geschirrständer und mischte sich unter die wartenden Akademiker.

Zehn Tage waren vergangen, seit der Professor der Dunkelheit ihn zu Hilfe gerufen hatte. Kaulquapp hatte sich in einer staubigen Ecke der großen Bibliothek bei seinen geliebten Rollen versteckt und war in die fantastische Welt der Märchen und Legenden eingetaucht, von denen die Rollen berichteten. Niemand hatte ihn gestört und er hatte seinen Platz nur verlassen, um etwas Essbares aufzustöbern – eine Teigtasche, die ein Latrinenputzer übrig gelassen hatte, oder ein Tilderwürstchen, das einem Gesellen versehentlich heruntergefallen war.

Doch jetzt hatte er seit über einem Tag nichts mehr gegessen. Beim Klang des Essensgongs hatte der Hunger ihn überwältigt. So übermächtig war sein Hunger, dass er für eine Schale heißen, köstlichen Tildergulaschs sogar das Risiko einging, von Mitgliedern des Wolkenkollegs erwischt und für immer aus Sanktaphrax verbannt zu werden.
Die Professoren saßen an langen, erhöhten Tischen und wurden bedient. Auf den Galerien an den Wänden drängten sich Akademiker und Gesellen lärmend um große, gemeinschaftliche Gulaschtöpfe. Auf der großen freien Fläche in der Mitte drängelten sich Diener und Hilfsdiener um gewellte Röhren, die von einem gewaltigen Gulaschkessel in der Mitte ausgingen. Kaulquapp schob sich durch die schwatzende Menge. Dabei schnappte er Gesprächsfetzen auf.
»Die Fakultät für psycho-klimatische Studien hat bestätigt, dass das gestern Abend tatsächlich ein Gemütssturm war«, sagte ein Geselle. »Die Folgen sind immer noch zu spüren.«
Sein Kollege nickte. »Ich weiß. Allmählich frage ich mich, ob der Himmel überhaupt noch einmal aufklart.«
Seit jener schicksalhaften Nacht war es nicht mehr richtig hell geworden. Der Sturm hatte weitere schwere Unwetter über die Klippe geblasen. Regen hatte die Empfindungsmesser im Loftus-Turm und in der Dachkammer der Fakultät für psycho-klimatische Studien blau aufleuchten lassen und das ganze Land in tiefe Trauer gestürzt. Ein ölig dicker Nebel hatte die Einwohner einiger Bezirke im Norden Unterstadts vorübergehend taubstumm gemacht. In der vergangenen Nacht schließlich hatte ein heftiger Re-

genschauer unter den Trottern der Flugdocks erbitterte Schlägereien ausgelöst.

Die abrupten Wetterwechsel rückten die bis dahin unbedeutende Fakultät für psycho-klimatische Studien ins Zentrum der allgemeinen Aufmerksamkeit. Ihr Dekan, ein korpulenter Ordinarius namens Zimperlix, thronte in diesem Augenblick gewichtig am höchsten der Professorentische, schlürfte ununterbrochen Gulaschsuppe und rülpste hin und wieder laut.

»Vielleicht bewerbe ich mich um eine Stelle an seiner Fakultät«, sagte ein dritter Geselle. »Dort spielt jetzt die Musik.« Er blickte sich verstohlen um. »Wie ich höre, wollen Windfühler und Wolkengucker sich zusammentun.«

»Bah, das bringt doch nichts!«, schnaubte sein Begleiter. »Die sind doch alle von vorgestern.«

Überall im Speisesaal schnatterten aufgeregte Stimmen durcheinander. Intrigen und Komplotte schienen allgegenwärtig. Und gleichsam, als ob das noch nicht genügte, kursierten weitere Gerüchte, die selbst vernünftige Akademiker nachdenklich stimmten.

»Also *ich* habe gehört, dass er etwas im Schilde führt«, wandte sich droben auf der Galerie des Regenkollegs ein Altgeselle an seinen Nachbarn. »Etwas Schlimmes!«

Kaulquapp spitzte die Ohren.

»Etwas Schlimmes?«, sagte sein Nachbar. »Was, der Allerhöchste Akademiker?«

»Eben der«, erwiderte der Altgeselle. »Meinen Informanten in der Schule des Lichts und der Dunkelheit zufolge hat er dort in einem Zimmer jemanden eingeschlossen. Eine Person, die angeblich in den Steinernen Gärten gefunden wurde, was ich für durchaus möglich halte. Diese Person sieht aus wie ein Landstreicher und spricht kein Wort, aber sein eisiger Blick lässt einem das Blut in den Adern gefrieren.«

»Ein Wahnsinniger«, rief ein Wolkenguckergeselle von der Galerie über ihnen herunter. »So wie er sich anhört. Er heult nämlich!«

»Er heult?«, fragten die beiden Regenschmeckergesellen im Chor.

»Wie ein Waldwolf«, fuhr der Wolkengucker fort, »und zwar jede Nacht. In eurer Fakultät hört man das natürlich nicht, bei uns im Wolkenkolleg dafür aber umso lauter. Wirklich gespenstisch.«

Kaulquapp runzelte die Stirn. Auch er hatte das seltsame nächtliche Geheul in seinem Versteck in der Bibliothek gehört, es aber nicht mit dem Jungen mit dem starren Blick in Verbindung gebracht, dem er an jenem windigen Morgen in Begleitung des Professors der Dunkelheit begegnet war. Schritt für Schritt schob er sich auf den Gulaschkessel zu. In Gedanken war er bei dem Jungen.

Gerüchten zufolge handelte es sich bei dem geheimnisvollen Fremden um niemand anders als den Himmelspiratenkapitän Twig, der erst vor einigen Wochen im Triumph nach Sanktaphrax zurückgekehrt war. Er hatte angeblich etwas noch nie Dagewesenes gewagt – er war ohne Halteseil in den Raum jenseits der Klippe hinausgeflogen. Dort musste etwas passiert sein, etwas Unfassliches, Unerklärliches, etwas, das ihm die Sprache verschlagen und ihn geistig verwirrt hatte. Umso seltsamer mutete es an, dass der Allerhöchste Akademiker ihm Gerüchten zufolge

den Titel eines Hilfsprofessors des Lichts verliehen hatte. Der Gulaschkessel rückte näher. Hinter Kaulquapp beschwerten sich zwei angehende Gesellen der Windfühler über ihre Arbeit.
»Wind messen, Wind messen und noch mal Wind messen«, klagte der eine. »Und der Professor ist ein Tyrann.«
»Von der schlimmsten Sorte«, bekräftigte der andere.
Kaulquapp seufzte. Wenigstens habt ihr eine gesicherte Zukunft, dachte er bitter. Im Unterschied zu mir. Er begann zu zittern. Der Messingteller glitt ihm aus der Hand und fiel scheppernd zu Boden.
Die anstehenden Regenschmecker und Wolkengucker drehten sich belustigt zu dem mageren Jungen mit den strubbeligen Haaren um.
»Wenigstens sind wir keine Hilfsdiener«, sagte der eine Windfühler naserümpfend.
»Unterstädter!«, fügte der andere verächtlich hinzu.
»Beim Himmel!«, gurgelte eine Stimme am Professorentisch. Alle drehten den Kopf. Die Stimme gehörte Zimperlix, der fast an seinem Gulasch erstickte. »So eine Überraschung!«
Jemand ließ vor lauter Überraschung einen Humpen fallen.
»Sapperlot!«, rief ein anderer. »Das ist er.«
Alle Augen richteten sich auf den Professorentisch, an dem die ranghöchsten Akademiker saßen. Dort führte in diesem Augenblick der Professor der Dunkelheit den geheimnisvollen Jungen mit dem starren Blick an einen freien Platz. Die Gesellen vergaßen den Hilfsdiener in ihrer Mitte.
»Das soll Twig sein? Kaum zu glauben«, hörte Kaulquapp einen von ihnen sagen. »Seht ihn euch an!«

»Sieht aus wie ein Verrückter«, stimmte ein anderer zu.
»Und so einer wird neuer Hilfsprofessor des Lichts!«, schimpfte ein dritter. »Bei *dem* möchte ich nicht Geselle sein.«
»Nee«, lachte wieder der erste Regenschmeckergeselle. »Der hat nun wirklich ein paar Tropfen zu wenig in der Tasse.« Alle lachten.
Das heißt, alle außer Kaulquapp. Die Gesellen waren offenbar zu blöde, um hinter die äußere Erscheinung zu sehen. Kaulquapp sah genauer hin. Etwas an dem jungen Hilfsprofessor ließ ihn stutzen – hinter dem starren Blick der brennenden Augen schien ein scharfer Verstand auf. Kaulquapp durchlief es heiß. Vielleicht war Twig gar nicht verrückt! Vielleicht hatte er den Blick nur nach innen gerichtet statt nach außen.
Kaulquapp war an einer der Gulaschröhren angelangt. Er betätigte den Schwengel und gab Acht, dass das dampfende Tildergulasch nicht daneben spritzte. Anschließend zog er aus dem Korb unter dem Kessel einen Kanten Schwarzei-

chenbrot, der von danebengegangenem Gulasch bereits völlig durchweicht war, und drängelte sich zu den niedrigen Stühlen durch, die unter den Galerien wie Pilze aus dem Boden sprossen. Wenn er den Kopf hob, konnte er über sich ganz deutlich Twig sehen.
Der frisch gebackene Hilfsprofessor starrte ins Leere und nahm seine Umgebung nicht wahr. Gelegentlich stocherte er, vom Ellbogen des Professors der Dunkelheit dazu ermuntert, wie ein Vogel in seiner Schüssel herum, doch noch bevor er den Bissen zum Mund geführt hatte, verfiel er wieder in seine Starre.
Kaulquapp betrachtete ihn genauer. Der Junge war nur wenige Jahre älter als er. Der *Klippentänzer* war in den Gemütssturm geraten, und Twig musste Schreckliches durchgemacht haben. Wenn ein einfacher Regen schon eine Schlägerei unter den Trottern auslösen konnte, was musste er erst bei einem Himmelspiratenkapitän anrichten, der sein Schiff verloren hatte?
In diesem Augenblick schob sich draußen eine pechschwarze Wolke vor den Mond. Im Speisesaal wurde es dunkel. Der Professor der Dunkelheit, der sich für solche Phänomene natürlich besonders interessierte, zog einen Lichtmesser aus den Falten seines Talars und beugte sich darüber. So merkte er nicht, wie sein junger Hilfsprofessor aufstand und die Holztreppe hinunterstieg.
»Seltsam«, murmelte Kaulquapp.
Eine schwere Hand legte sich ihm auf die Schulter und hätte ihn fast vom Stuhl gekippt. »Na, na, na«, schnarrte eine vertraute Stimme höhnisch. »Wenn das nicht unser kleiner Freund aus Unterstadt ist!«

»Vox!« Erschrocken blickte Kaulquapp in das arrogante Gesicht des Wolkenguckergesellen.
»Wie ich höre, hat da jemand seine Gebühren nicht bezahlt. Pfui Spinne! Das geht aber nicht!«
Kaulquapp zitterte. »Bitte!«, flehte er. »Mein Vater ist ...«
»Spar dir das dumme Geschwätz für den Professor der Wolkengucker, du Weichei!« Vox' Stimme war hart und er hielt Kaulquapps Schulter mit seiner Hand wie mit einem Schraubstock fest.
Draußen fiel zischelnd ein trüber Nieselregen. Wut stieg in Kaulquapp auf. Das war ungerecht! Er konnte doch nichts dafür, dass sein Vater tot war!
»Der Professor der Wolkengucker, ja?«, rief er mit lauter werdender Stimme. Vox sah ihn verblüfft an. »Dann gib deinem Professor das von mir!« Und damit klatschte er dem Gesellen die Schüssel mit dem dampfenden Gulasch ins Gesicht.

»Auaaaaa!«, kreischte Vox. Er stolperte rückwärts in eine schwatzende Gruppe von Dunstmessern. Schüsseln kippten um, Gulasch spritzte in alle Richtungen. Kaulquapp gab Fersengeld und rannte im Zickzack zwischen den Tischen hindurch zum Ausgang. Unterwegs stieß er mit einigen Zuspätkommenden zusammen. Empört schimpften sie hinter ihm her.
Draußen war es noch dunkler als drinnen. Nach dem lärmenden Speisesaal herrschte hier eine gespenstische Stille. Purpurgeränderte, schwarze Wolken zogen brodelnd wie kochender Holzteer über den Himmel, der Wind stank

nach Schwefel. Kaulquapp konnte nicht wissen, dass die Empfindungsmesser orangerot leuchteten, doch spürte er in sich einen Aufruhr der Gefühle: Wut, Überschwang und panische Angst, ein wildes Chaos, das dem Wetter in nichts nachstand.

Ein karmesinroter Blitz zuckte über den Himmel. Knatternder Donner hüllte die fliegende Stadt ein und erschütterte sie bis in die Grundfesten.

Mit schwindelndem Kopf rannte Kaulquapp in die Richtung, in der sein Versteck in der Bibliothek lag. Lautlos eilte er von Schatten zu Schatten über das schlüpfrige Pflaster. Er bog um eine Ecke, blieb stehen und sah nach rechts und links. Die Luft war rein. Die Straße vom Wachturm rechts bis zur Landungsbrücke ganz hinten links war leer. Er rannte weiter. Wieder zuckte ein Blitz über den Himmel. In seinem Licht nahm Kaulquapp aus den Augenwinkeln eine Bewegung wahr. Er wirbelte herum und spähte in das Halbdämmer. Auf der steinernen Balustrade der Landungsbrücke stand mit gespreizten Beinen, erhobenem Kopf

und ausgebreiteten Armen mit nach oben gedrehten Handtellern der junge Hilfsprofessor. Um ihn zischte und knisterte der Blitz.

»Twig!«, schrie Kaulquapp. Er hätte nicht sagen können, ob das Chaos in ihm oder einfach das verrückte Wetter daran schuld war, dass er den Professor mit seinem Namen anrief. Wollte der wirklich hinunterspringen? »Halt! Nicht springen!«

Seine Schreie gingen im erneuten Krachen des Donners unter. Twig auf der Balustrade begann zu schwanken und wild mit den Armen zu rudern.

»NEIN!«, brüllte Kaulquapp. Besinnungslos vor Angst rannte er zu ihm und packte ihn am Saum der Weste. »Autsch!«, schrie er. Die Haare des Hammelhornfells hatten sich augenblicklich zu spitzen Nadeln versteift und ihn in die Hand gestochen. Aus seinen Fingerspitzen quoll Blut.

Wieder blitzte und donnerte es. Der Wind frischte auf, und ein funkelnder Regen stäubte hernieder. Auf ganz Sanktaphrax schlug die Stimmung in Begeisterung um. Von einem plötzlichen Rausch der Stärke erfasst, packte Kaulquapp Twig am Arm und zog ihn von der Balustrade herunter. Twig fiel hin.

»Entschuldigen Sie bitte, Herr Professor«, flüsterte Kaulquapp. »Ich dachte, Sie wollten hinunterspringen.«

Twig rappelte sich auf. »Was sagst du da?«

Kaulquapp sperrte den Mund auf. »Sie haben was gesagt!«, rief er. »Sie sind also nicht stumm ...«

Twig betastete stirnrunzelnd mit den Fingern seine Lippen. »Tatsächlich«, flüsterte er nachdenklich. Er sah sich um, als

bemerke er erst jetzt, wo er sich befand. »Aber ... was mache ich denn hier? Und wer bist du?«
»Kaulquapp, Herr Professor. Akademischer Hilfsdiener, wenn Sie gestatten.«
»Warum sollte ich es nicht gestatten?«, erwiderte Twig, belustigt über die Förmlichkeit des Jungen. Er runzelte wieder die Stirn. »Sagtest du ... Professor?«
»Ja, obwohl die korrekte Bezeichnung Hilfsprofessor ist. Sie sind der neue Hilfsprofessor des Lichts – wenigstens, wenn die Gerüchte stimmen.«
Verwirrung malte sich auf Twigs Gesicht. »Dazu hat mich wahrscheinlich der Professor der Dunkelheit ernannt.«
»Er hat Sie nach Sanktaphrax gebracht«, sagte Kaulquapp. »Angeblich von den Steinernen Gärten. Er ...«
»Von den Steinernen Gärten«, murmelte Twig. »Dann habe ich mir das nicht eingebildet.« Wieder betrachtete er Kaulquapp ratlos. »Aber ...« Er versuchte angestrengt, sich zu konzentrieren. »Ach, warum kann ich mich denn nicht erinnern ...?« Er kratzte sich langsam am Kopf. »Es kommt mir vor, als hätte ich alles nur geträumt. Ich erinnere mich an meine Mannschaft, an die Fahrt und wie wir in den Wetterstrudel gezogen wurden, aber dann ... nichts mehr!« Twig schwieg. »Bis jetzt, wo du offenbar verhindert hast, dass ich mich von dieser Brüstung in den Tod stürze.« Er lächelte. »Danke übrigens. *Wie* heißt du?«
»Kaulquapp«, sagte Kaulquapp. »Und ich weiß nicht, was in mich gefahren ist. Ich hätte Sie nicht retten dürfen.« Traurig starrte er zu Boden. »Ich hätte Ihnen nachspringen sollen. Ich will nicht mehr leben!«
»Na, na«, sagte Twig freundlich und legte Kaulquapp die

Hand auf die Schulter. »Das meinst du aber nicht ernst.«
»Doch.« Kaulquapp ließ den Kopf hängen. »Ich komme aus Unterstadt. Mein Vater ist tot, und ich kann die Gebühren für meine Lehrstelle nicht mehr bezahlen. Wenn ich erwischt werde, fliege ich aus Sanktaphrax raus. Was für einen Sinn hat das Leben noch für mich?«
Twig sah den Jungen an. »Du hast mir das Leben gerettet«, sagte er schlicht, »und dafür revanchiere ich mich jetzt. Du sagst, ich sei Hilfsprofessor des Lichts?«
Kaulquapp nickte.
»In diesem Fall ernenne ich dich zu meinem Gesellen, Maulquapp.«
»*Kaul*quapp«, sagte Kaulquapp aufgeregt. »Meinen Sie das wirklich ernst?«
»Natürlich«, lächelte Twig. »Ich brauche einen pfiffigen Gesellen, der jetzt, wo ich endlich wach bin, auf mich aufpasst. Ich habe eine Menge zu tun.«
»Ich passe auf Sie auf, Herr Professor«, rief Kaulquapp. »Verlassen Sie sich drauf.«

KAPITEL 7

Die Sternschnuppenkarte

Kaulquapp trat aus der Bibliothek und strich mit der Hand über seine neuen Kleider. Auf dem kostbaren schwarzen Stoff war jedes Staubkörnchen zu sehen. Der Pelzbesatz wirkte fast ein bisschen extravagant, doch ansonsten standen ihm die Kleider ausgezeichnet. Kaulquapp schlang die Arme um die Rindenrollen, drückte sie an die Brust und eilte in Richtung der Schule des Lichts und der Dunkelheit.

Er bog in eine enge Gasse in der Nähe des Turms der Windfühler ein und hielt an. Vor ihm stand der Wolkengucker Vox, das Gesicht dick mit Waldsalbe eingeschmiert, und versperrte ihm den Weg.

»Endlich erwische ich dich allein!«, fauchte er.

Hinter Kaulquapp tauchten zwei weitere Wolkenguckergesellen auf. Er saß in der Falle.

»Ich denke doch, ich habe noch ein Hühnchen mit dir zu rupfen, du Weichei.« Vox zog einen dicken Knüppel aus den Falten seines Gewandes und holte aus. Der Schlag streifte Kaulquapp an der Schläfe und streckte ihn zu Boden.

»Vox!«, wimmerte Kaulquapp. »Du Grobian ... aufhören!«
»Wo ist dein schöner Professor jetzt?«, spottete Vox. »Wo ist der tapfere Captain Twig, der Retter von Sanktaphrax?«
»Hier bin ich«, rief Twig. Er packte Vox' erhobenen Arm und drehte ihn dem Gesellen auf den Rücken.

»Auaaa!«, brüllte Vox und ließ den Knüppel fallen.
Twig stieß ihn weg. »Hilf meinem wackeren Gesellen Kaulquapp beim Aufstehen.«
»J... jawohl, Herr Professor«, stotterte Vox mit gebeugtem Rücken.
»Und wenn du schon dabei bist, klopfe ihm gleich den Staub aus den Kleidern.«
Vox half Kaulquapp ungeschickt beim Aufstehen und klopfte ihn ab.
»Und jetzt verschwinde«, sagte Twig. »Wenn ich dich noch einmal dabei erwische, wie du Kaulquapp belästigst, fährst du mit dem Korb nach Unterstadt hinunter, aber ohne Rückfahrkarte. Habe ich mich klar ausgedrückt?«
Vox nickte verdrossen und schlich weg. Seine Kumpane waren längst über alle Berge.
»Vielen Dank, Herr Professor«, keuchte Kaulquapp.
Twig lächelte. »Wie oft muss ich dir noch sagen, dass du mich duzen sollst?«

»Jawohl, Herr Prof … Twig.«
»Und noch was, Kaulquapp.«
»Ja, Twig?«
»Du hast das hier fallen lassen.« Twig drückte ihm die zerknitterten Rindenrollen in die Arme. »Pass auf, dass die Rinde deine schönen Kleider nicht schmutzig macht.«
»Ja, Twig.« Glücklich folgte Kaulquapp ihm zur Schule des Lichts und der Dunkelheit.

Twigs Studierstube lag im Dachgeschoss des Westturms der Schule. Sie war klein, doch mit weichen Sesseln und einem warmen Ofen behaglich eingerichtet. Die Wände verschwanden hinter Regalen, voll gestopft mit in Leder gebundenen Büchern, zusammengeschnürten Papierstößen und komplizierten Apparaturen zur Messung des Lichts. Alles war bedeckt von einer pelzigen Staubschicht.
Twig betrachtete seinen jungen Gesellen Kaulquapp, der vor dem Ofen saß, die Nase in eine Rindenrolle gesteckt hatte und gierig las. Die Ofentür stand offen, im Ofen leuchteten purpurrote Flammen. Demnach hatte Kaulquapp mit Luftholz geheizt. Twig fühlte sich in Gedanken wieder einmal in seine Kindheit bei den Waldtrollen zurückversetzt. Damals hatte er auf einem Tilderfell vor dem Ofen gesessen und Spelda, seine Adoptivmutter, hatte ihm Geschichten aus dem tiefen Dunkelwald erzählt.
Luftholz machte sehr warm, doch wurde es beim Verbrennen immer leichter und neigte dazu davonzufliegen, wenn die Ofentür offen stand. Kaulquapp sah deshalb immer wieder auf und drückte die brennenden Scheite in den Ofen zurück.

»Was liest du da eigentlich?« Twig gab sich keine Mühe seine Langeweile zu verbergen. Sein junger Geselle wusste, dass Sanktaphrax und insbesondere die muffigen Räume der Schule des Lichts und der Dunkelheit dem Himmelspiratenkapitän zu eng waren.

»Eine alte Rindenrolle, Herr Professor«, erwiderte er. »Ich habe sie in der großen Bibliothek gefunden – wirklich faszinierend ...«

»Sag endlich Twig zu mir«, unterbrach Twig ihn ungeduldig. Freundlicher fuhr er fort: »Ich beneide dich, Kaulquapp.«

»Mich? Aber warum denn, Twig?«

»Du schnappst dir einfach eine Rindenrolle, und schon bist du in Gedanken wer weiß wo. Seit Stunden sitzt du jetzt da, wie in Trance über ein halb von Waldmotten und Rindenwürmern zerfressenes Stück Rinde gebeugt. Du bist ein geborener Akademiker, Kaulquapp. Während ich ...« Twig schwieg. »Ich bin ein Himmelspirat!«

Er stemmte sich aus dem Sessel, ging durch das stickige Zimmer zum Fenster und öffnete es weit. Eisiger Regen klatschte ihm in das nach oben gewandte Gesicht und rann ihm den Nacken hinunter. »Dort gehöre ich hin.« Er zeigte nach oben. »An den Himmel. Ich will als Himmelspiratenkapitän durch die Lüfte fliegen wie mein Vater und mein Großvater. Es liegt mir im Blut, Kaulquapp, und ich vermisse es unendlich.«

Kaulquapp legte die Rindenrolle in den Schoß und packte ein Luftholzscheit, das sich durch die Ofentür geschoben hatte, mit der Feuerzange.

»Ach, Kaulquapp«, fuhr Twig fort, den Blick unverwandt

zum Himmel gerichtet. »Du hast nie den Wind in der Takelage singen hören. Du hast nie die Welt unter dir ausgebreitet gesehen wie eine Landkarte oder den Fahrtwind in den Haaren gespürt. Sonst wüsstest du, wie schrecklich es ist, in diesem engen Zimmer eingesperrt zu sein. Ich komme mir vor wie ein Vogel, dem man die Flügel gestutzt hat.«

»Mir bedeutet Sanktaphrax mehr als alles andere«, sagte Kaulquapp. »Ich liebe die Türme und Brücken dieser Stadt, die große Bibliothek – und sogar dieses kleine Zimmer. Aber ohne dich wäre ich nicht hier.« Verlegen senkte er den Blick. »Ich würde dir überallhin folgen, sogar ...« Er machte eine Handbewegung zum offenen Fenster. »Sogar nach draußen, über den Himmel.«

Twig fuhr zusammen. »Auch andere sind mir gefolgt«, sagte er leise.

»Deine Besatzung?«, fragte Kaulquapp.

»Meine Besatzung«, flüsterte Twig traurig. Er sah sie wieder vor sich, seine bunt zusammengewürfelte, aber treue Mannschaft: den Flachkopfkobold, den Schlächter, den Eichenelf, den Wasserschwärmer, die Steinpilotin, den Banderbären und den bebrillten Maat. Sie hatten ihm vertraut, waren ihm über die Klippe hinaus gefolgt – und dort umgekommen. »Ich weiß nicht, wie, aber ich habe sie alle in den Tod geführt, Kaulquapp. Du siehst, es ist gefährlich, mir zu vertrauen.«

»Bist du sicher, dass sie tot sind?«

»Natürlich sind sie das«, sagte Twig gereizt. »Wie hätten sie denn überleben sollen?«

»Du hast auch überlebt«, sagte Kaulquapp. Twig wurde

ganz still. »Ich meine, hast du gesehen, was mit ihnen passiert ist?«
»Gesehen?«, wiederholte Twig. »Ich kann mich nicht daran erinnern!«
»An was kannst du dich überhaupt erinnern?«
Twig schüttelte den Kopf. »An nichts«, sagte er niedergeschlagen.
»Woher weißt du dann, dass sie tot sind? Wie viele waren denn an Bord des *Klippentänzers*, als ihr losgefahren seid?«
»Mit mir acht. Aber ...«
»Der Professor der Dunkelheit meinte, er hätte acht Sternschnuppen am Himmel gesehen«, platzte Kaulquapp heraus.
Twig runzelte die Stirn. »Was redest du da, Kaulquapp?«
»Ach, ich hätte den Mund halten sollen.« Kaulquapps Lippen zitterten. »Der Professor der Dunkelheit sagte, ich dürfe nicht mit dir über dein früheres Leben reden. Er meinte, du würdest dich nur aufregen ...«
»Aufregen?«, rief Twig. »Natürlich rege ich mich auf! Wenn ich nur die geringste Hoffnung hätte, dass einer von ihnen noch lebte, würde ich sofort aufbrechen und ihn suchen.«
Kaulquapp nickte. »Genau das fürchtet der Professor wahrscheinlich. Vergiss, was ich gesagt habe, Twig.«
»Vergessen!«, brauste Twig auf. »Das kann ich nicht! Acht Sternschnuppen, sagst du? Eine für jeden Mann an Bord des *Klippentänzers.* Denk nach, Kaulquapp. Wohin sind diese Sternschnuppen geflogen?«
»Hm, ich ... ich meine, ich glaube ...«
»Ich kann deine Frage beantworten«, sagte eine Stimme. In

der Tür des Zimmers stand der Professor der Dunkelheit. »Ich hätte wissen müssen, dass ich keinen Professor aus dir machen kann, Twig, mein Junge«, fuhr er traurig fort. »Du bist wie dein Vater ein geborener Abenteurer und wahrscheinlich erleidest du eines Tages dasselbe Schicksal.«

Twig ergriff die Hand des Professors. »Wie? Sie wissen, was mit meinem Vater passiert ist?«

Der Professor schüttelte den Kopf. »Ich weiß nur, dass der große Sturm ihn vor Wochen mit sich fortgerissen hat und er seitdem nicht wieder aufgetaucht ist.« Er sah tief in Twigs flackernde Augen. »Bist du ihm …? Da draußen …?«

»Ich weiß nicht«, erwiderte Twig ungücklich. »Ich kann mich nicht erinnern.« Er nahm die Hand des Professors in beide Hände und drückte sie fest. »Sie müssen mir helfen, meine Leute zu finden, Professor. Ich habe ihnen als ihr Captain versprochen, dass ich sie nie im Stich lassen würde, komme, was da wolle. Wenn auch nur die entfernteste

Möglichkeit besteht, dass noch einer von ihnen lebt, muss ich zu meinem Versprechen stehen.«
»Aber Twig«, wandte der Professor ein. »Selbst wenn ...«
»Vielleicht«, fiel Twig ihm ins Wort, »vielleicht können meine Leute mir ja helfen mich zu erinnern.« Er ließ die Hand des Professors los. »Wer weiß, was ich alles vergessen habe – vielleicht etwas Wichtiges. Wichtig für Sie, Professor, und für Sanktaphrax.«
Der Professor nickte beklommen. Twig hatte nicht ganz Unrecht. Er war weit gefahren, hatte gesehen, was vor ihm noch niemand gesehen hatte, und war womöglich an jenem Ort gewesen, an dem das Wetter entstand – etwas, wovon der alte Akademiker nur träumen konnte. Und mehr noch, der Junge hatte überlebt und war zurückgekehrt. Noch war die Erinnerung wie weggesperrt, aber vielleicht konnte man eines Tages die Tür zu ihr öffnen ...
»Also gut«, sagte der Professor. »Ich sehe, du bist entschlossen. Dann suche nach deinen Leuten, Twig. Du hast meinen Segen.« Er zog eine mit Goldstücken gefüllte Lederbörse aus den Falten seines Talars und drückte sie Twig in die Hand. »Für die Fahrt«, sagte er. »Setze es klug ein. Begleite mich in mein Zimmer, dann zeige ich dir die Karte, die ich in der Nacht angefertigt habe, in der du gelandet bist. Sie zeigt die ungefähre Position der anderen Sternschnuppen – vorausgesetzt, meine Berechnungen stimmen. Einige müssten ganz in der Nähe, in Unterstadt, heruntergekommen sein. Zwei fielen weiter weg in den Dunkelwald, der Himmel stehe ihnen bei. Und eine, die letzte, landete in so großer Entfernung, dass ich den Ort nicht genau feststellen konnte.«

»Zeigen Sie mir die Karte, Professor!«, rief Twig aufgeregt. Er wandte sich an seinen Gesellen. »Wir finden meine Leute, Kaulquapp. Und wenn wir dann erst wieder vereint sind ...« Er brach ab. »Vielleicht können sie mir mehr über meinen Vater sagen.«

»Twig«, sagte der Professor streng. »Suche nach diesen Sternschnuppen, wenn es denn unbedingt sein muss, und ich sehe ja, dass es sein muss. Aber lass um Himmels willen den Jungen hier in Sanktaphrax, wo er hingehört.«

Kaulquapp nahm Twigs Arm und sah dem Professor in die Augen. »Tut mir leid, Herr Professor, aber auch ich habe ein Versprechen gegeben!«

KAPITEL 8

Das Wirtshaus zum Wiegenliedbaum

»Kaulquapp«, sagte Twig lächelnd, »der Korb ist gleich da.« Kaulquapp blickte von der Rindenrolle auf, in die er sich vertieft hatte. »Das sieht dir ähnlich. Wir brechen zu einer anstrengenden Suche auf, deren Ausgang völlig ungewiss ist, und du steckst die Nase in eine Schriftrolle.«

»Tut mir leid, Twig«, sagte Kaulquapp, »aber was hier steht, ist wirklich faszinierend.«

Twig lächelte. »Und du kannst es kaum erwarten, es mir mitzuteilen. Also los.«

»Die Überschrift lautet *Die Sage vom Quellgrund*, Herr Prof ... Twig, meine ich.«

»Was, die alte Geschichte? Spelda, meine Mutter oder besser die Trollfrau, die mich an Kindes statt aufgenommen hat, hat sie mir oft erzählt.« Ein Lächeln spielte um Twigs Lippen und seine Augen bekamen einen abwesenden Ausdruck. *»Einst entsprang aus samtig schwarzer Nacht ein Funke ...«*, murmelte er. »Ach, wie mein Herz klopfte, wenn sie diese Worte sagte. Von all den Geschichten, die sie erzählte, mochte ich die *Sage vom Quellgrund* immer am liebsten.«

»Der Funke drehte, der Wind, er wehte, der Himmel weinte ...«, las Kaulquapp.

Twig fiel ein. *»Die Sonne lachte, und so verging der erste Augenblick der Zeit«*, deklamierten sie im Chor.

»Du kannst sie ja auswendig!«, rief Kaulquapp begeistert.

»Die *Sage vom Quellgrund* wird im Klippenland an jeder Ecke erzählt«, sagte Twig. »Ich habe sie bei den Höhlenfurien gehört und an Bord des *Sturmpfeils* – verschiedene Versionen, aber im Kern dieselbe Geschichte. Was du da hast, ist die klassische Fassung.«

»Sie gibt Antwort auf viele Fragen.«

Twig zog an den Zipfeln seines Halstuches. »Manchmal ist an den alten Geschichten etwas Wahres dran«, sagte er ernst.

»Glaubst du denn, dass es irgendwo weit weg einen Ort gibt, an dem alles anfing?«

»Einen *schroffen Gipfel in wüstem Gebirg, den der Muttersturm schlug und mit Leben befruchtete*? Warum nicht? Ich habe im Dunkelwald und im Dämmerwald viele seltsame Dinge erlebt ...« Twig verstummte.

»Was ist, Twig?«, fragte Kaulquapp besorgt.

Twig starrte zum leeren Himmel jenseits der Klippe hinaus. »Dort ist etwas«, flüsterte er. »Das weiß ich ganz sicher. Es fällt mir nur nicht ein, was.« Seine Stimme nahm einen drängenden Ton an. »Es muss mir aber unbedingt einfallen ...«

»Der Korb ist da, Twig.« Kaulquapp wies mit einem Kopfnicken nach hinten.

Ohne ein weiteres Wort stiegen die beiden ein. Schwindel

erfasste Kaulquapp. Der Korbführer, ein Schniffkobold, hakte das Seil los und ließ den Korb mittels einer Winde langsam hinunter. »Ganz schön wechselhaft, das Wetter, wie?«, sagte er und musterte die beiden von der Seite. »Aber das brauche ich euch ja nicht zu sagen.«

Der Schniffkobold versuchte sie auszuhorchen. Er suchte wie alle Unterstädter verzweifelt nach einer Erklärung für das sprunghafte Wetter, das seit einiger Zeit über die Klippe hereinzog. Doch Twig schwieg, und Kaulquapp folgte seinem Beispiel.

Auf dem Weg nach unten zogen Twig und Kaulquapp ihre Talare aus und rollten sie zusammen. Sie wollten unerkannt reisen. Je tiefer sie sanken, desto stärker wurden die Gerüche von Unterstadt, aufdringlich und vertraut zugleich: geröstete Pinienkaffeebohnen, angebranntes Tilderöl und der Übelkeit erregende, süßliche Geruch, mit dem so viele

versuchten, den Gestank der ungeklärten Abwässer zu überdecken. Auch der Lärm schwoll an: das Rattern der Eisenholzräder, heiseres Gelächter und die vielen anderen Geräusche hektischer Betriebsamkeit.
Der Schniffkobold landete im Handwerkerviertel. Hier gab es an jeder Ecke Eisenwarenhändler, Kürschner und Glasbläser.
Twig stieg aus und zeigte nach links in eine enge Gasse.
»Hier lang, Kaulquapp«, sagte er. »Wir gehen systematisch vor und fangen mit den Schenken im Osten von Unterstadt an.«
»Ich habe aber keinen Durst«, wandte Kaulquapp ein.
»Ich auch nicht, Kaulquapp, aber dafür viele andere – Krämer, Sklavenhändler, Kaufleute und Himmelsschiffer. Und wer trinkt, redet. Und dabei hören wir ihm zu. Und vielleicht, ganz vielleicht, hören wir etwas Interessantes. Bleib hinter mir und halte Augen und Ohren offen.«
»Zuhören kann ich gut«, sagte Kaulquapp. Zufrieden lächelnd folgte er Twig in das Gewühl der Gasse.

Kaulquapp verlor schon bald den Überblick über die Wirtshäuser, Schenken und Spelunken, die sie besuchten – den Laufenden Tilder, den Rostigen Anker, die Stopfnadel –, und brachte die Namen durcheinander. Trotzdem waren sie am Ende jenes ersten Tages nicht weitergekommen! Müde und fußlahm folgte er Twig aus der Roteiche. Es war schon längst dunkel und die Öllaternen an der Straße brannten. Kaulquapp sah sich mit vor Erschöpfung tränenden Augen um. »Wohin ...«, er unterdrückte ein Gähnen, »... gehen wir als Nächstes?«

Twig lächelte. »Für heute machen wir Schluss. Wir nehmen uns ein Zimmer für die Nacht und suchen morgen weiter.«

Kaulquapp zögerte. »Du meinst, wir sollen hier in Unterstadt übernachten?«

»Wir suchen nach meinen Leuten, Kaulquapp«, erinnerte Twig ihn. »Da können wir doch nicht immer, wenn uns kalt ist oder wir nass oder müde sind, rasch mal nach Sanktaphrax zurückkehren.«

Kaulquapp schüttelte den Kopf. »Nein«, sagte er mit leisem Bedauern. »Du hast wohl Recht.«

Über der Roteiche fanden sie ein kleines, dunkles Zimmer für die Nacht, einfach eingerichtet, aber ihren Bedürfnissen angemessen. An der Wand lagen zwei Strohmatratzen, in einer Ecke stand ein großer Krug mit frischem Wasser, mit dem sie sich den Mund ausspülen und den Gestank abgestandenden Rauches abwaschen konnten.

»Gute Nacht, Kaulquapp«, sagte Twig.

»Suchen Sie nach Ihren Wurzeln, Captain«, flüsterte eine Stimme.

»Was hast du gesagt? Kaulquapp?« Doch Twig bekam keine Antwort. Kaulquapp war in einen tiefen, traumlosen Schlummer gesunken.

Sie erwachten spät am folgenden Morgen. Nach einem herzhaften Frühstück machten sie sich wieder auf den Weg. Und so ging es drei Tage lang, von Mittag bis Mitternacht. Sie klapperten den ganzen Osten von Unterstadt ab und übernachteten in der Schenke, in der sie gerade waren, wenn die Uhr zwölf schlug. Am vierten Tag kamen sie zu einem Wirtshaus in einem besonders übel beleumundeten

Teil der Stadt in der Nähe der Flugdocks – dem Wirtshaus zum Wiegenliedbaum.

»Der Wiegenliedbaum hat dieselben Wurzeln wie Sie«, zischelte eine Stimme leise in Twigs Ohr.

Twig drehte sich zu Kaulquapp um. »Was weißt du über Wiegenliedbäume?«

»Ich?«, fragte Kaulquapp verdutzt. »Nichts, Twig.«

Twig runzelte die Stirn. »Na ja, versuchen können wir es ja.«

Kaulquapp sah zu dem Wirtshausschild hinauf, auf dem der Baum des Dunkelwalds mit seinem knorrigen, dicken Stamm und den fächerartig verzweigten Ästen abgebildet war. Sogar den an einem Ast hängenden Kokon eines Raupenvogels hatte der Maler abgebildet.

»Also los, keine Müdigkeit vortäuschen«, sagte Twig und ging zum Eingang. »Wir …«

Der Rest seiner Worte ging in ohrenbetäubendem Lärm unter. Eine aus einem Baumstamm gezimmerte Bank brach durch das Fenster rechts der Tür. Twig und Kaulquapp warfen sich auf den Boden, gerade noch rechtzeitig, denn schon im nächsten Moment flog ein schweres Fass klirrend hinterher. Das Fass verfehlte die beiden nur um Haaresbreite. Mit dumpfem Splittern schlug es auf dem Boden auf und lief aus.

»Wie gesagt, Tüpfel, solche Unfälle können immer passieren«, rief drinnen eine wütende Stimme.

»Richtig«, sagte eine zweite Stimme drohend. »Tröge können kaputtgehen und Fässer zerbrechen.« Auf die Worte folgte das Geräusch splitternden Holzes.

»Und Gesichter auf einmal ganz anders aussehen«, zischte eine dritte Stimme. »Wenn du kapierst, was ich meine.«

»Ja doch«, wimmerte ängstlich eine vierte Stimme.

Twig und Kaulquapp richteten sich auf den Knien auf und spähten vorsichtig durch das zerbrochene Türglas. Drei bullige Hammerkopfkobolde umstanden den unglücklichen Wirt, ein schmächtiges Männlein mit büscheligen Haaren und einer gesprenkelten Haut. Der Wirt zitterte am ganzen Leib. »Die Zeiten sind hart«, stammelte er, »und die Einnahmen gesunken. Ich ... habe das Geld einfach nicht.«

Twig sah Kaulquapp an. Seine Augen funkelten empört. »Wie ich es hasse, wenn diese Fieslinge die Schwachen schikanieren.«

Kaulquapp legte ihm die Hand auf den Arm. »Sie sind in der Überzahl«, flüsterte er. »Sie werden dir wehtun ...«

Twig schob Kaulquapps Hand zur Seite. »Vielleicht hätte ich mich ja auch nicht einmischen sollen, als der Wolkenguckergeselle dich zusammenschlagen wollte.«

Kaulquapp wurde rot vor Scham.

»Ist schon recht, Kaulquapp. Wenn du willst, bleib hier. Ich gehe jedenfalls rein.« Twig stieß die kaputte Tür auf.

Die Angeln knarrten, und die Hammerkopfkobolde fuhren herum.

»Guten Abend«, sagte Twig ruhig. »Guten Abend, Tüpfel.

Einen Becher Ihres besten Saftweins, wenn ich bitten darf.« Er sah sich um und ein Lächeln spielte über seine Lippen. Kaulquapp war ihm gefolgt. »Und ein zweites für meinen Freund.«
»Ich ... wir wollten gerade schließen«, stotterte Tüpfel.
Twig sah zu den Gästen im dunklen hinteren Teil der Wirtschaft hinüber, die entweder zu feige oder zu betrunken waren, um Tüpfel zu Hilfe zu kommen. Sie sahen nicht so aus, als wollten sie gehen.
»Kein Wunder, dass das Geschäft schlecht geht«, sagte einer der Hammerköpfe barsch. »Wenn du deine Kunden einfach wegschickst!« Er musterte Twig und Kaulquapp und grinste hämisch. Das dunkelgraue Eisenholz seines Gebisses schimmerte im türkisen Schein der brennenden Wiegenliedbaumscheite. »Setzt euch.« Er zeigte mit einem Messer auf eine noch nicht umgekippte Bank.
Kaulquapp wollte gehorchen, doch Twig hielt ihn mit der Hand zurück.
»Hinsetzen!«, brüllte der Hammerkopf.
»Tut doch, was er sagt«, sagte Tüpfel schwach. »Ich komme gleich zu euch.«
Doch Twig und Kaulquapp blieben stehen, wo sie waren.
»Habe ich mich nicht klar ausgedrückt?«, fauchte der Hammerkopf mit gefletschten Zähnen. Seine Kumpane kamen mit geballten Fäusten und drohend funkelnden Augen näher.
»Keinen Schritt weiter!«, sagte Twig ruhig und zog seinen Säbel – den Säbel, den sein Vater ihm gegeben hatte, bevor sie durch den Großen Sturm getrennt worden waren. Die lange, geschwungene Klinge blitzte.

Die Kobolde blieben wie versteinert stehen. Dann sahen sie einander an und lachten ungläubig.
»Du Hosenmatz!«, brüllte der Hammerkopf, der Twig am nächsten stand und zog ebenfalls eine Waffe, eine hässlich aussehende Sichel. »Na komm schon«, knurrte er höhnisch und begann vor Twig hin und her zu tänzeln.

»Gib's ihm, Tabor«, grunzte der Hammerkopf mit dem Messer. Tüpfel nutzte die Gelegenheit um zu verschwinden. »Auf ihn!« Unversehens trat Tüpfel wieder aus dem Schatten. In der Hand hielt er eine Keule. Er holte aus. »Aaaaa!«
Der Schlag traf den Hammerkopf an die Schläfe und fällte ihn wie einen Baum. Sein Messer schlitterte über die Die-

len und blieb vor Kaulquapps Füßen liegen. Kaulquapp zögerte, dann bückte er sich und hob es auf.
Das Messer lag merkwürdig schwer in der Hand. Kaulquapp hatte nie gelernt, wie man sich selbst verteidigt, obwohl sein Vater alles versucht hatte, es ihm beizubringen. Zähneklappernd sah er dem zweiten Hammerkopf entgegen. »Nimm dich in Acht«, sagte er so drohend, wie er konnte. »Zwing mich nicht, das Messer zu gebrauchen.«
Hinter ihm sauste die Sichel des dritten Hammerkopfs durch die Luft. Twig sprang mit gezücktem Säbel neben Kaulquapp. Die Sichel schlug so heftig mit der Klinge zusammen, dass es Twig fast den Arm aus der Schulter riss. Doch er wich nicht zurück.
»Je scheußlicher sie sind, desto schöner der Sieg«, murmelte er. Er schlug einmal und dann noch einmal mit dem Säbel auf die beiden Hammerkopfkobolde ein.
Wieder zischte die Sichel durch die Luft, diesmal kam sie tiefer und von der Seite. Twig sprang zurück. Die messerscharfe Schneide verfehlte nur knapp seinen Magen, blieb dann aber am Verschluss seiner Hammelhornweste hängen. Kaulquapp fuhr herum und stach wütend auf Twigs Angreifer ein.
»Aaaaa!«, kreischte der Hammerkopf, als die scharfe Klinge in den Daumen der Hand schnitt, die die Sichel hielt.
»Gut gemacht, Junge«, brüllte Twig. Er hob den Arm und stieß zu. Er traf, und die Sichel des Hammerkopfes fiel polternd zu Boden.
Kaulquapp stieß sie mit dem Fuß weg. Twig drückte den Säbel an den Hals des Hammerkopfs.

»Raus hier«, sagte er kalt, »oder ich schneide dir die Kehle durch.«
Die beiden Hammerköpfe wechselten einen Blick. »Lass uns verschwinden!«, bellte der eine. Sie machten kehrt und rannten ohne einen Blick auf ihren am Boden liegenden Kameraden hinaus.
»Beim Himmel«, murmelte Kaulquapp und hielt Twig das Messer des Hammerkopfs hin.
Twig lächelte. »Behalte es«, sagte er. »Du hast es dir verdient. Du hast dich tapfer geschlagen, Kaulquapp. Ich wusste gar nicht, dass du so viel Mumm hast.«
Kaulquapp senkte verlegen den Kopf und steckte das Messer in den Gürtel. Er hatte es auch nicht gewusst.
»Nicht gerade gute Freunde, diese Hammerköpfe«, kicherte Tüpfel und hängte den Knüppel wieder an die Wand. Er sah Twig und Kaulquapp an. »Aber trotzdem gefährlich. Danke, dass ihr mir zu Hilfe gekommen seid.« Er richtete eine umgekippte Bank auf. »Setzt euch. Ihr trinkt heute von meinem besten Fass und natürlich auf Kosten des Hauses.«
Twig und Kaulquapp setzten sich. Kaulquapp war schweißnass, seine Hände zitterten. Er blickte sich in der Wirtsstube um.
Die anderen Gäste schlürften in dämmrigen Nischen unbeeindruckt ihre Getränke und schienen den Kampf gar nicht mitbekommen zu haben. Einige saßen zu Füßen sechseckiger Fässer, die wie Waldbienenwaben in die hintere Wand eingelassen waren, andere hockten auf niedrigen Bänken vor Trinktrögen. In der Ecke brannten in einem Ofen melancholisch summende Scheite.

»Das klingt wie Wiegenliedholz«, sagte Kaulquapp zähneklappernd. Er hatte sich immer noch nicht von dem Schrecken erholt.

»Wir sind schließlich im Wirtshaus zum Wiegenliedbaum.« Twig lächelte. »Was mich an meine Kindheit im Dunkelwald erinnert. Spelda, die Waldtrollmutter, von der ich dir erzählt habe, legte immer zur Schlafenszeit ein Wiegenliedscheit ins Feuer, das mich mit seinen traurigen Liedern in den Schlaf sang.«

»Für mich klingen sie eher unheimlich.« Kaulquapp fröstelte.

Tüpfel kehrte mit drei randvoll mit einer goldenen Flüssigkeit gefüllten Pokalen zurück und setzte sich zwischen sie.

»Auf euer Wohl«, sagte er, und sie hoben die mit schäumendem Saftwein gefüllten Pokale an die Lippen. »Aaah«, seufzte Tüpfel genießerisch. »Der reine Nektar.«

»Schmeckt ausgezeichnet«, sagte Twig. »Was, Kaulquapp?«

Kaulquapp zuckte zusammen, als die Flüssigkeit brennend durch seine Kehle rann und ihm stechende Dämpfe in die Nase stiegen. Er stellte den Pokal hin und wischte sich die Tränen aus den Augen. »Sehr gut«, krächzte er. Dann runzelte er die Stirn und sah Tüpfel an. »Haben Sie eigentlich keine Angst, dass die Spitzbuben zurückkommen?«

Tüpfel kicherte. »Hammerköpfe sind im Grunde ihres Herzens Feiglinge. *Gebranntes Kind* und so weiter, ihr wisst schon. Sobald sich herumspricht, dass man sich im Wirtshaus zum Wiegenliedbaum eine blutige Nase holt, werden sie mich in Ruhe lassen, wenigstens eine Zeit lang. Und das verdanke ich euch beiden!«

»He, Tüpfel!«, kommandierte eine heisere Stimme von hinten. »Mehr Waldgrog, aber schnell!«
»Ich komm ja schon!«, rief Tüpfel. Er stand auf und wischte sich die Hände an der Schürze ab. »Nie hat man seine Ruhe. Ruft, wenn Ihr noch etwas braucht.«
Er entfernte sich. Kaulquapp nippte zum zweitenmal an dem Saftwein. »Lass dir Zeit«, sagte Twig. »Ich sehe mich inzwischen ein wenig um und rede mit den Einheimischen. Vielleicht wissen die was.«
Kaulquapp stellte seinen Becher hin, nickte und stand hastig auf. »Gute Idee, ich komme mit.« Er wollte an diesem ungastlichen Ort mit der merkwürdig traurigen Musik auf keinen Fall allein sein.
Insgesamt saßen in der Wirtsstube ein rundes Dutzend Gäste: Trotter, Trolle und Kobolde, schwere Trinker mit faltigen, ledrigen Gesichtern und leeren Blicken.
»Sei gegrüßt, mein Freund. Kann ich dir was zu trinken bestellen?« Twig klopfte einer kleinen Gestalt auf die Schulter, die zusammengesunken vor einem Trinktrog kauerte. »Ein interessantes Wetter haben wir zurzeit.«

Die Gestalt drehte den Kopf und entpuppte sich als Packtroll. Der Troll starrte Twig verständnislos an. »Was willst du?«, schnarrte er.
Twig hob die Hände. »Nur mit dir anstoßen. Und ein paar Worte wechseln. Tüpfel! Einen Schluck in den Trog meines Freundes. Er sieht durstig aus.«

Einige andere wandten die Köpfe und stierten ihn an.
»Ich danke Ihnen, mein Herr«, sagte der Packtroll. Twig hatte seine Aufmerksamkeit.
»Wie gesagt, ein interessantes Wetter – seltsame Regenschauer, Hagelkörner so groß wie Trollfäuste und alle möglichen Dinge, die vom Himmel herunterfallen. Ich habe sogar von Sternschnuppen gehört, die hier in Unterstadt gelandet sein sollen.«
Der Packtroll zuckte die Schultern. »Mir nicht bekannt. Bin gerade erst mit einem Himmelsschiff vom großen Harpyienmarkt zurückgekehrt. Mit einer Ladung Sklaven.« Er grunzte. »Nie wieder! Der Lärm war schrecklich – auf dem ganzen Weg ein einziges Gestöhne und Geschrei. Geht mir nicht aus dem Kopf. Ich kam sofort hierher um es zu vergessen.« Er tauchte das Gesicht in den randvoll gefüllten Trog, und Twig ging.
»Captain?«, fragte eine heisere Stimme rechts von ihm.
Twig fuhr herum. Kaulquapp spähte in das Dunkel und versuchte zu erkennen, wer gesprochen hatte.
»Captain, sind Sie's?« Ein schwerer Stuhl schrammte über die Dielen und eine stämmige Gestalt stand schwerfällig auf und rieb sich die Augen, als sei sie eben erst aufgewacht.
Twig starrte sie an. Es handelte sich um einen Schlächter mit einem wilden Haarschopf und einer Haut, die im Dunkeln purpurrot leuchtete. Die kummervolle Miene des Schlächters wich einem Grinsen. »Captain Twig, das sind doch Sie, oder?«
»Trapp?«, rief Twig. »Bist du das, Trapp? Trapp Hammelhirt? Vom *Klippentänzer?* Ja, ich bin's, dein Captain!«
Sie fielen einander in die Arme.

»Ach, Captain«, sagte Trapp mit Tränen in den Augen. »Ich dachte schon, ich würde Sie nie wieder sehen.«

Twig befreite sich aus der erdrückenden Umarmung Trapps und fasste ihn an den Armen. »Aber jetzt sind wir wieder vereint, Trapp! Und du lebst! Du lebst!« Twigs Stimme bebte vor Erschütterung. »Und ich habe dich gefunden!« Er wandte sich an Kaulquapp. »Sieh mal, Kaulquapp, wir haben einen meiner ...«

Er brach ab. Sein junger Geselle starrte ihn an, als sei er ein Gespenst. Wie versteinert stand er mit offenem Mund da, und die Augen sprangen ihm schier aus den Höhlen. Tüpfel neben ihm schien genauso verdattert.

»Kaulquapp«, rief Twig, »was ist denn los, Himmel noch mal?«

»I... ihr l... leuchtet«, stotterte Kaulquapp.

»Wie zwei Tilderöl-Laternen«, fügte Tüpfel ehrfürchtig hinzu.

Twig sah Trapp an. Es stimmte. Der Schlächter war von den Haarspitzen bis zu den Spitzen seiner handgearbeiteten Lederstiefel in einen hellen Schein gehüllt. Twig sah an sich

selbst hinunter. Auch bei ihm leuchtete alles – Brust, Beine, Arme, Hände und Finger.
Die Stammgäste wurden unruhig. Sie zeigten mit den Fingern auf Twig und Trapp und schüttelten die Köpfe. Der Packtroll neben Kaulquapp griff nach den Amuletten an seinem Hals. »Gespenster«, zischte er. »Zuerst Gespenster in den Flugdocks, dann hier. Da ist doch was faul.«
Zwei Pöbelgnomen standen auf. »Hier bleibe ich nicht«, sagte der eine und trippelte hastig zur Tür.
»Ich auch nicht«, sagte sein Begleiter und folgte ihm. Als er an Tüpfel vorbeikam, schimpfte er: »Es passieren dieser Tage schon genug merkwürdige Dinge in Unterstadt. Da brauche ich nicht auch noch Gespenster in der Wirtschaft!«
»Recht hat er«, murmelte der Packtroll und eilte den beiden nach. »Gespenster, das geht wirklich zu weit.«
»Aber ... aber die Herrschaften wollten doch sowieso gerade gehen«, rief Tüpfel. »Nicht wahr?«, fügte er an die drei gewandt hinzu und schob sie zur Tür. »Nehmen Sie's nicht persönlich«, sagte er leise zu Twig, »aber Sie verprellen mir die Kundschaft, und Geschäft ist Geschäft, das verstehen Sie sicher.« Sanft, aber entschieden schob er sie nach draußen.
Die Tür fiel hinter ihnen ins Schloss. Twig sah die anderen an. »So viel zum Thema Dankbarkeit!« Er grinste. »Aber egal. Hauptsache, du lebst, Trapp.«
»Ich freue mich ja, Sie zu sehen, Captain, aber ...« Trapp runzelte die Stirn. »Wir sehen wirklich ein bisschen seltsam aus, wenn wir so leuchten. Da kann man es schon mit der Angst zu tun kriegen.« Er dachte nach. »Bei meiner Landung in Unterstadt leuchtete ich auch, aber das verging

bald.« Unsicher fügte er hinzu: »Bis jetzt, wo wir uns getroffen haben.«

»Bei mir war es genauso«, sagte Twig aufgeregt. »Erst jetzt, wo wir wieder zusammen sind, leuchte ich wieder. Wir müssen etwas erlebt haben, das uns verbindet.« Er packte Trapp am Arm. »Weißt du vielleicht, was passiert ist? Mit den anderen? Mit meinem Schiff? Ach ja, und haben wir meinen Vater eigentlich gefunden?«

Doch der Schlächter schüttelte nur bekümmert den struppigen Schädel. »Ich wollte, ich könnte mich erinnern, Captain. Ich weiß zwar noch, wie wir in den Wetterstrudel hineingefahren sind, aber dann nichts mehr.«

Twig lächelte und drückte ihm freundschaftlich den Arm. »Egal«, sagte er. »Ich habe dich gefunden, Trapp, und das ist ein Anfang. Ein sehr gelungener sogar! Jetzt müssen wir nur noch die anderen finden.« Seine Miene verfinsterte sich. »Aber wo?«

»Gespenster«, flüsterte Kaulquapp.

»Was sagst du, Kaulquapp? Sprich lauter.«

Kaulquapp sah Twig an. »Ich hörte, wie der Packtroll sagte, ihr müsstet Gespenster sein.« Er machte eine Pause. »Wie die von den Flugdocks.«

»Die von den Flugdocks?«, wiederholte Twig. »Gespenster in den Flugdocks? Wie wir?«

Kaulquapp nickte. »Das sagte er.«

»Gut aufgepasst, Kaulquapp!«, rief Twig und klopfte ihm anerkennend auf die Schulter. »Genau dahin gehen wir jetzt. Zu den Flugdocks!«

Kaulquapp senkte den Kopf. »Ich sagte doch, dass ich gut zuhören kann«, murmelte er glücklich.

KAPITEL 9

Die Trotter

Twig und Trapp Hammelhirt traten ins Freie. Die Sonne stand tief und golden am nachmittäglichen Himmel, doch schien sie noch so hell, dass ihr merkwürdiges Leuchten nicht weiter auffiel.

Dem Himmel sei Dank!, dachte Kaulquapp. Sie machten sich auf den Weg.

Sie gingen nach Osten, durch Straßen, die sie in den vergangenen Tagen zur Genüge kennen gelernt hatten, und dann hinunter zu den Flugdocks am sumpfigen Ufer des träge dahinfließenden Klippenflusses. Twig war nachdenklich gestimmt.

»Schön, dass wir Trapp gefunden haben, Kaulquapp«, sagte er. »Aber die anderen ...« Er verstummte. »Sollen wir wirklich hoffen, sie unter diesen Gespenstern oder Geistern zu finden? Tapser? Spooler? Oder vielleicht Schliet oder Waldfisch?«

»Der Packtroll sprach von *Gespenstern* in der Mehrzahl«, sagte Kaulquapp. »Es müssen also mindestens zwei sein.«

Twig zog die Papierrolle, die der Professor der Dunkelheit

ihm mitgegeben hatte, aus der Tasche und rollte sie auf. Es handelte sich um eine Karte des Klippenlandes. Linien und Kreuze markierten die Flugbahnen und ungefähren Landeplätze der acht Sternschnuppen. Das Kreuz in den Steinernen Gärten war eingekreist. Dort war Twig selbst gelandet. Mit einem Kohlestift zeichnete Twig einen weiteren Kreis um eins der vier Kreuze in Unterstadt.

»Einen haben wir«, sagte er zu Kaulquapp, »drei müssen wir noch finden.« Er lächelte hoffnungsvoll. »Vielleicht finden wir ja alle drei in den Flugdocks.«

»Vielleicht«, sagte Trapp Hammelhirt. »Obwohl ich ihnen ehrlich gesagt keine großen Chancen gebe, wenn sie wirklich dort gelandet sind, Captain. Die Docks sind Trotterland, und die Trotter sind bekannt für ihre Fremdenfeindlichkeit.«

»Wie man hört, kommt es dort ständig zu Raufereien«, fügte Kaulquapp hinzu. Ein Schauer lief ihm über den Rücken.

»Nur Mut, Kaulquapp«, sagte Twig. »Das sind wahrscheinlich nur Geschichten. Wenn wir zusammenbleiben, kann uns nichts passieren, glaub mir.«

Kaulquapp lächelte tapfer. Er bewunderte Twig zutiefst für seine Entschlossenheit seit ihrer Ankunft in Unterstadt. Obwohl doch keineswegs sicher war, dass sie Erfolg haben würden, hatte Twig nie daran gedacht aufzugeben. Und seine Entschlossenheit hatte sich ausgezahlt. Sie hatten Trapp Hammelhirt gefunden. Die Begegnung mit den blutrünstigen Trottern würde diese Entschlossenheit allerdings auf eine harte Probe stellen. Wieder erschauerte Kaulquapp.

Sie näherten sich den Flugdocks, und das großstädtische Gepräge des dicht bevölkerten Unterstädter Ostens wich einem Labyrinth verwinkelter Gassen. Läden und Häuser machten baufälligen Hütten und Baracken Platz, in denen auf engstem Raum vielköpfige Trotterfamilien lebten.

»Passt auf, wo ihr langgeht«, warnte Trapp Hammelhirt mit einem verstohlenen Blick über die Schulter. »Haltet euch immer in der Mitte der Gasse. Trotter mögen es nicht, wenn man ihren Hütten zu nahe kommt. Und meidet unbedingt Augenkontakt.«

Anfangs befolgte Kaulquapp Trapps Anweisungen wörtlich, doch als sie eine Weile durch die lärmenden Gassen gegangen waren, ließ seine Wachsamkeit nach. Aus den zum Bersten gefüllten Schenken drang lautes Gegröle, das aber nicht bedrohlich wirkte. Auf den Märkten schwatzte und palaverte alles durcheinander, aus den überfüllten Häusern hörte man lautes Singen, spielende Kinder, schreiende Säuglinge und ansteckendes Gelächter. Es war ein armes Viertel, gewiss, aber es machte auf Kaulquapp keinen gefährlichen Eindruck.

»Ich weiß gar nicht, warum ich solche Angst hatte«, sagte Kaulquapp. Ein aus einer Hammelhornblase gefertigter Ball rollte ihm vor die Füße, und er kickte ihn zu einer lärmenden Gruppe von Kindern zurück.

»Na ja«, erwiderte Trapp Hammelhirt grimmig, »manchmal täuscht der erste Eindruck. Das kann sich schlagartig ändern ...«

»Nein!«, keuchte Kaulquapp.

»Was ist?«, fragte Twig.

Kaulquapp blieb stehen und deutete auf eine dunkle, leere

Toreinfahrt. Twig spähte hinein. Beißender Verwesungsgestank nahm ihm den Atem.
»Knochen«, murmelte er.
Kaulquapp würgte.
»Verstehst du jetzt, was ich meine?«, sagte Trapp Hammelhirt düster. »Sei also auf der Hut.«
Kaulquapp blickte sich um und auf einmal erschienen ihm die stiernackigen Trotter in einem ganz anderen Licht. Er bemerkte ihre großen, gelben Zähne, ihre blutunterlaufenen Augen, die mit Nägeln beschlagenen Knüppel, die sie geschultert hatten, und die Messer in ihren Gürteln.

Dicht hintereinander bogen er, Trapp und Twig in eine düstere, mit allerlei Unrat übersäte Gasse ein, die zum Flussufer führte. Die vertrauten Gerüche nach schalem Waldbräu und gedünstetem Sumpfkohl wichen dem Gestank faulenden Fisches. Über ihnen zogen dickbauchige Wolken über den frühabendlichen Himmel. Es wurde dunkel.

Die Gasse endete und vor ihnen breiteten sich die schmutzstarrenden Docks aus. Der zu einem Rinnsal verkümmerte Klippenfluss schwappte träge gegen die aus dem Wasser ragenden Schlammbänke. Nieselregen setzte ein und machte den Boden glitschig. Es wurde noch dunkler. Vor den mit Schindeln verkleideten, baufälligen Lagerhäusern am Ufer glommen trübe die ersten Öllaternen. In ihrem Licht sah man zahlreiche große und kleine Knochen aus dem Schlamm ragen, sauber abgenagt von weißen Raben und Ratten, die spritzend und quietschend um Abfall kämpften, der aus verrosteten Abwasserrohren in die trübe Brühe plumpste.

»Hier gefällt es mir überhaupt nicht«, sagte Kaulquapp unbehaglich.

»Mir auch nicht.« Twig schüttelte den Kopf. »Schade, dass der Packtroll nicht genauer gesagt hat, wo die Geister gesehen wurden.«

Kaulquapp nickte. »Ich ...« Er verstummte. »Ihr ... ihr beginnt wieder zu leuchten.«

Twig streckte den Arm aus und betrachtete ihn. Der Arm leuchtete schwach, aber deutlich wahrnehmbar. »Wahrscheinlich leuchtet er, weil es dunkel ist.«

»Dann ... trennen wir uns besser«, sagte Trapp ängstlich.

»Trennen?«, fragte Twig.

»Je näher wir zusammen sind, desto heller leuchten wir. Das ist mir schon im Wirtshaus zum Wiegenliedbaum aufgefallen.«

»Kommt nicht in Frage, Trapp. Ich sagte doch, wir bleiben zusammen. Und im Hellen leuchten wir gar nicht.«

»Aber Twig ...«, begann Kaulquapp.

»Kaulquapp!«, sagte Twig streng. »Wir gehen noch etwas weiter, und zwar zusammen!«
Schweigend marschierten sie weiter, vorbei an aufeinander gestapelten Kisten und leeren Fässern, zwischen Haufen verrosteter Ketten und faulender Fische hindurch und weiter zu den luftigen Landestegen, die ächzten und knarrten, während die Haltetrossen der klobigen Himmelsschiffe an den Ringen zerrten.
Wind kam auf und blies ihnen den Regen ins Gesicht. Kaulquapp wurde immer mulmiger zumute. Seine Stiefel sanken mit jedem Schritt tiefer in den Schlamm ein. »Das ist aussichtslos«, sagte er schließlich. »Hier finden wir sie nie. Und ihr leuchtet immer heller.«
»Wir gehen hier lang«, sagte Twig, als hätte er ihn nicht gehört.
Sie wandten sich vom Fluss ab und drangen wieder in das Gewimmel der Gassen ein. Unter den Straßenlaternen fiel das merkwürdige Leuchten kaum auf, doch hatte Kaulquapp beim Weitergehen das Gefühl, dass die Reaktion der Trotter, denen sie begegneten, sich verändert hatte. Bisher hatten die Trotter sie einfach ignoriert, jetzt wichen sie ihnen aus. Augen wurden abgewandt, und wer ihnen entgegenkam, trat zur Seite oder verschwand in einem Eingang, bis sie vorbei waren.
»Ich glaube, sie haben das Leuchten bemerkt«, flüsterte Kaulquapp.
»Lasst uns von hier verschwinden«, sagte Trapp Hammelhirt. »Wir wollen nicht alle auf uns aufmerksam machen.«
»Dazu ist es jetzt zu spät«, sagte Twig, ohne die Lippen zu bewegen. »Seht doch.«

Sie standen am Rand einer Kreuzung, auf der wie die Speichen eines Rades ein Dutzend Gassen zusammenliefen. In der Mitte stand ein gewaltiger hölzerner Bottich, umlagert von einem zechenden Haufen grölender Trotter. Luftholzfackeln tauchten das Gelage in grellpurpurnes Licht und verzerrte die Gesichter der zechenden Trotter zu grotesken Fratzen. Das Leuchten, das von Trapp und Twig ausging, wurde dadurch vollkommen überdeckt.

Von Neuankömmlingen hinter ihnen wurden Twig, Kaulquapp und Trapp Hammelhirt immer tiefer in die Menge hinein und auf den Bottich zu geschoben. Feuchtwarme, stinkende Luft schlug ihnen entgegen wie Mundgeruch. Kaulquapp musste sich fast übergeben.

»Fisch«, sagte Twig. »Fauliger Fisch und ...« Er rümpfte die Nase. »Wabbelkraut.«

Von frühester Jugend an hatte Twig den Geruch des in Essig eingelegten Wabbelkrauts im Atem der Waldtrolle immer verabscheut. Hier am Bottich war der Gestank überwältigend. Scharf, beißend und gärend. Er schien aus dem schäumenden Zuber zu kommen.

»Wabbelbock«, stöhnte Twig.

»Dreimal, ja?«, schnarrte eine Stimme neben dem Bottich. Ein stämmiger Trotter, über dessen Arm ein dreckiges Handtuch hing, winkte sie näher. Sie stiegen über die Leiber betrunkener Trotter, die schnarchend im Dreck lagen.

»Ich ... ähm ... Sie haben nicht zufällig Waldbräu?«, fragte Twig.

»Waldbräu«, schnaubte der Trotter. »Wir sind eine Trinkhölle. Für Mätzchen ist hier kein Platz.«

Twig nickte beschwichtigend. »Dann also drei Wabbelbock.«
Der Trotter kletterte eine Leiter hinauf und tauchte drei dreckige Holzkrüge in den Zuber.

»Sonst regt er sich nur auf«, sagte Twig zu Kaulquapp. »Obwohl ich das Zeug an deiner Stelle nicht trinken würde. Es besteht aus vergorenem faulen Wabbelkraut und den Eingeweiden von Schlickfischen.«
Kaulquapp würgte. Der Trotter stieg die Leiter herunter.
»Bitte sehr.« Er drückte ihnen die überschwappenden Krüge in die Hand.
»Danke«, sagte Twig und legte eine Münze in die ausgestreckte Pranke des Trotters. »Darf ich Sie was fragen? Ich ...«
Doch ihre Bedienung hatte sich schon einer Gruppe durstiger Trotter neben ihnen zugewandt, die fluchend verlangte, bedient zu werden. Twig stieß Kaulquapp an und

wies mit einem Kopfnicken auf die Krüge in ihren Händen. »Vielleicht können wir uns damit einige Auskünfte kaufen.«

Sie schoben sich durch das Gedränge und passten auf, dass sie niemanden anrempelten – *Bier und Blut fließen oft zur gleichen Zeit*, warnt das Sprichwort. Der Gestank des Wabbelbocks wurde stärker. Er dampfte aus den Krügen, hing in der Luft und sickerte aus den Poren der Trotter.

Einer der Trotter, ein wahrer Koloss, drehte sich zu ihnen um und starrte sie mit glasigen Augen interessiert an. Sein Blick blieb an den Krügen hängen, die sie in den Händen hielten.

»Sind die für mich?«, lallte er dumpf. »Zu freundlich!« Er packte die Krüge, trank in tiefen Schlucken und strahlte sie an. »Nektar der Erde.« Er brüllte vor Lachen. Er warf die beiden leeren Krügen beiseite und nahm den dritten in Angriff. Hinter ihm schmetterten einige Trotter mit geröteten Gesichtern ein Lied. Am Bottich stieg ebenfalls brüllendes Gelächter auf.

»Darf man fragen, was du von Beruf bist?«, sagte Twig.

»Dasselbe wie die meisten hier«, erwiderte der Trotter. »Dockarbeiter. Beladen, entladen ...« Er grinste. »Ich wollte mit niemandem auf der Welt tauschen.«

Sein Nachbar drehte sich um und patschte ihn freundschaftlich auf den fleischigen Arm. »Aber nur, weil du nicht ganz dicht bist, Krom«, sagte er. Er wandte sich an Twig. »Ich sag dir eins: mit einem von diesen Akademikern droben in Sanktaphrax würde ich sofort tauschen. Die leben doch in Saus und Braus.«

»Bah«, sagte der Erste und spuckte aus. »Da bin ich schon

lieber hier drunten, das weißt du ja, Sprotz – bei meinen Kumpels und mit einem Krug Wabbelbock in der Hand.«

»Seht ihr?«, sagte Sprotz zu Twig und Kaulquapp und bohrte sich einen dicken Finger in die Schläfe. »Nicht ganz richtig im Kopf. Da droben in der fliegenden Stadt trinkt man den besten Saftwein aus kristallenen Kelchen. Habe ich jedenfalls gehört.«

»Stimmt«, sagte Twig. »Wir waren erst gestern droben – geschäftlich«, fügte er hinzu. Es schien nicht ratsam, die Trotter in ihre genaue Verbindung zu Sanktaphrax einzuweihen. »Ihr könnt euch nicht vorstellen, wie reich die sind.«

»Ich schon«, sagte Sprotz.

»Trotzdem wirken sie nicht so glücklich wie die Leute hier.« Twig sah sich um.

»Sage ich doch!«, rief Krom triumphierend. Er leerte den Krug und verschränkte die Arme.

»Im Gegenteil, sie schienen sogar ziemlich bedrückt«, fuhr Twig fort. »In Unterstadt sollen Geister gesehen worden sein, vor allem in der Gegend der Flugdocks ... Aber wahrscheinlich ist das alles sowieso nur Einbildung. Ihr kennt ja die Akademiker mit ihren Hirngespinsten. Was kann man auch anderes erwarten, wenn man die ganze Zeit mit dem Kopf in den Wolken lebt.«

Die beiden Trotter wechselten einen Blick. »Vielleicht ist an der Geschichte doch was dran.«

Twig kniff die Augen zusammen. »Was soll das heißen?«

»Ich habe die Geister selbst gesehen«, sagte Krom.

Sprotz nickte ernsthaft. »Ich auch. Zwei.« Er beugte sich verschwörerisch vor. »Sie leuchten!«

Kaulquapps Herz begann schneller zu schlagen. Er sah

Twig und Trapp Hammelhirt prüfend an, doch ging das verräterische Leuchten zum Glück im grellen Schein der Luftholzfackeln unter.

»Sie leuchten?«, hörte er Twig sagen. »Merkwürdig. Aber sag doch, wo genau hast du sie gesehen?«

»Einmal drunten beim Fluss im Dunkeln und einmal droben auf dem Marktplatz spätnachts, als die Straßenlaternen schon aus waren.«

Krom nickte. »Und ich habe sie einmal um Mitternacht über eine Straße schweben sehen. Nur ganz kurz, dann waren sie wieder weg.« Er zuckte die Schultern. »Der Himmel weiß, woher sie kamen und wohin sie verschwunden sind – mir wird jedenfalls ganz anders, wenn ich sie sehe.«

Sprotz lachte herzhaft und schlug Twig auf den Rücken. »Genug davon«, sagte er. »Ich habe heute Abend einen Mordsdurst. Lass uns noch was trinken, Kamerad.«

Twig lächelte. »Tut mir leid«, sagte er. »Wir haben keine Zeit mehr.« Und an die anderen gewandt, fuhr er fort: »Kommt, Trapp und Kaulquapp. Wenn wir noch vor Mitternacht mit unserer Arbeit fertig werden wollen, müssen wir los.«

»Wie ihr wollt.« Krom wandte sich ab. »Die sind zu fein, um mit Leuten wie uns zu trinken.« Er stieß Sprotz in die Seite.

Twig, Trapp und Kaulquapp entfernten sich. Das Nieseln war stärker geworden. Dicke, schwere Tropfen fielen vom Himmel, und Twig fühlte eine unerklärliche Wut in sich aufsteigen. Er unterdrückte sie. Trapp und Kaulquapp neben ihm wirkten angespannt.

»Eh! Du blöder Dackel!«, schrie da eine Stimme.

»Ich ein blöder Dackel?«, brüllte eine zweite Stimme. »Selbst einer!« Eine geballte Faust landete mit einem dumpfen Schlag auf einem Unterkiefer.

»Daran ist das Wetter schuld«, murmelte Twig mit zusammengebissenen Zähnen. Er fasste Kaulquapp am Arm. Im nächsten Augenblick brach um sie eine wilde Schlägerei aus. Mit Fäusten und gefletschten Zähnen fielen die Trotter übereinander her. Knüppel wurden geschwungen, Flüche ausgestoßen.

»Schnell, Kaulquapp«, sagte Twig und schob ihn weiter. »Nichts wie weg hier.«

Doch die Trotter waren überall, versperrten ihnen den Weg und droschen in ihrer durch den Regen verursachten Wut blindlings auf alles ein, was ihnen zu nahe kam.

Der Bottich bekam einen Sprung und das Bier lief aus. Ein

halbes Dutzend der Streithähne ging kreischend zu Boden und wälzte sich um sich tretend, kratzend und beißend in einer großen Lache Wabbelbock.
»Ich reiß dir den Kopf ab!«
»Ich reiß dich in Stücke!«
»Ich reiß dir die Leber heraus und verschlucke sie am Stück!«
Der furchtbare Regen wurde unterdessen immer heftiger. Sintflutartig prasselte er nieder, überflutete die engen Gassen und erstickte eine nach der anderen die Luftholzfackeln.
»Bleib hinter uns, Trapp«, rief Twig. Zusammen mit Kaulquapp schob er sich durch das Gedränge der um sich schlagenden Leiber. »Ich ...« Er brach würgend ab. Ein besonders großer Trotter hatte ihn von hinten gepackt und

hielt ihm mit seiner fleischigen Pranke den Mund zu. Ein anderer Trotter hielt Kaulquapp fest, ein dritter drückte Trapp gegen eine Wand.
Wieder erlosch zischend ein halbes Dutzend Fackeln. Dann waren plötzlich alle aus und es wurde stockfinster.
»WAAAH!«, brüllte der Trotter in Twigs Ohr und stieß ihn grob von sich weg. Twig fiel auf Trapp. Die beiden leuchteten heller denn je.
»Geister!«, heulten die Trotter und wichen zurück, immer noch wütend, aber zu erschrocken um anzugreifen.
»Schnell«, flüsterte Twig den anderen zu. »Weg hier, bevor sie merken, dass wir vielleicht gar keine Geister sind.«
Er nahm Kaulquapp am Arm und rannte los. Die Trotter brüllte ihnen hinterher, folgten ihnen aber nicht. Die Straßen waren allerdings belebt. Wohin sie auch blickten, überall sahen sie Trotter, die das verrückte Wetter in blutrünstige Bestien verwandelt hatte.
»Was sollen wir tun?«, keuchte Trapp. Er rannte zuerst in die eine Richtung, dann wieder zurück. »Jetzt sind wir erledigt!«
»Hier lang«, zischte eine Stimme an Twigs Ohr.
»Also gut, hier lang!«, rief Twig und rannte in die enge Gasse hinein. Die anderen folgten ihm dicht auf den Fersen. »Bleibt hinter mir«, rief Twig. »Und betet zum Himmel, dass ...«
»Neiiiiiiin!«, schrien sie entsetzt im Chor. Der Boden unter ihnen hatte sich geöffnet.
Wild mit Armen und Beinen strampelnd fielen sie hinunter, immer tiefer, in ein schwarzes, stinkendes Loch. Über ihnen schlug mit einem lauten Knall die Falltür zu.

KAPITEL 10

Die Zisterne

Ach du meine Güte!«, keuchte Kaulquapp, als der Fall abrupt endete. Er war auf etwas seidig Weichem und seltsam Federndem gelandet. Mit einem überraschten Aufschrei flog er wieder nach oben, prallte mit Trapp Hammelhirt zusammen und stöhnte vor Schmerzen. Zu zweit fielen sie wieder in das elastische Netz, dann landete Twig auf ihnen.

Ein Klicken ertönte, gefolgt von einem dumpfen Schlag. Mit einem zischenden Geräusch zog sich eine Zugschnur zusammen. Das netzartige Material schloss sich fest um die drei Gefährten und drückte sie zu einem Ball zusammen.

Als Erstes bemerkte Kaulquapp den unglaublichen Gestank. So stark war er, dass Kaulquapp das Gefühl hatte, die Finger einer unsichtbaren Hand bohrten sich ihm tief in den Hals. Er musste würgen. Das dicke Netz, das sie umschloss, dämpfte das Leuchten, das von Twig und Trapp ausging, doch konnte Kaulquapp in dem schwachen Schein, der nach außen drang, nach und nach ihre Umgebung erkennen.

Sie hingen hoch über einem gewaltigen unterirdischen Kanal. Aus den Wänden des riesigen Tunnels, durch den er floss, ragten Rohre, aus denen in stetem Strahl schmutziges Wasser in die schäumende Brühe unter ihnen spritzte.

»Eine Kloake«, stöhnte Kaulquapp. »Ich ... *autsch!* Das tut weh!« Twigs spitzer Ellbogen stach ihm in den Rücken. »Was machst du denn da?«

»Ich versuche mein Messer zu ziehen«, keuchte Twig. »Aber ich kann mich ... irgendwie ... nicht bewegen ...«

»AUAAA!«, heulte Kaulquapp noch lauter.
Twig gab auf. »Hoffnungslos«, murmelte er. »Ich komme nicht dran.«
»Es würde dir auch gar nichts nützen«, sagte Trapp Hammelhirt mit erstickter Stimme unter ihnen. Er wurde mit dem Gesicht in die Maschen des Netzbodens gedrückt. »Das Netz besteht aus Waldspinnenseide.«
Twig stöhnte. Aus Waldspinnenseide wurden die Segel der Himmelspiratenschiffe hergestellt. Sie war so leicht wie Spinnweben, aber auch so fest, dass sie den tobenden Stürmen standhielt, die von jenseits der Klippe hereinzogen. Gegen die dicken Stränge, aus denen das Netz gefertigt war, konnte er mit seinem Messer nichts ausrichten.
»So ein Pech, Captain«, sagte Trapp Hammelhirt kläglich.

»Lieber hätte ich mein Glück gegen die verrückten Trotter versucht, als wie eine Tilderwurst hier zu hängen.« Die Dämpfe der unter ihm vorbeifließenden Brühe stiegen ihm in die Nase und er wimmerte unglücklich. Ratten streckten witternd die Nase in die Luft und quiekten enttäuscht, weil sie nicht an das über ihnen baumelnde Bündel gelangten.

»Jemand hat diese Falle aufgestellt und wir sind hineingegangen.«

»Wer könnte das sein?«, fragte Kaulquapp alarmiert.

»Angeblich leben in der Kanalisation Sumpfwürger«, sagte Trapp mit gedämpfter Stimme. »Schreckliche Biester. Bestehen nur aus Klauen und Zähnen, sind aber verschlagen und tückisch. Vielleicht hat eins von ihnen ...«

»Pssst!«, zischte Twig.

In der Ferne hörten sie ein lautes Scheppern.

»Was ist denn das?«, flüsterte Kaulquapp ängstlich. Die Haare in seinem Nacken begannen zu kribbeln.

»Keine Ahnung«, flüsterte Twig zurück.

Das Scheppern wurde lauter und kam näher.

Twig wurde so gegen Kaulquapp gedrückt, dass er den Kopf nicht drehen konnte. Trapp, der ganz unten lag, sah gar nichts. Nur Kaulquapps Kopf blickte in die Richtung des Tunnels, aus der das Scheppern kam. Er schluckte.

»Kannst du was erkennen, Kaulquapp?«, fragte Twig besorgt. Er wusste, dass die Kanalisation nicht nur von Ratten und Sumpfwürgern bevölkert wurde, sondern auch von Trollen und Höhlenfurien. Sie hatten ihre unterirdischen Behausungen im Dunkelwald für die Verlockungen eines besseren Lebens in Unterstadt aufgegeben und dann feststellen müssen, dass sie dem hektischen oberirdischen

Treiben nicht gewachsen waren. Einige waren verhungert, andere hatten sich in der unterirdischen Kanalisation verkrochen und führten dort einen erbarmungslosen Kampf ums Überleben.
Das misstönende Scheppern war jetzt ganz deutlich über dem Sprudeln der Abwasserrohre zu hören. Klirrend schlug Metall gegen Metall. Die Rohre vibrierten förmlich. Ein großer, metallener Haken sauste durch die Luft, schlug gegen ein aus der Tunnelwand ragendes Rohr und hakte sich fest. Er saß an einer knorrigen, hölzernen Stange. Zwei knochige Hände hielten die Stange gepackt und zogen daran.
Aus dem Dämmerlicht tauchten die Umrisse einer Gestalt auf, die auf einem seltsamen, aus Treibholz zusammengebundenen Gefährt stand. Wieder schwang die Gestalt den Haken. Klirrend hakte er sich an dem nächsten Rohr fest, und die Gestalt zog den Kahn gegen die Strömung des schäumenden Kanals näher.
Entsetzt riss Kaulquapp die Augen auf. »Ich sehe was«, flüsterte er.
Wieder schepperte es.
Das Gefährt war fast unter ihnen. Ein gewaltiger Flachkopf schielte gierig zu ihnen herauf.
»Twig«, kreischte Kaulquapp, »da ist ein ...«
Der Haken fuhr in einem Bogen durch die Luft und riss das Netz mit den drei darin gefangenen Unglücksraben ab. Wie ein heißer Flugstein fiel es hinunter und landete mit einem dumpfen Schlag in dem Kahn, der in genau diesem Moment darunter vorbeischwamm.
Schaukelnd und schwankend trieben sie auf dem proviso-

rischen Gefährt durch den stinkenden Kanal. Am Heck stand hoch über ihnen und geschickt balancierend der Kobold. In seinen knochigen Händen hielt er die lange Stange, die er jetzt als Steuerruder betätigte, um den Kahn auf Kurs zu halten. Immer schneller glitten sie dahin.

Wieder schepperte es.

Der Haken des Kobolds verhakte sich in einem vorspringenden Rohr, und der Kahn kam mit einem Ruck zum Stehen. Twig, Kaulquapp und Trapp wurden noch enger zusammengedrückt.

»Was haben wir heute gefangen, Grogg?«, fragte eine Stimme über ihnen.

»Grogg?«, japste Twig.

Mit dem Dolch in der Hand langte der Kobold nach unten und zog an dem Laufknoten, der das Netz oben zusammenschnürte. Das Netz fiel auf den Boden. Twig sprang auf die Beine. Er leuchtete am ganzen Körper. Der Flachkopf riss verblüfft den Mund auf und ließ den Dolch fallen.

»Schliet!«, brüllte er. »Da leuchtet jemand! Wie wir!«

»Erkennst du mich denn nicht, Grogg?« Twig versuchte trotz des gefährlich schwankenen Kahns unter ihm ruhig zu klingen. »Ich bin's, Twig.«

»Ich erkenne Sie, *Captain Twig*«, sagte die Stimme von

oben. »Obwohl ich nie damit gerechnet hätte, Sie lebend wieder zu sehen, schon gar nicht in der Kanalisation von Unterstadt.«

Twig blickte auf, und dort, in der Öffnung des gewaltigen Rohres, stand eine hagere Gestalt, gekleidet in einen langen Mantel und mit dem Dreispitz der Himmelspiraten. Die Gestalt leuchtete genauso wie er.

»Schliet!«, schrie Twig und hätte fast das Gleichgewicht verloren. »Das bist ja du.«

Doch der ehemalige Maat des *Klippentänzers* hatte sich schon wieder abgewandt und war in dem Rohr verschwunden.

»Nehmen Sie's ihm nicht übel, Captain«, sagte Grogg und stieg unbeholfen aus dem Boot. Das rechte Bein zog er nach. »Ich bin ganz sicher, er zeigt seine Freude nur nicht. Ich jedenfalls könnte nicht glücklicher sein.«

»Ich auch nicht«, sagte Twig. »Ich kann es noch gar nicht fassen.«

Er kletterte hinter Grogg die eisernen Tritte zum Eingang des Rohrs über ihnen hinauf. Aus dem Rohr sprudelte im Unterschied zu den anderen Rohren keine stinkende Brühe. Kaulquapp und Trapp folgten dicht hinter ihm. Am anderen Ende des Rohrs schoben sie ein schweres Fell zurück, das als Vorhang diente, und gelangten in eine geräumige Kammer.

In ihr stand Schliet, das Gesicht halb abgewandt. »Willkommen«, sagte er leise.

Kaulquapp sah sich verblüfft um. Er stand in einer Art Schmugglerhöhle, bis unter die Decke voll gestopft mit Kisten und Kästen, die mit den verschiedensten Kostbarkeiten gefüllt waren. Der Boden war mit Teppichen bedeckt, die Wände mit Wandbehängen. Möbliert war der Raum mit zwei Armsesseln, einem Tisch, Schränken und einem kleinen, mit Schnitzereien verzierten Schreibtisch. Außerdem standen zahlreiche Töpfe und Pfannen herum, Flaschen, Krüge, irdenes Geschirr, Besteck, Gewürzdosen ... und es roch nach Tilderwürstchen, dass einem das Wasser im Mund zusammenlief.

»Der Raum, in dem wir uns befinden, war früher eine Zisterne«, erklärte Schliet. »Jetzt müssen wir hier leben.«

Twig nickte. »Ich hatte schon Angst, ihr würdet überhaupt nicht mehr leben.«

»Ach ja, vielleicht wäre das ja besser«, murmelte Schliet und ging durch die Zisterne zum Herd, auf dem eine Kasserolle zischelte.
»Aber Schliet ...«, begann Twig.
»Lassen Sie nur, wir beide kommen hier drunten schon zurecht«, fiel ihm Grogg ins Wort. »Wir sind jetzt schon einige Wochen hier. Wir sammeln alles, was wir in die Finger bekommen – Sie wären überrascht, was für Zeug wir manchmal in den Netzen finden, obwohl wir lebende Geschöpfe immer nach oben bringen, nachdem wir sie um ihre Wertsachen erleichtert haben. Um Licht brauchen wir uns ja nicht zu sorgen ...« Er wies mit einem Nicken auf Schliet, der mit dem Rücken zu ihnen am Herd stand. »Solange wir zusammenbleiben.«
»Du meinst, weil ihr leuchtet?«, fragte Twig.
»Bei uns war es genauso, als der Captain mich fand«, sagte Trapp. »Und jetzt leuchten wir zu viert.«
»Wir leuchten, weil uns da draußen etwas zugestoßen ist«, sagte Twig. »Leider kann ich mich an nichts erinnern. Du vielleicht, Grogg? Weißt du noch, was passiert ist?«
Der Flachkopf schüttelte den Kopf. »Nein. Wir folgten auf der Suche nach Ihrem Vater dem Raupenvogel. Dann wurden wir in den Wetterstrudel hineingezogen und dann – dann erinnere ich mich an nichts mehr.« Mit einer Grimasse zeigte er auf sein rechtes Bein. »Ich weiß nur, dass ich mich offenbar verletzt habe.«
»Und du, Schliet?«, fragte Twig. Die über den Herd gebeugte Gestalt schwieg. Twig runzelte die Stirn. Die Verdrossenheit des Maats begann ihn zu ärgern. »Schliet!«, rief er scharf.

Schliet erstarrte. »Ich weiß auch nichts mehr«, sagte er mürrisch. Er legte den Pfannenwender zur Seite und drehte sich langsam um. »Nur dass der Wetterstrudel mir das angetan hat.« Er zog seinen Dreispitz.

Kaulquapp stöhnte, Trapp wandte sich ab und Twig zuckte zusammen. »D... dein Gesicht!«, rief er mit aufgerissenen Augen.

Die Haare waren verschwunden, genauso das linke Ohr, und die Haut auf der linken Seite sah aus, als sei sie wie Wachs geschmolzen. Aus geschmolzenen Lidern starrte blicklos ein weißes Auge. Der Maat hob die Hand zu den hässlichen Narben.

»Klar«, knurrte er. »So sah mein Gesicht nach der Rückkehr aus. Kein schöner Anblick, was?«

»Ich ... ich hatte ja keine Ahnung«, sagte Twig.

Schliet zuckte die Schultern. »Woher auch?«

»Und du gibst mir die Schuld daran, weil ich euch in den Wetterstrudel geführt habe?«

»Nein, Captain«, sagte Schliet. »Ich bin freiwillig mitgekommen. Ich hatte die Wahl.« Er machte eine Pause. »Aber ich bin zugegebenermaßen enttäuscht, dass auch Sie nicht wissen, wie wir von dort zurückgekehrt sind.«

»Ich weiß nur, was man mir gesagt hat«, sagte Twig bedau-

ernd. »Dass wir wie acht Sternschnuppen über den Nachthimmel geflogen sind. So hat es wenigstens der Professor der Dunkelheit beschrieben.«
Schliet kniff sein gesundes Auge zusammen. Das vernarbte Fleisch zuckte. »Der Professor der Dunkelheit?«
Twig nickte. »Er sah einige Sternschnuppen in Unterstadt landen – dich, Grogg, Trapp und vielleicht noch jemanden. Die anderen flogen weiter. Sie landeten irgendwo im Dunkelwald. Ich habe gelobt, dass ich euch suchen würde. Und jetzt habe ich schon drei von euch gefunden. Das übersteigt meine kühnsten Hoffnungen.«
»Hoffnungen«, sagte Schliet bitter. »Die habe ich inzwischen aufgegeben. Denn davon heilt das hier auch nicht.« Er strich mit den Fingerspitzen über die schrecklichen Narben.
Kaulquapp wandte sich ab.
»Von den einen wurde ich angestarrt, von den anderen mit Blicken gemieden. Ich fand beides unerträglich.« Schliet sah Kaulquapp und Trapp Hammelhirt viel sagend an. »Also stieg ich in die Kanalisation hinunter, um mich zu verstecken. Grogg begleitete mich, was ich ihm hoch anrechne.«
»Ich folge ihm, wohin er geht«, brummte der getreue Grogg.
»Wir passen aufeinander auf«, sagte Schliet. Düster fügte er hinzu: »Das muss man hier unten auch.«
»Genauso wie der Professor – nein, Entschuldigung – Twig auf mich aufpasst«, sagte Kaulquapp, wieder an Schliet gewandt. »Das muss man manchmal sogar in Sanktaphrax.«
»Sanktaphrax«, murmelte Schliet. Seine Augen glänzten

feucht. »Auch ich träumte einst davon, in der Akademikerstadt zu arbeiten. Aber da oben zählt nicht, was man kann, sondern wen man kennt.« Er schnaubte. »Und ich kannte niemanden.«

Vom hinteren Teil des Raums roch es verbrannt. Grogg humpelte zum Herd und zog die Pfanne von der Platte.

»Abendessen ist fertig«, verkündete er.

»Tilderwürstchen«, fügte Schliet hinzu.

»Mein Lieblingsessen«, sagte Twig. Er merkte auf einmal, dass er einen Mordshunger hatte.

Grogg verteilte die Würstchen, schnitt einen Laib Brot auf und kehrte mit fünf Tellern auf dem Arm zurück.

»Außerdem gibt es eine Flasche unseres besten Saftweins, den ich für eine besondere Gelegenheit aufbewahrt habe«, sagte Schliet. »Grogg, die guten Gläser bitte.«

»Auf die Mannschaft des *Klippentänzers*«, rief Twig, als alle ein volles Glas in der Hand hatten. »Auf die, die wir schon gefunden haben, und auf die, die wir noch finden müssen.«

Die anderen fielen von ganzem Herzen in seinen Trinkspruch ein, dann nippten sie an der süßen, golden schimmernden Flüssigkeit.

»Aaaah!«, seufzte Trapp Hammelhirt und wischte sich mit dem Handrücken über den Bart. »Exzellent!«

Sogar Kaulquapp fand Gefallen an dem mild-würzigen Geschmack des Saftweins, und als sie sich kurz darauf über die saftigen Tilderwürstchen hermachten, merkte auch er, wie hungrig er war.

»Köstlich!«, sagte er kauend. Er biss in ein Würstchen und riss ein Stück Brot ab. »Absolut köstlich!«

Twig wandte sich an seinen vernarbten Maat. »Ich muss sagen, Schliet, angesichts der schrecklichen Lage, in der du warst, hast du dich wirklich wacker geschlagen. Und du auch, Grogg. Kompliment. Aber ihr könnt nicht an diesem schrecklichen Ort bleiben, zumal ihr ja meinetwegen verwundet worden seid. Eines Tages werde ich ein neues Schiff haben und dann hole ich euch wieder an Bord. Aber zuerst muss ich herausfinden, was mit den anderen passiert ist.«

»Wir kommen mit«, sagte Schliet.

Grogg nickte begeistert. »Wir folgen Ihnen überallhin, Captain Twig.«

»Diesmal nicht, Grogg«, erwiderte Twig freundlich. »Auch dein Bein braucht Zeit um zu heilen.«

»Dann müssen wir hier bleiben«, sagte Schliet resigniert. Er schielte zu der gewölbten Decke hinauf. »Da oben haben wir nichts verloren.«

»Im Gegenteil«, sagte Twig. »Da oben ist Sanktaphrax.«

»S... Sanktaphrax? Aber ...«

»Du hast ganz richtig gesagt: Nicht was man kann, zählt dort, sondern wen man kennt. Ich kenne den Professor der Dunkelheit, und du kennst mich.«

Schliet starrte ihn mit offenem Mund an.

»Ich schreibe euch einen Brief, den ihr dem Professor selbst übergeben werdet.« Twig sah sich um. »Schreibzeug habt ihr doch sicher.«

»Natürlich«, sagte Schliet. »Papier und Tinte von feinster Qualität und beste Schneeammerfedern von einem unserer Beutezüge.«

Twig lächelte. »Ihr wartet in meinem Zimmer in der Schule

des Lichts und der Dunkelheit, bis ich zurückkomme. Wahrscheinlich wird der Professor einige Experimente mit euch anstellen, so wie ihr glüht, doch ansonsten wird euch niemand belästigen. Wie klingt das?«

»Ausgezeichnet, Captain«, sagte Schliet. »Wirklich.«

»Wirklich«, echote Grogg.

»Gut, Grogg«, sagte Twig. »Du hast ja schon als Wächter auf Sanktaphrax gearbeitet und kennst die Stadt wie deine Westentasche. Führe Schliet durch abgelegene Gassen und geheime Gänge zum Professor der Dunkelheit. Vielleicht können wir ja verhindern, dass die klatschsüchtigen Akademiker von euch erfahren.« Er sah den Schlächter an. »Trapp, du begleitest sie.«

»Ich?«, rief Trapp. »Die anderen nach Sanktaphrax begleiten?« Er schüttelte ungläubig den Kopf. »Captain, ich bin gesund und stark. Sie brauchen bei einem so gefährlichen Unternehmen jemanden wie mich.«

»Tut mir leid, Trapp, aber nur Kaulquapp kann mich begleiten.«

»Warum, Captain?«

»Denk doch mal nach, Trapp. Wie weit, glaubst du, kommen wir, wenn wir leuchten wie Tilderlampen? Denn das würden wir doch, sobald es dunkel ist. Und wenn andere vor uns Angst haben, behindert das unsere Suche.«

»Aber wir könnten das Licht zudecken«, beharrte Trapp. »Wir könnten dicke Mäntel und Kapuzen tragen ...«

»Und damit noch mehr auffallen! Nein, ich muss ohne dich suchen. Zusammen hätten wir nie Erfolg.«

Der Schlächter nickte. »Sie haben Recht, Captain. Daran habe ich nicht gedacht.«

»Danke, Trapp.« Erleichtert sah Twig Grogg und Schliet an. »Dann ist das also beschlossene Sache. Ihr drei wartet in Sanktaphrax meine Rückkehr ab, und ich und Kaulquapp suchen nach weiteren Mitgliedern meiner Mannschaft.« Er runzelte lächelnd die Stirn. »Wo bleiben eigentlich Papier und Feder?«

KAPITEL 11

Die westlichen Kais

Zwei Wochen später standen Kaulquapp und Twig an den Docks der westlichen Kaianlagen. Die Nacht zuvor hatten sie in einer von tückischen Staubflöhen verseuchten Herberge verbracht. Halb zu Tode gebissen, hatten sie kurz vor Sonnenaufgang die Flucht ergriffen und das schmutzige Zimmer verlassen. Draußen kündigten bereits einige tiefrote Federwölkchen am Horizont die Sonne an. Twig gähnte, streckte sich und rieb sich die Augen.

»Vielleicht erfahren wir ja heute etwas Neues«, sagte er und seufzte. »Ich verstehe nicht, warum es so schwierig ist, den vierten Mann zu finden.«

»Mhmmm«, murmelte Kaulquapp. Er saß zu Twigs Füßen auf der Mole und ließ die Beine über den Rand baumeln. Die Nase hatte er wie immer tief in eine der wertvollen Schriftrollen gesteckt, die er in seiner Schultertasche aufbewahrte.

Twig blickte sich um. Die westlichen Kais waren im Unterschied zu den heruntergekommenen Flugdocks im Osten, an denen nur einfache Schleppkähne festmachten, die Anlegestellen der Reichen. Hier machten die Himmelsschiffe der Ligabrüder fest, deren Häuser auch das Ufer dahinter säumten. Es handelte sich um stattliche Gebäude mit prächtigen Fassaden. Jedes trug das Wappen der Liga, die es beherbergte: die Sichel mit den gekreuzten Meißeln der Liga der Rohrgießer und Feilenraspler, die gescheckte Ratte über der Seilrolle der Leimtröpfler und Seilkrempler, der von einer Zange bekrönte Zuber der Former und Mischer und so weiter.

Hinter der Häuserzeile ragte das Ligahaus auf, in dem der Hohe Rat der Kaufmannschaft von Unterstadt tagte. Das Ligahaus war seit jeher das eindrucksvollste Gebäude des Viertels, zumal jetzt, da es in ein aufwendiges Gerüst eingehüllt war. Twig wies mit einem Kopfnicken in seine Richtung.

»Offenbar wird das Dach repariert.«

»Mhmm«, murmelte Kaulquapp wieder. Er befeuchtete einen Finger und wandte sich ohne aufzusehen der nächsten Rolle zu.

Twig starrte in den Fluss, der träge an ihnen vorbeischwappte. Die aufgehende Sonne ließ rote Tupfer auf der gekräuselten Oberfläche tanzen.

Die Suche nach dem vierten Mannschaftsmitglied im Stadtteil der Ligabrüder war bisher leider genauso erfolglos verlaufen wie anderswo in

Unterstadt. Überall hatten Twig und Kaulquapp gesucht, auf den belebten Straßen, auf den lärmenden Märkten, in den Industrievierteln und den höher gelegenen Stadtteilen im Norden. Doch wie viele Schenken sie auch besuchten, mit wem sie auch sprachen und wie viele Fragen sie auch stellen, niemand hatte eine Sternschnuppe gesehen oder einen Fremden, der sich seltsam benahm.

»Vielleicht sollten wir die Suche in Unterstadt beenden und in den Dunkelwald aufbrechen«, überlegte Twig.

»Mhmm«, sagte Kaulquapp mit gerunzelter Stirn.

»Kaulquapp!«, rief Twig. »Hörst du mir überhaupt zu?«

Kaulquapp sah verwirrt auf. Seine Augen glänzten.

»Immer am Studieren, der Herr Akademiker, wie?«, sagte Twig. »Seit wir hier sind, steckst du mit der Nase in diesen Rollen.«

»Sie sind auch wirklich ... ich muss dir was vorlesen. Es ist wirklich wahnsinnig interessant.«

»Wenn es sein muss«, sagte Twig resigniert.

»Es geht wieder um die *Sage vom Quellgrund*«, erklärte Kaulquapp eifrig. »Um den Muttersturm.«

Twig zuckte zusammen. Einen Moment lang meinte er sich an etwas zu erinnern, etwas, das mit der verhängnisvollen Fahrt des *Klippentänzers* zu tun hatte. »Der Muttersturm«, murmelte er, doch noch während er es sagte, entglitt die Erinnerung ihm wieder. Er sah Kaulquapp an. »Also los, lies vor.«

Kaulquapp nickte, fuhr mit dem Finger zum Anfang der Textstelle und begann zu lesen. *»Denn zu der Zeit, in der ich dies schreibe, nimmt man allgemein an, dass der Muttersturm das Klippenland nicht nur einmal, sondern viele*

Male heimgesucht hat. Bei jeder Wiederkehr brachte er Zerstörung und neues Leben. Ich …«
»Ich?«, unterbrach Twig. »Wer hat das geschrieben?«
Kaulquapp blickte auf. »Es handelt sich um eine Kopie alter Rindentexte, die in die Zeit der Aufklärung im alten Dunkelwald zurückreichen. Diese Fassung«, Kaulquapp strich liebevoll über die Rolle, »wurde vor einigen hundert Jahren von einem einfachen Schreiber niedergeschrieben. Das Original war viel älter.«
Twig lächelte. Die Begeisterung des Jungen steckte an.
»Ja, die Zeit der Aufklärung!«, schwärmte Kaulquapp. »Es muss wunderbar gewesen sein, damals zu leben. Es war eine glorreiche Zeit der Freiheit und der Wissenschaften, lange bevor an unser wunderbares Sanktaphrax auch nur zu denken war. Unter der weitsichtigen Führung Kobolds des Weisen tauchte der Dunkelwald aus der Finsternis auf. Wie gern ich diesem Herrscher begegnet wäre. Er schaffte die Sklaverei ab und vereinte die tausend Stämme des Dunkelwalds unter dem stolzen Wappen des Dreizacks und der Schlange. Er förderte sogar die Einführung der Schrift …«
»Das ist ja alles schön und gut und mag interessant sein«, sagte Twig. »Aber inwiefern betrifft es uns?«
»Geduld, Twig, gleich erfährst du es. Die Zeit der Aufklärung endete abrupt. Sie wurde ausgelöscht wie eine Kerze, der Stammesbund Kobolds des Weisen löste sich auf, das ganze Land fiel in Barbarei und Chaos zurück, und dabei ist es bis heute geblieben.« Kaulquapp hob die Rindenrolle vor die Augen. »Hör zu, was hier geschrieben steht.«
Gegen seinen Willen blieb Twig stumm und hörte auf-

merksam zu, während Kaulquapp aus der vergilbten Rolle vorlas.

»*Kobold der Weise wurde alt und müde. Tollheit suchte die Märkte auf Waldlichtungen und Wiesen heim. Die Stämme entzweiten sich, der Bruder wandte sich gegen den Bruder und der Vater gegen den Sohn, denn der Himmel zürnte und schlug alle, die unter seinem Zelt lebten, mit Wahnsinn. Darauf versammelten sich die Vertreter der tausend Stämme am Quellgrund. ›Kobold‹, sprachen sie, ›du siehst weiter in den Himmel als die Besten von uns, sage uns, was wir tun sollen, denn von Wahnsinn geschlagen verschlingen wir uns gegenseitig und der Himmel verfinstert unsere Seele.‹*

Und Kobold setzte sich in seinem Krankenbett auf und sprach: ›Seht, der Muttersturm kehrt wieder. Seine Raserei wird unsere Raserei sein. Rüstet euch, denn die Zeit ist kurz ...‹«

Kaulquapp brach ab. »Hier kommt eine Lücke im Text«, erklärte er. »Holzkäfer haben die Rinde zerstört.« Er beugte sich wieder über die Rolle. »So geht es weiter: *Der Muttersturm, der einst das Leben ins Klippenland brachte, wird zurückkehren um zu ernten, was er gesät hat, und die Welt wird wieder der Dunkelheit anheimfallen.*« Kaulquapp hatte beim Lesen jedes Wort betont. »Verstehst du, Twig? Kobold der Weise spielt hier auf die *Sage vom Quellgrund* an und prophezeit die Wiederkehr des Muttersturms – eine Prophezeiung, die sich bewahrheitete, denn der Dunkelwald fiel wieder der Finsternis anheim. Und jetzt wiederholt sich das alles noch einmal.«

Twig wandte sich ab und starrte zum Himmel hinauf.

Irgendwo dort hatte der Muttersturm ihn in seinen schrecklichen Fängen gehalten.
»Der Wahnsinn ist zu uns zurückgekehrt«, sagte Kaulquapp ernst. »Der Sturm bläst ihn von jenseits der Klippe zu uns herein. Die verrückten Nebel, die herzzerreißenden Regenschauer und all die schreckliche Gewalt. Wo war ich stehen geblieben?« Er suchte die Stelle. »... *von Wahnsinn geschlagen verschlingen wir uns gegenseitig.* Versteh doch, Twig, das ist nicht nur eine Sage. Der Muttersturm kehrt wirklich zurück.«
»Der Muttersturm kehrt zurück«, wiederholte Twig langsam. Die Worte klangen seltsam vertraut. Warum? Wie war das möglich? Niedergeschlagen schüttelte er den Kopf. Dort draußen im Wetterstrudel, weit jenseits der Klippe, war etwas entscheidend Wichtiges passiert. Warum konnte er sich nicht daran erinnern? Würde es ihm je einfallen?
Er sah seinen Gesellen an. Kaulquapp schien besorgt. »Lass uns gehen, Kaulquapp«, sagte Twig. »Ich glaube, derlei Dinge können wir getrost den Akademikern von Sanktaphrax überlassen. Wir aber sollten die Suche nach dem vierten Mann des *Klippentänzers* beenden oder wenigstens verschieben und in den Dunkelwald aufbrechen. Lass uns zur Fahrplansäule gehen und nach einer Mitfahrgelegenheit an Bord eines Himmelsschiffes suchen.«
Widerstrebend rollte Kaulquapp die kostbaren Rollen zusammen, steckte sie in die Tasche und stand auf. Dann marschierten er und Twig den Kai entlang zur zentralen Schiffsanlegestelle. Dort stand auch die Fahrplansäule.
Dabei handelte es sich um einen hohen, dicken Holzpfosten, an den Himmelsschiffkapitäne, die Kojen frei hatten,

entsprechende Angebote nagelten. Die Angebote hatten sie auf Stücke eines rosafarbenen, glänzenden Stoffes geschrieben. Wer kein eigenes Fahrzeug besaß, konnte so relativ leicht von einem Teil des Klippenlands in den anderen gelangen.

Twig und Kaulquapp kamen in dem Augenblick am Ende des Kais an, als die Sonne karmesinrot und majestätisch über dem Horizont auftauchte. Vor ihnen ragte schwarz die Fahrplansäule auf. Sie sah mit den vielen im Wind flatternden rosafarbenen Stofffetzen aus wie ein exotischer Baum, dessen Rinde unter einem Blütenmeer verschwand.

»Hoffentlich ist etwas Brauchbares darunter«, murmelte Twig. Sie blieben vor der Säule stehen.

»Wie wäre es damit?«, fragte Kaulquapp und las von einem Stofffetzen ab: *»Schiff der Liga der Lumpensammler und Hausierer. Abfahrt zum Dunkelwald heute Nachmittag.* Die haben eine Zweierkoje frei, und der Preis scheint angemessen.«

Twig schüttelte den Kopf. »Nein, das entspricht nicht ganz ...« Er verstummte und hob weitere Angebote hoch und studierte sie.

»Und das hier?«, fragte Kaulquapp. »Am späten Vormittag fährt ein Frachter zu den Eisenholzwäldchen der Rindentrolle. Er braucht noch zwei Hilfskräfte, die an Bord mit anpacken können.«

Doch Twig hatte ihm nicht zugehört. Die Liste der Schiffe und ihrer Bestimmungsorte beanspruchte seine ganze Aufmerksamkeit. Er las sie von oben nach unten ab.
Der *Sturmsucher*, Bestimmungsort: die Lager der Schlächter.
Eine Stimme in seinem Kopf sagte: *»Nein.«*
Der *Wolkenfresser*, Bestimmungsort: der große Hammelhornmarkt.
»Nein.«
Der *Loggerbutt*, Bestimmungsort: die Koboldwiesen.
»Nein.«
Er kam immer tiefer. *Nein, nein, nein*, bis ...
»Dieses Himmelsschiff müssen Sie nehmen, Captain«, sagte die Stimme leise, aber deutlich.
»Natürlich!«, rief Twig. »Kaulquapp, das ist unser Schiff, bestimmt. Hör zu.«

Zwei Plätze frei an Bord des Himmelsstürmers,
fünf Goldstücke pro Platz.
Bestimmungsort: der große Harpyien-Sklavenmarkt.

Twig sah auf. »Dort können wir am besten weitersuchen.«
Kaulquapp nickte unsicher. Sein Vater, Ulbus Pentephraxis hatte ihm wahre Schauergeschichten vom großen Harpyien-Sklavenmarkt erzählt. »Ist das nicht ziemlich gefährlich?«, fragte er ängstlich.
Twig zuckte die Schultern. »In Unterstadt kann es auch gefährlich sein. Wir müssen einen Ort finden, an dem alle

möglichen Bewohner des Dunkelwalds zusammenkommen.«

»Schon, nur ... ich meine, könnten wir nicht zu diesem großen Hammelhornmarkt fahren? Oder hier, dieses Himmelsschiff fährt zu den Holzumschlagplätzen der Waldtrolle. Wie wäre es damit?«

»Kaulquapp«, sagte Twig entschieden, »kein anderer Ort im Dunkelwald ist dem großen Sklavenmarkt vergleichbar. Seine Besucher kommen von überallher. Dort müssen wir anfangen zu suchen.« Er überflog die Anzeige noch einmal und lächelte. »Hagestolz Klauengreif, wirklich ein herrlicher Name.«

Kaulquapp fröstelte. »Er klingt schrecklich. Ist ein Klauengreif nicht ein heimtückischer Vogel mit einem gezahnten Schnabel?«

»Doch«, sagte Twig.

»Was muss das für ein Unhold sein, dass er sich nach einem blutrünstigen Raubvogel nennt! Und dann noch Hagestolz!«

Twig schnaubte. »Wahrscheinlich tut er nur so wild. *Name wild, Captain mild,* pflegte mein Vater zu sagen. Die mit den wildesten Namen sind ihrer ausnahmslos am wenigstens würdig.« Seine Augen begannen feucht zu glänzen. »Die wirklich tapferen Kapitäne geben sich viel bescheidenere Namen.«

»Wie Wolkenwolf«, sagte Kaulquapp leise.

»Ja, wie mein Vater Wolkenwolf, der tapferste Himmelspiratenkapitän aller Zeiten.« Twig sah noch einmal auf die Anzeige. »Beim Himmel!«, rief er.

»Was denn?«, fragte Kaulquapp erschrocken.

»Die Abfahrtszeit! Der *Himmelsstürmer* hebt in weniger als einer Viertelstunde ab.«

»Es ist hoffnungslos!«, rief Twig. »Wo liegt das Schiff denn?«
Zehn Minuten waren vergangen, seit er die Anzeige abgerissen und in die Tasche gesteckt hatte. Zehn Minuten lang waren sie den Kai entlang- und die Landestege hinauf- und hinuntergerannt und hatten die Namen von Himmelsschiffen gelesen. Zuletzt hatte ein alter Packtroll ihnen versichert, dass gesuchte Himmelsschiff liege an Steg zwei. Dort standen sie jetzt und hatten wieder kein Glück.
»Das Schiff wird doch nicht vor der Zeit abgefahren sein?«, keuchte Twig.
»Vielleicht, wenn die beiden freien Plätze belegt waren«, erwiderte Kaulquapp. Insgeheim hoffte er, dass es so war.
»Aber das kann doch nicht sein.« Twig ließ den Blick über die Docks schweifen.
Unzählige Himmelsschiffe ankerten hier, elegante Ligaschiffe, klobige Kauffahrer, schnittige Patrouillenschiffe und hin und wieder ein Himmelspiratenschiff – doch der *Himmelsstürmer* war nirgends zu sehen.
»Vielleicht sollten wir zur Fahrplansäule zurückkehren und ...«
»Nein«, sagte Twig, »dafür ist keine Zeit.« Neben ihnen standen einige Dockarbeiter. Sie hatten ihnen den Rücken zugekehrt und waren ins Gespräch vertieft. »Entschuldigung«, rief Twig. »Wissen *Sie* vielleicht, wo ein Himmelsschiff namens *Himmelsstürmer* liegt?«

»Ende Steg neunzehn rechts«, antwortete einer der Arbeiter. Er drehte sich nicht einmal um.
Kaulquapp sah Twig an. »Aber von daher kommen wir doch gerade.«
»Egal, das ist unsere letzte Chance.« Twig packte Kaulquapp am Arm und zog ihn mit. »Los«, rief er. »Schnell!«
Wieder eilten sie die Promenade entlang. Twig rannte blindlings durch Gruppen feilschender Händler und stieß dabei Kisten mit Fisch und Handkarren mit Obst um. Kaulquapp, der ihm dicht auf den Fersen folgte, drehte sich im Laufen um und rief eine Entschuldigung nach der anderen. Immer weiter rannten sie, vorbei an den Landestegen acht, neun und zehn, die hoch über dem Klippenfluss in die Luft ragten.
»Schneller, Kaulquapp!«, rief Twig atemlos. Die Stimme in seinem Kopf feuerte ihn ununterbrochen an.
Zwölf ... dreizehn ... Kaulquapps Herz raste und seine Lungen brannten. Trotzdem versuchte er noch schneller zu rennen. Siebzehn ... achtzehn ...
»Neunzehn!«, schrie Twig. Er bremste, sprang die fünf Treppenstufen auf einen Satz hinunter und flog donnernd über den hölzernen Steg. »Sieh da!«, rief er. »Wie in Himmels Namen konnten wir das übersehen?«
Kaulquapp folgte Twigs ausgestrecktem Zeigefinger mit dem Blick und entdeckte ein prächtiges Himmelspiratenschiff, das am Ende des Landestegs rechts von ihnen vertäut war.
»Der *Himmelsstürmer!*«, rief Twig. »Endlich haben wir ihn gefunden, aber ... ach nein!«
Das Großsegel war gehisst, die Anker bereits gelichtet.

Eine kleine Gestalt beugte sich über den in den Steg eingelassenen Ring und band die Trosse los, an der das Schiff vertäut war. Das Himmelsschiff war dabei abzulegen.

»HALT!«, brüllte Twig und rannte mit verdoppelter Geschwindigkeit den Steg entlang. Er musste unbedingt an Bord des *Himmelsstürmers*, ohne dass er hätte erklären können, warum. Ein anderes Schiff kam nicht in Frage. »WARTET AUF UNS!«

Doch die Gestalt, ein Pöbelgnom, schenkte ihm keine Beachtung.

»HALT!«, brüllte Twig noch einmal.

Er hörte den Pöbelgnom schimpfen und sah, wie er an der Leine zerrte, die sich verhakt hatte. Dann kam die Leine los. Der Gnom seufzte erleichtert.

Nur noch wenige Schritte ...

Der Pöbelgnom warf das Seil auf das Deck und sprang selbst an Bord. Fast unmerklich begann das Himmelspiratenschiff zu steigen und sich vom Steg zu entfernen.

»NEIN!«, schrie Twig gellend.

Der Spalt zwischen Steg und Schiff wurde breiter.

»Bist du hinter mir, Kaulquapp?«, schrie Twig.

»Ja.«

»Dann spring!« Sie hatten das Ende des Stegs erreicht und sprangen dem sich entfernenden Schiff hinterher. Nebeneinander flogen sie mit ausgestreckten Armen durch die Luft, mit ihrem ganzen Willen darauf konzentriert, dass sie es schaffen mussten.

Kaulquapp bekam die Reling mit den Händen zu fassen und schlug mit dem Körper gegen den Rumpf. Er stöhnte laut. Im nächsten Augenblick landete Twig neben ihm.

Völlig ausgepumpt klammerten sie sich fest. Bevor sie über die Reling kletterten, mussten sie erst wieder zu Atem kommen. Doch das war unwichtig. Wichtig war allein, dass sie es im allerletzten Moment noch geschafft hatten.

»Gut gemacht«, flüsterte Twig eine Stimme ins Ohr.

»Es geht los, Kaulquapp«, keuchte Twig. »In den Dunkelwald und zum großen Sklavenmarkt.«

»Twig, ich ... ich ...«

»Kaulquapp?« Twig drehte den Kopf. »Was ist?«

»Meine Hände ... sie rutschen.« Hilflos musste Twig zusehen, wie sein Gefährte verzweifelt versuchte sich hochzuziehen. »Ich ... ich kann mich nicht mehr ... Hilfe!« Und Kaulquapp fiel an der Rumpfwand entlang zum morastigen Ufer des Klippenflusses hinunter.

KAPITEL 12

Hagestolz Klauengreif

Twig zog sich hinauf, schwang ein Bein über die Reling und ließ sich auf das Deck fallen. Sofort sprang er wieder auf und spähte angestrengt über die Bordwand nach unten.

»Kaulquapp!«, brüllte er. Er hatte nichts plumpsen hören, und so angestrengt er auch zu dem schlammigen Flussbett hinunterstarrte, er sah seinen Gefährten nicht. »Kaulquapp!«, schrie er wieder. »Wo bist du?«

»Hier unten«, antwortete eine schwache Stimme.

Twig stockte der Atem. »Wo?«

»Am Rumpfnetz. Aber ich kann mich nicht mehr lange festhalten.«

»Doch«, rief Twig. »Du musst, Kaulquapp.«

Tief unter ihnen wurde der Klippenfluss durch die Modersümpfe abgelöst.

»Es ... es hat keinen Zweck«, wimmerte Kaulquapp. »Ich finde mit meinen Füßen keinen Halt und meine Arme ... sind so schwach ...«

Twig sah sich verzweifelt nach Hilfe um, doch der *Him-*

melsstürmer wirkte merkwürdig verlassen. Der Pöbelgnom war verschwunden, und sonst war niemand in Sicht außer einer untersetzten und extravagant gekleideten Gestalt am Steuerruder.
»Hilfe!«, schrie Twig. »Hilfe! Mann über Bord!«
Doch der Steuermann schien so von der Aufgabe des Himmelssegelns in Anspruch genommen, dass er das Drama, das sich unter ihm abspielte, nicht bemerkte. Unaufhaltsam stieg das Himmelsschiff.
»Es muss doch jemand da sein«, brüllte Twig. »HILFE!«
»Was ist denn?«, piepste neben ihm eine aufgeregte Stimme. Der Pöbelgnom war wieder aufgetaucht. Hinter dem Gnom stand ein steinalt aussehender Schniffkobold mit O-Beinen und weißem Backenbart.
Twig stöhnte. Die beiden sahen nicht so aus, als könnten sie ihm helfen. »Mein Gefährte ist hinuntergefallen«, erklärte er hastig. »Er hängt am Rumpfnetz. Holt ein Seil und eine Stange mit einem Haken. Beeilt euch!«
Die beiden nickten und verschwanden. Wenig später kehrten sie mit den gewünschten Gegenständen zurück. Twig schlang das Ende des Seils um den größten Klampen auf der Steuerbordseite, den Rest warf er über die Reling. Dann klemmte er sich den Bootshaken unter den Arm, schlang die Beine um das Seil und rutschte langsam hinunter.
Der Fahrtwind traf ihn ins Gesicht und verschlug ihm den Atem. »Oje!«, keuchte er. »Jetzt heißt es Ruhe bewahren.«
Ganz langsam ließ er sich an den Händen hinunter, vorbei an den Bullaugen und den eingeholten Ankereisen, immer tiefer. Die Rumpfwand krümmte sich einwärts und auf einmal baumelte er frei in der Luft.

»Sieh nicht nach unten, egal was du tust«, hörte er jemanden sagen. Er drehte sich um. Und da hing Kaulquapp auf halbem Weg nach unten am Rumpf und klammerte sich in Todesangst an dem Netz fest. Er hatte ein Bein in eine Schlaufe der kreuz und quer verspannten Taue stecken können, doch seine Handflächen waren mit Blasen bedeckt und blutverschmiert, und das Seil, an dem er sich festhielt, grub sich mit jedem Augenblick tiefer in das Fleisch. »Nicht loslassen, Kaulquapp!«, brüllte Twig über den Abgrund zwischen ihnen. »Ich versuche mich zu dir zu schwingen.«

Twig verlagerte das Gewicht und begann zu schwingen, allerdings nicht vorwärts und rückwärts, wie er gehofft hatte, sondern in größer werdenden Kreisen. Das Himmelsschiff stieg immer

noch. Tief unter ihm leuchteten die bleichen Modersümpfe wie ein Meer aus Milch. Die größer werdenden Kreise trugen Twig immer näher an das Rumpfnetz heran, bis er mit dem ausgestreckten Bootshaken endlich ein Tau zu fassen bekam und sich an das Netz heranziehen konnte.
»So«, keuchte er und griff rechts von Kaulquapp in das Netz. »Jetzt holen wir dich gleich nach oben.«
Er streckte sich und schlang Kaulquapp das Seil um die Hüften. Als er es verknotete, sah er, wie schlimm Kaulquapp sich die Hände aufgeschürft hatte. Von seinen zitternden Fingern tropfte das Blut.
»Gleich, Kaulquapp. Ich ...«
Der Bootshaken glitt ihm aus den Händen und fiel hinunter. Sie flogen inzwischen so hoch, dass sie ihn nicht aufschlagen hörten. Twig drückte Kaulquapp die Schulter.
»Ich kletterte jetzt wieder hinauf. Auf mein Kommando lässt du los und wir ziehen dich hoch.«
Kaulquapp nickte, brachte aber kein Wort heraus. Sein Gesicht war kreideweiß.
Twig kletterte hastig das Rumpfnetz hinauf und schwang sich an Deck. Der Pöbelgnom und der Schniffkobold standen immer noch da.
»Nehmt das Seil und haltet es fest«, befahl Twig. Die beiden taten wie geheißen. Auch Twig packte mit an.
»Loslassen, Kaulquapp!«, schrie er hinunter.
Das Seil straffte sich mit einem Ruck und wurde schwer.
»Gut. Jetzt zieht! Zieht, als ob euer Leben davon abhinge.«
Zu dritt zogen sie. Zoll für Zoll, quälend langsam arbeiteten sie sich rückwärts über das Deck. Kaulquapp kam es zunächst so vor, als bewege er sich überhaupt nicht. Erst als

er den Kopf drehte und auf den Rumpf sah, bemerkte er, dass er tatsächlich in die Höhe stieg.
»Fast geschafft«, rief Twig aufmunternd. »Nur noch ein wenig und ... ja!« Der Wuschelkopf seines Gefährten tauchte auf. Während der Pöbelgnom und der Schniffkobold das Seil mit letzter Kraft festhielten, schlang Twig das Ende um einen Klampen. Dann rannte er zum Geländer und packte Kaulquapp am Handgelenk. »Ich habe dich!«
Kaulquapp fiel auf das Deck, Twig sank erschöpft neben ihm nieder.
»Na, wen haben wir denn da?«, ertönte eine näselnde Stimme. »Blinde Passagiere, was?«
Twig hob den Kopf. Vor ihm stand die untersetzte Gestalt, die er am Ruder gesehen hatte. Er stand auf. »Wir sind keine blinden Passagiere«, sagte er und zog den Stofffetzen von der Fahrplansäule aus der Tasche. »Wir wollen mit Ihnen zum großen Harpyien-Sklavenmarkt fahren. Sie sind doch wohl Hagestolz Klauengreif?«
»*Captain* Hagestolz Klauengreif.« Der aufgeblasene Zwerg vor ihm zog an den Manschetten seiner Ärmel und zwirbelte die Spitzen seines gewachsten Schnurrbarts. An seinem Gürtel klimperte ein riesiger Schlüsselbund. »Der bin ich in der Tat.« Seine Augenbrauen bogen und krümmten sich wie die Schalllöcher einer Waldlaute. »Was ihr getan habt, verstößt gegen alle Regeln der Himmelsschifffahrt. Ihr wisst doch sicher, dass niemand ohne Erlaubnis des Kapitäns an Bord eines Himmelsschiffes gehen darf. Schließlich will man sich seine Passagiere vor der Abfahrt ansehen. Ich weiß nicht einmal eure Namen.«
»Ich heiße Twig«, sagte Twig. Das rötliche Gesicht des Ka-

pitäns nahm einen verwirrten Ausdruck an. Der Name schien eine vage Erinnerung in ihm wachzurufen, doch Twig achtete nicht darauf und wies mit einer Handbewegung auf seinen Begleiter. »Das ist Kaulquapp.«

Der Kapitän schniefte. »Gesindel bleibt Gesindel, egal wie es heißt.« Er drehte sich um. »Grimlock«, bellte er.

Aus einer Klapptür im Boden hinter ihm tauchte ein hünenhafter, in dreckige Lumpen gekleideter Brocktroll auf.

»Grimlock zur Stelle, Captain«, brummte er.

»Grimlock, nimm die Halunken fest!«

Mit grimmig entschlossener Miene und ausgestreckten Armen marschierte der Hüne auf Twig und Kaulquapp zu. Doch Twig wich nicht zurück.

»Wir sind kein Gesindel, Captain Klauengreif. Wir entschuldigen uns dafür, dass wir so spät an Bord gekommen sind, aber Ihr Schiff fährt als Einziges zum Sklavenmarkt, und wir wollten es nicht verpassen. Pfeifen Sie Ihren Wachhund zurück.«

Grimlock kam näher.

»Wir bezahlen auch.« Twig langte nach der Lederbörse in seinem Hemd, die der Professor der Dunkelheit ihm gegeben hatte. »Fünf Goldstücke pro Person, richtig?«

Der Kapitän musterte die beiden Passagiere und überlegte. »Vielleicht war ich vorschnell.« Er lächelte. »Ihr seht aus wie Akademiker und kommt sicher aus Sanktaphrax. Bestimmt könnt ihr fünfzehn Goldstücke zahlen.«

»Aber ...«, setzte Twig an.

Grimlock packte Kaulquapp an den Schultern und hob ihn hoch.

»Also gut«, rief Twig hastig. »Fünfzehn.«

Captain Hagestolz Klauengreif grinste. Klirrend fielen die Münzen in seine teigige Hand. »Lass ihn runter, Grimlock«, sagte er.

Kaulquapp seufzte erleichtert, als er wieder das Deck unter den Füßen spürte. Der aufgedunsene Kapitän spuckte sich in die rechte Hand und gab sie Twig. Dann wandte er sich an Kaulquapp, ergriff seine Hand und ...

»Auaaaa!«, heulte Kaulquapp und zog die Hand zurück.

Der Kapitän sah auf Kaulquapps Hände. »Nein, das ist ja nicht zu glauben! Wie zwei rohe Hammelhornsteaks! Wir müssen dich sofort verarzten.« Seine schwarzen Augen glitzerten. »Ein so schönes Exemplar wie dich.«

Kaulquapp zuckte zusammen. »Exemplar?«

»Sagte ich *Exemplar?* Tut mir leid, ich wollte natürlich sagen, einen so stattlichen Burschen.« Der Kapitän betrachtete Kaulquapp prüfend, und Kaulquapp wich unwillkürlich zurück. »Glänzende Augen, gesunde Zähne, kräftige Schultern ...« Er lächelte breit. »Und zum Sklavenmarkt unterwegs.«

Twig nickte. »Wir haben dort wichtige Geschäfte zu erledigen.«

Hagestolz Klauengreif lächelte noch breiter. Die Sonne glänzte auf seinen silbernen Zähnen. »Das habt ihr in der Tat«, sagte er leise, »aber alles der Reihe nach.« Er wandte sich an den alten Schniffkobold. »Jervis«, sagte er barsch. Das Lächeln war aus seinem Gesicht gewichen. »Bring unsere Gäste in ihr Quartier. Und du, Schnotz«, er sah den Pöbelgnom an, »du sagst Stiller, dass er für zwei Leute mehr kochen muss. Und gib dem Jungen eine Salbe für seine Hände.«

Jervis und Schnotz entfernten sich hastig.

»Und du«, fuhr er den Brocktroll an, »du gehst runter und sorgst für Ruhe unter den ... im Frachtraum.« Er wies mit einem Nicken zum Großmast, der bedenklich hin und her schwankte. »Die sind mir zu lebhaft.«

»Grimlock geht«, brummte der Brocktroll und stapfte schwerfällig davon.

Klauengreif hob theatralisch die Augen zum Himmel und fuhr sich mit einer schlaffen Hand über die gepuderte Stirn. »Schlechteste Mannschaft, die ich je hatte«, klagte er. »Trotzdem«, fuhr er liebenswürdig fort, »wir werden alles daransetzen, dass ihr eine angenehme Reise habt.«

Das Schiff schlingerte immer heftiger. Zuletzt musste sich

jeder an Deck, der nicht über Bord geschleudert werden wollte, an etwas festhalten, auch der Kapitän. Klauengreif grinste einfältig.

»Lebende Fracht!«, schniefte er. »Das Problem ist nur, wenn die durchdrehen, kippt das ganze Schiff um.«

»Lebende Fracht?«, fragte Twig. Das Himmelsschiff neigte sich abrupt nach Backbord und dann auf die andere Seite.

»Hammelhörner«, erwiderte Klauengreif. Sein Blick wanderte unruhig über das schwankende Schiff. »Wir versorgen den Sklavenmarkt mit Fleisch.«

Twig nickte, war aber in Gedanken bereits anderswo. In diesem Moment stieg ein jämmerliches Geheul aus dem Bauch des Schiffes auf. Schauer des Unbehagens liefen Kaulquapp über den Rücken. Dann richtete sich das Himmelsschiff wieder auf und das Geheul verstummte schlagartig. Der Wind füllte das Großsegel, und der *Himmelsstürmer* machte eine Satz vorwärts.

»So ist es besser«, sagte Hagestolz Klauengreif. Ein Lächeln glitt über sein aufgeschwemmtes Gesicht und er rieb sich die feisten Hände. »An die Arbeit, Jervis.« Er sah Twig und Kaulquapp an. »Und wenn ihr etwas braucht, fragt einfach. Abendessen gibt es in einer Stunde.«

Ihr Quartier war einigermaßen bequem. Die Tage verstrichen in endloser Monotonie, und die beiden Gefährten verließen die enge Kabine nur selten. Kaulquapp hatte allerdings die ganze Zeit über ein mulmiges Gefühl. Eines Tages lag er in seiner Hängematte und versuchte sich auf die Rindenrolle vor ihm zu konzentrieren, doch vergeblich. Er sah auf. »Ich traue ihm einfach nicht«, sagte er.

»Wem?«, fragte Twig.
»Hagestolz Klauengreif. Ich traue ihm nicht. Und genauso wenig traue ich diesem Koloss von Leibwächter.«
Twig, der durch das Bullauge hinausgesehen hatte, drehte sich um.
»Außerdem«, fuhr Kaulquapp fort, »verstehe ich immer noch nicht, warum er mit einer Ladung Hammelhörnern zum Sklavenmarkt fährt. Daran verdient er doch nichts.« Er runzelte die Stirn. »Ich glaube, ich weiß, worum es sich bei dieser lebenden Fracht in Wirklichkeit handelt.«
»Um was?«

»Sklaven.«
»Ausgeschlossen. Du weißt doch, dass Himmelsschiffe aus Unterstadt keine Sklaven befördern.«
»Aber ...«
»Unterstadt ist eine freie Stadt, Kaulquapp«, beharrte Twig. »Und auf den Versuch, einen ihrer Einwohner zu versklaven, und sei es der geringste, steht der Tod. Auf einem solchen Schiff würde keiner freiwillig Dienst tun.«
Kaulquapp zuckte die Schultern. »Ich glaube trotzdem nicht, dass er Hammelhörner geladen hat. Na ja, wir werden es ja sehen, wenn wir ankommen. Obwohl der Himmel weiß, wann das sein wird! Neun Tage sind wir jetzt schon unterwegs. Fast zehn ...«
»Der Dunkelwald ist groß.« Twig spähte wieder durch das Bullauge zu dem grünen Blätterteppich hinunter, der sich unter ihnen erstreckte. »Endlos! Und der große Sklavenmarkt findet immer wieder woanders statt.«
»Wie sollen wir ihn dann überhaupt finden?«
Twig lächelte. »Der große Sklavenmarkt bleibt monatelang, manchmal sogar jahrelang am selben Ort, und dann plötzlich wird über Nacht alles zusammengepackt und auf Hungerlunger verladen, und der ganze Markt zieht lärmend an einen anderen Ort.«
»Aber wie ...?«
»Man kann alles finden, Kaulquapp. Man muss nur die Spuren richtig lesen.«
Kaulquapp schob die Rollen beiseite und stützte sich auf die Ellbogen auf. »Spuren?«
»Wie, in deinen Rollen steht nichts über den großen Harpyien-Sklavenmarkt?« Twigs Augen funkelten belustigt.

Kaulquapp wurde rot. »Bisher habe ich nichts gefunden. Obwohl mein Vater mir einmal von den schrecklichen Vogelwesen erzählt hat, die den Markt organisieren und ihm seinen Namen geben. Den Harpyien. Flugunfähige, tückische Biester mit stechenden Augen ...«

»Die Besitzerin der Taverne zur Bluteiche in Unterstadt ist eine solche Vogelfrau«, sagte Twig. »Mutter Pferdefeder heißt sie.« Seine Augen nahmen einen abwesenden Ausdruck an, doch dann fuhr er fort: »Du musst dir den großen Sklavenmarkt wie einen gewaltigen lebenden Organismus vorstellen, der auf der Suche nach immer neuen ›Jagdgründen‹ durch den Dunkelwald zieht. Nach einiger Zeit hat der Markt die Umgebung kahl gefressen und das Gebiet ist tot. Dann muss er weiterziehen, sonst würde er selbst zugrunde gehen. Die ausgebrannten Dörfer, die er hinterlässt, verraten dem, der sie zu lesen versteht, wohin der Markt gezogen ist. Ein erfahrener Händler oder ein Himmelspiratenkapitän mit seinem scharfen Blick sieht diese toten Stellen und folgt ihnen wie Fußspuren, bis er den Sklavenmarkt findet.«

Kaulquapp schüttelte den Kopf. »Dann danke ich dem Himmel, dass wir auf einem Himmelsschiff sind.« Er setzte sich auf und lüpfte vorsichtig den Verband an seinen Händen.

Am ersten Abend an Bord hatte Jervis ihm unendlich lange behutsam Hylebeerensalbe in die Wunden gerieben und sie dann mit weichen Mullbinden verbunden. Seither war er jeden Abend wiedergekommen, um den Verband zu wechseln. Gesprochen hatte er dabei fast nichts. Kaulquapp betrachtete seine Hände.

»Wie geht es ihnen?«, fragte Twig.

»Sie jucken.«

»Das heißt, sie heilen. Ich vertrete mir an Deck ein wenig die Beine. Kommst du mit?«

Kaulquapp schüttelte den Kopf. »Wenn es dir nichts ausmacht, lese ich lieber.« Er nahm die Rindenrollen wieder auf.

»Wie du willst, Kaulquapp.« Twig lächelte. »Sollten dir die alten Geschichten langweilig werden, weißt du ja, wo du mich findest.«

Sobald Kaulquapp hörte, wie die Tür mit einem Klicken ins Schloss fiel, legte er die Rindenrollen wieder zur Seite, sank in die Hängematte zurück, verschränkte die Arme mit den verbundenen Händen auf der Brust und schloss die Augen. Er wollte gar nicht lesen, er wollte nur die schreckliche Übelkeit vergessen, die ihn seit seinem Sprung an Bord des *Himmelsstürmers* nicht mehr verließ. Fast zehn Tage und Nächte waren sie jetzt schon unterwegs und er war immer noch nicht himmelsfest.

Von draußen drangen die Fluggeräusche herein: das Knarren des Bugs, das Knattern der Segel, das leise, hypnotische Singen des Windes in den Tauen der Takelage. Kaulquapp wurde schläfrig und nickte ein.

Er träumte, sie wären im Dunkelwald gelandet und er und Twig wären allein unterwegs. Der Wald war grün und düster, anders als jeder Wald, den er kannte. Die Luft war erfüllt vom Geschrei und Gezwitscher unsichtbarer, ihm unbekannter Tiere. Auf dem Boden vor ihm verlief eine schwärzlich eingebrannte Fußspur.

»Willkommen«, sagte eine Stimme.

Kaulquapp hob den Kopf. Vor ihm stand im Schatten von zwölf dichten Schmirgelkiefern eine hoch gewachsene Gestalt mit einer Krone auf dem Kopf. In ihr Gewand waren ein Dreizack und eine Schlange eingestickt. Ihr geflochtener Bart reichte bis fast zum Boden, ihre Augen blickten freundlich, aber auch unaussprechlich traurig. Ihr ganzer Körper schien zu leuchten. Kaulquapp hielt die Luft an und fiel auf die Knie.

»Kobold der Weise«, flüsterte er. »Majestät, Ihr k... könnt Euch nicht vorstellen, w... was für ein Vergnügen ... w... was für eine Ehre ...« Seine Stimme zitterte so sehr, dass sie versagte.

»Du frierst«, sagte Kobold der Weise und trat vor. *»Nimm meinen Mantel.«* Er legte Kaulquapp seinen Mantel um die Schultern.

»Aber ...«, protestierte Kaulquapp.

»Nimm ihn«, sagte Kobold. *»Er gehört jetzt dir.«* Er drehte sich um und verschwand im Schatten der Bäume.

»Aber, Majestät!«, rief Kaulquapp ihm nach. »Ich kann doch nicht ... darf doch nicht ... bin doch nicht würdig ...«

Seine Worte gingen im Lärm eines Spechts unter, der mit dem Schnabel gegen den Stamm einer Schmirgelkiefer zu hämmern begann.
»Majestät!«, rief Kaulquapp noch einmal.
Der Specht klopfte.
Kaulquapp schlug die Augen auf. In der Kabine war es dunkel. Er blickte sich um, ohne etwas zu sehen.
Das Klopfen ging weiter.
»Ja?«, rief Kaulquapp.
Die Kabinentür öffnete sich. In dem Licht, das aus dem Flur hereinfiel, stand eine Silhouette: der altersschwache Jervis. »Ich komme um den Verband zu wechseln«, sagte er.
»Ach so«, sagte Kaulquapp. »Ich habe gar nicht gemerkt, dass es schon so spät ist.«
Jervis schloss die Tür hinter sich und ging durch die Kabine. Er stellte ein kleines Kästchen auf den Fenstersims, schloss das Bullauge und zündete die Lampe an. Kaulquapp setzte sich auf und schwang die Beine über den Rand der Hängematte. Jervis trat vor ihn und begann den ersten Verband abzuwickeln. Der pfefferige Geruch der Hyleberensalbe stieg Kaulquapp in die Nase.
»Ich glaube, sie sind fast verheilt«, sagte er.
Mit dem letzten Stück Verband ging auch der Schorf ab. Die Haut darunter war glatt und weich. Jervis untersuchte die Hand im Licht der Lampe aufmerksam und erklärte dann, sie sei so gut wie neu. Anschließend wandte er sich dem zweiten Verband zu.
»Sind wir eigentlich bald da?«, fragte Kaulquapp.
»Ein Weilchen wird es wohl noch dauern«, erwiderte Jer-

vis, der ausnahmsweise etwas gesprächiger war. »Aber wir folgen einer Spur. Der Ausguck hat bei Sonnenuntergang einen früheren Standplatz gesichtet. Die Spuren deuten darauf hin, dass der Markt nach Nordnordwest weitergezogen ist. In diese Richtung fahren wir jetzt.«

Die linke Hand war genauso gut verheilt wie die rechte. Befriedigt strich Jervis mit einem schwieligen Finger über die weiche, blasse Haut. Das Himmelsschiff legte sich nach Backbord über. Der Mond strömte silbern durch das Bullauge und wanderte über Kaulquapps ausgestreckte Hände.

»Bringt angeblich Glück«, sagte Jervis. »Wenn der Mond über die Handflächen streicht. Dort, wo ich herkomme, bedeutet das ein langes Leben in Wohl...« Er brach ab, als habe er gerade etwas Dummes sagen wollen, und Kaulquapp vermeinte Angst in den Augen des alten Schniffkobolds zu sehen. Ohne ein weiteres Wort stand Jervis auf und ging.

Kaulquapp starrte beunruhigt auf die Tür, die hinter dem Kobold ins Schloss fiel. Was fürchtete Jervis so sehr? Was hatte er vor lauter Angst nicht sagen wollen?

Der weiche Schein der Öllampe tauchte die Kabine in ein dämmriges Orange. Kaulquapp kletterte aus der Hängematte, ging zum Bullauge und öffnete es wieder. Warme, nach Kiefernharz und Gewürznebel duftende Luft strömte herein. Kaulquapp atmete sie in tiefen Zügen ein und steckte den Kopf durch das Fenster.

Unter ihm erstreckte sich immer noch endlos das Blätterdach. Es glitzerte im Mondlicht wie das Meer. Kaulquapp wusste weder, wie weit sie gefahren waren, noch, wie weit sie noch fahren mussten. Er wusste nur, dass er, wenn Jervis mit seiner Ankündigung Recht behielt, bald durch das erstickende Dunkel unter den Blättern gehen würde. Nie hätte er gedacht, dass es je soweit kommen würde. Ein ängstlicher und zugleich erwartungsvoller Schauer durchlief ihn. Sein Traum stand ihm noch lebhaft vor Augen.

»Hoffentlich komme ich bald von diesem schrecklich schwankenden Schiff runter«, murmelte er. »Wie sehne ich mich nach festem Boden unter den Füßen. Das ist ...« Er verstummte und spähte hinunter.

Inmitten der üppig grünen Baumkronen leuchtete etwas bleich im Mondlicht, eine Art Geschwür, ein zerklüftetes Stück Land, in dem alles tot war. Kaulquapp begann zu zittern. Noch nie hatte er eine solche trostlose Ödnis gesehen. Der *Himmelsstürmer* hielt direkt auf sie zu. Oben an Deck befahl Hagestolz Klauengreif brüllend, tiefer zu fliegen. Segel wurden niedergeholt und Rumpfgewichte getrimmt. Das Schiff verlangsamte seine Fahrt, bis es nur noch wie eine Waldschnecke über den Himmel kroch.

Wieder steckte Kaulquapp den Kopf durch das Bullauge und spähte hinunter. Soeben überquerten sie die Grenze zwischen dem lebendigen Wald und der toten Wüste. »Beim Himmel!«, rief er entsetzt.

Die Bäume unter ihm waren alle ohne Ausnahme tot. Einige waren verbrannt, andere ausgehöhlt, wieder andere sahen aus, als seien sie von selbst abgestorben. Nur noch wenige verwelkte Blätter hingen an den kahlen Äste. Das Gebiet war so verwüstet, dass nur noch die nackte Erde übrig war. Dort lebte und wuchs nichts mehr.

Der *Himmelsstürmer* flog so tief über die bleiche, von Narben übersäte Ödnis, dass sie unvorstellbar groß schien. Überall herrschte dieselbe schreckliche Zerstörung, so weit das Auge reichte.

»Das alles hat der große Harpyien-Sklavenmarkt angerichtet«, flüsterte Kaulquapp.

Das Himmelsschiff fuhr über die Überreste einer Siedlung, und der Kapitän gab den Befehl, noch tiefer zu fliegen. In solchen zerstörten Dörfern konnte man am Fall der Steine und an den Brandschäden des Holzes ablesen, in welche Richtung der Markt gezogen war.

Kaulquapp zitterte vor Grauen. Sämtliche Bäume waren umgehauen worden, alle Brunnen zerstört und alle Häuser dem Erdboden gleichgemacht. Die Einwohner des Dorfes, Schniffkobolde, Pöbelgnome, Waldtrolle oder was auch immer, waren verschwunden, von den Vogelwesen gefangen und als Sklaven verkauft. Nur noch Trümmerhaufen, verkohltes Holz und ein von dem ehemaligen Dorfplatz ausgehendes Netz von Wegen erinnerten daran, dass hier einst ein blühendes Dorf gestanden hatte.

In der Mitte des Dorfplatzes ragte wie ein schwarzes Rieseninsekt ein aus verkohlten Balken gefertiger Galgen aus der verbrannten Erde. An dem geschwärzten Querbalken war ein ausgebleichtes Skelett festgebunden. Ein Knochenfinger wies auf den tief am Horizont stehenden Mond.

Sofort wurden an Deck Rufe laut. »Ostnordost!«

»Ostnordost!«, hörte Kaulquapp den Kapitän wiederholen. Der *Himmelsstürmer* schwang nach Backbord herum, beschleunigte und stieg wieder zum Himmel hinauf.

Der tote Wald zog unter Kaulquapp vorbei und verschwand hinter ihnen. Kaulquapp zitterte jetzt ganz erbärmlich. Seit er mit eigenen Augen gesehen hatte, was für eine Verwüstung der Sklavenmarkt anrichtete, war der Markt der letzte Ort im ganzen Klippenland, den er besuchen wollte.

»Lieber würde ich noch an Bord des *Himmelsstürmers* bleiben«, murmelte er. In diesem Augenblick geriet das Himmelsschiff in eine heftige Bö. Es sackte ab und begann heftig zu schlingern. Kaulquapp stöhnte, sein Magen gurgelte Unheil verkündend. »Allerdings ...«, murmelte er schwach.

Zwei dumpfe Schläge dröhnten gegen die Tür. Es klang, als

wollte sie jemand einschlagen. Kaulquapp erschrak. Ihm fiel die Angst in Jervis' Augen ein, und er zog sein Messer. »W... wer i... ist da?«, stotterte er.
Die Tür flog auf. Davor stand der hünenhafte Brocktroll.
»Ach so, Sie sind's«, sagte Kaulquapp.
»Grimlock zur Stelle«, erwiderte der Brocktroll. Er bückte sich und trat schlurfend ein. Er trug ein Tablett mit einem irdenen Krug und zwei Bechern. Das Tablett wirkte in seinen Pranken winzig. Grimlock sah sich um. »Wo ist Freund?«
»Er vertritt sich nur etwas die Beine.« Kaulquapp hielt das Messer hinter seinen Rücken, steckte es aber nicht in die Scheide zurück. »Er kommt sicher gleich wieder.«

Grimlock nickte. »Gut«, sagte er. »Captain sagt, das für euch beide.« Er hielt Kaulquapp das Tablett hin. »Bester Waldgrog, den man bekommen kann. Damit ihr gut schlaft, sagt Captain.«

»D... danke.« Kaulquapp beäugte die trübe Brühe misstrauisch. Bisher war es Hagestolz Klauengreif egal gewesen, wie gut sie geschlafen hatten. »Stellen Sie es bitte auf das Regal da drüben, dann gebe ich Twig gleich Bescheid, wenn er kommt. Wie gesagt, er müsste eigentlich ...«

In diesem Augenblick trat Twig durch die Tür. »Kaulquapp«, rief er atemlos, »ich muss dir was sagen ...«

»Twig!«, fiel Kaulquapp ihm ins Wort. »Gerade reden wir von dir. Grimlock hier hat uns einen Krug mit dem besten Waldgrog des Captains gebracht.« Twig nickte dem Brocktroll lächelnd zu. »Damit wir gut schlafen«, fügte Kaulquapp bedeutungsvoll hinzu.

»Das werden wir zweifellos«, sagte Twig munter.

»Grimlock eingießen?«, fragte der Koloss hoffnungsvoll.

Twig schüttelte den Kopf. »Nein, ich spare mir den Grog noch bis kurz vor dem Einschlafen auf. Aber danke für das Angebot, Grimlock.« Er ging zu dem Regal und roch an dem Krug. »Mmmm, ich freue mich schon drauf.« Er sah an dem Brocktroll hinauf. »Der Captain ist zu freundlich.«

Grimlock schüttelte düster den Kopf. »Nein, nein, Captain nicht freundlich. Er nicht. Captain lässt Grimlock hungern. Grimlock darf nicht Fracht im Laderaum fressen, auch nicht ein bisschen.«

Twig betrachtete den Muskelberg vor ihm. »Verhungert siehst du nicht aus«, stellte er schließlich fest. »Ein paar neue Kleider könntest du allerdings gebrauchen.«

»Grimlock immer kalt«, klagte der Brocktroll. »Captain verkauft Kleider aus Laderaum.«
Kaulquapp riss den Mund auf. Er sah Twig an, und Twig nickte und runzelte die Stirn. Kaulquapp sollte nichts sagen.
»Grimlock nie Kleider bekommt«, fuhr der Brocktroll fort. »Dabei Grimlock mag schöne Kleider. Schöne Kleider, damit Grimlock warm. Grimlock mag deine Kleider.«

Er streckte seine mächtige Pranke aus und strich über Twigs Hammelhornweste. Die Haare stellten sich auf. »Autsch!«, heulte Grimlock und steckte den Finger, in den die Haare der Weste gestochen hatten, in den Mund. »Weste nicht schön!«
»Nein«, sagte Twig und strich das gesträubte Fell wieder glatt. »Die Weste würde dir überhaupt nicht stehen. Ich dachte an etwas ganz anderes: an einen bestickten Mantel und einen Hut mit einer Feder.«
»Ja, ja!«, rief der Brocktroll aufgeregt.
»Grimlock!«, brüllte die Stimme der Kapitäns über ihnen. »Die Ladung wird wieder unruhig. Kümmer dich drum!«
»Grimlock Hunger«, sagte der Brocktroll. »Grimlock kalt. Grimlock gern hat Hut mit Feder. Schön.«
»Geh jetzt lieber«, sagte Twig. »Richte dem Captain unseren Dank für den Waldgrog aus.«
Der Brocktroll stapfte aus der Kabine, die Tür fiel ins

Schloss. Kaulquapp sah Twig an. »Kleider!«, rief er. »Er sprach von den Kleidern im Laderaum. Wie viele Kleider tragende Hammelhörner kennst du?«
Twig antwortete nicht. Stattdessen nahm er den schweren irdenen Krug und leerte ihn in die beiden Becher. Anschließend leerte er die Becher zum Bullauge hinaus. »Voller Schlummerweidenpulver«, murmelte er. »Kaulquapp, wir schweben in großer Gefahr.« Er stellte den leeren Krug auf das Regal zurück. »Ich habe ein Gespräch zwischen dem Pöbelgnom Schnotz und Stiller belauscht. In dem toten Waldstück, über das wir vorhin geflogen sind, stand ein schwarzer Galgen, an dessen Querbalken ein Skelett gebunden war. Das kann nur eins bedeuten: unser nächster Halt ist der große Harpyien-Sklavenmarkt.«
»A... aber das ist doch gut, oder?«, sagte Kaulquapp unsicher.
Twig seufzte. »Eigentlich ja. Ach, Kaulquapp, es tut mir so leid, dass ich dich da mit reingezogen habe.«
»Was meinst du?«, fragte Kaulquapp ängstlich. »Was hast du noch gehört?«
»Ich war dumm, dumm und blind. Ich dachte nur an meine vermisste Mannschaft und jetzt ...« Er packte seinen Gefährten an der Schulter. »Du hattest die ganze Zeit Recht, Kaulquapp. Wir transportieren keine Hammelhörner, sondern Sklaven.«
Kaulquapp sog scharf die Luft ein. »Ich wusste es.«
Twig seufzte wieder. »So ein Pech, ausgerechnet an den schlimmsten aller Himmelspiraten zu geraten, der je die Lüfte befuhr. Er hat im Frachtraum des Schiffes fünf Dutzend oder mehr der Unglücksraben angekettet. Pöbelgno-

men, Flachköpfe, Trotter ... Sie sollen zum Markt gebracht und meistbietend verkauft werden.«

»Und wir?«, fragte Kaulquapp. »Warum hat der Captain uns nicht zu ihnen in den Frachtraum geworfen und anketten lassen?«

Twig sah weg. »Wir sind dafür zu wertvoll«, sagte er ruhig. »Der Captain will nicht, dass uns etwas passiert. Seine Entscheidung muss in dem Moment gefallen sein, in dem er uns sah. Er ist ein durchtriebener Fuchs, das muss man ihm lassen.« Er sah Kaulquapp wieder an. »Wir sollen an die Harpyienkönigin höchstpersönlich verkauft werden.«

»Die Harpyienkönigin?«

»Die Anführerin der Vogelwesen, die den Markt beherrschen, eine gewisse Mutter Maulklau. Sie scheint für Exemplare wie uns einen hohen Preis zu bieten, sogar einen sehr hohen. Ein Akademiker aus Sanktaphrax wird schließlich nicht jeden Tag auf dem Sklavenmarkt angeboten!«

»Deshalb ist ihm unser Wohl also so wichtig.« Düster starrte Kaulquapp auf die neue Haut seiner Handteller. »Deshalb war ihm auch so wichtig, dass meine Hände heilen.«

Twig nickte. »Und deshalb war das Essen so gut.« Er erschauerte. »Der Captain mästet uns!«

KAPITEL 13

Meuterei

Twig spähte durch das Bullauge. Schlingernd kreuzte der *Himmelsstürmer* nach Ostnordost, in die Richtung, in die der schreckliche Knochenfinger gewiesen hatte. Eine frische Brise war aufgekommen. Der Mond stand tief am Himmel und schimmerte auf dem Blätterdach, das durch den Wind hin und her wogte. Vom Sklavenmarkt war nichts zu sehen.

Um sich hörte er die Geräusche des fliegenden Himmelsschiffes, das Wispern der Segel, das rhythmische Klopfen der Seile gegen das Holz, die knarrenden Planken, die pfeifende Takelage, das Quieken und Scharren der Rattenvögel tief unten im Bauch des Schiffes und noch etwas ... ein dumpfes, klagendes Geräusch ...

»Hör mal«, sagte er nach drinnen.

Kaulquapp sah von seiner Hängematte auf. »Was?«

»Dieses Geräusch.«

»Was für ein Geräusch?«

Twig bedeutete Kaulquapp, ganz still zu sein. Er kauerte sich auf den Boden und drückte das Ohr an die vom vielen

Scheuern dunkel glänzenden Dielen. Auf seiner Stirn erschienen besorgte Falten. »*Dieses* Geräusch«, sagte er.
Kaulquapp rollte von der Hängematte herunter, kniete neben Twig auf den Boden und hielt ebenfalls das Ohr an die Dielen. Jetzt hörte er es auch, ein Stöhnen und Heulen, ein hoffnungsloses Klagen.
»Die Fracht?«, flüsterte er.
»Die Fracht«, bestätigte Twig. »Die Pöbelgnomen, die Flachkopfkobolde, die Trotter ... die Klage der Elenden und Verzweifelten, der Sklaven. Dem Himmel sei Dank, dass wir gewarnt sind und wissen, was der Captain im Schilde führt ...«
Jemand klopfte mit bloßen Knöcheln laut an die Tür, und Twig verstummte.
»Schnell«, sagte er leise. »In deine Hängematte! Tu so, als ob du schläfst.«
Einen Augenblick später hatten Twig und Kaulquapp sich in ihren Hängematten zusammengerollt und die Augen geschlossen. Sie schnarchten leise. Wieder klopfte es.
»Wir schlafen doch, ihr Idioten«, schimpfte Kaulquapp leise. »Kommt einfach rein.«
»Pst!«, zischte Twig.
Die Türklinke wurde langsam nach unten gedrückt. Sie quietschte leise. Knarrend öffnete sich die Tür. Twig drehte sich grunzend um und spähte heimlich durch ein halb geöffnetes Auge zur Tür.
Zwei Köpfe erschienen in dem hellen Viereck. Der eine gehörte Schnotz, der andere einer Person, die Twig noch nicht gesehen hatte, einem bulligen Trotter. Die beiden erstarrten und warteten ängstlich ab, ob Twig aufwachte. Er

murmelte einige zusammenhangslose Worte, dann begann er wieder zu schnarchen.
Ein Trotter, dachte er unglücklich.

»Ich glaube, sie haben es getrunken«, sagte Schnotz und betrat die Kabine. Er roch an den Bechern und sah in den Krug. »Jawohl, ganz leer.« Er drehte sich zu den Hängematten um. »Die schlafen wie Säuglinge.« Er kicherte. »Also gut, Kropp, du fesselst den Kleinen, ich nehme mir den hier vor.«
Sie nahmen die Tauenden, die ihnen um die Schultern hingen, und traten vor die Hängematten. Kaulquapp roch den faulen Gestank des Trotters und begann zu zittern. Er zuckte zusammen, als der riesenhafte Kerl ihm das Ende des Seils über die Füße legte. Offenbar sollte er in der Hängematte gefesselt werden. Starr vor Angst spürte er, wie das Seil sich um seine Knöchel zusammenzog und in die Haut biss.
»Nicht zu stark«, mahnte der Pöbelgnom. »*Keine Scheuermale,* hat der Captain gesagt. Und du weißt, was passiert, wenn du nicht tust, was er sagt.«
Der Trotter kratzte sich am Kopf. »Ich will nur nicht, dass er sich losmacht, wenn er aufwacht.«
»Keine Sorge«, beruhigte der Pöbelgnom ihn, während er Twig sein Seil um den Hals schlang. »Der wacht erst auf, wenn ... Auuuu!« Ein spitzer Ellbogen hatte ihn direkt auf

die Nase getroffen. Ein hässliches Knirschen ertönte und Blut schoss hervor. Der Pöbelgnom schlug die Hände vors Gesicht und taumelte zurück.
Twig setzte sich auf, schwang die Beine über die Hängematte und sprang mit gezücktem Säbel auf den Trotter zu. »Wirf zuerst dein Messer auf den Boden«, schrie er ihn an, »und dann dein Entermesser.«

Der Trotter wich verdattert einen Schritt zurück. Der Pöbelgnom kniete immer noch auf dem Boden und hielt sich die Nase. Kaulquapp machte das Seil um seine Knöchel los, kletterte aus der Hängematte und trat neben Twig.
»Dein Messer, Kaulquapp«, sagte Twig mit einem Nicken auf das Messer des Hammerkopfs. Mit zitternden Händen zog Kaulquapp sein Messer aus dem Gürtel. »Und du«, befahl Twig dem Trotter, »du ziehst jetzt dein Messer, aber nur mit Daumen und Zeigefinger.«
»Zu Befehl«, erwiderte der Trotter.

Twig starrte ihn unverwandt an. Die Klinge des Messers hob sich aus der Scheide. »Jetzt lass es fallen!«, befahl er.
Der Trotter sah zu seiner Hand hinunter.
»Du sollst es fallen lassen!«, schrie Twig.
»Mach ich doch«, sagte der Trotter. Die Knöchel seiner Hand wurden weiß. »Ich wollte nur ...« Sein Handgelenk zuckte und das Messer wirbelte durch die Luft.
Twig wollte ausweichen, doch zu spät. Die rasiermesserscharfe Spitze des Messers bohrte sich ihm in die Seite. Er schrie auf. Scheppernd fiel sein Säbel zu Boden.
Er taumelte. Der Trotter zog ein hässlich aussehendes Entermesser und kam auf ihn zu.
»Twig!«, schrie Kaulquapp und sprang dem Trotter auf den Rücken.
Das Entermesser fuhr wenige Zoll über Twigs Kopf knirschend in die Bretterwand.
»Runter von meinem Rücken!«, brüllte der Trotter. Er riss sich den Jungen von den Schultern und stieß ihn zur Seite. Kaulquapp flog durch die Kabine, krachte in den immer noch knienden Schnotz und schlug ihn bewusstlos.
Der Trotter grinste höhnisch. »Was der Captain sagt, ist mir egal«, knurrte er. »Du bekommst jetzt dein Fett ab!«
Er schwang das fürchterliche Messer hoch über seinen Kopf und ...
Mit einem gewaltigen Schlag hieb Kaulquapp ihm den irdenen Krug auf den Schädel.

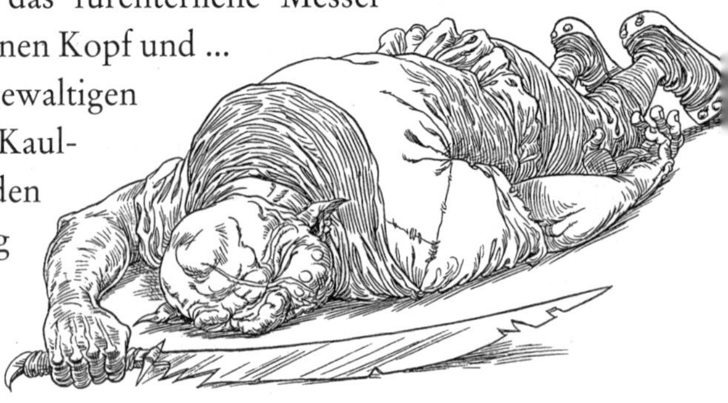

Der Trotter kippte nach vorn, schlug dumpf auf dem Boden auf und rührte sich nicht mehr.
»Auch eine Art Schlaftrunk, finde ich.« Kaulquapp lächelte zittrig.
»Ich danke dir, Junge«, sagte Twig und rappelte sich auf. Die Hammelhornweste hatte verhindert, dass das Messer tiefer eindrang, trotzdem spürte er pochende Schmerzen. Er humpelte zu seinem Säbel und hob ihn auf.
»Komm mit, Kaulquapp. Wir haben eine Verabredung mit Captain Klauengreif.«

Vorsichtig, ohne ein Geräusch zu machen, schlichen sie durch das Himmelsschiff. Sie kamen an Kammern und Schränken vorbei, in denen verschiedene Ersatzteile gelagert wurden, an der Kombüse und an den Schlafkojen. Bei jeder Tür und jedem neuen Gang blieben sie stehen, spähten um die Ecke und lauschten. Doch von leisem Schnarchen aus dem Mannschaftsquartier abgesehen – dort schliefen Jervis und Stiller – war nichts zu hören.
Sie wollten zum Ruder hinaufsteigen, als Kaulquapp eine in einer Nische versteckte, enge, schwarz-gold gestrichene Treppe entdeckte. Er sah Twig fragend an.
Twig nickte und stieg die Treppe hinauf. »Na so was!«, rief er, als er wenig später den Raum am oberen Ende der Treppe betrat. »Volltreffer.«
Kaulquapp kam hinter ihm herein und sah sich um. Sie standen in einer prunkvollen Kabine mit goldenen Zierleisten, einem prächtigen Teppich, Holzmöbeln mit Intarsien, gewaltigen Spiegeln, kristallenen Kronleuchtern und einem riesigen Himmelbett.

»Das ist sicher die Kajüte von Klauengreif«, sagte Kaulquapp. »Wirklich ... grandios!«

»Er scheint gut am Elend anderer zu verdienen«, sagte Twig wütend.

Er öffnete die Spiegeltüren der vielen Kleiderschränke an den Wänden und durchwühlte die farbenprächtigen Kleider, mit denen sie zum Bersten gefüllt waren. Aus dem dritten Schrank zog er eine besonders extravagante Jacke, lang und gesteppt, in tiefem Lila und mit blau-goldenem Brokat gesäumt. Kragen und Ärmelaufschläge waren mit Federn besetzt, in dem Brokat funkelten Halbedelsteine. Twig schlüpfte hinein.

»Wie sehe ich aus?«
»Na ja ...« Kaulquapp schüttelte den Kopf. »Was tun wir hier eigentlich?«
Twig lachte. »Du hast Recht, Kaulquapp. Lass uns wieder gehen.« Er trat zur Tür und stieg die Treppe hinunter. Kaulquapp folgte ihm.
Endlich gelangten sie nach oben. Twig sog die frische, kühle Luft ein. Auf seinem Gesicht erschien ein breites Grinsen.
»Tut das gut, Kaulquapp! Frische Luft, Kurs vor dem Wind und volle Kraft voraus über den endlosen Himmel.«
Kaulquapp legte Twig die Hand auf den Arm und zeigte die hölzerne Treppe zum Ruder hinauf. Oben standen als schwarze Silhouetten vor dem grauen Himmel der Kapitän und der Brocktroll Grimlock. Twig nickte und legte den Finger an die Lippen.
In den Schatten geduckt, den der von Backbord einfallende Mond warf, schlichen sie den Steg um den Flugstein entlang und die Treppe zur Brücke hinauf. Ganz langsam und leise. Plötzlich war das ganze Himmelsschiff in rotes Licht getaucht.
Grimlock heulte erschrocken auf.
Twig und Kaulquapp erstarrten.
»Feuer!«, brüllte der Brocktroll. »Grimlock Feuer sieht!«
»Still, du Narr!«, schimpfte der Kapitän. »Das ist doch kein Feuer, sondern ein Lichtsignal.«
»Lichtsignal?«, fragte Grimlock verständnislos.
Der Kapitän stöhnte. »Ach, Grimlock, da ist wirklich nicht besonders viel drin, was?« Er wedelte mit einem Spitzentaschentuch vor dem Kopf des Brocktrolls herum. »Das

Lichtsignal teilt den Wächterharpyien des Sklavenmarkts mit, dass wir Sklaven an Bord haben!« Er rieb die feisten, rosigen Hände aneinander. »Und was für Sklaven. Mutter Maulklau wird mit mir zufrieden sein.«

»Mutter Maulklau«, knurrte Grimlock. An sie erinnerte er sich gut. Geschlagen hatte sie den armen Grimlock, jawohl. Geschlagen, als er es einmal gewagt hatte, das Schiff zu verlassen.

»Ja, die Harpyienkönigin«, sagte Klauengreif. »Für sie sind unsere beiden feinen Herren bestimmt.« Er kicherte. »Ich bin gespannt, ob sie länger durchhalten als die letzte Lieferung.«

Twigs Blick blieb an den Kleidern hängen, mit denen der Kapitän sich herausgeputzt hatte – dem eleganten, bestickten Gehrock aus Seide, besetzt mit wertvollen Schlammgemmen und Sumpfperlen, den auf Hochglanz polierten, kniehohen Stiefeln, den Rüschen an Kragen und Ärmelmanschetten und dem Dreispitz mit der wippenden roten Klauengreiffeder. Klauengreif war ein eitler Geck. Twig war noch nie einem Himmelspiratenkapitän wie ihm begegnet. Bei dem Gedanken, dass dieses Ekel einen solchen Reichtum angehäuft hatte, drehte sich ihm der Magen

um. »Wann werden wir denn in etwa auf dem Sklavenmarkt eintreffen?«, fragte er und trat aus dem Schatten.
Klauengreif fuhr herum. Auf seinem Gesicht malte sich blankes Entsetzen. »Du!«, entfuhr es ihm. »Was machst du hier? Wo sind Schnotz und Kropp?«
»Die schlafen tief und fest.« Um Twigs Lippen spielte ein Lächeln.
»Das ist ungeheuerlich!«, schrie der Kapitän mit hervorquellenden Augen. Sein Gesicht lief krebsrot an. »Ihr solltet doch eigentlich ...«
»Schlafen?« Twig zog seinen Säbel. »Gefesselt und geknebelt? Fertig verpackt für den Sklavenmarkt?« Er begann den Kapitän zu umkreisen.
»Ich ... du ... es ist ...«, tobte Hagestolz Klauengreif. »Und du trägst *meine* Jacke!«, kreischte er. »GRIMLOCK! NIMM DIE BEIDEN FEST!«
Grimlock setzte sich in Bewegung.
Twig strich mit der Hand über den Stoff der Jacke und betastete mit den Fingern die Edelsteine. »Schau mal, Grimlock.«
Grimlock blieb stehen. »Schöne Kleider«, sagte er. Seine Augen strahlten.
»Grimlock!«, zeterte Klauengreif.
Doch Grimlock hörte ihn nicht. Er war von der Pracht der Jacke wie verzaubert. Speichel tropfte ihm aus dem Mund.
»Sie könnte dir gehören, Grimlock«, sagte Twig. »Nur dir.« Er zog langsam einen Arm aus dem Ärmel und streifte die Jacke von der Schulter. »Willst du sie haben, Grimlock? Soll ich dir die schöne Jacke schenken? Ja?«
Grimlock riss verwirrt die Augen auf. Er sah Klauengreif

an und dann wieder die Jacke. Er runzelte die Stirn. Twig schlüpfte aus dem zweiten Ärmel und ließ die Jacke an den Fingern der linken Hand baumeln.

»Grimlock!«, brüllte Klauengreif. »Tu, was ich dir befehle.«

Ein Lächeln erschien auf Grimlocks einfältigem Gesicht. Er machte einen Schritt. Twig hielt ihm die Jacke entgegen.

»Nimm«, sagte er.

Grimlock streckte die Hand aus, nahm hastig die Jacke und schlüpfte mit den Armen hinein. »Schöne Jacke!«, sagte er. Er grinste bis über beide Ohren. »Grimlock schön!«

Twig zeigte mit dem Säbel auf Klauengreif. »Es hätte so wenig bedurft, und Ihre Mannschaft wäre Ihnen treu ergeben gewesen. Sie haben doch genug.« Voller Abscheu wandte er sich ab. »Nimm ihm die Schlüssel ab und fessle ihn, Kaulquapp.«

»Nein«, bettelte der Kapitän, »bitte nicht, ich flehe Sie an. Ich wollte nichts Böses, wirklich ... Es war nur ein Missverständnis ... bitte!«

Twig verzog das Gesicht. »Und kneble ihn, Kaulquapp! Das Gejammer dieses Hampelmanns geht mir auf die Nerven.«

Kaulquapp fesselte und knebelte also den Kapitän des *Himmelsstürmers.* Twig übernahm das Steuer und blickte durch das Fernrohr. Weit voraus sah er mitten im endlosen Dunkelwald einen ölig-gelben Schein. Er stellte das Fernrohr scharf.

»Wir haben ihn gefunden, Kaulquapp«, rief er atemlos. »Wir haben den Sklavenmarkt gefunden.«

Mit flinken Fingern hob Twig das Großsegel etwas an,

trimmte das Leesegel und senkte die Rumpfgewichte auf der Backbordseite ab. Langsam schwang das große Himmelsschiff herum, bis der schwache, jedoch heller werdende gelbe Schein direkt vor ihnen lag. Twig hob die Backbordgewichte wieder an, senkte die Steuerbordgewichte und drehte das Ruder ein wenig nach Steuerbord. Jetzt lag der *Himmelsstürmer* auf dem richtigen Kurs.

Kaulquapp trat neben Twig. Der Sklavenmarkt kam näher, ein von hektischer Betriebsamkeit erfülltes Gelände, das sich über ein riesiges Waldgebiet erstreckte. Eine überwältigende Vielfalt von Geräuschen und Gerüchen drang auf sie ein. Der Markt mochte eine tote Wüste hinterlassen, doch er selbst war von lärmendem, stinkendem, brodelndem Leben erfüllt und lebendiger als alles, was sie bisher erlebt hatten.

Tausend Gerüche lagen in der Luft. Es roch nach Kiefernrauch und Polarwieselparfüm, Mottenkugeln, Waldgrog und Hammelhörnern, die an Spießen über lodernden Feuern brieten. Unterschwellig war allerdings noch ein anderer Geruch vorhanden, wahrnehmbar nur, wenn der Wind die angenehmeren Gerüche in eine andere Richtung wehte: der Geruch von Fäulnis und Verwesung, der Geruch des Todes.

Kaulquapp schauderte unwillkürlich.

Twig sah ihn an. »Ich verstehe vollkommen, wenn du Angst hast. Der große Harpyien-Sklavenmarkt ist bei allem oberflächlichen Glanz und Glitter ein schrecklicher Ort. Er verschlingt alle, die nicht Acht geben ...« Er legte beruhigend eine Hand auf Kaulquapps Schulter. »Aber uns nicht, Kaulquapp, uns wird er nicht verschlingen.«

»Noch tausend Schritte«, rief der Ausguck vom Krähennest herunter.
Twig trimmte noch einmal die Rumpfgewichte und zog die Hebel für die Segel etwas nach unten. Das Himmelsschiff ging tiefer.
»Noch fünfhundert Schritte!«, meldete der Ausguck. »Landesteg Backbord voraus.«
Kaulquapp spähte nach vorn. Vor ihnen ragte von der Spitze eines kahlen Baumes ein Landesteg in die Luft. Am äußeren Ende des Steges stand eins der Vogelwesen, ein stämmiges Geschöpf mit struppigem Gefieder. Schnabel

und Klauen leuchteten tiefrot im Licht des Signalfeuers, mit dem der Vogel sie zum Steg winkte. Kaulquapp schluckte.

»Eine Harpyie«, murmelte er leise.

Twig hob die Nebenrumpfgewichte an und senkte das Heckgewicht ab. Das Himmelsschiff verlangsamte seine Fahrt und sank noch stärker. Twig ließ die Segel herunter. Der Rest blieb dem Flugstein überlassen.

»Noch hundert Schritte!«

Wie in Antwort auf den Ruf des Ausgucks tauchte Jervis

auf Deck auf und mit ihm ein schlaksiges Geschöpf mit einem bizarr verdrehten Rückgrat – Schiffskoch Stiller, wie Kaulquapp vermutete. Das Himmelsschiff legte an.
Mit großen Augen und offenen Mündern sahen Stiller und Jervis sich um. Die bisherigen Passagiere steuerten das Schiff, Grimlock stolzierte am Bug in einem Gehrock auf und ab und der Kapitän lag zu einem Bündel verschnürt auf den Planken.
»Was beim Himmel ...?«, murmelte Jervis.
Im selben Augenblick rumste es hinter ihnen. Das Ende einer Planke hatte sich auf das Heck gesenkt. Twig und die anderen drehten sich um. Ein gutes Dutzend der Furcht erregenden Harpyien kam über das Brett auf sie zumarschiert.
»Was habt ihr geladen?«, fragte die Anführerin, als sie auf der Brücke stand. Sie war eine stämmige Vogelfrau, in deren stumpfes, gelbbraunes Gefieder bunte Perlen eingeflochten waren.
»Leider nicht viel«, erwiderte Twig. »Dumme Verwechslung in Unterstadt. Wir bringen Hammelhörner statt Sklaven.«
Die kalten, stechenden Augen der Vogelfrau verengten sich zu Schlitzen und sie legte den Kopf schräg. »Soll das heißen, es sind nur freie Bürger an Bord?«, gackerte sie empört.
»Ja, allerdings mit einer Ausnahme.« Twig stieß den am Boden liegenden Captain Klauengreif mit der Stiefelspitze in den Rücken und lächelte die Harpyie an. »Ein ganz besonderes Exemplar. Hat Kontakte zu Akademikern, soviel ich weiß.«

»Tatsächlich?« Die Harpyie plusterte ihre Halskrause auf und sah ihre Stellvertreterin an. »Könnte die Königin interessieren.«
»Genau das dachte ich auch«, sagte Twig.
»Was soll er kosten?«
Twig überlegte fieberhaft. »Hundertfünfzig«, sagte er aufs Geratewohl.
Wieder verengten sich die Augen der Harpyie. »Zwölfer oder Achter?«, wollte sie wissen.
»Z... Zwölfer«, sagte Twig. Die Harpyie schnalzte mit der Zunge und wandte sich ab. »Ich meine Achter. Hundertfünfzig Achter.« Twig lächelte. »Mutter Maulklau wird sich mit Begeisterung auf ihn stürzen.«
Die Harpyie zögerte einen Moment, dann drehte sie sich wieder um und starrte Twig mit einem gelben Auge an. »Das ist immer noch teuer, aber ... abgemacht.«
Die Harpyie packte das Bündel vor ihr, und die auf dem Hauptdeck versammelte Besatzung des *Himmelsstürmers*

frohlockte. Captain Hagestolz Klauengreif hatte sie alle wie Sklaven behandelt. Keiner vergoss eine Träne, als die Harpyien sich den wie einen Rindenwurm zappelnden, habgierigen Despoten auf die gefiederten Schultern luden und mit ihm verschwanden.

»Vdmpf pflf!« Der Knebel erstickte die Verwünschungen, die Klauengreif ausstieß.

»Danke gleichfalls!«, rief ihm Jervis hinterher. »Und schön, dass Sie endlich gehen.« Er sah Twig an. »Aber was soll aus uns werden?«

»Aus euch? Ihr seid frei. Ihr könnt tun, was ihr wollt, und gehen, wohin ihr wollt ... vielleicht zuerst nach Unterstadt zurück und dann, wer weiß?«

»Bringen Sie uns doch bitte zurück, Captain.« Jervis ergriff mit seinen schwieligen Händen die von Twig. »Wir brauchen einen Kapitän, der das Schiff führt.«

»Nein, ich ... Das geht nicht. Wir, das heißt Kaulquapp und ich, haben hier noch zu tun.«

Kaulquapp trat dicht neben ihn. »Die Fracht, Twig«, flüsterte er mit vorgehaltenen Händen. »Vergiss die Fracht nicht.«

»Keine Sorge, Kaulquapp, ich habe sie nicht vergessen.« Twig hob den Kopf und musterte die vor ihm angetretene, bunt zusammengewürfelte Mannschaft. »Als ich sagte, ihr wärt alle frei, meinte ich das ganz wörtlich. Alle Personen, die sich an Bord des *Himmelsstürmers* befinden, sind frei, alle ohne Ausnahme.«

»Sie meinen ...«, begann Jervis verblüfft, »auch ... die Sklaven?«

»Ja, alter Knabe. Auch die, die mit eurer Hilfe gefangen genommen und hierher an diesen schrecklichen Ort gebracht wurden. Sie sind genauso frei wie ihr. Und von ihnen haben einige bestimmt schon mal ein Himmelsschiff geflogen.« Twig sah seinen Gesellen an. »Komm, Kaulquapp. Wir gehen hinunter und lassen Klauengreifs Gefangene frei.«

Kaulquapp folgte Twig tief in den dunklen Bauch des Himmelsschiffes hinunter. Er glühte vor Stolz. Twig hätte ja auch einfach gehen und die Passagiere des *Himmelsstürmers* ihrem Schicksal überlassen können, doch nein, obwohl sie eigentlich nach Twigs vermisster Mannschaft suchten, fand der Captain Zeit, anderen zu helfen. Kaulquapp fiel der Traum ein, den er gehabt hatte, und er wurde ganz verlegen. Wenn es jemand verdiente, den Mantel Kobolds des Weisen zu tragen, dann nicht er, sondern der Captain.

Sie stiegen die letzten Stufen hinunter. Dumpf polterten ihre Stiefel auf den Brettern. Es war heiß und stickig, und durch die Spalten zerbrochener Planken drang Licht in das Dunkel. Die angeketteten Gefangenen begannen laut zu klagen. Kaulquapp erkannte das Heulen, das er schon früher gehört hatte. Ein Schauer durchlief ihn.

»Ist da jemand?«, riefen die Gefangenen. »Wasser! Wasser! Etwas zu essen bitte. Bist du das, Kropp? Hab Erbarmen mit uns, Kropp!«

Twig schüttelte den Kopf. Wer weiß, wann die armen Geschöpfe das letzte Mal etwas zu essen oder trinken bekommen hatten. Wut überkam ihn. Ein himmelschreiendes Unrecht! Er blieb vor der Tür stehen, nahm den Schlüsselbund, den Kaulquapp ihm hinhielt, wählte den größten Schlüssel aus und steckte ihn ins Schloss. Der Schlüssel drehte sich mit einem scharrenden Geräusch wie von einem zornigen Rattenvogel. Die Stimmen drinnen verstummten.

Twig stieß die Tür auf. Unsäglicher Gestank schlug ihnen entgegen. »Pfui!« Kaulquapp schlug die Hand vor den Mund.

»Zeig deinen Ekel nicht«, flüsterte Twig. »Schließlich sind die Gefangenen nicht schuld daran, dass sie in so unsäglichen Zuständen leben müssen.« Er trat in den Raum. »Schuld daran ist die Gier dessen, der sie hier eingesperrt hat.«

Wieder begannen die Gefangenen laut zu jammern. »Wo ist

Kropp? Wo ist das Essen und das Wasser? Was ist geschehen? Warum fahren wir nicht mehr?«

Twig ließ den Blick über die klägliche Versammlung von Flachköpfen, Schniffkobolden, Trottern und Waldtrollen schweifen und bat mit erhobenen Händen um Ruhe.

»Freunde, euer Martyrium ist beendet!«, rief er. »Der *Himmelsstürmer* wird nach Unterstadt zurückkehren und ihr mit ihm. Dort werdet ihr eure Angehörigen in die Arme schließen können!«

Die Gefangenen sahen einander verwirrt an.

»Ihr fahrt nach Hause!«, rief Twig. Er hielt den Schlüsselbund hoch und

schüttelte ihn. »Als freie Bürger! Ihr und die Besatzung, die der Tyrann zum Dienst auf seinem Schiff gezwungen hat. An Bord dieses Schiffes wird es nie wieder Sklaven geben!«

Auf seine Worte folgte absolutes Schweigen. Dann brüllte ein Flachkopf hurra, und daraufhin brach übermütiges Geschrei und Gejohle aus. Das Himmelsschiff bebte und schwankte, während Trolle und Kobolde mit klirrenden Ketten einen Freudentanz aufführten.

Twig wartete, bis der Tumult sich gelegt hatte. »Jetzt brauche ich Freiwillige, die das Schiff zurückfahren. Wer von euch ist schon mal auf einem Himmelsschiff gefahren?«

Ein halbes Dutzend Arme hob sich.

»Damit wäre alles geregelt, Kaulquapp.« Twig lächelte. »Die kommen ohne uns nach Unterstadt zurück. Wir können mit der Suche auf dem Sklavenmarkt beginnen.« Er wandte sich wieder an die Gefangenen. »Wir befreien euch jetzt von euren Fesseln. Habt Geduld. Jeder kommt an die Reihe.«

Twig teilte die Schlüssel zwischen sich und Kaulquapp auf, dann suchten sie nach den passenden Schlössern, schlossen die Fesseln auf und ließen die Gefangenen frei. Die Freigelassenen strömten aus ihrem finsteren, schmutzstarrenden Kerker an Deck, sogen tief die frische Luft in sich ein und blickten zu den Sternen hinauf. Sie lachten und weinten gleichzeitig, schüttelten Twig und Kaulquapp die Hände und dankten ihnen aus tiefstem Herzen. Kaulquapp wischte sich den Schweiß von der Stirn und sah sich um.

Nur noch zwei Gefangene waren gefesselt: ein junger, spitznasiger Schniffkobold mit einer Augenklappe und am anderen Ende des lang gestreckten Raumes eine kleine Gestalt in einem zerfetzten Umhang.

Kaulquapp ging zu der Gestalt in dem Umhang. Sie seufzte leise, als er sich mit einem Schlüssel am Schloss des Fußeisens zu schaffen machte. Das Schloss wollte partout nicht aufgehen.

»Ich kriege das Schloss nicht auf«, rief er Twig zu. »Entweder ich habe den falschen Schlüssel oder es ist verrostet.«

»Lass es mich mit meinem Schlüssel versuchen«, erwiderte Twig. »Ich bin gleich wieder da«, sagte er zu dem Schniffkobold. Er stand auf und stieg über das dreckige Stroh, das den Boden bedeckte. »Dann wollen wir mal.« Er steckte einen Schlüssel ins Schloss. »Aha, ich glaube, der passt.« Er runzelte die Stirn. »Was ist denn, Kaulquapp?«

Kaulquapp schüttelte den Kopf. »Unglaublich!«, flüsterte er. »Sieh doch, Twig!«

»Was denn, Kaulquapp? Sag doch, was ...«

Doch Kaulquapp hörte ihm nicht zu. »Das ist Schicksal, Twig!« Bewegungslos starrte er auf Twigs ausgestreckte Hand. »Das Schicksal hat uns hierher geführt!«

»Kaulquapp«, sagte Twig scharf. »Was redest du da?«

Dann bemerkte er es auch. Seine Hand und sein Arm – leuchteten. Sein ganzer Körper leuchtete, so hell wie damals, als er in Unterstadt Trapp Hammelhirt, Grogg und Schliet begegnet war.

Twig sah zu dem in Lumpen gehüllten Bündel hinunter. Die Gestalt hatte, von der plötzlichen Helligkeit geblendet, den Arm vor die Augen gehoben. »Ist das möglich?«, rief Twig. »Spooler? Bist du das etwa?«

Der Eichenelf zuckte zusammen und senkte den Arm –

einen Arm, der ebenfalls leuchtete. »Captain Twig?«, flüsterte er. »Captain Twig!«

»Spooler!« Twig umarmte den Eichenelf fest und hob ihn vor lauter Freude vom Boden hoch. »Du bist es wirklich!« Er strahlte Kaulquapp an. »Das ist Spooler, der vierte Mann meiner Besatzung! Ach, Spooler.« Er ließ den Eichenelf los und musterte ihn eingehend. »Ich hoffte ... aber ich hätte mir nie träumen lassen ... aber sag doch, wie hat es dich an diesen schrecklichen Ort verschlagen?«

Der Eichenelf senkte den Blick und runzelte die Stirn. »Ich ... ich weiß es nicht, Captain«, flüsterte er. »Ich kann mich nur ganz verschwommen erinnern.«

»Wir waren an Bord des *Klippentänzers*«, half Twig nach. »Der Raupenvogel flog an einer Leine voraus. Wir fuhren auf der Suche nach meinem Vater Wolkenwolf über die Klippe.«

»Ja«, sagte Spooler, »ich weiß.« Ein Schauer durchlief ihn. »Ich weiß auch noch, wie ich den Wetterstrudel vom Krähennest aus näher kommen sah ...«

»Ja und?«, sagte Twig eifrig.

»Nichts. Als ich wieder zu mir kam, lag ich in der Gosse des Unterstädter Fischmarkts.«
Twig ließ sich seine Enttäuschung nicht anmerken.
»Ein Pöbelgnom half mir«, fuhr Spooler fort. »Er ließ mich bei sich übernachten und gab mir zu trinken. Waldgrog ...« Seine Miene verdüsterte sich. »Und dann ... dann war ich auf einmal hier!« Er verstummte, von heftigem Schluchzen geschüttelt.
»Ist ja gut«, tröstete Twig ihn leise. »Jetzt kann dir nichts mehr passieren. Wir haben dich gefunden – der Himmel weiß, durch was für einen Zufall. Und jetzt fährst du mit diesem Himmelsschiff nach Unterstadt zurück.«
»Was soll ich in Unterstadt?«, klagte der Eichenelf.
»Geh nach Sanktaphrax zur Schule des Lichts und der Dunkelheit. Dort warten Trapp, Grogg und Schliet auf mich. Die freuen sich bestimmt, wenn sie dich sehen. Bei ihnen kannst du bleiben. Kaulquapp und ich stoßen zu euch, sobald wir wissen, was mit dem Rest der Besatzung passiert ist.« Twig ergriff die knochigen Hände des Eichenelfs. »Aber wir müssen allein suchen, Spooler, wir können dich nicht mitnehmen. Die anderen konnten auch nicht mitkommen. Wenn wir zusammen sind, leuchten wir so stark, dass wir überall auffallen würden.«
Spooler machte sich mit überraschender Kraft von ihm los. »Nein«, sagte er entschieden, »nein, Captain. Ich bleibe keinen Moment mehr auf diesem Unglücksschiff.«
»Aber ich habe dir doch erklärt, warum ...«
»Ich kann euch nützen«, beharrte Spooler. »Auf der langen Fahrt hierher habe ich von den anderen Gefangenen so manches über den Sklavenmarkt erfahren.«

»Aber Spooler ...«
»Außerdem bin ich ein Eichenelf. Ich bekomme viel mit, habe scharfe Sinne und kann wie alle Eichenelfe das Verhalten anderer präzise deuten. Ich finde heraus, nach welchen Gesetzen der Sklavenmarkt funktioniert.«
Twig schüttelte den Kopf.
»Und was das Leuchten betrifft«, fuhr Spooler ohne Atempause fort, »auf dem Markt scheint es alle möglichen Geschöpfe zu geben und ganz verschiedene, darunter auch welche, die leuchten – den Glimmerpelz, wenn sein Fell nass wird, die Fretten, wenn sie Angst haben, das Lummhorn, wenn es angegriffen wird ... Da fallen wir nicht auf.«
Twig warf Kaulquapp einen verstohlenen Blick zu. Kaulquapp zuckte die Schultern.
»Wenn ihr auch nur eins der ungeschriebenen Gesetze dieses Marktes übertretet, seid ihr erledigt.« Spooler fuhr sich mit dem Finger über den Hals. »Glauben Sie mir, Captain, ohne meine Hilfe überleben Sie auf dem Sklavenmarkt keine zehn Minuten.«
»Er hat nicht ganz Unrecht«, sagte Twig.
Kaulquapp nickte heftig. »Das finde ich auch!« Der Gedanke, er könnte den Harpyien mit ihren kalt funkelnden Augen in die Klauen fallen, erfüllte ihn mit Schrecken.
»Also einverstanden«, sagte Twig. »Wir machen zu dritt weiter.«
Kaulquapp nickte. »Ich glaube, das Schicksal will es so.« Er wurde plötzlich ganz ernst und sah zu Boden. »Ich habe vorgestern Abend etwas in den Rindenrollen gelesen, das wichtig sein könnte. Kobold der Weise sagte es zu seinen Anhängern, als sie sich am Quellgrund versammelten, um

auf den Muttersturm zu warten. ›*Wir sind nur Marionetten, die darauf warten, dass jemand an ihren Fäden zieht. Unser Leben ist nichts anderes als die Bewegung der unsichtbaren Hände, die die Fäden halten.*‹«

Twig lächelte. »Und du glaubst, dass auch bei uns jemand die Fäden zieht?«

»Ich gebe nur wieder, was ich gelesen habe.«

»Ich weiß, und vielleicht habt ihr ja Recht, du und dein Kobold der Weise. Schließlich haben wir inzwischen schon den vierten Mann des *Klippentänzers* gefunden, was ich nie für möglich gehalten hätte. Wenn dahinter das Wirken einer unsichtbaren Hand steckt, mein lieber Kaulquapp, dann hoffe ich nur, dass die Hand stark ist, denn ich habe das Gefühl, dass uns die größte Prüfung noch bevorsteht.«

»Auf dem Sklavenmarkt«, sagte Kaulquapp erschauernd.

»Auf dem Sklavenmarkt!«, wiederholte Spooler düster. »Ich werde euer Führer sein.«

»Gut, dann wäre das ja beschlossen«, sagte eine Stimme am anderen Ende des Kerkers ungeduldig. Sie gehörte dem Schniffkobold, der immer noch gefesselt war. Twig hatte ihn ganz vergessen. »Kann dann bitte jemand auch mir die Fesseln aufschließen?«

KAPITEL 14

Auf dem großen Harpyien-Sklavenmarkt

In der Vorratskammer des Himmelspiratenschiffes besorgten sie sich neue Klappflügel und mit allem Zubehör ausgerüstete Piratenmäntel, dann verabschiedeten sie sich von den Passagieren und der Besatzung des Himmelsstürmers. Als sie an der Planke standen, die das Schiff mit dem Steg verband, ging die Sonne auf. Zu Kaulquapps Erleichterung leuchteten weder Twig noch Spooler, sobald sie den dunklen Laderaum verlassen hatten.

Twig spähte durch das dichte Laub, hinter dem der Sklavenmarkt lag. Die einzige Beleuchtung war der ölig-gelbe Schein der Lampen, doch ließ sich die außergewöhnliche Architektur der im Wald versteckten Stadt durch die Lücken im Laub in etwa erkennen. An den Stämmen mächtiger Bäume klebten Hütten mit spitzen Ziegeldächern und überdachte Plattformen, von den Ästen hingen türmchenartige Gebilde und seltsame, aus den Zweigen der Wald- und der Kummerweide geflochtene Kugeln, und hölzerne, von rauchenden Öllampen beleuchtete Laufstege bildeten ein Netz von Wegen und verbanden die Bäume miteinan-

der. Der Lärm war ohrenbetäubend, der Gestank furchtbar.
»Hier seid ihr richtig«, flüsterte eine Stimme in Twigs Kopf. *»Lasst euch von Spooler führen.«*
»Spooler, glaubst du wirklich, du kannst uns durch diese Hölle führen?«, fragte Twig.
Spooler nickte. »Ich werde mein Bestes tun. Zuerst müssen wir uns weiße Anstecker besorgen. Los, gehen wir. Der Himmel schütze uns.«
Twig betrat die schwankende Planke hinter Spooler. Sein Herz setzte einen Schlag aus. Er hatte gar nicht bemerkt, dass der Steg, an dem der *Himmelsstürmer* festgemacht hatte, sich immer noch etwa fünfzig Schritte über dem Waldboden befand.
»Der ganze Markt schwebt in der Luft«, sagte Spooler. Sie hatten das Ende der Planke erreicht und gingen durch das Laub. »Alles ist an den großen Bäumen befestigt oder hängt von ihnen herunter.«
Twig starrte mit offenem Mund auf das Bild, das sich ihm bot. »So sonderbar habe ich mir das nicht vorgestellt«, flüsterte er.
»Der Markt ist riesig«, sagte Spooler. »Hier jemanden zu suchen ist ...« Stumm zeigte er auf die Laufstege, die unter dem Gewicht der vielen Passanten, die darauf verkehrten, knarrten und ächzten.
»Wir schaffen das schon irgendwie«, sagte Twig. »Was meinst du, Kaulquapp?« Er bekam keine Antwort und drehte sich um. »Kaulquapp?«, rief er. »Wo bist du?«
Von der anderen Seite des Laubvorhangs kam ein leises Stöhnen.

»Kaulquapp!«, schrie Twig. Er rannte durch das Laub zurück, und da kniete sein Geselle auf allen vieren in der Mitte der schwankenden Planke, die Augen fest geschlossen, am ganzen Leib zitternd wie Espenlaub und unfähig sich zu bewegen. »Ist gut«, rief Twig. »Ich komme dich holen.«
»NEIN!«, heulte Kaulquapp. »Ich kann nicht aufstehen, sonst falle ich ganz bestimmt hinunter.«

Als gebürtiger Unterstädter hatte er immer Angst vor Höhen gehabt. In Sanktaphrax zu leben hatte ihm zwar nichts ausgemacht, weil die fliegende Stadt so groß war, doch hatte er auch dort die höheren Stege gemieden und in den Körben nach Unterstadt die Augen zugemacht. In einem Himmelsschiff zu fahren war ihm anfangs ebenfalls schwergefallen, doch auch ein Schiff war noch einigermaßen groß und er hatte auf Deck immer sorgfältig vermieden hinunterzusehen. Doch das hier, die schmale Planke über dem Abgrund, war fast so schlimm, wie beim Einsteigen in den *Himmelsstürmer* an einem Seil zu hängen, in gewisser Weise sogar noch schlimmer. An dem Seil hatte er nur kurze Zeit gehangen und er hatte sich nur festzuhalten

brauchen. Die Stege hier dagegen waren viele Kilometer lang. Wie sollte er das aushalten?
»Krieche einfach auf den Knien weiter«, hörte er Twig sagen. »Halte dich an den Rändern der Planke fest und krieche.«
Kaulquapp schwindelte der Kopf und sein Atem ging heftig und stoßweise. »Nein«, keuchte er, »ich kann nicht.« Die Augen hatte er immer noch fest geschlossen. Trotzdem spürte er den Abgrund unter sich.
»Doch, du kannst!«, sagte Twig. »Hier kannst du jedenfalls nicht bleiben. Außerdem, was würde aus den kostbaren Rindenrollen werden, wenn du abstürzst?«
Stöhnend tastete Kaulquapp mit den Händen nach den Rändern der Planke, dann schob er sich langsam auf den Knien vorwärts. Seine Zehen schürften über das raue Holz.
»So ist es gut!«, rief Twig ermutigend. »Gleich hast du's geschafft.«
Mit zitternden Armen und zusammengebissenen Zähnen schob sich Kaulquapp wieder ein Stück vorwärts und dann noch eins. Er bewegte sich mechanisch, ohne zu denken. Dann packten ihn plötzlich Hände und er wurde nach vorn gezogen. Seine Beine wurden zu Pudding und er fiel auf etwas Hartes. Der Steg unter ihm bebte. Kaulquapp öffnete die Augen. Vor ihm kauerte Twig.
»Wie schön, dass ich gerade hier feststellen muss, dass du Höhenangst hast, Kaulquapp«, sagte er. »Der ganze Markt hängt an Bäumen.«
»Lass mich einen Augenblick verschnaufen ... dann geht's wieder«, sagte Kaulquapp tapfer. Nach einer Weile stand er auf und ging vorsichtig hinter Twig her über den Lande-

steg. »Es war nur diese Planke ohne Geländer.« Er erschauerte. »Nichts zum Festhalten ...«
Im selben Moment ertönte ein gellender Schrei, gefolgt von einem Schwall wütender Flüche. Twig, Kaulquapp und Spooler eilten an das hölzerne Geländer des Stegs und blickten hinunter. Kaulquapp schluckte heftig.
Der Lärm kam von einer kleinen Plattform mit einem rotweiß gestreiften Dach in einiger Entfernung unter ihnen. Dort hüpfte ein säbelbeiniger Kobold aufgebracht hin und her, blickte nach unten und schwang drohend eine mächtige Faust. Neben ihm hing an einer Kette ein Herd mit brennendem Feuer.
»In den Himmel gehörst du geschossen, weil du mir entwischt bist!«, brüllte der Kobold. »Du hast mich ruiniert! Ruiniert, hast du gehört?«
Kaulquapp spähte hinunter. Dort sprang etwas lautlos von Ast zu Ast, bis es am Boden angelangt war. Er sah Twig an. »Was ist das?«
Twig zuckte die Schultern.
»Wahrscheinlich eine Springsau«, sagte Spooler. Er nickte zu dem Kobold hinunter, der immer noch rasend vor Wut auf der Plattform auf und ab hüpfte. »Es gibt auf dem Sklavenmarkt Hunderte von Verkäufern wie ihn, die von der Hand in den Mund leben ...«
Ein scharfes Knacken ertönte, dann das Splittern von Holz. Die Plattform hatte sich von dem Stamm losgerissen, an dem sie verankert war. Der Kobold kreischte in Panik und versuchte verzweifelt sich an dem glühend heißen Herd festzuhalten. Einen Augenblick lang baumelte er in der Luft, seine Finger zischten und rauchten, dann ließ er los.

Entsetzt sah Kaulquapp, wie er der Springsau hinterherfiel. Er konnte den Blick nicht losreißen. Unablässig kreischte der Kobold, dann knallte er mit einem dumpfen Laut gegen einen dicken Ast und fiel, ohne noch ein Lebenszeichen von sich zu geben, mit schlenkernden Armen und Beinen weiter.
»Beim Himmel!«, rief Kaulquapp. »Was ist das?« Er zeigte zum Waldboden hinunter, wo ein Dutzend flauschiger, orangefarbener Geschöpfe zusammenliefen und die mit mörderischen Zähnen besetzten Kiefer aufrissen.
Twig und Spooler spähten hinunter. »Wig-Wigs«, riefen sie gleichzeitig.

Twig erschauerte. »Schreckliche Tiere. Sie jagen in Rudeln und verschlingen ihr Opfer tot oder lebendig.«
»Hier brauchen sie nicht zu jagen«, sagte Spooler. »Sie können von den Abfällen leben, die vom Sklavenmarkt herunterfallen ...« Der Körper des Kobolds schlug auf dem Boden auf und verschwand sofort unter den gefräßigen Wig-Wigs. »... und von dem, was sonst noch herunterfällt, ob zufällig oder nicht.«

»Wenn sie mit Fressen fertig sind, ist nichts übrig«, sagte Twig. »Kein Haar und kein Knochensplitter.«
Kaulquapp wurde weiß. »Aber sie können nicht Bäume hochklettern, oder?«, fragte er ängstlich.
Twig schüttelte den Kopf. »Nein, das nicht.« Aus seinem Blick schloss Kaulquapp, dass Twig aus Erfahrung sprach.
»Los, weiter«, drängte Spooler. »Wir müssen sofort eine Pförtnerhenne aufsuchen und weiße Anstecker kaufen. Ohne sie könnten wir jederzeit von einem Sklavenhändler festgenommen und verkauft werden.« Spoolers große schwarze Augen wanderten suchend hin und her. »Soviel ich weiß, sitzen diese Hennen gewöhnlich am Ende der Landestege. Ja, dort.« Er zeigte auf ein an einem Baum befestigtes schmales, hohes Gebilde. »Das ist ein Pförtnerhäuschen.«
Twig folgte seinem ausgestreckten Arm. Es handelte sich um eins der türmchenartigen Gebilde, die ihm bereits aufgefallen waren. »Auf was warten wir dann noch?«
Hintereinander marschierten sie über den sanft schaukelnden Steg. Kaulquapp hielt den Blick starr auf das Häuschen gerichtet und sah weder nach rechts noch nach links. Vor der Tür blieben sie stehen.
Von nahem betrachtet war das Häuschen ein kleines architektonisches Wunder. Aus Luftholz erbaut, war es stabil und zugleich federleicht und hatte kunstvoll gekrümmte, windschnittige Wände. Über der Tür hing eine Laterne, die ein Schild mit goldenen Buchstaben anstrahlte: *Pförtnerhenne Moosfeder.* Twig hob die Faust und klopfte.
»Herein«, krächzte eine heisere Stimme.
Twig wollte den Riegel anheben, doch Spooler hielt ihn am

Arm zurück. »Erst reden, wenn sie etwas sagt«, zischte er. »So gehört es sich hier.«

Twig nickte, öffnete die Tür und sie traten ein. Drinnen war es dunkel. Der beißende Rauch der Tilderöllampen an den Wänden brannte im Hals und ließ die Augen tränen. Vor ihnen stand eine Harpyie mit metallisch glänzendem, grüngrauem Gefieder und elfenbeinweißen Krallen. Sie hatte ihnen den Rücken zugewandt und schob bunte Scheiben auf einem mit Zahlen versehenen Brett geschäftig hin und her.

Twig blieb stehen.

»Siebenundfünfzig, achtundfünfzig, dazu noch die Zeitstrafen«, murmelte die Harpyie. »Seht ihr nicht, dass ich zu tun habe?«

»Wir wollen weiße Anstecker kaufen«, sagte Twig unerschrocken.

Die Harpyie hielt inne. »*Kaufen,* sagst du? Nicht ausleihen, tauschen oder erbetteln?« Sie drehte sich um. »Mit was wollt ihr denn bezahlen? Wir nehmen weder Gutscheine noch Pfand. Die Anstecker kosten zwei Goldstücke pro Person.«

Twig langte in seine Jacke, öffnete die Lederbörse, zählte sechs Goldstücke ab und hielt sie der Harpyie hin. Wortlos nahm die Harpyie eine Münze und biss mit ihrem tückisch gebogenen Schnabel hinein. Sie blickte auf.

»Drei Anstecker, sagst du?«

»Einen für jeden von uns.«

Die Harpyie nickte verdrossen und trat vor eine abgesperrte Tür in der rückwärtigen Wand des Häuschens. Sie schloss auf und ein dunkler, in den Baum eingelassener Safe wurde sichtbar. Darin stand eine Kassette. Die Harpyie hob den Deckel und entnahm ihr drei wie Walddisteln geformte weiße Anstecker.

»Hier«, sagte sie. »Damit könnte ihr euch drei Tage und drei Nächte lang frei bewegen. Dann löst sich das Material auf. Wenn ihr ohne die Anstecker erwischt werdet, werdet ihr festgenommen und als Sklaven verkauft.«

»Drei Tage genügen uns vollauf«, sagte Twig.

Die Harpyie gackerte höhnisch. »Das sagen sie alle. Aber ich warne euch, hier auf dem großen Sklavenmarkt gehen Tag und Nacht unmerklich ineinander über. Unsere Besucher klagen immer wieder darüber, mit welch ungebührlicher Hast die Zeit verstreiche ...«

»Deshalb bedanken wir uns und gehen gleich wieder«, fiel

Twig ihr ins Wort. »Wir haben viel vor.« Er drehte sich um und ging hinaus, die anderen folgten ihm. Die Tür fiel ins Schloss.

»So ein Griesgram«, meinte Kaulquapp.

»Harpyien gelten nicht als besonders charmant«, knurrte Spooler. »Die Pförtnerhennen sollen allerdings vertrauenswürdiger sein als die anderen.« Er runzelte die Stirn. »Befestigt die Anstecker vorn auf euren Jacken, wo ihr sie im Auge behalten könnt. Auf dem Sklavenmarkt wimmelt es vor Langfingern, und Mützen mit Anstecker pflegen hier schnell zu verschwinden.«

Sie befestigten die Anstecker zu Spoolers Zufriedenheit, dann machten sie sich wieder auf den Weg. Der Eichenelf ging voraus, die anderen folgten.

»Bleibt dicht hinter mir«, befahl Spooler. »Einige skrupellose Sklavenhändler schnappen sich sogar freie Bürger mit Ansteckern. Sie sperren sie ein, bis die Anstecker verrottet sind, und betrachten sie dann als ihr Eigentum.«

Twig verzog die Lippen verächtlich. »Haben die Sklavenhändler denn überhaupt keine Ehre?«

»Mit Ehre lässt sich kein Geld verdienen, Captain.« Spooler lächelte traurig. »Und Geld ist das Einzige, das hier zählt.«

Twig runzelte die Stirn. Wenn es einen seiner Gefährten tatsächlich hierher verschlagen hatte, wo alles käuflich war, hatte er dann überhaupt eine Chance gehabt?

»Es findet hier eine Auktion statt«, sagte Spooler, »die so genannte große Versteigerung. Vielleicht sollten wir es dort zuerst versuchen.«

Twig nickte müde. »Also gut. Aber wir bleiben für uns und halten Augen und Ohren offen.«

In Sanktaphrax tobte unterdessen ein fürchterliches Unwetter. Sturmböen fegten durch die Straßen, Hagelschauer prasselten nieder. Der Himmel war ein einziger Tumult dräuender Wolken, aus denen unaufhörlich Blitze zuckten. Droben in Twigs Studierstube in der pompösen Schule des Lichts und der Dunkelheit tauchte das Lodern des Ofenfeuers die nervösen Gesichter der drei Himmelspiraten in einen tiefroten Schein.

»Das endlose Warten macht mich ganz fertig«, jammerte Schliet. Er wanderte ruhelos in dem kleinen Zimmer auf und ab.

Grogg lag ausgestreckt in einem Sessel und versuchte mit dem Fingernagel eine Fleischfaser aus einer Zahnlücke zu ziehen. Er hob den Kopf. »Die Akademiker tun auch nichts anderes als warten«, knurrte er. »Faules Pack allesamt.«

»Obwohl ich in einer Nacht wie dieser nicht gerne draußen wäre.« Schliet zuckte bei jedem Blitzschlag zusammen. »Ich könnte schwören, das Wetter wird immer schlechter.«

Trapp Hammelhirt trat fröstelnd vor den Ofen um sich die Hände zu wärmen. »Wie es erst im Dunkelwald sein mag«, überlegte er. »Ich hoffe, Captain Twig ist wohlauf.«

Schliet sah ihn an. Seine vernarbte Wange zitterte. »Und wenn er nun überhaupt nicht mehr zurückkehrt? Müssen wir dann den Rest unseres Lebens in diesem stickigen Kämmerchen verbringen?«

»Der Captain hat uns geholfen«, sagte Trapp. »Jetzt müssen wir wenigstens auf ihn warten.«

»Schon, aber wie lange?«, beharrte Schliet.

»So lange wie nötig«, sagte Trapp fest. Ein Hagelschauer trommelte gegen die Fensterscheibe und übertönte seine

Worte. Trapp erschauerte und blickte durch das Fenster. »Der Himmel schütze Sie, Captain«, murmelte er. »Hoffentlich finden Sie die anderen, die weniger Glück gehabt haben als wir.«
»Und dann kommen Sie so schnell wie möglich zu uns zurück!«, fügte Schliet hinzu.

Der große Sklavenmarkt war anders als alles, was Twig und Kaulquapp bis dahin erlebt hatten. Er war ein endloses Labyrinth, das man zu Fuß nicht in einem Tag und einer Nacht durchmessen konnte – wobei Tag und Nacht an diesem von blakenden Öllampen und knisternden Fackeln beleuchteten Ort, an dem nie die Sonne schien, sowieso nichts bedeuteten.
Sie überquerten luftige Brücken, kletterten Strickleitern hinauf und hinunter, gingen hierhin und dorthin, geradeaus und seitwärts. Es war, als hätte ein riesiges Ungeheuer sie verschluckt und sie hätten sich in dessen geräumigen Eingeweiden verirrt. Über ihnen, unter ihnen und auf allen Seiten herrschte fieberhaftes Treiben, pulsierte das Leben durch die Adern des Labyrinths. Die Luft war abgestanden und leuchtete im Takt eines schlagenden Herzens orangerot auf.
Was auf den ersten Blick wie ein Chaos erschien, war bei näherem Hinsehen allerdings von einer Ordnung, einem Zweck durchdrungen.
Sie kamen an zahlreichen kleinen Geschäften vorbei, an Läden, Buden oder auch nur provisorisch über zwei Böcke gelegten Tischen. An allen Ecken warben Verkäufer mit sensationellen Sonderangeboten um ihre Aufmerksamkeit.

Auf einer Plattform direkt über ihren Köpfen bemerkten sie einen Packtroll, der einen hohen Federhut mit weißem Anstecker trug und funkelnde Juwelen verkaufte.
»Sieh mal«, flüsterte Kaulquapp entgeistert. »Die leben ja!«
Twig sah genauer hin. Der Junge hatte Recht. Was da an Ketten, Armbändern und Broschen funkelte, waren nicht Edelsteine, sondern lebende Feuerkäfer, die man mit dünnen Drähten um die glühenden Leiber in den entsprechenden Stellungen befestigt hatte.
Spooler wies mit einem Nicken auf ihre eigenen Körper, die in dem trüben Licht schwach leuchteten. »Wir verschwinden lieber, bevor er uns zwei auch noch verarbeitet!«
Und weiter ging es, vorbei an von Ästen herunterhängenden Käfigen voller Vögel, an Kisten mit Reptilien und Insekten, an ausgehöhlten und vergitterten toten Bäumen, in denen Waldbären und Weißkragenwölfe saßen, und an ganzen Batterien schlafender Waldfledermäuse, die von Ästen herunterhingen, an die man sie mit ledernen Knöchelriemen gefesselt hatte.
Nach einer Weile hielt Twig vor einer Bude an, deren Verkäufer ähnlich wie der Kobold, den sie vor einiger Zeit gesehen hatten, auf einem hängenden Herd Tilderwürstchen und Springsausteaks brutzelte. Twig kaufte drei Steaks und drei Kanten Schwarzeichenbrot und verteilte sie. Kauend gingen sie weiter.
»Noch etwas gegen den Durst?«, hörten sie eine Stimme fragen.
Twig hielt an, Kaulquapp und Spooler blieben neben ihm stehen. Das Geschöpf, das sie angesprochen hatte, war eine

Plapperdrude. Sie hatte einen Buckel, eine warzige Haut, rosafarbene Schlappohren und kugelige grüne Augäpfel, die an den Enden zweier langer Tentakel hin und her pendelten und die sie mit ihrer langen, schlürfenden Zunge unablässig befeuchtete und reinigte. Die Plapperdrude sah sie über einen dampfenden Topf hinweg an.

»Bei mir bekommt ihr die besten Kräutertees des ganzen Sklavenmarkts«, verkündete sie. Ihre Augen schwankten. »Dir«, die Augen richteten sich auf Kaulquapp, »empfehle ich einen Aufguss aus Gallapfel und Hederich. Er kräftigt das ängstliche Herz und hilft hervorragend gegen Schwindel.« Sie lächelte, sah Spooler an und schleckte geräuschvoll mit der Zunge über die glotzenden Augen. »Dir empfehle ich Waldkampfertee zur allgemeinen Stärkung.« Wieder lächelte sie und schlürfte. »Du siehst aus, als könntest du das gebrauchen.«

Sie sah Twig an. Ein überraschtes Zucken lief über ihr Gesicht, und die Augen an den Tentakeln fuhren auf und nieder.

»Was?«, fragte Twig verunsichert. »Sie wissen nicht, was *ich* trinken sollte?«

»Natürlich weiß ich das«, sagte die Plapperdrude freundlich und starrte ihn unverwandt an. »Stoppelkraut.«

»Stoppelkraut«, wiederholte Twig. Er sah die anderen an und lachte. »Das klingt ja köstlich.«

Die Tentakel der Plapperdrude zogen sich zusammen. »Zugegeben, es ist kein aufregender Name, doch Stoppelkraut ist eins der seltensten Kräuter des ganzen Dunkelwalds.« Sie senkte die Stimme zu einem Flüstern. »Es wächst in purpurroten Büscheln zwischen den Schädeln und Knochen am Fuß der fleischfressenden Bluteiche. Man erntet es um Mitternacht.« Wieder betrachtete sie Twig aufmerksam mit ihren Tentakelaugen. »Du weißt, wovon ich spreche.«

Twig nickte. Er hatte schon persönlich mit einem der schrecklichen Bäume Bekanntschaft geschlossen, und die Plapperdrude schien das zu spüren.

»Du bist auf der Suche«, fuhr die Plapperdrude fort ohne Atem zu holen. Ihre gummiartigen Augenbrauen zogen sich zusammen, so sehr musste sie sich konzentrieren. »Du suchst andere ...«

»Möglich«, sagte Twig.

»Und du suchst noch jemanden ohne es zu wissen.« Die Plapperdrude lächelte. »Das Stoppelkraut wird dir dabei helfen.«

»Ach ja?«

Die Plapperdrude nickte. Sie schüttete einen Teelöffel des pulverisierten Krauts in einen Holzbecher, schöpfte heißes Wasser aus dem Topf und rührte mit einem Holzlöffel um. »Hier«, sagte sie. »Nimm. Erwarte nicht, dass es sofort wirkt, aber mit der Zeit wird es dir helfen, den zu finden, den du suchst.« Sie machte eine Pause. »Dich.«

»Mich?«, fragte Twig enttäuscht. »Aber ich bin doch gar nicht verloren gegangen.«

Die Plapperdrude war mit den Tees für Kaulquapp und Spooler beschäftigt und blickte nicht auf. »Ganz bestimmt nicht?«, fragte sie leise. »Fehlt da nicht was?«

Twig wurde still. Das seltsame Geschöpf hatte natürlich Recht. Es fehlte etwas: die Erinnerung an das, was sie an Bord des *Klippentänzers* im Wetterstrudel erlebt hatten. *Das* fehlte.

Was war damals passiert?

Twig hob den Becher an die Lippen und trank den süßen, aromatischen Tee mit einem Zug aus. Die anderen folgten seinem Beispiel. Sie bezahlten für ihre Getränke, dann begaben sie sich wieder in das riesige, an Bäumen hängende Labyrinth.

»Was macht dein ängstliches Herz, Kaulquapp?«, fragte Twig scherzend, als sie wenig später eine Hängebrücke überquerten.

Kaulquapp lachte. »Ob du es glaubst oder nicht, Twig, der Tee hat offenbar gewirkt.« Er blieb stehen, ergriff den aus einem Seil bestehenden Handlauf und sah hinunter. »Meine Höhenangst hat schon deutlich nachgelassen.«

Twig nickte. Er wusste, dass Plapperdruden sich mit Kräutern und Wurzeln auskannten. »Und du, Spooler?«, fragte er den Eichenelf, der weitergegangen war.

»Mir ging's nie besser«, sagte Spooler munter.

Kaulquapp und Twig schlossen wieder zu ihm auf. »Und du?«, fragte Kaulquapp Twig. »Hat der Stoppelkrauttee dir geholfen dich selbst zu finden?«

Twig schüttelte den Kopf. »Noch nicht, Kaulquapp, noch nicht.«

Die Luft wurde stickiger, der Lärm lauter. Überall heulte,

jammerte, schnatterte und quakte es. Peitschen knallten und Ketten rasselten. Eine Gruppe von an eiserne Ringe gefesselten Schwärmern, Waberern und primitiven Trollen heulte und stöhnte verzweifelt. Von irgendwoher kamen Triumphgebrüll und verzweifelte Schreie, und über allem lag das heisere Krächzen der flugunfähigen Vogelwesen, die den Sklavenmarkt beherrschten: der Harpyien.

Es gab sie in allen Formen und Größen, von bulligen Patrouillenführern bis zu mageren kleinen Schleppern und Schnüfflern. Und sie waren alle weiblich – die wenigen Männchen waren in Käfigen eingesperrt und wurden selbst wie Sklaven behandelt.

Auch das Gefieder war unterschiedlich gefärbt. Wächterharpyien hatten meist gelbbraune, Pförtnerhennen metallisch glänzende grüngraue Federn. Daneben gab es getüpfelte, gesprenkelte, gescheckte und gefleckte Varianten. Einige Harpyien waren waldnussbraun, andere eisenholzgrau, wieder andere schneeammerweiß und einige schillerten in allen Farben zugleich.

Besonders imposante Erscheinungen waren die Oberinnen, wie die eigentlichen Machthaber des Sklavenmarkts genannt wurden. Sie strahlten einen gewissen Adel aus und unterstanden nur Mutter Maulklau persönlich. Die Oberinnen wurden freilich trotz ihrer prächtigen Aufmachung – den bunten Schürzen, dem aufwendigen Kopfputz und den goldenen Ringen in den Schnäbeln – allgemein gefürchtet. Sie waren kalt und skrupellos und außerdem vollkommen unberechenbar.

Twig hob den Blick und sah eine von ihnen mit erhobenem Schnabel und schlagenden Flügeln über einen höher gelegenen Laufsteg stolzieren und mit einem ledernen Schlagstock willkürlich Hiebe austeilen. Angeekelt wandte er sich ab.

»Man sollte diesen ganzen verwünschten Markt dem Erdboden gleichmachen«, sagte er wütend. »Niederbrennen, bis nichts mehr zu sehen ist.«

Kaulquapps Gesicht verdüsterte sich. »Eines Tages kommt es sicher dazu«, sagte er. »Allerdings erst wenn die Kunden des Sklavenmarkts beschließen, dass sie keine Tiere, Sklaven und Zwangsarbeiter mehr brauchen. Ich meine die Kunden im Dunkelwald und in Unterstadt und, ja, auch in Sanktaphrax.«

Twig sah seinen Gefährten an. »Soll das heißen, *wir* sind in gewisser Weise daran schuld, dass es diesen Markt gibt?«

Kaulquapp zuckte die Schultern. »Vielleicht. Kein Angebot ohne Nachfrage. Und Kobold der Weise sagte ...«

»Platz da!«, rief ein Chor schriller Stimmen. »Macht Platz!«

Twig drehte sich um. Ein halbes Dutzend Wächterharpyien marschierte mit gezogenen Schlagstöcken über einen Laufsteg neben ihnen. Jeweils zwei von ihnen stießen einen Gefangenen vor sich her und schlugen beim Gehen brutal auf ihn ein.

»Wir haben es nicht bemerkt!«, protestierte ein Gefangener.
»Wir können alles erklären!«, wimmerte ein anderer.
»Was ist das?«, fragte Kaulquapp Spooler ängstlich. »Was haben sie angestellt?«
»Sie haben keine Anstecker mehr, siehst du?«, antwortete Spooler. »Ihre Anstecker haben sich aufgelöst, und jetzt müssen sie die Strafe dafür zahlen.«
»Ich möchte nicht an ihrer Stelle sein«, sagte Twig fröstelnd.
»Ich auch nicht.« Kaulquapp tastete nervös nach seinem Anstecker. Er war zum Glück noch da und ganz frisch. »Lass uns so schnell wie möglich dahin gehen, wo diese schreckliche Auktion stattfindet.«
Twig nickte. »Einverstanden.«
Sie kamen durch einen Teil des Sklavenmarkts, in dem besonders exotische Geschöpfe des Dunkelwalds feilgeboten wurden. Hinter den vergitterten Eingängen ausgehöhlter Bäume husteten Fromps und quiekten Quarms, und an den Beinen gefesselte und kopfüber an Haken aufgehängte Klingenflitzer kreischten vor Wut. Ein Faulsauger, eingesperrt in einen zu engen Käfig, spritzte grüne Galle aus seinem Rüssel, die zischend auf dem Boden auftraf und von der faulig stinkende Schwaden aufstiegen. Eine Pestkröte mit einem Maulkorb hockte inmitten einer Wolke ihres giftigen Atems.
»Das ist ja furchtbar hier«, sagte Kaulquapp mit erstickter Stimme und hielt sich den Mund mit der Hand zu.
»Aber offenbar trotzdem sehr beliebt.« Twig seufzte.
Er hatte bereits festgestellt, dass in diesem Teil des Markts

besonders starkes Gedränge herrschte. Das Feilschen der Käufer war zu einem ohrenbetäubenden Radau angeschwollen. Alle wollten zu billigsten Preisen kaufen und den größtmöglichen Gewinn einheimsen.
»Kommt«, sagte Twig und beschleunigte seine Schritte. »Wir müssen endlich diese Auktion finden. Ich bleibe in dieser Hölle keinen Augenblick länger als nötig.«

Eine Stunde später, als sie gerade aufgeben wollten, standen sie plötzlich vor dem Veranstaltungsort der großen Versteigerung.
Es handelte sich um ein lang gestrecktes, fensterloses Gebäude auf einer Art großen Terrasse mit einer erhöhten Bühne und einem Stehpult. Beleuchtet wurde es durch schwere, von der Decke herabhängende Glaskugeln. In jeder Glaskugel war ein lebender Feuerkäfer eingesperrt, der unablässig durch sein enges Gefängnis flog und einen Weg nach draußen suchte und dabei wie eine Kerze schien. Die Glaskugeln leuchteten so hell, dass der schwache Schein von Twig und Spooler völlig darin unterging.
»Fünfundzwanzig? Wer bietet fünfundzwanzig?« Der Auktionator, eine hochgewachsene, herrische Harpyie mit rosarot getöntem Gefieder, hob den aus schwarzem Holz gefertigten Hammer und ließ den Blick über die Menge schweifen. »Ich bitte um ein Gebot für diese drei Flachkopfkobolde. Sie sind in bester körperlicher Verfassung und ideal als Leibwächter oder Söldner geeignet. Fünfundzwanzig? Danke. Dreißig. Wer bietet dreißig?«
Twig starrte zur Bühne hin. Sein Herz hämmerte. Fand er hier einen seiner vermissten Gefährten? Die drei zerlump-

ten Flachköpfe standen aneinander gefesselt am vorderen Bühnenrand und ließen trübsinnig die Köpfe hängen. Vier gelbbraune Wächterharpyien standen mit gezogenen Schlagstöcken neben ihnen, bereit, bei der ersten falschen Bewegung zuzuschlagen. Die Harpyie, die als Auktionator fungierte, stand an dem Pult rechts von ihnen.

»Vierzig«, sagte sie. »Wer bietet vierzig?« Sie nickte. »Fünfundvierzig?«

Unter ihr saß auf einem Holzklotz vornübergebeugt eine schiefergraue Protokollhenne, die ein Klammerbrett in den Krallen hielt. Sie notierte die steigenden Gebote, dazwischen leckte sie am Ende ihres Stifts.

Kaulquapp stieß Twig vorsichtig an. »Erkennst du jemanden?«
Twig schüttelte den Kopf und spähte in den dunklen hinteren Teil der Bühne. Dort warteten die verschiedensten Geschöpfe des Dunkelwalds ängstlich aneinandergedrängt darauf, dass sie unter den Hammer kamen: Trotter, Pöbelgnomen, ein weiblicher Schniffkobold mit einem Säugling an der Brust, ein schlaksiger Packtroll und einige fremdartige, stämmige Trolle mit struppigen Haaren aus entlegenen Winkeln des Dunkelwalds, die Twig nie betreten hatte.
»Nein«, sagte er enttäuscht. »Keinen.«
»Zum ersten«, rief die Harpyie, »zum zweiten und zum ...

dritten!« Der schwarze Hammer knallte auf das Pult. »Den Zuschlag erhält der Flachkopf mit der karmesinroten Weste.«

Twig schnaubte. Flachköpfe, die Flachköpfe kauften! Was war das für eine Welt, in der man freie Bürger und Sklaven nur aufgrund von Ansteckern unterscheiden konnte?

»Kommt«, sagte er zu Kaulquapp und Spooler. »Es war einen Versuch wert, aber wir verschwenden hier nur unsere Zeit. Lasst uns gehen.«

Kaulquapp wandte sich zum Gehen. Er war genauso enttäuscht wie die anderen. Je mehr Zeit er auf dem Sklavenmarkt zubrachte, desto weniger gefiel es ihm dort. Wäre es nach ihm gegangen, sie hätten die Suche sofort aufgegeben und wären gegangen.

»Los Nummer neun«, schrie die Harpyie. »Ein Wasserschwärmer.«

Twig fuhr zusammen. Ein Wasserschwärmer? Den hatte er übersehen. Er drehte sich um und blickte zur Bühne zurück. Und tatsächlich, hinter einer Gruppe von Trottern duckte sich ein schmächtiges, geschupptes Geschöpf mit Fächerohren und einer züngelnden Reptilienzunge. Eine gelbbraune Wächterharpyie stieß den Schwärmer grob in den Rücken. Er stöhnte auf und humpelte müde zum vorderen Rand der Bühne.

»Ich dachte, wir wollten gehen«, sagte Kaulquapp.

»Einen Moment noch«, erwiderte Twig.

Er starrte den Wasserschwärmer an, dann Spooler, dann wieder den Wasserschwärmer – und dann noch einmal Spooler.

»Was meinst du?«, fragte er.

»Ich ... ich bin nicht sicher«, sagte der Eichenelf. Es klang aufgeregt. »*Möglich* wäre es.«

»Wäre was?«, fragte Kaulquapp.

»Der Wasserschwärmer könnte Waldfisch sein«, sagte Twig.

»Vom *Klippentänzer*?«

Twig nickte.

Die Harpyie am Stehpult eröffnete das Bieten. »Zehn!«, rief sie. »Wer bietet zehn?«

Twig hob die Hand.

Die Harpyie sah ihn an und nickte. »Fünfzehn! Wer bietet fünfzehn?«

»Fünfzehn«, schnarrte eine Stimme.

»Zwanzig?« Die Harpyie sah wieder Twig an.

Twig drehte sich verstohlen nach der Stimme um, die gegen ihn geboten hatte. Sie gehörte einem wenig vertrauenswürdig aussehenden Individuum mit einer metallenen Augenklappe, das den Wasserschwärmer mit seinem gesunden Auge lüstern musterte und sich dabei schmatzend die Lippen leckte. An dem in seinen schweren Ledermantel gestanzten Wappen sah Twig, dass es sich um einen Ligabruder handelte – auch wenn er speziell dieses Wappen nicht kannte. Er hob die Hand zum zweiten Mal.

Die Harpyie nickte. »Fünfundzwanzig?«, fragte sie. »Wer bietet fünfundzwanzig?«
Twig sah sich wieder um. Diesmal begegnete sein Blick dem des einäugigen Ligabruders. Der Ligabruder stierte ihn wütend an. »Fünfundzwanzig!«, bellte er.
»Dreißig!«, rief Twig.
»Fünfunddreißig!«
»Fünfzig!«
Der Ligabruder zögerte, dann – als Twig sich wieder umsah – ging sein Mund auf und seine Goldzähne glitzerten im Schein der gefangenen Feuerkäfer. »Du kannst ihn haben!«, zischte er höhnisch.
»Den Zuschlag erhält die Person in der Hammelhornweste«, verkündete die Harpyie. »Kommen Sie vor und bezahlen sie bei der Protokollhenne, und Los neun gehört Ihnen.«
Twig stieg auf die Bühne. Kaulquapp hielt die Luft an. Handelte es sich um den Wasserschwärmer, den Twig suchte? Die Protokollhenne begann erregt zu gackern.
»Du willst *was*?«, rief sie ungläubig. »Ihm einen Anstecker kaufen?«
Kaulquapps Herz machte einen Satz. Also war es doch Waldfisch! Er trat näher zur Bühne um hören zu können, was dort gesprochen wurde.
»So müsste es stimmen«, sagte Twig und übergab der Protokollhenne einen Haufen Goldstücke. »Fünfzig als Kaufpreis und nochmal zwei für den Anstecker.«
Die Protokollhenne sah die Harpyie am Stehpult fragend an.
»Wenn er unbedingt den Wohltäter spielen will ...«,

krächzte die Harpyie. Sie rümpfte die Nase und klackte verächtlich mit dem Schnabel.
Die Protokollhenne zuckte die Schultern. Zweiundfünfzig Goldstücke waren schließlich zweiundfünfzig Goldstücke. Sie ließ das Geld in die Kasse fallen, langte in einen Beutel und zog einen weißen Anstecker heraus.
»Hier«, sagte sie.
Twig nahm den Anstecker und gab ihn dem Wasserschwärmer. »Für dich, als freien Bürger.«
»D... danke«, stotterte der Wasserschwärmer.
»Obwohl du nicht der bist, den ich zu finden hoffte.«
Kaulquapp hielt den Atem an. Nicht der Richtige? Was sollte das heißen?
Der Wasserschwärmer runzelte die Stirn und hörte Twigs Gedanken zu. »Ach so«, sagte er. »Du hast mich für deinen vermissten Gefährten Waldfisch gehalten.« Seine Fächerohren klappten hin und her. »Tut mir leid, dass ich dich enttäuschen muss.«
Twig zuckte die Schultern. »Ist ja nicht deine Schuld.« Mit einem grimmigen Lächeln streckte er die Hand aus und schüttelte die schuppige Pfote des Wasserschwärmers.
Im Publikum wurde ärgerliches Gemurmel laut. »Los Nummer zehn«, bellte die Harpyie und sah ungeduldig zu Twig hinunter. »Wenn der letzte Käufer dann bitte die Bühne räumen würde.«
Kaulquapp und Spooler halfen dem immer noch etwas verwirrten Wasserschwärmer von der Bühne hinunter, Twig sprang ihm hinterher. Sie schoben sich durch das Gedränge zum Ausgang.
Draußen wandte Twig sich noch einmal an den Wasser-

schwärmer. »Ich freue mich trotzdem, dass ich dir helfen konnte«, sagte er. »Alles Gute und leb wohl«, fügte er förmlich hinzu. Er wandte sich zum Gehen und – blickte direkt in das wutverzerrte Gesicht des nicht zum Zug gekommenen Ligabruders.

»Was soll der Quatsch?«, brüllte er.

»Quatsch?«

Der Ligabruder packte ihn an den Schultern und zog ihn zu sich her. »Du weißt genau, was ich meine«, zischte er. »Ist dir eigentlich klar, wie lange ich schon nach einem Wasserschwärmer suche?« Sein Atem war warm und feucht und stank nach dem verrotteten Fleisch, das ihm zwischen den Goldzähnen hing. »Sechsunddreißig Anstecker hat die Suche mich schon gekostet! Sechsunddreißig, bis ich zum erstenmal einen Wasserschwärmer sehe! Und dann kommst du daher!«

Mit diesen Worten zog er einen Dolch. Twig wich zurück.

Die Klinge blitzte. Mit einem Schrei stürzte sich der Wasserschwärmer zwischen sie. Der Dolch fuhr ihm in die Brust.
Der Wasserschwärmer brach zusammen. Ein merkwürdiger Frieden legte sich auf sein Gesicht. Alles war blitzschnell passiert, aber er hatte die mörderischen Gedanken des Ligabruders praktisch noch im selben Augenblick gelesen. Seine Augen trübten sich, seine Ohren bewegten sich nicht mehr.
Twig hatte sich von seinem Schrecken erholt und zog seinen Säbel. Er wollte sich auf den Ligabruder stürzen, doch wurde er von einem halben Dutzend Wächterharpyien beiseite geschoben. Sie ergriffen den Ligabruder.
Mit wütendem Gekrächze, blitzenden Augen und gesträubten Federn rissen sie ihm den Anstecker vom Hut, packten ihn mit ihren scharfen Krallen und schleiften ihn fort. Vergeblich wehrte er sich.
»Der war's!«, brüllte er. »Lasst mich los.«
»Wir lassen dich gleich los!«, kreischten die Harpyien boshaft. »Drinnen, wenn du versteigert wirst.«
»Nein, nicht als Sklave«, schrie der Ligabruder und strampelte noch heftiger. »Ihr könnt mich nicht als Sklaven verkaufen. Wisst ihr eigentlich, wer ich bin ...?« Seine Stimme ging ihm höhnischen Gegacker der Harpyien unter.
Twig ging zitternd neben dem sterbenden Wasserschwärmer auf die Knie. »Es tut mir so leid«, sagte er mit tränenerstickter Stimme. »Sklave zu sein wäre noch besser gewesen als ... als das.«
Die Ohren des Wasserschwärmers zuckten kaum merklich. »Nein«, flüsterte er. »Nichts ist schlimmer, als ein

Sklave zu sein. Du hast mir das Leben gerettet, und ich freue mich, dass ich deins retten konnte ...« Glühende Schmerzen schossen ihm durch den Leib und seine Augen weiteten sich. »Einen letzten Dienst kann ich dir noch erweisen.«

Twig beugte sich über den Mund des Schwärmers und lauschte. Kaulquapp und Spooler sahen zu.
»Du suchst nach der vermissten Mannschaft des *Klippentänzers*«, flüsterte der Wasserschwärmer heiser. »Ich habe es in deinen Gedanken gelesen.«
Twig nickte.
Der Schwärmer klammerte sich kraftlos an ihn. »Einen von denen, die du suchst, einen ... habe ich ... hier auf dem Markt ... gesehen.«
»Wirklich?«, rief Twig. »Wen? Wo finde ich ihn?«
»Einen ... einen ...« Die Stimme gurgelte. Twig hob den Kopf des Schwärmers an und hielt sein Ohr direkt an dessen Mund. »In ... der Wig-Wig-Arena.« Ein Zittern lief

durch den Körper des Schwärmers. Er holte noch einmal rasselnd Luft und wimmerte leise. Das Licht in seinen Augen flackerte und erlosch.
Twig bettete ihn vorsichtig auf den Boden und drückte ihm die Augen zu. Kaulquapp und Spooler knieten neben ihn.
»Es war nicht deine Schuld«, sagte Kaulquapp.
»Trotzdem ist er tot.« Twig seufzte. »Was tun wir mit der Leiche?«
»Darum kümmern sich die Harpyien«, sagte Spooler. »Kommen Sie, Captain. Hier können Sie nichts mehr tun.«
Bedrückt brachen sie auf. Kaulquapp, der als Letzter ging, drehte sich noch einmal um. Die Wächterharpyien waren zurückgekehrt. Zwei hoben den toten Schwärmer auf die gefiederten Schultern, dann entfernten sie sich. Auch Kaulquapp ging weiter.
Wieder gingen sie über einen Steg. Am anderen Ende blieb Twig stehen und blickte sich um. Der große Sklavenmarkt kam ihm immer mehr wie eine bösartige Geschwulst vor, die alles Leben aus ihrem Wirt, dem Dunkelwald und seinen Bewohnern, saugte. Am liebsten wäre er sofort gegangen. Ein Blick auf Kaulquapp und Spooler sagte ihm, dass die beiden dasselbe dachten. Doch sie durften nicht gehen. Noch nicht.
»Die Wig-Wig-Arena«, sagte er zu Spooler. »Hast du schon davon gehört?«
Die dunklen Augen des Eichenelfs weiteten sich. Seine Angst war unverkennbar. »Sicher, Captain«, sagte er. Seine Stimme zitterte. »Sehr viel sogar.« Er erschauerte. »Leider.«

KAPITEL 15

Die Wig-Wig-Arena

Kaulquapp hob den Kopf und brach das Schweigen, das auf die Worte des Eichenelfs gefolgt war. Sein Gesicht war totenbleich. »Twig«, stammelte er, »es hat angefangen.«

»Was?«

Kaulquapp berührte vorsichtig den wie eine Walddistel geformten Anstecker. »Mein Anstecker fängt an zu verwelken«, sagte er unglücklich.

»Bist du sicher?«, fragte Twig. »Ich sehe nichts.«

Kaulquapp schüttelte aufgeregt den Kopf. »Sieh doch hin! An den Rändern ist er schon ganz schlaff. Ich kann gar nicht glauben, dass wir schon so lange hier sind.«

»Die Pförtnerhenne hat uns gewarnt, wir sollten die Zeit nicht aus den Augen verlieren.«

»Ja, aber drei Tage!«, rief Kaulquapp wütend. »Wir sind nie und nimmer schon drei Tage hier. Das ist alles Betrug, ein Trick, mit dem arglose freie Bürger versklavt werden sollen.«

»Beruhige dich doch, Kaulquapp«, sagte Twig. »Noch hat

er sich nicht aufgelöst. Ändern können wir sowieso nichts. Wir müssen nach vorne blicken.« Er sah Spooler an. »Die Zeit wird knapp. Kannst du uns zur Wig-Wig-Arena führen?«

Der Eichenelf nickte und sah sich nachdenklich um. »Ich muss dazu die Marktbesucher beobachten. Zum Beispiel die Kaufleute da drüben. Siehst du die Gier in ihren Gesichtern? Folge ihnen, und sie bringen uns zur großen Versteigerung zurück. Ganz anders die Schniffkobolde auf der anderen Seite. Siehst du, wie sie immer wieder stehen bleiben, sich umsehen und dann wieder ein paar Schritte gehen? Die schauen sich alles zehnmal an. Sie führen uns zu den Viehhändlern und Andenkenverkäufern.«

»Das mag ja sein«, sagte Twig ungeduldig, »aber wo ist die Arena? Wer führt uns dorthin?«

»Der Blutdurst. Halte nach blutrünstigen Gesichtern Ausschau.« Spooler ließ den Blick weiter über das Gewimmel von Trollen, Kobolden, Gnomen, Ligabrüdern und Himmelspiraten schweifen. »Dort!«, sagte er endlich und zeigte auf eine schnatternde Koboldschar. »Die kämen in Frage. Sie gehen zielstrebig in eine Richtung, haben die Fäuste geballt und ihre Augen glitzern.« Er hob witternd die Nase und erschauerte. »Ich rieche förmlich, wie der Blutdurst ihnen aus allen Poren dringt. Ja, sie sind zur Wig-Wig-Arena unterwegs, darauf verwette ich mein Leben.«

»Das genügt mir«, sagte Twig. »Wir folgen ihnen. Und wenn der Himmel will, finden wir dort den Gefährten, den der Wasserschwärmer gesehen hat. Los, Kaulquapp, bevor wir die Kobolde aus den Augen verlieren.«

Sie machten sich an die Verfolgung. Die Gruppe von Kobolden vor ihnen wurde zunehmend lauter und, angezogen durch den Lärm, schlossen sich ihr immer mehr Passanten an. Twig, Kaulquapp und Spooler ließen sich im Strom mittreiben, vorbei an dem Stand eines Tätowierers, an einem Peitschenverkäufer, einem mit Blutegeln arbeitenden Quacksalber, einigen vor sich hin dösenden Hungerlungern in einem Pferch und einem Schwarm gefesselter Klingenflitzer, immer weiter im Sog der erregten Menge. Selbst wenn sie gewollt hätten, sie hätten jetzt nicht mehr umkehren können.

»Eins muss man der Harpyienkönigin lassen«, quiekte ein

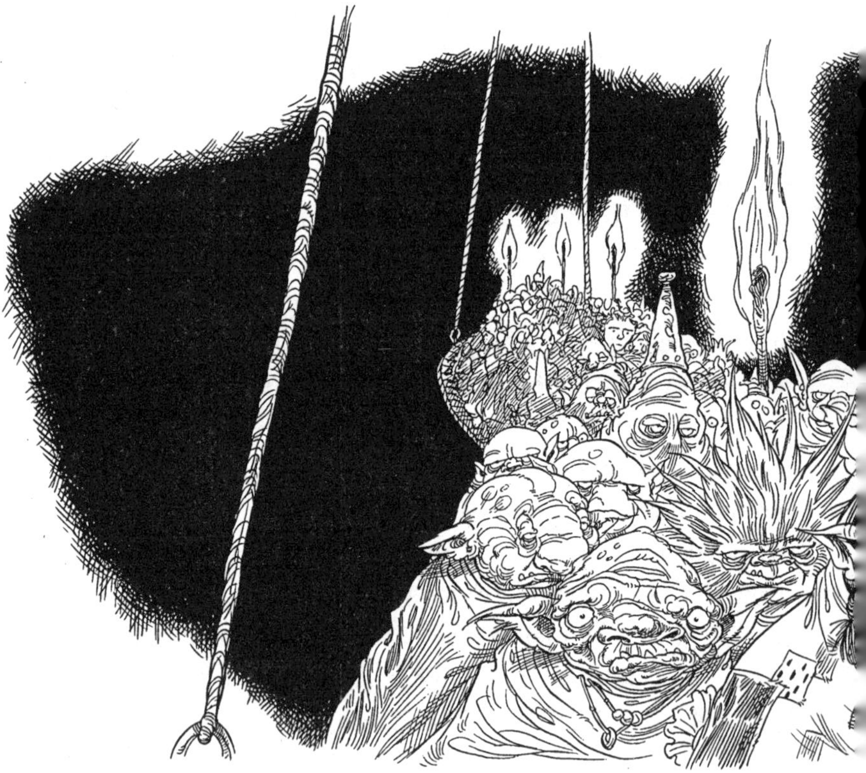

Schniffkobold. »Sie hat ein Händchen für spektakuläre Veranstaltungen.«

Sein Gefährte nickte heftig. »Ein Kampf zwischen einem Banderbären und Wig-Wigs ist wirklich das Größte. Das ist absolute Spitzenklasse!«

Twig erschrak. Ein Banderbär? Gegen Wig-Wigs?

»War an Bord des *Klippentänzers* nicht auch ein Banderbär?«, sagte Kaulquapp an seinem Ohr. Kaulquapp hatte Mühe, in dem Gedränge mit Twig Schritt zu halten. »Du vermutest doch, er könnte mit dem identisch sein, den der Wasserschwärmer gesehen hat.«

»Möglich wäre es«, erwiderte Twig. »Bevor wir den Markt verlassen, muss ich das jedenfalls klären.«
Kaulquapp rannte ein paar Schritte. »Aber ein so starkes Tier wie der Banderbär kann sich doch gegen Wig-Wigs wehren.«
Twig schüttelte ernst den Kopf. »Ich habe einmal erlebt, wie eine Meute Wig-Wigs über einen Banderbären herfiel.« Er zog einen Anhänger aus der Jackentasche und hielt ihn Kaulquapp hin. Es handelte sich um einen Zahn. »Das ist alles, was von diesem Banderbären übrig geblieben ist.«
»Aber ... Hilfe!«, schrie Kaulquapp. Die Menge schloss sich plötzlich noch fester um ihn zusammen und riss ihn mit fort. Er wurde auf ein schmales Tor zu geschoben. WIG-WIG-ARENA, las er in goldenen Lettern, dann war er unter dem Tor durch und stand auf einem breiten Balkon. Er sah sich mit offenem Mund um.
»Erstaunlich, was?«, sagte Twig.
»Unglaublich«, sagte Kaulquapp.
Sie blickten auf eine von gewaltigen Bäumen umgebene, hell erleuchtete Lichtung, um die an Ästen aufgehängt zahlreiche Ränge liefen wie in einem Amphitheater. In der Mitte tief unter ihnen sahen sie eine von Fackeln erleuchtete und durch eine Art Maschendraht gesicherte Arena.
»Nicht stehen bleiben«, schimpfte eine Stimme hinter ihnen. »Zu den Plätzen weitergehen.«
An der schrillen Stimme erkannte Kaulquapp sofort, dass es sich um eine Wächterharpyie handelte, und ihm wurde ganz schwindlig vor Angst. Ohne sich umzudrehen tat er,

wie geheißen, stieg vom Balkon hinunter und betrat den obersten der kreisförmigen Ränge, die in die Tiefe hinabreichten. Twig und Spooler folgten ihm.
Immer tiefer stiegen sie hinunter, vorbei an schwatzenden Gruppen von Kobolden und Trollen. Kaulquapp nahm alles mit großen Augen in sich auf.
Die Wig-Wig-Arena reichte wie ein riesiger Schacht vom Waldboden, auf dem der blutige Kampf stattfinden würde, bis zum Blätterdach hinauf. Überragt wurde sie von einem Baum, der noch dicker war als seine Nachbarn und direkt gegenüber den Plätzen stand, an die Twig, Kaulquapp und Spooler von der Menge geschoben wurden – einem gigantischen Eisenholzbaum, dessen schwarze, herzförmige Blätter in scharfem Kontrast zu der Treppe aus Blondholz standen, die am Stamm hinaufführte. Kaulquapp betrachtete den Baum genauer.
An seinen dicken Ästen waren verschiedene Konstruktionen angebracht: rechteckige Plattformen für die bewaffneten Wächterharpyien, ein kleines, käfigartiges Gebilde auf einer Bühne, Flaschenzüge mit Rollen und Rädchen, eine Planke, die wie ein Sprungbrett vom Stamm abstand, und darüber ein breiter Balkon, an dessen Brüstung die Oberinnen mit ihrem leuchtend bunten Gefieder lehnten. Über dem Balkon schließlich hing an einem Gewirr dicker Seile die reich verzierte königliche Loge. In ihr saß eine einzelne Gestalt.
Es handelte sich um die Harpyienkönigin persönlich, Mutter Maulklau. Sie war prächtig anzusehen mit ihrem gefiederten Kopfputz, den Feuerkäfer-Juwelen und einem silbrig durchscheinenden Mantel, der lose über ihr in allen

Regenbogenfarben schillerndes Gefieder fiel. Die größte Pracht konnte freilich nicht die Grausamkeit verdecken, die aus ihren Augen schien. Von ihrer Loge sah sie in jeden Winkel der Arena.
Kalt blickte sie in die Runde. Kaulquapp schrak zusammen und fuhr mit der Hand an die Brust, um den welkenden Anstecker zu verbergen. Twig bemerkte es.
»Keine Angst, Kaulquapp«, sagte er leise. Er wies mit dem Arm auf die Ränge. »Hier sitzen hunderte, vielleicht sogar tausende von Besuchern. Für uns interessiert sich keiner. Den Harpyien geht es doch nur um das Geld, das sie hier abkassieren.«
Er zeigte mit einem Nicken auf die schiefergrauen Ordnungshühner, die bereits eifrig Wetten von den immer zahlreicheren Besuchern entgegennahmen. Kaulquapp beobachtete sie.
»Du hast wahrscheinlich Recht.« Er zögerte. »Trotzdem ...« Er blickte zur anderen Seite der Arena. »Da ist was drin.« Er zeigte auf das käfigartige Gebilde unter dem Balkon.
Twig sah ebenfalls hin. Finger klammerten sich an die Gitterstäbe der verschlossenen Tür. Irgendein armer Schlucker wartete dort auf den Tod, allerdings kein Banderbär.
In diesem Moment ertönte eine grelle Fanfare. Tosender Beifall stieg auf. Kaulquapp sah an dem Eisenholzbaum hinauf. Auf den oberen Ästen hockten ein Dutzend gestreifte Harpyien, die lang gestreckte, mit Troddeln behangene Hörner an die Schnäbel gehoben hatten. Die Fanfare ertönte ein zweites Mal, und Schweigen senkte sich über

die Menge. Alle Augen richteten sich auf die königliche Loge.
Mutter Maulklau stand auf. Ihr Schnabel klackte laut. »Wir freuen uns, dass ihr so zahlreich erschienen seid«, sagte sie. »Was wir euch heute Abend bieten, wird alle eure Erwartungen erfüllen. Schließlich bekommt man nicht jeden Abend einen kämpfenden Banderbären zu sehen.«
Wieder brach tosender Applaus los. Mutter Maulklau hob Ruhe heischend die schillernden Flügel.
»Doch bevor es so weit ist, haben wir noch eine kleine Überraschung vorbereitet, als Appetitanreger gewissermaßen.« Sie klapperte gut gelaunt mit dem Schnabel. Dann beugte sie sich nach vorn. »Lasst den Gefangenen frei«, befahl sie.
Die Wächterharpyie salutierte mit ihrem gelbbraunen Flügel und schloss die Tür des Gefängnisses unter dem Balkon auf. Eine korpulente Gestalt erschien in der Türöffnung und blickte in offensichtlicher Verwirrung um sich.
»Was?«, polterte sie los. »Wie? Was?«
Ungläubig starrte Kaulquapp auf den mit Schlammgemmen und Sumpfperlen besetzten Gehrock, den Dreispitz mit der roten Klauengreiffeder, den gewachsten Schnurrbart, die hochgezogenen Augenbrauen und die rosigen, feisten Hände. »Hagestolz Klauengreif«, flüsterte er und packte Twig am Arm. »Dieses Schicksal hatte er eigentlich uns zugedacht!« Seine Stimme zitterte.
»Wenn ich das gewusst hätte«, sagte Twig, »hätte ich ihn nicht den Harpyien ausgeliefert. Nicht einmal ein Sklavenhändler verdient ein solches Ende.«
Stumm verfolgte die Menge, wie die Wächterharpyie den

Himmelspiratenkapitän mit dem Schlagstock zu der sprungbrettähnlichen Planke trieb. Der Kapitän hob den Kopf zu der über ihm hängenden königlichen Loge. »Warum beim Himmel tut Ihr das?«, schrie er verzweifelt. »Warum?«

Mutter Maulklau gackerte verärgert, und der schwere Schlagstock der Harpyie fuhr klatschend auf Klauengreifs Rücken nieder.

»Wir haben euch zu eurer Erbauung einen Ligabruder aus Unterstadt versprochen«, rief Mutter Maulklau der Menge zu.

Die Menge applaudierte begeistert.

»Vielleicht sogar einen Akademiker aus Sanktaphrax.«

Der Applaus wurde noch stärker.

»Leider haben Umstände, die sich unserer Kontrolle entziehen, dies verhindert ...«

Die Menge zischte und buhte. Mutter Maulklau starrte Klauengreif böse an. »Deshalb kann ich euch nur diesen erbärmlichen Wicht anbieten. Trotzdem bin ich überzeugt, dass er euch bestens unterhalten wird.« Ihre Stimme schwoll zu einem heiseren Krächzen an. »Hier ist – der Himmelspiratenkapitän Hagestolz Klauengreif.«

Ohrenbetäubendes Geschrei brach los. Kaulquapp sah sich angewidert um. Die Zuschauer beobachteten mit verzückten Gesichtern, wie der arme Klauengreif mit einem langen Spieß auf die Planke getrieben wurde. Ein Sprechchor wurde angestimmt, und alle fielen ein.

»Runter! Runter! Runter! Runter!«

Klauengreif stolperte zum vorderen Ende des Bretts. Einen Moment lang verharrte er dort, wie von unsichtbaren Fäden gehalten, dann geriet er wieder in Bewegung und

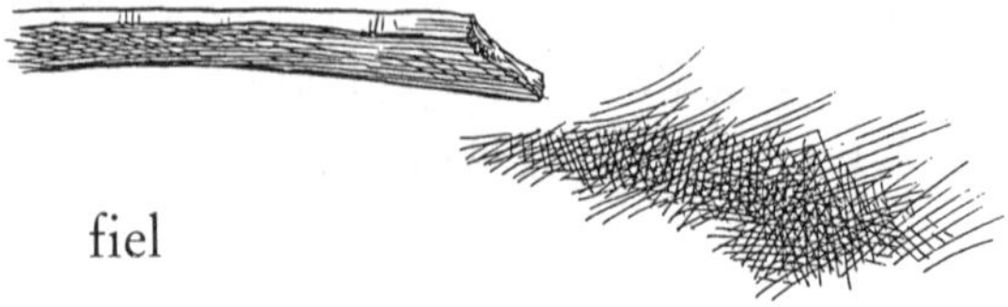

fiel

kopfüber

hinunter,

sich um die eigene Achse drehend. Er landete weich auf dem mit Moos gepolsterten Boden. Die Menge johlte.
Einen kurzen Augenblick blieb der Himmelspiratenkapitän wie betäubt liegen. Dann schüttelte er den Kopf, stand auf und zog Säbel und Dolch. Er sah wild um sich und bemerkte das schwere Netz, in das in Abständen von zehn Metern kleine Löcher geschnitten waren, durch die man in die Manege gelangen konnte. Auch die Zuschauer spähten zu den im Halbdunkel liegenden Löchern hinunter und hielten nach dem verräterischen ersten orangefarbenen Schimmer Ausschau.
»Da!«, schrie jemand. »Dort drüben!«
Das erste Wig-Wig huschte in die Manege. Es sah so harm-

los aus wie ein orangefarbener Mopp. Bis es das Maul aufsperrte! Zwischen gewaltigen Kiefern blitzten zwei Reihen rasiermesserscharfer Zähne. Die Menge hielt die Luft an. Überall auf den Rängen wurden jetzt hektisch Wetten abgeschlossen. Ordnungshühner und Totoküken flatterten durch die Reihen, riefen immer neue Wetten aus und tauschten Goldstücke, die sie mit ihren Schnäbeln prüften, gegen Wettscheine.

»Fünfundzwanzig auf zwölf Minuten!«

»Fünfzig auf zwölf tote Wig-Wigs.«

»Hundert darauf, dass er es noch höchstens zehn Sekunden macht!«

Angeekelt wandte Kaulquapp sich ab und vergrub das Gesicht in den Händen.

Ein Schrei stieg aus der Menge auf. »JAWOHL!«

Immer lauter wurde das Gebrüll, bis die Ränge förmlich zu zittern begannen. Die Hörner ertönten, doch das Gebrüll ließ nicht nach. Ein Ordnungshuhn trippelte zu dem Eisenholzbaum, und eine Nachricht wurde nach oben zur Harpyienkönigin weitergegeben.

Wieder erhob sich Mutter Maulklau. Der Lärm verebbte. »Der Himmelspiratenkapitän konnte bis zu seinem Ableben dreiundvierzig Wig-Wigs töten«, gab sie bekannt. »Weitere siebenundzwanzig wurden verwundet.«

Die Gewinner jubelten, die Verlierer, von denen es sehr viel mehr gab, stöhnten enttäuscht auf.

»Der Wettkampf dauerte genau zehn Minuten und …« Die Harpyienkönigin zögerte, und die Zuschauer umklammerten gespannt ihre Wettscheine. »Zehn Minuten und vierzig Sekunden. Eine Vier und eine Null, jawohl, vierzig.« Wieder enttäuschtes Stöhnen und einige wenige Jubelschreie. Mutter Maulklau klackte mit dem Schnabel.

»Doch jetzt weiter, meine Freunde«, rief sie. »Wir kommen zum Höhepunkt des Abends.« Sie nickte der Wächterharpyie auf der Plattform unter ihrer Loge zu, und die Harpyie begann an einem großen, mit einem Griff versehenen Rad zu drehen. Ein Flaschenzug knarrte, Seile strafften sich, und aus dem dichten grauschwarzen Laub über der königlichen Loge tauchte langsam der Boden eines schweren, aus Eisenholz gefertigten Käfigs auf.

»Ein klassischer Kampf!«, rief die Harpyienkönigin. »Ein Kampf, wie er dramatischer nicht sein könnte. Kraft gegen Ausdauer, Mut gegen Masse.« Sie warf den gefiederten Kopf zurück. »Ich wünsche euch spannende Unterhaltung mit einem Bewohner des Dunkelwalds, einem seltenen Exemplar auf dem Höhepunkt seiner Kraft ...«

Fieberhafte Erregung bemächtigte sich der Menge. Die Zuschauer warfen die Arme in die Luft und trampelten mit den Füßen. Immer tiefer senkte sich der Käfig und ein Tier wurde sichtbar, das wütend an den Stäben des Käfigs rüttelte. Blutrünstige Rufe wurden laut. Mutter Maulklau lächelte zufrieden. Als der Käfig direkt vor der königlichen Loge hing, nickte sie der Harpyie unter ihr erneut zu. Die Harpyie hörte auf, an dem Flaschenzug zu drehen, der Käfig blieb schwankend in der Luft hängen. Mutter Maulklau hob eine große, mit Krallen besetzte Klaue.

»Hier ist ... ein BANDERBÄR!«, kreischte sie.

Twig hielt die Luft an. In dem Käfig hockte nicht irgendein Banderbär, sondern ohne jeden Zweifel Tapser. Selbst wenn Twig sein Gesicht nicht erkannt hätte, erkannte er doch die hellen Narben an seiner linken Flanke, die vom Sturz in eine Fallgrube mit spitzen Pfählen herrührten.

Leise klackend streckte Mutter Maulklau einen Flügel aus und strich über die Klauen des Banderbären, die durch die Gitterstäbe des Käfigs hingen. »Ich weiß«, rief sie, »er wird den Wig-Wigs ganz schön einheizen.«

Der Gedanke an den bevorstehenden Kampf ließ die Menge kochen. Wieder stimmte sie einen Sprechchor an.

»Runter! Runter! Runter! Runter!«

Kaulquapp zitterte am ganzen Leib vor Abscheu.

»Jetzt müssen wir rasch handeln«, flüsterte Twig. »Kehrt zu dem Pferch mit den Hungerlungern zurück, an dem wir vorbeigekommen sind, und kauft vier davon.« Er gab Kaulquapp eine Hand voll Goldstücke. »Nehmt die größten und stärksten. Wir treffen uns auf der anderen Seite der Arena, auf dem Steg, der unter den Ästen des Eisenholzbaums entlangführt.«

»Aber Twig ...«, begann Kaulquapp.

»Beeilt euch«, zischte Twig, und noch bevor sein Geselle etwas sagen konnte, war er in der Menge verschwunden.

Kaulquapp starrte ihm nach, dann sah er Spooler an.

»Tja, dann kümmern wir uns mal um die Hungerlunger«, sagte der Eichenelf.

Kaulquapp nickte. Er hoffte nur, dass Twig wusste, was er tat.

In der Arena wurde wieder fieberhaft gewettet. Twig näherte sich dem Eisenholzbaum.

»Dreißig Goldstücke auf achtundzwanzig Minuten und neun Sekunden.«

»Fünfzig darauf, dass mindestens zweihundertfünfzig Wig-Wigs draufgehen.«

»Fünfundsechzig!«

»Hundert!«

Twig schob sich mit den Ellbogen durch das Gedränge, ohne auf empörte Rufe und Schmerzensschreie zu achten. Endlich stand er dort, wo der mächtige Stamm hinter dem obersten Rang herauskam. Er blieb stehen, zog den Enterhaken aus der Schlaufe seines schweren Übermantels und blickte sich um.

Auf den Rängen ging es zu wie im Tollhaus. Niemand, auch keine Harpyie, achtete auf den jungen Himmelspiraten. Twig nahm das Seil und schleuderte den Haken in das Geäst hinauf. Sobald der Haken festsaß, kletterte Twig hinauf.

»Und jetzt der große Augenblick, auf den ihr alle wartet!«, schrie Mutter Maulklau inmitten des Lärms. Sie nickte der Wächterharpyie zu. Die Harpyie begann, den Banderbären in die Manege hinunterzulassen.

Twig zog sich auf einen dicken, waagrechten Ast hoch oben in der Krone des Eisenholzbaums hinauf und kroch ihn vorsichtig entlang, bis er sich direkt über der königlichen Loge und dem Käfig befand. Unter ihm hob Mutter Maulklau die Flügel.

»Der Kampf ist eröffnet«, brüllte sie. *»Wrrrrg!«*

Entsetztes Schweigen legte sich über die Menge. Ein junger Himmelspirat hatte sich aus den Blättern über der königlichen Loge fallen lassen und die Harpyienkönigin gepackt. Er legte ihr den Arm um den aufgeplusterten Hals und drückte ihr ein blitzendes Messer an die Kehle.

»Halte den Käfig an!«, brüllte er. »Zieh ihn wieder rauf, bis er auf gleicher Höhe wie die Harpyienkönigin ist, sonst bringe ich die Harpyienkönigin um!«

Aufgeregt gackernd stoppte die Wächterharpyie den Käfig und starrte Twig böse an. Dann drehte sie das Rad langsam in die andere Richtung. Die Oberinnen waren außer sich. Gackernd und kreischend trippelten sie auf dem Balkon hin und her. Andere Harpyien, darunter Wächterharpyien und bullige Sklavenhändler mit gezahnten Schnäbeln, näherten sich drohend von verschiedenen Richtungen dem Baum.

»Stehen bleiben!«, brüllte Twig. »Sagen Sie es ihnen«, zischte er Mutter Maulklau zu. »Los!«

»St... stehen bleiben«, sagte Mutter Maulklau mit erstickter Stimme.

»Und sie sollen ihre Waffen wegwerfen!« Twig drückte das Messer noch fester an ihre Kehle.

»Tut, was er sagt!«, quakte sie.

»So ist es gut.« Ohne das Messer vom Hals der Harpyienkönigin zu nehmen, streckte Twig die Hand zu dem Käfig aus und hakte den Verschluss des Deckels auf. Der Banderbär streckte eine seiner Pranken hindurch.

Die Besucher schienen auf einmal zu begreifen, was vorging. Bis dahin hatten sie beim Anblick des Jungen, der die Harpyienkönigin bedrohte, wie gebannt geschwiegen. Jetzt brach Tumult los. »Er macht den Käfig auf!«, tobten sie. »Er lässt den Bären frei!«

Twig zerrte die verängstigte Harpyienkönigin in den hinteren Teil der Loge, während der Banderbär sich aus dem Käfig stemmte. Mit klopfendem Herzen beobachtete Twig, wie das Tier sich schwerfällig an einem Ast über seinem Kopf festhielt, sich über den gähnenden Abgrund schwang und mit einem Plumps in der Loge landete.

Die Menge schäumte vor Wut. »Er entkommt!«
Die Oberinnen auf dem Balkon verdrehten die Hälse um sehen zu können, was über ihnen geschah.
Der Banderbär richtete sich auf. »Tapser«, rief Twig. »Ich wusste, dass du es bist.«
»Wu?«, fragte der Koloss. »T-wu-g?«
»Ja, Tapser. Habe ich nicht gesagt, dass ich meine Mannschaft nie im Stich lassen würde?« Twig sah nach oben. »Klettere auf den Ast über unseren Köpfen und zieh mich zu dir rauf.«
Der Banderbär zitterte so sehr, dass die königliche Loge vibrierte. Twigs Messer ritzte die geschuppte Haut unter den Federn, und Mutter Maulklau schrie auf. Der Bär streckte die Arme aus, schlug die Klauen in den Ast über der Loge und zog sich daran hoch. Die Menge heulte vor Enttäuschung.

»Hundertfünfzig darauf, dass er es nicht schafft«, brüllte plötzlich eine Stimme.
»Zweihundert darauf, dass wir eine neue Harpyienkönigin haben, noch bevor der Abend zu Ende ist!«, schrie eine zweite Stimme.
Die Menge raste.
Beim dritten Anlauf konnte Tapser die Beine über den Ast schwingen und hinaufklettern. Er legte sich auf den Ast und streckte seinen Arm nach unten aus.
»Wu!«
Twig umklammerte das Handgelenk des Banderbären. Tapser zog und hob Twig aus der Loge heraus. Kaum war er verschwunden, begann Mutter Maulklau wie am Spieß zu brüllen.
»Packt sie!«, kreischte sie und hüpfte in einem Tobsuchtsanfall in der Loge auf und ab. »Wer die Harpyienkönigin bedroht, muss sterben! Wachen ... Neiiiiin!« Der Banderbär hatte begonnen, mit seinen rasiermesserscharfen Klauen die Seile zu zerschneiden, an denen die königliche Loge hing. Die Loge begann heftig zu schwanken. Die Harpyienkönigin grub ihre Krallen in die hölzernen Wände. »Nein«, wimmerte sie. »Habt doch Mitleid.«
»Mitleid?«, schrie Twig. »Mit tut nur leid, dass das nicht schon längst jemand getan hat.« Und damit langte er nach unten und schnitt das letzte Seil durch.
Die Loge stürzte senkrecht hinunter. Mutter Maulklau schrie gellend.
Die Menge johlte. Das war noch viel besser als ein Banderbär: die Harpyienkönigin höchstpersönlich. Als die ersten Wig-Wigs aus den dunklen Öffnungen des Zauns auf-

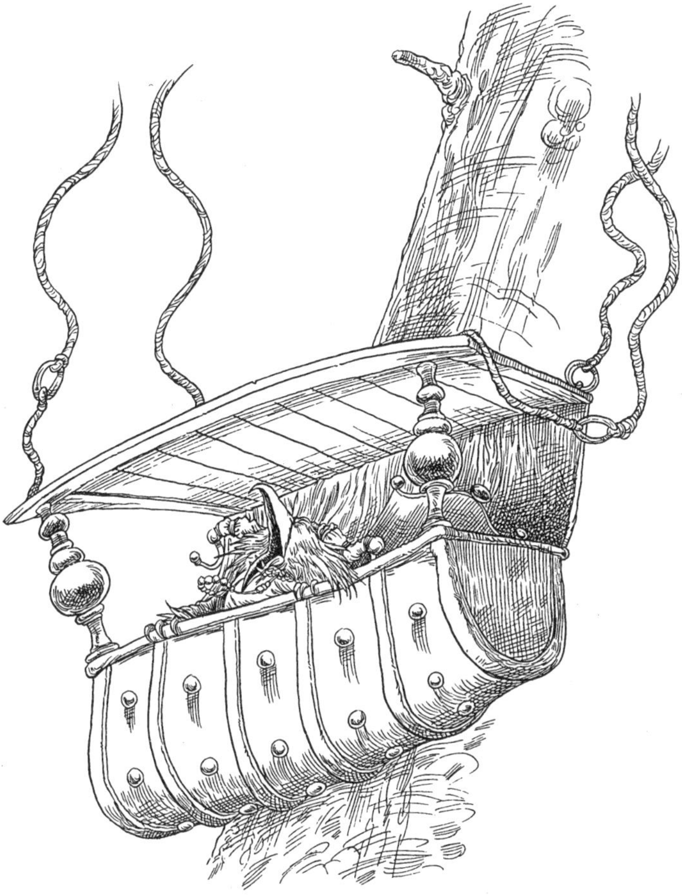

tauchten, glich die Arena einem Hexenkessel. Alles brüllte, heulte, kreischte und schrie durcheinander. »Hundert darauf, dass ...«

»Fünfhundert auf ...«

»Tausend!«

Twig nahm die zitternde Pfote des Banderbären.

»Krieche auf diesem Ast entlang«, rief er, »und dann auf dem.« Er zeigte auf einen noch dickeren Ast, der hinter ihm waagrecht aus dem Stamm wuchs. »Der ist fast so breit wie ein Steg. Und dann springst du auf mein Kommando!«

»Wu!«, brummte der Banderbär ängstlich.
Der Lärm der blutrünstigen Menge verschmolz mit dem Gekreische der Harpyien.
»Vertraue mir.« Twig musste schreien, damit Tapser ihn hören konnte. Er drehte sich um und blancierte mit ausgestreckten Armen über den Ast, der massige Banderbär kroch bange hinterher. Das Laub raschelte, der Ast schwankte, die Bretter des hölzernen Stegs unter ihnen kamen näher.
»Jetzt!«, schrie Twig.
»WU!«, rief der Banderbär und sie sprangen zugleich von dem Ast zum Steg hinunter. Sofort sprang Twig wieder auf und blickte wild um sich. Auf den benachbarten Stegen eilten wütende Harpyien herbei. Rücksichtslos drängten sie durch die Besucher, die in Scharen zur Arena strömten, um Zeugen des außerordentlichen Schauspiels zu werden, das sich dort vollzog.
»Twig!«, rief eine Stimme ungeduldig. »Twig!«
Twig fuhr herum. Kaulquapp und Spooler kamen durch die Menge auf sie zu. An Stricken zogen sie vier scheuende Hungerlunger hinter sich her.
»Gut gemacht, Kaulquapp!«, rief Twig.
Im selben Augenblick sprangen vier Wächterharpyien von oben auf den Steg und schnitten Twig und dem Banderbären den Weg ab. Blitzschnell stürzte der Banderbär sich auf sie. Mit einem mächtigen Tatzenhieb fegte er zwei von ihnen vom Steg. Federn wirbelten durch die Luft. Die anderen beiden ließen ihre Schlagstöcke fallen und flohen kreischend.
»Das waren die größten, die ich finden konnte«, sagte

Kaulquapp keuchend, als er und Spooler endlich zu den anderen durchgedrungen waren. Die Hungerlunger zerrten unruhig wiehernd an den Stricken.
»Genau richtig«, sagte Twig. »Tapser, du nimmst den größten. Steigt auf.« Er fasste die Zügel eines Hungerlungers und schwang sich hinauf.
Tapser blieb stehen und stöhnte jämmerlich. »Wu, wu!«
»Los, du auch!«, rief Twig. »Es ist die einzige Rettung.«
Schon sammelten sich weitere Harpyien. Noch wagten sie sich nicht näher heran, aber wenn sie erst zahlreich genug waren, würden sie angreifen. Aus ihren gelben Augen schien Mordlust.
Widerwillig stieg der Banderbär auf. Der Hungerlunger stöhnte unter seinem Gewicht und stemmte die Säbelbeine in den Boden.
»Bereit?«, fragte Twig.
Der Banderbär nickte unglücklich.
»Dann los!«
Twig ruckte an den Zügeln und stieß dem Hungerlunger die Stiefel in die Flanken. Die anderen folgten seinem Beispiel. Die Tiere bäumten sich auf und ruderten wild mit den Vorderbeinen, als vollführten sie einen seltsamen Tanz, dann stießen sie sich mit den Hinterbeinen ab.
Sie preschten über die Stege, überrannten Zuschauer und Harpyien und ließen den Eisenholzbaum und die schreckliche Arena hinter sich zurück. In Todesangst hielten Twig, Kaulquapp, Spooler und Tapser sich fest. Kaulquapp war noch nie auf einem Hungerlunger geritten und gelobte es auch nie wieder zu tun. Es war grauenhaft.
Unter ihnen schwankten und bebten die Stege, Buden flo-

gen splitternd zur Seite – doch die Hungerlunger waren nicht nur schnell, sie waren auch sichere Läufer. Der Markt raste an ihnen vorbei, ein verschwommener, ölig gelber Schein. Dann brach der Steg plötzlich ab. Der Sklavenmarkt war zu Ende. Eine grüngraue Harpyie linste erstaunt aus einem Pförtnerhäuschen.

Was jetzt?, dachte Kaulquapp. Sein Herz raste.

Der Hungerlunger, auf dem er saß, stieß sich ohne zu zögern vom Ende des Stegs ab und sprang in die Luft. Kaulquapp grub die Fersen tief in den Bauch des Hungerlungers und umklammerte die Zügel, bis seine Knöchel weiß hervortraten. Der Wind pfiff ihm um die Ohren.

Unter ihm gähnte der Wald wie ein riesiger Schlund. Sie fielen und fielen. Ihm wurde speiübel und er kniff die Augen fest zu. Was er durchlitt, war schlimmer als die Körbe von Sanktaphrax, schlimmer als das Himmelsschiff, schlimmer als ...

Ein gewaltiger Ruck erschütterte Ross und Reiter.

Der Hungerlunger hatte mit den Vorderpfoten einen Ast gepackt und sich sofort wieder mit den Hinterbeinen abgestoßen. Kaulquapp spürte die Erschütterung schmerzhaft am ganzen Körper. Er umklammerte die Zügel noch fester. Wieder öffnete sich der Wald, wieder landete der Hungerlunger sicher auf einem Ast und stieß sich kraftvoll ab.

Der Hungerlunger war ein hervorragendes Reittier. Obwohl Kaulquapp noch nie geritten war, brauchte er sich nur festzuhalten, den Rest erledigte der Hungerlunger. Er packte einen Ast und stieß sich ab, packte einen Ast ... Allmählich wurde es leichter. Kaulquapp bekam ein Gefühl dafür, wann er den Bauch anspannen und wann er locker lassen musste, wann er sich nach vorn beugen und wann zurücklehnen musste.

Doch wo waren die anderen?

Kaulquapp sah hastig über die Schulter zurück. Twig und Spooler folgten dicht hinter ihm, der Banderbär bildete den Abschluss. Sein Hungerlunger konnte trotz des Gewichtes auf seinem Rücken mit den anderen mithalten. Doch dann sah Kaulquapp, wie hinter dem Banderbären plötzlich Unruhe entstand. Ein gutes halbes Dutzend Wächterharpyien waren ihm mit ihren Hungerlungern dicht auf den Fersen.

»Was sollen wir tun, Twig?«, rief er. »Sie holen uns ein.«

»Keine Bange, Kaulquapp!«, erwiderte Twig atemlos. »Hungerlunger sind Tiere des Dunkelwaldes. Sie sind daran gewöhnt, weite Strecken durch den Wald zurückzulegen. Harpyien dagegen entfernen sich nie weit von ihrer Sippe.«

Schlagartig verschwanden die Lichter des Sklavenmarkts und es wurde dunkel. Kaulquapp stöhnte und kniff die Augen zu.

»Alles nur halb so schlimm!«, hörte er Twig hinter sich fröhlich rufen. »Du kannst die Augen wieder aufmachen, Kaulquapp.«

Kaulquapp gehorchte und stellte zu seiner Erleichterung

fest, dass es im Wald zwar stockfinster war, dass die Himmelspiraten dafür aber umso heller leuchteten. Alle drei, Twig, Spooler und Tapser, waren in denselben sonderbaren Schein getaucht.

Und weiter ging der Ritt. Unermüdlich flogen die Hungerlunger im Dunkeln von Ast zu Ast ohne ein einziges Mal zu straucheln.

Dann war wieder Twig zu hören. »Sie haben angehalten!«

Kaulquapp blickte wieder über die Schulter. Die Harpyien hockten mit ihren Hungerlungern in einiger Entfernung hinter ihnen auf Ästen. Sie schienen nicht erpicht darauf, die Jagd im dunklen Wald fortzusetzen. Und noch etwas bemerkte Kaulquapp. Sein Anstecker war verschwunden. Übrig war nur die Nadel.

»Dem Himmel sei Dank!«, murmelte er. »Sie haben aufgegeben! Wir ... oh!« Fast wäre er aus dem Sattel gerutscht.

»Aufpassen, Kaulquapp«, mahnte Twig. »Dem Sklavenmarkt sind wir entronnen, aber auf dem Boden unter uns gibt es immer noch die Wig-Wigs.«

Kaulquapp hielt sich grimmig an den Zügeln fest. Auf dem weiteren Flug hielt er den Blick fest auf die Bäume vor ihm gerichtet.

Sie machten keine Pause und verlangsamten auch nicht das Tempo. Bevor sie zum Waldboden hinunter konnten, mussten sie erst sicher sein, dass auch die gefräßigen Wig-Wigs, die vom Sklavenmarkt angezogen wurden, weit weg waren. Allmählich wurde Kaulquapp müde.

»Wie weit noch?«, rief er.

»Nicht mehr weit«, erwiderte Twig. »Wir müssen nur noch ...«

»Captain!«, rief Spooler. Seine Aufregung war unüberhörbar. »Captain, Tapsers Hungerlunger hat Probleme.«
Twig drehte sich herum. »O nein«, murmelte er. Das arme Tier litt zunehmend unter dem Gewicht auf seinem Rücken. Seine Kraft war nahezu aufgebraucht. Jeder Sprung kostete es ungeheure Anstrengung, die Landungen auf den Ästen wurden immer unsicherer. Das leuchtende Gesicht des Banderbären war angstverzerrt.
»Wu«, ächzte er. »Wu, wu.«
Twig seufzte. Es hatte keinen Zweck. Wig-Wigs hin oder her, sie mussten landen. Wenn der Himmel ihnen gnädig war, hatten sie sich bereits genügend weit von den tückischen Biestern entfernt. »Wir gehen runter!«, kommandierte er und zog an den Zügeln seines Hungerlungers.
Sie machten sich an den Abstieg. Zugleich lichtete sich der Wald. Immer tiefer sprangen sie von Ast zu Ast, und Kaulquapp suchte den Waldboden nach verräterischen orangefarbenen Blitzen ab.
Nichts zu sehen. Er seufzte erleichtert.
Sie landeten auf einer mit Grasbüscheln bewachsenen Lichtung, Twig als Erster, dann Spooler und Kaulquapp und zuletzt Tapser. Keuchend vor Erschöpfung ließ Tapsers Hungerlunger sich auf den Boden plumpsen. Tapser rollte von seinem Rücken und blieb daneben liegen. Auch die anderen stiegen ab. Spooler führte die Hungerlunger zu einem Baum und band sie an einem niedrigen Ast fest. Twig ging zu dem Banderbären, kniete neben ihn hin und schlang ihm die Arme um den Hals. Tapser richtete sich auf und zog Twig mit hoch, bis seine Füße in der Luft baumelten.

Die beiden Gestalten beleuchteten mit ihrem gespenstischen Schein die ganze Lichtung. Kaulquapp rannte zu ihnen.
»Gratuliere!«, rief er. »Ihr habt es geschafft!«
Twig drehte sich lachend zu ihm um. »*Wir* haben es geschafft«, sagte er. »Du, ich, Spooler und Tapser, wir alle zusammen!«

KAPITEL 16

Der Trollweg

Der lange und weite Ritt hatte die vier Reisenden erschöpft. Twig wusste, dass es keinen Sinn hatte, die Reise in dieser Nacht noch fortzusetzen.

»Wir bleiben hier«, sagte er, »und brechen morgen in aller Früh auf. Kaulquapp und Spooler, ihr macht Feuer. Tapser und ich sorgen für etwas zu essen.«

»Aye, aye, Captain«, sagte Spooler.

Twig und der Banderbär verschwanden im Dunkel des Waldes. Kaulquapp sah ihnen beklommen nach. Sie wirkten so winzig unter den mächtigen Bäumen, so unbedeutend und verletzlich.

»Passt auf euch auf«, murmelte er. Dann machte er sich daran, im nahen Unterholz Äste und Zweige zu sammeln – freilich ohne sich zu weit von der Lichtung zu entfernen.

Spooler nickte zufrieden, als er zurückkehrte. »Leg das Holz da drüben hin.«

Kaulquapp schichtete die Äste zu einem Stoß auf und sah zu, wie Spooler versuchte etwas Graues, Weiches zum Brennen zu bringen. »Was ist das?«, fragte er.

Spooler hörte auf zu blasen. »Rindenmoos«, erwiderte er. »Ein hervorragender Zunder.« Er begann wieder zu blasen. Sein Gesicht glänzte rot. »Leider ist es feucht.« Er blies noch stärker. Plötzlich schlugen Flammen aus dem Moos. Spooler legte es behutsam auf einen flachen Stein. »Bring mir einige kleine Zweige«, sagte er zu Kaulquapp. »Aber trockene.«

Kaulquapp eilte zu dem Holzstoß und kehrte mit einer Hand voll Zweige zurück. Spooler stellte sie über dem Moos zu einer Pyramide auf. Die Zweige fingen Feuer, und die beiden legten größere Äste nach. Schon bald schlugen gewaltige Flammen zum Himmel. Spooler suchte in ihrem Gepäck nach Töpfen, Tellern und Bechern, und Kaulquapp setzte sich an das Feuer. Die Nacht war voller Geräusche – hier ein Quieken, dort ein Gackern – und ihm war in der Nähe der schützenden Flammen wohler.

Er wollte gerade seine geliebten Rindenrollen hervorholen, als es im Gebüsch krachte und splitterte. Tapser kehrte zurück. Hinter ihm trat Twig aus der Schneise, die der Banderbär in die Büsche geschlagen hatte. Er ging zum Feuer und leerte einen Sack mit Früchten und Wurzeln auf dem Boden aus. »Galläpfel, Dellbeeren und Schafgarbenwurzeln«, sagte er. »Außerdem noch viele andere Köstlichkeiten, die Tapser mit seiner empfindlichen Banderbärnase gerochen hat.«

»Wu!«, sagte der Banderbär und nickte heftig. Er ging auf alle viere hinunter und hob einen toten jungen Tilder von der Schulter. Im Hals des Tilders steckte ein Pfeil.

»Hast du den etwa geschossen, Twig?«, fragte Kaulquapp beeindruckt.

Twig lachte. »Mit meinem improvisierten Pfeil und Bogen, ja. Es ist zwar schon lange her, aber ich weiß immer noch, wie es geht. Davon braten wir uns Steaks, den Rest bekommen die Hungerlunger.«

Aus den Bäumen über ihren Köpfen kam plötzlich ein stotterndes Husten. Kaulquapp duckte sich und hob schützend die Hände über den Kopf. Die anderen lachten.

»Das war doch nur ein Fromp«, sagte Twig. »Der tut dir nichts ...«

»*Waiiiiii-kakakakaka ...*«

Der Ruf eines balzenden Nachtlemuels unterbrach ihn. Wieder duckte Kaulquapp sich.

»Kaulquapp«, sagte Twig lachend, »du hast ja Recht, wenn du vorsichtig bist, denn im Dunkelwald ist es gefährlich. Aber an die Geräusche des Waldes musst du dich gewöhnen.«

Kaulquapp nickte verlegen. Es war ihm selbst peinlich, dass er solche Angst hatte. »Vielleicht muss ich noch mehr vom Spezialtee dieser Plapperdrude trinken.«

Twig lächelte. »Das lässt sich einrichten. Galläpfel haben wir.« Er wandte sich an Tapser. »Hast du auch Hederich gefunden?«

Der Banderbär durchwühlte den Haufen von Früchten und Wurzeln mit einer angesichts der Größe seiner Tatzen erstaunlichen Fingerfertigkeit. Er zog eine knollige Wurzel heraus, an deren oberen Ende ein Büschel gefiederter Blätter hing. »Wu«, brummte er und hielt die Wurzel zusammen mit einem Büschel Zuckergras in die Höhe.

»Na also«, sagte Twig, »die Zutaten sind alle da.«

Als der Mond aufging und rund und gelb am Himmel

stand, saßen sie um das Feuer und fielen heißhungrig über die Tildersteaks und den süßen Wurzelbrei her. Die Hungerlunger, die sich von dem anstrengenden Ritt offenbar gut erholt hatten, vertilgten geräuschvoll die Fleischreste. Kaulquapp nippte an dem Tee, den Twig gebrüht hatte.

»Nicht schlecht«, sagte er. »Nicht so süß wie der von der Plapperdrude, aber immerhin ... gar nicht übel.« Der nächtliche Lärm des Dunkelwalds nahm zu. Es hustete, quakte und kreischte in einem fort. Kaulquapp lachte. »Außerdem scheint er zu wirken.«

Twig gähnte. »Freut mich, Kaulquapp. Ich ...« Er gähnte wieder.

»Warum legst du dich nicht hin?«, schlug Kaulquapp großzügig vor. »Ich übernehme die erste Wache.«

»Ich leiste dir Gesellschaft«, sagte Spooler.

Twig nickte, zu müde um zu widersprechen. »Dann ruhen wir jetzt aus und brechen morgen in aller Früh auf.« Er rollte sich am Feuer zusammen, lauschte noch eine Weile den vertrauten Geräuschen des Dunkelwalds und war schon bald eingeschlafen. Tapser tat dasselbe. Spooler stand auf und sah nach den Hungerlungern.

Kaulquapp hockte sich vor das Feuer und stocherte mit einem Stock in der Glut, bis das Feuer wieder zum Leben erwachte.

»Wer hätte gedacht, dass ich einmal im Dunkelwald unterwegs sein würde, in der alten Heimat Kobolds des Weisen?«, murmelte er. Er legte den Stock neben sich und zog die Rindenrollen aus der Tasche. »Ausgerechnet!«

Ein kalter, dicker Nebel zog wirbelnd durch die Straßen und Gassen des fernen Sanktaphrax. Vox, der schlaksige Geselle aus dem Wolkenkolleg, wickelte sich fröstelnd fester in seinen pelzbesetzten Umhang und beschleunigte seine Schritte. Er war sowieso schon spät dran für die heimliche Verabredung mit dem neu ernannten Professor für psycho-klimatische Studien.

Ein Hilfsdiener stieß im Nebel mit ihm zusammen. Vox fluchte. »Platz da, du Wurm!«

»T... tut mir leid, Vox«, stotterte der Junge. Er klang zu Tode erschrocken, wie Vox mit Genugtuung feststellte. Der Geselle gab dem Jungen einen Klaps hinter die Ohren und dann noch einen.

»Pass in Zukunft besser auf«, brummte er, dann setzte er seinen Weg fort. Ein eisiger Wind zerrte an seinem Umhang.

Hinter ihm krachte es laut. Vox zuckte zusammen und drehte sich wütend um. Bestimmt hatte das unverschämte Balg ihm etwas hinterherwerfen wollen. Doch er irrte sich. Verdattert starrte er auf das riesige Mauerstück, das der tückische Wind hoch über seinem Kopf aus einer Hauswand gebrochen hatte. Es hatte ihn nur knapp verfehlt.

»Die ganze Stadt stürzt ein«, murmelte er bitter. »Wer früher eine Lehre in Sanktaphrax machte, hatte für sein Leben ausgesorgt. Waren das noch Zeiten!« Wieder prasselten Steine und Mörtelbrocken auf den Gehweg herunter. Vox eilte hastig weiter.

Nichts war mehr sicher in Sanktaphrax. Dafür sorgten schon die heftigen Unwetter. Unentwegt brausten sie über die Klippe, eins schlimmer als das andere – Gewitter, Wirbelstürme, Feuerstürme, Eisstürme und Gemütsstürme, beispiellos sie alle, noch nie da gewesen. Es blieb gar keine Zeit, die Schäden auszubessern, und die akademische Arbeit war sowieso zum Erliegen gekommen. Dort draußen jenseits der Klippe braute sich etwas zusammen, so viel war klar, nur WAS, das wusste kein Akademiker, ja nicht einmal der Allerhöchste Akademiker selbst.

»Mit wem soll sich ein ehrgeiziger junger Geselle gutstellen, wenn keiner weiß, was kommt?«, überlegte Vox laut. Hatte der Professor für psycho-klimatische Studien wirklich mehr Einfluss als der Professor der Wolkengucker?

Er blickte zu den Wolken auf, die über den Himmel jagten. »Diese kleine Kröte Kaulquapp hatte Recht, damals aus Sanktaphrax zu verschwinden«, brummte er. Im Speisesaal war davon die Rede gewesen, der Hilfsdiener sei zusammen mit Twig verschwunden, jenem Verrückten mit den wilden Augen, den der Professor der Dunkelheit unter seine Fittiche genommen hatte. Und was noch merkwürdiger war, der Professor beherbergte jetzt drei weitere sonderbare Gäste ... Vox knirschte mit den Zähnen. In Wirklichkeit hatte er keineswegs die Absicht, Sanktaphrax zu verlassen.

»Egal, was werden wird«, murmelte er, »ich kriege schon, was ich will.« Er betastete mit den Fingern die Narbe auf seiner Wange, die von der Schüssel mit dampfendem Tildergulasch herrührte. »Und Kaulquapp kann sich auf was gefasst machen, wenn er mir noch einmal über den Weg läuft.«

Ein leichter Nieselregen hatte eingesetzt, als die vier Reisenden am nächsten Morgen aufbrachen. Entsprechend gedämpft war ihre Laune. Twig, Kaulquapp und Spooler ritten auf ihren Hungerlungern; Tapser, der seinen Hungerlunger schonen wollte, ging zwischendurch immer wieder ein Stück zu Fuß. Den Hungerlunger zog er dabei an einem Strick hinter sich her, den er sich um die vordere Tatze gewickelt hatte.

Schweigend zogen sie durch den dichten grünen Wald. Die

Wolken über ihnen wurden dunkler, der Regen fiel stärker, und es war kein Zufall, dass nagende Zweifel in ihnen keimten. Bisher hatten sie Glück gehabt, großes Glück sogar, doch jetzt hatte das Glück sie verlassen. Sie wussten, dass es vollkommen unmöglich war, im endlosen Dunkelwald weitere Besatzungsmitglieder zu finden. Sie konnten höchstens hoffen ein Dorf zu finden, das von Kaufleuten der Liga oder von Himmelspiraten besucht wurde, und dort Fahrkarten nach Unterstadt zurück kaufen. Schon das war mitten im Wald eine fast unmögliche Aufgabe.
Doch dann hellte sich der Himmel auf, die Sonne schien warm durch das Laub und auch die Laune der Reisenden besserte sich. Kaulquapp atmete die würzige Waldluft tief ein. Sie roch nach dem dunklen Lehmboden, nach saftigen Blättern und nach aromatischen Früchten, so ganz anders als der schwarze Ruß, der in Unterstadt alles überzog.

»Wie geht's?«, fragte Twig.
»Es ist alles so schön.« Kaulquapp wies mit einer weiten Armbewegung um sich. »Vor allem jetzt, wo die Sonne scheint.«
»Schön, aber tödlich«, sagte Twig leise.
Sie legten an diesem ersten Tag eine weite Strecke zurück und ernährten sich von essbaren Früchten und Beeren, die Tapser mit seiner feinen Nase aufspürte. Die Hungerlunger mussten mit dem Essen warten, bis sie abends Rast machten. Unterwegs zeigte Twig seinen Gefährten einige der ihm bekannten exotischen Geschöpfe des Dunkelwalds. In Kaulquapps Ohren klang ein Name schlimmer als der andere, und die Härchen in seinem Nacken prickelten schon bald unangenehm. Sie sahen Pestkröten mit ihrem entsetzlich stinkendem Atem. Katzenartige Marmels mit stachligen Schwänzen und giftigem Speichel. An Bülbülbäumen hingen getarnte Schwimmel, klebrige, wie Gehirne geformte Geschöpfe, die von Gallhennen lebten und die Bäume wegen ihrer Beeren aufsuchten. Ein Faulsauger strich hoch über ihren Köpfen über den Himmel, und hinter einem Busch tat sich ein Skalpell mit gelben Klauen und nadelspitzen Zähnen an einem Quarm gütlich, den er von einem Baum heruntergelockt hatte.
Leider begegneten sie bis zum Abend keinem einzigen Troll oder Kobold, der ihnen hätte helfen können. Twig wurde immer unruhiger.
»Ich kenne den Dunkelwald«, sagte er. »Ich bin unter Waldtrollen aufgewachsen. Sie haben mich gelehrt, dass man dem Wald nicht trauen darf, dass man immer vor Gefahren auf der Hut sein muss.«

Kaulquapp sah ängstlich von den Eichelbeeren auf, die er über den tanzenden Flammen des Feuers röstete. Ein Becher mit Tee stand neben ihm auf dem Boden. »Uns wird schon nichts passieren, nicht wahr, Twig?«

»Wenn der Himmel es will, nein, Kaulquapp.« Twig lächelte beruhigend. »Bestimmt nicht. Jetzt trink endlich deinen Tee.«

Doch der zehnte Morgen im Dunkelwald brach an, und sie waren immer noch niemandem begegnet, der ihnen hätte helfen können. Auch der Hederich- und Gallapfeltee konnte Kaulquapps Stimmung nicht mehr aufhellen. Überdies waren die Hungerlunger verschwunden.

»Wie kann das sein?«, rief Kaulquapp verzweifelt. »Ich hab, bevor ich schlafen ging, ganz sicher noch einmal nach ihnen gesehen. Sie wirkten unruhig, aber ich dachte mir nichts dabei.«

Twig war alarmiert. »Etwas muss sie nachts so erschreckt haben, dass sie sich losgerissen haben.« Er musterte Kaulquapp. »Habe ich dir nicht aufgetragen, die Stricke mit einem Doppelknoten festzumachen?«

Kaulquapp starrte zu Boden. »Tut mir leid.« Seine Stimme war ein Flüstern. Er blickte betreten auf. »Was tun wir jetzt ohne die Hungerlunger?«

»Wir brechen auf«, sagte Twig verärgert. »Zu Fuß.« Kaulquapp sah Twig an den Augen an, dass er Angst hatte, und der Mut verließ ihn.

Twig marschierte wütend los, und Kaulquapp war schon bald außer Atem.

»Können wir nicht Pause machen?«, keuchte er. »Oder wenigstens etwas langsamer gehen?«

Twig legte ihm die Hand auf die Schulter.
»Du kennst den Dunkelwald nicht und musst noch viel lernen, Kaulquapp.« Die Angst schien Twig immer noch aus den Augen. »Der Wald mag dir wie eine friedliche Idylle vorkommen, aber hinter jedem Baum lauert die Gefahr. Außerdem wissen wir nach wie vor nicht, wovor die Hungerlunger geflohen sind. Wenn wir nicht bald ein Dorf finden, gehen wir hier zugrunde.«
»Aber ein paar Minuten Pause können doch nicht schaden, Twig«, bettelte Kaulquapp.
In diesem Moment gellten spitze Schreie durch den Wald.
»Aaaaah! Aaaaah! AAAAAAH!«
Vor ihnen hüpfte der Banderbär auf einer mit hohem Gras bedeckten Lichtung wie besessen auf und ab. Der Eichenelf war nirgends zu sehen.
»Wu!«, brüllte Tapser und drosch wie wahnsinnig auf die grünen Büschel ein.
»Was ist denn mit dem los?«, fragte Kaulquapp verdattert. »Und wo ist Spooler?«
»Jetzt erlebst du den Dunkelwald, Kaulquapp!« Twig zog seinen Säbel und stürmte auf die Lichtung. »Wie gesagt – überall lauert Gefahr.«
Mit dem Messer in der Hand rannte Kaulquapp hinter ihm her auf die von Schatten gesprenkelte Lichtung. Um sie stand hoch und dicht das Gras. Vor ihnen fuchtelte Tapser mit den Armen und rief etwas. Kaulquapp verstand zwar kein Wort, aber was Tapser meinte, war auch ihm klar. Sie sollten umkehren, fliehen, solange sie noch konnten.
Plötzlich begann Twig mit dem Säbel um sich zu schlagen. »Ich hätte es wissen müssen!«, rief er. »Wir stehen in einem

Nest von Schilfaalen, Kaulquapp. Offenbar leben sie hier auf der Wiese. Kein Wunder, dass die Hungerlunger geflohen sind. Vorsicht!«

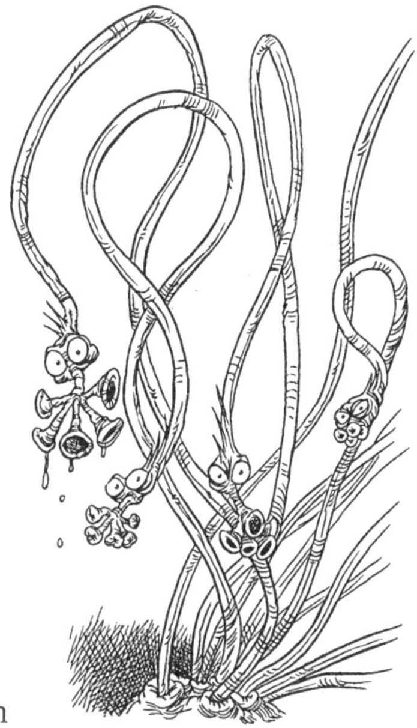

Kaulquapp blieb wie erstarrt stehen. Wo eigentlich hohes Gras hätte sein sollen, quollen auf einmal unzählige grüne, wurmartige Geschöpfe aus Löchern im Boden. Die Würmer hatten tief liegende, orangefarbene Augen und an Stelle des Mundes wie Blütenblätter geformte Saugnäpfe. Schwankend näherten sie sich Kaulquapp und versuchten sich an seiner Haut festzusaugen.

»Geht weg!«, schrie er. Er wich ihnen aus und stach mit dem Messer um sich.

Sobald die Klinge den Schilfaalen zu nahe kam, wichen sie zurück und verschwanden in ihren Löchern – allerdings nur, um im nächsten Moment wieder aufzutauchen. Kaulquapp säbelte mit seinem Messer drauflos. Keinen Augenblick durfte er in seiner Wachsamkeit nachlassen. Endlich hatte er die anderen eingeholt. Tapser hatte den Eichenelf auf die Schultern genommen und in aller Eile den Rückweg angetreten. Twig packte Kaulquapp am Arm.

»Schnell«, sagte er und schwang den Säbel in einem weiten Bogen tief über die Erde. »Wir müssen hier weg. Die Schilfaale sind vor Hunger ganz außer sich.«

Das ließ sich Kaulquapp nicht zweimal sagen. Er rannte los

und stach dabei mit dem Messer wild auf alles ein, was sich bewegte. Die Schilfaale waren tückische Biester. Sie flochten sich zu Knäueln zusammen, um ihm den Weg zu versperren. Eine wimmelnde Masse glitt über den Boden auf seine Knöchel zu.

»Aufgepasst, Kaulquapp!« Twig hieb ein Knäuel entzwei.

»Ganz schön gefährlich, der Dunkelwald«, keuchte Kaulquapp und stolperte weiter. Endlich spürte er unter seinen Füßen wieder Gras. Vornübergebeugt blieb er stehen und rang um Atem. »Das ... war ... knapp. Ich ...«

»Zu spät«, hörte er Twig sagen. Er blickte auf. Twig kniete bei Spooler, der ausgestreckt auf dem Boden lag. Tapser stand daneben.

»Ist er ...?«, fragte Kaulquapp.

Twig nickte. »Tot, ja. Die Schilfaale haben ihn gebissen und mit Gift voll gepumpt.«

Entsetzt starrte Kaulquapp auf die wie Blütenblätter geformten Male, die die Haut des Eichenelfs bedeckten, auf das Gesicht, aus dem alle Farbe gewichen war, und auf den aufgedunsenen Leib. Er ging in die Knie. »Nein!«, wimmerte er. Er warf den Kopf in den Nacken. »Schrecklicher Dunkelwald!«

Twig zog ihn hoch. »Nicht, Kaulquapp«, zischte er. »Der Dunkelwald hat Ohren, glaub mir.«

Kaulquapp sah Twig an und verstummte. Er musste noch so viel lernen.

Sie begruben Spooler tief unter den Wurzeln eines Wiegenliedbaums, wie es der Brauch bei den Eichenelfen erforderte. Dann machten sie sich wieder auf den Weg. Ihre

Stimmung war auf dem Tiefpunkt angelangt. Twig machte sich Vorwürfe. Warum hatte er nicht darauf bestanden, dass der Eichenelf mit dem *Himmelsstürmer* nach Unterstadt zurückkehrte? Der Wald erschien ihnen tiefer und dunkler denn je.

Unablässig marschierten sie weiter. Sie kletterten steile, grasbewachsene Hänge hinauf, überquerten sumpfige Ebenen und stiegen auf Buckel und felsige Höcker. Kaulquapp empfand eine Erschöpfung, die jeden Schritt zur Qual werden ließ. Brombeerranken zerkratzten ihm die Beine, Äste schlugen ihm ins Gesicht, seine Beine taten weh, der Magen knurrte ihm.

Und wieder beschloss die Sonne über ihren Köpfen den Tag. Es wurde dunkel, der Mond ging auf. Da blieb Twig stehen. Bewegungslos verharrte er, den Blick erstaunt zu Boden gerichtet.

»Soll ich Brennholz sammeln?«, fragte Kaulquapp.

Twig schüttelte den Kopf. »Unglaublich«, flüsterte er.

»W... was denn?« Kaulquapp blickte sich nervös um.

Twig zeigte auf den Boden vor seinen Füßen. »Sieh doch, da!«

»Ich sehe nichts. Twig, was ist denn?«

»Ein Weg, Kaulquapp. Ein von Waldtrollen angelegter Weg.«

Kaulquapp runzelte die Stirn. »Von Waldtrollen?«

Twig nickte. »Ich würde einen solchen Weg überall erkennen. Ausgetreten von Generationen von Waldtrollen. Sieh hier, ein in den Morast eingebackener Fußabdruck. Breite Ferse, Plattfüße und knubbelige Zehen. Kein Zweifel, das ist eindeutig ein Trollweg!« Er sah Kaulquapp mit Tränen

in den Augen an. »Einmal, vor langer Zeit, bin ich von einem solchen Weg abgekommen. Das war ein Fehler, aber wie ich später begriff, war es mir nicht bestimmt im Dunkelwald zu bleiben.« Er seufzte. »Jetzt bin ich offenbar wieder am Anfang angelangt.«

»Du meinst, du bist von genau *diesem* Weg abgekommen?«, fragte Kaulquapp ungläubig.

»Alle Trollwege sind miteinander verbunden«, sagte Twig. »Sie bilden ein Netz, das den ganzen Dunkelwald durchzieht. Die Wege führen zu Luftholzwäldern und Umschlagplätzen und verbinden die Trolldörfer. Wenn wir diesem Weg folgen, kommen wir früher oder später zu einem solchen Dorf. Und Trolle treiben mit Himmelspiraten Handel! Wir sind gerettet, Kaulquapp! Wir sind gerettet!«

»Worauf warten wir dann noch?« Kaulquapp wandte sich zum Gehen. »Folgen wir dem Weg!«
»Ich kann es noch gar nicht fassen«, flüsterte Twig. »Nach so vielen Jahren habe ich den Weg wiedergefunden!« Er hob den Kopf. »He, ihr beide, wartet auf mich!« Er betrat den Weg und rannte hinter Kaulquapp und Tapser her.
Deutlich sichtbar schlängelte der Weg sich durch die Bäume. Er glänzte im Mondlicht wie die Schleimspur einer Rindenschnecke. Sie gelangten zu Abzweigungen, gelegentlich auch Kreuzungen, an denen mehrere Wege zusammenstießen. Twig entschied sich jedes Mal ohne zu zögern für eine Richtung.
»Alle Wege führen irgendwann zu einem Dorf«, versicherte er den anderen beiden. »Wir können also gar nicht falsch gehen.«
Kaulquapp nickte. Trotzdem wurde er das Gefühl nicht los, dass der Captain sie in eine ganz bestimmte Richtung führte.
Twig blieb abrupt stehen. »Riecht mal«, sagte er. »Das ist der aromatische Rauch von Duftholz. Die Waldtrolle verbrennen es im Ofen, wenn sie träumen wollen und wenn ...« Er brach ab und legte den Kopf lauschend zur Seite. »Hört ihr das?«, flüsterte er.
Kaulquapp lauschte und – jawohl, neben den Geräuschen der Nachttiere war da noch etwas. »Musik!«, rief er überrascht.
»Offenbar sind wir in der Nähe eines Dorfes«, sagte Twig.
Sie gingen weiter. Ein trauriger Chor singender Stimmen drang durch die Bäume. Der Wind schlug um und der Klagegesang verstummte, jedoch nur um im nächsten Augen-

blick lauter als zuvor wiederzukehren. Tiefe und hohe Stimmen sangen verschiedene Melodien, vereint nur durch die zugrunde liegende, klagende Weise.

»Wu, wu!«, brummte Tapser.

»Diese Musik kenne ich«, sagte Twig mit seltsam angespanntem Gesicht. »Es ist jemand gestorben.« Er sah Kaulquapp an. »Die Trolle begehen das Totenzeremoniell.«

Von dem Klagegesang angezogen gingen die drei weiter. Sie bogen nach links ab, noch einmal nach links und dann nach rechts. Das flackernde, gelbe Licht von Fackeln schien durch das dichte Unterholz. Twig blieb stehen. Er zitterte. Kaulquapp hatte ihn noch nie in einem solchen Zustand erlebt. Er wirkte so jung, so unsicher. Die Jahre schienen von ihm abgefallen und zum Vorschein kam der schüchterne Trolljunge von damals. Seine Augen glänzten tränenfeucht, auf seinem Gesicht lag ein trauriges Lächeln.

»Twig«, sagte Kaulquapp besorgt. »Was fehlt dir? Willst du lieber umkehren?«

Twig schüttelte den Kopf. »Nein, mir fehlt nichts. Ich hatte das alles nur vergessen. Ich bin in einem Dorf wie diesem aufgewachsen, Kaulquapp.« Er spähte durch die Zweige auf die hoch oben in den Bäumen sitzenden Trollhütten. »In einer solchen Hütte aus Luftholz ... Aber Schluss jetzt!« Twig riss sich zusammen. »Bleibt hinter mir. Und wenn uns jemand anhält, lasst mich reden. Waldtrolle sind ungeladenen Gästen gegenüber manchmal sehr misstrauisch, besonders bei ernsten Anlässen wie diesem.«

Sie waren am Rand einer Lichtung angelangt, die von einem gewaltigen Wiegenliedbaum überragt wurde. An einem Ast hing der Kokon eines Raupenvogels. In solchen

Kokons, aus denen Raupenvögel schlüpfen, hausten die Dorfweisen, meist Eichenelfen. Sie schliefen in den warmen, duftenden Hüllen und hatten so an den Träumen der weit gereisten Vögel teil.
Sämtliche Dorfbewohner schienen sich mit brennenden Fackeln um den Baum auf der Lichtung versammelt zu haben. Der Gesang stieg aus ihrer Mitte zum Kokon auf.
Twig und seine Gefährten traten auf die Lichtung. Der Klagegesang strebte seinem Höhepunkt zu und schwoll zu einem misstönenden Geheul an. Twig zögerte. Die Waldtrolle standen mit dem Rücken zu ihm, die Köpfe hatten sie gesenkt. Das Geheul brach ab, für einen Augenblick herrschte Stille. Dann ertönte aus dem Raupenvogelkokon eine Stimme.
Twig zuckte zusammen. Diese klangvolle, raue Stimme kannte er doch. »Nein«, murmelte er, »unmöglich.« Angestrengt spähte er über die gesenkten Köpfe. Im Kokon in der breiten Krone des gewaltigen Baumes saß ein alter Eichenelf.
»Taghair!«, flüsterte er atemlos.
»Du kennst ihn?«, fragte Kaulquapp.
»Ich ... ich kann es gar nicht glauben, Kaulquapp. Es ist wie ein Traum. Ich bin wirklich wieder am Anfang angekommen. Das ist nicht irgendein Trolldorf, sondern ...« Er schluckte den schmerzhaften Kloß im Hals hinunter. »Das ist *mein* Dorf, Kaulquapp. Ich bin nach Hause gekommen.«
»Vom Himmel kommen wir und zum Himmel kehren wir zurück«, deklamierte der Eichenelf feierlich. *»Hinunter steigen wir und wieder hinauf. Wir sind heute Abend hier versammelt, um den Leib unseres geliebten Ehemanns, Va-*

ters und Freundes Tuntum dem Himmel anzuvertrauen. Möge sein Geist von allen Fesseln befreit aufsteigen ...«

»Tuntum? Hat er Tuntum gesagt? Nein, das ist nicht wahr!« Twig brach in Schluchzen aus.

Die Waldtrolle drehten sich erschrocken um. Ein schlaksiger Junge mit verfilzten Haaren und einer Fellweste rannte auf sie zu. Aufgebracht über die Störung, aber zu ängstlich, um dem Fremden mit den wilden Augen in den Weg zu treten, machten sie Platz.

Unter dem Kokon im Wiegenliedbaum blieb Twig stehen.

Vor ihm standen die trauernden Angehörigen. Sie hatten sich an den Händen gefasst. Empört drehten auch sie sich jetzt zu dem unerwünschten Eindringling um. Twig wollte seinen Augen nicht trauen, aber doch, er kannte sie alle – Schnutpill, Handlang, Nasevoll, seine Halbbrüder und -schwestern. Nie hätte er geglaubt, dass er sie wieder sehen würde. Und da stand auch Spelda, kleiner, als er sie in Erinnerung hatte, die gütige Trollfrau, die ihn als Findelkind bei sich aufgenommen und an Kindes statt großgezogen hatte.

»Mutter!«, schrie er und rannte mit ausgebreiteten Armen auf sie zu.
Spelda starrte ihn mit offenem Mund und aufgerissenen Augen an. »Twig?« Sie sah seinen langen Mantel und die Klappflügel, die Ausrüstung eines Himmelspiraten. »Bist du es wirklich?«
Twig nickte mit Tränen in den Augen und nahm ihre Hände in seine.
»Du bist zurückgekommen«, flüsterte Spelda.
Lange verharrten sie so, schweigend, der hochgewachsene junge Himmelspirat und die kleine alte Trollfrau. Dann zog Spelda ihre Hände zurück.

»Ich weiß, du bist mit deinem Vater nicht immer gut ausgekommen, Twig«, sagte sie, »aber er hat dich immer geliebt.« Sie schnupfte und schneuzte sich die Knubbelnase. »Bis zum Schluss.«
Twig sah den aus Dufthölzern aufgeschichteten Scheiterhaufen, das Himmelsfloß aus Luftholz, das, wenn es brannte, zum Himmel aufsteigen würde, und darauf festgebunden ein mit einem Leichentuch verhülltes Bündel.
»Kann ich ihn sehen?«
Spelda nickte. Twig trat vor und zog das aus Waldspinnenseide gewobene Tuch über Tuntums Kopf weg.
»Er sieht so friedlich aus«, sagte Twig leise. »Wie ist er gestorben?«

»Im Schlaf. Er war seit einigen Monden krank.« Spelda lächelte tapfer. »Er war ein guter Mann und Vater …«
»Es ist Zeit«, ertönte die Stimme des Eichenelfs über ihnen. Twig beugte sich über Tuntum und küsste ihn leicht auf die Stirn. Dann bedeckte er das Gesicht wieder mit dem Tuch.
»Wer hält die Himmelsflamme an den Scheiterhaufen?«, fragte der Eichenelf.
Schnutpill trat vor und reichte Spelda eine brennende Fackel. Sie sah in die Flammen, dann wandte sie sich mit einem leisen Seufzer an Twig. »Erinnerst du dich an die Worte?«
Twig nickte. Er nahm die Fackel aus Speldas Hand und hob sie zum Himmel. Die Waldtrolle hinter ihm legten betend die Hände aneinander.
»Entzündet von des ersten Blitzes Strahl wardst du, Flamme des Himmels!«, sagte Twig.
»Flamme des Himmels!«, murmelten die Trolle.
»Entzünde du nun den Scheiterhaufen und kehre zum Himmel zurück, Flamme des Himmels!«
»Flamme des Himmels!«
Twig beugte sich hinunter und hielt die brennende Fackel an den Scheiterhaufen, auf dem das Himmelsfloß ruhte. Es krachte und zischte, dann hüllte ein tiefrotes Flammenmeer das ganze Gebilde ein.
»Kehre zum Himmel zurück«, murmelte Twig. Die lichterloh brennenden Dufthölzer hoben vom Boden ab und schwebten vor ihnen. Immer höher schlugen die Flammen zum Himmel und dann flog das Himmelsfloß mit seiner kostbaren Fracht zu den Baumwipfeln hinauf. Twig sah ihm nach, wie es sich am Himmel entfernte – ein Ball

zuerst, dann ein kleiner Fleck, ein Punkt, eine Sternschnuppe und dann nichts mehr.

»Twig, mein Junge«, sagte eine Stimme. »Komm zu mir. Und mach den Mund zu, sonst schluckst du noch eine Waldmücke.«

Twig drehte den Kopf. Der alte Eichenelf lächelte gütig zu ihm herunter. Twig sah Spelda an, und Spelda nickte. »Geh nur zu ihm, Twig«, flüsterte sie.

»Ich grüße dich, Taghair«, rief Twig hinauf und verbeugte sich tief.

»Oho, warum so förmlich? Komm näher und lass mich dich genauer ansehen, mein Junge.«

Twig machte einen Schritt nach vorn.

»Wir müssen miteinander reden.« Der Eichenelf wies mit

einem Nicken auf einen neben Twig aus der Baumkrone hängenden Stuhl. »Du weißt sicher noch, wie man ihn benutzt.«

»Natürlich.« Twig hatte als Kind unzählige Male auf dem Stuhl gesessen. Er schnallte sich fest und zog sich mit Hilfe eines Seils nach oben, bis er auf gleicher Höhe mit dem Eichenelf saß. Taghair musterte ihn aus seinem Kokon.

»Also«, sagte er langsam, »du hast einen weiten Weg hinter dir, Twig. Ich habe dich erwartet.«

Twigs Augen schienen auf. »Du träumst die Träume der Raupenvögel, nicht wahr? Hat dir der Raupenvogel gesagt, dass ich komme?«

»Nein, Twig, nicht dein Raupenvogel.« Taghair beugte sich vor und berührte Twigs leuchtende Hand. Seine Augen funkelten. »Jemand anders hat dich seit seiner Rückkehr vom Himmel ständig gerufen.«

Taghair lehnte sich auf die Seite. Aus dem Innern des Kokons drang ein gespenstisch heller Schein.

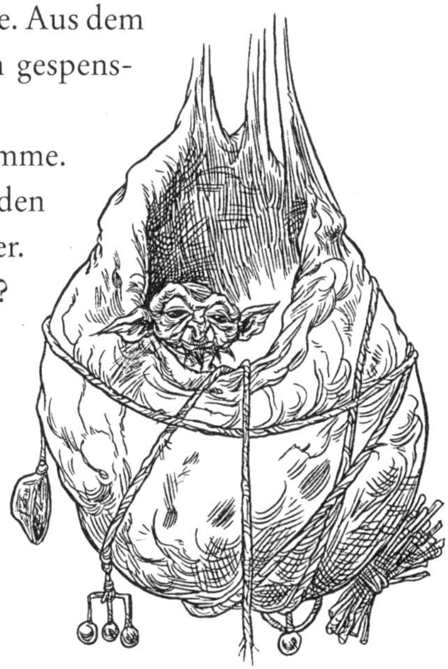

»Captain Twig«, sagte eine Stimme.

Twig spähte hinein. Er riss den Mund auf. »Waldfisch!«, rief er. »Du! Aber wie …? Wann …? Wo …?«

Taghair kicherte. »Du wolltest schon immer alles wissen, was?«

Waldfisch beugte sich heraus. Seine Fächerohren zuckten. »Stehe zu Diens-

ten, Captain«, sagte er. »Ich wusste, dass Sie kommen würden!«
»A... a... aber wie kann das sein?«, stotterte Twig. Er sah die beiden abwechselnd an.
Taghair atmete geräuschvoll ein. »Ich glaube es war kein Zufall, dass die *Sternschnuppe* Waldfisch ganz in der Nähe des Trolldorfs landete, in dem sein geliebter Captain aufwuchs. Das Dorf zog ihn gewissermaßen an. Die Trolle fanden ihn und brachten ihn zu mir. Seitdem ist er hier und wartet.«
»Wartet?«
»Auf dich.«
»Sie wissen doch, dass ich wie alle Schwärmer Gedanken lesen kann«, fiel Waldfisch ein. »Und Taghair hat mir dann noch das Träumen beigebracht.«
»Er war ein hervorragender Schüler«, sagte Taghair ernst. »Er träumte von dir, wie du erschöpft in den Steinernen Gärten unterhalb von Sanktaphrax lagst.«
»Das hast du geträumt?«, fragte Twig.
Waldfisch lächelte. »Jawohl, Captain Twig. Und ich habe auch von den anderen geträumt, von Trapp im Wirtshaus, von Schliet und Grogg in der Kanalisation, von dem armen Spooler auf dem Sklavenschiff und von Tapser in der Gewalt der Harpyien. Von ihnen allen.«
»Er hat dich zu ihnen geführt, Twig«, sagte Taghair. »Er hat dir zugeflüstert, welchen Weg du gehen musst, und dich zuletzt hierher geführt.«
Twig sah Waldfisch erstaunt an. »Du!« Die zischelnde Stimme fiel ihm ein, die er so oft gehört hatte – sie hatte ihn veranlasst, das Wirtshaus zum Wiegenliedbaum zu betre-

ten, sie hatte ihm auf der Flucht vor den Trottern den Weg gewiesen, sie hatte ihm geholfen, aus den vielen Angeboten der Fahrplansäule den *Himmelsstürmer* auszuwählen, und sie hatte ihn auf dem Trollweg geführt. »*Du* warst das die ganze Zeit!«

Waldfisch nickte. »Ich habe Sie auf Schritt und Tritt begleitet, Captain. Obwohl, nur durch Träumen allein hätte ich es nicht geschafft. Dazu brauchte ich auch Ihren Mut, Ihre Hartnäckigkeit und vor allem Ihre Treue. Wir *alle* brauchten das.« Er verzog seinen gummiartigen Mund zu einem Lächeln. »Immer noch.«

Twig starrte ihn an. »Du weißt den Aufenthaltsort von *allen?*«

Waldfisch nickte.

»Wir sind fast vollständig«, sagte Twig aufgeregt. »Nur noch die Steinpilotin fehlt. Lebt sie noch?«

Waldfisch nickte.

»Wo ist sie? Sag mir, wo sie ist, Waldfisch, und wir brechen sofort auf.« In Twigs Kopf drehte sich alles. »Weißt du auch noch, was uns jenseits der Klippe zugestoßen ist? Auf dem *Klippentänzer*? Haben wir meinen Vater tatsächlich gefunden?«

»Ich weiß es nicht.« Waldfisch schüttelte den Kopf und die Bartfäden an seinen Mundwinkeln zitterten. »Ich weiß nicht, was geschah, nachdem wir in den Wetterstrudel hineinfuhren. Aber ich weiß, was uns in der Zukunft erwartet.«

»Was denn, Waldfisch?«, fragte Twig aufgeregt. »Ich muss es wissen.«

»Wenn ich von der Zukunft träume, ist es ganz dunkel. Wir

müssen in die Dunkelheit eindringen, Captain, und ganz durch sie hindurch. Am äußersten Rand meiner Träume wartet die Steinpilotin.«

»Aber wo, Waldfisch? Wo?« Twig schrie jetzt fast.

Waldfisch sah Taghair an und dann wieder Twig. »Auf der anderen Seite des tiefsten, schwärzesten Teils des Dunkelwalds, dort, wo die Schöpfung begann ... im *Quellgrund!*«

KAPITEL 17

Im schwarzen Herzen des Dunkelwalds

Auch Speldas Flehen konnte Twig nicht erweichen. Keinen Augenblick länger als notwendig wollte er in dem Trolldorf bleiben. Schon lange vor Sonnenaufgang war er abmarschbereit.

»Ich komme wieder, Mutter«, sagte er. »Jetzt, wo ich dich gefunden habe, werde ich dich nicht mehr verlieren.«

»Versprochen?«

»Versprochen.«

Spelda nickte traurig und wischte eine Träne weg. »Nimm das«, sagte sie. »Zusätzlicher Proviant für eure lange Reise. Zu essen und zu trinken und warme Mäntel.« Sie schluckte. »Die Axt deines Vaters.«

Twig nahm die vertraute Axt in die Hände. »Danke«, sagte er.

Spelda lächelte tapfer. »Tuntum hoffte immer, sie dir eines Tages geben zu können.« Sie wühlte in den Taschen ihres Kleides und zog einen Talisman an einem Lederriemen heraus. »Und das ist von mir«, sagte sie leise. »Ein Amulett.« Sie streckte die Arme aus und band es Twig um den Hals.

»Es wird dich an dem finsteren Ort, zu dem du aufbrichst, beschützen.« Sie erschauerte. »Und dich wohlbehalten zu mir zurückbringen.«
»Mit Verlaub, Captain, wir müssen los«, unterbrach Waldfisch. »Wir haben einen weiten Weg vor uns.«
Twig beugte sich zu Spelda hinunter und küsste sie auf die Stirn. »Grüße Taghair von mir. Und mach dir keine Sorgen!«
Spelda nickte. »Und du vergiss dein Versprechen nicht.« Sie wischte sich die Tränen aus dem Gesicht. »Jetzt geh. Der Himmel schütze dich.«
Twig wandte sich zum Gehen. Die anderen verließen bereits das Dorf und näherten sich dem Trollweg. Ohne sich noch einmal umzusehen folgte er ihnen.
»Sie hat dich wirklich sehr lieb«, sagte Kaulquapp, als Twig ihn eingeholt hatte. Der Schein der Dorflaternen und die Stimmen der Waldtrolle hinter ihnen wurden schwächer.
»Spelda?«, fragte Twig. »Sie war die beste Mutter, die man sich nur wünschen kann. Und jetzt weiß ich, dass auch Tuntum mich liebte – er konnte es nur nicht so gut zeigen.«
Kaulquapp lächelte traurig. Er musste an seinen eigenen tyrannischen Vater denken, Ulbus Pentephraxis, der ihn immer nur verprügelt hatte. Twig hatte gleich zwei Väter, Tuntum und Wolkenwolf. Er wollte Twig schon sagen, wie sehr er ihn darum beneidete, als Waldfisch plötzlich anhielt. Sie standen vor einem knorrigen Baum, in dem lauter Haken und Ösen steckten.
»Der Ankerbaum«, sagte Twig. »Er markiert die Grenze des Trolldorfes.«

Waldfisch nickte. »Von jetzt an müssen wir den Weg selbst finden.«
Ein Blitz zuckte über den Himmel, gefolgt von drohendem Donnergrollen. Dicke, warme Regentropfen begannen zu fallen. Twig tastete nach dem Amulett, das Spelda ihm umgehängt hatte.
»Jetzt verlasse ich also wieder einmal den Weg«, flüsterte er.

Je tiefer sie in den Dunkelwald eindrangen, desto dichter wurde er. Der Regen endete und hoch über ihren Köpfen ging die Sonne auf. Ein neuer Tag brach an, dann noch einer und noch einer – bis es ihnen vorkam, als seien sie schon eine Ewigkeit unterwegs. Unter den Bäumen wurde es nie hell. Kaulquapp verwünschte diesen Ort. Hier war es schwül und völlig windstill, und er bekam kaum noch Luft, wenn er mit Twig und den anderen Schritt halten wollte.
Der Dunkelwald war bedrohlich wie immer. Fleisch fressende Schoten schnappten gierig nach ihm, wenn er an ihnen vorbeieilte. Auf den Ästen über seinem Kopf bleckten schuppige Baumwesen die Zähne und der gestachelte Kamm auf ihrem Rücken vibrierte drohend. Auf einem von der Sonne beschienenen Stein räkelte sich eine voll gefressene gelbe Waldpython. Als Kaulquapp näherkam, glitt sie träge ins Unterholz. Der Wald selbst wurde täglich undurchdringlicher. Mit zusammengebissenen Zähnen kämpfte Kaulquapp sich weiter.
Tapser, der vorausging, hatte immer größere Mühe, eine Schneise durch das Gestrüpp zu hauen. Die dornigen Ranken, durch die sie sich seit über einer Stunde schoben, wur-

den immer dicker und verfilzter. Die Dornen waren so groß wie Dolche. Eine der Schultern des Banderbären war bereits blutverkrustet.

»Bleib stehen, alter Freund«, sagte Twig. »Die Dornen sind ganz schön scharf.« Er zog Tuntums Axt aus dem Gürtel. »Lass Waldfisch und mich vorausgehen.«

Waldfisch zog sein Entermesser. »Aber bleibt wachsam«, sagte er warnend. »Sogar in diesem ungastlichen Gestrüpp leben gefährliche Raubtiere.«

Sofort begann Kaulquapp zu zittern. Mit ängstlichen Blicken folgte er Twig und Waldfisch in den Tunnel, den sie in die Dornen hackten. Seine Sinne waren aufs Äußerste geschärft – die Nase zuckte, die Augen waren aufgerissen und die Ohren lauschten auf jedes verdächtige Geräusch. Sie kamen schrecklich langsam voran. Jeder Schritt kostete sie unsägliche Mühe. Die Abstände zwischen den Pausen wurden immer kürzer, die Pausen selbst immer länger.

»Es hat keinen Zweck«, klagte Kaulquapp, als Twig den Arm mit der Axt zum dritten Mal in drei Minuten erschöpft sinken ließ. »Wir haben uns in diesem schrecklichen Dornengestrüpp verirrt. Wir finden nie mehr hinaus.«

Twig drehte sich zu ihm um. Sein Gesicht war schweißüberströmt. »Waldfisch führt uns, Kaulquapp, und wir müssen ihm vertrauen. Er kommt von hier.«
Der Wasserschwärmer schüttelte den Kopf. »Der Nachtwald fängt hier erst an. Das Land der Schwärmer liegt jenseits des großen Dornenwalds.« Er seufzte. »Ich hatte schon gehofft, ich sei ihm für immer entronnen.«
Kaulquapp runzelte die Stirn. »Du scheinst keine gute Meinung von dem Land zu haben, in dem du geboren und aufgewachsen bist.«
Waldfisch erwiderte seinen erstaunten Blick. »Das Leben im Schwärmerland ist kurz und grausam«, erklärte er. »Man lebt von der Hand in den Mund ohne die Annehmlichkeiten, die für dich selbstverständlich sind, Kaulquapp. Warme Mahlzeiten, bequeme Betten ...« Er lächelte. »Und alte Rindenrollen. Aber ich bin ja nicht der Einzige, der seine Herkunft am liebsten verschweigen würde.«
Kaulquapp nickte traurig. »Und was kommt auf der anderen Seite von Schwärmerland?«
»Das schwarze Herz des Dunkelwalds. Und dann vielleicht der Quellgrund.«
»*Vielleicht*? Soll das heißen, du weißt es nicht sicher?«
»Ich war nie dort, und ich wüsste auch niemanden, der dort war. Aber das weißt du ja selbst, Kaulquapp. Es steht in deinen geliebten Rindenrollen. Wo der Quellgrund liegt, ist nach dem Ableben Kobolds des Weisen in Vergessenheit geraten. Doch der Sage nach liegt er mitten im Herzen des Dunkelwalds.«
»Aber sicher weißt du es nicht, obwohl du ein Schwärmer bist und so viel träumst«, klagte Kaulquapp.

Twig lachte und hob die Axt wieder über den Kopf. »Nicht den Mut verlieren, Kaulquapp.« Krachend fuhr die Axt nieder und spaltete ein halbes Dutzend der verholzten Ranken. »Wir dürfen die Suche jetzt nicht einfach aufgeben. Waldfisch hat geträumt, das letzte Mitglied der Mannschaft warte im Quellgrund auf uns, also muss es den Quellgrund geben und wir müssen ihn suchen.« Wieder fuhr die Axt krachend nieder. »Und wäre es nicht toll, den Quellgrund mit eigenen Augen zu sehen – dort zu stehen, wo einst Kobold der Weise stand?«

»Schon«, musste Kaulquapp zugeben. »Doch, natürlich.«

Sie setzten den Weg fort. Die Sonne wanderte unsichtbar über den Himmel und ging unter. Später ging der Mond auf. Erst als einige vereinzelte Mondstrahlen durch das Dornengestrüpp fielen, merkte Twig, wie viel Zeit vergangen war. Mit vor Erschöpfung schweren Gliedern und schweißgetränkt legte er die Axt beiseite.

»Hier machen wir Halt«, keuchte er.

Kaulquapp sah sich um. Um sie standen Dornbüsche, der Boden war mit groben Steinen bedeckt. Kein besonders viel versprechendes Lager. Doch dann vergrößerten Twig und Tapser die Lichtung, auf der sie standen, und sie räumten alle zusammen die Steine weg und breiteten ihre Mäntel auf dem Sand darunter aus. So ging es. Ein warmes, helles Feuer wäre natürlich wunderbar gewesen, aber angesichts der vielen trockenen Büsche wagten sie nicht, eines anzufachen. Wahrscheinlich genügte ein Funke, und der ganze Wald stand in Flammen. Wenigstens war die Nacht mild, und die Himmelspiraten leuchteten so stark, dass man einigermaßen sehen konnte. Wieder einmal über-

legte Kaulquapp, warum Twig und seine Gefährten leuchteten. Was war jenseits der Klippe passiert?
Waldfisch hörte seine Gedanken mit. »Ich habe mir diese Frage schon tausendmal gestellt«, sagte er. »Vielleicht soll uns das Leuchten an etwas Wichtiges erinnern, das dort vorgefallen ist.« Er zuckte die Schultern. »Aber wie ich bereits dem Captain gesagt habe, ich weiß leider nicht mehr, was das sein könnte.« Er wies mit einem Nicken auf Twig und Tapser. »Und sie leider auch nicht.«
»Darüber können wir später noch nachdenken«, sagte Twig. »Jetzt müssen wir schlafen.« Er legte sich auf den weichen Sand und wickelte sich in seinen dicken Mantel. Der Mantel erstickte das Leuchten seines Körpers.
»Wann sind wir denn im Schwärmerland?«, fragte Kaulquapp Waldfisch.
»Schlaf jetzt, Kaulquapp!«, murmelte Twig mit bereits geschlossenen Augen. »Du bist doch müde.«
Ein kühler Wind strich durch die Büsche, und die Dornen rieben klickend aneinander. Kaulquapp legte sich zwischen Twig und Tapser und zog den Mantel über die Schultern. Waldfisch legte sich als Letzter hin. Der Schwärmer würde jeden Eindringling hören, egal ob er wachte oder schlief. Er wickelte sich in seinen Mantel, und schlagartig wurde es auf der Lichtung ganz dunkel.

Erfrischt und ausgeruht machten sie sich am folgenden Tag in aller Früh wieder auf den Weg. Abwechselnd hackten sie eine Schneise in das Dickicht – zuerst Twig und Waldfisch, dann Kaulquapp und Tapser. Sie kamen gut voran und gegen Mittag verkündete Waldfisch, sie hätten die Tortur bald hinter sich.

»Lass mich wieder«, sagte Twig und nahm Kaulquapp die Axt aus der Hand. Wie besessen begann er auf die Ranken einzuschlagen. »Ja!«, rief er wenig später über die Schulter. »Ich sehe das Ende des Gestrüpps.«

Noch ein halbes Dutzend gezielte Axthiebe, und er war durch.

»So weit, so gut«, keuchte er.

Die anderen krochen durch den schmalen Durchlass und richteten sich auf. Kaulquapp sah sich um und erschrak. Die Erleichterung, die er beim Verlassen des Dornengestrüpps empfunden hatte, war sofort wieder verflogen. Vor ihnen lag Schwärmerland.

Es war eine öde Gegend, sumpfig und stinkend und stockdunkel. Hätten seine Gefährten nicht geleuchtet, Kaulquapp hätte überhaupt nichts gesehen. Allerdings wäre ihm das fast lieber gewesen angesichts der knorrigen, mit tropfendem Moos und schleimigen Pilzen überwachsenen Bäume, die ihm aus dem Dunkel entgegentraten wie schreckliche Ungeheuer.
»Wohin jetzt, Waldfisch?«, hörte er Twig fragen.
Der Wasserschwärmer ging in die Knie und drückte seine großen, zuckenden Ohren an den Boden. Dann richtete er sich auf und zeigte auf den düsteren Wald vor ihnen. »Das Herz des Dunkelwalds liegt in dieser Richtung.«

Der Marsch durch den klammen, kalten Wald war eine Plackerei. Es herrschte gespenstische Stille. Kein Vogel war zu hören, kein Tier. Jedes Mal, wenn ein Zweig unter einem Stiefel knackte oder ein Stein zur Seite fiel, hallte das Geräusch durch die Bäume und verlor sich im Dunkeln.
Blind stolperte Kaulquapp weiter. Seine Füße waren nass, geschwollen und von Blasen bedeckt, Hände und Gesicht von stachligen Kletterpflanzen zerkratzt, die er immer erst sah, wenn es zu spät war. Sie aßen nur noch Rinde und Pilze, die Tapser für essbar erklärte. Kaulquapp knurrte in einem fort der Magen, zu gern hätte er etwas Richtiges gegessen. Doch er beklagte sich nicht.
Nachts schliefen sie in an Ästen aufgehängten provisorischen Hängematten aus Mänteln und Seilen. Tagsüber marschierten sie. Immer weiter. Am siebten Tag entdeckte Waldfisch den Bach.
»Seht euch das an.« Er starrte auf das Rinnsal, das mitten durch ein breites Flussbett rann. »Das war einmal ein reißender Strom. Kein Wunder, dass hier alles so tot ist.«
Kaulquapp kniete auf das sandige Ufer. »Solange das Wasser reicht, meinen Durst zu löschen, ist mir das egal.« Er schöpfte das klare Wasser mit den Händen und trank.
»Fließendes Wasser markiert den Anfang des eigentlichen Schwärmerlandes«, sagte Waldfisch zu Twig. Seine Fächerohren vibrierten. »Die Schwärmer sind überall um uns. Ich *höre* sie.«
Kaulquapp sah auf. »Ich höre nichts.«
»Trotzdem sind sie da«, erwiderte Waldfisch aufgeregt. »Wasserschwärmer, Flatterschwärmer, Rindenschwärmer, Nachtschwärmer ... Zieht die Mäntel an und setzt die Ka-

puzen auf, damit ihr nicht so hell leuchtet. Sie dürfen uns auf keinen Fall bemerken.«
»Aber es ist stockfinster«, sagte Kaulquapp ängstlich. »Wie sollen wir den Weg finden?«
»Wir folgen dem Bach«, erwiderte Waldfisch. »Er führt uns ins Herz des Dunkelwalds.«
»Und wenn wir einander verlieren?«
»Wir seilen uns aneinander an«, sagte Twig. »Hab keine Angst, Kaulquapp.«
»Nein, habt keine Angst, das ist das Wichtigste«, sagte Waldfisch. »Ängstliche Gedanken ziehen die Schwärmer an.«
Kaulquapp stöhnte. Jetzt musste er sich zu allem anderen auch noch einreden, er hätte keine Angst.
»Geht dicht hinter mir«, wies Waldfisch sie an. »Und wenn ihr Stimmen hört, achtet möglichst nicht darauf.«
Ein Seil wurde ausgerollt. Die vier hielten sich daran fest und stolperten weiter durch die Nacht, immer flussaufwärts. Kaulquapp versuchte an die Geschichten zu denken, die er in den Rindenrollen gelesen hatte, und sich vorzustellen, wie der Quellgrund aussah.
»Hier lang«, raunte eine Stimme. *»Hier.«*
Kaulquapp zögerte und sah sich um. Aus der Luft starrten ihn unverwandt zwei runde Augen an. Waldfisch zerrte ihn am Ärmel.
»Weiter«, drängte er. »Lass sie nicht in deine Gedanken.«
Doch die Stimmen wollten nicht verstummen, unablässig riefen und lockten sie ihn. Sie klangen verführerisch sanft.
»Komm her«, säuselten sie. *»Dir kann nichts passieren. Hab Vertrauen ... Wenn du nicht zu viel Angst hast.«*

»Achtet nicht auf sie.« Waldfischs vertraute, ruhige Stimme riss sie aus ihren Gedanken. »Wir dürfen nicht stehen bleiben.«

Immer mehr glimmende Augen erschienen auf den unsichtbaren Ästen. Zwanzig, fünfzig, hundert Augenpaare starrten auf sie herunter. Sie stolperten weiter durch den dunklen Wald.

»Folgt uns, folgt uns«, seufzten die Stimmen, und Kaulquapp hörte in ihrem sanften Werben ein Versprechen, das er nicht ignorieren konnte. *»Auch Kobold der Weise ging diesen Weg. Wir zeigen ihn dir, Kaulquapp.«*

Kaulquapp ließ das Seil los.

»Twig, der Quellgrund ist ganz nah, ganz nah, Twig«, flüsterten die Stimmen. Twig zögerte.

»Captain Twig!« Waldfischs Stimme an seinem Ohr klang dringend. »Hör nicht auf sie, Kaulquapp ...«

»Es sind doch nur Schwärmer«, sagte Twig. »Schwärmer

wie du oder Forficul, ein Nachtschwärmer, den ich in Unterstadt kannte ...«

»Aber wir sind hier nicht in Unterstadt. Hier leben wilde Schwärmer, die Jagd auf uns machen. Sie haben Hunger, Captain, sie ...« Er spähte zurück und machte eine Grimasse. »Beim Himmel! Wo ist Kaulquapp?«

Twig drehte sich um, sah aber nur die glimmenden Augen. »Ist er weg?«

»Ja.« Waldfisch spähte in das Dunkel. Er kniete hin, seine Ohren zuckten. »Halt, ich glaube, ich höre ihn. Ich ... nein!«

»Hier lang, Kaulquapp, so ist es gut«, lockten die unsichtbaren Stimmen im Chor.

»Schnell!«, rief Waldfisch leise. »Er ist noch ganz in der Nähe. Kommen Sie, Captain.« Er packte Twig am Arm und zog ihn vom Bachbett in den Wald. »Folge uns, Tapser«, rief er über die Schulter.

Sie tasteten sich vorwärts.
»Beruhigt eure Gedanken«, mahnte der Wasserschwärmer. »Sonst höre ich nichts.«
»Einst ging Kobold der Weise hier entlang, Kaulquapp«, wisperten die Stimmen.
»Da ist er wieder!«, flüsterte Waldfisch. »Hier lang!«
Das Gelände wurde immer unwegsamer und tückischer. Baumstämme lagen quer über dem Weg, Klammerkrautbüsche und stachlige Knotenwurzeln behinderten ihr Vorwärtskommen.
»Wir holen ihn nicht ein«, keuchte Twig. »Ach, Kaulquapp«, flüsterte er. »Kaulquapp.«
»Wu, wu!«, grunzte Tapser.
»Still!«, sagte Waldfisch. Er bückte sich wieder und lauschte.
»Nur noch ein paar Schritte, Kaulquapp. So ist es gut.«
Waldfisch erschauerte. »Wir haben nicht mehr viel Zeit!«
Sie eilten weiter durch das Dunkel, Waldfisch jetzt auf den Schultern Tapsers. Krachend brachen sie durch das Unterholz und bahnten eine Schneise, durch die Twig ihnen folgte. Sie sahen, wie vor ihnen zahllose Augenpaare von den Bäumen auf den Boden fielen und sich im Kreis um etwas versammelten.
»Knie hin, Kaulquapp, leg den Kopf auf den Boden. Du bist so müde, so müde ...«
»Was geht da vor sich?«, keuchte Twig.
»Ich sagte doch, die Schwärmer haben Hunger und gehen jetzt daran, ihr Opfer zu töten.«
Tapser brach durch die letzten Büsche. Aufgescheucht fuhren die Schwärmer auseinander und flatterten zischend

und miauend auf die umstehenden Bäume – alle außer denen, die bereits auf dem am Boden liegenden Kaulquapp hockten. Waldfisch begann zu zittern. »Flatterschwärmer«, sagte er. »Ich hätte es wissen müssen!«
Twig starrte die dunklen Geschöpfe an. Sie hatten Stummelbeine, Flügel mit Flughäuten und plattgedrückte Gesichter mit spitzen Reißzähnen, die schräg aus dem Oberkiefer ragten. Mit diesen Reißzähnen bissen sie Kaulquapp in Rücken, Bein und Hals ...

»Runter mit euch!«, brüllte Twig und stürmte mit gezogenem Säbel los. Er bohrte die Klinge in den Flatterschwärmer auf Kaulquapps Rücken, schleuderte ihn zur Seite und hieb nach dem Schwärmer auf Kaulquapps Bein. Fauchend und Zähne fletschend breitete das Geschöpf die Flügel aus und flog zu den Ästen hinauf. Der Flatterschwärmer auf Kaulquapps Hals drehte sich um und starrte Twig mit funkelnden Augen an. Seine Reißzähne blitzten. Twig packte

den Säbel fester. Er musste aufpassen, Kaulquapp nicht ...
»... den Hals durchzuschneiden«, vollendete der Flatterschwärmer den Gedanken für ihn. *»Denn das wollen Sie doch sicher nicht, Captain.«* Er zischte bösartig.
Twig kniff die Augen zusammen. Der Schwärmer konnte seine Gedanken lesen, er musste deshalb plötzlich handeln, ihn überrumpeln ... Nein! Nicht denken, nicht denken ... einfach ...
Schwirrend fuhr die tödliche Klinge durch die Luft und trennte den Kopf des Flatterschwärmers vom Rumpf. Twig sank mit einem erleichterten Stöhnen auf die Knie. Kaulquapps Hals hatte nicht einmal einen Kratzer abbekommen. Trotzdem ging es dem Jungen schlecht. Er schien bewusstlos zu sein.
»Helft mir«, rief Twig den anderen zu. »Tapser, kannst du ihn tragen?«
»Wu«, brummte der Banderbär und nahm Kaulquapp in seine mächtigen Arme.
»Ihr entkommt uns nicht«, zischten die Flatterschwärmer wütend und schwirrten in den Bäumen über ihnen hin und her. *»Das schafft ihr nie! Lasst den Jungen hier!«* Sie waren ausgehungert und sie rochen Blut und spürten Angst. Eine so leckere Mahlzeit war im Nachtwald sonst nirgends zu bekommen, deshalb waren sie nicht bereit, ihre Beute kampflos preiszugeben. Ganz plötzlich kippte einer von ihnen nach vorne und schoss im Sturzflug nach unten. Sofort folgten die anderen seinem Beispiel.
»Auaaaaa!«, kreischte Waldfisch, als ihm drei scharfe Krallen ins Gesicht schlugen, und schwang sein Entermesser. Twig zückte den Säbel seines Vaters. Sie nahmen rechts und

links von Tapser Aufstellung, dann stolperten sie los und stachen und hieben blindlings auf das Dunkel ein, aus dem die Flatterschwärmer sie ununterbrochen angriffen. Das gellende Geschrei ihrer Angreifer verwirrte sie vollends.
»Gebt den Jungen her!«, kreischten die Schwärmer. *»Lasst ihn los. Er gehört uns!«*
»Was sollen wir tun, Waldfisch?«, rief Twig aufgeregt. »Sie sind schneller als wir.«
Wortlos bückte Waldfisch sich und begann einige Klumpen des lehmigen Bodens aufeinander zu schichten. Dann riss er dem Jungen in Tapsers Armen den Mantel herunter und wickelte ihn um die gestaltlose Masse.
»Gut«, flüsterte er, »jetzt nichts wie weg. Und denkt jetzt bitte alle daran, wie traurig es ist, dass wir Kaulquapp seinem Schicksal überlassen müssen.«
»Nicht weggehen, nicht in diese Richtung«, schnarrten die Flatterschwärmer. *»Lasst den Jungen hier, oder es wird euch leidtun!«*
Twig lief weiter in das Dunkel hinein und tat dabei, was Waldfisch gesagt hatte: Er dachte unablässig daran, wie schrecklich es war, dass er seinen Freund zurücklassen musste. Tapser und Waldfisch dachten dasselbe. Sie waren noch keine hundert Schritte weiter, da blieben die Flatterschwärmer hinter ihnen zurück.
»Es klappt«, sagte Waldfischs Stimme in Twigs Kopf. »Weiter so.«
Es tut mir ja so leid, dass wir dich hierlassen müssen, dachte Twig. Aber wir kommen bald wieder und holen dich, Kaulquapp, das verspreche ich dir!
Die Flatterschwärmer, die sie mit jedem Schritt weiter zu-

rückließen, stürzten sich auf den in den Mantel gehüllten Haufen. Der Geruch stimmte, die Gedanken stimmten, doch der Junge war nicht darunter. Ein fernes Wutgeheul schallte durch die Bäume. Die Schwärmer hatten bemerkt, dass sie getäuscht worden waren.

Waldfisch drehte sich um und tupfte sich die Stirn ab. »Wir haben sie abgehängt.« Er kniete hin und lauschte noch einmal mit den Ohren am Boden. »Ich höre Wasser. Es ist nicht mehr weit.«

»Nicht mehr weit wohin?«, fragte Twig.

Waldfisch wies mit einer Handbewegung geradeaus. »Zum schwarzen Herzen des Dunkelwalds.«

Der Verzweiflung nahe stand der Professor der Dunkelheit im obersten Stock des Loftus-Turms. Die Barometernadel stieg und fiel scheinbar willkürlich. Das Tachymeter war kaputt, dasselbe Schicksal hatte das Dynamometer und das Anemometer ereilt, und die empfindliche Bespannung des Empfindungsmessers aus Waldmottenflügeln hing in Fetzen. Sämtliche kostbaren Instrumente gingen vor die Hunde. Wenn der Professor aber keine Daten mehr sammeln konnte, was sollte er dann den Akademikern und Gesellen sagen? Sie vertrauten darauf, dass er als Allerhöchster Akademiker einen Grund für den plötzlichen Wetterumschwung wusste.

Er trat an das zerbrochene Fenster, versuchte mit der Hand die Augen vor dem beißenden Wind zu schützen und blickte auf seine geliebte fliegende Stadt hinunter. Kein einziges Gebäude, das von der Wut des Sturmes verschont geblieben wäre. Statuen waren umgekippt, Türme eingestürzt, Trüm-

mer bedeckten den Boden und in den Dächern klafften Löcher. Dort hatten die gewaltigen Böen, welche die Stadt in der vergangenen Nacht heimgesucht hatten, Dachziegel herausgerissen.
Wen wunderte es da noch, dass auf den staubigen Korridoren bereits von der Räumung der Stadt gemunkelt wurde. Auf dem fliegenden, den Stürmen schutzlos preisgegebenen Felsen auszuharren schien täglich törichter. Der Professor der Dunkelheit selbst dachte freilich nicht daran, Sanktaphrax zu verlassen. Sanktaphrax war ihm heilig, war sein Zuhause, sein Leben. Außerdem musste er sich um die drei Himmelspiraten kümmern. Der Schlächter Trapp und der Kobold Grogg waren eisern entschlossen zu bleiben, bis Twig zurückkehrte – nur der spitznasige Schliet schien davon weniger überzeugt. »Der Himmel schütze uns«, murmelte der Professor unglücklich. »Wo soll das enden?«

Unermüdlich lief Waldfisch weiter, immer in die Richtung, aus der das Geräusch von fließendem Wasser kam. Die anderen folgten dicht hinter ihm, Tapser mit Kaulquapp in den Armen. Kaulquapp bewegte sich.
»Tut mir leid«, wimmerte er. »Ich wollte nicht ... Sie sagten, Kobold der Weise ... Sie sagten ...«
»Ist ja gut, Kaulquapp«, sagte Twig. »Jetzt kann dir nichts mehr passieren. Glaubst du, du kannst selber gehen?«
»Ich denke schon«, antwortete Kaulquapp und Tapser setzte ihn vorsichtig ab. »Es ist alles meine Schuld, Twig ...«
»Still!«, sagte Waldfisch. Seine Fächerohren zitterten. »Ich spüre große Gefahr. Wir haben Schwärmerland noch nicht verlassen.«

Mit äußerster Vorsicht pirschten sie weiter. Jeder hielt seinen Vordermann an der Schulter, Waldfisch ging voraus. Der Wald war schwarz und die drei Himmelspiraten waren unsichtbar, da die Kapuzen und Mäntel das Leuchten verdeckten. Als Letzter ging Kaulquapp. Er fror erbärmlich und war vom Angriff der Flatterschwärmer noch geschwächt. Zwar brauchte er kein Leuchten zu verdecken, aber er vermisste seinen warmen Mantel. Tiefes Schweigen setzte ein, undurchdringlich wie das Dunkel um sie herum. Dann sah Twig die Augen – die funkelnden Schwärmeraugen auf den Bäumen unmittelbar vor ihm. Scharf sog er die Luft ein. Einen zweiten Angriff würden sie nicht überstehen.

»Hier lang!«, schrie Waldfisch plötzlich mit zuckenden Ohren. »Immer dem Geräusch des Wassers nach. Und hört nicht auf die Schwärmer!«

Sie rannten los, durch den Wald, der ihnen von allen Seiten entgegenflog. Die durch die Bäume tanzenden Augen kamen näher und näher, und wieder erfüllte ein schreckliches Raunen und Wispern ihre Gedanken.

»Wir kriegen euch! Ihr entkommt uns nicht!«

»Bleibt stehen! Bleibt hier bei uns ...«

»Twig!«, stöhnte Kaulquapp. »Ich kann nicht ...«

»Du musst, Kaulquapp!«, keuchte Twig. »Es ist nicht mehr weit. Ich höre das Wasser schon.«

Ein Schreckensschrei gellte durch die Nacht. »NEIN!« Der Wasserschwärmer verschwand.

»Waldfisch!«, schrie Twig.

Im nächsten Augenblick hatten er und Kaulquapp das Ende des sumpfigen Geländes erreicht. Der Boden vor ih-

nen fiel steil ab und war mit Felsbrocken übersät. Und dort, tief unten, sahen sie auch den schwach leuchtenden Waldfisch. Er rollte Purzelbäume schlagend das Geröllfeld hinunter. Kaulquapp ächzte vor Angst.
Das Flüstern hinter ihnen schwoll an. Die Luft erzitterte unter dem Schlag unzähliger Flügel.
»Wu?«, brummte Tapser.

Das glockenhelle Plätschern von Wasser stieg aus dem dunklen Abgrund zu ihnen auf.
Kaulquapp zögerte. »Das kann nicht der Quellgrund sein«, rief er Twig zu. »Unmöglich!«
»Aber wir müssen weiter!«, schrie Twig. »Wir müssen Waldfisch nach!«
Bevor Kaulquapp wusste, wie ihm geschah, spürte er, wie ihn jemand am Arm zog. Er wurde nach vorn gerissen, neben Twig und auf den trügerischen Hang. Immer schneller ging es bergab. Seine Füße fanden auf dem rutschenden Kies keinen Halt.

Hinter ihm stieg das wütende Geheul der übertölpelten Schwärmer auf. Nicht einmal sie wagten sich den felsigen Hang hinunter.
Kaulquapp brüllte vor Schmerzen.
Er hatte sich den Knöchel verstaucht. Er fiel hin und zugleich unaufhörlich weiter nach unten, inmitten einer Lawine von Steinen und Geröll. Er schlug sich das Knie auf, schnitt sich in Gesicht und Hände und knallte mit dem Kopf gegen den Boden.
Dann nichts mehr.

»Geh zum Wasser und trinke, Kaulquapp«, sagte eine Stimme.
Kaulquapp hob den Kopf. Vor ihm stand neben einem tiefen Teich am Fuß eines mächtigen Wasserfalls eine hochgewachsene Gestalt mit einem langen Bart, bestickten Gewändern und einer Krone auf dem Kopf. Der sorgenvolle Blick ihrer gütigen Augen drang Kaulquapp bis ins Innerste. Alles tat ihm weh. Er hatte hämmernde Kopfschmerzen, und als er sich bewegen wollte, schossen ihm stechende Schmerzen ins Bein.
»Du«, murmelte er leise.
»Ich«, erwiderte Kobold der Weise. *»Ja, Kaulquapp.«* Er tauchte seine Finger in den Teich und

strich Kaulquapp damit über die Lippen. *»Trinke das Wasser, Kaulquapp, das Wasser des Quellgrunds. Es wird dich wiederherstellen.«* Er lächelte. *»Du hast noch viel vor dir, Kaulquapp. Aber zuerst trinke das Wasser.«* Er wandte sich um und verschwand hinter dem Wasserfall.

Der Traum endete, und Kaulquapp bewegte sich unruhig. Sofort waren die Schmerzen wieder da. Ihm war, als hätte er sämtliche Knochen gebrochen. Seine Fingernägel waren eingerissen und umgeknickt, Blut lief ihm aus tiefen Schnitten auf der Stirn über das Gesicht.

Dann hörte er Wasser plätschern. Er öffnete die Augen. Vor ihm lag tatsächlich ein Teich, allerdings kleiner und dunkler als der aus seinem Traum, und der mächtige Wasserfall war nur ein schütteres Rinnsal. *Trinke das Wasser.* Die Worte Kobolds des Weisen gingen Kaulquapp unaufhörlich durch den Kopf.

Er blickte sich um. Die anderen lagen bewegungslos neben ihm. Kaulquapp erschrak. Sie leuchteten nicht mehr.

Trinke das Wasser.

Er rollte sich auf den Bauch und stöhnte leise. Unendlich langsam kroch er, aufgestützt auf den Arm, der ihm als einziges seiner Glieder nicht wehtat, über den Boden.

Trinke das Wasser.

Am Ufer des Teichs angelangt, beugte er sich über das Wasser. Sein geschundenes Gesicht starrte ihm entgegen. Er sah die Schnitte, das eingerissene Ohr, das Blut ... Er streckte den Arm aus und schöpfte mit der Hand Wasser. Das Wasser war kalt und fühlte sich ganz weich an. Er führte es zum Mund und nippte daran.

Augenblicklich durchströmte ihn eine herrliche Wärme. Er nahm noch einen Schluck. Die quälenden Schmerzen verschwanden, die Wunden hörten auf zu pochen. Als er genug getrunken hatte, wusch er das Blut weg und betrachtete wieder sein Spiegelbild. Nicht der kleinste Kratzer war zu sehen.

»Das Wasser des Quellgrunds«, murmelte er ehrfürchtig. Wieder schöpfte er das wunderbar erfrischende Wasser mit den Händen und brachte es seinen Gefährten. Er ließ es auf ihre Lippen tropfen, in ihre Münder und erlebte zu seiner unaussprechlichen Freude, wie ihre Lider zuckten und das vertraute sanfte Leuchten ihrer Körper zurückkehrte.

Twig schlug die Augen auf und sah Kaulquapp angstvoll an. »Kaulquapp!«, keuchte er. »Fallen ... immer tiefer ...«

»Sprich jetzt nicht, Twig«, sagte Kaulquapp und half ihm auf die Beine. »Komm mit zum Teich und trinke.«

Nacheinander löschten Twig, Waldfisch und Tapser ihren Durst mit dem kalten, lebensspendenden Nass. Sie tranken, bis ihre Wunden geheilt und alle Zweifel und Ängste von ihnen gewichen waren.

Twig hob den Kopf und folgte dem dünnen Rinnsal, das von einem vorspringenden Felssims hoch über ihren Köpfen herunterrann. »Wo sind wir hier?«

»Am Fuß des Quellgrunds«, sagte Kaulquapp aufgeregt. »Dies ist das Wasser des Quellgrunds!«

Twig starrte die senkrechte Felswand hinauf.

»Man geht dort hinauf, Twig!«, rief Kaulquapp. Er sprang in den Teich und watete spritzend hindurch. »Hinter dem Wasserfall oder was davon jetzt noch übrig ist. Ja, hier! Sieh doch, Twig!«

Eine enge Spalte schnitt wie mit dem Lineal gezogen tief in die Felswand ein. Kaulquapp stieg aus dem Wasser und spähte hinein. Die anderen folgten ihm platschend durch den Teich.

»Hier«, sagte Kaulquapp. »Und schaut da!« Er zeigte auf zwei am Eingang der Spalte in den Fels gehauene Symbole. »Der Dreizack und die Schlange ...«

»Kobolds des Weisen«, ergänzte Twig atemlos. Er sah Kaulquapp an. »Aber woher wusstest du das? Stand das auch in deinen Rindenrollen?«

Kaulquapp schüttelte lachend den Kopf. »Ich habe es geträumt.«

Twig nickte. »Dann lasst uns deinem Traum folgen. Geh du voran, Kaulquapp, und führe uns zum Quellgrund!«

KAPITEL 18

Am Quellgrund

Zunächst kamen sie nur mit Mühe voran. Heruntergefallene Steintrümmer übersäten den Boden, und sogar Tapser musste den engen Spalt auf allen vieren hinaufklettern. Das Donnern von rutschendem Kies und das Kollern einzelner Steine hallte von den senkrechten Felswänden auf beiden Seiten wider.

»Ab hier geht es leichter«, rief Kaulquapp über die Schulter zurück. »Der Untergrund wird fester – wie eine Treppe.« Er sah sich den Boden genauer an. »Das *ist* sogar eine Treppe«, flüsterte er.

Twig holte ihn ein, und die beiden schauten nach oben. Vor ihnen wand sich eine Art Treppe den Felsen hinauf, ausgetreten von zahllosen Füßen.

Kaulquapp zitterte vor Aufregung. »Ich gehe, wo *er* ging«, murmelte er und eilte weiter. »Ich folge den Fußstapfen Kobolds des Weisen.«

Immer höher stieg er, ohne ein einziges Mal stehen zu bleiben. Er geriet nicht einmal außer Atem. Plötzlich wurde es hell. Kaulquapp sah sich um und sein Herz tat einen

Sprung. Endlich, endlich stand er über den so schrecklich dichten Baumkronen des erstickenden Dunkelwalds. Er hatte schon gefürchtet, er würde nie mehr aus dem Wald herauskommen.

Zögernd blickte er nach oben. Weiße und gelbe Wolken zogen hoch über seinem Kopf über den Himmel. Dahinter wurde immer wieder für einen quälend kurzen Moment ein hoher Gipfel sichtbar. Er spürte Twigs Hand auf seiner Schulter.

»Lausche dem Wasser«, sagte Twig. Kaulquapp legte den Kopf schräg. Das Plätschern war verstummt und an seine Stelle war ein leises, aber beharrliches Tröpfeln getreten. Tropfen für Tropfen fiel das Wasser in den Teich tief unter ihnen. »Das Rinnsal versiegt«, sagte Twig grimmig. »Und wenn das Wasser des Quellgrunds nicht mehr fließt ...« Er brach verwirrt ab.

»Ja, Twig?«, sagte Kaulquapp.

»Wenn das Wasser des Quellgrunds nicht mehr fließt ...«, wiederholte Twig. Er schlug die Hände an den Kopf. »Ach, Kaulquapp, warum höre ich meinen Vater sprechen, wenn ich das sage? Ich ... ich ... nein, es hat keinen Zweck.« Er klang verbittert. »Ich kann mich einfach nicht erinnern.«

»Los«, sagte Kaulquapp. »Vielleicht liegt die Antwort im Quellgrund.«

Sie stiegen weiter hinauf. Es wurde wärmer und die seltsam verdrehten und gezwirbelten Wolken kamen näher. Plötzlich brach die Sonne durch und tauchte alles in goldenes Licht.

»Wir sind über den Wolken!«, rief Kaulquapp begeistert.

»Und sieh dort!« Er streckte den Arm aus. Das Ende des Aufstiegs lag unmittelbar vor ihnen.
Mit erwartungsvoll klopfendem Herzen eilte er weiter. Twig folgte mit Tapser, Waldfisch bildete den Schluss.
In der Ferne kreiste ein großer Raupenvogel – nicht viel mehr als ein gezackter Punkt am orangefarbenen Himmel. Er hielt für einen Moment über dem Berggipfel inne, dann entfernte er sich mit mächtigen Flügelschlägen.
Die Köpfe der vier Reisenden tauchten über dem obersten Felskamm auf. Von der Sonne geblendet, hoben sie die Hände über die Augen.
Kaulquapp stockte der Atem und er fiel auf die Knie. »Der Quellgrund«, flüsterte er.
Hinter ihm stieg von tief unten das Echo der in den Teich fallenden Tropfen auf. *Plopp. Plopp. Plopp.*

Andächtig blickten die vier Reisenden auf das prächtige Panorama, das sich zu ihren Füßen ausbreitete. Sie standen auf einer großen Platte aus weißem Marmor, vor sich das breite Becken eines einst großen Sees. Übrig geblieben war freilich nur ein seichter Tümpel, dessen Ufer üppig mit Pflanzen bewachsen waren.
Da wuchsen smaragdgrüne, mit schweren Früchten behangene Bäume, Büsche und Sträucher und rote, violette, gelbe, orangene und blaue Blumen, deren berauschender Duft wie ein schweres Parfüm in der Luft hing.
»Ein riesiger Garten«, flüsterte Kaulquapp.
Im Westen vor ihnen ging die Sonne hinter hohen, schimmernden Felszinnen unter, die den See wie die Zacken einer großen, goldenen Krone umgaben. Schatten wuchsen

auf sie zu und über die grünen Ufer bis hin zu dem fast ausgetrockneten, türkisfarbenen Quelltopf zu ihren Füßen.
»Seht da.« Kaulquapp zeigte hinunter. Am anderen Ende des Sees ragte ein Felssporn waagerecht in die Luft. »Von dort stürzt das Wasser in den Teich.« Aus der Stille stieg das Echo eines einzelnen Tropfens auf. »Hier ist der Quellgrund!«
Die Sonne verschwand hinter den marmornen Zinnen, schwarz wie die Pfeiler eines prächtigen Tempels standen sie vor dem dunkelroten Abendhimmel. Bald würde es dunkel sein. Twig wandte sich an den Wasserschwärmer.
»Wo ist die Steinpilotin, Waldfisch?«
Waldfisch gebot mit erhobener Hand Schweigen und stellte die Ohren auf. Die Ohren vibrierten. Er spähte zu dem in geriffelten Säulen aufgeschichteten Marmor am Rand der Quelle hinunter.
»Was ist, Waldfisch?«, fragte Twig. »Was hörst du?«
Dann hörte er es auch. Ein leises Rascheln inmitten der vollkommenen Stille. Twig hielt den Atem an und trat einen Schritt vor. Sein Körper verbreitete ein schwaches Leuchten. Im selben Augenblick erschien auf der anderen Seite der Quelle eine Gestalt. Sie kam durch die Bäume näher, ihre Umrisse wurden deutlicher und sie begann ebenfalls zu leuchten.
Kaulquapp blickte einem mageren Mädchen mit einer blassen, fast durchscheinenden Haut und einem Schopf feuerroter Haare entgegen. Er riss den Mund auf. Das war doch nicht etwa das letzte noch vermisste Mitglied der Besatzung? Aber doch, sie leuchtete ...
»Wu?«, brummte Tapser.

»Twig?«, sagte Kaulquapp. »Ist dieses Mädchen die Steinpilotin?«
Twig gab keine Antwort. Das Mädchen kam näher.
»Captain Twig?«, fragte sie unsicher.
»Maugin«, flüsterte Twig. »Du bist es.«
»Twig!« Das Mädchen rannte auf ihn zu und schlang die Arme um ihn. Von der vorspringenden Felsnase löste sich wieder ein Wassertropfen. »Ich wusste, du würdest mich holen.«
»Ich habe euch doch versprochen, dass ich euch nie im Stich lassen würde.« Twig lächelte. »Du bist die Letzte, Maugin.«
Maugin machte sich von ihm los. »Die Letzte?«
Twig nickte.
Der Tropfen fiel tief unter ihnen in den dunklen Teich.
Maugin sah unsicher Waldfisch und Tapser an. »Aber wo sind die anderen? Trapp Hammelhirt? Spooler?«
Twig wandte den Kopf ab. »Spooler ist tot«, sagte er traurig. »Aber Trapp, Grogg und Schliet warten in Sanktaphrax auf uns.«
Maugin sah ihn erschrocken an. »In Sanktaphrax? Sind sie dort sicher?«
Twig kicherte. »Sie erholen sich in meinem Zimmer in der Schule des Lichts und der Dunkelheit. Dort kann ihnen nichts passieren.«
»Aber Twig!« Maugins Gesicht war angespannt, und an ihren Mundwinkeln erschienen feine Fältchen. »Erinnerst du dich nicht, was Wolkenwolf dir aufgetragen hat?«
Twig erstarrte. »Wolkenwolf?«, flüsterte er. »Nein, ich ... ich erinnere mich nicht.«

Maugin runzelte die Stirn. »Er sagte dir, was du tun musst.« Um seinem Gedächtnis auf die Sprünge zu helfen, fügte sie hinzu: »Dort draußen jenseits der Klippe, auf dem *Sturmpfeil.* Bevor der weiße Sturm zuschlug ...«

»*Sturmpfeil?* Weißer Sturm?« Twig schüttelte den Kopf. »Ich kann mich an nichts erinnern. Keiner von uns.« Er sah die anderen an. »Von dem Augenblick an, in dem wir in den Wetterstrudel hineingefahren sind, ist alles leer ...« Er wandte sich wieder an Maugin. »Aber du erinnerst dich, nicht wahr? Du hattest deinen schweren Mantel mit der Kapuze an, deshalb konnte der Sturm dir nicht das Gedächtnis vernebeln ... Sag also, was geschehen ist, Maugin, sag, an was du dich erinnerst.«

Wieder fiel ein Tropfen in den Teich und das Echo des Aufpralls stieg nach oben. Maugin senkte den Blick.

»Sag's mir!«, rief Twig. »Ich muss es wissen!«

»Du musste ihm sagen, was du gerade denkst«, forderte Waldfisch sie auf. »Sonst sage ich es ihm!«

Maugin seufzte. »Ihr lasst mir keine andere Wahl.« Sie holte seufzend Luft und hob den Kopf. »Der Raupenvogel war fort. Du selbst hattest die Leine durchgeschnitten, die ihn hielt. Ich hatte schon Angst ...«

»Ich habe den Raupenvogel von der Leine abgeschnitten?«, rief Twig verwirrt.

Maugin nickte. »Soll ich weitermachen?«

»Ja.«

»Ich hatte schon Angst, wir würden den *Sturmpfeil* überhaupt nicht finden. Doch dann fanden wir ihn. Er hing bewegungslos im Auge des Wetterstrudels. Dein Vater Wolkenwolf erwartete dich.«

»Mein Vater«, flüsterte Twig. Tief in ihm regte sich eine ferne Erinnerung. »Ich habe mit ihm gesprochen.«

Maugin nickte. »Er sagte, der Muttersturm, jener gewaltige Sturm, der das Klippenland zuerst mit Leben erfüllte, kehre zurück.«

Kaulquapp trat aufgeregt von einem Bein aufs andere. Er hatte das schon längst vermutet.

»Dein Vater sagte, der Sturm würde von jenseits der Klippe zum Quellgrund ziehen, der höchsten Erhebung des Dunkelwalds, um die versiegende Quelle zu verjüngen.«

»Vollkommen richtig«, rief Kaulquapp. Er konnte keinen Moment länger stillhalten. »Genauso steht es in den Rindenrollen geschrieben.«

»Pst, Kaulquapp«, sagte Twig schnell. Erste Erinnerungsfetzen stellten sich ein. Er sah Maugin an. »Aber Sanktaphrax ist dem Sturm im Weg. Jawohl, jetzt erinnere ich mich wieder ... Wolkenwolf ... er sagte, ich ... ich solle die große Ankerkette losmachen, nicht wahr?«

Maugin nickte. »Wenn der Muttersturm seine Kraft darin erschöpft, Sanktaphrax zu zerstören, wird er nicht bis zum Quellgrund gelangen um dort das Wasser zu erneuern. Dann breitet sich die Finsternis im schwarzen Herzen des Dunkelwalds aus, bis sie jeden Zoll des Klippenlands verschluckt hat!«

»Beim Himmel«, ächzte Twig. »Was habe ich getan? Ich war ja dort, Maugin, ich war in Sanktaphrax. Ich hätte die Akademiker warnen können. Das Leuchten unserer Körper hätte mich daran erinnern müssen ... Warum habe ich bloß vergessen, was ich tun muss?« Er wandte sich an die anderen. »Wir müssen sofort los. Maugin, du kommst mit uns.« Er wurde blass und hob verzweifelt die Hände zum Gesicht. »Maugin, habe ich auch gesagt, *wann* ich es tun muss?«

Sie schüttelte den Kopf.

Twig stöhnte. »Du wusstest einen Teil der Geschichte, Maugin, und musstest ihn mir erzählen, damit mir auch der Rest wieder einfällt ...« Er verstummte. »Der Muttersturm kehrt zurück, wenn ...« Deutlich hörte er die Worte seines Vaters. »... wenn das Wasser des Quellgrunds nicht mehr fließt ...«

Maugin wandte sich plötzlich ab und erstarrte, den Blick unverwandt auf die vom Rand des Quellgrunds vorspringende Felsnase gerichtet.

»Twig!«, rief sie erregt und packte ihn am Arm. »So höre doch, Twig!«

Twig neigte lauschend den Kopf. »Ich höre nichts«, sagte er.

»Eben. Alles ist still.«

Twig runzelte die Stirn. »Was meinst du? Ich ...«

Kalt lief es ihm den Rücken hinunter. Das regelmäßige Tropfen der Quelle hatte aufgehört.

»Die Quelle ist versiegt«, flüsterte Maugin. »Das kann nur eins bedeuten ...«
Twig starrte sie mit aufgerissenen Augen an. »Der Muttersturm kommt. Jetzt weiß ich wieder alles. Er sollte hier eintreffen, wenn der Morgen über dem Quellgrund dämmert. Doch dazu wird es nie kommen. Stattdessen wird er um Punkt Mitternacht auf Sanktaphrax treffen und seine Kraft dort nutzlos erschöpfen – und dann wird sich Finsternis über das ganze Klippenland senken.« Bitter fügte er hinzu: »Ich habe versagt. Ich habe Wolkenwolf verraten, Sanktaphrax und mich selbst.«
Waldfisch meldete sich zu Wort. »Vielleicht gibt es noch einen Ausweg.« Er betrachtete Maugin mit zusammengekniffenen Augen. »Ich lese ihn in Maugins Gedanken.«
»Was denkt sie, Waldfisch?« Twig sah Maugin an. »Verschweigst du mir etwas?«
Die Steinpilotin senkte den Blick.
»Maugin!«, rief Twig. »Bitte!«
»Soll *ich* es ihm sagen?«, fragte Waldfisch.
Maugin schluckte ihre Tränen hinunter. »Es gibt nur eine Möglichkeit, rechtzeitig nach Sanktaphrax zurückzukehren«, sagte sie leise. »Aber das Risiko ist gewaltig.«
Twig musterte sie ungläubig. »Bis Mitternacht? Wie denn?«
»Es ist vollkommen verrückt.« Maugin bedachte Waldfisch mit einem wütenden Blick. »Nur ein dummer Gedanke.«
»Ich will ihn wissen!«, beharrte Twig.
Maugin sah ihn ausdruckslos an. Als sie sprach, war ihre Stimme nur mehr ein zittriges Flüstern.
»Indem wir uns selbst in den Himmel schießen.«

KAPITEL 19

Flug nach Sanktaphrax

In den Himmel schießen!« Twig wurde kreideweiß. Damit bestraften grausame Himmelspiraten- oder Ligakapitäne Meuterer. Der Missetäter wurde an ein brennendes Stück Luftholz gebunden und wie eine Rakete auf Nimmerwiedersehen in den Himmel geschossen. Jeder, der auf einem Himmelsschiff Dienst tat, hatte vor dieser entsetzlichen Strafe Angst. Maugin meinte doch sicher nicht ...

»Ich weiß, es klingt verrückt«, sagte Maugin. »Aber statt einen Baumstamm senkrecht nach oben zu schießen, könnte man ihn genauso in einem bestimmten Winkel neigen, sodass er einen großen Bogen über den Dunkelwald beschreibt und in Unterstadt landet. Das ist natürlich sehr riskant. Wenn der Bogen zu kurz ist, landest du im Dämmerwald oder in den Modersümpfen, wenn er zu lang ist, fliegst du über Unterstadt hinaus und verschwindest über der Klippe. Und selbst wenn du auf wundersame Weise genau in Unterstadt landen würdest, wärst du zum Zeitpunkt der Landung wahrscheinlich schon verbrannt.«

Twig sah Maugin unverwandt an. »Ich gehe das Risiko ein.«
»Aber Twig«, fiel Kaulquapp ein, »du hast doch gehört, was sie gesagt hat. Es wäre dein sicheres Ende!«
»Ich muss es versuchen«, erwiderte Twig fest. »Andernfalls ist es mit Sanktaphrax zu Ende, und wenn der Fluss austrocknet, auch mit allen Bewohnern des Dunkelwalds. Ich *muss* es versuchen.«
Kaulquapp fasste Twig an der Hand. Er zitterte, sein Atem ging stoßweise. »Lass mich an deiner Stelle gehen. Schieße mich in den Himmel. Ich bin jünger als du und leichter. Und was zählt das Leben eines Hilfsdieners und Versagers verglichen mit dem des tapfersten Himmelspiraten aller Zeiten?« Er machte eine Pause. »Und ... und du könntest mir eine Botschaft für den Professor der Dunkelheit auf den Rücken binden, für den Fall, dass ich es nicht lebend schaffe.«
Twig lächelte. »Du bist kein Versager, Kaulquapp. Du hast mir hervorragende Dienste geleistet.« Er schüttelte den Kopf. »Ich kann das nicht von dir verlangen. Es ist meine Aufgabe.«
»Twig!«, protestierte Kaulquapp mit Tränen in den Augen.
»Danke«, sagte Twig, »aber das ist beschlossene Sache.«
»Aber dass dich jemand begleitet, ist keine schlechte Idee«, sagte Maugin nachdenklich. »Ein dicker Stamm könnte das Gewicht von zwei Passagieren tragen, und wenn einer ohnmächtig wird, hat der andere noch eine Chance. Ich begleite dich.«
»Du?«, fragte Kaulquapp ungläubig.
»Ja, ich bin Steinpilotin. Ich verfüge über die notwendigen

Kenntnisse und die Erfahrung. Ich sollte Twig begleiten.«
Twig senkte gerührt den Kopf. »Danke, aber ich muss allein gehen.«
»Aber Twig!«, protestierte Maugin.
»Tut mir leid, Maugin. Du und die anderen, ihr seid mir lange genug treu gefolgt. Auf der Fahrt über die Klippe habe ich euer aller Leben aufs Spiel gesetzt. Das war bereits mehr, als ich von euch hätte verlangen dürfen.« Er schwieg. »Hilf mir mit deinem Wissen. Dein Leben darfst du nicht für mich hergeben.«
Maugin nahm seine Hand. »Mein Leben gehört dir schon längst.«

Im üppigen Garten des Quellgrunds suchten sie nach dem größten und dicksten Luftholzbaum, den sie finden konnten. Ihre Wahl fiel auf einen stattlichen, silbergrauen Baum am Rand des spiegelglatten Quelltopfs.
»Eigentlich eine Schande, einen so schönen Baum zu fällen«, sagte Kaulquapp mit abwesender Miene. »Wie lange er wohl schon hier steht und das Wasser des Quellgrunds trinkt? Vielleicht hat schon Kobold der Weise in seinem Schatten gesessen.«
»Aber er ist für unsere Zwecke hervorragend geeignet«, sagte Maugin. »Er wird gut und lange brennen.«
»Dann an die Arbeit«, rief Twig ungeduldig. »Wir haben nicht viel Zeit. Der Muttersturm ist unterwegs und in Sanktaphrax ist es bald Mitternacht.«
Tapser nahm Tuntums Axt und fällte den Baum mit gewaltigen Schlägen. Splitter des aschgrauen Luftholzes stoben durch die Luft, dann neigte sich der Baum. Kaulquapp

meinte ein trauriges Ächzen zu hören, bevor der Baum in einem gewaltigen Krachen niederging.
Tapser entfernte die Äste, bis nur noch der Stamm übrig war. Twig und die anderen gingen unterdessen unter genauer Anleitung Maugins fieberhaft daran, aus den dicksten Ästen eine Startrampe zu errichten.
»Wir müssen die Rampe nach dem Oststern ausrichten, denn dort liegt Sanktaphrax«, sagte Maugin. »Und der Neigungswinkel muss genau stimmen. Die Flugbahn darf nicht zu hoch sein, sonst kehrst du nie wieder zum Boden zurück.«
»Wie kannst du die Entfernung überhaupt abschätzen?«, fragte Kaulquapp kopfschüttelnd.

»Überhaupt nicht«, erwiderte Maugin kurz. »Aber ich war schon Steinpilotin, als es dich noch gar nicht gab. Das Fliegen ist mein Beruf, etwas anderes kann ich nicht. Ich arbeite mit Erfahrungswerten – und selbst dann kann ich nur schätzen.« Sie wandte sich ab. »Twig, du musst gut aufpassen. Wir binden dich mit Laufknoten an das vordere Ende des Stammes. Wenn Unterstadt unter dir liegt, ziehst du sie auf.«

»Verstanden«, sagte Twig.

Bei Anbruch der Dunkelheit legten sie den Stamm in dem von Maugin bestimmten Winkel auf die Rampe. Um das untere Ende schichteten sie belaubte Äste. Twig knöpfte seinen Mantel zu und zog die Gurte der Klappflügel fest. Dann schmierten die anderen ihn auf Maugins Anraten dick mit dem kühlen Schlamm vom Rand des Quelltopfs ein.

»Der Schlamm schützt dich vor der Hitze der Flammen«, erklärte sie. »Nimm auch das noch mit.« Sie gab ihm ein Fläschchen. »Da ist das lebenspendende Wasser des Quellgrunds drin – der Himmel möge verhindern, dass du es brauchst.«

Zuletzt wurde Twig an die Unterseite des gewaltigen Stammes gebunden. Maugin zog den letzten Laufknoten zu.

»Leb wohl, Captain Twig«, flüsterte sie.

Twig drehte den Kopf und verfolgte, wie Maugin die Rampe hinunterkletterte und auf den Boden sprang. Er sah den windschnittig geraden Baumstamm entlang, an dem er hing, und auf die an das untere Stammende gebundenen Äste. Waldfisch stand mit einer brennenden Fackel daneben, bereit, sie in das Laub zu stoßen.

»Warte auf mein Zeichen«, sagte Maugin. »Zünde zuerst die Äste mit vielen Blättern an, genau an den Stellen, auf die ich weise.«

»Halt!«, schrie Kaulquapp vom Rand des Teichs, wo er sich in aller Eile die Kleider mit Schlamm beschmiert hatte. Er rannte zu der Rampe. »Ich lasse dich nicht allein gehen, Twig!«

Er umklammerte den Luftholzstamm und begann hinaufzuklettern.

»Dafür ist jetzt keine Zeit mehr!«, rief Twig ungeduldig.

»Dann mach mir Platz, Twig. Binde mich fest, Maugin. Du hast selbst gesagt, zwei hätten mehr Chancen als einer.«

»Willst du das wirklich für Sanktaphrax tun?«, fragte Twig. »Auch wenn es dein Tod sein kann?«

»Nicht für Sanktaphrax«, erwiderte Kaulquapp. »Für dich, Twig.« Er lächelte. »Und ein bisschen für Kobold den Weisen.«

»Tu, was er sagt«, befahl Twig Maugin.

Endlich waren sie bereit. Twig sah lächelnd zu seinen treuen Gefährten hinunter, die auf dem Boden unter ihm standen.

»Wu, wu, T-wu-g!«, rief Tapser.

»Meine Träume werden dich begleiten«, sagte Waldfisch. Er beugte sich über die Äste, die Maugin ihm zeigte, und berührte sie mit der brennenden Fackel. Sofort schossen knatternde Flammen aus den ölhaltigen Blättern.

»Ich komme wieder!«, schrie Twig über dem Tosen des Feuers.

Das Stammende in den brennenden Ästen glühte weiß,

dann fing es Feuer. Es zischte, dampfte, erzitterte und vibrierte – und dann ...
Mit einem gewaltigen Ruck riss sich der Stamm von dem Gerüst los und schoss zum Himmel hinauf. Hinter sich zog er einen Schweif orangefarbener Funken her. Die Spitze mit den beiden Passagieren verschwand schon bald im Dunkel, nur das lichterloh brennende Ende war noch zu sehen – ein Lichtpunkt, der rasch kleiner und schwächer wurde.
»Der Himmel schütze dich, Twig!«, flüsterte Maugin.

Der Auftrieb des brennenden Stammes war so stark, dass es Twig den Atem verschlug. Keuchend drehte er den Kopf zur Seite und kniff die Augen zu. Dann packte er die Seile, mit denen er am Stamm festgebunden war, und betete, sie mögen halten.
Immer schneller wurden sie. Der Druck war kaum noch auszuhalten. Twigs Magen wurde zu den Zehen hinuntergedrückt, das Blut wich ihm aus dem Kopf, seine Mundwinkel wurden nach unten gezogen. Unvorstellbar schnell raste der Baum mit seiner lebenden Fracht über den Dunkelwald. Hätte ein Waldbewohner ihn gesehen, er hätte ihn für eine Sternschnuppe gehalten und sich vergeblich etwas gewünscht.
Twig kämpfte gegen Übelkeit und Schwindel. Unter ihm zog das im Mondlicht silbern glänzende Blätterdach vorbei. Er biss die Zähne zusammen. Seine Schläfen pochten, sein Nacken schmerzte, sein Magen war ein einziger Knoten vor Angst.
»Du darfst nicht ohnmächtig werden!«, schärfte er sich ein.

Die tröstenden Worte des Raupenvogels an Bord des *Klippentänzers* fielen ihm ein. In Gedanken hörte er sie so deutlich, als begleitete sein weiser Beschützer ihn immer noch. *Auch die Angst geht vorüber*, hatte der Raupenvogel gesagt.

Twig schloss die Augen. Alles ging vorbei, Freude, Schmerzen, Begeisterung und Verzweiflung, nichts dauerte ewig – nicht einmal das, was er jetzt erlebte ...

Widerstrebend öffnete er die Augen. Sie flogen inzwischen fast waagerecht. Offenbar waren sie auf dem Scheitelpunkt der Flugbahn ihres Kometen angelangt. Tief unter ihnen zog immer noch der endlose Wald vorbei. Geschwindigkeit, Druck und Hitze waren unerträglich. Er hörte Kaulquapp neben sich stöhnen.

Die Flammen hatten bereits über die Hälfte des Stammes verzehrt. Gewaltige Ascheklumpen brachen ab und fielen hinunter. Je näher die Flammen kamen, desto heißer wurde es. Twig und Kaulquapp waren am Ende ihrer Kraft angelangt. Ihr Puls raste, ihre Hände zitterten und sie waren am ganzen Körper schweißgebadet.

»Bloß jetzt nicht aufgeben«, flüsterte Twig schwach. In seinem Kopf drehte sich alles. »Nicht aufgeben ...«

Sie hatten den Scheitelpunkt des Bogens durchflogen, so viel stand fest. Stöhnend vor Anstrengung spähte Twig nach vorn. Sein Herz machte einen Satz. Weit vor ihnen lag hell im Mondlicht glitzernd die Ödnis der Modersümpfe. Noch nie war Twig über den Anblick der trostlosen Wüstenei so froh gewesen. Im nächsten Augenblick flogen sie bereits über die Sümpfe. In der Ferne schimmerten die Lichter von Sanktaphrax.

Sie flogen jetzt tiefer, immer tiefer. Die ungeheure Hitze verschlug ihnen den Atem. Kaulquapps Stiefel warfen Blasen, die Haare von Twigs Hammelhornweste wurden weich und schrumpelten zusammen.
Nicht aufgeben, dachte Twig verbissen. Es kann nicht mehr lange dauern ...
Fern am Himmel schimmerten die mächtigen Türme von Sanktaphrax im Mondlicht. Darunter breitete sich an den Ufern des Klippenflusses das Häusergewimmel von Unterstadt aus. Erschrocken stellte Twig fest, dass der Klippenfluss vollkommen ausgetrocknet war. Die Quelle im Quellgrund war versiegt.
Kaulquapp schrie gellend.
Brüllende Flammen hüllten sie ein. Trotz der dicken Schutzschicht aus Schlamm wurden sie bei lebendigem Leibe gebacken. Twig sah Kaulquapp an. Aus den Augen des Jungen blitzte nackte Angst.
»Festhalten«, krächzte Twig. Die Flugdocks kamen in Sicht, und unter ihnen zogen die ersten Vororte von Unterstadt vorbei. »Jetzt, Kaulquapp!«, schrie Twig. »Zieh an den Leinen!«
Kaulquapp verdrehte die Augen, sein Kopf fiel nach vorn.
»KAULQUAPP!«
Unter Twig zog der fliegende Felsen von Sanktaphrax vorüber. Twigs Gedanken rasten. Was sollte er tun? Wenn er seine Knoten löste, flog Kaulquapp weiter und über die Klippe hinaus ins Nichts. Wenn er andererseits versuchte ihn zu retten, ging vielleicht Sanktaphrax zugrunde.
Er hatte keine Wahl.
Er zog sein Messer und hackte damit auf die Seile ein, mit

denen Kaulquapp festgebunden war. Die Seile rissen, der Wind blies den Jungen von dem brennenden Stamm weg. Die Klappflügel öffneten sich und Kaulquapp trieb außer Sicht.
Twig zog an dem Knoten, der ihn an dem vom Stamm verbleibenden Stummel hielt. Auch seine Klappflügel öffneten sich, die seidenen Flügeltaschen füllten sich mit Luft. Ängstlich drehte er sich nach Kaulquapp um. Er befürchtete schon, ihn wie einen Stein abstürzen zu sehen, doch nein, da schwebte er unter ihm.

»Kaulquapp!«, schrie er. Er zog die Knie an und warf sich nach vorn. Dadurch neigte er den Winkel der Klappflügel und konnte zu Kaulquapp hinunterfliegen.
Kaulquapps Gesicht war weiß wie ein Laken, aber er lebte. Und nicht nur das, er war – dem Himmel sei Dank – auch wieder bei Bewusstsein.

»Wie lenke ich mit diesen Dingern?«, murmelte er.
»Denk nicht drüber nach«, rief Twig. »Du machst das ganz richtig. Du darfst dich nur nicht ruckartig bewegen!«
Das Gewimmel von Häusern und Hütten unter ihnen lichtete sich und entfernte sich hinter ihnen. An seine Stelle trat eine steinige, unwirtliche Gegend. Der Boden kam jetzt rasch näher.
»Bereite dich auf die Landung vor, Kaulquapp«, schrie Twig. »Zieh den Kopf ein!«
Twig landete, unmittelbar gefolgt von Kaulquapp. Sobald sie den Boden unter den Füßen spürten, gingen sie in die Knie und rollten seitlich ab. Die Schlammkruste bekam Sprünge und fiel ab.
Twig war als Erster wieder auf den Beinen. Er beugte sich über den bewegungslos daliegenden Kaulquapp, zog den Stöpsel aus dem Fläschchen, das Maugin ihm gegeben hatte, und ließ Wasser vom Quellgrund auf Kaulquapps Lippen tropfen.
Sofort öffnete Kaulquapp die Augen und hob den Kopf.
»Wie geht's?«, flüsterte Twig.
»Du meinst abgesehen davon, dass ich halb verbrannt und völlig zerschlagen bin?« Kaulquapp setzte sich auf.
Twig lächelte. »Kannst du laufen?«
»Ich ... ich glaube schon. Wo sind wir?«
Twig sah sich um. Überall standen aus Steinen aufgeschichtete, silbrig glänzende Türme. Die größten Steine lagen zuoberst. Er stöhnte. »In den Steinernen Gärten.«
Dort, wo die kalte Luft auf den warmen Boden traf, stiegen Nebelschwaden auf. Der Wind wurde stärker. Kaulquapp fröstelte.

»Die Steinernen Gärten«, jammerte er. »Nach Sanktaphrax sind es viele Kilometer!«
In diesem Augenblick erfüllte Flügelschlagen die Luft. Schlanke, weiße Vögel landeten neben ihnen und hüpften auf sie zu, bis sie von allen Seiten umzingelt waren. Die Vögel scharrten mit ihren Krallen auf dem Boden, schlugen mit ihren zerzausten Schwingen, streckten die Hälse, öffneten die krummen Schnäbel und krächzten drohend. Der Gestank faulenden Fleisches erfüllte die Luft.
»Die Raben!«, murmelte Twig und zog seinen Säbel. »Die weißen Raben!«
Kaulquapp griff nach seinem Messer. Rücken an Rücken stellten er und Twig sich den Raben mit gezückten Waffen entgegen. Doch zu zweit hatten sie gegen so viele keine Chance. Sollten sie also kurz vor dem Ziel, in Sichtweite von Sanktaphrax, doch noch scheitern?
»Hört mir zu«, rief Twig. »Ihr müsst mir zuhören.«
Doch das wollten die weißen Raben nicht. Sie hackten mit ihren Schnäbeln in die Luft und krächzten noch lauter. Es konnte nicht mehr lange dauern, und der tapferste oder hungrigste von ihnen würde aus der Reihe ausscheren und angreifen.

KAPITEL 20

Der Muttersturm

Ungerührt beschien der helle Mond die düstere Szenerie der Steinernen Gärten. Zwei Jungen standen Rücken an Rücken, die Klingen ihrer Waffen glitzerten im Mondlicht. Die gefräßigen weißen Raben umringten sie im Kreis. Ungeduldig scharrten sie mit ihren sichelförmig gebogenen Krallen.

»Was tun wir jetzt, Twig?«, fragte Kaulquapp.

»Ich ... wir ...« Twig verstummte. Zum ersten Mal, seit er aufgebrochen war, um seine vermissten Gefährten zu suchen, wusste er nicht, was er tun sollte. Die Gefährten hatte er gefunden, doch seine Aufgabe hatte er noch nicht erfüllt, oder vielmehr die Aufgabe hatte sich geändert. Wenn aber Sanktaphrax nicht durch den nahenden Muttersturm zerstört werden sollte, dann musste Twig handeln, und zwar sofort.

Der größte der weißen Raben hüpfte plötzlich auf ihn zu und legte den Kopf schräg.

»Sternschnuppe?«, krächzte er.

Twig sah ihn erstaunt an. Der große Vogel konnte sprechen

und schien ihn auch noch zu kennen. »J... ja«, sagte er und nickte unsicher.

»Freund von Professor der Dunkelheit?«

»Du kennst den Professor?« Jetzt war Twig vollends verwirrt.

»Kraan kennt«, krächzte der Rabe.

»Dann musst du uns helfen ...«, begann Twig. Der Rest seiner Worte ging im heiseren Geschrei der Raben unter. Kraan drehte sich zu ihnen um und bedeutete ihnen wütend still zu sein. Dann wandte er sich wieder an Twig. »Helfen?«

»Du musst dem Professor etwas von mir ausrichten«, sagte Twig. »Etwas sehr Wichtiges.«

»Sehr Wichtiges«, wiederholte Kraan.
»Der Muttersturm wird um Mitternacht Sanktaphrax erreichen«, sagte Twig langsam und deutlich. »Die fliegende Stadt muss sofort geräumt werden. Sag ihm, Twig sei auf dem Weg.« Er blickte in Kraans glasig gelbe Augen und versuchte zu erraten, was der Vogel dachte. »Geht das?«
Bevor der weiße Rabe antworten konnte, wurde es in den Steinernen Gärten plötzlich finster. Alle sahen auf. Dunkle Wolken hatten sich vor den Mond geschoben, merkwürdige Wolken, die durcheinander wuselten wie Holzmaden in einem Fass.
Die Raben begannen alle zugleich zu krächzen, ein heiserer Chor, der ihr Unbehagen verriet.
Ein blau gezackter Blitz fuhr zischend über den Himmel und schlug in der Nähe ein. Er spaltete den Boden, und als Rauch und Staub sich gelegt hatten, wurde die schimmernde Oberfläche eines neuen Felsens sichtbar, der von unten durch den Spalt drückte.
»Das Gewitter kündigt den Muttersturm an«, sagte Twig grimmig.
Der weiße Rabe beäugte ihn von der Seite. »Du weißt und der Professor der Dunkelheit weiß nicht«, sagte er misstrauisch. »Warum?«
»Weil das Geheimnis mir enthüllt wurde.« Twig zeigte auf den Himmel jenseits der Klippe. »Da draußen, wohin sich noch kein Professor gewagt hat. Du musst mir glauben, Kraan. Wenn du nicht jetzt gleich gehst, ist es zu spät. Zu spät für dich, für mich und für Sanktaphrax – *dann ist hier bald alles tot.*«
»Kraaaa!«, schrie der Vogel, breitete die Flügel aus und hob

sich in die Luft. »Kraaaa!«, schrie er wieder, und der Kreis der weißen Raben öffnete sich und entließ Twig und Kaulquapp aus seiner Mitte. Denn den beiden durfte kein Leid geschehen. »KRAAAA!«

»Flieg zum Professor der Dunkelheit«, rief Twig, »und richte ihm aus, was ich dir gesagt habe.« Kraan wendete und strebte mit schwirrenden Flügelschlägen in Richtung Sanktaphrax. »Der Himmel verleihe dir schnelle Flügel«, flüsterte Twig.

Twig und Kaulquapp verließen die Steinernen Gärten und eilten in Richtung Unterstadt. Der Himmel über ihnen zischte und sprühte drohend Funken. Metallisch blaue Blitze zuckten fächerartig durch die Nacht, die Luft knisterte geladen. Die Ankunft des Muttersturms stand unmittelbar bevor. Seit ihrer Landung war bereits über eine halbe Stunde verstrichen.

»Schneller«, drängte Twig und begann zu rennen. »Bald ist Mitternacht. Wir müssen uns beeilen.«

»I... ich komme«, keuchte Kaulquapp.

Vor ihnen schimmerten die Dächer und Türme von Sanktaphrax in der Funken sprühenden Luft. Der Wind war so stark geworden, dass die fliegende Stadt an der straff gespannten Ankerkette zerrte wie ein aus einer Hammelhornblase gefertigter Ballon.

Endlich, und viel später, als Twig sich gewünscht hätte, tauchten die ersten Häuser von Unterstadt auf, niedrige Holzbaracken mit Wellblechdächern und kleine Werkstätten, darunter eine Gerberei und ein Hersteller von Rumpfnetzen.

»Gleich sind wir da«, sagte Twig atemlos.
Der Himmel hinter ihnen hatte sich purpurrot verfärbt. Die metallisch blauen Blitze wurden immer greller, zischend fuhren sie um die prächtigen Gebäude von Sanktaphrax und die mächtige Kette entlang, die die Stadt am Boden verankerte.
»Hier lang.« Abrupt bog Twig in eine enge Gasse ein, gesäumt von Ständen mit Korb- und Töpferwaren, die trotz der späten Stunde noch geöffnet hatten. Kaulquapp versuchte erschöpft Schritt zu halten.
Sie bogen noch einmal links ab, dann rechts. Ganz Unterstadt schien auf den Beinen. Kobolde und Trolle standen in Gruppen zusammen, blickten ängstlich zum Himmel hinauf und unterhielten sich mit gedämpften Stimmen. Unheil lag in der Luft. Das Unwetter, das sich zusammenbraute, schien schlimmer als alle bisherigen Unwetter zu werden.
Twig und Kaulquapp drängelten durch die Menge. Rechts, wieder rechts und dann links und sie waren am Ziel. Vor ih-

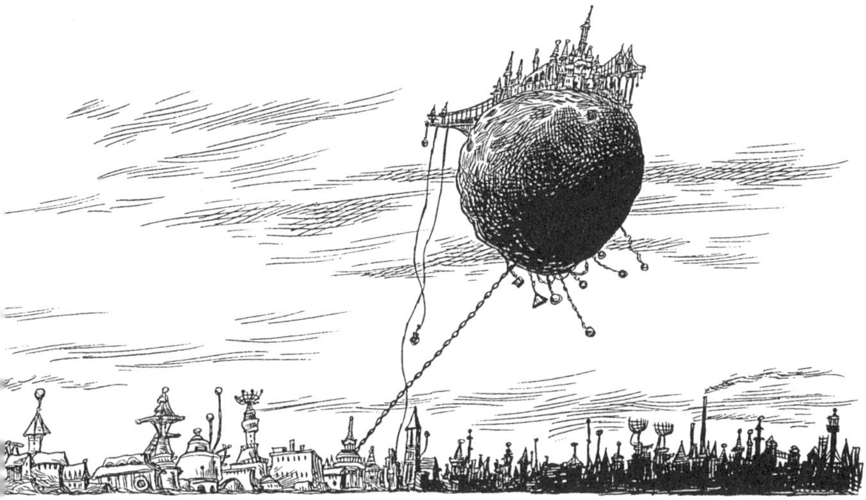

nen öffnete sich ein gepflasterter Platz, in dessen Mitte ein Sockel stand. An ihm war der fliegende Felsen verankert. Auf dem Platz hatten sich bereits zahlreiche Akademiker versammelt. Sie wirkten verwirrt, ängstlich und in ihren Amtsroben inmitten des schmutzstarrenden Gewimmels von Unterstadt fehl am Platz. Twig warf einen Blick zu dem fliegenden Felsen hinauf. Überladene Körbe beförderten immer noch mehr Einwohner der Stadt nach unten. Offenbar hatte der weiße Rabe Kraan seine Botschaft ausgerichtet und der Professor hatte gehandelt.
Ein greller Funkenregen sprühte durch die Luft und ein ohrenbetäubender Donnerschlag erschütterte den Erdboden. Der Wind hatte sich zum Sturm gesteigert und fuhr heulend durch die Gassen und über den Platz.
Mit gesenktem Kopf stapfte Twig auf den Sockel zu. Niemand hielt ihn auf. Die Schniffkobolde der Ankerkettenwache hatten ihren Posten offenbar verlassen. Twig blickte an der Kette hinauf und seufzte. Kein Säbel der Welt vermochte die mächtigen Kettenglieder zu spalten. Er klet-

terte auf den Sockel und ging in die Knie um zu sehen, wie das Ende der Kette festgemacht war.
Die Kette war an einer ausgeklügelten Vorrichtung befestigt. Eine Eisenplatte war mit langen Stiften durch den Sockel hindurch mit dem felsigen Untergrund verbunden. Das Ende der Ankerkette war um eine mit Zahnrädern versehene Achse gewickelt und das letzte Glied wurde von einem dicken Bolzen gehalten, der zwischen zwei mit der Eisenplatte vernieteten Bögen steckte. Um Sanktaphrax von dem Sockel loszumachen, musste man den Bolzen herausschlagen. Die Frage war nur, wie.
»Ich brauche einen Hammer, Kaulquapp!«, rief Twig. »Einen schweren Hammer. Bring mir einen, so schnell du kannst.«
Kaulquapp verschwand in der Menge.
Hinter Twig begannen einige Hurra zu schreien. Er drehte sich um. Soeben stieg aus einem Korb, der neben dem ausgetrockneten Brunnen am anderen Ende des Platzes gelandet war, eine gebeugte Gestalt in schwarzen Gewändern.
Twig seufzte erleichtert. Der Professor der Dunkelheit! Der Allerhöchste Akademiker hatte die fliegende Stadt verlassen. Demnach war die Räumung so gut wie abgeschlossen.
Gerade noch rechtzeitig, dachte Twig. In der Ferne ertönte ein dumpfes, durch Mark und Bein gehendes Rumpeln. Der Muttersturm kam unaufhaltsam näher.
Wo blieb Kaulquapp mit dem Hammer? Twig sah sich suchend um. Vielleicht konnte er den Splint mit einem anderen Gegenstand herausschlagen.
Ohne Vorwarnung prasselte ein heftiger Hagelschauer auf

Unterstadt nieder, mit Hagelkörnern so groß wie Rattenvogeleier. Fensterscheiben gingen zu Bruch, in der Menge brach Panik aus. Alle rannten schreiend auseinander und versuchten sich irgendwo unterzustellen. Twig blickte zum Himmel auf, den Arm schützend über das Gesicht erhoben.

Ein riesiger pechschwarzer Wolkenball rollte brodelnd, flackernd und Funken sprühend über den Nachthimmel auf sie zu.

Der Muttersturm hatte sie fast erreicht!

Twig sprang von dem Sockel herunter und stemmte mit seinem Säbel einen Pflasterstein aus dem Boden. Er rannte zu dem Sockel zurück und schlug mit dem Stein auf das Ende des Bolzens.

Der Bolzen bewegte sich!

Twig schlug noch einmal zu, aber diesmal verklemmte sich der Bolzen. Er versuchte es wieder, doch es hatte keinen Zweck. Der Bolzen rührte sich nicht mehr.

»Geh schon raus, du blöder Bolzen!«, brüllte Twig in verzweifelter Wut. »Los!«

»Twig!«, rief eine vertraute Stimme. »Was machst du da?«

Twig hob den Kopf.

Der Professor der Dunkelheit eilte auf ihn zu.

»Bitte, Professor.« Wie besessen schlug Twig mit dem

schweren Stein auf den Bolzen ein. »Uns bleibt keine Zeit für Erklärungen.«

»Nicht, Twig!«, schrie der Professor. Er raffte seine Robe hoch, kletterte auf den Sockel und hielt Twig am Arm fest. »Bist du wahnsinnig? Was ist in dich gefahren, dass ausgerechnet du die Ankerkette losmachen willst?«

Twig schüttelte ihn ab. »Wenn ich es nicht tue, ist alles verloren. Der Muttersturm ist bald da! Um Punkt Mitternacht bricht er über uns herein!«

»Wie kannst du das behaupten, Twig?«

»Mir ist eingefallen, was mein Vater mir aufgetragen hat. Als Sie mich in den Steinernen Gärten fanden, hatte ich es vergessen. Wenn das Leben im Klippenland weitergehen soll, muss Sanktaphrax losgebunden werden! Der Muttersturm muss ungehindert zum Quellgrund ziehen können.«

»Nein!«, flüsterte der Professor entgeistert. »Nein!« Er atmete schneller. »Ich habe der Räumung von Sanktaphrax zugestimmt. Ich fürchtete, herabfallende Trümmer könnten jemanden verletzen oder gar töten. Aber Sanktaphrax losbinden? Niemals! Ich hätte droben bei den anderen bleiben sollen.«

»Den anderen?« Twig spähte zu der fliegenden Stadt hinauf. Am Geländer standen einige kleine Gestalten und sahen herunter. »Trapp? Grogg ...?«

»Nein, deine Gefährten sind unten, aber einige ältere Akademiker weigerten sich die Stadt zu verlassen. Der Professor der Nebeltaster, die Professoren der Windfühler und der Wolkengucker – sogar dieser Wichtigtuer, der Professor für psycho-klimatische Studien ... sie halten im Unterschied zu mir Sanktaphrax die Treue.« Ohne Vorwarnung

stürzte der Professor sich auf Twig und drückte ihn mit seinem ganzen Gewicht zur Seite.
Twig, der zu den uneinsichtigen Akademikern hinaufgestarrt hatte, war nicht darauf gefasst. Er verlor das Gleichgewicht, kippte vom Sockel und schlug im Fallen mit dem Kopf auf. Benommen blickte er auf. Über ihm stand der Professor der Dunkelheit.
In diesem Augenblick begann eine Glocke zu schlagen, die schwere Messingglocke der großen Halle von Sanktaphrax.
Bumm!, dröhnte sie.
Der Professor hob den Kopf. »Siehst du«, schrie er. »Mitternacht und alles ist ruhig.«
Die Menge drängte sich unruhig auf dem Platz, aller Augen blickten zum Himmel. Dort schoben sich gewaltige Wolkenbänke übereinander. Entgegen den hoffnungsvollen Worten des Professors schien dort keineswegs Ruhe eingekehrt zu sein.
Bumm!
Hoch über ihren Köpfen pulsierte der Wolkenball wie ein riesiges, schwarzes Herz. Die Luft knisterte, der Wind heulte. Der Muttersturm stand kurz davor, seine lebenspendende Kraft hier in Sanktaphrax, weit weg vom Quellgrund, zu entladen und zu vergeuden.
Bumm!
Atemlos und krebsrot im Gesicht tauchte Kaulquapp neben Twig auf. In der Hand hielt er einen Hammer.
»Twig!«, schrie er. »Was ist passiert?«
Bumm!
Ein dumpfes Grollen erfüllte den Himmel. Rote und blaue Blitze fuhren nieder, spalteten Pflastersteine und setzten

Häuser in Brand. Wieder rannten die Einwohner von Unterstadt und Sanktaphrax schreiend auseinander und suchten nach Deckung.
Twig hielt sich den Kopf. Er hatte rasende Kopfschmerzen. »Mach die Ankerkette los, Kaulquapp«, ächzte er. »Bevor es zwölf schlägt.«
Bumm!
Kaulquapp sprang auf den Sockel. Der Professor hatte die Arme um die Winde und den Splint geschlungen.
»Weg da!«, schrie Kaulquapp.
»Nur über meine Leiche!«, erwiderte der Professor trotzig.
Bumm!
Kaulquapp packte den Professor am Ärmel.
»Nein, nein!«, schrie der und riss sich los. »Wenn du glaubst, ich lasse zu, dass das Wissen von Jahrhunderten verloren geht, dann ...« Die Stimme des Professors überschlug sich. »Dann bist du genauso verrückt wie Twig!«
Bumm!
»Beeil dich, Kaulquapp!« Twig versuchte taumelnd aufzustehen. »Schnell!«
Der Sturm brüllte, die Erde bebte, der Himmel schien aus den Fugen zu geraten.
»Nicht, Kaulquapp«, bettelte der Professor. »Ich ... ich gebe dir, was du willst! Was willst du? Eine eigene Fakultät? Eine Professur? Sag's mir und du bekommst es – nur mach die Ankerkette nicht los.«
Bumm!
»Hier«, fuhr der Professor atemlos fort und riss sich die schwere Amtskette vom Hals. »Nimm das Großsiegel von Sanktaphrax, es gehört dir, nur zerstöre nicht unsere wun-

derbare Stadt.« Er streckte die Hände aus und hängte Kaulquapp die Kette um.

Kaulquapp packte den Professor an den knochigen Handgelenken und zerrte ihn mit aller Macht von der Winde herunter. Mit einem verzweifelten Schrei flog der Professor vom Sockel. Dumpf schlug er unten auf.

Bumm!

Kaulquapp beugte sich über den Bolzen und hämmerte wütend darauf ein. Der Bolzen gab nach, dann flog er heraus. Die Achse knarrte, Zahnräder, die sich seit Jahrhunderten nicht bewegt hatten, ruckten und drehten sich und Rostflocken regneten herunter.

Bumm!

Der Muttersturm senkte sich immer tiefer über sie und bedeckte dabei immer größere Teile des Himmels. Die schwüle Luft war elektrisch geladen, sodass sich auf den Köpfen die Haare aufstellten, und es roch nach Schwefel, Teer und gerösteten Mandeln. Ein Wirbelsturm hüllte sie ein und Sanktaphrax begann sich zu drehen. Wer noch unter dem großen Felsen stand, floh in Todesangst.

Immer schneller drehte sich die Achse, klappernd strich das letzte Kettenglied an ihr vorbei. Sanktaphrax war losgebunden.

Bumm!

»Nein!«, jammerte der Professor der Dunkelheit und stand hastig auf. Mit hochgerafften Rockschößen eilte er der Kette nach, die hinter dem fliegenden Felsen über den Boden schleifte. »Das darf nicht sein!«, schrie er. »Nein!«

»Professor!«, rief Twig ihm nach. »Hören Sie mir zu!«

Doch der Professor achtete nicht auf ihn. Sanktaphrax bedeutete ihm mehr als alles andere. Ohne die Stadt wollte, *konnte* er nicht leben. Er machte einen Satz, bekam das Ende der Kette zu fassen und klammerte sich daran fest.

»Professor!«, schrie Twig.

Bumm!

Die Glocke hatte zwölfmal geschlagen. Es war Mitternacht über Sanktaphrax.

Der Muttersturm fauchte wie eine gewaltige Bestie. Immer höher stieg der Felsen mit Sanktaphrax und verschwand schließlich außer Sicht. Brodelnd vor Kraft und neuem Leben zog der Muttersturm über den Himmel, um mit Anbruch der Dämmerung am Quellgrund einzutreffen.

Kaulquapp sprang vom Sockel hinunter und rannte zu Twig.

»Der Himmel schütze Sie, Professor!«, rief Twig, den Blick nach oben gerichtet.

Kaulquapp legte ihm die Hand auf die Schulter.

»Der Professor der Dunkelheit hatte ein gutes Herz, Kaulquapp«, sagte Twig. »Er war eine treue Seele ... wie die anderen fehlgeleiteten Akademiker, die sich weigerten zu gehen.« Er seufzte. »Sie brachten es nicht über sich ihr geliebtes Sanktaphrax zu verlassen.«

»Da sind sie ja!«, rief eine wütende Stimme.

»Sie haben die Ankerkette gekappt!«, brüllte eine andere.

Eine aufgebrachte Menge von Akademikern, Wächtern und Korbführern kam drohend auf Twig und Kaulquapp zu.

»Was sollen wir tun?«, flüsterte Kaulquapp ängstlich.

Twig hob die Arme. »Freunde! Akademiker! Einwohner von Unterstadt! Ja, es stimmt, Kaulquapp hat die Ankerkette losgemacht ...«

Die anschwellende Menge zischte und buhte.

»Aber wenn er es nicht getan hätte«, rief Twig über dem Lärm, »hätte der schreckliche Sturm, den ihr am Himmel gesehen habt, nicht nur Sanktaphrax, sondern auch Unterstadt zerstört – und zugleich alles Leben im Klippenland!«

»Wer sagt das?«, brüllte eine hagere Gestalt in einem Talar.

»Warum sollten wir dir glauben?«, wollte ein anderer wissen. Das Geschrei wurde immer lauter und wütender.

»Weil ich für euren neuen Allerhöchsten Akademiker spreche«, brüllte Twig. Die Menge hielt verunsichert inne.

»Ja, ihr habt mich richtig verstanden: den neuen Allerhöchsten Akademiker!« Er zeigte auf das schwere goldene Amtssiegel, das Kaulquapp um

den Hals hing. »Denn diesen Titel hat der bisherige Allerhöchste Akademiker, wie es ihm nach altem Brauch unseres geliebten Sanktaphrax zusteht, auf Kaulquapp übertragen.«
Kaulquapp druckste verlegen herum. »Aber ...«, murmelte er. »Aber ...«
»Sanktaphrax gibt es doch gar nicht mehr!«, rief eine Stimme aufgebracht.
»Zum Glück!«, schrie ein Unterstädter. »Faules Akademikerpack!«
»Unterstädter Gesindel!«, kam die wütende Antwort.
Streit brach aus, Fäuste wurden geschwungen. Doch dann ging das Geschrei in lautem Kreischen und Krächzen unter und die Menge erstarrte. Über ihr kreiste ein Schwarm weißer Raben am Himmel.
»Der Chor der Toten«, ächzten die Unterstädter und gingen eiligst in Deckung.
»Die weißen Raben«, flüsterten die Akademiker und blieben tapfer stehen.
In einem Wirbelsturm weißer Federn landeten die Raben und stellten sich schützend im Kreis um Twig und Kaulquapp. Der größte Rabe sah Twig an und streckte seinen großen Schnabel vor.
»Kraan«, sagte Twig. »Ich danke dir für ...«
»Blitz hat in Steinerne Gärten eingeschlagen«, unterbrach ihn der Vogel. »Blauer Blitz. Du erinnerst dich?«
»J... ja«, stotterte Twig.
Kraan nickte heftig. »Dort wächst ein Felsen. Größer als alle. Wächst schnell, sehr schnell. Festbinden, jetzt gleich, sonst fliegt er weg.«

Twig runzelte die Stirn. Er erinnerte sich an den schimmernden Felsen, der vor seinen Augen durch den Boden gewachsen war. Er sah Kaulquapp an. »Wäre es möglich, dass ...«

»Du meinst, dass dieser Felsen eines Tages groß genug ...«

»Für ein *neues* Sanktaphrax ist? Genau das dachte ich!«

Twig gab den Akademikern vor ihm mit der Hand ein Zeichen. »Schnell! Begebt euch in die Steinernen Gärten! Nehmt Seile, Ketten, Netze und Gewichte mit, so viel ihr auftreiben könnt. Denn auf dem Felsen, der da draußen an der Klippe wächst, wird eure neue fliegende Stadt entstehen. Gemeinsam werdet ihr ein neues Sanktaphrax bauen.«

Die Akademiker starrten ihn nur stumm an. Kaulquapp trat einen Schritt vor, die Hand an der Amtskette um seinen Hals. »Tut, was er sagt!«, befahl er.

Einen Augenblick verharrten die Akademiker noch bewegungslos, dann rief eine Stimme: »Auf zu den Steinernen Gärten!« Daraufhin drehten sie sich um und verließen den Platz in Scharen.

Twig sah Kaulquapp an. »Ach, Kaulquapp«, sagte er, »wie ich dich beneide.«

»Du beneidest mich?«

»Natürlich. Du kannst ganz neu anfangen und ein neues Sanktaphrax schaffen, das so ist, wie es immer hätte sein sollen. Ohne Hass, Verleumdungen und Intrigen. Denn du bist das Bindeglied, das Unterstadt und das neue Sanktaphrax vereinen wird. Kaufleute und Akademiker werden einander nicht mehr verachten, weil du beide Seiten kennst, Kaulquapp, und weil du ein gutes Herz hast. Jetzt hast

du auch noch einen fliegenden Felsen, auf dem du deine Träume zu Stein werden lassen kannst.«
»Und was machst du, Twig?«
»Ich? Ich muss meine Leute einsammeln – hier und am Quellgrund.« Er seufzte. »Wenn doch Spooler noch lebte ...«
»Bleib hier!« Kaulquapp fasste ihn an den Armen. »Wir bauen das neue Sanktaphrax zusammen, du und ich.«
»Mein Platz ist nicht hier«, entgegnete Twig fest. »Das war er noch nie. Ich gehöre an das Steuer eines Himmelsschiffes, zu meinen braven Leuten.«
Kaulquapp schnitt eine Grimasse. »Aber was soll ich tun? Ich kann nicht alles alleine schaffen.«
»Folge deinem Herzen, Kaulquapp, dann kannst du nicht fehlgehen, glaub mir. Denk dran, folge deinem Herzen.« Twig lächelte. »So wie ich.«

Als der Morgen über der Klippe dämmerte, umhüllte den rasch wachsenden Felsen aus den Steinernen Gärten ein starkes Netz, an das die Akademiker hastig alle möglichen schweren Gewichte hängten.
»Gut«, sagte Kaulquapp, nachdem er sich vergewissert hatte, dass der Felsen zumindest vorerst nicht davonfliegen konnte. »Jetzt muss ich schnell nach Unterstadt zurück und mit Silex Hammerschlag von der Liga der Gießer und Schmiede über eine neue Ankerkette sprechen. Ihr bewacht inzwischen den Felsen. Es müssen immer so viele Gewichte an dem Netz hängen, dass der Stein nicht abhebt.«
»Selbstverständlich, Durchlaucht«, sagte Vox, der schlaksige Geselle vom Wolkenkolleg, mit ölig glatter Stimme.

Kaulquapp eilte zu dem wartenden Karren. Vox kniff die Augen zusammen und ein hässliches Grinsen erschien auf seinen Lippen. »Du Weichei«, zischte er wütend. »Eines Tages erwische ich dich ...«

Als Kaulquapp auf dem Hauptplatz von Unterstadt vorfuhr, bemerkte er eine Menschenansammlung um den ausgetrockneten Brunnen in der Mitte des Platzes. Er beugte sich vor und klopfte dem Karrenfahrer auf die Schulter.

»Danke«, sagte er. »Wenn du mich hier bitte einen Augenblick absetzt.«

Der Fahrer senkte die Holme des Karrens, Kaulquapp sprang hinaus und eilte zu dem Brunnen.

»Was ist denn hier los?«

»Pst, Durchlaucht!«, zischte ein Schniffkobold. »Hört!«

Kaulquapp legte den Kopf lauschend auf die Seite. Aus der Tiefe des Brunnens kam ein lautes Gurgeln. »Was ...?«

Die ersten Strahlen der Morgensonne fielen über den Platz. Im selben Moment ertönte ein ohrenbetäubender Knall und eine mächtige Wasserfontäne stieg zehn, zwanzig, dreißig Schritte hoch in die Luft auf und regnete auf die Umstehenden nieder.

Kaulquapp stand einen Augenblick wie versteinert da. »Hurra!«, schrie er dann. »Der Muttersturm hat den Quellgrund erreicht und ihn wieder zum Leben erweckt. Das Wasser des Klippenflusses fließt wieder. Wir sind gerettet!«

Professoren und Gesellen vergaßen ihre vornehme Zurückhaltung und sprangen wie die Unterstädter vor Freude in die Luft und hüpften durch den Regen, bis sie vollkom-

men durchnässt waren. All ihre Bedenken und Vorbehalte waren wie weggewaschen. Mit offenen Mündern tranken sie das kalte, klare Wasser. Daraufhin erfüllte sie eine solche Kraft und Zuversicht, dass sie in ein Triumphgeheul ausbrachen.
»Lang lebe der Klippenfluss!«
»Lang lebe Unterstadt!«
»Lang lebe das neue Sanktaphrax!«
Sie brüllten so laut, dass die Erde bebte. »LANG LEBE DAS NEUE SANKTAPHRAX!«
Lachend trat Kaulquapp aus dem prasselnden Regen der Fontäne. Seine Kleider dampften in der warmen Sonne. »Kaulquapp!«, sagte eine Stimme. »Es ist so weit!«
Er sah sich um, doch da war niemand. Einen Augenblick dachte er schon, Kobold der Weise hätte wieder mit ihm gesprochen.

»Kaulquapp! Hier oben!«
Kaulquapp hob den Kopf. Von der Sonne geblendet, hielt er die Hand über die Augen. »Twig!«
Der Captain sah vom Steuer eines Himmelsschiffes herunter, das über Kaulquapp in der Luft schwebte. Neben ihm waren Grogg, Trapp Hammelhirt und Schliet. Sie standen im Schatten der hohen Achterhütte, aber trotzdem leuchteten sie nicht: Das Leuchten war mit dem Durchzug des Muttersturms erloschen. Auf der anderen Seite von Twig standen Jervis, Stiller, Schnotz und, mit Federn und Juwelen geschmückt, der Brocktroll Grimlock – der größte Teil

der Mannschaft von Hagestolz Klauengreif. Am Bug des Schiffes glänzte in goldenen Lettern sein Name: *Himmelsstürmer.*

»Sie haben in den Flugdocks auf mich gewartet!«, rief Twig. »Jetzt kehre ich zum Quellgrund zurück und hole die anderen – wenn der Himmel will! Tapser, Waldfisch – und Maugin.« Er lachte. »Ich will mich von dir verabschieden.«

Kaulquapp wurde traurig. Verabschieden? So früh? »Du willst jetzt schon fahren, Twig?«

»Ich muss. Aber unsere Wege werden sich wieder kreuzen. Dein Platz ist jetzt hier, Kaulquapp.«

Die Segel des *Himmelsstürmers* füllten sich, das Himmelsschiff nahm Fahrt auf.

»Twig!«, rief Kaulquapp.

»Leb wohl, Kaulquapp!« Twig wandte seine Aufmerksamkeit den Schalthebeln zu.

Das Schiff stieg zum Himmel auf. Kaulquapp sah zu, wie es kleiner wurde, eine schwarze Silhouette vor der zitronengelben Scheibe der Morgensonne.

Es war wunderbar gewesen, Twig auf seiner Suche zu begleiten – und ein Teil von Kaulquapp sehnte sich danach, an Twigs Seite an Bord des *Himmelsstürmers* zum Quellgrund zurückzukehren. Doch im Grunde seines Herzens wusste er, dass er nicht an Bord eines Himmelspiratenschiffes gehörte. Sein Platz war tatsächlich hier.

Folge deinem Herzen, so wie ich, hatte Twig gesagt. Mehr konnte man nicht tun. Ein letztes Mal hob Kaulquapp den Kopf zu dem kleiner werdenden Himmelsschiff. Er lächelte.

Twig folgte der Stimme seines Herzens. Jetzt war es an ihm, Kaulquapp, dasselbe zu tun.

»Leb wohl, Twig, mein Freund«, rief er. »Und der Himmel stehe dir bei auf all deinen Wegen!«

SANKTAPHRAX
UNTERSTADT
MODERS
STEINERNE GÄRTEN